Les Éditions du Boréal
4447, rue Saint-Denis
Montréal (Québec) H2J 2L2
www.editionsboreal.qc.ca

# LA CONSTELLATION
## DU LYNX

## DU MÊME AUTEUR

*La Rage*, roman, Québec/Amérique, 1989 ; Boréal, coll. « Boréal compact », 2010.

*Ces spectres agités*, roman, XYZ, 1991 ; Boréal, coll. « Boréal compact », 2010.

*Cowboy*, roman, XYZ, 1992 ; Boréal, coll. « Boréal compact », 2009.

*Betsi Larousse ou l'ineffable eccéité de la loutre*, roman, XYZ, 1994 ; Boréal, coll. « Boréal compact », 2009.

*Les Étranges et Édifiantes Aventures d'un oniromane*, feuilleton, L'Instant même, 1994.

*Le Soleil des gouffres*, roman, Boréal, 1996.

*Le Voyage en pot. Chroniques 1998-1999*, Boréal, coll. « Papiers collés », 1999.

*Le Joueur de flûte*, roman, Boréal, 2001 ; coll. « Boréal compact », 2006.

*Sauvages*, nouvelles, Boréal, 2006.

*L'Humain isolé*, essai, éditions Trois-Pistoles, 2006.

Louis Hamelin

# LA CONSTELLATION DU LYNX

*roman*

Boréal

© Les Éditions du Boréal 2010
Dépôt légal : 3ᵉ trimestre 2010
Bibliothèque et Archives nationales du Québec

Diffusion au Canada : Dimedia
Diffusion et distribution en Europe : Volumen

*Catalogage avant publication de Bibliothèque et Archives nationales
du Québec et Bibliothèque et Archives Canada*

Hamelin, Louis, 1959-

    La constellation du Lynx

    ISBN 978-2-7646-2039-7

    I. Titre.

PS8565.A487C66    2010    C843'.54    C2010-941144-7

PS9565.A487C66    2010

ISBN PAPIER 978-2-7646-2039-7

ISBN PDF 978-2-7646-3039-6

ISBN ePUB 978-2-7646-4039-5

*Pour Marie-Hélène*

*Pour eux aussi l'histoire n'était que contes pareils à ceux qu'on a trop entendus.*

JOYCE, *Ulysse*

*Des agents infiltrent sans cesse le camp adverse et le discréditent par excès de zèle; plus exactement, les agents savent rarement pour quel camp ils travaillent.*

BURROUGHS, *Lettres*

## Les terroristes

*Cellule Rébellion*

Lancelot

Corbeau

Justin Francœur

Élise Francœur

François Langlais, alias Pierre Chevrier

Nick Mansell

*Cellule Chevalier*

Jean-Paul Lafleur

René Lafleur

Richard Godefroid

Benoit Desrosiers

*La délégation étrangère*

Francis Braffort (Paris)

Luc Goupil (Londres)

Raymond Brossard, alias Zadig ⎫
⎬ (Alger)
Daniel Prince, alias Madwar ⎭

## Les littéraires

Chevalier Branlequeue, éditeur, poète, prof de littérature

Samuel Nihilo, tâcheron de la plume

Marie-Québec Brisebois, femme de théâtre

Frédéric Falardeau, chercheur

## Et les autres

Général Jean-B. Bédard, chef militaire

Marie-France Bellechasse, étudiante

Bobby, agent de la CATS (Combined Anti-Terrorist Squad)

Raoul Bonnard, artiste de variétés

Maître Mario Brien, avocat des terroristes

Jacques « Coco » Cardinal, militant indépendantiste

Madame Corps, ex-femme de Coco

Marcel Duquet, militant indépendantiste

Maître Grosleau, procureur de la Couronne

Dick Kimball, Américain tranquille

Colonel Robert Lapierre, conseiller politique, éminence grise, etc.

Paul Lavoie, otage

Claude Leclerc, capitaine de police

Jean-Claude Marcel, député d'arrière-ban, ami de Paul Lavoie

Miles « Machine Gun » Martinek, sergent-détective de l'escouade de sécurité (Sûreté du Québec)

Gilbert Massicotte, lieutenant-détective à la CATS

Rénald Massicotte, livreur de poulet chez Baby Barbecue

Bernard Saint-Laurent, sympathisant du FLQ

Giuseppe Scarpino ⎱
Luigi Temperio ⎰ hommes d'affaires

John Travers, otage

Albert Vézina, premier ministre du Québec

# Chronologie

5 octobre 1970 : Enlèvement du délégué commercial de Grande-Bretagne, John Travers, par le Front de libération du Québec.

10 octobre : Enlèvement du numéro deux du gouvernement québécois.

15 octobre : La Force mobile de l'armée canadienne intervient au Québec.

16 octobre : Proclamation de la Loi sur les mesures de guerre par le gouvernement central du Canada ; suspension des libertés civiles ; près de 500 citoyens détenus sans mandat...

17 octobre : Le corps du numéro deux est retrouvé dans le coffre d'une voiture.

# Une histoire de poulets

# L'Avenir (Québec), été 1975

Je m'appelle Marcel Duquet et je vais mourir dans environ cinq minutes. Le ciel est bleu, le soleil brille, les corneilles ressemblent à des voilettes de bonnes sœurs qui partent au vent et j'aime bien le grondement du tracteur, la manière dont il me remplit les oreilles pendant qu'un autre rang de foin se couche sous la faux. J'ai quarante-deux ans, un rond chauve au sommet du crâne et il fait si chaud que j'ai l'impression d'être un de ces prisonniers que les Indiens scalpaient et pendaient par les pieds au-dessus d'un lit de braises jusqu'à ce que leur cerveau se mette à bouillir. Le foulard noué autour de ma tonsure est d'un rouge plus vif que la peinture du Massey Ferguson, il doit faire une tache bien visible contre le vert de l'érablière et le bleu du ciel pendant que je me revire au bout du champ.

Maintenant que je fauche en descendant, je l'aperçois tout d'un coup qui marche au milieu des foins coupés. Le gros Coco. L'impression que mon cœur juste là s'arrête de battre. Puis, ça repart : pensées, la salive dans ma bouche, une famille de corneilles. D'une certaine manière, je sais déjà ce qu'il me veut. Je regarde autour de moi, rien que le champ délimité par le vieux perchis de cèdre, le bois de trembles et de sapins, puis l'érablière, plus haut la couche épaisse de bleu, la rivière invisible, au bout de la terre. Devant, au gros soleil, il y a Coco Cardinal qui s'avance dans le champ, tout rouge, la face en sueur, trop gros, penché, les mains qui battent l'air, le souffle court.

J'ai mis pied à terre et laissé tourner le moteur du tracteur. Je marche vers Cardinal, qui s'est arrêté un peu plus loin et qui grimace à cause du soleil, de la trop forte lumière, qui m'attend. Le temps de franchir la distance qui me sépare de lui, je torche les rigoles de sueur brûlante sur mes paupières et mon front. Je laisse un espace de trois pas entre nous. J'avale ma salive. J'arrive à sourire.

Eh, Coco. Ça fait longtemps...

Il hausse les épaules. Il sue comme un cochon, tout dépoitraillé dans sa chemise d'été trempée aux aisselles. Il pompe l'huile, les poumons lui sortent par le nez. Ses yeux rouges comme des fourmis veulent lui décoller de la tête. Juste avant qu'il ouvre la bouche, un poing noir se referme sur mes tripes.

Pis, mon Marcel? T'étais pas bien en prison? J'espère qu'ils ont pris un manche à balai pour t'enculer...

Il se trouve drôle. Il ricane, Coco. Je jette un nouveau coup d'œil aux alentours, sur le beau foin debout, c'est plus fort que moi. Personne en vue. Mon cœur cogne dur, mais je l'entends à peine. J'ai de la misère à bouger. Mais comme je l'ai dit, j'arrive à sourire.

Passé à travers, comme tu vois...

Il renifle un coup, deux coups, il n'arrête pas, des tics plein la figure. Encore cette saloperie. Pendant qu'il renifle, on dirait qu'il réfléchit. Je me demande si je n'aurais pas dû en profiter. Prendre les devants, lui sauter à la gorge, qu'on en finisse, d'une manière ou d'une autre. J'ai laissé passer ma chance.

J'en connais qui disent que tu parles trop. Que depuis que t'es sorti, t'es devenu une vraie pie...

J'essaie d'avaler, rien à faire. Il crache par terre.

Une maudite pie!

Il n'a pas sa voix normale. Je fais un geste comme pour protester, mais mon bras a l'air de peser une tonne. Le sien, c'est le contraire : il bouge avec la rapidité d'un cobra et il y a maintenant un revolver accroché au bout. Je sens un rond de métal froid se poser sur mon front, qui suce tout ce que j'ai à l'intérieur. Mon cerveau qui fond comme un glaçon, rond, front. Rien d'autre.

L'autre chose, mon chien, c'est que tu m'as volé ma femme…

J'essaie de dire non, mais je réussis seulement à secouer la tête, mais pas trop, à cause du froid du métal sur ma peau, toujours là, et qui fait que tout ce qui m'arrive se passe maintenant très loin de moi, de ma tête qui retombe, qui part tout doucement vers l'avant et le rond noir qui me rentre dedans plus dur et profond, au milieu du front, dans ma peau labourée par le soleil. L'excitation de sa grosse voix sale.

À genoux, Duquet! Envoye, à genoux devant moi! Et je te le dirai pas deux fois…

Je me laisse tomber et c'est comme un soulagement, je commence à dire pardon, je veux le dire, les yeux levés, à travers cette vallée de larmes, vers le canon qui creuse son trou dans le silence, ce point aveugle du champ, noir de lumière oubli, de soleil terre chaude. Les foins debout et ceux couchés par la faucheuse. Le grand éblouissement.

Sous la roue arrière du tracteur, le crâne fait entendre un bref craquement de noix de coco fendue, suivi d'un écœurant gargouillis d'os broyés et de matières en bouillie. Cardinal remet l'engin au neutre, puis saute à terre et, comme fou, la respiration hachée, s'empare des jambes qu'un ultime spasme agite, un interminable frémissement. Il tremble de tous ses membres tandis qu'il s'efforce d'ajuster le pied gauche à la pédale de frein.

Une fois son œuvre accomplie, il s'éloigne de quelques pas, se retourne, presque calmé, les jambes en coton comme après avoir baisé. Et maintenant, il examine d'un œil critique la composition du tableau. Coco ferme les yeux, se masse les paupières, les rouvre, nouveau coup d'œil.

Il hoche la tête, du beau travail, respire à fond. Tire un sachet en plastique de sa poche de chemise et un tronçon de paille biseauté et s'envoie une bruyante reniflette à même le contenant. Puis, il tourne le dos à la scène et contemple un instant le panorama de champs cultivés, de boisés de ferme, de granges peintes dans des tons de rouge qui vont du framboise au sang séché et de silos étincelants, qui s'étend à ses pieds et jusqu'à l'horizon. Derrière lui, le moteur du tracteur continue de tourner. Un dernier coup d'œil et pas question de traîner dans le coin. Il décide de regagner le chemin de rang à couvert, par le champ voisin, en suivant, invisible de la route, cette rangée d'ormes et d'aubépines, de pommiers sauvages. Il arrive devant la clôture de cèdre, qu'il enjambe, et tandis qu'il s'écartèle pesamment au-dessus des piquets noueux sculptés par les intempéries, de la couleur du granit appalachien, il songe à l'expression *clôture de lisses*. C'est ainsi qu'on appelle les perchis de cèdre dans la Baie-des-Chaleurs. Langage maritime.

Et les bateaux, Coco, il aime bien.

# Villebois, nord du 49ᵉ parallèle, l'hiver 1951

La cabane est bâtie en rondins non équarris et calfeutrée avec de la sphaigne sèche. Murs gris sombre qui tranchent sur la neige, dans l'air glacé une odeur de fumée de bois, de résineux et de graisse animale rancie. La cheminée, un tuyau de tôle auquel est accroché un plumeau d'une blancheur éthérée et crasseuse.

Un panache de caribou est cloué en haut de la porte. Aux murs, des peaux de castors, côté chair exposé, tendues dans des cadres faits de baguettes de bouleau. C'est un des tout premiers souvenirs de Godefroid.

Le lac. La cabane du trappeur.

Ce pays, c'est celui où les chiens quand on les détache deviennent des loups.

Celui des barges qui descendirent la rivière avec les meubles des familles des vieilles paroisses entassés sous des bâches au fil du courant. La rivière Turgeon était large comme huit boulevards, entrecoupée de rapides qui secouaient le chaland comme une vieille guimbarde sur un mauvais chemin de terre. Deux cents kilomètres plus loin, elle rejoint la Harricana, dont les eaux roulent vers le nord. On est dans le bassin versant de la baie d'Hudson, là où la dernière poignée de lots a été octroyée, bien au nord de la voie ferrée. Dans ces forêts noires qui épuisent le ciel et sapent l'horizon.

Ce pays où seuls les canots de maître des trafiquants de fourrures étaient passés avant eux, et les tribus éparses des nations de

# Villebois, nord du $49^e$ parallèle, l'hiver 1951

la taïga errant à la recherche des dernières cabanes de castors. À des jours de marche et de pagaie encore des collines de Muskuchii et des vastes marécages où nagent les oies bleues. Personne n'irait s'établir plus loin.

Le père de Godefroid avait été journalier, chômeur, manœuvre, il avait rempli un questionnaire du ministère des Terres et Forêts, reçu 800 belles piastres, une tape dans le dos et une terre noire dans les brûlés à perte de vue du nord de l'Abitibi.

À quel moment avait-il craqué? Quand était-il devenu cet homme silencieux et renfrogné, un vaincu? C'est sa femme qui avait sauvé le ménage en acceptant le poste d'institutrice, au village: 700 dollars par année, un toit sur la tête, plus vingt cordes de bois de chauffage.

Les chiens jappent, ce jour-là. Dans la neige devant la cabane du trappeur, ils aboient comme fous.

Pendant que la mère de Godefroid enseigne sa classe de têtes de pioche, son père rend visite au trappeur dans sa cabane au bord du lac, il apporte une bouteille de Seagram's, il l'écoute montrer ses secrets. Le X de brindilles placé sous le collet pour forcer le lièvre à sauter droit dedans. Quand tu tires sur des perdrix branchées, commence par celle du bas, pour qu'elle n'effraie pas les autres en tombant.

Ce pays est celui où les loups courent au bout de la terre et les chiens, les chiens deviennent fous.

Le trappeur doit les écarter à coups de pied pour frayer un chemin au père, jusqu'à la porte, le gamin sur les talons.

Qu'est-ce qu'ils ont, tes chiens, aujourd'hui, Bill?

Et Bill se contente de ricaner. Ses dents de la couleur du tabac. Il regarde le garçon, ensuite le père, et de nouveau le garçon, puis il dit:

Viens. Je vais te montrer quelque chose…

À l'intérieur, des pièges d'acier pendent au bout de leurs chaînes à des clous fichés dans les poutres. Une peau de loutre tannée, lustrée, somptueuse. Une odeur épaisse faite de viande faisandée et d'intestins crevés, de sueur, de laine mouillée, souillée et roussie, de fourrure humide, de fumée de tabac, de thé refroidi, de feu de bois.

D'urine aussi et d'autre chose, de plus doux et insidieux, que les hommes sentent tout de suite : la peur.

Dehors, les chiens continuent de hurler à la mort.

Le trappeur, lentement, se tourne vers le fond de la cabane. Les deux autres, le père et le fils, suivent son regard. En passant la porte, ils ont perçu la présence chaude et obscure, maintenant, ils contemplent l'animal. Sa face de sphinx encadrée de favoris dignes d'un banquier de Dickens, aux oreilles couronnées de touffes de poils hirsutes. Et les yeux, comme deux grands lacs d'ambre qui les avalent.

Le lynx est dans l'ombre, assis sur son arrière-train, un collier de chien serré autour d'une patte et relié à la chaîne d'une laisse solidement fixée à une poutre du campe. À l'affût du moindre mouvement, il fixe les trois humains avec une intensité dévorante.

Bouche bée, le père se tourne vers le trappeur, qui garde ses yeux plongés dans ceux du gros chat.

Veux-tu l'avoir ? demande Bill au bout d'un moment.

Es-tu fou ?

Le coureur de bois allonge le bras, attrape une bouteille de brandy sur une planche servant d'étagère, dévisse le bouchon et avale une rasade. Il tend la bouteille au père, qui préfère passer son tour. Puis, il regarde le gamin. Il lui sourit, un rictus de tous ses chicots.

Ça goûte le poulah…, dit-il.

L'enfant détourne les yeux et ne répond rien. Il regarde le lynx.

Il veut pas être mon ami, dit Bill en hochant la tête.

Qui ça ? demande le père.

Lui, là, répond Bill. Il montre le lynx.

Puis, nouveau coup de brandy. Les huskies dehors aboient, aboient, ils aboient à mort.

Le trappeur boit sec, une nouvelle gorgée. Puis il refile la bouteille au père de Godefroid, qui, cette fois, l'accepte sans un mot.

Ensuite, Bill farfouille dans un coin, un coffre, trappes, couteaux, le bric-à-brac quotidien. Ils le voient maintenant enfiler des gants, de longs gants de protection qui lui vont au coude, taillés dans une étoffe épaisse, comme renforcée, en prenant bien son temps. On dirait des gants de soudeur.

Lorsqu'il s'approche du lynx, celui-ci s'écrase au sol et recule sans le quitter des yeux vers le coin le plus éloigné qu'il peut atteindre puis, rendu au bout de la chaîne, il se ramasse sur lui-même, les oreilles couchées, les yeux emplis d'une terreur meurtrière. Sans montrer aucune crainte, l'homme vient lentement s'accroupir devant lui. Un sifflement continu, doublé d'un grondement sourd et plaintif de matou s'échappe maintenant de la gueule et des entrailles de l'animal et emplit toute la cabane. Le masque de la bête s'écarquille, déformé par une tension extraordinaire pendant que l'humain et lui s'observent, sans bouger. Puis le premier d'un geste brusque empoigne à deux mains le cou du félin et en serrant le soulève peu à peu de terre. Les grosses pattes rondes labourent toutes griffes dehors les gants qui repoussent le chat, le tiennent à distance, à bout de bras. L'homme sans cesser de serrer et de raffermir sa prise se remet alors debout, on entend un drôle de gargouillis, deux tueurs enlacés, en une danse quasi immobile. Au cours de l'éternité qui suit, le père et l'enfant stupéfaits voient, dans le clair-obscur de la cabane, le loup-cervier passer progressivement de la lutte aux spasmes, ils peuvent suivre l'évolution du trépas sur sa figure énigmatique, la grimace figée, jusqu'à l'ultime trémulation qui secoue l'animal tout entier.

Les jambes molles, complètement vidé, le trappeur tombé à genoux repose le fauve et l'allonge sur le plancher en terre battue devant lui. On l'entend haleter tandis qu'il retire ses gants, saisit tout doucement, ensuite, une des énormes pattes, fait jouer les muscles encore brûlants, sous la fourrure, les articulations comme d'une poupée, puis les mains s'égarent un instant dans les longs poils soyeux, en un geste d'une tendresse inouïe.

# Sam, l'automne 2000

Ce matin-là, après s'être rendormi, Sam rêva de Marie-Québec, dans la grosse maison du lac Kaganoma, là-bas dans la forêt, à cinquante kilomètres de Maldoror. Ils étaient sur une plage de sable blanc quelque part, il sentait palpiter la mer tout près et Marie-Québec marchait devant lui en lui tournant le dos, s'éloignait, sans le regarder, mais consciente de sa présence, s'éloignait, de ce pas qu'il connaissait si bien, presque guindé, à peine déhanché, plus discret que vraiment modeste, comme gênée de son cul, qu'elle était, Marie-Québec, de la présence au monde de ce cul, de sa plénitude charnelle, elle qui l'avait beau et se déplaçait comme si elle avait voulu se le rentrer entre les jambes, un peu comme on rentre la tête. Et c'est ainsi qu'elle avait traversé sa vie comme elle passait dans ce rêve, à la manière d'une figurante qui, sans le savoir, jouait le rôle principal.

Dans le rêve, Samuel était nu. Et Chevalier Branlequeue était là aussi, debout face à la mer dans une posture méditative, sur une seule jambe comme un échassier, dessinant de son autre canne repliée le chiffre 4. Il tenait un livre levé à la hauteur de ses yeux.

Regarde, il pond des œufs, disait Marie-Québec.

Quel rêve idiot, dit-il en ouvrant les yeux.

Quand il met le nez à la fenêtre, les bosquets de sapins, les longues épinettes noires enracinées dans un mince humus et les bouleaux blafards et défoliés sont saupoudrés de neige, dont une couche immaculée, légère et moelleuse d'environ vingt centimètres recouvre le sol, projetant dans la chambre une violente lumière blanche. Bienvenue dans le mois d'octobre.

Lui, c'est Sam Nihilo, quarante piges au compteur, l'âge où les rêves commencent à ressembler à des salles d'urgence. Pas de blonde dans le moment présent et une carrière d'écrivain qui fait du surplace. Pour garder la tête hors de l'eau, Samuel était obligé de se marcher sur le cœur et d'accepter les piges que lui refilait le gros Big Guy Dumont, vous ne voulez pas le connaître. Avant de fonder les Éditions [...], Dumont bradait ses livres dans les bars du Quartier latin, à Montréal, selon votre bon cœur, messieurs dames. Après, il n'a plus jamais cessé de grimper. Et encore aujourd'hui, sur tout ce qui bouge. Il aurait pu vendre des aspirateurs, mais les bouquins sont plus commodes à trimballer.

Autour de la grosse maison recouverte de CanExel brun s'étendait un lac relativement sauvage, large d'un peu plus d'un kilomètre et long d'une dizaine ou pas loin, le Kaganoma, situé à plusieurs centaines de kilomètres au nord de la bande frontalière civilisée du Canada. La rive orientale était divisée en lots de 100 mètres de façade qui accueillaient des chalets et quelques résidences à l'année. Sur le rivage d'en face, 250 kilomètres carrés de forêt à peu près vierge dont la principale fonction semblait être de border le soleil quand il allait se coucher. Et quelque part de l'autre côté se trouvait Maldoror.

Samuel avait encore passé une partie de la nuit à se péter la tête dans son bureau et il venait juste de se rappeler qu'il devait prendre un avion ce jour-là. Les consignes de sécurité étaient du genre plutôt relax à l'aéroport de Maldoror. Au pire, on aurait sans doute pu courir au bout de la piste et arrêter l'avion en levant le pouce.

Il se traîna dans l'escalier en slip et t-shirt jusqu'au comptoir de la cuisine, où il emplit d'eau froide le pot à café, reversa l'eau dans le réservoir de la cafetière automatique, puis échappa le pot qui tomba directement sur son pied et juste après explosa au contact du plancher. Les traces de sang sur le carrelage attirèrent son attention pendant qu'il ramassait les dégâts.

Il épongea le sang sur son pied avec des essuie-tout Enviro-Plus utilisant la technologie des Spongie-Pochettes pour une absorptivité accrue et contenant zéro fibre en provenance des forêts vierges de la planète. Les lèvres blêmes de l'entaille sur son pied avaient la forme d'un vague croissant. La plaie était nette, profonde et bien découpée, avec une sorte de rabat constitué d'un lambeau de peau et de chair qui faisait qu'on pouvait l'ouvrir et la refermer à volonté. Mais de la manière dont Sam voyait les choses, c'était un buffet *all you can eat* pour la bactérie mangeuse de chair et ses petits amis. Réfugié sous la douche, il s'absorba dans la contemplation de ses pieds, guettant l'eau rose qui s'enfuyait par le renvoi. Puis il nettoya la blessure au savon, se sécha, sortit un tampon de gaze et le tartina de crème désinfectante. Il fixa le pansement, le pied posé sur le couvercle de la cuvette. Puis retour à la cuisine.

Il avait de la visite…

Près de la table de cuisine, le fantôme de Paul Lavoie s'était tiré une chaise. Le poignet de sa main gauche et le pouce et la paume de la dextre étaient enrobés de bandages de fortune maculés de sang séché. Autour de son cou, la fine strie sanguinolente du sillon d'étranglement était bien visible. Il arborait des coulisses de raisiné sous chaque narine, aux deux coins de la gueule et dans le creux des oreilles. Il avait la face bleue.

Le visiteur baissait la tête, le menton sur la poitrine, les yeux mi-clos. Ses mains ouvertes et encroûtées d'hémoglobine reposaient sur ses cuisses, paumes en l'air, comme pour offrir ses stigmates bandés au locataire des lieux. Sa poitrine se soulevait lentement et il chialait en silence. Sam était en train de ramasser les essuie-tout bouchonnés et tachés de sang qui jonchaient le plancher de la cuisine. Il ne se laissa pas impressionner.

C'est le sang qui vous attire, pas vrai? demanda-t-il en regardant l'essuie-tout souillé dans sa main. Vous êtes comme les morts de la maison d'Hadès dans *L'Odyssée*. Un peu pâlot, je dirais. Sauf que moi, je vais pas me mettre à égorger des chèvres juste pour vous redonner des couleurs...

Vous m'abandonnez..., murmura le spectre.

Mais non. Juste un petit voyage en France. J'ai un vol sur Air Canada à dix heures, avec un transit à l'aéroport Vous-Savez-Qui. Désolé, mais dans ma situation, personne ne va cracher sur un billet pour Paris...

Oui, mais le problème, c'est que tant que tu n'auras pas terminé le maudit bouquin, moi, je vais être condamné à me tourner les pouces ici ! Et crois-moi, c'est bien pire que le purgatoire, ajouta le visiteur de cette voix geignarde qu'il prenait toujours pour hanter la maison du lac.

Ah oui, pourquoi ? Ça manque de terrains de golf ?

Samuel considérait calmement l'apparition en étendant de la confiture de framboises sur une toast brûlée.

Entre autres, reconnut poliment le fantôme.

Se tourner les pouces avec des mains dans cet état, sûr que ça doit pas être bien drôle, observa Nihilo.

Laissez-moi partir...

Mais sacrament, allez-y ! Qu'est-ce que vous attendez ? Que je sorte le fusil ? se fâcha Samuel.

Quand il regarda de nouveau, sous la chaise occupée l'instant d'avant par l'ancien ministre libéral, Noune, sa chatte de deux ans, jouait avec une souris, une toute petite chose du genre musaraigne cendrée. Qui, assise sur son arrière-train, toutes dents et griffes sorties, boxait le vide comme un microscopique kangourou que Noune, d'un coup de patte de la droite, envoya revoler sous le calorifère avec la puissance d'un slap shot de Guy Lafleur.

Lorsque le jeu reprit, Sam alla sélectionner une bûche de bouleau dans la boîte à bois et revint l'abattre à la manière d'un tomahawk sur la moitié supérieure du corps de la musaraigne. Nouveau coup de chiffon. (Les Spongie-Pochettes faisaient merveille.) Puis il réchauffa son café de cow-boy dont le substrat huileux déposé au fond de la casserole évoquait les sables bitumineux de la rivière Athabasca, et il monta faire ses bagages.

L'auto de Sam est une Toyota Corolla grise qui est sortie de l'usine en 1989, mais pourrait tout aussi bien être une Mazda Protegé verte de l'année ou une Colt rouge, du moment qu'elle le mène à l'aéroport de Maldoror, distant d'une trentaine de kilomètres, environ. Il faut en compter vingt de plus pour arriver à Maldo, la Pépite du Nord-Ouest.

La route du lac court du nord au sud sur un esker (un filtre à eau potable naturel composé de quelques centaines de mètres d'épaisseur de sable et de caillasse), plus ou moins parallèle au plan d'eau, ce dernier restant le plus souvent invisible derrière une épaisse tranche de forêt boréale. Elle s'entortille ici et là autour d'une série de vallonnements couverts d'épinettes noires, de pins gris et de bouleaux maladifs dont les feuilles à moitié bouffées par les larves d'insectes commencent à se colorer de jaune à la mi-août.

La neige tombée au cours de la nuit donnait au paysage un éclat presque douloureux. Lorsque le soleil perça entre deux nuages semblables à des plombs enfilés sur une ligne à pêche, Nihilo aperçut des traces de volaille au bord du chemin immaculé. Devant lui, un vaste peuplement de pins gris plongeait vers une tourbière. Le chemin de terre enjambait, un peu plus bas, le ruisseau de décharge sur un ponceau. Les tétras des savanes fréquentaient ces parages avec une régularité de coucous suisses et la voiture en fit lever deux ou trois qui se perchèrent dans les pins décharnés au bord de la route. Sam transportait une .410 glissée dans un étui sur la banquette arrière et avait plus d'une fois glané un souper de cette manière, mais il se voyait mal franchir la douane à Charles-de-Gaulle avec un gallinacé fourré dans ses sous-vêtements.

Il avait ralenti, avait baissé la vitre de sa portière, roulait maintenant au pas. Il vit les grosses empreintes rondes du lynx dans la neige, que ses yeux suivirent jusqu'à l'endroit où, sous une épinette, un tas de plumes sombres gisaient éparpillées en cercle, marquant le succès du chasseur. Il sourit. Scruta un moment la forêt, le sous-bois encombré, le jeu des ombres bleutées entre les troncs des sapins, les fougères foudroyées par le froid. Derrière lui, le soleil automnal dardait ses feux obliques au-dessus des arbres presque noirs.

# Madame Corps et la neige

La plage ressemble à un plancher en marbre : un sable blanc et fin, bien compacté et lisse. Les hauts rectangles de béton qui la bordent et forment comme une colonie de patelles géantes fixées sur le pourtour de la baie, hôtels, condos, casinos, donnent l'impression d'être sculptés dans une matière semblable. Leur éclat est celui, incandescent, d'un calcaire très pur lavé par la lumière marine.

L'océan est presque absent, comme si l'horizon avait tiré le tapis. Pour le trouver, dissous au loin dans un fin brouillard doré, il faudrait commencer par traverser ce Sahara de porcelaine et Samuel préfère l'éviter, cette plage trop blanche, comme si marcher dessus allait la salir. Il se contente de l'admirer du haut de la promenade bétonnée.

Et madame Corps ne pourrait pas être plus française dans son tailleur crème et son coquet foulard de soie rose.

Elle s'appelle vraiment comme ça : madame Corps. Le patronyme se rencontre surtout en France, où cette dame (appelons-la Ginette, et son nom de jeune fille : Dufour) a refait sa vie. Au Québec, sous celui de Cardinal-Dufour, elle a d'abord été l'épouse légitime de Jacques Cardinal, alias la Grosse Police, et la mère de ses enfants, puis la maîtresse de Marcel Duquet, le militant indépendantiste bien connu de la Rive-Sud, condamné à huit ans de prison pour avoir caché les assassins du ministre Lavoie pendant leur cavale de l'automne 70.

Cette dame Cardinal-Dufour a joui, trente ans plus tôt, d'une certaine réputation, de femme chaude disons. On a ici un personnage de la révolution sexuelle, sinon l'histoire au complet, quelque chose comme une Odette de Crécy longueuilloise. Gigi habite aujourd'hui, dans le *nec plus ultra* des stations balnéaires vendéennes, un chic condo qu'elle partage avec un monsieur Albert Corps, chasseur de veuves rangé des jupons, son mari hexagonal.

Un café en terrasse, aux Sables-d'Olonne. Il y a déjà deux mégots écrasés dans le cendrier en forme de coquille Saint-Jacques. Madame Corps achète des mentholées qu'elle transfère ensuite dans un étui plaqué or. Elle utilise un fume-cigarette taillé dans une matière qui ressemble drôlement à de l'ivoire si ce n'en est pas. Petites rides autour des lèvres. Qu'elle trempe dans un sirop d'orgeat ou quelque chose comme ça. Il est toujours impoli de demander son âge à une femme, mais la progéniture de la mère Dufour se chiffrait à quatre en 1970. Donnez-lui entre soixante et soixante-cinq ans et la couleur de teinture de votre choix.

On voit passer des filles, des voitures sport, des mères poussant des landaus, quelques touristes attelés à des valises munies de roulettes.

Vous n'avez pas traversé l'Atlantique juste pour me voir. C'est la première chose qu'elle lui a dite.

Samuel sourit. Je dispose pas de ce genre de budget. Mais au Québec, même un écrivain de deuxième ordre profite de tout un tas d'invitations. Comme faire partie du jury d'un obscur concours de nouvelles, un truc francophone, avec de grands Africains filiformes. Et puis, si le jury se réunit à La Rochelle, l'ancien port négrier et pourvoyeur de bonnes femmes des colonies, tout près d'ici, eh bien, tant mieux!

Vous ne ressemblez pas à un écrivain. En France, les écrivains ressemblent à des écrivains. Ils s'habillent comme des écrivains. À la rigueur, vous pourriez être un musicien…

C'est ce qu'on me dit toujours. Je vous ferai remarquer que je ressemble pas non plus à un habitué des Sables-d'Olonne. Pas de smoking, et pour ce qui est de la fortune de famille à flamber à la roulette, ça fait un peu dur, mon affaire…

C'est parce que quand vous pensez casino, vous voyez Françoise Sagan, alors que la réalité, c'est le troupeau de retraités de la banlieue de Baltimore en voyage organisé. Je n'ai pas lu vos livres. Je n'ai jamais entendu parler de vous. Comment vous avez fait pour me trouver?

J'ai déniché un Jacques Cardinal dans le bottin, j'ai appelé et je suis tombé sur le fils. Il ne voulait rien savoir. Tout ce que j'ai réussi à lui faire dire, c'est qu'il avait coupé les ponts bien avant que son père claque et que la dernière fois qu'il l'avait vu, le paternel lui avait reniflé une ligne de coke en pleine face. Après, il m'a laissé lui soutirer votre numéro.

C'est quelqu'un qui a fait beaucoup de mal autour de lui… Coco, je veux dire. Vous écrivez quoi? Un livre sur l'affaire Lavoie?

J'essaie.

Et… est-ce que je peux vous demander pourquoi?

J'avais un professeur à l'université. Mort, aujourd'hui. Lui, il voulait comprendre. Il avait fondé… une sorte de club. Mais ce serait un peu long à vous expliquer. Et moi, c'est votre histoire que j'aimerais entendre.

Trop tard. Ça n'intéresse plus personne.

S'il n'en reste qu'un, je serai celui-là, comme disait l'autre.

Vous perdez votre temps.

Peut-être. Mais gagner ma vie ne m'amuse pas tellement, alors deux ou trois heures de perdues de plus…

Qu'est-ce que vous voulez savoir?

Jacques Cardinal. Policier défroqué, un ancien de la brigade des mœurs, démissionné en douce du SPVM après avoir pigé dans la caisse du syndicat, selon une version. Pendant les années 60, on le retrouve mêlé à tout ce qui grenouille dans la mouvance indépendantiste et les groupuscules patriotiques, du RIN au PQ en passant par le FLP, la Phalange, le CIS, l'IOPQ et le FLQ. Au fait, madame Corps, votre mari, il vivait de quoi, à l'époque?

De fraudes.

Avec une famille de quatre enfants à sa charge ? Je pose la question, c'est tout.

Avant d'aller plus loin, Samuel, je vais vous dire une chose, et c'est vraiment pour vous rendre service : ils l'ont enlevé. Ils l'ont séquestré. Ils l'ont tué. C'est ça, la vérité de l'affaire Lavoie. Tout le reste, c'est du divertissement, des inventions de cerveaux qui travaillent trop. Êtes-vous un conspirationniste ?

Sceptique, plutôt. À la limite, un conspirationniste réticent. Tendance critique. Je crois aux coïncidences. Pas à leur accumulation.

Exemple ?

Le fait que votre ancien amant se soit fait passer sur la tête par son propre tracteur pas longtemps après avoir enregistré une entrevue avec un journaliste de l'émission *60 minutes*. Et aussi, les vérifications de routine. Les policiers sont tellement partout dans cette histoire que ça finit par paraître un peu gros. Comme quand vous êtes allée chercher les gars à la cabane à sucre, avec Duquet, vous vous souvenez ?

Un peu.

Novembre 70. La « plus grande chasse à l'homme de l'histoire du Canada » est en cours. Et vous partez un beau matin au volant d'une station wagon et Duquet vous suit dans une dépanneuse. Vous faites monter les fugitifs dans la familiale, ensuite vous faites semblant d'avoir un problème mécanique et Duquet vous prend en remorque. Et là, un policier vient voir ce qui se passe… et il vous donne un coup de main ! Sans se douter une seconde, apparemment, que les trois hommes les plus recherchés au pays sont allongés à quelques pieds de lui. Si l'idée, c'était d'attirer l'attention, le plan de nègre de Duquet, il était tout simplement génial. Pourquoi une dépanneuse ?

Je me souviens qu'il neigeait. Une tempête de neige. Vous oubliez la neige, Samuel…

Madame, je n'oublie pas la neige. Jamais. J'en arrive. Je ne l'ai jamais aimée. La neige…

En juillet, chez nous, il en reste seulement en dessous des épi-nettes.

Et vous aimez ça? Vraiment?

La neige?

La neige.

Oui. Je crois que oui.

Bon. Alors… Est-ce que je peux vous payer un verre?

# La chasse

Il ouvrit les yeux. Puis un spasme secoua ses bras et il se redressa en époussetant, le souffle coupé, les deux centimètres de neige qui recouvraient ses vêtements. Autour de lui, le ciel rempli de flocons humides descendait lentement sur le monde.

Les gars, réveillez-vous…

Godefroid roula sur lui-même et rampa dans la neige fraîche. Plus loin, un tracteur attelé à un épandeur à fumier avançait le long du champ labouré. Les mottes revolaient, fumantes dans le matin, et retombaient dans les ornières où le premier soleil venu frapper la terre brune faisait fondre la mince couche de neige déposée au cours de la nuit.

Piquetée de brindilles, la grosse tête hirsute de Jean-Paul émergea du fossé sous la clôture de piquets. Un vent froid poussait vers eux la bonne puanteur animale et sa lointaine chaleur avec les grondements saccadés du tracteur. René Lafleur les rejoignit en crapahutant sur les genoux et les coudes. Ses doigts gourds et rougis tenaient le 12 pompeux tronçonné, et de fines plaques de neige s'accrochaient à sa vareuse militaire comme de la farine à un filet de poisson.

Tous les trois avaient les yeux grands ouverts, maintenant.

Accroupis à la lisière du bois dans leurs vareuses des surplus de l'armée, les trois hommes suivaient des yeux le tracteur qui s'éloignait. Le ciel était bas et gris et l'air épais et les hoquets du moteur envoyaient ricocher des échos le long de l'érablière derrière eux. Jean-Paul frappa l'un contre l'autre ses bras ankylosés.

Restons pas ici.

Ils tombèrent presque tout de suite sur la vieille cabane à sucre qu'ils avaient passé des heures à chercher la nuit d'avant, à la lueur défaillante d'une lampe de poche aux piles fatiguées, le bruit de leurs pas pareil à un fracas de tempête sur l'épais tapis de feuilles mortes aussi sèches que des *corn flakes* dans la forêt. Ils se trouvaient dans les approches de l'Orford, quelque part entre Stukely-Sud et Waterloo, à moins d'une centaine de kilomètres à l'est de Montréal. Là où des complices, la veille, les avaient déposés le long d'un chemin de terre à la brunante. Ils avaient perdu le sentier depuis longtemps et, de guerre lasse, s'étaient abattus à l'orée du champ avec leurs deux cartons de nourriture et s'étaient serrés l'un contre l'autre pour conserver un peu de cette chaleur de bêtes traquées, en écoutant un chien de ferme aboyer dans le lointain, pour finir par sombrer dans un bref sommeil sans rêve, un peu avant le matin.

La cabane se dressait au bord d'une clairière à une cinquantaine de mètres à l'intérieur du bois. Grise et délabrée et paisible sous sa large cheminée de tôle couverte d'une fine couche de neige. La porte bâillait sur ses gonds. Quand Gode poussa dessus, elle émit un craquement prolongé. La seconde d'après, une exclamation lui échappait.

Les gars! On a de la compagnie…

Les frères Lafleur le trouvèrent accroupi devant le vieux four à sucre, sa boîte de vivres posée sur le sol de terre battue à côté de lui, en train de faire connaissance avec le locataire des lieux, un énorme porc-épic somnolent, hérissé et tout noir, tranquillement pelotonné près d'une pyramide de cylindres bruns : son tas de crottes. La lumière froide qui entrait par la porte faisait jouer sur ses dards un reflet argenté. L'irruption des trois hommes lui arracha à peine un bref grognement.

Regardez-moi ça. Il vit dans sa marde comme un crisse de gros capitaliste…

Ils laissèrent l'animal en paix et entreprirent d'explorer leur refuge, d'en examiner les possibilités. Pourries par endroits, les lattes branlantes de ce qui restait du plancher menaçaient de céder sous leurs pas. Des seaux métalliques pour recueillir l'eau d'érable rouillaient en tas dans un coin. Des deux par quatre en bon état étaient empilés le long du mur opposé. Et sur tout cela, de la poussière, des fétus de bois, de la toile d'araignée et des crottes de mulots.

René Lafleur avait débarrassé la hotte des feuilles mortes et des toiles d'araignées qui l'encombraient et entassait déjà des branches sèches au fond du vieux four à sucre quand Jean-Paul d'un geste l'arrêta.

Pas de feu.

De son côté, Gode s'était jeté sur un des cartons et leur exhibait ses trouvailles :

Ragoût irlandais. Ragoût de boulettes. Wow, du bon spaghetti en canne…

Est-ce que quelqu'un a vu un ouvre-boîte ? demanda René. Il venait d'entreprendre l'inventaire du deuxième carton. Tiens, on a du blé d'Inde en grains du Géant Vert… Des petits pois Le Sieur numéro 3… Des ananas Del Monte en tranches… Heye ! C'est pas eux autres qui ont renversé Arbenz au Guatemala ?

Je peux pas croire qu'on va être obligés de manger notre Chef Boyardee froid.

Et l'ouvre-boîte, il est où ?

Pas d'ouvre-boîte.

Ils avalèrent des sardines et du jambon SPAM dont les boîtes s'ouvraient à l'aide d'une clé métallique soudée au contenant, avec du pain tranché Weston, et plus tard trouvèrent une hache avec le manche cassé dans l'appentis en partie écroulé qui prolongeait la cabane et s'en servirent pour enfoncer le dessus des boîtes de conserve.

Au début de l'après-midi, ils marchèrent à l'abri d'une rangée d'arbres et de buissons d'aubépine jalonnée de tas de pierres, en suivant le fossé courbés en deux jusqu'à une grange abandonnée d'où ils rapportèrent chacun une grande brassée de paille défraîchie. Le tracteur avait disparu, la route de terre par laquelle ils étaient arrivés, au loin, était déserte.

La neige avait cessé.

De retour dans la cabane, ils arrachèrent quelques planches et attaquèrent le sol gelé à coups de hache, se relayant pour entamer la terre brune et dure qu'ils déblayaient ensuite avec leurs mains et portaient à l'extérieur en se servant des boîtes utilisées pour le transport des provisions. Lorsque l'ouverture fut suffisamment profonde, ils étendirent la paille au fond du trou et c'est là qu'ils dormirent cette nuit-là, et les suivantes.

Le lendemain, ils se remirent au travail, en se servant toujours de la hache comme d'un pic pour agrandir et approfondir le trou. Lorsque l'excavation atteignit des dimensions jugées suffisantes, ils retournèrent chercher de la paille ensemble. Ils disposèrent des deux par quatre au-dessus de la fosse et entassèrent par-dessus une épaisse couche de paille en guise de finition. Ils s'y couchaient tout habillés comme au fond de leur tombeau et remettaient ensuite en place, au-dessus de leurs têtes, un morceau de panneau d'aggloméré sur l'ouverture en guise de porte ou de couvercle.

Le porc-épic sortait à la brunante pour aller ronger l'écorce des mélèzes qui poussaient aux alentours et ils l'entendaient parfois grognonner et bougonner quand il rentrait au milieu de la nuit et regagnait ses quartiers, sous le vieux four à sucre. Le matin, ils le retrouvaient assoupi à la place habituelle, non loin de son monticule de crottes augmenté d'une contribution toute fraîche. Il avait recommencé à neiger.

Une nuit sans lune et brumeuse, ils firent du feu, la fumée ne se verrait pas. Ils dévorèrent du ragoût de boulettes Cordon Bleu à peu près tiède et se firent du thé avec de la neige fondue dans un des seaux métalliques. La fumée se dirigeait partout sauf à la verticale et emplit bientôt toute la cabane. Ils brûlaient des planches humides et du bois vert en toussant et devaient se pencher vers le vieux four pour arriver à sentir la chaleur sur leur peau.

René avait déniché une antiquité dans l'appentis, une vieille chaise berçante qu'il entreprit de réparer avec de la broche et une poignée de clous mangés par la rouille et patiemment redressés à coups de tête de hache.

Quand je vais la lâcher, elle va être comme neuve.

Je pense que tu perds ton temps, parce qu'on moisira pas ici.

Pas grave. Elle va être là pour les autres…

Ils chantaient. Félix, Claude Gauthier, Pauline Julien. *L'Auvergnat* de Brassens, quatre bouts de bois, quatre bouts de pain. Ils ne parlaient presque jamais du ministre Lavoie. Ni de leur camarade arrêté, Ben, qui avait un peu craqué et s'ouvrait la trappe à l'enquête du coroner. La rue Collins était derrière eux, maintenant. Temps de penser à l'avenir, l'hiver qui arrivait. Trouver une maison. De l'argent. Une caisse populaire dans un village tranquille. Faire des plans. Prendre leur trou. Jusqu'au printemps.

Tôt un matin, trois coups de feu, secs, incisifs, en succession rapide. Ensuite le silence. René était déjà debout, le 12 à la hanche, braqué sur la porte mal fermée. Gode passa la tête par le trou du plancher, des fétus de paille piqués dans la tignasse.

.30-30. Chevreuil…

Quand le temps était clair, ils n'allumaient pas de feu. Ils mangeaient du jambon SPAM et des pêches dans le sirop. Déjeunaient au Weston et au Paris Pâté. Quatre bouts de bois, quatre bouts de pain.

Depuis les coups de carabine, ils sursautaient au moindre bruit. Scrutaient l'orée du bois en parlant à voix basse. Godefroid était petit, 140 livres pour 5 pieds et 7 pouces, des yeux bleus. René était plus costaud, l'avis de recherche diffusé partout lui donnait 180 livres sur 5 pieds et 10 de charpente, des yeux et des cheveux bruns. Ils avaient le même âge : vingt-trois ans. Leur aîné de quatre ans, Jean-Paul était bâti comme un ours. Il pesait plus de 200 livres et faisait ses 6 pieds. La photo judiciaire publiée dans les journaux et montrée à la télé lui faisait une gueule de tueur. La première fois qu'il posa son cul sur la berçante fraîchement retapée par le frangin, elle se désintégra sous sa centaine de kilos et il resta là, les quatre fers en l'air, à rire aussi fort que les autres.

Une nuit, ils furent réveillés par ce qui ressemblait de prime abord à une sirène de police. Une fois chassées les brumes du sommeil, l'hypothèse la plus sérieuse voulait qu'un des goélands à bec cerclé qu'ils avaient vus voleter derrière l'épandeuse à fumier fût venu se réfugier, mortellement blessé, dans la cabane à sucre.

C'est René qui se dévoua et, repoussant le panneau, passa le premier la tête par l'ouverture. Un cri.

Ils sont deux!...

Sous ses yeux, une énorme pelote d'épingles traversée par un courant à haute tension frémissait et cliquetait dans le faisceau de la lampe de poche. Dans la faible lumière jaune, cette masse sombre lançait des éclairs d'argent et émettait des grognements porcins en continu.

Les gars, j'ai l'impression que Drapeau s'est trouvé une blonde...

Le porc-épic s'appelait Drapeau.

Eh, René!

Quoi?

Comment ils font pour pas se piquer?

Gode s'avançait dans le bois, le 12 au creux du poing. Il se revoyait à quatre ou cinq ans, marchant derrière son père dans l'immense forêt qui s'étendait jusqu'aux grandes baies de la mer froide. Le bruit de la détonation, comme une révélation sacrée. Les tétras basculaient comme des quilles dans les branches des épinettes.

Gode suivait un sentier à peine tracé, tendu, tous les sens en éveil tandis que son regard fouillait le réseau des troncs sombres et des branches grises et nues autour de lui. Le ciel était d'un acier implacable. La neige avait presque complètement fondu.

Quelques plaques subsistaient ici et là sous les talles de conifères. Alors il laissait peu de traces derrière lui, et au diable Jean-Paul et ses consignes de sécurité.

Le seul problème, c'était le tapis de feuilles mortes mouillées et givrées sous ses pieds, aussi bruyant qu'un torrent de montagne si on ne faisait pas attention. La course d'un écureuil y déclenchait un vrai boucan. Il s'arrêtait, l'arme pointée vers le sous-bois, la sécurité enlevée, le cœur battant. Raison de plus pour ouvrir l'œil.

Il parvint à la lisière du bois. Un champ s'étendait plus loin. La prudence lui commandait de rester à couvert, mais il préféra écouter la petite voix qui lui disait de continuer. Un muret de pierres filait entre deux champs, plus loin, ponctué de talles d'aubépines. Maintenant qu'il s'en approchait, il pouvait distinguer les fruits. Il voyait aussi, formant un étroit bosquet limitrophe, des buissons de pimbina, quelques pommetiers, et même un pommier sauvage.

Il s'était déjà aventuré trop loin, mais savait que rien ne l'empêcherait d'aller jeter un coup d'œil.

Il marchait. Atteignit une touffe de pimbina en premier, la dépassa, s'arrêta devant le pommier. L'éclat mat des fruits sous le ciel terne. Au moment où il tendait la main pour décrocher une pomme, une explosion se produisit. L'instant d'après, il tirait de la hanche, d'une seule main, sans savoir sur quoi ni pourquoi.

Le seul résultat visible de son coup de feu fut une brève pluie de ramilles hachées et une pomme explosée dont le trognon continua de pendre dans son champ de vision. Entre-temps, l'espace autour de lui s'était rempli de gélinottes brassant l'air de leurs courtes ailes, queues barrées de sombre déployées en éventail. Il devait bien y en avoir une douzaine. Elles filèrent en ordre dispersé au-dessus du champ voisin, le laissant les nerfs à vif, le cœur serré dans le poing de la nostalgie, au bord des larmes.

Il ne dit rien aux autres.

Le faisceau d'un spot électrique trouait les ténèbres, vint s'arrêter sur la cabane. Godefroid se tenait dans la porte avec le fusil. Aveuglé, il porta une main ouverte en paravent devant son visage. À travers l'explosion de lumière, une voix d'homme lui parvenait.

Les gars, tirez pas! C'est nous autres...

Bernard Saint-Laurent et un autre jeune gars, les bras chargés de provisions, s'avancèrent vers la cabane à sucre. On les entendait souffler dans l'obscurité. Une femme les suivait, une du réseau de soutien. Brune de cheveux, dans la deuxième moitié de la trentaine. Presque une aïeule, comparée à eux. Saint-Laurent ressemblait à un intellectuel à lunettes. Une gueule vaguement déplaisante, pourvue d'une mâchoire chevaline qui semblait se déboîter quand il parlait. Il assurait la liaison entre les deux cellules. L'autre était mince et barbu. Pendant un instant, on n'entendit rien d'autre que le bruit sourd de leurs pas sur les feuilles gelées.

Gode se recula pour les laisser passer, posa le fusil contre le mur de la cabane. L'espace s'emplit bientôt de visages tendus et de silhouettes fantastiques projetées sur les murs brutalement éclairés.

Le barbu posa la boîte en carton qui l'encombrait et s'accroupit. De mauvaise humeur, Drapeau réagit en faisant le gros dos avant d'aller, dans un impressionnant cliquettement de piquants, se réfugier dans le coin le plus éloigné.

Vous l'avez apprivoisé?

C'est pas ben ben dur.

Jean-Paul examinait les nouveaux venus d'un air soucieux.

Vous avez fait attention, au moins?

Saint-Laurent prit les deux autres de vitesse: On a pris par les petites routes. Personne nous a suivis, on s'en serait aperçus...

Jean-Paul paraissait réfléchir.

On vous apporte les journaux, annonça le barbu en brandissant un *Montréal-Matin*.

Est-ce qu'il y a du nouveau?

Ouais. De Gaulle est mort...

43

C'est là que vous dormez? demanda la femme.

Oui, madame. Le cul sur la paille. Les frères Lafleur sont le pain du sandwich, et moi je suis le baloney.

Des nouvelles des autres? demanda Jean-Paul.

Saint-Laurent prit son air de gars informé, important.

Les gars ont envoyé un nouveau communiqué. Avec une photo de Travers assis sur une caisse de dynamite...

Bullshit.

Mais vous savez pas quoi? Le prochain communiqué va être adressé à U Thant et ils vont l'envoyer directement à l'ONU.

Gode partit d'un rire incrédule.

Pourquoi pas le pape?

René dirigea un mince crachat vers le plancher.

Quoi d'autre? demanda Jean-Paul.

On a un ouvre-boîte.

Avez-vous pensé à ma proposition, les gars?

Ils se tournèrent vers celui qui venait de parler, Bernard Saint-Laurent. Jean-Paul, depuis un moment, le dévisageait avec attention.

Vous pouvez pas rester ici, disait-il. Vous allez geler, et puis, vous êtes brûlés au Québec. Aux États, ils vous attendent. Tout est arrangé. Je vous fais passer la frontière quand vous voudrez... On a du monde à New York, Alger. Black Panthers. Vous pourriez être à Alger dans pas grand temps.

Avant de penser à nous envoyer en Algérie, vous auriez pu commencer par nous donner des indications qui avaient de l'allure. On a passé la première nuit entre un fossé et une clôture, à se geler le cul.

Tout est prêt, insista l'autre, comme s'il n'entendait rien. Je vous fais passer aux États-Unis n'importe quand.

Tu diras à nos *amis américains*, trancha Jean-Paul, qu'il n'a jamais été question de partir. Que c'est ici que nous autres, on veut mener la lutte, pas en Algérie. On va pas abandonner nos amis. On va pas abandonner les prisonniers politiques.

Nos blondes sont en prison… Tu leur diras ça, ajouta René.

Après avoir convenu d'une nouvelle expédition de ravitaillement pour la semaine suivante, la visite allait repartir, regagner la nuit, quand Jean-Paul retint le jeune barbu et l'attira à l'écart.

Je veux plus le voir ici. Et trouve-nous une autre planque au plus crisse.

# Chevalier Branlequeue (1932-1999)

*Dans quelle autre nation du globe vit-on s'édifier des quasi-
cathédrales dans des villages dont la population, même en comp-
tant les pas finfins et les moitiés de sauvages installés au fond des
rangs, n'a jamais excédé 3 000 âmes ?*

C'était typique du style de Chevalier. Sam était tombé sur ce passage en feuilletant, la veille, son édition annotée et écornée des
*Épîtres d'un chevalier en beau joual vert*, d'abord parues aux Éditions de la Haute Marche avant d'être reprises dans la prestigieuse
BQ. C'était son Chevalier préféré, celui des vigoureuses apos-
trophes, le facétieux pamphlétaire qui, même au-delà du trépas,
continuait de faire de son mieux pour embêter les autorités tant
politiques que sacerdotales.

Né le long du chemin du Roy, à deux pas de la rivière qui traverse Sainte-Anne-de-la-Pérade, avec vue sur cette merveille néo-
gothique et sa double flèche de cent dix pieds de haut inspirée de
celle de la cathédrale de Montréal, celui qui se faisait appeler Chevalier Branlequeue avait à peine claqué — lâché, à la suite de
quelques autres organes, par des poumons presque aussi bien
goudronnés (disait-il) qu'une route provinciale par temps d'élections —, dans une chambre de soins palliatifs de l'hôpital Notre-
Dame, que des représentants de l'État québécois évoquaient, du
bout des lèvres, la tenue de funérailles nationales.

C'était sans compter les dernières volontés du zig, rédigées sur le ton d'une fausse note délibérée et qui prévoyait, pour sa dépouille funèbre, les dispositions suivantes : immersion dans un trou à travers la glace, avec le drapeau des Patriotes pour suaire, au cours d'une lecture laïque organisée dans une cabane de pêche du fameux village aux p'tits poissons. Chevalier avait toujours envié le dernier repos de ces marins revêtus de l'emblème national sur un affût de canon, puis livrés aux crevettes et aux requins. Le testateur ajoutait, dans un alinéa typique : *Pour une fois qu'ils auront droit à une vraie tête de veau et pas seulement au foie...* « Ils » désignant bien entendu les poulamons, ou petites morues, qui se laissaient traditionnellement appâter par un morceau de foie et constituaient l'assise de l'économie locale.

Le notaire avait suggéré l'incinération. Après, les cendres pouvaient être larguées n'importe où, au large des îles Mouk-Mouk, pas de problème. Mais le Branlequeue était boqué. Il avait eu pour père un notaire et c'est une guérilla freudienne qu'il entendait mener. Il y avait donc eu deux testaments : l'officiel, prévoyant pour la dépouille macabre un lot bien pépère au cimetière local, et l'officieux, apocryphe et rédigé de la main du principal intéressé.

C'était ouvrir la porte à la grosse Éléonore et aux charognards en costume trois pièces. La machine politico-catholique s'était alors mise en mode récupération, à commencer par ce sous-chef du protocole du gouvernement du Québec qui, marchant sur la corde raide tendue entre l'importance indéniable de l'œuvre et le potentiel de controverse lié au personnage, avait lâché la formule délibérément sibylline *funérailles pas nationales mais presque,* reprise ensuite par le chroniqueur littéraire *et* rédacteur de nécro-notices du *Nouvelliste* de Trois-Rivières — mieux réputé, au demeurant, pour sa rubrique des décès que pour ses critiques de livres.

La bonne vieille nature humaine avait fait le reste. De son poste d'observation situé dans le chœur, Samuel n'avait-il pas vu, la seconde d'avant, s'avancer, sous le précieux chandelier pascal d'avant la Conquête et la célèbre sculpture sur chêne représentant la belle-mère du ti-Jésus, le long de l'allée centrale, seul, sans première dame ni garde du corps, le premier ministre de la toujours province de Québec ? Et un peu plus tôt, n'avait-il pas reconnu, sous son épais combo de carotène et de fond de teint, le visage bronzé à l'extrait de soufre de Guadeloupe de la ministre de la Culture, en train d'accorder une entrevue télé sur les marches du parvis ?

Oui.

On avait donc adopté, sans trop s'en vanter, ce compromis protocolaire si typiquement de chez nous : des funérailles nationales sans l'être. Calfeutré bien à l'aise dans ses pensées, Sam laissait la cérémonie couler loin de lui comme de l'eau sous un pont. Il avait fait le voyage de Montréal, seul. Dans sa Corolla grise ou sa Protegé de l'année ou sa Colt rouge. La petite tribu était là, rassemblée à ses pieds. Il pouvait l'embrasser d'un seul tenant, la contenir en une seule idée. Le corps du défunt se dressait sur un écueil à l'endroit précis où, soumis aux mêmes marées, le fleuve de la Littérature et le marécage de la Politique confluaient avant de rejoindre la mer historique et éternelle. Poètes et politiciens, hauts fonctionnaires et romanciers, critiques, piliers de bar, militants de la base et directeurs de théâtres, universitaires, rockers, technocrates, sondeurs, bretteurs de l'intellect, hommes de terrain et de poignées de mains : du chasseur d'éléphant à la tour d'ivoire, la chaîne de production des grands récits de la nation se déployait sous les yeux de Nihilo.

C'est l'homme, évidemment, non l'œuvre, qui était au centre de la célébration. Mais le collègue venu saluer au micro le *maître et ami* ne rata pas l'occasion de servir à cette clientèle injustement privée des récentes lumières de la théorie sémiotique les extraits des chapitres de son *Branlequeue ou le sens mis en branle* rédigés à la faveur d'une sabbatique. Les Élucubrations, *ou le miracle d'une œuvre sans cesse à advenir, car tenant à ce livre unique jamais terminé, encore et toujours à finir, ultimement destiné à trouver son achèvement dans le devenir collectif, seul possible de sa postérité.*

Oui.

*Élucubrations*, le classique inclassable, passeport jamais étampé pour le Nobel. Le livre d'un homme seul, écrit par l'homme d'un seul livre — l'intervenant, comme beaucoup d'autres, gommait sans état d'âme l'existence des *Épîtres*... pour accommoder sa théorie.

L'épigone enchaîna avec des anecdotes personnelles authentiques et émues, dans lesquelles les initiés, qui formaient un bon quatre cinquièmes de l'auditoire, virent affleurer les torrentielles libations des interminables lunchs de profs du Frère Jacques, rue Saint-Denis. Le tout livré avec force clins d'œil en direction du défunt bien cuit dans sa boîte.

Suivit l'éditeur riche à craquer qui avait racheté la petite boîte à rêves jadis couvée dans l'encombrement bordélique d'une pièce de l'appartement où Branlequeue vivait avec sa femme Lonore et les trois enfants qu'il lui avait faits on se demande comment, venu prendre emphatiquement congé de celui qu'il appela *compagnon de route*. Un révolutionnaire trotskyste qui promenait aujourd'hui ses troubles bipolaires sur la banquette arrière d'une limousine lui succéda à la tribune. Le ministre des Approvisionnements en papeterie évoqua la vaillante silhouette de l'homme précocement voûté qui, à l'aube du dernier référendum sur la souveraineté, brandissant le bâton du pèlerin en guise de lance de Chevalier (quelques rires polis dans le public, suivis d'un ou deux débuts de refroidissement catarrheux), avait entrepris de faire la tournée des cégeps, tant en province que dans le Grand Montréal, dans l'espoir d'y convaincre les étudiants des avantages de l'indépendance politique pour une petite nation crucifiée à sa différence comme l'était le Québec. Le temps que quelqu'un s'avise de prévenir Chevalier qu'une majorité de jeunes gens fréquentant ces établissements (moyenne d'âge : dix-sept ans) ne jouissaient pas du droit de vote, le référendum avait été perdu.

À un poil que nous étions passés, comme ne manqua pas de le rappeler, de ce vibrato de basse qui n'était qu'une partie de l'explication de la quotidienne série de rendez-vous galants dont l'accumulation avait le don de mystifier son chauffeur, le ministre de la Papeterie. Qui, passant ensuite de l'évocation à l'invocation, tint à réaffirmer solennellement que jamais deux sans trois et que la prochaine fois, on verrait ce qu'on allait voir. En somme, le peuple québécois devait bien cela à Chevalier Branlequeue, conclut le ministre qui, à cet instant précis, paraissait y croire autant qu'à une réincarnation du général de Gaulle en danseuse de samba brésilienne.

Applaudissements.

Il y eut, ensuite, quelques membres de la famille pour compléter comme il faut l'opération de ravalement de façade de la respectabilité du père et de l'époux.

Chevalier, lève-toi, repousse le couvercle de ta boîte et embouche ton ruine-babines, suppliait Sam du fond de sa rêverie.

Il repensait à ce testament illégal dont un codicille spécifiait : *Je ne veux pas d'hymne religieux. Mais que quelqu'un entonne* La Complainte de la Mauricie *ferait, à défaut de béatitude céleste, mon bonheur de revenant...*

Une légère commotion se produisit soudain. Le romancier Jehan Bora, terreur de sa génération, venait de coiffer son feutre à larges bords et il s'extirpa de son banc en bousculant trois ou quatre personnes, parmi lesquelles des unéquistes pique-assiettes venus pour le café gratuit et les biscuits. Puis, énorme et majestueux, le col d'une bouteille bien visible à l'embouchure de la poche de son ample manteau, il s'avança le long de l'allée latérale. Marquant une pause à la porte du confessionnal, il souleva son couvre-chef juste ce qu'il fallait pour que son hommage à la bière contenant le corps, là-bas au pied de l'autel, ne passât pas inaperçu. Et Samuel le connaissait assez pour savoir que ce sacré Bora, tout en écrasant quelques pieds, avait coiffé son chapeau à seule fin de rendre les honneurs au Chevalier tombé.

Les reniflements géants qui traversèrent ensuite la porte de chêne refermée du confessionnal et s'élevèrent vers le jubé avaient cependant peu à voir avec le chagrin. Ils furent bientôt recouverts par les premières mesures de *Largo* de Haendel tandis que, reve-

nue de sa stupeur, l'assemblée des fidèles recommençait à faire .
comme si de rien n'était depuis toujours.

Sur le parvis, maîtresse du terrain à la fin, sous le chapeau à
voilette et le casque de cheveux blanc-bleu, la grosse Éléonore
récoltait les lauriers de sa tiède patience. L'air bête et la silhouette
carrée, cette vestale frappée de virilisme, à la bouche de raie
manta, avait répété à qui voulait l'entendre sa seule et unique critique de l'œuvre immortelle de son pitoyable époux et encore
plus pusillanime chef de famille : *Perdez pas votre temps à lire ça...*
Aujourd'hui, elle passait à la caisse et faisait tope là ! avec la postérité.

Samuel entendait bien, pour ce qui le concernait, sauter
l'étape des condoléances. Débarrassée d'un mari, le Boulottedogue, comme l'avaient surnommée les étudiants de Chevalier,
l'était par la même occasion de la clique de jeunes gens dont il
avait aimé s'entourer.

Le drapeau des Patriotes flottait sur le parvis battu par une
forte bise soufflant du fleuve. Aux jeunes militants portant tuques
et ceintures fléchées qui l'arboraient, ne manquaient que la pipe
entre les dents et le vieux mousquet. À mi-chemin des marches, la
ministre de la Culture, son maquillage craquant de partout sous
l'assaut du froid de février, donnait une autre entrevue.

Sam Nihilo avait presque réussi à se faufiler jusqu'au parking
quand un homme d'allure très correcte le héla de loin, le rattrapa.
La quarantaine athlétique, blonde, dégarnie à l'occiput. Sam
reconnut la longue figure, le nez busqué, le menton presque féminin, le front sans fin du Chevalier.

Poignée de main. Le nom sur le bout de la langue.

Chevalier avait épousé Lonore de peur après un épisode
homosexuel traumatisant survenu en 1950 à Copenhague. C'est
du moins l'explication qu'il donnait de cet hyménée après la troisième bouteille de vin. Il avait fui en courant Copenhague et son
abondance de bons Samaritains, tous le cœur sur la main dans
ces clubs de l'après-guerre où il s'était égaré un soir et où les

51

hommes dansaient entre eux (ce qui avait éveillé ses soupçons). Il était revenu faire une crise d'appendicite aiguë à Montréal et, se croyant à la dernière extrémité, avait convolé avec l'infirmière qui lui lavait ses souillures et à qui la peur d'être une tapette lui fit fabriquer trois enfants coup sur coup. C'est un de ces rejetons, non de l'amour mais du doute, qui se trouvait en ce moment devant Nihilo.

Merci d'être venu.

C'est… rien. Mes… hum, sympathies.

Un petit buffet… après… Pour…

J'aimerais bien. Mais je dois partir.

Tu sais que mon père venait juste de partir à la retraite quand…

Oui.

Mais après, il est resté, comme professeur invité. Il avait encore un bureau. Ses archives étaient là qui l'attendaient. Personne n'a touché à rien. Ma mère m'a demandé de trouver quelqu'un pour faire le ménage de ses affaires, tu sais, comme un premier tri avant que l'évaluateur de la Bibliothèque nationale se pointe. J'avais trouvé… intéressant, disons… ce que t'as écrit sur mon père dans la revue *Statut particulier*.

Ah. Oui.

Tu connais bien son œuvre. T'étais au courant de ses recherches. J'ai pensé que ça pourrait t'intéresser.

Oui.

Le fils Chevalier se tourna et suivit un moment des yeux le cortège funèbre qui s'éloignait à pied vers le cimetière voisin. Il sourit tristement.

Tu ne vas pas l'accompagner jusqu'au…

Jusque dans le trou?

Le fils soupira avec une sorte de soulagement.

C'est ça. Là.

À ma manière, oui, répondit Samuel.

Et me voici qui dérive loin du parvis, sur la rivière glacée couverte de neige et de cabanes de pêche pendant que le glas funèbre ébranle le ciel d'hiver posé sur la grosse bourgade comme une cloche à fromage du bon Dieu.

Je ne vais pas vous décrire le village *glaciestre* (le néologisme est de Chevalier) de Sainte-Anne-de-la-Pérade. Si vous trouvez les coordonnées de la municipalité, ils vous enverront peut-être le dépliant, même qu'ils ont sûrement un site sur le Ouèbe. Cette vieille paroisse cernée de vergers et sise à la frontière du pays sauvage et du fleuve se définit aujourd'hui comme la *Capitale mondiale de la pêche aux petits poissons des chenaux,* ce qui est aussi bien, Sainte-Anne étant à ma connaissance le seul endroit au monde où se pratique ladite pêche. Le village de cabanes (ou agglomération glaciestre) possède une durée de vie de six à huit semaines. Devant moi s'étendait, comme surgi du lit peu encaissé de la rivière, large d'une centaine de mètres à cet endroit, une floraison de cabanes blanches, jaunes, rouges, ardoise, vertes et bleues, chacune surmontée d'un tuyau de poêle en tôle crachant dans l'air d'un bleu intense un épais panache de fumée blanche. Des rues étaient tracées sur la glace entre les cabanes, et des véhicules garés entre les tas de neige. Le village est partagé en « quartiers », identifiables par leurs cabanes d'une couleur identique et qui correspondent à un même propriétaire et pourvoyeur.

J'étais tombé en arrêt devant un de ces domaines de pêche à l'entrée duquel un écriteau annonçait : *Gaston Nobert, pourvoyeur.* Et je songeais que c'était précisément ce que Chevalier Branlequeue n'avait jamais été pour sa famille : un pourvoyeur. Après toutes ces années à tirer le diable par la queue, lorsque l'université, sur la foi du succès fulgurant des *Élucubrations* plutôt que d'un quelconque diplôme, l'avait repêché au mitan des années 70, ses enfants avaient déjà fui le nid familial pour voler de leurs propres ailes.

Non loin de moi, une morue naine a soudain jailli d'une fenêtre ouverte pour aller rejoindre, sur la glace, tout un tas de ses congénères congelées vives. Je me suis approché, me suis penché et ai pris le poulamon entre mes doigts. Il gigotait encore un peu. Je l'ai regardé de près, et c'était comme si je jouais une scène : le prince Hamlet avec, à la place du crâne de Yorick, un vertébré aquatique. Je ne sais pas pourquoi, j'ai fourré le poisson au chaud dans ma poche. Je sentais ses faibles coups de queue contre mon flanc. Il vivait toujours. Je suis revenu vers l'église, me suis dirigé vers le cimetière, au milieu des dernières voitures qui quittaient le parking de l'église et s'égaillaient le long du chemin du Roy. Il n'y avait plus un chat autour de la fosse. Le cercueil avait été descendu au fond et attendait les fossoyeurs, qui ne devaient pas être loin, en train probablement de s'envoyer des lampées de réchauffe-canayen à l'abri d'une remise à outils.

Quand j'ai sorti le poulamon de ma poche, il avait cessé de se débattre. Je savais que Chevalier Branlequeue aurait approuvé cette plaisanterie : un poisson mort, comme dans la Mafia, où ce message voulait dire : bientôt toi aussi.

La petite morue s'est abattue presque sans bruit sur le couvercle du cercueil. J'ai marché vers l'église. L'autobus affrété par l'Union des écrivains était reparti. Tout le monde avait disparu. Ne restait qu'un vieux poète assis sur les marches du perron, les genoux serrés autour d'une bouteille glissée dans un sac en papier brun. Il chantait *La Complainte de la Mauricie*.

# Rue Saint-Denis

De la fenêtre de son bureau, au troisième étage du pavillon Judith-Jasmin, à l'UQAM, Chevalier avait joui d'une vue imprenable sur une des plus denses enfilades de débits de boisson de Montréal. Dans les campus universitaires de tradition anglaise, souvent enclavés dans des campagnes verdoyantes, on trouve d'habitude un seul pub pouvant mériter le nom de lieu de dépravation, et qui n'ouvre que le soir. Les étudiants n'y disposent que de quelques heures pour relâcher la pression accumulée, s'imbiber le ciboulot, draguer tout ce qui bouge, aller vomir aux toilettes et y pioncer une heure ou deux avant de tenter une dernière approche sur n'importe quoi de baisable et/ou se mêler à une petite bagarre à coups de poing, puis rentrer se coucher.

Toutes proportions gardées, l'UQAM, avec son campus urbain et son Quartier latin, se voulait, elle, une modeste imitation outre-Atlantique de la Sorbonne : quelques enjambées à peine séparaient le futur bachelier aux prises avec un assommant cours magistral de la terrasse où siroter une pinte en pétillante compagnie. Une tentation permanente, qui n'avait aucune raison d'épargner les profs, ce qui expliquait peut-être pourquoi les deux premiers organes qui avaient lâché le professeur Branlequeue étaient un rein, puis le foie. Il avait beaucoup été exigé de ces deux-là, se disait maintenant Samuel, debout à la fenêtre, tandis que, d'un œil distrait, il s'intéressait au manège du revendeur de drogues posté à la sortie du métro, coin De Maisonneuve et Saint-Denis.

Il retourna s'asseoir derrière le bureau. S'absorba un moment dans la contemplation du désordre familier. Au pied de l'Everest de paperasse entassée là, ou accrochés à ses flancs, surnageaient les talismans du prof. Une loupe. Une carte postale de Percé. Un gorille en peluche de dix centimètres de haut et ses attributs : short vert à bandes tricolores et gants de boxe rouges. Une clé ouvrant on ne sait pas quoi. La carte d'affaires d'un petit hôtel parisien du huitième arrondissement. Une plume de géocoucou de Californie. Une chaîne de trombones (32 mm, des numéro 1) de pas loin de cinq mètres de long, repliée en tas, patiemment assemblée pendant qu'une succession d'étudiants et d'étudiantes couvrant un large spectre de possibilités intellectuelles, en face, ânonnait bravement de nouvelles hypothèses sur la conception barthienne du plaisir textuel. Et puis, un carnet de chèques dont la couverture était formée de deux plaquettes de bois découpées dans un panneau d'aggloméré, innocent bricolage qui permettait à Chevalier de ressortir la même inusable plaisanterie chaque fois que le serveur du Frère Jacques se pointait avec la douloureuse : Attendez, mes chèques en bois sont ici…

Au dos d'une directive départementale qui portait sur la nouvelle politique concernant les fautes d'orthographe, Chevalier avait griffonné d'une plume guillerette : *Tollé rance zéro.*

Des coups énergiques frappés à la porte (demeurée entrebâillée de manière à respecter l'esprit de l'ORAL, l'Omni-Règlement-Anti-Libido, comme l'avait surnommé Branlequeue) lui firent vivement relever la tête.

Emma avait depuis longtemps passé le cap de la quarantaine et elle portait des bottes noires aux genoux, une culotte de cavalière, une blouse blanche à manches évasées dont l'ample décolleté laissait poindre un pan de sombre dentelle, et une veste rouge qui eût été de mise sous un chapiteau de cirque. Un collier d'environ deux kilos lui râpait la peau du cou. Dans un bureau, une assemblée syndicale, devant une classe, au cinéma, à l'opéra, à la cafétéria, cette grande allure de chasseuse à courre passait rarement inaperçue. Emma Magy avait six ans quand, en 1956, elle avait franchi la frontière austro-hongroise de nuit sur les épaules de son père. Elle aimait répéter que les Soviétiques s'étaient butés en Pologne à l'Église catholique, en Tchécoslovaquie aux intellectuels, en Roumanie à la pauvreté, en Yougoslavie à Tito, et en Hongrie à la joie de vivre.

Peu après l'inscription de Samuel à la maîtrise, à la fin des années 80, le département d'études littéraires avait été le théâtre d'une véritable série noire. En l'espace de deux ou trois ans, l'élite de ses professeurs, les vétérans du collège Sainte-Marie, les survivants blanchis sous le harnais des héroïques grèves à la chaîne des années 70, avait été décimée aussi sûrement que des vieux bolcheviques sous la terreur stalinienne. Ils n'étaient pas tous frappés, mais aucun de ceux qui l'étaient ne faisait de vieux os. Comme on roule sous la table, ils tombaient, victimes d'un vice ou l'autre : alcool, cigarette, garçons, beurre à l'ail, poker. Périssant au fil de cette même épée qui, dans la vie, leur avait procuré le plus de plaisir, en une sorte de justice poétique. Le plus érudit de la bande avait même trépassé d'un cancer du cerveau. Les rescapés silencieux erraient comme des âmes damnées au fond des couloirs, sauvés par le lithium et les antidépresseurs.

Et maintenant, Chevalier... Mais la femme qui venait de pousser la porte et dont le rauque coucou! de walkyrie continuait de rouler ses échos d'un bord à l'autre du corridor était d'une autre nature. Aucun des excès recensés dans la Bible du roi Jacques et le manuel d'hygiène corporelle de sœur Béatrix n'avaient pu en venir à bout.

D'un geste impérieux, elle lui intima de rester assis, puis éclata d'un rire homérique et néanmoins femelle à l'extrême.

Salut, le chouchou! On se demandait qui allait se taper la corvée...

Tu parles.

Il l'invita à poser ses fortes fesses sur une chaise. Ils durent, pour se parler, écarter, comme on se fraie un chemin dans une forêt, les piles de livres et les monceaux de papiers qui encombraient la surface du bureau.

Elle s'étonna de ne pas l'avoir aperçu aux funérailles.

J'étais là. Dernière rangée, comme à la petite école…

Pas juste là. Elle cligna de l'œil. Dans mes cours aussi.

Je sais pas ce que j'ai trouvé de pire : les protestations d'amitié posthumes des collègues qui l'ont traité en pestiféré toutes ces années à cause de sa supposée *conspirationnite chronique*, les relations publiques bien huilées et la propagande beurrée bien épais du bureau du premier ministre, ou bien la pieuse entreprise de blanchissage familiale. En fait, je crois que c'est le fond de teint de la ministre de la Culture…

Parlons d'autre chose, dit Emma en promenant ses yeux du fouillis du bureau au contenu de la bibliothèque archicomble qui perdait ses livres hérissés de signets comme un vieux divan sa bourre, en passant par les piles d'ouvrages et de revues savantes qui montaient du sol autour d'eux.

Comment tu te débrouilles ?

Comme ça. Je me tiens juste au bord du chaos, dit-il en montrant le bureau, je tataouine autour du pot. En fait, j'étais en train de m'imaginer avec un salaire de 75 000 par année, payé pour fantasmer sur des filles de dix-huit ans en leur expliquant *Madame Bovary*. Je me vois.

Pourquoi t'enseignes pas dans un cégep ?

Quand c'est le temps de mettre mon CV à jour, j'ai un blocage, je sais pas pourquoi.

Tu fais quoi, là ?

Des traductions. Ou bien, je fais le nègre blanc et je noircis du papier. Écrivain à tout faire.

Ils parlèrent du mort. De ses emportements, passions, toquades. De sa manie psychocritique, attrapée au début des années 80 en échangeant des pilules de toutes les couleurs avec Gérard Bessette, l'auteur du *Semestre*.

Puis, ils revinrent sur les obsèques. Le nouveau célibat du premier ministre faisait jaser. Presque autant que le teint surréaliste de la ministre de la Culture.

Il est mort seul, décréta Emma. C'est un scandale, ce qui s'est passé là-bas, à la Pérade…

Peut-être. C'est toujours dangereux de s'attaquer aux versions héroïques de l'histoire d'un peuple. Mais devant les *Élucubrations*, ils n'ont pas eu le choix de le célébrer… Impossible de passer à côté. Grâce à Chevalier, le Québec a son *Chant général*.

Non, tu te trompes. Ce qui l'a rendu intouchable, c'est d'être emprisonné pendant la crise d'Octobre. Pas vraiment un fait d'armes, mais quelque chose comme un passeport pour le septième ciel patriotique, aux yeux de certains.

Ouais, n'empêche que sur la question nationale, il n'était pas toujours facile à suivre… Sacré Chevalier. Il a quand même réussi à faire sortir le premier ministre de son bunker!

Arrête! Il est mort dans une grande solitude intellectuelle… Tous ces jeunes gens dont il aimait s'entourer, tu sais, son côté socratique… ils étaient passés où, quand il a perdu la santé?

Sam ne releva pas. C'est Emma qui avait trouvé le nom du groupe qui se réunissait au Cheval Blanc après les cours, et plus tard chez Lavigueur, plus à l'est. Au début de la session d'automne, par un bel après-midi, elle avait croisé, rue Saint-Denis, Branlequeue et la petite bande sortant d'un cours sur Hubert Aquin et la Révolution, et leur avait lancé, pour rire: Alors, ça se passe où, l'Oktoberfest?

Mais on n'est même pas encore en octobre, lui avait fait remarquer Chevalier.

Ah, mais vous autres, vous êtes toujours en octobre…, avait répliqué miss Magy d'un ton sibyllin.

Ils s'étaient d'abord baptisés les Octobristes, un calque des décembristes russes rencontrés dans Tolstoï. Puis, à force de descendre des rivières et des rivières de bière dans leurs abreuvoirs de prédilection de la rue Ontario, le mot « Octobierristes » avait fini par s'imposer de lui-même.

Qu'est-ce que les autres sont devenus? demanda Emma.

Profs de cégep. Correcteurs d'épreuves. Un humoriste. Une qui cueille des champignons sauvages au Yukon.

En tout cas, on n'en a pas vu un seul aux funérailles.

Je sais.

Tu travailles sur quelque chose en ce moment ?

Sam savait ce qu'elle voulait dire : de la littérature.

Un roman en chemin, mentit-il. Une sorte de machin…

Baissant les yeux tandis qu'il lui parlait, il s'amusait à dessiner avec son stylo des carrés et des losanges s'auto-engendrant à l'infini sur une feuille blanche.

Il avait confiance en toi, Samuel. C'est mon devoir de te le dire, maintenant qu'il n'est plus là. Il te voyait aller loin…

J'écris des petits papiers. J'envoie des recensions aux journaux. Je cours après les piges.

Et moi, je te dis qu'il comptait beaucoup sur toi. Il me le disait. Chevalier avait vu… quelque chose.

Chevalier voyait toujours quelque chose, Emma. Peut-être que c'était un visionnaire. Mais peut-être que non. Peut-être qu'il s'est tout simplement trompé. Pendant toutes ces années… Qu'il n'y a jamais eu de complot. Et la deuxième partie des *Élucubrations* s'est perdue et c'est bien dommage.

Trop de clés, pas assez de serrures, c'était sa manière de résumer l'affaire Lavoie. Il était assis exactement là où tu es maintenant, je revois les grands yeux pétillants dans sa triste figure, et le sourire amusé et navré qu'il avait le jour où il m'a dit : Tu sais, Emma, dans cette histoire, je me retrouve devant des gens beaucoup plus forts que moi.

Il a dit ça ?

Il n'a jamais réussi à suivre la piste jusqu'au bout. C'était son plus grand regret, celui qu'il a emporté dans la tombe. Et je voulais que tu le saches…

Gêné, Samuel jeta un coup d'œil à la fenêtre. Avec un claquement soudain et décroissant, un pigeon décolla du linteau.

# Le bateau

Né à Coteau-Rouge, dans une cahute aux murs recouverts de papier goudron. Le docteur a été obligé de traverser un champ avec de la neige aux genoux pour l'accueillir dans ce monde. La mère jurait comme un charretier. Réfugiées dans un coin, arborant des masques d'une méchanceté foncière et archaïque, deux chèvres assistèrent à l'accouchement.

Dans Jacques-Cartier, la banlieue ouvrière qui avait poussé au sud du fleuve, autour de ce simple croisement de chemins de campagne appelé le Coteau-Rouge, à moins de vouloir servir de chair à tripoter aux bons Frères de l'instruction chrétienne, les occasions de carrière se divisaient en deux grandes catégories : le banditisme et la police. Avant même d'arriver à l'âge d'homme, Jacques Cardinal avait compris qu'existaient, entre ces deux sphères d'activité, des zones intermédiaires aux frontières pas toujours aussi étanches que d'aucuns feignaient parfois de le croire. L'une d'elles était la politique.

Il avait été de ces hyènes de cour d'école qui chassent en meute. Plus tard, on le vit traîner avec une petite bande à la salle de billard. Attendant que quelque chose se passe.

Les habitants de ce bidonville semi-rural ignoraient encore les bienfaits de l'eau courante. Ceux qui possédaient un puits partageaient avec les voisins, les autres remplissaient leurs bidons où ils le pouvaient, dans les toilettes des stations-service. Le frère de

Coco, industrieux et débrouillard, chargeait un baril de fer sur une voiturette à bras et allait mettre à contribution les bornes-fontaines des quartiers mieux nantis comme Longueuil-la-bourgeoise. Son associé et lui revenaient en tirant et poussant la voiturette le long des rues non pavées. Dix cents le seau. Un après-midi, ils revinrent en pleurs, tonneau vide en remorque. Chassés à coups de pompes dans le cul. Des grands, expliquèrent-ils.

Coco Cardinal avait quatorze ans. Il dit :

Arrêtez de brailler et venez avec moi. On y retourne.

Un panneau stop se dressait au beau milieu du chemin. Il n'y avait aucun croisement de rues. C'était simplement la manière longueuilloise de dire : *Étranger, si tu es un nègre, un Chinois, un Indien ou simplement un pouilleux, prends donc une autre route.*

Ils passèrent outre, quittèrent le faubourg pauvre et s'arrêtèrent après le chemin de Chambly, devant une borne-fontaine. Cardinal adressa, sans se retourner, un signe de tête au frérot. Qui saisit alors la clé à molette chipée sur un chantier de construction, s'approcha de la borne, et demeura figé tandis que les quatre jeunes voyous sortaient sans se presser d'une cour voisine. Celui qui venait en tête avait un paquet de cigarettes glissé dans la manche de son t-shirt, de bonnes épaules. Il tenait à deux mains un bout de fil de fer avec lequel il jouait comme un vieux Grec tripotant son komboloï. Coco les surveillait du coin de l'œil.

Il remua les mâchoires, trouva un peu de salive au fond de sa bouche sèche, et cracha par terre.

Cardinal se planta devant la borne-fontaine et celui qui s'amusait avec le fil de fer vint s'arrêter devant lui. La broche entre ses poings écartés tendue au maximum.

Heye. Vous avez pas d'affaire icitte...

On vient juste chercher de l'eau.

T'as pas compris ce que je t'ai dit, le gros.

L'eau, c'est à tout le monde.

L'autre cessa de jouer avec le fil de fer et le mit dans sa poche.

Pas celle-là. Celle-là, c'est de la belle eau propre, pas pour les crottés.

Coco ne vit jamais partir le coup. Il reçut le pain en plein sur la gueule, sentit une épaisseur cotonneuse gagner sa mâchoire, puis absorber tout le bas de son visage. Reculant d'un pas chancelant, il tendit la main vers la clé à molette, mais ne put l'atteindre. L'autre lui était tombé dessus. Ils roulèrent par terre.

Parvenu à se libérer de l'emprise de son adversaire, Coco se remit debout. Quelqu'un avait désarmé son frère et il reçut la clé balancée à toute force en travers de l'estomac, chut lentement, atterrit sur les genoux. Pendant un moment qui lui parut très long, il ne fit rien d'autre que fixer l'asphalte et chercher son souffle. La voiturette renversée d'un coup de pied, il entendit le roulement sourd, métallique du baril qui allait buter contre le trottoir, plus loin. Le même gars qui lui avait scié l'intérieur de la poitrine avec l'outil s'en servait maintenant pour desserrer la vis de la borne d'incendie. Un large et puissant jet inonda la rue et transforma le caniveau en un sale torrent. Son frère braillait, quelque part. Coco fut empoigné par-derrière, leva les yeux et aperçut le visage grimaçant du petit dur adossé au ciel bleu, au-dessus de lui.

Tu voulais de l'eau ? Tu vas en avoir…

Coco tomba sur le type au fil de fer des années plus tard, par hasard dans une taverne de Longueuil. Il avait maintenant l'âge. L'autre, complètement soûl, contemplait un pot de vitre empli de plusieurs litres d'un vinaigre verdâtre où flottaient des œufs durs. Il buvait une grosse Dow, assis au bar, les épaules affaissées. Cardinal s'assit trois tabourets plus loin et le dévisagea posément. Son homme, aucun doute là-dessus.

Il se leva pour aller pisser. Pas de danger que l'autre le reconnaisse. Les chiottes étaient dégueulasses, l'odeur d'urine suffocante. L'urinoir commun en céramique bleue ressemblait vaguement à un abreuvoir à bestiaux. Coco tourna la poignée du robinet et regarda s'écouler une eau brune, puis jaunâtre. La serviette était un torchon grisâtre et râpeux posé dans un coin. Pas de savon. Il sortit un flacon de sa poche et versa deux comprimés de benzédrine au creux de sa main, les goba et les lessiva avec un peu d'eau du robinet recueillie dans ses paumes. Il plaqua ses mains mouillées sur son visage, puis les essuya sur son pantalon, tourna les talons et sortit.

Il s'assit à deux tabourets de distance du seul autre client en vue et commanda une draft. Il sortit une pièce de dix cents de sa poche et, avant de payer, la tint un moment entre le pouce et l'index de sa main gauche levée.

Tu vois ça?

Le tavernier, la cinquantaine, chemise blanche, col déboutonné, manches retroussées, sombres auréoles de sueur aux aisselles, avança un peu la tête.

Ce que je vois, c'est un dix cennes, pis depuis trente ans que je travaille ici, mon homme, c'est pas le premier que je vois passer.

Regarde comme il faut.

Le tavernier fronça les sourcils.

Je vois juste une vieille peau, pourquoi?

L'autre bord, dit Coco en constatant son erreur, et il fit pivoter la pièce entre ses doigts.

De son autre main, il sala sa draft et s'en envoya une gorgée. L'effet des *bennies* commençait à rentrer.

Un *boat*..., dit le barman.

Un schooner, corrigea Coco. Un deux-mâts. Construit en Nouvelle-Écosse, pour la pêche à la morue. Mais quand il a commencé à participer à des courses, il les a toutes gagnées. Jamais entendu parler du *Bluenose*?

Moi, le seul bateau à voile que je connais, c'est celui des Molson...

Coco fit rouler la pièce entre les premières phalanges de son pouce et de son index. Dans la lumière pisseuse, elle brillait comme de l'or entre ses doigts.

Ben moi, quand je vais avoir le mien... un deux-mâts, pareil comme celui-là, tu me reverras jamais la face, et sais-tu pourquoi?

Regarde-moi bien, disait le sourire de Coco.

Parce que je vais l'équiper d'un bar.

Le tavernier haussa les épaules et empocha la pièce, vexé. Deux tabourets plus loin, l'autre client éclata d'un rire aigre et presque dément. Coco pivota lentement sur son tabouret et le contempla un moment sans rien dire. Du fond de son ivresse, l'autre renversait et secouait la tête d'un air entendu en souriant au plafond.

Comme à regret, Coco se détourna de ce voisin et regarda de nouveau le barman.

Cré-moi que ça va être un crisse de beau bateau…

Du coin de l'œil, il vit l'homme au fil de fer se diriger d'un pas chancelant vers les toilettes.

Un sourire rêveur aux lèvres, Coco vida son verre et se leva pour aller pisser. Il poussa la porte à battant de style saloon et survint derrière l'homme qui urinait laborieusement, lui saisit la nuque et lui brisa le nez contre le mur, puis lui cogna le crâne encore plusieurs fois tandis que l'émail et le béton se couvraient d'éclaboussures rouges pareilles à la lente retombée d'une gerbe de fusées éclairantes. Il renversa l'homme dans l'urinoir, la pissette à l'air, sa vessie continuant de se vider par à-coups, le lâcha pour regarder autour de lui, se pencha sous le vieux lavabo déglingué et rouillé pour refermer son poing autour du tuyau d'évacuation coudé qu'il arracha en tirant dessus, le brandissant, ensuite, comme un casse-tête. L'eau jaillissait maintenant de sous le lavabo, mouillait son pantalon et lui coulait le long des jambes, inondait le plancher des chiottes autour de lui. Il revint vers l'urinoir en levant bien haut la plomberie et l'abattit sur le corps affalé en travers de la faïence azurée, le sang gicla, puis retomba se mélanger à l'eau et la pisse et aux boules à mites semées sur le carrelage en guise de désinfectant, des bulles se formaient et il frappait et continua de frapper, jusqu'à en avoir mal au bras, puis il lâcha le tuyau et attrapa la face gargouillante par les cheveux, s'assura de bien lui enfoncer le nez et la bouche dans le mélange de sang et de pisse au fond de l'urinoir avant de quitter la salle de bain.

Dégât d'eau, lança-t-il en réponse au regard interrogateur du tavernier.

À Jacques-Cartier, pendant les élections, la pègre petite et grosse tient le haut du pavé. Toutes les élections : scolaires, municipales, provinciales, fédérales. Les organisateurs en manque de bras trouvent tous les taupins dont ils ont besoin à la salle de billard du coin. Les jours de scrutin, on voit passer ces petits voyous sans envergure entassés à cinq ou six dans une auto. Ils font la tournée des bureaux de vote, dans une ambiance western, pour quelques dollars, la rue leur appartient. Vitres qui éclatent et voitures qui s'affaissent, leurs quatre pneus tailladés. Des incendies qui ont pris naissance dans des garages et des cabanons. Messages haineux en floraison nocturne de peinture rouge aux murs des habitations.

La petite bande qui gravitait autour de Coco avait son quartier général à la salle de pool du nouveau centre commercial, à côté du 5-10-15. Le quincaillier Dufour, lui, avait fait la passe avec les terrains sur lesquels s'élevait maintenant le centre commercial et connaissait Coco pour l'avoir déjà vu tourner autour de sa fille, fade et rêveuse blondinette un peu trop maigre. Ils virent arriver une Lincoln Continental Mark II blanche, un paquebot. Sortirent et entourèrent la merveille, fumant et crachant, admiratifs. Le quincaillier sur les talons, ils rentrèrent terminer la partie en cours.

Il paraît que t'en as sapré toute une au p'tit Duchesnay ?

Le bonhomme Dufour agissait comme organisateur en chef pour le candidat de la Ligue de vigilance.

Ouais, m'sieur, répondit Coco.

Puis il se détourna et s'absorba dans la contemplation du réseau compliqué des trajectoires potentielles des boules.

Le quincaillier lui alluma sa cigarette. Tournée générale de Kik Cola. Il désigna la Lincoln, un des modèles les plus coûteux de toute l'histoire de l'industrie automobile, trônant au milieu du parking. Il avait, dit-il, besoin de bras pour la retourner comme une crêpe le matin des élections.

En y allant doucement, précisa-t-il. Je veux pas voir une égratignure.

Pourquoi ça ? voulut savoir Coco, sincèrement intrigué tandis qu'il enduisait de craie bleue l'extrémité de sa queue de billard.

Parce que je vais peut-être la revendre.

Coco lui jeta un regard sans rien dire. De plus en plus intéressant.

C'est de la politique, dit le quincaillier. Occupe-toi pas de ça.

Coco se pencha et, cigarette au coin du bec, expédia la noire au fond du trou.

Les élections municipales de 1957 opposaient le « candidat de la pègre », le gros Raymond Girard, homme jovial et habile dont les méthodes, apparemment, ne faisaient pas l'unanimité, à celui de la Ligue de vigilance, Gilbert Giguère, dit Gigi, bien décidé, disait-on, à mettre un terme au « régime de terreur » qu'était, à ses yeux, la mainmise du crime organisé sur la démocratie municipale. On sait aujourd'hui que la Ligue était une façade de l'Ordre de Jacques-Cartier, mieux connue sous le nom de Patente : une société secrète ennemie des Orangistes et travaillant dans l'ombre à l'avancement de la race canadienne-française. À Montréal, la rédaction du quotidien *Le Devoir,* noyautée par la Patente, menait, sous la plume de son chroniqueur aux affaires municipales Paul Lavoie, le futur député et ministre libéral, une vigoureuse cabale contre le gros Girard, ses mœurs pégreuses et sa douteuse équipe.

Une Lincoln Continental de l'année peut se retrouver les quatre roues en l'air dans l'allée d'un bungalow de banlieue aux petites heures du matin. Ils étaient une dizaine à la manipuler, cinq pour soulever le châssis et le renverser, les autres pour le retenir. On aurait dit des fourmis se pressant autour d'un morceau de chair d'une blancheur immaculée. Ils déposèrent cette beauté presque délicatement sur l'asphalte de l'allée.

Coco balança un faible coup de pied dans l'aile arrière comme par acquit de conscience. Il regarda vers la maison, crut voir bouger un rideau. Le quincaillier avait raison. Ç'aurait été dommage de l'abîmer.

Les autres couraient déjà, Coco traînait, il s'éloignait en marchant, les mains dans les poches, au bout de quelques pas se retourna. Un moment, il resta planté au milieu du chemin, dans une attitude de défi. Le rideau du salon s'écartait toujours plus. Une natte blonde.

Plus tard ce jour-là, Coco vit une auto-patrouille garée le long du trottoir devant la quincaillerie. À l'intérieur de la boutique, le père Dufour et deux policiers examinaient un petit trou bien rond et finement étoilé foré dans la vitrine du commerce. Coco se tenait de l'autre côté, sur le trottoir, examinant lui aussi le trou dans la vitre. Le quincaillier l'aperçut et eut un geste comme pour le chasser. Mais plutôt que de partir, Coco fit signe aux policiers de venir voir. Les deux agents le connaissaient. Ils sortirent au bout d'un moment, le bonhomme Dufour sur les talons.

Ça ressemble à une .303, leur dit-il.

Ça y ressemble. Pourquoi, tu sais quelque chose ?

Non, à part que le coup a été tiré de *dedans* la quincaillerie, dit Coco en hochant la tête. Mais j'imagine que vous le savez déjà.

Hein ? Comment ça ?

Coco croisa le regard assassin du père Dufour. Livide, qu'il était. Il détourna les yeux et baissa la tête.

Avez-vous retrouvé des éclats de vitre dans le magasin ?

Non, convinrent les deux agents, leur curiosité piquée.

Coco s'accroupit sur les talons et récupéra, sur le trottoir, quelques fins débris de vitre et un peu de poussière de verre entre ses doigts, qu'il leur exhiba.

Vous voyez, c'est pas compliqué : les débris sont retombés à l'extérieur. Ça veut dire que la carabine qui a tiré était *dans* le magasin.

Les deux policiers se tournèrent vers le quincaillier, qui entre-temps était devenu vert. Ils attendaient une explication.

Le bonhomme Dufour s'en tint à sa version : le coup de carabine avait été tiré d'une auto en marche. Les policiers devaient choisir entre le témoignage de première main d'un citoyen respectable et pilier de sa communauté, et les imaginations d'un jeune délinquant.

Coco marchait dans la rue quand l'auto-patrouille vint se ranger à sa hauteur. Celui qui était au volant baissa sa vitre.

Où tu vas, comme ça, mon Coco?

Fourrer ma botte. C'est-tu correct?

Tu veux pas nous parler?

Pas là.

Pourquoi?

Parce que ça me tente pas.

C'est bien beau, la rue, Coco, mais vas-tu rester un crisse de bum toute ta vie?

C'est pas de vos ciboires d'affaires.

Tu devrais rentrer dans la police.

Le jour du vote, les autorités provinciales décrétèrent la Loi d'émeute. La situation semblait échapper à tout contrôle sur la Rive-Sud. En plus des habituelles échauffourées devant les bureaux de scrutin, cette fois, on s'était attaqué aux biens de membres en vue de la Ligue. Des voitures avaient été renversées, des menaces de mort proférées. Même un coup de carabine tiré à travers la vitrine d'une quincaillerie. Le propriétaire de l'établissement, monsieur Louis-Georges Dufour, vitupéra publiquement les jeunes voyous qui avaient osé s'en prendre à sa Continental Mark II flambant neuve. Il fit remarquer que son travail d'organisateur pour la Ligue, ajouté à des états de service irréprochables en tant que citoyen et membre de sa paroisse, faisait de lui une cible aux yeux de ces bandits. On se croirait au Far West, conclut-il.

De l'avis général, la proclamation par Québec de la loi d'émeute favorisa le retour à la paix civile et la réélection du maire Giguère, candidat de l'ordre et de la Ligue de vigilance.

Trois jours plus tard, Coco frappait à la porte. Le quincaillier n'était pas content.

C'est pas une bonne idée de venir cogner ici, comme ça...

Après que j'ai payé mes gars, dit Coco, il est rien resté pour moi. J'ai besoin de plus d'argent.

J'ai pas d'autre contrat pour toi. Les élections sont finies, Coco...

Le bum regardait par-dessus son épaule, vers le fond du couloir. La fille passa lentement. Se coula dans la cuisine brillamment éclairée. Le père vit Coco la voir.

J'ai rien pour toi, mon gars.

Je veux pas d'argent...

Coco le regarda bien en face, avec un étroit sourire dans son visage gras. Il dépassait le maître de céans d'une bonne tête.

La Lincoln...

Quoi, la Lincoln?

Combien?

Le quincaillier éclata de rire.

Elle est pas dans tes prix.

C'est pas grave. Juste à me faire travailler plus.

Reviens me voir aux prochaines élections, OK?

Non. Parce que je vais aller voir le gros Girard bien avant...

Son sourire eut raison de celui du quincaillier, qui baissa les yeux le premier.

Je veux juste l'essayer, dit tranquillement Coco.

Tu veux... quoi?

La Lincoln. Un tour, après ça, je vous la ramène. J'y ferai pas mal, ajouta-t-il au moment où le commerçant lui refilait les clés.

Dufour n'aima pas le sourire qu'il vit alors fleurir sur les lèvres de ce vaurien avec un bel avenir devant lui.

La deuxième fois qu'il prit la Lincoln, il eut droit, en prime, à la fille et au quart des chromosomes du quincaillier. Ils passaient un western avec John Wayne. On était au début de juin et la soirée était chaude, et bien plus encore après le film dans l'auto. Ils roulèrent vers le sud le long du chemin de Chambly et ensuite sur la route des Cantons-de-l'Est avant de longer la rive nord de la rivière L'Acadie. Au Québec, les îles aux Fesses sont presque aussi nombreuses que les lacs Vert et les lacs Long. Quelque part entre l'île aux Lièvres et l'île Goyer, il s'en trouve une où, après un petit pont, dépassé les chalets, la Lincoln aboutit.

L'Acadie est une plate rivière aux eaux colorées de boue par les pays agricoles traversés. Des bouquets d'arbres et d'arbustes s'étendaient jusqu'à la berge paisible. Au creux d'une étroite prairie bordée d'ajoncs, à minuit passé, Coco enfonça le nez de l'auto dans les longues herbes où s'incurvaient deux ornières à peine visibles.

Ginette guida sa main. Elle avait des seins comme des petits pains qui sortent du four, pleins de vie, et il le lui dit. Pas très longtemps après, la Mark II blanche se mit à osciller dans l'espace entre les quenouilles et les étoiles.

Après, ils ont fumé une cigarette.

L'autre matin, je t'ai vu, lance Ginette. T'étais avec ceux qui ont reviré l'auto de Pa à l'envers. Ce que j'ai de la misère à comprendre, c'est comment il peut te la prêter après ça.

C'est de la politique, répondit Cardinal. Occupe-toi pas de ça.

Il baissa la vitre, lança son mégot dans les herbes humides de rosée, ouvrit la portière et sortit. Elle le vit rentrer les pans de sa chemise dans son pantalon, puis aller vers le coffre. Elle l'entendit le déverrouiller. Lorsqu'elle sortit à son tour, elle se sentit avalée par le ciel et la nuit. Le chant des grenouilles. À quelques pas devant elle, Coco tenait une carabine .303 Lee Enfield de l'armée, munie d'un système de visée à œilleton. Il l'épaula, alignant les mires dans le noir.

Qu'est-ce que tu fais là ?

Je regarde, dit Coco, visant un point situé quelque part sur l'autre rive.

Il actionna la culasse. Les sons clairs et presque joyeux émis par le mécanisme, les claquements métalliques, légèrement assourdis par le lourd fût de bois, lui plurent.

C'est sa carabine de chasse au chevreuil, avança Ginette. Il y va chaque année.

Il s'en sert pas juste pour chasser le chevreuil, fit Coco, d'un ton goguenard, la carabine toujours épaulée.

Et il lui raconta l'incident de la vitrine.

Je comprends toujours pas pourquoi il t'a prêté son char, remarqua Ginette.

Près d'elle, Cardinal visait toujours d'invisibles grenouilles dans le lit ténébreux de la rivière. Il baissa l'arme et sourit pour lui-même.

Parce que je le tiens. Je le tiens par les gosses, répéta-t-il, un peu plus fort.

Ginette ne l'aurait peut-être pas admis, mais elle était impressionnée.

Leurs tours d'auto du samedi soir à l'île aux Fesses. Ils se tripotaient, baisaient sur la banquette, faisaient attention, de leur mieux, pour empêcher la famille, ensuite ils regardaient s'écouler la rivière dans le noir en fumant des cigarettes, assis dans la grosse américaine. Et Coco :

Un jour, je vais avoir un bateau et je vais t'emmener, je te parle pas d'une chaloupe à rames, là, je te parle d'un deux-mâts, d'une vraie goélette, ma belle Ginette, ma Nénette à moi. Je te parle d'un bateau qui peut faire le tour du monde…

Lorsque le quincaillier Dufour, deux mois plus tard, repassa par la salle de pool, c'était pour annoncer à Jacques Cardinal qu'il allait devoir prendre ses responsabilités et non pour lui confier une jobine louche de plus. La cérémonie eut lieu un jour de neige mouillée, de gadoue et de glace. Coco, lendemain de brosse, eut besoin d'une demi-douzaine de *bennies* pour seulement arriver à tenir debout. Il oublia les alliances. En fait, il les avait égarées. Elles furent retrouvées juste à temps, coincées entre les coussins de la banquette arrière de la Lincoln, au volant de laquelle ils partirent ensuite, sous la pluie verglaçante mêlée de confettis, accompagnés du traditionnel concert de klaxons, le visage fendu par des sourires Pepsi.

Voyage de noces dans le Petit Nord, au Colford Lodge, près de Lachute. Ginette se retira dans la salle de bain pour se défaire de ses agrès nuptiaux. Elle connut un bref épisode de panique en se découvrant si jeune dans la glace du lavabo. Puis, elle passa le déshabillé que sa mère lui avait acheté et repassa bravement dans la chambre. Coco, affalé en travers du lit, ronflait comme un bon.

Le beau-père avait des relations dans la police de Montréal. La Patente servait à ça. Coco entra dans la police.

De la casse dans la cuisine, quelques sacres. Pendant qu'elle attendait la prochaine secousse dans le noir, il vint s'abattre sur le lit. Allongé là, tout habillé. Elle sentait souffler son haleine rauque et chargée dans la chambre. Elle le poussa à deux mains. Réveille-toi.

Il finit par ouvrir un œil.

Quoi...

J'ai mes contractions... Emmène-moi à l'hôpital.

Il lui fit sauter trois boutons de sa chemise de pyjama, découvrant les lourdes mamelles gonflées et prêtes. Elle demeura bouche bée tandis que, sa respiration hachant le silence seulement troublé par le cliquetis de la boucle métallique, l'homme, à genoux dans le lit, défaisait sa ceinture. De ses deux mains, il écarta brutalement les pans du haut de pyjama, le dernier bouton du bas partit en chandelle et dessina une courbe au sommet de laquelle il parut s'immobiliser pendant une fraction de seconde, comme une bécasse jaillie d'un fourré.

Jacques, non...

Cardinal agrippa l'élastique du pantalon de pyjama et avec un grognement d'effort dévoila l'incroyable lune qui se levait dans la chambre, aussi solennelle qu'un marbre sous ses doigts. La forte odeur de soupe biochimique qui en émanait ne l'arrêta pas. Au contraire, ces intenses ruminations muqueuses semblaient l'exciter.

Il s'endormit ensuite à l'endroit où il avait roulé, sur le plancher, seul comme un chien.

Un peu avant l'aube, elle parvint à le réveiller. Au mot « hôpital », il ferma les yeux et se rendormit.

Les contractions allaient bon train lorsque Coco, sans avoir dessoûlé, s'installa au volant de la Mark II qui les emmena dans la nuit.

Il fut promu à l'escouade de la moralité. Fit à sa femme trois autres enfants, une alternance de filles et de garçons. À la moralité, un univers de maisons illégales, jeu et débauche, les nuits de Montréal. Le maire était un incorruptible repenti qui avait bâti sa réputation sur son amour immodéré de la décence et des bonnes mœurs. Encore jeune procureur, il s'était attaqué aux écuries d'Augias et avait accompli le notable exploit de cadenasser le Red Light, puis s'était fait élire premier magistrat et avait fait main basse sur l'hôtel de ville, où quelqu'un s'était chargé de lui expliquer les réalités de la vie.

Les attentions qu'avait pour le directeur-chef Salaberry une certaine madame du quartier chaud (lequel, sa façade ravalée et sa sulfureuse enseigne en moins, avait rouvert pour assurer les services essentiels) étaient un secret de Polichinelle dans le service. Les tenanciers des mauvais lieux étaient informés des descentes à l'avance par le coup de fil d'un officier supérieur, comme il se doit. Les hommes y raflaient quand même quelques poules, pour montrer qu'ils ne restaient pas à rien faire pendant que la corruption gagnait du terrain et gangrenait la belle jambe des politiciens et que l'enflure des discours du maire atteignait des sommets proportionnels à sa secrète et honteuse lubricité. Et ils ramenaient les filles au poste et les bouclaient pour la nuit, histoire de rigoler.

Alternant l'alcool et les speeds, Coco dérivait entre des montagnes russes d'euphorie et d'abattement tandis qu'il passait d'un party à l'autre. Ses fréquentations lui prenaient maintenant presque tout son temps. Il ramenait des copains, des couples à l'appartement. Une nuit, Ginette glissa dans le sommeil en priant pour que les bruits de voix et les bris de verres ne réveillent pas les enfants. Lorsqu'elle rouvrit les yeux, un collègue timide de son mari était fourré dans son lit et lui souriait d'un air idiot. Il avait gardé son caleçon et ses bas. Elle l'attaqua avec la hargne d'une chienne qui défend ses chiots.

Veux-tu bien me dire ce que tu fais là?

Ben… Coco m'a dit que je pouvais.

Le compteur marquait 110 milles à l'heure. Entre Ginette et Coco, sur la banquette avant, une caisse de Mol. Il conduisait le pied au plancher, la bouteille entre les jambes, fonçait sur la voiture qui les précédait et se déportait au dernier moment, les ailes se touchaient presque, puis la Lincoln se ruait vers le camion qui arrivait en sens inverse et attendait de frôler la collision pour se rabattre. Coco s'amusait de la peur de sa femme, qui le suppliait d'arrêter.

Quelque part dans le bout de Berthier, il négocia un virage trop serré, la caisse de bière poursuivit son chemin et alla s'écraser sur la pédale de frein. La Lincoln partit de travers, arracha une clôture et parcourut une centaine de mètres avant de s'immobiliser au milieu d'un champ. Ginette cessa enfin de hurler. Cardinal regardait droit devant lui, les yeux sortis de la tête, les poings crispés sur le volant, les mâchoires serrées au point qu'on entendait crisser ses dents.

Une autre fois, ils roulaient au milieu de la forêt près de Morin-Heights quand Ginette, agrippée au tableau de bord, eut une crise de nerfs. Incapable de la faire taire, le gros Coco menaça de l'abandonner seule au bord de la route, en plein bois. Trente milles à pied, ça use. Elle pleurait maintenant toutes les larmes de son corps. Il freina pile et se rangea, sortit, contourna le paquebot par l'avant, ouvrit la portière du côté passager, attrapa sa femme par le poignet et la balança dehors.

Elle regarda l'auto tapisser l'asphalte de caoutchouc brûlé et s'évanouir dans un virage, puis s'assit et attendit qu'il revienne la chercher. Mais il tint parole.

On ignore les raisons exactes du congédiement de Jacques Cardinal par le Service de police de Montréal. Il fut question, à l'époque, d'une fraude, on parla de tripotage autour de la caisse du syndicat. Le fait est que, au milieu des années 60, le bon vieux gros Coco fut évincé des rangs de la force constabulaire. Il affirma à sa femme être parti de son propre chef. Ça réglait la question. Le sujet était clos.

Non qu'elle songeât à s'en plaindre. Avec l'escouade s'éloignèrent, un temps, les mauvaises influences. Le Jacques nouveau était mûr pour sa période Bien-être au foyer. Il s'occupait de la petite, racontait des histoires au plus vieux. Son ample tour de taille ceint d'un tablier, il faisait la popote. Elle portait leur troisième enfant. Comme ils n'avaient pas la télé, ils s'asseyaient au salon après souper et ouvraient des livres empruntés à la bibliothèque. Dans le grand atlas mondial du *Sélection du Reader's Digest*, les rêves de Coco prenaient le large, il mémorisait les noms des mers du globe sur lesquelles bourlinguait son imagination : Azov. Marmara. Barents. Aral. Égée. Oman. Kara.

Ils vivaient dans un bloc derrière le centre commercial. Des rats bien nourris filaient parmi les parpaings. Les champs commençaient au bout de la rue. La seule dot de Ginette était la Lincoln Continental Mark II et elle valait peut-être une fortune, mais Coco se serait fait passer dessus par une Volkswagen jusqu'à ce que mort s'ensuive plutôt que de la vendre. Lorsque le nombre des créanciers dépassa celui des bouches à nourrir, Cardinal recommença à traîner en quête d'une combine ou deux.

On pouvait le voir au Vegas Sport Palace, boulevard Taschereau, sur la Rive-Sud. L'établissement appartenait à Luigi Temperio, le bras droit du parrain montréalais Giuseppe Scarpino, lié à la famille Bonanno de New York. Ses contacts dans la police aidèrent Coco à se faire de nouveaux amis. Il rentrait plus tard, s'était remis à boire, engloutissait les comprimés d'amphétamine comme si c'étaient les petits bonbons enfilés en colliers multicolores qu'il achetait à l'épicerie Labelle, à Coteau-Rouge, quand il était petit gars. Les livraisons de chez Labelle Self Service Store se faisaient en voiture attelée. La camionnette du laitier était elle aussi tirée par un cheval. Et le kiosque à patates frites…

Et pour l'eau courante, pour l'eau courante, il y avait la voiturette à bras.

Mais aujourd'hui, tu roules en Continental et les princes de l'interlope te paient le cognac.

Cardinal se sentait l'âme d'un patriote. Il s'inscrivit au RIN, le Rassemblement pour l'indépendance nationale. Pressées de passer à l'action, des factions issues de ce mouvement bricolaient des bombes qui ébranlaient les symboles du pouvoir et les murs des casernes. Les groupes séparatistes radicaux naissaient, essaimaient et disparaissaient dans le temps de le dire pendant que l'Histoire se cabrait. Coco participait aux réunions du CIS (Comité indépendance-socialisme) de Francis Braffort, où il croisait aussi des membres du IOPQ (Intellectuels et ouvriers patriotes du Québec), fondé par deux anciens policiers. C'était un peu bizarre, ce duo d'ex-flics qui met sur pied un groupuscule marxiste. On voyait vraiment de tout.

Un soir, Kimball vint à l'appartement.

Richard Kimball avait vingt et un ans et venait du nord du Michigan, Marquette, dans ce coin-là. Il avait fui les USA par idéalisme, pour ne pas avoir à faire ce qu'on attendait de lui et qui consistait à aller se faire bouffer par les bestioles de la jungle et tuer si possible quelques Vietnamiens. Un *draft dodger*. Kimball était bizarre. En 67, lorsque le président Johnson se déplaça à Terre des Hommes pour inaugurer le pavillon des États-Unis, Kimball dit à Coco qu'il se cacherait dans un arbre de l'île Sainte-Hélène et ferait un carton. Pas sur le président, mais sur le type chargé de la levée du drapeau pendant la cérémonie. Plus tard, il raconta à Coco que les responsables du protocole et le *Secret Service* avaient eu l'idée de faire exécuter la tâche par un scout, parce qu'ils étaient convaincus qu'un éventuel tireur embusqué n'oserait jamais descendre un enfant. Kimball ajouta que le scout portait un gilet pare-balles quand il avait hissé cette sacrée vieille bannière étoilée. C'est le genre d'histoires qu'il racontait.

Des fois, Coco le croyait, d'autres non. Il se passait tellement de choses.

Kimball était un blondinet au sourire fendant doté d'un douteux sens de l'humour. De toute évidence, il considérait son anglais rural du Haut-Midwest comme un idiome supérieur dont les indigènes devaient se montrer dignes dans le meilleur intérêt des bonnes relations entre peuples civilisés. Ginette le prit tout de suite en grippe. Il amenait des filles. Il vivait avenue du Mont-Royal, dans un grand appartement de cinq pièces et demie. Quand Dick débarquait, le coqueron de Coco et Nénette se remplissait peu à peu de fumée et d'un brouillard de l'esprit qui durait jusqu'au matin. La première fois que Kimball amena Lucie, elle grimpa sur la table et se dévêtit. Quelqu'un prenait des photos. Ensuite, Dick la conduisit dans la chambre, l'étendit et se mit à la travailler. Les autres invités faisaient des commentaires pendant que Coco, aux premières loges, tenait à peine debout.

Un matin, Dick Kimball, après avoir regardé Cardinal lessiver deux *bennies* avec un verre d'eau trouble du robinet, sortit d'une poche de sa veste un miroir du même genre que celui que Ginette utilisait pour se repoudrer, une lame de rasoir dont un des tranchants était recouvert de ruban gommé, et un sac en plastique contenant peut-être un gramme de cocaïne. Il en versa une partie sur le miroir, l'étendit et la travailla à la lame de rasoir. Coco ne perdait rien de ses gestes dont chacun avait la gravité autoconsciente d'un rituel.

Kimball venait de former deux traînées parallèles de cinq centimètres de long.

*This is good stuff,* dit-il.

*How… How good?* demanda Coco.

Dans la vive lumière de la cuisine, Kimball le dévisagea comme s'il n'avait jamais vraiment pris la peine de le regarder avant. Il sourit.

*Too good for you.*

Une nuit que Coco avait levé la main sur Ginette, Lucie entraîna celle-ci dans la salle de bain pendant que Kimball se détournait en marmonnant qu'il n'avait pas pour politique d'intervenir dans les affaires intérieures canadiennes. Lucie passa une débarbouillette humide sur l'œil au beurre noir de Ginette et elle promit de l'aider avec les enfants pendant que les hommes seraient sortis.

T'as quel âge ? demanda Ginette.

Je viens juste d'avoir mes dix-huit ans.

Je comprends pas ce que tu fais avec un homme comme lui.

Lucie sourit.

Je comprends pas ce que tu fais avec un homme comme ton mari.

Ginette se sentit violemment rougir.

De quoi il vit, Kimball ?

Il travaille pour une compagnie. C'est la seule chose que je sais et c'est mieux de pas trop poser de questions.

Sérieusement, t'as pas peur de lui ?

Elle parut réfléchir à la question. Puis :

Viens. Je vais te montrer quelque chose.

Elles sortirent par le côté de la ruelle et descendirent l'escalier spiralé en fer forgé. La Z-28 de Kimball était garée dans la cour couverte de gravillons. Les deux hommes avaient décampé à bord de la Lincoln.

Viens voir, répéta Lucie.

Elle ouvrit le coffre de l'auto et tira une couverture. Ginette ne connaissait rien aux armes. Elle voyait des canons, des crosses, des gâchettes et des chargeurs accrocher faiblement la lumière échappée des balcons voisins. Un arsenal empilé au fond du coffre, adossé à des caisses.

Sais-tu ce qu'il y a dans les boîtes ? Regarde ce qu'il y a d'écrit dessus.

## EXPLOSIVES DANGER

Dick se promenait avec des caisses de dynamite entreposées dans sa Camaro.

La sonnette de la porte d'entrée. Une petite fille pleurait dans une des chambres. Ginette alla ouvrir, tenant toujours le couteau de boucherie dont elle comptait se servir pour se trancher les veines du poignet. De la porte, on entendait couler le robinet de la baignoire. Elle se retrouva devant deux policiers.

Ils lui dirent que les voisins avaient appelé à cause du bruit et lui demandèrent si tout allait bien. Celui qui avait parlé gardait les yeux baissés sur le couteau. Ginette les rassura de son mieux. Au moment où ils repartaient, elle sentit qu'elle devait dire quelque chose et leur annonça qu'elle allait tuer son mari.

Ils crurent à une blague, posèrent quelques questions, puis lui conseillèrent de ranger son couteau.

Cette nuit-là, elle dormit profondément. La baignoire débordait.

Le sexe était bon, ils avaient la Household Finance au cul. Coco disparaissait, téléphonait pour lui dire de préparer le souper et se faisait ensuite un devoir de découcher. Un soir, elle vit la Lincoln passer devant l'immeuble sans s'arrêter, jeta un manteau sur ses épaules, la trouva parquée sur le terrain vague au bout de la rue, avec son mari au volant et Lucie un peu gênée, le t-shirt roulé par-dessus les tétons. Ginette jura que c'était la dernière fois. Elle fit une dépression. Un médecin venait et lui faisait des injections. D'après lui, elle avait surtout besoin de calme.

Ensuite, Coco tenta de la tuer. Dans un état second, il commença par tout casser dans la cuisine, éventra des sacs de farine dont il répandit le contenu. Il attrapa sa femme par les cheveux et la traîna sur le plancher. Elle se débattit si bien que les voisins enfoncèrent la porte. Cardinal réussit à les chasser en leur lançant tout ce qui lui tombait sous la main, dont le grille-pain familial, d'une capacité de quatre toasts.

Lorsqu'il revint vers elle, il tenait un bout de fil de fer qu'il tendait entre ses doigts, gagné par un calme étrange. Il la contemplait froidement, continuait d'avancer.

As-tu peur de moi?

Elle n'avait même plus de voix pour crier. Des coups à la porte. Police.

Coco les connaissait.

Qu'est-ce que tu fais de bon, Coco?

Il essaie de me tuer, leur dit Ginette.

De fait, elle arborait deux ou trois poques plutôt gênantes.

Elle est folle raide, assura Coco. Je l'ai juste brassée un peu.

Tu devrais quand même faire un peu attention, remontra un des patrouilleurs.

Si on te laisse tout seul avec elle, là, qu'est-ce que tu vas faire? demanda l'autre.

Je vais finir la job, répondit Coco.

Une telle franchise forçait l'admiration. Les agents emmenèrent le gros Cardinal faire un tour, mais sans lui passer les menottes. Le lendemain, le quincaillier Dufour passa la porte sans sonner. Il repartit avec sa fille et les enfants.

Mais devinez quoi. Elle revint. Se retroussa les manches, grand ménage. Sexe. Réconciliation. Le St-Hubert BBQ tous les dimanches. Le matin, des petits mots sur la table. Presque des poèmes. Sa sœur prit les enfants, une semaine. Ils partirent au Nouveau-Brunswick avec cinquante-trois dollars et un petit poêle de camping. Un voyage d'amoureux. Coco rêvait depuis toujours de voir les bateaux. Ils dormaient dans l'auto. Il avait cessé ses folies au volant, se montrait charmant. Il conduisait d'une main et enlaçait sa femme de l'autre, la Mark II faisant tourner toutes les têtes entre Mont-Joli et Shippagan. Le paquebot franchit le dernier goulot de la Baie-des-Chaleurs sur le pont de Campbellton, ensuite ils longèrent le bord de mer. Petites villes brunes, usines de pâtes et papiers. Les rouges falaises de Miguasha, en face. Le soir, ils mangeaient du homard sur des tables de pique-nique. Marchaient sur les galets en se tenant par la main. Cardinal allait parler aux pêcheurs sur les quais. Se fit inviter sur leurs bateaux. Il interrogeait les nœuds et les courants, les secrets de l'horizon. Il prit un flétan de 200 livres à la palangre. Et la grande palpitation bleue et ses odeurs capables de tout effacer pour recommencer à zéro. Par temps clair, les côtes de la Gaspésie étaient visibles.

Il faisait déjà noir quand ils arrivèrent à Shippagan, tout au bout de la péninsule acadienne. Coco mena l'auto directement sur la grève et ils firent l'amour, sur la même banquette que la première fois. Il lui dit : Je t'aime, ma femme. Le lui redit. Puis fondit en larmes. Ginette se liquéfia aussi et n'avait jamais été aussi heureuse.

Cette nuit-là, elle rêva de baleines que des marins vêtus de cabans et de grands chapeaux imperméables montaient, juchés dans des nacelles submersibles fixées au dos des cétacés qui ensuite quittaient le port en glissant telles des îles à la surface de l'eau bleu et vert infusée de lumière, comme une robe lamée or et diamant étendue sur le monde, et les baleines en nageant communiquaient un lent et paisible mouvement d'oscillation aux nacelles, pareil au balancement majestueux de la marche des éléphants apprivoisés de ces chasseurs de tigres de l'Inde qu'elle avait vus en photo dans le *National Geographic*. Ou bien, elles plongeaient et folâtraient comme des loutres sans s'occuper de la nacelle sur leur dos.

À la première lueur qui filtra de la fente grise de l'aube, Ginette ouvrit les yeux et se redressa, en proie à une sensation bizarre. L'explication vint rapidement. La Lincoln était entourée d'eau.

Jacques ! Réveille-toi…

Il émergea lentement du sommeil et regarda autour de lui, ravi. La mer montait à la moitié des portières.

Un jour, ma Ginette, tu vas voir… Je vais l'avoir, mon bateau. Un jour…

Ils retournèrent à Montréal avec, en tout et pour tout, une canne de bines pour deux, le programme génétique d'un quatrième mioche conservé en lieu sûr et, à 300 mètres près, assez d'argent pour l'essence.

# Poulets

Sam posa devant lui, sur son bureau, la grande enveloppe jaune marquée *Affaire des poulets*. La méthodologie n'avait jamais été le fort de Chevalier, ni les dossiers bien rangés, les chemises de carton avec un thème ou un sujet bien identifié, les fiches de références, les étiquettes autocollantes. Il était plutôt du genre à fourrer des coupures de journaux et des feuilles volantes couvertes de gribouillis et pliées en quatre n'importe comment dans une enveloppe semblable à celle que Samuel tenait maintenant dans ses mains.

À l'UQAM, cette enveloppe bien épaisse et fatiguée avait attiré son attention, parmi tout un tas de paperasse de moindre intérêt à première vue. Peut-être à cause du titre inscrit au stylo-bille dessus : le fameux poulet commandé à une rôtisserie locale par les gardiens de Paul Lavoie pendant la séquestration de ce dernier faisait, après tout, partie du folklore de la crise d'Octobre. S'accordant la préséance sur les gratte-papier de la BN, Sam l'avait glissée ni vu ni connu dans son porte-documents. Il serait toujours temps, ensuite, de faire suivre le tout au Fonds Chevalier-Branlequeue des Archives nationales.

Nihilo était célibataire, vivait seul dans un appartement convenable d'un immeuble rénové de cette section de la ville qui donne l'impression de glisser du Plateau au Centre-Sud entre les rues Sherbrooke et Ontario. Ses voisins étaient des étudiants, des gais, dont un sidéen en train de crever, une famille chinoise, un trisomique.

Ce soir-là, il réchauffa un restant de pâtes aux olives noires et anchois préparées selon la vieille recette des putes napolitaines et y piocha en gardant un œil sur le documentaire animalier à Télé-Québec. C'est ainsi qu'il apprit que le rhinocéros mâle, au cours d'un accouplement pouvant durer plusieurs heures, était capable d'émettre une véritable marée de sperme d'une manière quasi continue, sans même dépiner, puisque son pénis était doté de minuscules crochets pareils aux barbillons d'un hameçon. Ensuite, il emporta son verre de vin dans le bureau et retourna s'asseoir devant l'enveloppe jaune.

Pour Chevalier, le décès du ministre du Travail, Paul Lavoie, aux mains de ses ravisseurs du Front de libération du Québec, cristallisait le sens même de la crise d'Octobre. Cette mort sanguinolente avait opéré à elle seule un spectaculaire retournement de l'opinion publique : les deux enlèvements, en dramatisant la cause des indépendantistes et en la projetant sur la scène du monde, avaient d'abord suscité une certaine sympathie non dissimulée dans les milieux de la gauche populaire où le tandem séparatisme et socialisme semblait aller de soi. Mais le meurtre de Lavoie avait ravalé ses kidnappeurs au rang de tueurs sans scrupules, prêts à tout pour arriver à leurs fins. Après cet acte de pure barbarie, la population du Québec, révulsée, avait viré bout pour bout et accueilli les soldats comme un mal nécessaire.

Chevalier ne manquait jamais de faire remarquer que, grâce à un document du cabinet fédéral coulé à un chroniqueur du *Globe and Mail*, on savait maintenant que le gouvernement d'Ottawa, dès le printemps 70, avait formé un comité spécial chargé d'étudier les modalités d'une éventuelle application de la Loi sur les mesures de guerre au Québec. Autrement dit, la suspension des droits civils et le recours à l'armée, l'automne suivant, loin d'être la réponse vigoureuse d'un État central fort à l'appel au secours d'un pouvoir local dépassé par les événements, étaient le résultat d'un plan, l'aboutissement d'une stratégie.

Pour Chevalier Branlequeue, le FLQ ne pouvait pas avoir

assassiné Paul Lavoie, car il n'avait aucun intérêt à le faire. D'après la version officielle, la réponse des terroristes au refus des autorités d'accéder à leurs revendications et de libérer les prisonniers politiques avait été d'exécuter un des otages de sang-froid. D'aucuns soutenaient une autre thèse voulant que la mort de Lavoie ait été le résultat d'un accident. Chevalier était d'avis, pour sa part, qu'étrangler un homme requérait à tout le moins une forme de préméditation. *À qui profite le crime ?* demandait-il souvent, avant d'ajouter, avec un clin d'œil presque insaisissable : *Comme disait Karl Marx…*

Dans l'affaire Lavoie, ce ne sont ni les théories du complot ni les tueurs qui manquaient. Pour certains, l'otage avait été liquidé par un commando de l'armée canadienne ; pour d'autres, il avait été rachevé par un agent double contrôlé par le Service de sécurité de la GRC ; pour d'autres encore, le crime organisé avait fait le coup. Le fait que l'exécution avait été revendiquée par une nouvelle cellule terroriste baptisée Dieppe Royal 22<sup>e</sup>, que la voiture qui contenait le corps avait ensuite été découverte sur un terrain de stationnement situé en bordure d'un aérodrome militaire, pour ainsi dire à un jet de grenade du quartier général de la Force mobile, avait bien entendu contribué à épaissir le mystère.

Et pour Branlequeue, il ne manquait certes pas de truands capables de s'acquitter de la sale besogne dans l'entourage des membres du FLQ.

C'étaient les années Poulet au Québec. Les dimanches soir, les rues de Montréal et de Laval étaient sillonnées par les petites Volkswagen jaunes surmontées du panneau-réclame lumineux de la rôtisserie St-Hubert BBQ. Sur la Rive-Sud, c'est Baby Barbecue qui faisait la loi. Ses livreurs roulaient dans des Datsun de la couleur d'une crête de coq turgescente.

Nihilo trouva, dans l'enveloppe, toute une liasse de coupures de journaux datant de l'enquête du coroner, en novembre 70. C'est là que, pour la première fois, un des membres de la cellule

Chevalier (la coïncidence des noms relevait du hasard), Ben Desrosiers, arrêté la veille, avait fait allusion à l'affaire des poulets.

Samuel tomba ensuite sur un résumé de l'épisode des poulets écrit de la plume de Chevalier sur une feuille mobile lignée et fripée. Il parcourut rapidement l'écriture cursive, calligraphiée à la va comme je te pousse.

D'après ce que les gardiens de Lavoie ont eux-mêmes raconté, ils n'ont pas pensé à faire l'épicerie avant de passer à l'action, et se sont vite retrouvés à court de provisions. Tanné de manger du spaghetti en canne (sic), leur otage, de bien bonne humeur ce jour-là, leur a proposé de faire livrer du poulet et de le payer de sa poche. Il leur a donné vingt dollars. Dans son entrevue-fleuve accordée à Temps-Presse à sa sortie de prison, Richard Godefroid raconte qu'ils ont fait venir les volailles en question et les ont « toutes plus ou moins dévorées ».

Sur une autre feuille (détachée d'un calepin, celle-là), on pouvait lire des extraits des notes prises par Chevalier lors du procès pour meurtre de Jean-Paul Lafleur à l'hiver 71. Il y était entre autres rapporté que des enquêteurs appelés à la barre des témoins pour y commenter les photos d'expertise judiciaire prises sur les lieux du crime avaient confié à la Cour avoir découvert, parmi les boîtes de poulet qui encombraient la cuisine, des « *viandes non-consommées* ». Cette feuille de calepin était appariée, à l'aide d'un trombone numéro 1, à une photocopie d'un rapport de police dont un extrait était reproduit dans le rapport de l'enquêteur spécial désigné des années plus tard par le gouvernement. Daté de la fin d'octobre, le rapport faisait le point sur les différentes pistes suivies par la police antiterroriste et supputait la signification de certains indices relevés sur la scène du meurtre.

*Lors de la découverte de la maison suspecte,* signalait le rapport S.A.T. — 904-35E dans une prose constabulaire caractéristique, *il est constaté par les enquêteurs que les poulets et les autres aliments sont intacts, ils n'ont pas été mangés, ce qui laisse supposer que quelque chose de très important a coupé l'appétit des suspects.*

Dans la marge, au stylo rouge, Chevalier avait griffonné :

*Alors, les gars... Vous les avez mangés, ces poulets, ou pas ?*

En creusant un peu l'affaire, Chevalier Branlequeue avait découvert que deux livraisons de poulets rôtis avaient été effectuées rue Collins au cours de la semaine fatidique, dont la première *avant* l'enlèvement de Lavoie. Dans leurs dépositions, les livreurs, nommés respectivement Rénald Massicotte et Henri Dubé, avaient tous deux situé entre 11 h et 12 h 30 (soit vers l'heure du midi) les livraisons effectuées au 140, rue Collins les 10 et 16 octobre. Chevalier avait reproduit, sur une feuille, le détail des factures déposées en preuve lors des procès.

*Facture nº 10079. 10/10/70. Trois clubs sandwichs. Six Pepsi.*

| | | |
|---|---|---|
| 3 x 1,60 | = | 4,80 $ |
| 6 x 0,15 | = | 0,90 $ |
| taxes | = | 0,46 $ |
| total | = | 6,16 $ |

*Facture nº 12232. 16/10/70. Trois clubs sandwichs. Deux poulets entiers. Une cartouche de cigarettes, marque Export "A".*

| | | |
|---|---|---|
| 3 x 1,60 | = | 4,80 $ |
| 2 x 3,50 | = | 7,00 $ |
| 1 x 4,85 | = | 4,85 $ |
| taxes | = | 0,95 $ |
| total | = | 17,60 $ |

Samuel alla se resservir un verre de vin. À ses yeux, tout ce qui précède était plus ou moins du réchauffé. Les Octobierristes, pendant leurs séances au Cheval Blanc ou chez Lavigueur, avaient amplement eu l'occasion de se pencher sur les tenants et aboutissants du barbecue d'Octobre.

Mais les quelques notations au crayon de plomb qui figuraient sur la feuille suivante étaient du nouveau, en ce qui le concernait.

*Un est un poulet, l'autre un livreur de poulet : l'histoire des cousins Massicotte...*

Jointe à cette feuille par un autre trombone se trouvait une photocopie d'un article paru dans le numéro d'automne de *Statut particulier*, à l'occasion du vingtième anniversaire de la crise, en 90. Le texte, une espèce de saynète imbue de vagues prétentions littéraires aux allures de mauvais radio-théâtre, portait la signature d'un certain Gilbert Massicotte, détective retraité, disait sa notice bio, de l'escouade antiterroriste de la police de Montréal, laquelle, en 70, avait été intégrée dans la CATS, l'escouade combinée, qui réunissait des effectifs de la police de Montréal, de la Sûreté du Québec et de la Gendarmerie royale du Canada. Entre eux, les limiers de la CATS s'étaient baptisés « les Combatteurs ».

Le premier livreur de barbecue, lui, celui du samedi, s'appelait Rénald Massicotte. Légèrement fébrile, Sam passa tout le contenu de l'enveloppe au crible et ne trouva rien de plus sur les Massicotte. La piste s'arrêtait là.

Il eut l'idée d'aller jeter un coup d'œil dans le bottin et trouva cinq G. Massicotte pour Montréal.

Un coin de rue plus bas, le dépanneur chinois vendait des cigarettes à l'unité, et il récupéra un vingt-cinq cents enfoui sous une pile de factures et passa un manteau et sortit dans la nuit d'hiver et descendit la côte et s'en acheta une. Auparavant, il fit semblant de s'intéresser aux revues de chasse et pêche du présentoir et laissa son œil vagabonder du côté de *Club* et de *International*, dont les concepteurs, de toute évidence, avaient une idée bien à eux et on ne peut plus différente de celle du couque de Baby Barbecue de ce que devait être un sandwich.

Il fuma la cigarette en remontant la côte et arriva un peu essoufflé.

Une fois couché, il repensa à toutes ces superpitounes aux seins siliconés ronds comme des soucoupes et il se masturba, ce qui l'aida à s'endormir.

Le lendemain vers dix heures, Nihilo, qui avait mal dormi et buvait du café depuis une bonne heure et demie avant le point du jour, composa le premier des cinq numéros et frappa dans le mille du premier coup.

Il expliqua à Massicotte qui il était. Un universitaire, puis il se reprit : un écrivain. Il s'intéressait au morceau dialogué que Massicotte avait fait paraître une décennie plus tôt dans *Statut particulier* et est-ce qu'ils ne pourraient pas aller prendre un café tous les deux ?

Certainement, répondit l'ancien lieutenant-détective.

Ça paraît presque trop facile, se dit Samuel en raccrochant.

Il était assis au Fameux près de la baie vitrée à regarder converger la faune artistique et pseudo- et para- et péri-artistique ou simplement jeune et cool et les figures du quartier, les personnages, les têtes qui reviennent et les marginaux de service charriés par le flot vers le croisement de Mont-Royal et Saint-Denis. Les nouvelles du sport l'avaient absorbé depuis un bon moment lorsque des coups frappés dans la vitre lui firent relever la tête.

Un petit bout de femme. Il se souvenait qu'elle s'appelait Marie-Québec. Ses parents étaient d'anciens hippies, d'où le nom, qui au fond n'était pas pire que Charles de Gaulle ou Pierre Mendès France. Elle avait été une des rares filles à faire partie de la petite bande qui se réunissait autour de Chevalier Branlequeue, du moins au début, une sorte de *hangaround*, version octobierriste. Mais au Cheval, et plus tard chez Lavigueur, la parole se prenait le couteau entre les dents et il s'agissait ensuite de la conserver, comme au jeu du roi de la montagne, le discours étant le sommet et tous les autres unissant leurs forces pour vous en faire dégringoler. Les gueulards étaient donc favorisés, et Marie-Québec, du genre plutôt effacé, ne s'était pas accrochée bien longtemps. Il se souvenait d'elle, s'éloignant le long de la rue Ontario la dernière fois qu'il l'avait vue, passant inaperçue, sauf de lui qui cette fois-là l'avait suivie des yeux, et des inévitables automobilistes qui traquaient la pute au coin des rues et freinaient à la vue de la première forme vaguement féminine. Et peut-être l'aurait-il oubliée de nouveau si, plutôt que de poursuivre son chemin, elle n'avait pas fait demi-tour et poussé la porte du restaurant ce jour-là.

Samuel avait lu un jour un roman dont l'auteur tenait absolument à lui faire savoir que la robe que portait son héroïne était en lainage léger bleu marine, à pans froncés jaune maïs avec une large ceinture à nœud. Vous ne trouverez rien de semblable ici. Simplement, Marie-Québec était vêtue comme une jeune femme de vingt-sept ou vingt-huit ans représentative de son époque, située aux confins de deux millénaires. Pas très grande, brune, les yeux et les pommettes d'une Indienne, mettons. Elle n'avait rien de remarquable à première vue, son déhanchement ne risquait pas de démancher le cou des hommes qui croisaient son chemin, son décolleté, sous le manteau d'hiver déboutonné, n'était pas du type montagnes russes.

Elle jouait dans un Camus, *Les Justes,* présenté au théâtre de l'Or en barre Loblaws, ça se trouvait à Maldoror, dans son Abitibi natale, lui expliqua-t-elle, debout près de sa table (elle lui avait demandé mine de rien s'il attendait quelqu'un et il avait répondu oui sans y penser). Deux des acteurs recrutés pour la pièce habitaient Montréal et les répétitions avaient donc lieu dans cette ville, un peu, dit-elle, comme quand une personne parle anglais dans un groupe et que, résultat, tout le monde parle anglais.

Un homme d'une petite soixantaine d'années, vêtu d'une canadienne, avec une moustache très fournie, passa la porte du resto, marqua une pause et parcourut la salle du regard.

Je pense que c'est pour moi, dit Samuel.

Elle répondit à son sourire d'excuse, mais ne bougea pas.

On va prendre une bière à quatre heures? s'entendit-il demander très vite et en trébuchant, comme s'il courait pour sauter dans un train en marche.

Où?

Au Quai des Brumes? Au Barbare? Attends, j'ai une idée : chez Lavigueur, rue Ontario.

Massicotte appartenait à un genre de policiers dont on avait vu fleurir quelques exemplaires au tournant des années 70. L'attitude cool et la pipe au coin de la gueule. L'équivalent flicard du prêtre ouvrier. Il avait même étudié la socio à l'UQAM, payé à même les budgets de la police pour décrocher sa maîtrise sur les aspects légaux de la protection de l'environnement. Ce qui, entre vous et moi, sentait l'opération d'infiltration à plein nez.

Quelques années avant de prendre sa retraite, il avait fait un mandat comme président de la Fraternité des policiers, un syndicat dont la fonction principale consistait à placer les gâchettes rapides et les auteurs de bavures policières à l'abri des conséquences légales de leurs gestes.

Vous savez, moi aussi, j'écris un roman…, lança le Gilbert d'entrée de jeu.

Samuel lui avait proposé un café, il avait opté pour une bière. Ils n'avaient pas encore échangé trois phrases et la bouteille était aux deux tiers vide. Par ailleurs, Sam s'expliquait maintenant mieux la déconcertante facilité avec laquelle ce rendez-vous avait été obtenu. Un apprenti romancier! Ils en avaient donc même chez les flics? Probablement à la recherche d'un éditeur, comme tout le monde.

Votre version des événements, j'imagine? le questionna Nihilo.

Quels événements ? Non, c'est une histoire de rédemption : un policier alcoolique infiltre une organisation criminelle formée par des groupes de motards qui viennent de fusionner avec la mafia russe. Connaissez-vous des éditeurs ?

Si je vous en trouve un, allez-vous me parler de la crise d'Octobre ?

De la…

Samuel fit oui de la tête. Massicotte agita sa bouteille vide à l'adresse de la serveuse, qui lui en apporta une autre. À voir aller l'ancien de la CATS (Combined Anti-Terrorist Squad) tandis qu'il buvait sur son bras, Sam était tenté de donner un tout nouveau sens à l'expression *La justice a le bras long*.

Je suis fatigué de parler de ça, dit Gilbert Massicotte après avoir pris une bonne gorgée et reposé la bouteille sur la table. Qu'est-ce que tu veux savoir, au juste ?

Ben, pourquoi on ne commencerait pas par le livreur de barbecue de la rue Collins ? C'est vrai que vous étiez cousins, tous les deux ?

Il se produisit alors une chose étonnante : Massicotte demeura coi. Pendant un long moment, il ne sortit rien de sa bouche, pas le moindre son. Puis :

J'ai un témoin.

Attendez… Vous avez quoi, vous dites ?

Un témoin. Appelle maître Brien, à Gaspé.

Maître Brien… Le légendaire plaideur, l'avocat des felquistes.

Lui-même. Il va tout confirmer.

Mais confirmer quoi, donc, monsieur ?

L'histoire que je vais te raconter.

Moi, je demande pas mieux. Maître Brien, vous le connaissez comment ?

Comme ça. Tu sais, en cour, on se croise. Parle parle. Jase jase.

Et vous avez besoin d'un témoin pour quoi, au juste ?

C'est une façon de parler.

Massicotte buvait de la Labatt 50. Il s'interrompit pour avaler une autre longue gorgée. Il était déjà rendu aux trois quarts de la deuxième bouteille.

Brien, poursuivit-il, était au palais de justice le matin où les trois jeunes qui préparaient l'enlèvement du consul américain ont comparu. On leur avait mis la main dessus au mois de juin dans un chalet de Saint-Colomban. C'est moi qui dirigeais l'enquête…

Il s'interrompit de nouveau, rota et, comme mû par une arrière-pensée, porta son poing fermé à sa bouche, juste après. Une grimace. De son autre main, il tripotait son estomac.

C'est maître Brien qui les défendait. Donc, on est au palais de justice de Montréal, le matin du 5 octobre. Impossible d'oublier la date, parce que, le même jour, pas longtemps après l'ouverture des assises, on a appris que l'attaché commercial britannique venait d'être enlevé…

Vous étiez en cour ce jour-là ?

Oui. Et tout à coup, il y a un drôle de gars dans la salle qui sort une espèce de maillet ou d'imitation de marteau de juge, si tu veux, de la poche de son manteau et qui commence à faire du grabuge. Il tapoche, dérange tout le monde, alors le juge n'a pas le choix : il l'expulse. Alors moi, j'envoie un de mes gars le vérifier et c'est comme ça que j'ai découvert que le drôle de numéro en question, c'était mon petit-cousin Rénald. Bien évidemment, je l'avais pas reconnu. Ça faisait tellement longtemps que je l'avais perdu de vue que je savais même plus à quoi il pouvait ressembler…

Qu'est-ce qu'il faisait là ?

Les procès sont ouverts au public.

Oui, mais…

Il était là par intérêt personnel. Il ne connaissait pas les accusés. Ni personne d'autre dans le FLQ. On s'en est assuré.

Et vous me dites que…

Oui.

Le même homme qui assistait, le 5 octobre, au procès de trois membres du FLQ…

Oui.

… livrait du poulet à leurs amis *cinq jours plus tard* sur la Rive-Sud? Et ce serait un hasard?

Appelle donc maître Brien, à Gaspé. Dis-lui que tu m'as parlé.

Maître Brien. Votre témoin.

C'est comme je te le dis.

Vous pouvez être sûr que je vais l'appeler…

Massicotte posa sa deuxième bouteille de bière vide, et il regarda tout autour de lui.

C'est pas que je m'amuse pas, mais… rappelle-moi donc ton nom?

Nihilo Samuel. Moi, j'ai votre numéro. À propos, vous auriez pas celui de Rénald?

De…

Votre cousin.

Écoute bien. J'ai vraiment aucune idée de ce qu'il est devenu. Ça me surprendrait même pas qu'il soit mort.

Hon. Pas dans des circonstances trop tragiques, j'espère?

Un ange passa sur Mont-Royal.

Merci pour la bière, dit l'ancien flic antiterroriste en se levant.

On peut remettre ça, si vous voulez…

Je crois pas.

Peut-être au lancement de votre livre?

Ça n'aura rien à voir avec la crise d'Octobre, lança Massicotte en tournant les talons, il s'éloignait déjà.

Je vous crois!

Lorsque, après avoir réglé l'addition, il sortit du Fameux ce jour-là, Samuel était ferré.

Il se dirigeait vers l'ouest sur Mont-Royal, avec l'idée de faire un petit tour aux archives journalistiques que renfermait le vieil édifice Aegidius-Côté, à l'angle de l'avenue Laval, quand un esclandre capta son attention, puis l'attira dans la ruelle qui s'ouvrait là. Il y retrouva Gilbert Massicotte qui, au volant de sa voiture, venait de reculer directement dans un poteau. Deux jeunes policiers, des costauds, l'entouraient, leur auto-patrouille garée juste derrière, tous feux allumés.

Samuel comprit qu'ils voulaient l'emmener passer un alcootest au poste et que le sergent à la retraite se rebiffait. Pendant que ce dernier, plus ou moins cohérent, essayait de leur expliquer qu'il n'avait presque rien bu et qu'un accident pouvait arriver à tout le monde et qu'il était l'ANCIEN PRÉSIDENT DE LA FRATERNITÉ, QUI S'ÉTAIT BATTU POUR VOS DROITS ACQUIS, BANDE DE PETITS BAVEUX IGNORANTS, C'EST QUOI VOTRE PROBLÈME ?!, un des jeunots lui tordit un bras derrière le dos et, le poussant brutalement devant lui, lui plaqua la figure contre le rebord du toit de l'auto, bong! Ensuite, il l'envoya valdinguer dans la neige, où son collègue sortit le genou et lui tomba dessus de tout son poids. Le diplômé de socio hurlait maintenant comme un cochon.

Vous devriez essayer la défense dite des deux bières, murmura Samuel, mais personne ne l'écoutait.

Appelle le towing! lança le policier accroupi sur le suspect.

Puis, déplaçant ses 110 kilos contenant zéro gras trans, il s'assit sur le visage de Massicotte.

# Le terrier

La station wagon beige était arrêtée. Gode repoussa un coin du sac de couchage et risqua un œil à l'extérieur. La toute première chose qu'il vit était un buste d'agent de police en uniforme se présentant de trois quarts face et découpé par le hayon. Presque en même temps, il enregistra le gyrophare éteint sur le toit de la voiture de patrouille garée un peu plus loin. Il rabattit, très lentement, le tissu sur sa figure.

Bougez pas, les gars.

Ils cessèrent de respirer.

Un son grinçant leur parvint, comme le grondement d'un treuil en action. Puis, l'avant de la voiture commença à se soulever, d'un mouvement égal.

Un towing, murmura René à voix basse.

La familiale s'inclinait maintenant comme si elle allait les recracher les pieds devant sur le parking glacé de la binerie. Elle avait pris une gîte d'environ quarante-cinq degrés. Pendant qu'ils retenaient avec leurs mains les couvertures et les sacs de couchage qui les recouvraient, pour les empêcher de glisser, Gode bougea sa jambe droite pour sentir la rigidité métallique du fusil. Il déplaça insensiblement son bras, rencontra la crosse. Le mouvement avait cessé. Il songeait à ce qu'il dirait au policier quand ce dernier fracasserait d'un coup de botte la lunette du hayon. Il sortirait ses mains du sac de couchage. Ne toucherait même pas au fusil. Dormir.

Brèves exclamations, salutations, des portières qui claquent, moteur. La familiale toujours inclinée s'ébranla dans une secousse de tôle fatiguée et un grincement de chaînes et de crochets. Ils bougeaient de nouveau.

Marcel et Ginette, la future madame Corps, avaient été guidés jusqu'à la cabane par le jeune indépendantiste barbu, venu cette fois sans son ami Saint-Laurent, avec un carton de provisions. Au-dessus de leurs têtes, le ciel n'arborait aucune couleur identifiable entre les branches nues des érables.

Ce que Ginette voyait, elle se le rappellerait toute sa vie : trois hommes sales et traqués, obligés de se terrer au fond des bois comme du gibier.

Marcel leur avait dit : Les gars, vous pouvez pas rester là, vous allez geler comme des rats. Et eux, ils étaient bien d'accord.

Le voile blême qui couvrait la lune annonçait de la neige.

Deux jours plus tard, Marcel s'était levé dans la maison qu'il louait à Saint-Marc-sur-Richelieu et avait mis le nez à la fenêtre, dans un blizzard du maudit. On ne voyait plus ni ciel ni terre. Dans la trentaine avancée, il faisait un peu plus que son âge. Grosse moustache, le crâne dégarni. Une image de bon gars. Ses doigts comme des serres d'oiseau de proie refermés sur sa tasse de café, il regardait s'accumuler la bordée dans le chemin d'accès. La vitre tremblait sous l'assaut ululant de la bourrasque. Autour de la vieille et solide maison de ferme, rien pour arrêter le vent. Sur toute la largeur de la plaine, le blizzard soufflé à l'horizontale dévalait la vallée du Saint-Laurent, balayant les fétus de maïs restés dans les champs.

Marcel avait regardé Ginette.

On peut pas les laisser là…

Ginette était d'accord. Les enfants étaient chez la mère de Coco, à L'Acadie.

L'autre chose, ajouta Duquet, c'est que j'ai peur qu'ils se fassent tirer comme des lapins.

La station wagon avait attendu les hommes à la lisière du bois. Courbés contre le vent coupant et les rafales de flocons auxquelles se mêlaient depuis peu des giclées de pluie froide, ils avaient débouché du bois en claquant des dents. Marcel allait devant, coiffé de sa tuque de laine à pompon. La route était couverte de neige fraîche où l'unique trace visible était le double sillon bleuté laissé par l'auto. Le moteur tournait, la chaufferette à *high*. Assise devant, Ginette écoutait la radio en fumant une cigarette.

En voulant faire demi-tour, Marcel enlisa la station wagon, et les roues se mirent à patiner. La neige lourde et mouillée sous l'action des pneus se changeait aussitôt en glace vive. Duquet passa la batterie de cuisine catholique en revue, puis haussa les épaules.

Ça va prendre quelqu'un pour pousser…

Les trois hommes déjà dissimulés sous des couvertures à l'arrière se retrouvèrent, dans le temps de le dire, arc-boutés contre les ailes de la familiale sous les gros flocons humides et fous qui venaient se prendre à leurs cils. Les cristaux cinglaient l'air et filaient autour d'eux comme des balles traceuses dans l'épaisse grisaille cotonneuse. L'auto bondit, Gode s'étala de tout son long dans la sloche. Rires. Et encore un peu de vaisselle d'église.

De retour dans l'auto, Gode sentait le vieux chien mouillé. Il s'abandonna, le mouvement enfin, le long du rang recouvert de dix centimètres de collante. Il rabattit un pan du sac de couchage sur sa tête, ferma les yeux.

Plus loin, la remorqueuse les prit en charge. Les secousses de la route se firent plus régulières, Gode cognait des clous. Sur l'autoroute, quelque part entre les Bois-Francs et le vieux chemin des Patriotes, la tempête de neige vira en pluie verglaçante.

La maison de Duquet à Saint-Marc était équipée d'une énorme cheminée de pierres centrale dans laquelle une attisée du beau diable faisait gronder et péter des bûches de merisier fendues en deux. Spectacle inaccoutumé, Jean-Paul Lafleur, assis dans un fauteuil, sirotait un gin dans lequel il avait refusé que l'on immergeât le moindre glaçon. Il y avait des limites à se les geler.

Jipi était plongé dans une tendre rêverie qui le ramenait à l'été d'avant, quand il donnait un coup de main à la construction du bateau de Coco avec les autres. Vingt-six ans, un physique de doux colosse, des idées plein la tête et pas trop con, avec déjà cette tranquille aura de meneur d'hommes.

Il était chez Cardinal, à L'Acadie, se dirigeait vers le frigidaire avec l'idée de se déboucher une bière ou, encore mieux, un bon Kik froid. Gigi avait surgi derrière lui, l'avait retourné et plaqué contre la porte du frigo, il la sentait prête et toute à lui, voulant être possédée comme une pute debout le dos au mur dans la ruelle, les hormones en orbite après deux ou trois bières, dans sa plénitude sexuelle de femelle de sept lustres. Avec tous les petits jeunes qui gravitaient autour de son chantier naval, Coco n'était pas toujours à la hauteur et ne pouvait pas toujours la surveiller et Ginette était chaude à mort et il n'y avait qu'à comparer les nez, oreilles et yeux de la progéniture pour comprendre que c'était une boîte à surprise qu'elle avait, pas un ventre.

Cette fois-là, Jean-Paul s'était laissé un peu faire par agacerie avant de s'échapper pour rejoindre les autres. Mais qu'est-ce que vous croyez, il l'avait regretté. Et à la première occasion, ensuite, à l'île aux Fesses, entre les lisses ajourées des flancs de squelette reptilien du fameux schooner en ferrociment, il n'avait pas raté son coup, avait relevé le gant et expédié cette écharde de tentation à la hussarde. La même Ginette occupait maintenant, à moitié alanguie, la paupière lourde, la poitrine fléchie sous le pull de laine, le divan qui faisait face à son fauteuil de l'autre côté du foyer.

Jean-Paul, demanda-t-elle doucement en faisant tourner son verre de gin dans la lueur des flammes, qu'est-ce que vous avez à voir avec tout ça, pour l'amour?

Qu'est-ce que l'amour vient faire là-dedans? demanda-t-il en plaisantant à moitié.

Dis-moi juste que c'est pas vous autres qui l'avez fait…

De quoi tu parles, au juste?

La mort de Lavoie.

Et pourquoi ça pourrait pas être nous autres ?

Parce que vous n'êtes pas assez sécuritaires, vous n'auriez jamais pu monter un coup comme celui-là. Seigneur, on parle pas d'un petit hold-up. Tout le monde sait que vous êtes dans le FLQ !

Jean-Paul ouvrait la bouche pour répondre lorsque le cri poussé par Marcel, debout à la fenêtre, l'interrompit :

Police !

Une voiture banalisée avait fait irruption tous feux éteints dans la cour transformée en patinoire et freiné en tournant sur elle-même comme une toupie. Un homme en sortit, aussitôt ses deux pieds partirent et tracèrent un parfait quart de cercle, le crayon du compas étant formé des deux pieds joints qui, à un mètre de hauteur, s'immobilisèrent tandis que le propriétaire des pieds, maintenant parallèle au sol, retombait lourdement sur la glace. Il demeura étendu un moment.

Et en un sens, c'était bien la police. Mais alors la Grosse Police. Coco Cardinal.

Pendant que Gode rangeait le calibre 12, les autres écoutèrent le pas précautionneux du gros Coco sur l'escalier verglacé du perron. Puis, la succession impatiente de coups puissants frappés à la porte.

Ouvrez-moi ! Je sais que les Lafleur sont là…

Des regards furent échangés, puis Marcel alla ouvrir.

C'était bien lui, pas d'erreur. Tout dégoulinant dans son manteau matelassé bleu nuit et sa casquette fourrée. Autour du curseur de la fermeture éclair de sa doudoune s'était formé un glaçon qui se dandinait au rythme de ses mouvements. Cardinal parut se servir de sa carrure écrasante et de sa masse physique pour écarter Duquet sans même le toucher et il s'avança, sans s'occuper du pesant flic flac de ses bottes en caoutchouc ou de la chaîne de petits lacs apparue dans ses traces sur le plancher de bois franc.

Surexcité, soufflant comme un phoque, il marcha droit sur Jean-Paul.

Qu'est-ce que vous faites là?

Les nouvelles vont vite… Comment t'as su qu'on était ici?

Pas de tes affaires. Mais ils vous attendent, là-bas, aux États…

Il semblait hors de lui et pas qu'un peu coké. Il faisait peur. Mais pas à Jean-Paul.

Calme-toi, Coco. Pourquoi qu'on pourrait pas rester, si tu te fermes la trappe?

Il faut partir aux États-Unis, répétait Coco d'un air buté. Sinon, vous allez finir par vous faire tirer… Es-tu capable de comprendre ça?

Faut qu'on en parle, répondit Jean-Paul en regardant les deux autres.

Coco se tourna vers Ginette.

Viens dehors, j'ai affaire à toi…

Et si j'ai pas envie d'y aller?

Coco leva la main, mais déjà Jean-Paul s'interposait, suivi de Marcel armé d'un tisonnier.

Ma tabarnak…

Coco, tu manques carrément de classe.

C'est correct, je vais aller lui parler, dit alors Ginette, et sa main s'attarda sur le bras de Marcel au moment où elle passa devant eux, puis elle se détourna et suivit son mari.

Gode, debout devant la flambée de bouleau jaune, finit son gin cul sec et dit en regardant ses amis :

C'est toujours la même chose, l'histoire du Québec. Ça revient toujours au même. Toujours la même maudite question : aller aux États-Unis, ou rester ici…

Coco avait sorti un minuscule Ziploc d'une poche de son manteau et fourré un tronçon de paille biseauté dans sa narine poilue. Il aspira une bonne renifle directement du sac. La peau de sa figure était parcourue de vibrations malaires et palpébrales pareilles à de brèves secousses sismiques. Il respirait fort.

Ginette, il faut que tu m'aides à les convaincre…

Mais pourquoi traverser aux States, pourquoi tu tiens tant à ce qu'ils aillent là-bas ?

Parce qu'ils peuvent pas rester ici…

Pourquoi ?

Parce que ça va mal finir. Je sais déjà comment : deux ou trois rafales de mitraillette. À part de ça, tu poses trop de questions…

Ça aiderait si je savais de quoi tu parles…

Ils en sortiront pas vivants, prédit Coco d'une voix lugubre.

Gigi ?

Quoi ?

Trouve une manière de les endormir, OK ?

Excuse-moi, une manière de quoi ?

Les Lafleur. S'ils veulent pas traverser la frontière, il va falloir trouver un moyen de les endormir et de les emmener d'ici. C'est la seule solution.

Pauvre gros Coco, tu me vois verser un narcotique dans leur verre de gin ? Tu trouves pas que je commence à être un peu vieille pour jouer les pitounes dans un film de James Bond ?

Gigi ?

Quoi, encore ?

Je veux que tu reviennes à la maison.

Ça, pas question.

Ta place est avec les enfants. Tu trouves pas que t'as assez fait la plotte comme ça ?

Non !

La mère de mes enfants restera pas ici pour s'exposer à une fusillade, c'est pas vrai. Ça va devenir trop dangereux, autour. Viens…

Il la prit par le bras, elle se défit de lui, s'écarta, et Coco…

Ma câlice, si je te…

Les deux pieds lui partirent, il s'envola de nouveau et retomba lourdement sur le dos, avec un bruit sourd. Le choc de sa carcasse contre les planches de la galerie parut ébranler jusqu'aux fondements de la maison. Il restait là, un chapelet de jurons aux savantes enjolivures s'écoulant de sa bouche ouverte, le visage tordu de tics, à cligner des yeux sous la pluie verglaçante.

Ginette, si je te pogne...

T'es mal emmanché pour essayer, comme c'est là.

Je suis pas capable de me relever, pleurnicha la Grosse Police.

Ginette le dominait de toute sa taille. Elle baissa les yeux.

Si je reste, Coco, qu'est-ce que tu vas faire ?

Je vais aller à Parthenais et empocher les 150 000 bidous de récompense, qu'est-ce que tu penses ?

Il se débattait à ses pieds, aussi impuissant qu'un énorme cancrelat retourné. Elle aurait pu lui défoncer le crâne à coups de botte.

Duquet pivota sur lui-même et flanqua un grand coup de tisonnier sur le manteau de la cheminée. Mais cette dernière était là depuis cent ans et les pierres qui la constituaient depuis bien plus longtemps encore, et ce n'est pas un coup de tisonnier de Marcel Duquet qui allait y changer quoi que ce soit.

Marcel ! Calme-toi...

Duquet n'avait pas lâché le tisonnier, qui affichait maintenant une courbe prononcée. Il le tenait à deux mains, comme une batte de baseball. Impressionnée, Ginette le regardait.

Si jamais il te touche...

Inquiète-toi pas pour moi. Je vais être correcte.

Dis-moi pas qu'il a encore trouvé un moyen de faire pitié, ce chien-là ?

Je vois clair dans son jeu, Marcel, si c'est ça qui t'inquiète.

Les gars, je sais pas ce qui me retient de...

Je t'ai dit que j'allais être correcte, OK ?

Il est passé où, Coco ? demanda René.

Sur le perron, en train de se changer en bout de banquise. Ça va prendre deux gars pour m'aider à le relever.

Comment ça ?

Il s'est fait mal en tombant. Si on se dépêche pas, il va falloir casser la glace pour lui parler. Mais une fois qu'il va être assis dans l'auto, je suis sûre que tout va bien aller.

Tu lui diras qu'on n'a pas l'intention de partir, lança Jean-Paul.

Faites attention à vous autres.

Ginette ramassa quelques affaires, les fourra dans un sac. Tandis qu'elle se dirigeait vers la porte, Jean-Paul la suivait des yeux.

Cette femme a eu mon sexe dans sa bouche, se disait-il. Ça crée des liens.

Chez Marcel, il y avait un gros poêle de cuisine, un L'Islet fabriqué à Montmagny, avec des ronds au gaz et, dans le haut, des compartiments pour garder les tartes au chaud. Un meuble. Chaque matin, Gode y enfournait des feuilles de journaux bouchonnées et des éclisses de bois et y craquait une allumette. Il regardait les gros titres partir en fumée.

**Le rapport d'autopsie mettrait fin à d'horrifiantes rumeurs**
**C'est ici que Paul Lavoie a souffert son agonie**
**LES VOISINS SI PRÈS ET SI LOIN DE S'EN DOUTER**

Gode avait trouvé de la farine de sarrasin dans une armoire et il faisait des galettes comme celles de son père, dans la brousse à Villebois, directement sur le poêle à bois. Avec une motte de beurre que tu laisses fondre dessus, ensuite tu la roules comme un cigare. Pas besoin de sirop d'érable.

Là-bas, dans le Nord, le père de Gode fripait une feuille de journal et s'en servait pour frotter la surface du poêle avant d'y plaquer les fines crêpes, comme si l'encre qui imprégnait le papier était le seul nettoyant dont ils avaient besoin.

Le sous-sol était divisé, avec d'un côté une cuisinette et la « chambre » de la fournaise, de l'autre une salle commune meublée d'une table à cartes, une tévé, un divan, un bar, un billard, une chaîne stéréo (une Marantz), du tapis, genre vert, à poils longs.

Jean-Paul lâcha un cri, et René se retourna juste à temps pour attraper la bouteille de Kik lancée d'un bout à l'autre de la pièce comme une grenade. Quand il la décapsula, elle explosa presque.

Comment Coco a fait pour savoir ? demanda Gode.

René but une gorgée, rota.

Saint-Laurent ?

Coco a des antennes partout, dit Jean-Paul en contournant le bar. La question, c'est : qu'est-ce qu'il ferait avec 150 000 dollars ?

Les deux autres ricanèrent.

Sérieusement, tu crois qu'il serait capable de nous balancer ?

Ils se regardèrent.

Armé d'un gros crayon de menuisier, René tirait des plans sur une feuille de papier. Gode jouait avec le bouton de la radio un peu plus loin.

*Quel était le but du voyage des frères Lafleur et de Richard Godefroid au Texas au début du mois d'octobre ?* tonna soudain la voix de l'animateur. *Qui est le mystérieux Pierre ? Voilà quelques-unes des questions qui ont été posées hier à l'enquête du coroner sur la mort de Paul Lavoie, et qui sont reprises ce matin à la…*

Ils ne pouvaient pas s'échapper à eux-mêmes. Ils étaient partout.

Derrière la maison, il y avait une grange, plus loin d'immenses champs de maïs délimités par des boisés de ferme et de minces rangées d'arbres. Entre la grange et la maison, un étang à quenouilles et à ouaouarons accueillait, en saison, un occasionnel couple de canards sauvages : des noirs, des sarcelles à ailes bleues. Des rats musqués y traçaient leurs V placides au crépuscule. Un jour, Marcel y avait vu une tortue peinte se chauffer au soleil sur une souche émergée.

Ils commencèrent à creuser entre l'étang et la maison. Ils travaillaient la nuit, entamant la terre gelée à la pelle ferrée. Dans la neige et la boue et la neige fondue qui s'infiltraient dans la tranchée à mesure, un labeur éreintant, un travail de taupes. Ils creusaient, de la noirceur au matin, toujours deux dans le trou, le troisième resté à faire le guet devant une fenêtre de la maison.

Pendant que Gode creusait dans le noir, toutes sortes d'idées lui passaient par la tête. Il repensait à ce roman sur la guerre d'Espagne dans lequel des prisonniers sont forcés de creuser leur propre tombe. Le summum du pouvoir d'un être humain sur un autre : le forcer à pelleter ses six pieds de terre avant de lui loger une balle dans le crâne, ou une rafale en travers de la poitrine, ou de lui passer et repasser dessus en camion pour économiser les munitions.

Et ces prisonniers de ¡ *Que viva Mexico!*, le film d'Eisenstein, obligés eux aussi de creuser, puis enterrés jusqu'au cou dans la pierraille du désert, leurs yeux fous qui voulaient jaillir des orbites quand ils voyaient arriver les chevaux lancés au galop qui feraient éclater leurs crânes comme des potirons.

Gode n'avait plus envie de creuser. Peut-être qu'un homme qui creuse et s'enfonce dans la terre ne creuse jamais autre chose que sa tombe ? Mais ils continuèrent, Gode, les frères Lafleur, continuèrent de creuser, aussi noirs et crottés que des mineurs de charbon, et trop fatigués pour se décrasser avant de se coucher, le matin venu, ils enlevaient le plus gros à la main.

Cardinal revint les narguer, une fois, ils virent poindre son gros faciès mou et blafard au-dessus du bord du trou comme un lever de lune. Un bras en écharpe. Quelque chose comme un coude de cassé.

Vous cherchez quoi, les gars, un trésor ?

Des vers pour la pêche, tu vois pas ?

Un tas de fumier, ce serait meilleur…

Chacun sa spécialité, remarqua Jean-Paul.

Gode s'arrêta de creuser, légèrement haletant.

Si tu veux vraiment le savoir, on se bâtit un chalet.

Où ça ? En Chine ?

C'est ça. C'est notre nouveau trip… Mao.

J'ai parlé à un gars du Black Liberation Front, hier.

On est devenus maoïstes, je te dis.

Vous ferez comme vous voudrez.

C'est ça.

La tranchée qu'ils avaient creusée était large d'un mètre, profonde de deux et elle s'étirait sur environ six mètres jusqu'au mur de la maison. Ils l'élargirent et l'approfondirent à son extrémité pour donner une chambre dont les dimensions atteignaient deux mètres sur trois. À l'autre bout, ils défoncèrent à coups de pioche le soubassement en pierres des champs de la maison, puis le plancher en ciment de la cave, entre le mur et la fournaise.

Marcel, trop nerveux, habitait ailleurs depuis une semaine. Pendant une de ses visites, il vit René s'avancer et lui tendre une feuille de papier. L'ayant parcourue des yeux, il décida de prendre son après-midi de congé. D'après ses calculs, il devrait faire au moins deux voyages à la cour à bois.

Ils étançonnèrent toute la longueur de l'excavation à l'aide de madriers, auxquels ils clouèrent des deux par quatre et des panneaux d'aggloméré pour compléter le coffrage. Posèrent un toit, puis un plancher dans la chambre principale où l'eau ne cessait pas de s'infiltrer. Enfin, ils recouvrirent leur ouvrage avec une partie de la terre excavée et étendirent le reste tout autour et le nivelèrent de leur mieux. Leur tranchée bien étayée était devenue un tunnel. Pour y accéder, ils descendaient à la cave et se glissaient derrière la fournaise, soulevaient une dalle de ciment formée de blocs assemblés, identiques à ceux du socle de l'appareil de chauffage. Ils y firent passer une rallonge électrique et la camouflèrent soigneusement, installèrent un système d'éclairage, une chaufferette. L'entrée du tunnel mesurait environ trente centimètres sur cinquante. Ils devaient s'y glisser les pieds devant, puis ramper sur le dos jusqu'à la brèche pratiquée à travers les fondations, où commençait le tunnel proprement dit. De là, il fallait crapahuter sur quelques mètres pour atteindre la chambre souterraine.

On était en décembre, au début de l'après-midi. Dehors, l'air était froid, limpide et brillant. Ils avaient dormi, comme d'habitude, sur le tapis de la salle commune dans des sacs de couchage. La nuit précédente, ils avaient complété la finition de la cache, qui ne devait servir qu'en cas d'urgence. Un terrier de secours pour gibier aux abois. Gode venait de faire du café. Il alluma la radio. S'immobilisa, sa tasse vide dans la main. Dégringola l'escalier, ouvrit la télé. On était le 3 décembre 1970. L'émission spéciale en direct sur les ondes de Radio-Canada.

Les gars! Venez voir ça...

Ils passèrent tout l'après-midi rivés devant le téléviseur. Ils voyaient s'étirer à l'écran, le long d'une rue bordée d'immeubles de briques à trois étages, un cordon de soldats casqués et en armes. La rue, un peu plus loin, avait été bloquée à l'aide d'un autobus. Des hélicoptères de l'armée traversaient le ciel à cet endroit.

Ils suivirent un soldat en uniforme qui, fusil en bandoulière et baïonnette au canon, escortait galamment une habitante du quartier jusqu'au coin de rue suivant, pendant que le lecteur de nouvelles expliquait que les autorités avaient ordonné l'évacuation du secteur. Les forces armées supervisaient l'ensemble des opérations. Le cordon de soldats qui contenait les curieux s'étirait sur plusieurs pâtés de maisons, puis on le perdait de vue.

Tabarnak! J'ai jamais vu autant de soldats! Je pense que même les Allemands n'en avaient pas autant pour envahir la Russie...

Rue de la Compagnie-de-Jésus. C'est dans le nord de la ville.

La caméra radio-canadienne revenait régulièrement se fixer sur la devanture de briques d'un immeuble d'appartements parfaitement banal : une porte principale, encastrée dans un portique en saillie et surmontée d'un auvent rectangulaire ; des appartements dont les entrées donnaient sur les couloirs, avec, côté rue, une porte extérieure ouvrant sur un balcon ceint d'une rampe de fer forgé ; le balcon de l'appartement du premier

. surplombait la porte du garage, aménagé en demi-sous-sol, avec accès par l'intérieur.

Parce que leurs copains de la cellule Rébellion avaient respecté la règle de l'autonomie et de l'étanchéité des opérations, Gode et les Lafleur découvraient en même temps que les milliers d'autres téléspectateurs le repaire où John Travers avait été séquestré pendant deux longs mois. Aux fenêtres de l'appartement du premier, on pouvait lire les lettres FLQ tracées à la bonbonne dans les vitres.

Plus tard, ils virent une Chrysler grise émerger en marche arrière du garage, reculer dans la rue de la Compagnie-de-Jésus, froisser une de ses ailes contre un muret bétonné, puis rester un moment immobile, comme suspendue au fil de l'événement pendant que, devant et derrière, l'escorte se regroupait. Des négociations avaient eu lieu. Commentant sur place, de son habituel ton espiègle, ce départ en grande pompe, le journaliste Claude-Jean Devirieux, mince visage de fouine savante encadré d'une énorme paire d'écouteurs, conjecturait sur la destination des ravisseurs. Le mot « Cuba » fut prononcé.

Puis, au milieu d'une nuée de motos de police, s'ébranla le cortège constitué de la Chrysler, de plusieurs voitures banalisées et d'auto-patrouilles jouant du gyrophare. Corbeau était au volant de la Chrysler. L'avocat qui avait négocié la restitution de l'otage était assis à la place du mort. Entre les deux, les lunettes, les cheveux longs, c'était Pierre, le Chevreuil… Lancelot était derrière avec l'otage. À Saint-Marc, l'émotion et l'énervement étaient à leur comble.

Ils vont se faire griller la bedaine à Cuba pendant que nous autres, on va passer l'hiver enterrés comme des mulots, résuma René.

Je dirais même : comme des ondatras, nuança Godefroid.

Ouais, parce que comme c'est là, l'étang a l'air bien parti pour se vider dans la cache.

C'est quoi, un ondatra ?

Un rat musqué.

Alors pourquoi tu dis pas rat musqué?

Parce que c'est le nom indien et que j'ai envie de dire ondatra.

Pis va te crosser dans ton chapeau si t'es pas content.

Mon chapeau d'ondatra?

OK, vous deux, ça va faire..., les tança Jean-Paul sans bouger ses yeux de l'écran.

Pierrot s'en va à Cuba. Incroyable..., dit Gode en secouant la tête.

Pour l'instant, on dirait bien qu'ils ont le meilleur ticket. On verra s'ils trouvent ça si drôle d'avoir un palmier comme sapin de Noël.

René s'arrêta en haut de l'escalier du sous-sol.

Une bière, quelqu'un?

Ouais.

Jean-Paul?

Un verre de Kik pour moi. Avec du rhum...

Du Kik avec du...

Ouais, c'est ça. Un Cuba libre.

Marcel posa le seau de poulet frit Kentucky sur la table, puis le sac en papier kraft contenant les quatre grosses bouteilles de bière.

Joyeux Noël, les gars!

Ah ben! Du poulet du Colonel...

Ils avaient eu le cœur gros toute la journée. Ils voyaient arriver la fin de leur cinquième semaine dans la maison de Duquet, à Saint-Marc. Les deux premières avaient été consacrées à la construction de la cache. Ensuite, leurs journées s'étaient passées à discuter de réorganisation et de financement. Du prochain hold-up. Duquet leur avait trouvé un vieux camp scout abandonné du côté du lac Brompton. Le chemin qui y conduisait était fermé en hiver. Ils attendraient le printemps pour y déménager leurs pénates.

L'armée, elle, quittait enfin ses cantonnements. On avait moins besoin d'elle depuis le gros show de l'encerclement de la cellule Rébellion à Montréal. Et c'était sans doute un hasard si cette sourdine mise aux bruits de bottes de l'automne coïncidait avec le rappel de la loi d'urgence et son remplacement par une pièce de législation bricolée sur mesure pour accommoder les corps policiers. La nouvelle loi, qui venait prolonger les pouvoirs exceptionnels impartis aux autorités, avait reçu la sanction royale le jour même où un Yukon des forces armées emportait Lancelot et ses amis dans l'île de Castro. Apparemment, la mécanique avait été bien huilée.

Richard Godefroid et les deux Lafleur préparaient donc la suite des opérations lorsque le solstice d'hiver leur était tombé dessus. La noirceur à quatre heures de l'après-midi. Le chemin de rang étouffant, bordé de congères pareilles à des piles d'oreillers glacés. La vaste plaine couverte de neige. Et maintenant Noël, avec ses images de familles réunies. Ils s'étaient mis à broyer du noir tous les trois.

Mais grâce à Marcel, ils réveillonnaient maintenant au Colonel Sanders arrosé de grosse Mol.

Ça vaut pas le Baby, commenta René en léchant ses doigts graisseux.

Sa remarque fut accueillie par un silence, ce qui ne veut pas dire qu'elle tomba dans le vide. Puis Duquet se leva de sa chaise et produisit quatre gros cigares.

Joyeux Noël, les gars !

Gode sentit une boule lui remonter dans la gorge.

Marcel, t'es…

Un vrai…

Bon… gars.

C'est-tu des havanes, au moins ?

Le lendemain eut lieu la première perquisition.

# Jean-Claude s'en va-t-à Québec (automne 1973)

Jean-Claude Marcel, mon nom. Celui d'un tout petit acteur des événements, que vous allez vous dépêcher d'oublier. Au moins, je ne me prends pas pour un autre. Ça faisait déjà presque un an qu'on se réunissait dans le sous-sol de la maison d'Albert Vézina, à Outremont, le Petit Albert, comme on l'appelait déjà. Dans l'ancien temps, c'était le nom d'un gros livre, une espèce d'almanach ou d'encyclopédie… « On », c'est-à-dire une poignée de petits poissons politiques dont les rencontres informelles formaient l'embryon d'un comité de soutien. Tous les mois pendant pas loin d'un an : réunion. Le Vieux Lion avait donné le signal du départ sans le vouloir en s'effondrant complètement soûl au beau milieu d'une réunion de l'exécutif. On ne peut pas dire que c'était une bien grande surprise et on n'a vu personne tomber en bas de sa chaise à cause de ça. Ça faisait déjà plusieurs mois que l'odeur de gros gin avait commencé à se répandre en dehors du cercle des proches et que son élocution laborieuse, le teint de brique de ses joues d'ancien gagnant du concours du Plus Bel Homme et le réseau de veines éclatées sur son gros pif étaient devenus *the talk of the town* sur la Grande-Allée. À partir du jour où il s'est affalé devant ses ministres ahuris, son entourage n'a plus été capable de faire rempart autour de lui et on a commencé à entendre le bruit des couteaux qu'on aiguise. Et c'est ce que nous faisions ce soir de janvier 69, les trois ou quatre inconnus au bataillon qui se retrouvaient, une fois par mois, dans le sous-sol de la maison de Vézina à Outremont, la petite poignée d'inconditionnels. Vézina était notre homme. Le choix le plus logique : ancien de Brébeuf, boursier de la Fondation Ford, diplômé d'Oxford et de Harvard, une maîtrise en économie politique et une autre en droit international et fiscalité des corporations, mes vieux. Et le gars n'avait peut-être rien d'un foudre d'amour, mais c'est quand même lui qui avait décroché la timbale, département des jupons. Pas exactement la reine du bal, elle non plus, mais elle venait avec une de ces dots qui font rimer « lit » avec « gros lot à la loterie », ça oui : une Allard de Saint-Romuald, fille d'un Onassis local, armateur battant pavillon bidon, faiseur et défaiseur de gouvernements, propriétaire de chantier naval abonné aux juteux contrats de la Défense nationale, assis sur une des plus grosses fortunes du pays. Le *vieil argent canadien-français* dans toute sa splendeur. Faut croire qu'il avait besoin d'un fiscaliste spécialisé dans le droit des corporations. Donc, à notre petite réunion du mardi soir, tout à coup, il y a une nouvelle tête. Un grand type qui se tient raide comme un poteau de fer dans son complet passe-partout, la mâchoire dure, les cheveux gris taillés en brosse, la mi-quarantaine dépassée. C'est Bob Lapierre, alias Tonton, le secrétaire général du parti. Le *colonel* Bob Lapierre, excusez pardon. Le gars traîne une blessure de guerre ramenée des champs de bataille de la Seconde Guerre mondiale, enfin, c'est ce qu'on raconte. Ça expliquerait la raideur de la démarche. D'autres le relient aux services de renseignement de l'armée. Si ça se trouve, il est encore colonel dans l'armée de réserve. De toute manière, il n'y a qu'à le regarder et on a tout de suite envie de lui donner du colon, pas vrai ? La blessure de guerre, elle, aurait fait de lui, d'après certains, un véritable bourreau de travail. La réputation qu'il a, c'est de dormir quatre heures par nuit et de bardasser le reste du temps. Paraît aussi qu'il pêche le saumon en Gaspésie, se paie du bon temps à Acapulco, a la passion des plantes : soigner les fleurs, cultiver son jardin, tout ça. Franchement, êtes-vous capable d'imaginer le Colonel avec un arrosoir, vous ? Mais c'est ce qui se chuchote autour des bonnes tables de la Grande-Allée. Bref, il est là, ce soir-là, en chair, et surtout en os, débarqué parmi nous. Il ne dit pas un mot. Il écoute. La tension est palpable. La soirée se termine et il ne se l'est pas encore ouverte. N'a pas non plus pris de notes, du moins, pas sur le papier. Alors il est venu faire quoi, le Tonton? Évaluer les forces en présence, les chances de Vézina? Espionner pour le compte d'un autre candidat? Ou bien, ce serait-tu le Vieux qui l'envoie? La rumeur voulait que Tonton Bob se prépare, comme les quatre cinquièmes du caucus, à appuyer Paul Lavoie. Nous avons eu notre réponse le mois suivant : au lieu de la fille Allard, si distinguée et si propre de sa personne, c'est Tonton Bob qui est venu s'encastrer dans la porte après notre coup de sonnette. Les bras croisés, le visage dur, fermé, des yeux gris et froids, avec un éclat d'acier dans le regard, la bouche une fente sans expression, il nous barrait le passage. Puis, il a prononcé cette phrase que je n'ai jamais oubliée : *Vous trois, je veux plus vous voir ici. Débarrassez...* Et vous ne me croirez jamais, mais c'est exactement ce que nous avons fait! *Et c'est pas la peine de revenir,* a lancé le Colonel dans notre dos pendant que nous déguerpissions. Mais ça, nous l'avions déjà compris. Nous savions très bien à qui nous avions affaire. Nous connaissions l'homme, la méthode Lapierre. Nous avions été aux premières loges pour le voir écraser René Lévesque et ses futurs séparatistes au congrès libéral de 1967. Le paquetage d'assemblée avait commencé bien avant le congrès, quand les délégués lévesquistes avaient découvert qu'ils étaient incapables de réserver des chambres au château Frontenac, là où le troupeau fédéraliste allait être gardé en observation, à l'abri de tout risque de contagion. *C'est complet,* s'entendaient-ils répondre, non sans qu'on ait pris soin de consulter, sous leur nez, une certaine liste. La liste des moutons noirs de Tonton Bob (Papa Boss est un autre de ses surnoms). Ses hommes équipés de walkies-talkies étaient partout sur le plancher du congrès cette fin de semaine là. À l'affût de la moindre discussion informelle, de la moindre rumeur de palais, déplaçant des troupes d'une salle à l'autre, noyautant un comité après l'autre pour faire pencher la balance au bon moment. Puis,

Lévesque, qui avait déjà compris, est allé au micro comme un agneau traîné à l'abattoir. Après son discours, il s'est dirigé vers la sortie et les grandes portes battantes de l'Histoire qui s'ouvraient devant lui et il est passé devant Vézina qui, resté assis, fixait un point comme quelqu'un qui essaie de suivre des yeux une guêpe voletant à un pouce de son nez et qui attend que le danger s'éloigne pour se remettre à respirer normalement. Un membre du carré des fidèles de Lévesque a alors aperçu Vézina et lui a crié : *Albert! Viens...* en faisant le geste de se lever. Mais le Petit Albert n'a pas bronché. Il avait déjà tout calculé. Il voulait la job de premier ministre depuis l'âge de quinze ans, il en avait maintenant vingt de plus et entre dirigeant d'un gouvernement provincialiste et ministre des Finances d'un État indépendant il avait déjà fait son choix, sans état d'âme. Et le résultat, nous l'avons vu à Outremont : Bob Lapierre venait de monter dans le train du Petit Albert et de prendre sa campagne en main. Ce qui voulait dire que Vézina avait maintenant la bénédiction du Vieux et l'appareil du parti derrière lui. Les autres qui avaient reviré de bord sur le perron de sa maison à Outremont ont vite compris le message et pris leur trou. Pas moi. Après une vilaine nuit de sommeil, je m'en suis voulu d'avoir détalé comme un lapin à la seule vue du secrétaire général et je me suis promis de vendre un peu plus chèrement ma peau. Ma femme, elle, vous savez comment elles sont, me conseillait plutôt de laisser tomber la politique et de me concentrer sur les moyens de faire vivre décemment ma famille. « Décemment » voulant dire : dans les limites du bon vieux neuf à cinq. Les femmes n'admettent en général pas d'autre passion que celle qui s'exprime avec des roses et du chocolat. Comme si plancher jusqu'à l'aube sur le libellé d'un discours, dans l'excitation de la nicotine et du café et l'exaltation du message que vous voyez passer de votre cerveau à la forme des mots sur le papier, ne pouvait être que du temps volé au grand roman cocotidien de l'amour. Et parlant de ça, pourquoi « Cupidon » et « cupide » ont-ils la même racine ? Mais je m'égare... En face du rouleau compresseur, il restait deux candidats : Denis Müller, le ministre de la

Justice, adepte de la trique et des charges de cavalerie échevelées pour disperser les nombreuses manifs, décrit par les sondages comme l'aspirant chef préféré d'une respectable majorité de bons citoyens épris d'ordre. Et Paul Lavoie, l'homme de terrain, l'infatigable tisseur de liens, l'ancien du *Devoir.* Malgré le handicap que représentaient pour le commun des mortels les quelques fâcheuses histoires de corruption auxquelles son nom restait attaché (mais aussi, peut-être précisément pour cette raison), Lavoie, au départ de la course, pouvait compter sur l'appui du plus important noyau d'élus au sein du parti. Je n'avais pas beaucoup d'affinités avec Müller. Des collègues l'ont entendu, en privé, évoquer la possibilité d'envoyer sa police coucher des grévistes de Shawinigan à la mitraillette, pour vous situer le genre. J'ai rejoint l'organisation de Lavoie. Et ce que j'ai trouvé, c'est un candidat complètement dévasté. Lapierre et lui s'étaient connus dans cette franc-maçonnerie 100 % canayenne qu'était l'Ordre de Jacques-Cartier, oui, la bonne vieille Patente. Les ambitions de Lavoie étaient connues depuis longtemps. Ce que personnellement j'ignorais, c'est que le colonel Lapierre lui avait promis de mettre à son service la toute-puissance du char d'assaut électoral placé sous son commandement. Le passage de Tonton dans le camp du Petit Albert a donc eu l'effet d'une trahison. Du jour au lendemain, Lavoie se réveillait sans organisation ni directeur de campagne à la chefferie. J'ai eu la job en claquant des doigts et mon premier geste a été de mettre sur pied le Cercle des amis de Paul Lavoie pour préparer la riposte. Mais entre vous et moi, en me laissant filer contre le Colonel, le Petit Albert avait conclu l'échange du siècle. On a appris entre les branches que Lapierre était allé aux États-Unis étudier la nouvelle manière de faire de la politique et qu'un sondage *scientifique,* commandé à une firme américaine, avait convaincu l'establishment libéral que Vézina était leur homme : jeune, avec les chiffres qui lui sortaient par les oreilles. La réponse des *big shots* à l'agitation de la rue et à l'anarchie chevelue qui menaçait. L'obsession économique comme remède à l'insécurité chronique de ce peuple de gagne-petit, c'était Vézina. Le portrait-robot pile-poil. Ensuite, ils lui ont trouvé un coiffeur et ils ont fait une campagne d'image à la Kennedy, le viril sourire irlandais en moins. Qu'est-ce que je peux dire ? Ils nous ont écrasés. On ne jouait même pas dans la même ligue. Tonton Lapierre avait mis la main sur une des toutes premières ordinatrices et il a profité de sa position de secrétaire général du parti pour compiler la première liste de membres complète et systématisée à la grandeur du territoire, de manière à monopoliser les envois postaux au profit de son poulain. Les organisations des deux autres candidats y ont eu accès plus tard et ont été obligées de payer pour l'obtenir ! Tonton Bob, il aimait tourner le fer dans la plaie. Pendant que la seule mention du nom du beau-père, Allard, agissait comme un sésame sur les goussets de la clique rhodésienne de barons de la finance et de petits industriels parvenus dont se compose l'élite locale du monde des affaires, les rivaux du Petit Albert voyaient les bailleurs de fonds traditionnels du PLQ leur fermer ostensiblement le robinet. Déjà que Lavoie était homme à faire des dettes, il s'est enfoncé rapidement. Plus précisément de 175 000 dollars et dans le temps de le dire. La course était terminée. Trois jours avant le congrès à la chefferie, je me trouvais avec Paul dans sa maison de Saint-Lambert pour l'aider à réécrire son discours d'ouverture. Nous étions assis autour de la table de la cuisine, les manches retroussées, nos feuilles éparpillées au milieu des tasses vides et des cendriers pleins. Tout à coup, ça sonne à la porte. Il se lève, va ouvrir. Il se retrouve face à un huissier venu saisir ses meubles. Le créancier qui séance tenante lui réclamait 10 000 dollars était l'imprimeur qui avait produit tout son matériel de campagne. L'imprimerie en question appartenait au *Clairon d'Orford* et le *Clairon d'Orford*, vérification faite, appartenait lui-même à un empire de presse en pleine expansion dont le propriétaire se nommait Durivage et possédait des intérêts sous la forme d'une bru et d'un paquet d'actions du côté des Allard de Saint-Romuald. Bon. Il en fallait plus pour anéantir Paul Lavoie. Mais quand il m'a tendu l'avis légal ce jour-là dans l'espoir qu'il me vienne, tandis que je le parcourais des yeux, un conseil ou deux sur la meilleure manière de trouver rapidement 10 000 dollars, je l'ai entendu pester, entre ses dents serrées : *Signé le Colonel.* Ça voulait tout dire. Mais il y avait un peu plus que de la rage, comme de l'admiration dans sa voix.

# L'assemblée

La taverne Lavigueur, rue Ontario, était une institution, dans son genre. L'endroit idéal pour écouler un début d'insomnie en gardant un œil sur les quelques couples entre deux âges prudemment enlacés au son d'un orchestre typique de l'est de la ville : l'efféminé plaquant des accords caramélisés sur un orgue Hammond; le moustachu frisé en chemise hawaïenne qui promène ses balais sur la caisse claire comme s'il récurait doucement une casserole; la matrone en veste de cuir moulante et chapeau de cow-boy dont la spécialité est de transformer en sirop les vieilles tounes de Johnny Farago. Du haut de ses deux mètres, le serveur à la carrure de joueur de ligne de la LNF toisait avec une équanimité teintée d'amical mépris les étudiants, artistes d'avant-garde et intellectuels sans le sou qui, venus pour le dépaysement, se fendaient parfois de pourboires d'une générosité suspecte, comme pour s'excuser de ne pas appartenir au monde ordinaire.

Les quatre murs de l'établissement accueillaient une incroyable collection de croûtes, une série de portraits des géants de la culture populaire d'une époque bien révolue, qui avait vu disparaître les cabarets et fermer le Red Light et son Empire de la nuit, en même temps que se levait le règne de la télé. Chez Lavigueur, après avoir, tradition oblige, donné quelques coups d'encensoir avec la salière au-dessus de votre draft, vous sirotiez votre verre de bière sous les regards convergents d'une réunion de légendes tout droit sorties des boîtes de nuit oubliées des années 50, des bars westerns de l'Est et des studios du canal 10 : Michèle Richard, Ti-Gusse et Ti-Mousse, Léo Rivest, La Poune, Oscar Thiffault, Jacques « Patof » Desrosiers, Paolo Noël, Marcel Martel et sa fille Renée, Bobby Hachey et Willie Lamothe, Olivier « Ti-Zoune » Guimond, flanqué, même dans cette résurrection factice, de son straight man au sourire carnassier, Denis Drouin, vraie canaille d'anthologie. Et puis, Raoul Bonnard avec sa bouille épaisse texturée comme un pneu d'hiver. Tous immortalisés, entre deux chansonnettes turlutantes, deux blagues égrillardes, deux *one-liners* en bas de la ceinture, par le pinceau naïf du même bizouneux de cadres.

On pourrait supputer longtemps la taille de l'ardoise que ces toiles avaient permis d'éponger dans l'attente du prochain chèque de BS. Toujours est-il que cette exposition permanente composait une sorte de panthéon du pauvre qui dominait les ombreux lambris décorés de vieilles photos autographiées de boxeurs locaux défigurés, du Rocket Richard et de Jackie Robinson, qui avait joué pour les Royaux, le club-école des Dodgers, dans le parc d'à côté. Les immortels d'une nation qui avait oublié comment s'amuser, voilà ce qu'ils étaient, des gardiens, chargés de veiller cette lugubre collection de buveurs de pissat de cheval et de joueurs compulsifs drogués au combo fraise-banane-kiwi électronique qu'était la fidèle clientèle de chez Lavigueur.

Au mitan des années 80, la petite bande universitaire qui y migrait une fois par semaine, après le cours du prof Branlequeue sur Hubert Aquin et la Révolution, avait, au fil des semaines, franchi avec succès toutes les étapes du processus d'acceptation tacite préalable à une incrustation en bonne et due forme au sein de cette clientèle à majorité prolétaire. Ça se passait les mardis. On s'y rendait à pied, en passant devant ces monuments du patrimoine populaire dressés comme des écueils devant le rouleau compresseur de l'embourgeoisement : le Père d'la scrap, Le Chercheur de trésors, la taverne Panet. Ajoutons-y le pied de grue des putes écourtichées au coin des rues. Le membership était inexistant, l'adhésion informelle et spontanée, fondée sur les intérêts de chacun et un désir partagé de vérité. Le mode d'association des Octobierristes se trouvait ainsi à reproduire, d'une certaine manière, celui des groupes indépendantistes révolutionnaires actifs dans les années 60. Un noyau stable gravitait autour de Chevalier Branlequeue : Alexis, le petit gros rigolo, destiné à empiler un jour le fric à la pelle sous le nom d'Alexis-le-frotteur, humoriste ; Alexandre, le poète maudit à la mèche ténébreuse, qui buvait comme un trou, tombait les filles et était la future âme du groupe Alexandersen, aux sonorités lancinantes et pénibles ; Frédéric Falardeau, dit Fred, qui travaillait à un grand roman joycien dont l'écriture avait fini par l'absorber au point de physiquement le transformer en parfait sosie de l'auteur du *Portrait de l'artiste en jeune homme*. Et puis, Samuel Nihilo.

Les filles semblaient condamnées à évoluer à la périphérie, cantonnées dans un rôle de simples observatrices, entre autres parce qu'elles (mais non leurs vêtements) étaient rien de moins que transparentes au regard de Chevalier Branlequeue. Il les ignorait tout simplement. L'époux de la Boulottedogue pratiquait à l'endroit des *criatures* une forme de misogynie qui ressemblait fort à de la distraction : leur simple présence était une chose qui semblait complètement lui échapper.

Une autre explication de ce statut fragile et provisoire des étudiantes qui se risquaient chez Lavigueur (elles duraient en moyenne trois semaines) tenait à la nature même du thème des rencontres : si la crise d'Octobre, au Québec, ne fut pas étrangère à la montée en puissance de l'idéologie féministe au cours de la décennie suivante — les femmes, dans cette histoire de gars, développèrent leur propre idée de la liberté, de la même manière que les Sénégalais et les Algériens envoyés au casse-pipe par leur colonisateur reçurent le feu sacré de la démocratie sur les champs de bataille de l'Europe —, il faut se demander combien de femelles humaines ici-bas la question complexe des services secrets intéresse vraiment, au-delà des Mata Hari, femmes fatales assez souvent russes et autres rôles de Bond Girls assignés par la tradition.

On parle sans doute ici, remarquait Branlequeue, d'une des dernières chasses gardées authentiques de la condition mâle.

Chevalier ouvrait la séance en frappant sur la table quelques coups d'un quelconque objet de son choix, apporté de chez lui pour l'occasion : pistolet à pétards, authentique tomahawk mohawk, et même, une fois, un fémur de coyote. L'ordre du jour était, en règle générale, bordélique à souhait, le président d'assemblée était élu selon le principe d'au plus fort la poche et les amateurs de raffinements procéduriers devaient se contenter du Code Moron. Exemple : l'adoption de l'ordre du jour se faisait en portant un toast plutôt qu'à main levée.

Ce que vous avez entre les mains, annonça, la voix un peu chevrotante, Chevalier Branlequeue tandis qu'il faisait circuler une coupure de presse photocopiée sur la Xerox du département, c'est un article du *Montreal Sun* daté du 25 novembre 1970 et que j'ai traduit à votre intention. Je vous laisse un moment pour le lire.

## Un témoin clé est détenu
### Rencontre secrète du FLQ dans la nuit du 3 au 4 novembre
*par Paul Charlebois*

Les deux cellules du FLQ qui ont revendiqué les enlèvements du diplomate britannique John Travers et du ministre du Travail Paul Lavoie ont fait leur jonction dans la nuit du 3 novembre et tenu une réunion qui s'est prolongée jusqu'aux petites heures du lendemain, ont indiqué séparément deux sources fiables au reporter du *Sun*.

L'exactitude des informations déjà fournies par ces deux sources ainsi que leur honnêteté professionnelle ne sauraient être mises en doute.

« L'homme qui a opéré la jonction se trouve encore en notre pouvoir », a révélé une des sources.

« Il a déjà témoigné et nous n'en avons pas tiré grand-chose, mais nous savons qu'il en a encore beaucoup à nous apprendre. Et lui ne sait pas que nous savons.

« Nous le gardons pour le moment isolé des nombreux autres individus qui sont détenus comme témoins.

« Il est présentement convaincu que nous n'avons plus d'autres questions à lui poser. Et c'est exactement ce que nous voulons qu'il croie.

« Mais le temps venu, nous le ramènerons devant la Cour et il devra répondre à des questions beaucoup plus directes.

« Il ne s'y attendra pas. Nous allons le surprendre avec la garde baissée et il confirmera tout ce que nous savons déjà.

« Une telle corroboration de tous les faits déjà en notre possession sera pour nous des plus précieuses.

« Le seul problème est que nous devions attendre un peu avant de le ramener à la barre des témoins. Mais nous n'avons pas le choix. Nos raisons, quand elles seront connues, apparaîtront évidentes », a affirmé une des sources.

« Nous avons commis des erreurs jusqu'ici. Aucune enquête n'est parfaite. Mais nous sommes sur le point de nous refaire », a ajouté la source.

Les renseignements fournis par ces deux sources séparées et bien informées sont à l'effet que l'homme (« *the liaison man* », NDT) à l'origine de cette réunion des deux cellules du FLQ (la cellule Rébellion dans le cas de M. Travers et la cellule Chevalier dans celui de M. Lavoie) a été désigné par des felquistes entraînés en Jordanie.

« Nous avons des raisons de croire que les terroristes entraînés par la Jordanie ne se trouvent pas au Canada actuellement, mais qu'ils sont restés en contact avec des organisations montréalaises. De quelle manière exactement, nous ne pouvons le dire », a dit une des sources.

« Nous connaissons l'identité des deux hommes du FLQ en Jordanie, mais le temps n'est pas encore venu pour nous, c'est-à-dire le Canada, de nous risquer au Moyen-Orient pour y chercher deux hommes, aussi importants soient-ils à nos yeux », a confié la seconde source.

« Nous n'avons aucune assurance que M. Travers est encore vivant. Ce que nous savons, par contre, c'est qu'il y a eu des frictions importantes entre les deux cellules.

« Des deux groupes qui ont pris un otage, l'un s'oppose

radicalement à la peine de mort, peu importe à qui elle s'applique : eux, ou leur otage », a ajouté la source.

Chevalier promena son regard autour de la table.

Ceux qui y comprennent quelque chose, levez la main…

Quelqu'un s'empara du pichet de bière. Un autre fit craquer ses doigts.

Maintenant, reprit Chevalier, on va faire un peu d'analyse textuelle. Quelle est la toute première question qu'on doit se poser, en littérature ?

C'est kiki parle ? lança le gros Alexis.

L'identité du narrateur, approuva Chevalier, imperturbable.

Il but, puis reposa son verre, les yeux pétillants.

Je n'ai pas réussi à retracer le Charlebois qui signe l'article, mais il a l'air de pratiquer un drôle de journalisme. À première vue, son article est un tissu de citations anonymes et d'allusions dont la publication dans les pages intérieures d'un quotidien peut étonner. Alors quelle est la prochaine question à se poser ?

Le point de vue, dit Fred Falardeau.

Et à quel point de vue a-t-on droit, ici, messieurs ?

Celui des deux sources, répondirent en chœur Fred et Alexandre, ce dernier avec un léger retard dû au fait qu'il remplissait et vidait deux fois son verre quand ses voisins avaient le temps d'en boire un seul et qu'il commençait à être sérieusement imbibé.

Et qui sont-elles, le sait-on ?

Des officiels canadiens non identifiés, risqua Samuel Nihilo qui, déplaçant son doigt sur la feuille, renvoya ses camarades à la neuvième ligne à partir de la fin : *nous, c'est-à-dire le Canada.*

Des officiels, ou bien… des officieux, observa avec un sourire plein de finesse Chevalier Branlequeue. Passons aux personnages, maintenant. Que savons-nous de ce *liaison man,* au juste ?

On sait qui il est, lança Fred : François Langlais, alias Pierre. C'est dans le rapport Lavergne. Page 53, je crois… Et en fait, l'épisode de la rencontre du 4 novembre est archiconnu. Au moins trois ou quatre ouvrages en font mention. Et le nom de Pierre est sorti à l'enquête du coroner… Ce qu'il faut se demander, c'est pourquoi ces gens-là disent qu'ils le détiennent en novembre 70, alors que d'après ce qu'on en sait, il n'a pas été arrêté avant son départ pour Cuba.

Fred eut droit aux regards de haine tranquille d'ordinaire réservés aux premiers de classe. Sur le plan de la pure virtuosité intellectuelle, Samuel et lui se livraient une compétition feutrée et néanmoins féroce pour l'approbation du maître, dont le malin plaisir était de favoriser une telle émulation. Le Frotteur et Alexandre étaient une coche en dessous.

Oui, le mystérieux Pierre Chevrier, approuva Branlequeue. L'ami d'enfance de Richard Godefroid et son compagnon de voyage en France. Le plus discret de tous les felquistes, à ce qu'il paraît. Je crois que je vais charger l'un d'entre vous de nous revenir la semaine prochaine avec un dossier complet sur le zèbre en question… Sam?

OK, je m'en occupe.

Nous allons aussi devoir nous intéresser à deux autres personnages importants de cette petite histoire-dans-l'Histoire, poursuivit Chevalier Branlequeue. Vous aurez compris que je parle des deux zigs qui sont allés s'entraîner avec les Palestiniens du FDPLP en août 70. La filière algérienne. Noms de code : Zadig et Madwar. Ce sont deux anciens du collège Sainte-Marie, qui est l'ancêtre de l'UQAM, donc de la même *alma mater* que vous, quelque part. Pratiquement des confrères. Quelqu'un veut ajouter quelque chose?

Frédéric leva la main.

Ils ont été découverts près de Javesh, en Jordanie, par le journaliste Yves Lépine pendant un reportage sur un camp d'entraînement du Front démocratique populaire pour la libération de la Palestine (FDPLP) au beau milieu du désert. Ils se sont prêtés au jeu de l'entrevue et en ont profité pour annoncer une campagne d'assassinats sélectifs au Québec. À ma connaissance, l'article du *Sun* est le premier document à suggérer un lien possible entre les fameux fedayins du FLQ et l'affaire Travers-Lavoie.

Excellent… Vraiment excellent, murmura Chevalier. Mon cher Fred, tu vas t'occuper de ces drôles de fedayins et de leur délégation étrangère à Alger.

Falardeau et Nihilo échangèrent un sourire par-dessus un pichet de bière vide. Chevalier occupait le haut bout de la table et les englobait dans son regard bienveillant, pétri d'antiquité grecque.

Falardeau, apparemment décidé à porter le coup de grâce, leva derechef sa main.

Oui, Fred?

Votre Charlebois, ça vient de me revenir… il collaborait avec la police. Son double jeu a été révélé par une commission d'enquête dans les années 70. Ce gars-là était un officier de réserve, lié au renseignement militaire.

De mieux en mieux, apprécia Branlequeue, rêveur. Bon. Je pense qu'on mérite une autre tournée, là…

Comme toujours, le ton monta peu à peu, les voix s'embuaient, les interventions s'échevelaient, devenaient chaotiques, la tablée tout entière semblait valser sur un mince fil tendu entre l'esclandre et l'éclair de génie.

Profitant du fait qu'il était encore raisonnablement lucide, Chevalier Branlequeue, son verre rempli, reprit la parole.

Dans cet article de journal, il y a probablement plus de mystère et de drame humain que dans quelques bonnes pages de Shakespeare. Le texte que vous avez entre les mains nous apprend des choses, nous en cache d'autres. En fait, il nous cache des choses à mesure qu'il nous les apprend. Le masque, ici, trahit sa véritable fonction : il nous révèle l'existence de la chose qu'il cache…

Les Octobierristes étaient suspendus à ses lèvres.

Nous sommes des gens de lettres. Notre vocation est de déchiffrer. Et j'ai l'impression que cet étrange échantillon de prose contient la clé de plusieurs de nos préoccupations. Relisez-le attentivement, et gardez en tête que les services policiers contrôlaient plusieurs journalistes. Leur surenchère factice ressemble aujourd'hui à de l'huile dans la machine à créer des climats et fabriquer de l'opinion. Méditez-le, conscients qu'il pourrait être un piège qu'on vous tend. Nous sommes à la recherche du sous-texte, de l'infrahistoire... Lisons comme si nous devions désamorcer une bombe, en opposant l'intelligence à l'intelligence. La désinformation n'est rien d'autre que l'enfant bâtard de la littérature et de la publicité. Bref, on nage en pleine sémiotique, mes amis. Et le texte que vous avez sous les yeux pourrait bien être une sorte de petit chef-d'œuvre...

Peut-être, mais en tout cas, il s'adresse pas à moi !

Tout le monde se tourna vers Marie-Québec, assise au bout de la table, un peu en retrait. Elle était la seule *hang around* en vue ce jour-là.

Pardon ? demanda Chevalier.

Marie-Québec, gênée, se tortilla sur sa chaise, puis se pencha vers l'avant.

Tout ce que je dis, c'est que moi, j'y comprends rien. Pour une très bonne raison : parce que c'est pas à moi que ça s'adresse. C'est clair.

Fred se tourna vers Chevalier :

La question du destinataire...

Chevalier, songeur, opina du chef en silence. Quant à la jeune fille, qui était en première année de théâtre, incapable de supporter tous ces regards maintenant braqués sur elle, elle fit de son mieux au cours des minutes suivantes pour mériter qu'on l'oublie de nouveau, puis profita de la première occasion pour mettre son manteau et filer vers la porte.

Sam laissa passer une demi-minute, et pendant que la réunion, autour de lui, sombrait dans une douce euphorie de prises de bec et de fous rires, il s'éclipsa à son tour.

En mettant le pied sur le trottoir, il la vit qui s'éloignait sous la pluie après avoir réussi sa sortie, d'une discrétion parfaite, anti-théâtrale à souhait, songeait maintenant Nihilo qui, saisi d'une brusque impulsion, faillit se mettre à courir pour la rattraper, puis laissa tomber.

# Secteur de Villa Grande, Italie, 1943

La compagnie qui tenait la position avait installé le poste de commandement avancé dans la carcasse d'un tank qui avait sauté sur une mine. Au beau milieu de la contre-attaque lancée par les Allemands vint le message radio : mitrailleuses presque à court de munitions. Bédard, le brigadier général, fit charger deux caisses de cartouches sur un âne et envoya deux hommes. Pauvre bête, songea-t-il en les regardant disparaître, rien de ce qui se passe ici n'est de sa faute. Mais au fond, c'était leur cas aussi, pas vrai ? À chaque nouvel obus qui explosait, on voyait l'âne se raidir, planter ses sabots dans la terre et plier ses grandes oreilles, et il fallait tirer toujours plus fort sur la corde pour le faire avancer. Un qui tire, l'autre qui pousse dans le cul et assure le ballant. Les autres pouvaient suivre leur progression de loin en loin grâce aux fusées éclairantes des Boches qui continuaient d'éclater et de retomber en se consumant lentement au-dessus de la confusion incroyable engendrée par la bataille, par le combat rapproché, parfois à bout portant dans l'ombre épaisse saturée d'explosions et de lumières, de balles traçantes et de cette odeur de poudre et de charogne brûlées, les sèches rafales de la mitrailleuse qui tenait toujours la position et le soupir étouffé des mortiers, et ensuite le sifflement des obus et l'ébranlement de la terre, tout autour. À peu près à mi-chemin, l'âne marcha sur une mine.

Ils virent un grand geyser orange plein de bouts d'âne et d'acier monter de la terre et s'élever dans la nuit illuminée. Les mottes de terre et les éclats n'avaient pas fini de retomber et de crépiter sur le toit de l'abri que la voix du brigadier général retentissait : *Brancardiers!* comme si vraiment il espérait retrouver quelque chose de vivant. Un brancardier identifié par le brassard de la Croix-Rouge attrapa la civière pliante par un bout et croisa les yeux de son collègue qui secouait la tête et vit qu'il pensait la même chose que lui. Ils partirent au petit trot, le dos courbé, la tête rentrée le plus creux possible entre les épaules, dans la direction du nuage de poussière et de soufre qui remplissait tout l'espace devant eux et dérivait lentement vers le champ de bataille et leur entra bientôt dans les poumons, il n'y avait rien d'autre à respirer à cet endroit. Le trajet leur parut long pendant que les obus de mortier continuaient de griffer et de faire gicler la boue autour du vieux char d'assaut désaffecté, là-bas. À l'endroit où se trouvaient l'âne et les deux gars la dernière fois qu'ils les avaient vus, il y avait maintenant un énorme cratère dans lequel ils faillirent tomber, la fumée qui en sortait comme de la gueule d'un volcan leur bouchant la vue. Ils se mirent à quatre pattes pour en faire le tour et, à force de tâtonner dans le noir, parvinrent à retracer des touffes de poils et trois quatre petits bouts de peau d'âne et un sabot, c'est tout.

Entre-temps, la situation était devenue critique sur la colline, et le brigadier général avait fait préparer un autre envoi de munitions. Lorsque les brancardiers se pointèrent devant l'abri avec leur civière vide, ils furent accueillis par le général Bédard, mains sur les hanches, droit comme un i. *Où sont les blessés!* qu'il tonna, le général. *Partis en fumée,* lui fut-il alors répondu. Mais ils voyaient bien que cette réponse ne le transportait pas de joie. Il n'allait quand même pas leur demander d'y retourner? À peine avait-il eu le temps de formuler cette idée qu'un des brancardiers sentit qu'on l'attrapait par le bras et avant de comprendre ce qui lui arrivait, il avait fait demi-tour et, en pleine accélération, trimballant toujours le brancard, faisait de son mieux pour échapper aux vigoureux coups de pied dans le cul décochés par le général. *Suivez-moi!* beuglait ce dernier, et il le pensait vraiment, il était passé devant, ils s'en retournaient en enfer et c'est le général

Bédard qui montrait le chemin. Ils aperçurent, surgissant de la fumée, sa silhouette gigantesque dressée à côté du cratère, les poings sur les hanches, comme un touriste penché au bord d'une falaise imprenable, éclairé par les fusées et les obus qui continuaient de pleuvoir. À la vue de leur commandant battant les buissons, les brancardiers se sentirent un peu cons et s'y mirent aussi, à tâtons dans la pénombre ardente, avec une sorte de rage. Ils trouvèrent un des hommes à dix pas, il lui manquait les deux jambes et un bras et le sang pissait encore à gros jets bouillonnants des moignons.

Le général est arrivé. Un des brancardiers, tombé à genoux près du corps, a relevé la tête et l'a secouée : mort. *Êtes-vous bien sûr de ça ?* qu'il a gueulé, leur galonné. Au même moment, il y eut comme une accalmie dans le fracas de la bataille et l'homme qui venait d'être déclaré mort a ouvert les yeux et dit : *Je suis pas certain... d'être vraiment mort... mon commandant.*

Ils lui firent des garrots, puis l'embarquèrent sur la civière et pendant qu'ils s'activaient, le général retrouva l'autre ânier un peu plus loin, en aussi piteux état que le premier. Il le chargea sur ses épaules comme un sac de patates. Ils le virent galoper en tête dans la nuit, complètement saucé de sang par les moignons du quasi-trépassé qui était, il faut bien le dire, plus facile à transporter comme ça, avec deux ou trois membres en moins. Et pendant que, aux deux bouts du brancard, la paire trébuchait dans les trous de bombes avec son fardeau, le bon vieux général trouvait encore le moyen de les encourager. Si quelqu'un avait prédit cette nuit-là que les deux conducteurs d'âne allaient s'en sortir, il se serait fait traiter de tous les noms. Mais c'est comme ça : ils ont survécu tous les deux et coûté une fortune en prothèses au gouvernement.

Au 22e, on entendait souvent conter cette histoire, comme un glorieux fleuron de plus à la légende du régiment et de son mythique commandant, et pour montrer au dernier planton cantonné à Chypre quelle sorte d'homme c'était que le général Jean-B. Bédard. Combien grosses il les avait.

# Dora de justesse

Samuel attendait Marie-Québec chez Lavigueur, assis à une table près de la fenêtre. Quand il levait les yeux de sa bière, il rencontrait le portrait de Raoul Bonnard, oui, Bonnard, l'ancien comique et crooner, l'homme du canal 10, figure bouffie de gargouille repue taillée dans un mastic qui se fissurait au moindre sourire. Complet bleu poudre, nœud papillon rouge, chrysanthème blanc à la boutonnière. L'épaisse chevelure gominée d'une couleur suspecte. Le Bonnard de la grande époque des cabarets.

Entre deux boutiques de tatoueurs, en face, le tas de ruines et de gravats qui avait été un QG des Hells avant d'être soufflé par une voiture piégée s'offrait à la contemplation. Un peu en biais se trouvait la vitrine d'un prêteur sur gages, une spécialité locale avec les piqueries, et un magasin de vieilles nippes dont le propriétaire, coiffé de son éternel chapeau de cow-boy, se rendait quotidiennement allumer un lampion à Kurt Cobain dans l'église voisine revitalisée par les Latinos. Au coin de la rue, la silhouette masculine d'une malmenée de la vie pivotait comme une toupie au passage des voitures.

Hé! Pssst…

Sam leva les yeux vers la grosse bouille du roi du divertissement, puis regarda autour de lui. Il revint au tableau. Il ne s'était pas trompé : Raoul Bonnard avait bel et bien essayé d'attirer son attention. Au-dessus du nœud papillon, la figure boursouflée, qui évoquait la physionomie de l'Homme de pierre, le superhéros des Fantastic Four, se fendit soudain d'un éblouissant sourire canaille.

Ça va, le jeune?

Samuel regarda de nouveau autour de lui, puis revint au tableau.

C'est à moi que vous parlez?

Non, c'est au mur. Heye, ti-gars! Comment t'appelles ça, un nègre enterré dans le sable avec le cul qui dépasse?

Aucune idée.

Un rack à bicycle.

Samuel jeta un coup d'œil du côté du barman.

Monsieur Bonnard... Z'êtes même pas drôle.

Peut-être, mais toi, tu m'as l'air d'être une moyenne face de carême. Qu'est-ce que tu fais là tout seul à te pogner le moineau?

J'attends une fille.

Penché à l'extérieur de la toile, Raoul lui décocha un clin d'œil de dix-huit carats assorti d'une grimace d'une rare lubricité.

Attaboy! Qu'est-ce que tu bois, le jeune? Scotch? Un Cutty Sark?

Pourquoi pas de la térébenthine? Vous voulez ma mort?

Samuel sursauta. Le barman s'était approché et l'observait avec intérêt.

Un Cutty Sark, fit Sam.

Marie-Québec commanda une bière à l'abricot. Devant l'air interloqué du serveur, Sam vint à son secours.

Ça m'étonnerait qu'ils aient ça ici.

Bon. Une Belle Gueule, d'abord.

Le serveur ne bougeait toujours pas.

Pas de bières québécoises, lui souffla Samuel.

Levant les yeux, elle adressa au serveur un sourire forcé tout à fait charmant.

Ça va, j'ai compris. Je vais prendre une draft.

Excellent choix, mademoiselle, dit le barman en s'éloignant.

Samuel posa à Marie-Québec quelques questions polies sur son travail. Elle venait de passer deux semaines à Montréal pour les répétitions des *Justes* et repartait le lendemain. Lorsque Sam lui demanda quel personnage elle interprétait, elle comprit qu'il n'avait pas lu la pièce. Quoique, à bien y penser, elle aurait pu jouer la grande-duchesse. Mais franchement, est-ce qu'elle avait une tête à jouer les grandes-duchesses ?

Elle voulut connaître l'opinion de Samuel sur le personnage de Dora.

Il faudrait que je relise la pièce, répondit celui-ci.

Parce que tu l'as déjà lue ?

Ah, ouais. Camus, c'est incontournable…

Un mensonge peu convaincant, ils en étaient tous deux conscients. La conversation s'enlisait. Au bout d'un moment, Marie-Québec se leva pour aller aux toilettes.

Heye…

Samuel leva les yeux vers le tableau.

Oui, Raoul…

Beau petit morceau. Si tu lui parles comme il faut, il reste encore trois ou quatre phrases au gros maximum entre la rue Ontario pis ton lit.

Je suis pas complètement obsédé par le cul, si c'est ce que vous pensez.

Ouais, ben va raconter ça à d'autres que moi. Et puis arrête d'essayer de lui faire accroire que t'as lu des philosophes françàs, parce que je lui donne pas dix minutes pour se lever et s'en aller.

Pas elle, Raoul. C'est une actrice…

Heye ! J'en ai connu, des actrices. Elles passaient pas leur temps à se tordre la bouche en cul de poule pour prononcer des noms à coucher dehors !

Comment vous la trouvez, sérieusement ?

Ben, pour être franc, personnellement j'aime les blondes avec plus de totons. Et je me demande ce qu'elle a contre les talons hauts, mais écoute-moi bien : elle a un petit cul en forme de cœur et depuis qu'elle est arrivée qu'elle cherche tes genoux sous la table, ça fait que…

Qu'est-ce qu'ils ont, mes genoux?

Ça te va bien de faire l'innocent. Qu'est-ce que tu penses qu'elle est partie faire aux toilettes? Des mots croisés? Elle va revenir toute poudrée et parfumée et c'est là qu'on va voir si t'as l'instinct du tueur, le pô-wet!

Marie-Québec est pas comme ça.

Écoute-moi bien, tête heureuse. Je te conseille de suivre mes conseils, parce que tu t'en vas nulle part.

Faites de l'air!

Qu'est-ce que tu veux que je fasse? Sauter dans un taxi? Vas-y, profites-en pour deux…

Du coin de l'œil, Sam vit rappliquer la jeune femme. Silencieuse dans ses escarpins, elle se déplaçait avec une gracieuse modestie et une simplicité qui ne semblait pas feinte, même si la pointe d'assurance et une certaine raideur dans ses gestes sentaient le travail et la conscience de soi. Sam avait l'impression de voir les anciennes gloires du music-hall comme Denis Drouin et Ti-Zoune Guimond saliver sur son passage.

Il jeta un dernier coup d'œil au tableau. La vieille bête de scène décocha à Samuel une œillade assaisonnée d'une mimique bonnardienne d'anthologie. L'équivalent facial d'une toute garnie extra-anchois.

La dernière chose que j'ai lue de Camus…

Samuel s'interrompit. Bonnard, dans le tableau, s'était pris la tête à deux mains.

Qu'est-ce qui se passe? demanda Marie-Québec.

Rien. La dernière chose que j'ai lue de Camus, c'était sa défense de Don Juan dans *Le Mythe de Sisyphe*.

Ah oui? Et qu'est-ce que Camus pense de Don Juan?

D'abord, il en était un. C'est-à-dire quelqu'un qui se sait mortel et qui croit au sacré ici-bas.

Et c'est ce que t'es? Un don Juan?

Pas encore. Mais j'y travaille.

Tu travailles pas tellement fort, je trouve.

À quinze ans, je voulais être ingénieur. À vingt, biologiste. À vingt-cinq, c'était écrivain. Mais quand j'ai eu trente ans, j'ai vraiment compris ce que je voulais faire de ma vie. Don Juan, ou rien.

En tout cas, c'est mal parti avec moi.

T'es une actrice. Ton but dans la vie, c'est de séduire.

Non. Moi, c'est de changer le monde.

Des accroires. T'es sur la terre pour plaire. Changer le monde, c'est autre chose. Ça prend une AK-47.

C'est quoi donc ça déjà?

Un fusil d'assaut. Fabrication soviétique.

Tu dois être nihiliste.

Ça se pourrait bien.

C'est Dora qui change le monde. Avec son amour. Et c'est moi chaque fois que je suis elle.

Dora… Je l'adore.

Mais tu la connais pas.

J'ai lu la pièce. Mais ça fait longtemps.

Si ça se trouve, t'as pas lu *Le Mythe de Sisyphe* non plus.

Pour lui prouver le contraire, Samuel se lança alors dans une longue harangue destinée à réconcilier le tombeur et l'acteur-trice dans l'absurde camusien et qui lui embrouilla dangereusement les idées, une vraie bouillie cérébrale où tout s'abolissait dans son contraire à la fin et dont il réussit à s'extirper à temps pour voir la jeune femme se lever et lui tendre la main.

Je ferais mieux d'y aller.

Samuel regardait sa main d'un air stupide. Il la saisit avec autant d'enthousiasme que si ç'avait été une méduse venimeuse ou un piège à martre amorcé. Et elle:

Tu restes ici?

Sachant l'incommensurable inanité du seul mot qui parvint à franchir ses lèvres, il le prononça néanmoins.

Oui.

Elle lui lança un regard appuyé. Fit demi-tour. Et partit.

Bravo.

Ah, vous, là…

Mon gars, c'est pas comme si t'avais ta face au box-office, t'sais… Faut que tu travailles, un peu !

Je suis un mésadapté socioaffectif, ça vous va comme ça ?

Écoute, c'est pas une perche qu'elle t'a tendue en partant, c'est un pylône de l'Hydro. Qu'est-ce que t'attends pour lui courir après ? Cul sec. Les boissons sont sur mon bras.

Merci, Raoul…, murmura Samuel, et il sauta sur ses pieds.

Lorsqu'il jaillit dans la rue, il parcourut à peine une trentaine de mètres avant de tomber, au coin de la rue suivante, sur Marie-Québec qui semblait attendre quelqu'un. Elle leva son visage vers lui.

Est-ce que tu veux que je vienne avec toi ?

C'est moi. Assis à la table de la cuisine à grignoter un bout de baguette en relisant pour la troisième fois un paragraphe d'une chronique de Réal « Vraies Affaires » Poirier où il est question de la saga Pavlov, Sergei Pavlov, la Lumière rouge, le Missile russe, récemment acquis par nos Canadiens et dont la mystérieuse blessure dans le haut de la fesse et le salaire de huit millions par année font jaser dans les salons. Dans quelques instants, la cafetière posée sur un rond de la cuisinière va éjaculer. Par la porte ouverte de la chambre, je la vois s'étirer sur le lit au pied duquel les draps emmêlés forment un tas allongé et je songe : un chat. Elle a dans le corps cette souplesse-là, nerveuse et alanguie à la fois. Et je me souviens, quand je suis entré en elle cette nuit et ce matin encore du son qu'elle a laissé s'échapper, de sa bouche et de son ventre en même temps et qui ne peut se décrire que comme un feulement. L'impression d'avoir passé la nuit à baiser un chat et d'avoir partagé assez de secrets pour mille ans et de ne pas m'être senti aussi bien depuis seigneur combien.

Qu'est-ce que tu veux faire plus tard ?

J'ai déjà presque trente ans. On est plus tard.

Je voulais dire : de ta vie. Selon les critères d'aujourd'hui, t'es encore une adolescente.

Je veux vivre seule, dans une cabane, dans le bois. Dans la simplicité volontaire et la vérité. Voilà, c'est ça.

Mais c'est pas une ambition de jeune femme, ça…

C'est quoi, une ambition de jeune femme ? Être célèbre ?

Entre autres.

Et pourquoi est-ce que vivre dans une cabane, ce serait pas une ambition ? Trop difficile ?

Oui, pour une femme seule.

Mais si c'est difficile, ça veut aussi dire que c'est ambitieux.

C'est vrai.

Et être célèbre, c'est difficile ou pas ?

Pas tellement, il paraît. Mais bon, j'arrive pas à t'imaginer.

Dans une cabane, ou bien célèbre ?

Les deux.

T'as pas assez d'imagination.

Et toi, t'as zéro ambition.

Je fais ce que je peux. Je fais du théâtre en Abitibi.

C'est vraiment un beau nom, Dora.

Elle avait une petite chatte serrée qui feulait quand il s'ouvrait un chemin en elle jusqu'au bout de lui-même et qu'il la soulevait comme une plume une fontaine une pleine lune et qu'elle devenait sa gravité, sa rose arrosée.

La Mazda, ou Colt, ou Corolla vint se ranger derrière un taxi arrêté devant la gare d'autobus de la rue Berri et Samuel alluma ses feux de position. Il se tourna vers Marie-Québec recroquevillée dans son manteau d'hiver.

C'est drôle, mais je sens que ce que je vais dire maintenant est condamné à avoir l'air stupide, peu importe ce que c'est.

Ha !

Ça veut dire quoi, ça ?

Ça veut dire que t'es pas obligé de rien dire.

Non, je sais. À bientôt?

Je pense pas.

Ah non? Pourquoi?

Tu vois, j'étais en train de me dire que tant qu'à y être, t'aurais pu venir me reconduire, c'est con.

Tu veux dire…

Là-bas.

Combien de kilomètres, déjà?

Sept cents. Mais c'était une blague.

Sept cents kilomètres de Montréal à Maldoror.

Pas loin.

D'où il se trouvait, en se démanchant un peu le cou, Samuel pouvait apercevoir un petit bout du pavillon Judith-Jasmin. En prenant son temps, il aurait peut-être pu localiser la fenêtre du bureau dont il avait fait le ménage quelques jours plus tôt.

J'ai plein de travail qui m'attend. Un paquet de choses à faire… Des recherches.

C'était une blague, OK?

Il parvint à sourire.

À un de ces jours, alors. Pourquoi non?

Parce que t'es pas obligé de dire ça.

Je dis pas ça juste comme ça.

Ça aussi, tu le dis juste comme ça.

Attends, je vais me stationner un peu plus loin.

Non. Pas besoin.

Il la regardait s'éloigner, son gros sac à dos au bout du bras. L'itinérant vêtu comme un bûcheron qui lui tint la porte s'inclina sur son passage, comme devant une princesse.

Cinq heures du matin et il écoutait les Chinois se disputer dans l'appartement voisin tandis qu'il sortait les craquelins quatre à quatre du sac et n'en faisait qu'une seule bouchée. Il mâchait cette purée sèche en se balançant sur une jambe dans l'aube et il revoyait Marie-Québec grimpée, plutôt que vraiment assise, sur le fauteuil hérité de son grand-père et traîné par elle vers la porte-fenêtre pour y capter le premier soleil venu de la ruelle, nue, les genoux remontés devant le menton, laissant son corps se nourrir de la lumière comme une chose aussi naturelle que les pots de fines herbes de la voisine. Et le dessin parfait de la courbe de ses seins, leur ligne confiante, leur manière de pointer le soleil comme des fruits sensibles. La découpe délicate et précise des tétins rose sombre comme sculptés dans du corail.

Il pensa à cette manière bien à elle qu'elle avait de raconter un film, ou une pièce, en détricotant la trame narrative sans aucun respect pour la ligne dramatique principale. Elle choisissait un fil et tirait dessus et un seul épisode pouvait partir dans plusieurs directions à la fois. Elle passait à la moulinette chefs-d'œuvre et navets, Lelouch et Fellini étaient traités de la même manière, en ressortaient méconnaissables.

Il se surprenait à sourire malgré lui à travers la poussière blanche des biscuits soda.

Il appela maître Mario Brien le lendemain. Le plaideur de sulfureuse renommée paraissait beaucoup moins bien disposé que son pote flic envers les écrivains. Sam ne put jamais placer un mot. La conversation lui fit le même effet que trois rounds de boxe avec le George Foreman des belles années. Lorsqu'il entendit qu'on lui claquait la ligne au nez, il se rendit compte qu'il venait de se laisser engueuler comme du poisson pourri pendant vingt minutes et que maître Brien, de toute évidence un verbomoteur pathologique et un artiste consommé dans l'art de noyer le poisson, n'avait pas fait une seule fois allusion à l'escouade antiterroriste et au livreur de poulet. Il était, affirma-t-il avant de déchaîner une nouvelle bordée d'injures sur son interlocuteur, doublement lié, à la fois par le pacte de silence conclu par les membres de la cellule Chevalier et par son propre secret professionnel, et c'est ça qui est ça, je vais raccrocher maintenant et je ne vous souhaite pas bonne chance, ni rien, monsieur.

Samuel resta déprimé une grosse journée et demie. Ensuite, il décida que ce connard ne l'emporterait pas en paradis, se fit du café et retourna s'asseoir dans son bureau. Sur une feuille de papier, il écrivit *pacte du silence*.

Le lendemain, il se rendit à la Bibliothèque de Montréal et sortit *Les Justes*, pièce en trois actes d'Albert Camus.

# Veillée chez l'habitant

Dans son rêve, la sonnerie du téléphone était la sirène d'alarme qui déclenchait l'alerte générale à Parthenais, alors que, ayant réussi à se glisser par un conduit d'aération, debout sur le toit de la prison, avec la ville illuminée à ses pieds, il empoignait les draps noués à l'aide desquels il comptait se laisser descendre en rappel jusqu'à la rue Fullum.

Au lieu de quoi il se réveilla presque en bas du lit, entortillé dans d'autres draps. Les siens propres. Fol homme, pensa Chevalier Branlequeue. Il avait trente-huit ans, les enfants étaient couchés, le téléjournal fini depuis un bout de temps, et le tas pulsatile et sonore sous les draps à côté de lui, c'était la grosse Éléonore.

On était le 28 décembre, et l'année : 1970. Chevalier avait maintenant les deux yeux bien ouverts et la maudite sonnerie insistait. Un coup bien parti pour tomber du lit, il compléta l'atterrissage sur le beau tapis, sauta sur ses pieds, sortit de la chambre et se dirigea vers la table de téléphone au bout du couloir. L'appareil était noir, muni d'un cadran circulaire en plastique moulé transparent et d'un combiné terminé par des renflements en forme de pommes de douche. C'était l'époque où la seule chose qu'on demandait à un téléphone était de convoyer la voix humaine d'un endroit à un autre. Il décrocha.

Chevalier ? Le procureur Grosleau à l'appareil. Excusez-moi de vous demander pardon…

Avez-vous une idée de l'heure qu'il est, maître ?

De l'heure qu'il est, non. Mais de l'heure qu'il peut être, oui. Chevalier prit le temps d'admirer la belle éducation classique que recouvrait ce souci d'exactitude langagière. Maître Grosleau officiait pour la Couronne dans le cadre de l'enquête du coroner sur l'affaire Lavoie.

J'ai pris la liberté de vous réveiller, ajouta l'homme au bout du fil, parce que votre présence, à ce qu'on me dit, est requise dans la Vallée des Patriotes.

Où ça?

À Saint-Marc-sur-Richelieu. Là où les trois moineaux que tout le monde cherche se terrent comme des rats au fond d'une espèce de tunnel. Le caporal Huet est là-bas.

D'accord. Mais qu'est-ce que je viens faire là-dedans?

Ils vous demandent… Ils sont en pleine négociation, vous comprenez? Ils essaient de s'entendre sur le nom d'un médiateur et il semblerait que votre nom soit venu sur le tapis. Vous êtes la concession du gouvernement au FLQ, Chevalier. Et ils ont besoin d'en profiter, parce que vous allez être la seule.

Maître Grosleau, vous, un homme intelligent, vous n'allez pas me ramener cette histoire de…

Des supposés liens qui existeraient entre l'écrivain des *Élucubrations* et la cellule Chevalier? Allons. Vous avez bien le droit d'avoir un nom de famille, Chevalier. Et même dans la police, personne ne croit les frères Lafleur assez caves pour vous compromettre aussi légèrement. Nous connaissons notre histoire du Québec. Nous savons qui était Chevalier de Lorimier, le notaire à la cravate de chanvre. Rassuré?

Un peu.

Mais nous savons aussi que vous avez déjà fait la classe à au moins deux de ces dangereux terroristes, à l'école Saint-Ernest. Et puis, quand vous vous êtes présenté comme candidat indépendant aux élections de 1970, ces gars-là travaillaient pour qui?

Vous êtes bien renseigné.

Ça vous surprend?

Je vous mentirais si je vous disais que oui.

Je n'ai pas le pouvoir de vous forcer à y aller.

Je sais.

C'est vous qu'ils veulent, Chevalier… Le train de l'histoire est en marche et il passe dans votre cour. La vie de trois hommes est en jeu, sans compter que comme écrivain vous seriez bien fou de ne pas en profiter ! Ils sont cernés. Ils sont foutus. Ils veulent se rendre dans l'honneur et la dignité et c'est là que vous intervenez, mon vieux.

Saint-Marc, ce n'est pas la porte à côté…

Prenez un taxi et rendez-vous à l'édifice Parthenais. On mettra un chauffeur à votre disposition. Je peux compter sur vous ? Pas un mot à personne ?

On tient ça mort.

Bien dit. Et, ah oui, Chevalier…

Quoi ?

N'oubliez pas de demander un reçu pour le taxi.

Il avait publié les *Élucubrations* le printemps d'avant. Malgré l'apparente référence aux Lamartine, Hugo et Rimbaud, le livre n'était pas un recueil de poèmes, ni un roman, ni un essai, mais tenait à la fois des trois et se présentait sous la forme d'une épopée ironique divisée en chants, à l'image du poème homérique. Il avait brassé la matière historique comme si c'était de la soupe dans une marmite. La Rébellion de 1837-1838 était sa guerre de Troie, Madeleine de Verchères, son Hélène.

Lorsque les critiques lui reprochèrent son titre qui, à les en croire, ne faisait pas très sérieux, Chevalier les renvoya à son cher monsieur Littré : *substantif féminin. 1. Veilles, travail qu'un ouvrage a coûté. 2. Ouvrage composé à force de travail et de veilles. Il nous présenta ses élucubrations.*

Et toc.

Son vrai nom était Laurent Chevalier. Chevalier Branlequeue était le nom de plume sous lequel il avait publié son livre et qui lui collait désormais à la peau. Et il ne le savait pas encore, mais son œuvre se trouvait à un tournant. L'essentiel du manuscrit de la seconde partie des *Élucubrations* avait été saisi en octobre et il n'en avait toujours pas revu la couleur. Et au début de l'année suivante, au plus fort des parodies de procès qui enverraient Richard Godefroid et Jean-Paul Lafleur à l'ombre pour une bonne secousse, Branlequeue, à qui l'on venait de décerner le prix Didace-Beauchemin pour les *Élucubrations,* allait profiter de cette consécration et de l'attention médiatique qui l'accompagnait pour attacher publiquement le grelot de la conspiration aux événements d'octobre.

*L'affaire Lavoie,* confierait le premier ministre Albert Vézina quelques années plus tard à un groupe de journalistes proches du pouvoir, *c'est notre mystère Kennedy à nous...* Et c'était Chevalier Branlequeue qui, le premier, avait semé cette graine de théorie du complot dans la terre noire d'Octobre 70. La cérémonie de remise du Didace-Beauchemin serait, avec vingt ans d'avance sur les beuveries d'après-cours de la Faculté affaiblie des Lettres (autre invention branlecaudale), l'acte fondateur de l'octobierrisme.

Pis? On va-tu les pogner, les maudits FLQ?

Il me prend pour un flic, songea Branlequeue.

De fait, l'annonce de sa destination avait été suivie d'un silence lourd de sous-entendus.

Je peux rien dire, répondit Chevalier, à la fois pour jouer le jeu et parce que c'était la vérité.

Si c'était juste de moi, je te les alignerais le long d'un mur et je te passerais ça à la mitraillette.

Chevalier savait que la voix de cet homme, branchée sur la majorité silencieuse, exprimait une opinion répandue. Quand le corps de Paul Lavoie avait été retrouvé, les postes de police avaient été inondés d'appels de braves gens qui sautaient sur le téléphone pour dénoncer qui un voisin, qui une connaissance du beau-frère, lesquels n'étaient coupables, la plupart du temps, que d'avoir porté les cheveux un peu longs. La prime de 150 000 dollars n'expliquait pas tout. La haine du pouilleux, du désordre avait atteint un gênant paroxysme qui coïncidait avec la présence militaire dans les rues. Les bien-pensants se sentaient couverts. Un collègue éditeur de Chevalier, français d'origine, avait prononcé devant lui le mot « épuration ». Il reconnaissait l'ambiance.

Du haut du pont Jacques-Cartier, on embrassait la ville lumineuse qui fumait sous la neige. Chevalier songeait aux nuits de sa jeunesse, aux cocktails de lancement, aux poèmes de l'aube écrits sur le coin d'une table de restaurant et qu'on lisait aux autres, grimpé sur une chaise. Sur le petit monde politico-culturel de la métropole, la crise d'Octobre avait eu l'effet d'un coup de massue. Les plus chanceux avaient été jetés en prison pour, au bout de quelques jours, en ressortir nantis d'un capital de sympathie de gauche et d'un certificat de bonne conduite révolutionnaire qui les suivraient dans la tombe. Les autres avaient pris leur trou. Deux mois et demi plus tard, on pouvait bien se l'avouer : le déploiement de troupes dans cette ville bien-aimée avait flanqué une méchante chienne aux militants et intellos de tous poils.

Chevalier passait maintenant ses journées à lire, corriger et éditer des gens qu'il connaissait, méprisait ou enviait, au détriment de sa propre écriture, les enfants lui bouffant le reste de son temps. Il était bien obligé de croire qu'il avait fait ce qu'il fallait pour se retrouver père trois fois, alors aussi bien l'assumer. Le soir, plutôt que de s'isoler dans son bureau et de piquer du nez sur un manuscrit en tétant une Sweet Caporal et en sirotant deux doigts de whisky, il s'écrasait désormais devant la télé familiale et se laissait bourrer d'annonces de bière et de blagues de Marcel Gamache, secrètement dégoûté de lui-même, perdant magnifique, comme tout le monde.

Le soir, mais pas ce soir… La prison Parthenais que découvrit le poète-éditeur, en cette fin d'année 70, n'avait plus grand-chose à voir avec la bastille surarmée de la mi-octobre. À sa grande surprise, sitôt le taxi réglé, il y pénétra comme dans un moulin.

Vous arrivez par la grande porte, cette fois, remarqua le gardien, qui l'avait reconnu.

C'est vrai. Plus besoin de menottes. Maintenant, quand ils me sifflent, je viens, je cours… en branlant la queue !

Ils rirent de bon cœur.

Planqué derrière son guichet, le gardien lisait une bande dessinée, bien au-dessus de ses affaires. Un réceptionniste d'hôtel à la saison morte.

Vous devriez mettre un écriteau *Vacancy* à la porte, plaisanta le visiteur.

Que voulez-vous. On peut quand même pas organiser des rafles juste pour remplir les cellules…

Ah bon ? Et les 500 de cet automne, alors ?

Cet automne, c'était bien différent. On avait nos listes à cocher, vous savez. Comme les… oiseaulogues, là.

Les ornithologues.

Puisque vous le dites. Où est-ce que vous avez appris à rouler les *r* comme ça ?

C'est un accent de vieux curé raté. Je suis un gars de Sainte-Anne-de-la-Pérade.

La pêche aux p'tits poissons.

C'est là.

J'y suis allé avec mon beau-frère une fois. On en a pris 800 dans l'espace d'une nuit…

Encore mieux que les mesures de guerre.

L'agent ne releva pas. Un costaud en civil, bien carré dans son gilet pare-balles, enquêteur à l'escouade des homicides, du genre pas bavard, venait de faire son apparition. Chevalier fut invité à s'identifier. Il se tâta et écarta les bras en constatant qu'il n'avait aucune pièce d'identité sur lui.

Je suis Chevalier Branlequeue, l'auteur des *Élucubrations*. Pour vous servir, mais pas à n'importe quoi.

Des… *quoi* ?

Laissez faire.


Sur l'autoroute 20, rien pour arrêter le vent. Une bise glaciale étirait des serpentins de neige qui filaient en rasant l'asphalte d'un bord à l'autre de la voie.

Ma mère appelait ça une poudrerie *à la hauteur d'un chien*, dit Chevalier pour essayer de briser la glace.

Jusque-là, le conducteur s'était contenté de fixer la route et de lui décocher d'occasionnels coups d'œil furtifs sans desserrer les dents.

D'un *chien*?

Oui, d'un chien.

Le policier lui jeta un bref regard comme pour s'assurer que personne ne se moquait de lui.

C'est juste une expression.

Lorsqu'ils prirent la 223 vers le nord, son chauffeur brûla le feu rouge qui montait la garde, solitaire, au-dessus d'un carrefour désert. Il avait ignoré tout aussi superbement les feux et les arrêts obligatoires qui s'étaient présentés entre la rue Parthenais et l'autoroute. De temps à autre, la radio de bord de la voiture banalisée se mettait à grésiller. À une ou deux reprises, il attrapa l'émetteur pour signaler sa position. Un fusil automatique à canon court était posé entre eux sur la banquette.

Chevalier fit une nouvelle tentative.

Vous allez peut-être rire de moi, mais je n'arrive pas à me souvenir de quelque chose d'illégal que j'aurais pu faire dans ma vie. J'ai été niaiseux à ce point-là : un citoyen modèle.

Vous voulez parler de la lumière? Moi, j'ai le droit, et c'est moi qui conduis. Ça veut dire que vous êtes correct.

Dommage.

Petit coup d'œil du policier, suivi d'un silence. Puis :

Bon citoyen tant que vous voudrez, vous avez quand même été mis en prison, le 16 octobre.

Ah ça, c'est différent : c'est l'arrestation elle-même qui était illégale.

Ça se discute.

Non, justement. Traîné dans la rue avec les menottes aux poignets, on se sent un peu idiot de discuter.

Vous avez déjà pêché deux truites de plus que la limite permise. Freiné trop tard dans une zone de trente. Déclaré votre sac de golf volé et oublié de rappeler la compagnie d'assurances quand votre femme l'a retrouvé au fond de la garde-robe. L'innocence, c'est comme la santé. Ça existe jusqu'à preuve du contraire…

Attendez. La truite, c'est pas ma pêche. Parlez-moi d'une bonne gibelotte de poulamon. J'ai pas mon permis de conduire, et le golf et moi, ça fait deux. Vous voyez bien?

Il ne voyait rien du tout.

Ils approchaient de Saint-Marc. La rivière dévalait la plaine entre bois et champs au milieu des blanches ténèbres sur leur droite. La neige s'envolait des congères au bord de la route et le flic était forcé de lever le pied à cause de la poudrerie.

Et la tache de Lavoie, c'était quoi? demanda Branlequeue au bout d'un moment.

Vous m'embarquerez pas sur ce terrain-là.

En tout cas, sa mort faisait bien votre affaire. Sinon, qu'est-ce qu'on a? Une armée qui envahit une province et pas un seul cadavre à montrer. Ça aurait eu l'air fou. Ça prend un mort. Un mort, ça change tout. L'État fédéral a enfin son martyr et les copains du parti au pouvoir qui n'ont pas levé le petit doigt pour le sauver lui organisent des funérailles nationales.

Vous m'entraînerez pas sur ce terrain-là.

D'accord. Alors qu'est-ce que vous diriez d'un champ de bataille, à la place?

Je vois pas ce que ça vient faire.

Chevalier montra la route à moitié effacée par les bourrasques.

On va bientôt voir l'annonce du bateau-passeur. En saison, ça prend trois minutes pour traverser. À Saint-Charles. C'est là que nos petits gars, en 1837, se sont fait tailler en pièces par les Habits rouges du général Wetherall. À la minute qu'ils ont été chargés par un régiment de Royal Scots et qu'ils ont vu briller les baïonnettes dans le soleil, la plupart se sont débandés. Mais il y en a aussi un bon paquet qui ont continué de canarder les soldats ou qui ont voulu se rendre et qui ont été massacrés sur place. Ce que l'histoire ne dit pas, c'est si les Écossais s'accompagnaient à la cornemuse…

Si ça se trouve, c'est peut-être même ça qui les a fait fuir, vos Patriotes.

Chevalier tentait d'entrapercevoir la rivière à travers la poudrerie.

J'essaie de voir l'église. C'est là que les hommes de Wetherall ont allumé leur grand feu de joie, après la victoire. Ils ont célébré jusque tard dans la nuit, à côté des cadavres de leurs ennemis entassés devant l'autel. Des dizaines et des dizaines de macchabées empilés au pied de la croix comme du bois de chauffage. Une vingtaine de survivants avaient été parqués dans la sacristie pour la nuit. Le lord qui les surveillait les a décrits : à genoux dans le noir, éclairés par une chandelle, priant en silence pendant que les *goddam* riaient et chantaient juste à côté. Les officiers ont bien soupé ce soir-là : volailles rôties, bacon frit, crêpes, pommes de terre au four, pain d'habitant. Les Anglais sont retournés dans l'église le lendemain pour se débarrasser des corps. Ils y ont trouvé des cochons qui avaient réussi à pénétrer dans la bâtisse et qui bouffaient du macchabée gelé.

Et qu'est-ce qu'ils ont fait ? demanda l'enquêteur après un silence.

Qu'est-ce que vous croyez qu'ils ont fait ? Ils ont tué les cochons aussi.

Penché en avant, le policier tâchait de distinguer la route à travers le maelström de flocons affolés qui ouataient la lumière des phares.

Mangés par les cochons, murmura-t-il, rêveur.

Chevalier se tourna vers lui.

Oui, les cochons les ont mangés.

L'inspecteur regardait droit devant lui.

Mais je vois pas ce que ça vient faire.

Ils arrivaient à Saint-Marc.

Une solide maison canadienne flanquée, à un bout, d'une remise convertie en garage et, à l'autre, d'une monumentale cheminée en pierres des champs se dressa devant eux pendant qu'ils pataugeaient dans la neige qui recouvrait le chemin d'accès. À sa grande surprise, Chevalier n'avait vu que deux voitures garées le long du rang. Apparemment, les déploiements militaropoliciers n'étaient plus de saison.

Ils furent accueillis au seuil de la cuisine par le caporal Huet et le capitaine Claude Leclerc, qui commandait l'escouade des homicides. Ils encadraient un Marcel Duquet passablement énervé. Aucune flambée ne grondait dans le poêle. En bas, la fournaise faisait son boucan habituel. Poignées de main, secouage de bottes. Le capitaine Leclerc résuma la situation :

Ils sont en bas. Il faut les faire sortir.

Vous avez combien d'hommes, ici, capitaine? interrogea Branlequeue.

Juste nous trois, répondit Leclerc.

Donc personne en bas pour les surveiller?

Personne.

Vous n'avez pas l'air de les craindre beaucoup, on dirait.

Non, c'est vrai, répondit le capitaine.

C'est drôle, je croyais que le secteur serait bouclé. Je m'attendais à défiler entre deux cordons de soldats. Vous avez changé de tactique?

Faut pas tout confondre, Chevalier, rétorqua patiemment le capitaine. Ce que vous avez vu dans le nord de Montréal, le jour de l'encerclement de la bande à Lancelot, c'était le show des forces armées et de la police montée. Nous autres, on enquête sur la mort d'un homme. On fait pas dans la politique...

Autrement dit, depuis que l'Angliche n'est plus dans le paysage, on s'arrange entre Québécois, c'est ça?

Pensez ce que vous voulez. Venez, maintenant. Je vais vous montrer où ils sont.

Lors de la première descente, le jour de Noël, les types de la SQ, débarqués de quatre ou cinq voitures, s'étaient contentés de fouiller la maison de fond en comble pendant que les trois moineaux faisaient le gros dos au fond de leur réduit, accroupis dans quinze centimètres d'eau glacée et fumant cigarette sur cigarette. Au bout de quelques heures, ils étaient repartis.

La deuxième fois, les policiers avaient sondé murs et plafonds, défoncé garde-robes et cloisons, armés de pics et de barres de fer. Ils cassèrent aussi quelques meubles et éventrèrent les matelas. Pendant que cette opération se poursuivait, deux agents avaient emmené Duquet faire un tour d'auto en rase campagne. Près d'un petit bois, ils le firent agenouiller dans la neige au bord d'un fossé et menacèrent de lui mettre une balle dans la tête s'il ne leur dévoilait pas l'emplacement de la cachette. Duquet les insulta copieusement, puis serra les dents et brailla comme un veau, mais ne parla pas.

Le lendemain, le caporal Huet se présenta seul au volant d'une voiture banalisée. Il emmena Duquet faire un tour de machine. Marcel commençait presque à avoir l'habitude. Cette fois, Huet alla se garer au bout d'un cul-de-sac. Devant eux, des champs à perte de vue, enneigés, entrecoupés d'érablières aussi nettes que des motifs géométriques. Le vent dessinait des vagues immobiles dans la plaine de neige.

Marcel, on sait qu'ils sont là, dit tranquillement Huet.

Comment ça ?

Pendant que le caporal réfléchissait à la réponse, il aperçut une chouette des neiges perchée sur un piquet de clôture à cent pas.

Ta ligne est tapée, mon Duquet. Tu dois bien t'en douter. Quand tu parles de tes « cousins » avec ta maîtresse au téléphone, tu nous prends vraiment pour des imbéciles.

Huet jeta un nouveau coup d'œil au rapace immaculé, immobile à son poste. À cette distance, il pouvait distinguer les yeux jaunes et froids du harfang. Le caporal jouissait d'une excellente vue. À l'entraînement, il logeait régulièrement dix-neuf balles sur vingt dans la cible.

Et c'est pas tout, mon Marcel. Un soir, pendant que t'étais parti, les gars sont allés faire le tour de la maison et ils ont remarqué que même avec toutes les lumières éteintes, le compteur de l'Hydro, lui, prenait pas de break. Et la fournaise marche au mazout, comprends-tu?

Marcel répondit que oui. Il comprenait.

J'ai fait ça pour les protéger, dit-il.

Ils ont quoi, comme armes?

Juste un 12 coupé.

De la dynamite?

Non, non.

Bon.

J'avais peur qu'ils se fassent tirer…

Ça va bien se passer, Marcel, tu vas voir. Toi et moi, on va aller leur parler, tranquillement.

Juste avant de démarrer, le caporal Huet vit, du coin de l'œil, le harfang des neiges abandonner son perchoir et glisser, raser de son vol plané l'infinie plaine étincelante de blancheur sous la pâle pépite du soleil. L'aventureux campagnol des champs qui, à un demi-kilomètre de là, regagnait sa galerie creusée sous la neige près d'un bouquet de vinaigriers ne le vit jamais arriver.

Lorsque Jean-Paul Lafleur émergea comme un ours de sa ouache de l'étroit passage creusé entre la fournaise et le mur de soubassement, Chevalier, crevé, songea qu'il n'avait décidément plus vingt ans. Il avait la voix éraillée à force de crier pour se faire entendre à travers les blocs de ciment. Pendant qu'il se tuait à convaincre les trois fugitifs de la bonne foi des autorités, la maison, mine de rien, s'était remplie de policiers. Ils étaient maintenant une bonne douzaine à aller et venir, passant d'une pièce à l'autre, armés de mitraillettes. Les planchers froids résonnaient du bruit de leurs bottes.

Gode et les frères Lafleur furent menottés sitôt franchie l'entrée du passage secret. Jean-Paul se tourna vers Duquet.

Comment ils ont fait pour nous trouver?

Ils vous ont entendus tousser, répondit Marcel, avant de se détourner, mal à l'aise.

Le capitaine Leclerc attendait Branlequeue au pied de l'escalier du sous-sol.

Voulez-vous leur parler?

Chevalier le dévisagea, sidéré.

Ben sûr. Mais…

Mais quoi, Chevalier?

Pourquoi cette faveur-là?

Le capitaine parut réfléchir.

Qui vous a dit que je le faisais pour vous?

Un sourire fatigué éclaira le visage de Chevalier.

Alors dites-moi la vérité, capitaine Leclerc. Est-ce que ma présence ici cette nuit suffit à expliquer que vos hommes ne soient pas en train d'escorter ces trois dangereux terroristes à grands coups de crosse dans les côtes?

Ce fut au tour du capitaine de sourire.

Les coups de crosse dans les côtes, c'est le rayon de Martinek, ça. Vous allez sûrement le voir se pointer. Mais moi, ce que je crois, c'est qu'il y a déjà eu une mort de trop dans cette histoire-là. Raison de plus pour agir avec humanité.

Quand vous dites *une mort de trop,* vous voulez dire qu'on aurait pu l'empêcher?

Leclerc marqua une pause sur la première marche de l'escalier.

Venez. On va passer au salon.


Bien des années après, Chevalier Branlequeue se demanderait encore comment le caporal Huet et le capitaine Leclerc s'y étaient pris pour garder les journalistes loin de ce rang de campagne emmitouflé dans ses bancs de neige derrière Saint-Marc-sur-Richelieu. La scène était surréaliste : le salon rempli de policiers debout, d'une patience rien de moins qu'angélique, compte tenu des circonstances. Et lui assis au milieu, sur une chaise, à causer tranquillement avec ces trois hommes dont deux occupaient le divan en face de lui et un autre un fauteuil un peu plus loin. Le plus vieux des trois était occupé à lui donner, malgré les menottes qui lui entravaient les poignets, un cours accéléré d'action politique radicale. Que l'épisode culminant d'une crise nationale sans précédent, ayant donné lieu à une couverture médiatique encore jamais vue, pût se dérouler dans cette étrange intimité, en l'absence de tout représentant de la presse, et que ce fût lui, un poète, éditeur, ancien prisonnier politique et ex-candidat indépendantiste, qui se retrouvât là, à récolter la primeur des propos des trois criminels les plus recherchés au pays, voilà qui, au cours des années suivantes, constituerait une source d'étonnement sans cesse renouvelé.

On a voulu accélérer l'histoire, déclara Jean-Paul. Et l'histoire va nous juger. Tout ce que je peux dire, c'est que la cellule Chevalier n'a pas agi par cupidité. C'est notre abnégation qui nous distingue de nos gouvernants et des gangsters, qui sont du pareil au même. Si on avait détourné un camion de la Brink's au lieu de kidnapper un ministre, il n'y aurait jamais eu de crise d'Octobre.

Mais vous allez avoir plus de misère à vous distinguer d'eux, maintenant que vous avez du sang sur les mains, lui fit remarquer Chevalier.

La mort de Lavoie, ça, c'est une autre histoire. C'était pas politique de tuer Lavoie. C'est évident que Paul Lavoie était bien plus précieux vivant que mort pour le FLQ. Mais pour être franc avec vous, la mort d'un travailleur de la construction me fait plus mal que celle d'un ministre libéral et je verserai pas une maudite larme sur son sort. Il faut s'en tenir à la politique. Ce qui est sûr, c'est qu'en faisant appel à l'armée et aux plus bas instincts de la population, le pouvoir a enfin montré son vrai visage. Mais la violence qui a eu lieu, on est prêts à l'assumer. On va en payer la note.

Il allait ajouter quelque chose, mais Marcel Duquet choisit ce moment pour péter sa coche.

Dehors, chien sale! Dehors!

Pendant qu'un policier essayait de le calmer, les autres se tournèrent vers l'armoire à glace en vêtements civils qui venait d'apparaître à l'entrée du salon, petite moustache, lunettes, canadienne, casquette de tweed.

Ah, Martinek! Quel bon vent t'amène? demanda le capitaine Leclerc avec un regard en coin destiné à Chevalier.

Le colosse roulait des gros yeux et secouait la tête comme s'il ne pouvait pas croire à la réalité de la scène qui se déroulait dans ce salon. D'une certaine manière, il ressemblait lui aussi à un habitant venu veiller. Il avait même oublié sa mitraillette.

*What the fuck is going on here?*

Ça va aller, Martinek, l'assura le capitaine.

Secouant toujours la tête, le pan de mur leur tourna le dos et fit quelques pas dans le passage pour se calmer.

Sans rien dire, Leclerc interrogea les prisonniers du regard.

On lutte pour la même cause que vous, mais avec des moyens différents, reprit Jean-Paul à l'adresse de Chevalier. Et maintenant, on est obligés de se taire.

Tout ce qu'on vous demande, ajouta son frère, c'est de parler pour nous chaque fois que vous le pourrez. C'est de nous prêter votre voix…

Chevalier promit. L'émotion le gagnait. Il se tourna vers Richard Godefroid, qui n'avait encore rien dit et qui grelottait, les mains fourrées entre les cuisses.

Gode…

Chevalier… Je suis aussi gelé qu'une crotte de bœuf à Matagami. Est-ce que quelqu'un pourrait repartir la fournaise?

L'aube approchait. Le capitaine Leclerc s'avança.

Il va falloir y aller.

# Eldorado

Dans le nord du parc, il vit des charognards, quelques corbeaux et une grosse buse, se disperser et s'élever au-dessus d'une carcasse de loup étendue sur le bas-côté. Le loup avait été fauché par le trafic comme une vulgaire marmotte.

La forêt avait pris l'aspect qu'elle allait plus ou moins conserver jusqu'aux confins subarctiques. Seule variante : la taille des arbres, qui continuerait de décroître avec une régularité aussi monotone que prévisible pendant encore 2 000 kilomètres. Le couvert forestier était maintenant à dominante résineuse et partout où des ruisseaux se frayaient un lit dans la mousse et l'humus, les secteurs noyés sous la dent des castors faisaient tache avec leurs austères troncs émergés et desséchés sur pied. Les montagnes basses détachées de l'épine dorsale du continent se contentaient maintenant de rouler paisiblement vers l'horizon.

Après avoir gravi une série de collines couvertes d'une forêt mixte composée d'épinettes noires et blanches et de bouleaux, et dans laquelle subsistaient quelques grands pins blancs du XIXᵉ siècle, la Nihilomobile bascula du côté des basses terres.

Elle fila au milieu des grands réservoirs aux baies innombrables hérissées de troncs noircis pareils à des pieux de clôture saucés dans le goudron. L'horizon reculait. Partout des lacs. Sam se rangea sur une aire de pique-nique, se déshabilla, piqua une tête, se sécha comme il put et repartit. Plus loin, le muskeg et ses immenses tourbières au sol couvert d'un épais coussin spongieux hérissé de mélèzes rachitiques défilait des deux bords de la route. Un pygargue volant à 600 mètres le regarda passer, ailes déployées dans le courant ascendant, sa tête blanche pareille à l'éblouissement d'une balle de neige frappée par le soleil. S'il avait su lire, l'oiseau aurait été capable de déchiffrer, à cette distance, le numéro d'immatriculation sur la plaque.

Le plateau continental, devant Samuel, s'inclinait vers la baie d'Hudson.

Il prit une chambre à trente-cinq dollars dans un motel à la sortie de la ville, télé non câblée. Tomba endormi tout habillé sur le lit et se réveilla à la fin de l'après-midi, puis passa un long moment sans bouger, à chercher dans ses souvenirs une image ou une pensée qui puisse correspondre de près ou de loin à l'endroit où il se trouvait. Les rugissements des semi-remorques ouvraient de grands couloirs qui s'étiraient dans le silence jusqu'à la réalité. L'un d'eux le conduisit du lit à la fenêtre.

En face, à flanc de colline, un autre motel, peut-être un peu moins paumé que le sien, mais cramé jusqu'aux fondations. Un tas de décombres noircis au milieu d'un vaste parking. L'affiche au néon se dressait toujours au bord de la route, mais une des lettres était cassée : MOTEL L'OISEAU-MO CHE. Plus loin, un cimetière de voitures ceint d'un muret d'où les tôles rouillées et déchiquetées dépassaient comme un jupon de l'ourlet d'une robe. Tout ça encastré dans des prairies jaunes parsemées de mécaniques mortes et des bois de trembles dont la grisâtre nudité en ce début de mai aurait pu servir de réclame à une marque d'antidépresseur.

Il prit une douche. Le plancher était en pente prononcée à l'entrée de la salle de bain. La cabine de douche rappelait une cage à hamster, les barreaux en moins. Et les mystères de la plomberie du cru lui donnèrent un moment l'impression d'être un cobaye dans le laboratoire sibérien délocalisé d'une transnationale pharmaceutique chapeautant des expériences sur la résistance physiologique aux écarts de température extrêmes.

On aurait pu utiliser l'unique serviette de bain pour sabler un plancher de bois franc.

À part de ça, tout allait bien.

Maldoror. Il roula entre deux rangées de concessionnaires d'autos et de camions jusqu'au petit lac Makwa et à la rue principale, sur laquelle il tomba par pur hasard. Il trouva ce qu'il cherchait à la porte du Pizzédélic, où il avait décidé d'entrer manger un morceau. Le temps était encore trop frais pour la terrasse, déserte. L'affiche scotchée dans la porte de l'établissement reproduisait l'éclatement d'une bombe — un engin tout droit sorti d'une révolution de bande dessinée, sorte de boule de quille munie d'une mèche. Chacun des éclats étoilés projetés par l'explosion contenait la photo d'un acteur de la pièce, avec les noms inscrits dessous. Les couleurs dominantes étaient le rouge et le noir.

Sam arrosa d'un verre de vin rouge ses deux pointes de napolitaine en songeant qu'il était bon de se trouver seul dans une ville inconnue et d'avoir un but. Il paya, sortit, trouva le théâtre et acheta son billet.

Un samedi soir à Maldoror. Les soupers de famille à la Cage aux Sports. Les couples, les copains, les ailes de poulet. Et moi, l'étranger, le gars accoudé au bar, qui écris ceci dans un carnet en tétant une bière entre deux *slam dunks* et un revers brossé. Impossible de lever les yeux sans rencontrer un écran de télé, des maillots, des numéros, des ballons, balles, bâtons, battes, des logos et des jerseys aux couleurs d'équipes rivales. Ou bien des trophées de chasse : caribou, chevreuil, ours, gélinotte. De pêche : grand brochet du Nord, truite saumonée, omble arctique. De trappage : castor, loutre, et même, juché sur une étroite corniche artificielle, sa face ébouriffée aussi pleine de vie qu'une vieille chaussette, un lynx. Les lambris couleur de sombre acajou accueillent aussi un grand-duc coiffé d'une casquette de baseball et une buse à épaulettes rousses.

De plus en plus convaincu que le flic Massicotte a commis

une erreur de taille en tentant maladroitement de m'entortiller et d'esquiver le coup avec son histoire sans queue ni tête, je compare mes notes sur l'affaire Poulet avec celles prises par Chevalier Branlequeue au début des années 70. L'auteur des *Élucubrations* a enquêté sur le terrain, assisté à tous les procès. Le samedi, la rôtisserie Baby Barbecue avait pas moins d'une quinzaine de livreurs sur la route. Et entre ces quinze zigs, il a fallu que la tâche de livrer du bon poulet aux futurs ravisseurs de Lavoie incombe précisément à celui qui, cinq jours plus tôt, se trouvait en cour pour assister au procès des complices de ses clients! La ficelle est un peu grosse. Pour se débarrasser de moi, il aurait suffi à Massicotte de nier d'emblée tout lien de parenté avec le Rénald en question, et le tour était joué! Pensait-il vraiment que j'irais vérifier? En voulant m'endormir avec son conte trop tiré par les cheveux pour tenir debout, il n'a réussi qu'à éveiller ma curiosité…

Ouais, sauf que l'hypothèse voulant que le petit-cousin ait été, comme le croyait Branlequeue, un indicateur de police n'explique pas vraiment pourquoi Rénald, ce samedi-là, est allé livrer ses clubs sandwichs aux occupants du bungalow de la rue Collins plusieurs heures *avant* l'enlèvement… Méditer ça.

Maldoror avait jailli de terre pendant la ruée vers l'or abitibienne des années 30. L'espace d'une vie humaine à peine séparait la morne agglomération cuprifère actuelle de la ville-frontière qui avait vu converger vers les constructions de bois de son unique rue de pleins wagons de filles de joie et de pauvres diables appartenant à deux douzaines de nationalités différentes, des Russes de toutes les Russies aux Noirs américains, tous fin prêts à pelleter de la roche avec les ongles et jusqu'en Chine s'il le fallait. Une faune des profondeurs aussi variée que taillable et corvéable à merci, alors que, loin à la surface, la ville continuait de pousser, démente pyramide alimentaire dont le socle était constitué de poussière d'or et de pépites.

Aujourd'hui, la coulée de boue primitive qui avait servi de rue principale avait disparu, ensevelie, comme tout le reste, sous une quantité standard de béton et d'asphalte, et c'est tout juste s'il subsistait assez de vestiges de l'ancienne Babylone champignon pour les agiter en guise de hochet aux yeux des touristes. La soif de l'or avait été recyclée en avidité normale, ses dangers et ses prestiges troqués contre un incinérateur industriel qui ingurgitait des vieux ordinateurs et recrachait du cuivre, et les putains étaient reparties depuis longtemps, remplacées par une agence d'escortes bas de gamme, le cinéma maison, l'abonnement Internet à haute vitesse et un amour immodéré des chevaux-vapeur. Les anciennes occasions de flamber n'auraient pas fait le poids devant les souffleuses Toro à 2 000 dollars qui avaient remplacé les filles de joie.

Si on avait retiré des rues, des cours et des parkings de Maldoror tout ce qui fonctionne à l'aide d'un moteur à essence, il ne serait pas resté grand-chose à se mettre sous les yeux. Son éolienne, son lac, son hôpital, ses collines de roche nue brun-rose couvertes de graffitis, les cheminées de la fonderie. La circulation piétonnière visible à n'importe quelle heure de la journée aurait pu tenir à l'intérieur d'une fourgonnette. Quant à l'architecture, elle devait beaucoup à l'inspiration western débridée des débuts. Le résultat, américain jusqu'à l'outrance, était ce décor typiquement rouleur de mécaniques, avec même un élément soviétique du côté de la fonderie et de l'ancien parc ouvrier où les maisonnettes en stucco blanc cassé étaient assises sur des cocktails de résidus toxiques.

SKOURATOV. — Écoutez bien. J'ai facilité cette entrevue avec la grande-duchesse pour pouvoir demain en publier la nouvelle dans les journaux. Le récit en sera exact, sauf sur un point. Il consignera l'aveu de votre repentir. Vos camarades penseront que vous les avez trahis.
KALIAYEV. — Ils ne le croiront pas.
SKOURATOV. — Je n'arrêterai cette publication que si vous passez aux aveux. Vous avez la nuit pour vous décider.
KALIAYEV. — Ils ne le croiront pas.

SKOURATOV. — Pourquoi ? N'ont-ils jamais péché ?

KALIAYEV. — Vous ne connaissez pas leur amour.

SKOURATOV. — Non. Mais je sais qu'on ne peut pas croire à la fraternité toute une nuit, sans une seule minute de défaillance. J'attendrai la défaillance. Ne vous pressez pas. Je suis patient.

Le théâtre était installé dans un ancien cinéma. Samuel, juché sur un tabouret, était accoudé au bar aménagé à l'arrière. Emma Magy avait raison : c'est là, assis à l'arrière, qu'il était dans son élément. Inaperçu, dominant les dos et les nuques, il guettait les répliques de Dora. Épiait, ensuite, les réactions de la salle. Un Camus au mois de mai, avait expliqué Marie-Québec, représentait un risque assumé. À Maldoror, les spectateurs étaient conditionnés à rire d'abord et réfléchir ensuite, ils venaient exhiber comme du beau linge leur sensibilité artistique formée aux pantalonnades du théâtre d'été. Il se trouvait toujours deux ou trois rieurs en manque, éduqués par la télé et le pipi-caca des shows d'humoristes à cinquante dollars, pour sauter sur la première réplique un peu ambiguë et en extraire le comique comme d'un citron pressé. Aller au théâtre et se fendre la pipe étaient chez eux des synonymes naturels, comme tousser quand on a la grippe.

Dans l'esprit de ces amateurs de farce contemporaine et anhistorique, la confusion était sans doute encouragée par certains choix du metteur en scène de ces *Justes,* dont le refus de dénoter l'époque par le costume. La Russie tsariste qui se donnait à voir au théâtre de l'Or en barre Loblaws semblait prête à se convertir en Québec des années 60 et il aurait sans doute suffi de réécrire quelques répliques et de troquer l'archiduc contre un gouverneur général. Dora portait une chemise d'homme et des bottes de travail. Autour d'elle, les hommes étaient en jeans, t-shirt et chemises à carreaux.

Samuel revint le lendemain. Puis le lendemain, et encore le lendemain. Il aimait la pièce. Il aimait Dora. Il la trouvait bonne. Magnifique. Il s'éclipsait après le rappel et rentrait boire une bière en cannette en écoutant les nouvelles sur la télévision de sa chambre de motel. Il n'essayait pas d'aller la voir dans sa loge après le spectacle. N'essayait pas d'entrer en contact avec elle. Et elle, Dora, ne pouvait pas l'apercevoir de la scène. Marie-Québec ignorait que Samuel se trouvait à Maldoror. Simplement, il revenait s'asseoir là, au même endroit tous les soirs.

DORA. — M'aimes-tu dans la solitude, avec tendresse, avec égoïsme? M'aimerais-tu si j'étais injuste?

KALIAYEV. — Si tu étais injuste, et que je puisse t'aimer, ce n'est pas toi que j'aimerais.

DORA. — Tu ne réponds pas. Dis-moi seulement, m'aimerais-tu si je n'étais pas dans l'Organisation?

KALIAYEV. — Où serais-tu donc?

DORA. — Je me souviens du temps où j'étudiais. Je riais. J'étais belle alors. Je passais des heures à me promener et à rêver. M'aimerais-tu légère et insouciante?

KALIAYEV. — Je meurs d'envie de te dire oui.

DORA. — Alors, dis oui, mon chéri, si tu le penses et si cela est vrai. Oui, en face de la justice, devant la misère et le peuple enchaîné. Oui, oui, je t'en supplie, malgré l'agonie des enfants, malgré ceux qu'on pend et qu'on fouette à mort…

KALIAYEV. — Tais-toi, Dora.

Le jour, il roulait à l'extérieur de la ville entre des forêts de trembles où le vert lumineusement tendre des bourgeons éclos commençait à poindre. La lisière était semée de maisons construites en retrait de la route et dont une sur trois affichait une pancarte À vendre. Il garait sa voiture au début d'un chemin forestier et allait à l'aventure, s'arrêtait pour écouter chanter les grives et les parulines, continuait, finissait par tomber sur des camps de chasse, des barrages de castors, des excréments d'ours, des affûts installés dans des miradors. Une fois, il trouva des morilles dans un ancien brûlé.

Une autre fois, il aboutit à un site minier abandonné, cerné de tourbières où affleuraient des eaux noires comme des puits d'huile. Il resta là un moment, debout devant la carcasse ventrue d'un réservoir métallique dévoré par la rouille, immobile au milieu des parterres de caillasse qui empiétaient sur le muskeg alentour.

Des fondations de béton comme de monstrueuses mâchoires inférieures occupées à mastiquer des poignées de peupliers faux-trembles. Un panneau indicateur criblé au fusil de chasse. Le silence.

Il regagna sa voiture, suivit un chemin qui courait sur une vingtaine de kilomètres à travers les peuplements de conifères matures et les zones en régénération le long de trois lacs qui formaient une chaîne s'étirant vers le sud. Le mauvais pavage du début finissait par disparaître, comme avalé par les sables et les graviers accumulés sur les centaines de mètres d'épaisseur d'un immense esker à la surface duquel la berline cheminait comme une puce sur le dos d'un chien. On voyait beaucoup de lièvres. Des épinettes noires, des pins gris. Un écriteau À vendre presque au bout du chemin, creux dans le ventre obscur de la forêt.

Il s'engagea sur le chemin d'accès, déboucha en haut d'un terrain incliné et broussailleux, au milieu la grosse maison brune, anguleuse et carrée, presque sinistre. Le lac vaste à l'arrière et la rive sauvage en face. Tandis qu'il restait là, assis dans l'auto à contempler la scène, il vit un corbeau passer en rasant les arbres avec une longue brindille sèche en travers du bec.

Au retour, Nihilo aperçut un lynx couché au milieu d'une petite carrière de sable contiguë au chemin. Il freina, recula. C'était la première fois qu'il en voyait un. L'animal était allongé, la tête haute, dans la position du sphinx égyptien au milieu de cet espace découvert et jusqu'à l'arrivée de Samuel il avait observé les mouvements d'un lièvre qui s'ébattait une vingtaine de mètres plus loin. Le lièvre continuait de gambader avec insouciance à l'orée du bois, mais le lynx avait cessé de s'y intéresser et il observait maintenant Nihilo et son auto avec attention, sans aucune crainte apparente. Sam ne décela aucune nervosité chez lui. Son masque inquiétant semblait dévoré d'une intense curiosité pleine d'indolence. Au bout d'un moment, le lynx reporta son attention sur le lièvre et Samuel poursuivit sa route.

*Peut-être. C'est l'amour absolu, la joie pure et solitaire, c'est celui qui me brûle en effet. À certaines heures, pourtant, je me demande si l'amour n'est pas autre chose, s'il peut cesser d'être un monologue, et s'il n'y a pas une réponse, quelquefois. J'imagine cela, vois-tu : le soleil brille, les têtes se courbent doucement, le cœur quitte sa fierté, les bras s'ouvrent...*

Et disant cela, Dora, dressée au bord de la scène, l'aperçut enfin. Pendant l'éternité que dura l'infime hésitation qui fêlait sa voix et la réplique de Dora, Sam sentit le regard qui venait de remonter toute la longueur de la salle arrêté sur lui.

C'était le soir de l'avant-dernière. De nouveau, il disparut. Plus tard, Skouratov paya une tournée de shooters de Goldschlager au Loup Blanc et Sam Nihilo n'était nulle part en vue. Il était assis dans son char sous un lever de lune postindustriel à environ un kilomètre de là.

Le lendemain, il laissa l'équivalent de deux miteuses nuits de motel dans une boutique de fleuriste de la rue Drummond, à deux pas de la fonderie. À son arrivée au théâtre, une douzaine de roses attendait Marie-Québec, et sur la petite carte :

*Est-ce que tu veux que je vienne avec toi ?*

DEUX

# La constellation du Lynx

# Camp el Souf, Javesh (Jordanie), été 1970

Il est irakien, déclara Abou Dinnah.

Le *camarade* Abou Dinnah, c'est lui qui insistait.

Une trentaine de mètres plus loin, l'homme en tenue léopard s'élança, fit quatre enjambées et lança la grenade. Ils suivirent le projectile des yeux et virent, douze mètres plus loin, le buisson épineux exploser, touché de plein fouet, et les branches qui volaient, hachées par les éclats, brève pluie de fibres végétales déchiquetées tombée d'un nuage jaune.

Il y eut des cris, et quelqu'un applaudit. L'Irakien revenait vers la soixantaine d'hommes assemblés dans les collines au milieu du désert. Il était grand, bien bâti et sa démarche indiquait que dans les circonstances (ces soixante paires d'yeux fixées sur lui, attentives au moindre geste tandis qu'il arrachait la goupille de la grenade à main, puis serrait cette dernière dans ses doigts et sa paume et exécutait quelques pas de joueur de cricket avant de la balancer à bout de bras) il était plutôt content d'avoir mis cette grenade dans le mille.

Il est irakien, répéta le camarade Abou Dinnah.

Et à part des Libanais et des Irakiens, y a-t-il d'autres étrangers parmi vous? demanda le journaliste.

Abou était libanais. Il parlait couramment le français, c'est pourquoi il avait été choisi pour guider les trois journalistes à travers le camp. Ils étaient assis dans l'ombre fraîche des pins à l'écart du groupe formé par les fedayins et leur instructeur irakien. Les trois Occidentaux formaient une équipe : l'un maniant calepin et micro, l'autre la caméra. Le troisième prenait des photos pour un magazine. L'éblouissante lumière, la nudité incandescente des pierres, les collines bibliques.

Oui, répondit Abou Dinnah. Il y a des Saoudiens, ici en ce moment, et des Égyptiens, des Turcs… Il y a même des Canadiens, vous savez, des Américains du Nord, qui se battent pour le français, là-bas…

Il y a des Québécois, ici, à el Souf?

C'est ça. Le Québec. Oui…

Une seconde grenade éclata à une centaine de pas, et le journaliste rentra instinctivement la tête. Puis ils se turent, pendant qu'un fedayin, la tête enveloppée d'un keffieh à carreaux et les yeux dissimulés par des lunettes noires, passait non loin d'eux après s'être détaché du groupe principal. Il avait ralenti le pas en approchant du quatuor installé à l'orée du bosquet de pins qui abritait les tentes des recrues du FDPLP, comme si leur présence à cet endroit l'intriguait.

Le journaliste sauta sur ses pieds et s'avança avec un air d'autorité.

Eh, toi! Québécois?

Hein? sursauta le fedayin. Comment tu sais ça?

T'es le seul à porter des Ray-Ban, ici…

Au même moment, le journaliste vit un second révolutionnaire se diriger vers lui, les traits dissimulés sous un keffieh alors que la plupart des hommes du camp allaient tête nue. À grands gestes, le reporter faisait signe à son caméraman de le rejoindre. Le second fedayin avait des yeux d'un bleu intense et la main qu'il tendit était blanche et fine comme celle d'un étudiant.

Bonjour! Ça fait plaisir de voir votre tête ailleurs que sur un écran de télé…

La kalachnikov est un bon fusil-mitrailleur, avança Zadig, et je dirais même que l'AK-47 est de loin supérieur au M-16 américain, mais pour mener une guérilla urbaine dans les rues de Montréal, c'est pas tellement génial…

Pourquoi ? demanda le reporter, et il approcha le micro un peu plus près de la bouche de Zadig qu'on voyait remuer à travers le tissu du keffieh.

Juste parce que, au bout d'un certain temps, on aurait de la misère à trouver des munitions.

Je comprends. Mais si l'entraînement que vous recevez ici n'est pas adapté aux conditions du Québec, alors qu'est-ce que vous êtes venus faire à el Souf ?

Zadig hésita. Le journaliste et les deux terroristes étaient debout, au pied d'une colline au fond de la vallée. La caméra tournait, le kodak cliquetait. L'exercice de tir à la carabine et de combat au corps à corps venait de se terminer.

Ce fut Madwar qui répondit.

Le FDPLP est le groupe de résistance palestinienne le plus radical et le plus à gauche, et au départ, c'est ça qui nous intéressait. Mais on s'est vite aperçus que l'entraînement de commandos qu'ils donnent est peut-être correct, sauf qu'ils sont pas bien forts sur la politisation des masses. Leur priorité, c'est clairement l'instruction militaire. L'autre problème, c'est qu'ils passent beaucoup de temps chaque jour à discuter les textes de Marx et de Lénine et que bon, on n'y comprend absolument rien, parce que tout se passe en arabe.

Le camarade Abou Dinnah nous aide un peu, tempéra Zadig.

Donc, ce qu'ils vous apprennent vraiment, ici, c'est à tuer ?

Plus qu'à mobiliser les masses paysannes, en tout cas.

Et en rentrant au Québec, vous allez faire quoi ?

Mettre sur pied une campagne d'assassinats sélectifs, annonça calmement Zadig.

Les vrais responsables vont payer, précisa Madwar.

Et c'est qui, les vrais responsables ?

Des gens comme le premier ministre… Des hommes d'affaires. Ce monde-là.

Et vous n'irez pas vous battre en Palestine ?

Moi, je pense bien que je vais y aller, répondit Madwar.

Pas moi, fit Zadig.

Et vos noms de code, vous les avez pris où ? Parce que ce sont bien des noms de code, non ?

Ce journaliste pouvait être vraiment con, quand il voulait.

Moi, c'était dans un cours de littérature à… J'ai failli dire le nom de l'université. Il faut éviter de donner des indices qui pourraient permettre de nous identifier, se tança Zadig, indulgent, avec un sourire en coin.

Et vous, Madwar ?

J'ai rien à dire là-dessus, répondit Madwar.

Le photographe leur fit prendre la pose : posture de combat, la kalachnikov brandie à deux mains.

Essayez d'avoir l'air méchants, leur lança-t-il. Voi-là, comme ça.

Dociles comme des agneaux, qu'ils étaient.

Pour finir, ils se serrèrent tous la main.

Et Zadig : Vive la révolution socialiste québécoise et internationale !

Et Madwar : Vive l'internationalisme prolétarien !

Et Zadig : Vive le camarade Nayef Hawatmeh ! Vive le FDPLP !

Et Madwar : Vive le FLQ !

# Saint-Colomban, juin 1970, autour du solstice

Quand est-ce qu'on va les arrêter, les crottés ?

La question se posait, vous pouvez me croire. Parce que, ils nous passaient littéralement dans la face, les pouilleux, quand ils sortaient du chalet. Et depuis la veille, on avait même bogué le campe et on pouvait entendre tout ce qu'ils faisaient, même fourrer, parce que, c'est comme rien, y avait une ou deux plottes dans le lot. La table d'écoute était dans le nique à souris qu'on occupait juste à côté, les deux chalets étaient collés, et le kodak avec le zoom. Toutte.

Là, j'en vois un qui sort. Des favoris, des lunettes, les cheveux peignés sur le côté, un col roulé, l'air d'une tapette. Dans la cour, il y a des grands pins qui font de l'ombre et on entend chanter les tits zoiseaux. Les moineaux, quand pas question d'avoir une radio dans le campe et que les maringouins écrasés sont le seul passe-temps, on finit par les entendre, faites-moi confiance.

Le gars qui vient de sortir transporte deux boîtes à souliers dans ses bras. J'y tire le portrait, dix fois plutôt qu'une. Il pose les boîtes sur le siège d'en arrière de l'Acadian, en faisant bien attention, on dirait, comme s'il se trimballait le beau set de verres à vin en cristal de Bohême de la belle-mouman, et en passant, je sais même pas si ça existe, des verres à vin en cristal de Bohême, mais je pense que oui.

Pendant qu'il se revirait dans la cour, Patenaude a appelé les gars dans son walkie-talkie. Le bruit du moteur couvrait le son de sa voix et c'était bien tant mieux, parce que le shack où on était n'avait même pas de vitres. On avait du monde sur la route pour lui tenir compagnie, et d'autres dans une maison, un peu plus loin, au bord de la rivière. C'est là que le sergent était, il mangeait là, dormait là des fois. Pour prendre les choses en main, diriger le trafic. Du monde partout.

Le lendemain, je roulais dans le bout de Sainte-Scholastique et j'ai vu un siffleux au beau milieu du chemin, quasiment les deux pattes d'en avant sur la ligne blanche. J'ai pesé sur le gaz, le siffleux a comme figé, il a voulu faire demi-tour mais c'était trop tard, j'ai senti la roue passer dessus, tiens mon gros chien de prairie, ça t'apprendra à faire des trous dans les champs des habitants, paraît que les vaches se prennent les sabots dedans et quand ma tite-vache a mal aux pattes et que le fermier peut briser sa machinerie, le siffleux, c'est rien d'autre que de la vermine sale. Grâce à moi, il y en avait un de moins sur la terre ce matin-là.

Juste après, j'ai entendu la voix du sergent sur ma radio, on se moquait de lui dans son dos, avec sa pipe et les airs de câlice d'intellectuel qu'il essayait de se donner, il voulait tellement avoir l'air cool, le sergent, s'imaginait peut-être pouvoir les comprendre avant de les arrêter, ça doit être pour ça qu'on lui avait confié l'enquête sur le hold-up de l'université, c'était là, sa place, avec la pouilleuserie maudite. Je suis sûr qu'il aurait pas été content, s'il avait su pour la marmotte, Massicotte.

Il m'a dit d'aller rejoindre la 158 à Saint-Canut et de rouler vers l'est tranquillement et je verrais arriver une Valiant verte derrière moi et de rester en avant et en contact visuel jusqu'à l'autoroute, et là, de prendre la 15 vers le sud et de vérifier que la Valiant suivait toujours. Oui, sergent.

Autour de moi, tout était vert, le bois, les champs, les fossés, vert foncé, tellement que je me suis dit qu'une Valiant verte était bien capable de s'évaporer dans un paysage comme celui-là, et vu de l'auto, c'était bien beau, mais plein de bébittes aussi, faut pas l'oublier.

J'ai fait comme le sergent avait dit et j'ai roulé bien tranquillement, en contact avec les gars de l'autre voiture qui était derrière la Valiant à ce moment-là et qui me disaient qu'ils s'en venaient, mais pas vite, et moi je leur ai dit que je pouvais quand même pas rouler à trente milles à l'heure et que j'allais m'arrêter sur le bord de la route et les laisser passer et que, après, ils auraient seulement à doubler la Valiant et passer devant et j'allais suivre. En tout et pour tout, on était une trentaine de gars sur le coup, pas besoin de s'énerver. Me suis rangé sur l'accotement. La rivière était cachée par les arbres au bout des champs, à gauche. Plus loin, le début des montagnes où le beau-frère va chasser le chevreuil. Je voyais la fumée blanche du moulin de Saint-Jérôme. J'ai pris la napkin qui restait de mon dernier lunch et qui traînait au fond de l'auto et je suis sorti sur l'accotement, j'ai levé le capot et j'ai vérifié l'huile. Mine de rien, je m'étirais le cou et je jetais un coup d'œil aux autos qui passaient en essuyant la jauge avec la napkin.

Et à un moment donné, la Valiant passe, et le jeune gars au volant me regarde comme on regarde n'importe qui dont le char est arrêté au bord de la route avec le capot relevé. Il sympathise, mais ça fait bien son affaire de pas être dans mes chouclaques. Et moi, je croise son regard et je lui fais un petit signe de la main comme pour dire que tout est correct. Tu parles d'un comique, toi. Il en manquait une demi-pinte.

Les hosties de crottés, quand est-ce qu'on va les *buster*? Demain, a dit le sergent. Et on leur est tombés sur la guédille à six heures du matin après avoir complètement encerclé le chalet. On avait même des gars qui ont fait le tour et qui ont traversé le ruisseau plus loin et laissez-moi vous dire que l'herbe à puce les avait pas manqués. Dans le chalet, on a ramassé quatre FLQ, dont une touffe. Et trois carabines, des revolvers, des munitions en masse, des cagoules, des menottes, des détonateurs, des cadrans de marque chinoise avec les mécanismes trafiqués. Plus un gros paquet d'argent liquide provenant du hold-up de l'université. Les canons des carabines avaient été sciés. En même temps, d'autres équipes de Combatteurs ont saisi une polycopieuse Gestetner dans un appartement d'Ahuntsic et 300 livres de dynamite dans le sous-sol d'une maison de la rue Meunier, à Laval. Les caisses de dynamite avaient été emballées dans des sacs-poubelles en polythène. Pendant que les pouilleux, avec notre permission, sautaient dans un pantalon avant qu'on leur passe les menottes, on a zieuté les grosses boules de la fille qui essayait de s'habiller dans une des chambres et de refermer la porte, sauf qu'on la rouvrait à coups de pied parce qu'il fallait bien la surveiller, pas de brassière. Le sergent Massicotte, lui, c'étaient pas les totons de la touffe qui l'intéressaient, ni les guns coupés, imaginez-vous donc qu'il avait sorti ses lunettes de lecture et qu'il tirait des bouffées de sa pipe en examinant les papiers qu'il avait trouvés sur la table !

Quand le show de boules a été fini, je me suis rendu dans la salle de bain et je me suis regardé dans le miroir, beau bonhomme, ensuite j'ai ouvert la pharmacie. À part de l'aspirine et des plasters, il y avait une autre chose qui a attiré mon attention : une seringue, avec une dizaine d'aiguilles de rechange dans des sachets en plastique et trois petites fioles de potion sans étiquette. Je suis allé trouver le sergent avec ça, mais pensez-vous une seule minute que ça allait l'intéresser ? À peine s'il y a jeté un coup d'œil. Fallait pas le déranger. Il lisait !

La prochaine fois, qu'il m'a dit, mets donc (pouf pouf) des gants pour tripoter les pièces à conviction.

C'est quoi que vous lisez, sergent ?

Il m'a regardé en pompant son brûle-gueule et en plissant les yeux à travers un nuage d'Old Dutch. Et il m'a montré un paquet de feuilles avec le Vieux Patriote et sa pétoire de chasse dessinés et *Manifeste du FLQ* d'écrit dessus. Un détail qui m'a frappé, c'est que le Vieux Patriote fumait la pipe, pareil comme le sergent.

De la littérature, Bobby. De la littérature…, a répondu le sergent Mass.

Son haleine de vieux jus de pipe.

Deux jours plus tard, à Saint-Romuald, une des deux boîtes à chaussures a explosé dans la cour d'un immeuble commercial qui appartenait au beau-frère du premier ministre. Les analyses des experts ont confirmé par la suite que les éclats de bombe retrouvés sur les lieux provenaient du même stock que le matériel qui avait été saisi dans le chalet de Saint-Colomban.

Dans les papiers saisis, il y avait aussi un communiqué qui revendiquait l'enlèvement du consul américain à Montréal, un monsieur Green. Je savais même pas qu'il y avait un consul américain à Montréal.

La deuxième boîte a sauté trois jours plus tard devant un édifice du ministère de la Défense nationale, à Ottawa, le seul feu d'artifice de la Saint-Jean qu'il y a eu par là, tuant une des employées sur le coup. Une espèce de secrétaire.

# Archambault Beach, 1976 : le point de vue de Gode

Ils sont venus chercher le Buck hier. C'est lui qui les a appelés. Ses cris de mort ont réveillé tous le monde dans l'aile. On aurait dit un loup qui se mange la patte dans un piège. On a entendu les portes se déverrouiller automatiquement. Les pas dans le couloir. Ils lui ont demandé ce qu'il avait. Il leur a dit : Emmenez-moi d'icitte… Les gars, en dedans, on pouvait plus rien faire pour lui. Ils l'ont fait sortir, sont partis. Le Buck est passé entre les cellules, il regardait ses pieds. Il s'est pendu deux heures plus tard avec l'attache de sa jambe artificielle. Dans une cellule de l'infirmerie. Il avait quelque chose comme quarante-cinq ans. Dont trente en dedans.

J'ai du papier et un crayon. Le Buck, lui, avait juste sa voix. Savait pas écrire. Il avait moi. On l'appelait Buck, le Buck. Quand j'étais de corvée de nettoyage dans le couloir, j'allais m'asseoir le dos contre la porte de sa cellule. On parlait. Lui assis dans la même position, de l'autre côté. On devait ressembler à des appui-livres, avec un mur à la place des livres, entre les deux.

Il avait eu trente ans pour sécréter sa coquille. Il vivait dans un Hilton mental au milieu de nos niches à chiens. Il avait tout connu, les châtiments corporels à coups de boyau d'arrosage et le touche-pipi des bons frères. Quand il a eu quinze ans, la Cour juvénile a envoyé sa viande fraîche turluter dans la cage aux serins, à Bordeaux.

Là, il a craché sur l'hostie et ils l'ont mis au trou. L'éclairage gratis vingt-quatre heures sur vingt-quatre, au diable la dépense. Le directeur de la prison, pour lui remettre les idées à la bonne place, lui a offert de s'occuper du toilettage des pendus. Comme ça, il pourrait au moins manger du steak, au *banquet du pendu,* avec le bourreau assis au haut bout de la table. Le quartier des condamnés à mort commençait au bout du couloir. Les futurs cravatés partageaient leurs tasses de lait et leurs sandwichs aux œufs avec lui, leurs petits privilèges. Des fois, il fallait leur passer un manche à balai derrière le dos et sous les aisselles pour les aider à marcher droit derrière le curé brandissant bien haut l'Eucharistie. Le jeune Buck se tenait sous la potence, attendait que le pendu finisse de gigoter et de se chier dessus, que le médecin lui prenne le poignet et regarde sa montre et fasse oui de la tête, et il le décrochait.

Tu sais quoi? qu'il m'a déjà dit, le Buck. La corde, elle n'est même pas en chanvre.

Comment ça, pas en chanvre?

Non. C'est de la soie de parachute.

De la soie…

Ouais. De la soie de parachute. Pourquoi tu ris?


Ici, c'est la sécurité maximum, juste un long présent à passer. On oublie l'avenir, on a hâte au passé. C'est comme un bar ouvert avec toutes les bouteilles qui sont vides. Je craquerai pas comme le Buck un beau matin. J'attendrai pas de péter une *fuse.* Ou de mourir comme Marcel Duquet, dans un accident juste assez bête pour que le message passe. Je vais défaire mon temps, mettre mon réveille-nuit. Avec mon papier, mon crayon. Mon kit à remonter.


Le curé Gamache avait la face grasse comme une fesse, un crâne boursouflé, rasé sur le tour et orné d'une sorte de touffe au sommet qui le faisait ressembler à un guerrier mohawk en soutane affublé de grosses lunettes. Des lèvres épaisses. Aussi crédible en pervers qu'en humaniste.

Il grasseyait comme une pleine poêlée de bacon. Il nous avait réunis, ce jour-là, les enfants de chœur. Il venait d'apprendre, nous a-t-il dit, que son prédécesseur nous donnait un gros trente sous par grand-messe et la même chose pour un mariage ou un enterrement, et… dix cents par petite messe !

C'était trop d'émotion, il a lâché un pet à haute teneur en méthane. Amen ! j'ai chantonné à voix basse. Langlais a pouffé. Le nouveau curé était sourd comme un pot de chambre. Mais pas besoin de nous dire que ces folies-là étaient finies avec lui. Et là, le curé Gamache nous a informé que le Petit Jésus était pas à l'argent, et que dix cents par grand-messe, c'était en masse.

Et votre dix cennes, qu'il a continué de beugler, votre dix cennes, mes enfants, je vais m'assurer personnellement qu'il ne sera pas dépensé en gomme balloune, en bonbons forts, en balais en chocolat et en gosses de nègre, pardon, en boules noires… pour la bonne raison qu'il va aller directement dans les poches du Seigneur et servir à allumer des lampions chaque semaine pour les âmes des petits Chinois communistes !

François Langlais était mon meilleur ami. Je l'appelais le Petit Génie. Après la réunion à l'église, on s'est retrouvés sur la traque de chemin de fer, en train de marcher sur les rails, côte à côte, en écartant les bras de temps à autre pour garder l'équilibre.

J'ai botté un caillou qui est allé rebondir entre les dormants.

J'allais quand même me chercher ma piastre par semaine…

Moi, je remets plus jamais les pieds là !

Moi non plus !

Une marmotte se chauffait au soleil sur les rails. J'ai choisi un caillou de la bonne grosseur et je me suis avancé à pas de loup. Rendu à trente pas, je me suis élancé comme un joueur de champ qui essaie de couper un coureur au marbre. La marmotte a dégringolé dans son terrier creusé dans le terre-plein de la traque, en faisant entendre un chapelet de petits ouacs perçants et comme tremblants d'indignation. C'était même pas passé proche.

François et moi, on a passé en revue tout notre arsenal des

dernières années : les arcs fabriqués avec une branche d'aulne et un bout de ficelle ; les frondes ; les arbalètes ; les tire-roches faits avec une fourche d'arbre et de la vieille tripe de bicycle.

C'est une carabine à plomb qu'il te faudrait, a dit le Petit Génie.

J'en veux une. C'est juste qu'il faut que je la paye de ma poche.

On s'était remis à marcher, en silence. Sur la voie ferrée, il y avait plein de choses à faire. On pouvait placer des sous noirs sur un rail et les récupérer minces comme des feuilles. On pouvait trouver des gros pétards, certains disaient même de la dynamite, mais à nous, ça n'était jamais arrivé. Et il y avait toujours des siffleux, sauf que les chances auraient été bien meilleures avec une carabine à plomb.

Le vieil autobus scolaire passait nous ramasser le matin, avec nos boîtes à lunch, un Pepsi, un sandwich au Paris Pâté ou au beurre de pinottes et un Joe Louis, ou bien une Demi-lune, ou bien un May West, ou bien des doigts de dame ou bien des petits gâteaux au caramel. L'équeutage se faisait dans une espèce de grand hangar appartenant à la conserverie Val-Pie. Ils embauchaient surtout des femmes et des enfants. Quatorze heures par jour, six jours par semaine, et la nuit, couché dans ton lit les yeux fermés, c'est pas le Bonhomme Carnaval que tu voyais passer, ni la fraise d'une de ses duchesses. Des fraises-fraises, rien d'autre. Une demi-cenne du casseau. C'est pour dire.

Le contremaître qui passait dans les rangées était payé pour s'assurer que les doigts rougis des plus pressés n'écrasaient pas trop les fruits. Je me souviendrai toujours du grand gars de quatorze ans qui nous a regardés d'une drôle de manière entre deux bouchées de sandwich au baloney. Il a dit :

Une demi-cenne du casseau, c'est pas assez...

T'as raison, mais qu'est-ce qu'on peut faire ? a demandé une femme en s'approchant.

La grève, a répondu tranquillement le gars de quatorze ans, et il a bu une gorgée de Kik pour faire passer son baloney.

Il parlait maintenant assez fort pour que les autres entendent autour de lui.

Il va arriver quoi, vous pensez, si tout le monde s'en retourne chez eux cet après-midi ? Ils vont vendre leur confiture avec les queues ? Avez-vous peur que la police de Duplessis tire sur nous autres, comme à Murdoch ? Pensez-vous que Val-Pie va envoyer des scabs avec des battes de baseball fournies par la compagnie, comme la Noranda ? Qui c'est qui va les remplir, leurs casseaux ?

Suivez-moi, qu'il a dit, et il s'est levé et il est sorti, personne n'avait jamais vu ça : une marche d'équeuteurs écœurés en plein faubourg ouvrier. Des enfants de huit ans et des mères de dix enfants qui agitaient trois ou quatre pancartes de fortune.

Le patron de la Val-Pie n'a pas plié quand il a vu une cinquantaine de mégères et de gavroches de la Rive-Sud occuper ses locaux. Il a plié quand Jean-Paul Lafleur (c'était lui) a eu l'idée d'alerter les médias de la grande ville et que les reporters des journaux et de la radio ont commencé à débarquer. Il était déjà question d'une enquête publique sur l'exploitation des enfants par l'industrie agroalimentaire.

On a obtenu une cenne du casseau.

*  *  *

Léo Godefroid, le père de Gode, avait fait partie des hordes de chômeurs dont le gouvernement avait cru pouvoir se débarrasser en les envoyant défricher les terres basses et les brûlés de l'Abitibi, et dont les mouches, les souches et les mois d'hiver à moins quarante avaient fini par venir à bout. Dans leur mouvement de reflux, ces colons manqués s'étaient retrouvés mêlés aux masses d'ouvriers pauvres que la crise du logement avait chassés de la ville et qui traversaient le pont Jacques-Cartier avec leurs trâlées d'enfants pour s'établir sur la rive du fleuve et dans la campagne environnante, aux portes de Montréal. Les cultivateurs du coin leur cédaient des terrains pour quelques centaines de piastres et ils se bâtissaient des cahutes avec tout le bois qu'ils pouvaient trouver. En Abitibi, ils avaient au moins appris à se construire des cabanes. La nuit, ils allaient débâtir les wagons de chemin de fer laissés sans surveillance et avec ce « bois de char », ils élevaient leurs maisonnettes au bout des champs.

C'étaient souvent de simples cambuses sans fondations ni eau courante, en bois recouvert de papier goudron. Sentinelles de fond de cour, les bécosses montaient la garde. Devant la maison, là où aurait dû se trouver le trottoir, passait l'égout à ciel ouvert qu'on enjambait en marchant sur deux ou trois planches jetées en travers du fossé.

Léo pelletait du sucre pour la Redpath dans le port de Montréal. Le reste du temps, il le passait le marteau à la main et les clous entre les dents, à travailler pour améliorer le sort des siens. De sorte que cette cité des gueux, vers la fin des années 50, commençait à se couvrir, par endroits, de petites maisons convenables, proprettes, sinon coquettes, presque confortables.

Lorsque les premières vagues du baby-boom commencèrent à déferler sur les écoles, le clergé se retrouva rapidement à court d'onctueuses bonnes sœurs à férule et de vieux frères aux babines salivantes à qui confier l'œuvre de sensibilisation des jeunes corps aux dangers du péché solitaire. Ils durent faire appel à des laïcs. Un beau matin de septembre, devant la classe de septième année apparut un jeune homme de vingt-six ou vingt-sept ans d'une maigreur presque effrayante, raide comme un piquet, néanmoins voûté aux épaules. Un visage en lame de couteau, un front haut, consolidé par des fonds de bouteille munis de grosses montures de corne. Le nouveau, Laurent Chevalier, s'assit sur le bureau devant cette trentaine de gamins issus du monde ouvrier et, pendant une heure, il leur parla du *Survenant* de Germaine Guèvremont. Il leur récitait des passages entiers du roman, qu'il semblait connaître par cœur, leur fit l'éloge de cette langue, de sa vigoureuse saveur populaire comme de son extraordinaire qualité poétique. Devant ces trente paires d'yeux, il se sentait l'âme d'un missionnaire débarqué dans une Mandchourie intérieure. Il s'écoutait parler. Les gamins regardaient passer ses phrases comme des vaches à qui on fait jouer du Mozart.

François et Gode lisaient tout ce qui leur tombait sous la main, les Jules Verne, les Arsène Lupin, les Sherlock Holmes, les *Sélection du Reader's Digest*, mais c'était François qui avait toujours dix sur dix en dictée. Assis avec leur pile de livres au bord du trottoir (il y avait même des trottoirs, maintenant), ils attendaient le retour de monsieur Poulin au volant de la biblio-remorque itinérante du Club Optimiste. Ils lurent *Le Survenant* et eurent à leur tour la tête pleine d'oies blanches et de sauvagine tourbillonnantes formant des îles vivantes sur des fleuves bleus.

François Langlais était chétif et se faisait traiter de fifi, de tapette et de poignet cassé dans la cour de récré, n'empêche que le jour où monsieur Chevalier proposa d'élire un président de classe, c'est lui qui passa comme une lettre à la poste.

C'est probablement, remarqua Chevalier, la première fois qu'une personne intelligente est élue à un poste quelconque à Jacques-Cartier, mais n'allez pas le répéter à vos parents…

Pendant que, au signal de la cloche, la potée se ruait dans le corridor, que les sacs d'école tournoyaient comme des fléaux d'armes et sifflaient dangereusement proche des oreilles, le prof fit signe à Gode de s'approcher. Le jeune Godefroid avait les oreilles légèrement décollées, les cheveux de moins en moins blonds, coupés en brosse. Avec son visage mince et un peu pointu, il ressemblait à un de ces mulots des champs qui faisaient leur nid sous les planches laissées à traîner dans les hautes herbes du terrain vague derrière l'école et sur lesquels ses copains et lui lâchaient les roquets du voisinage.

Chevalier sortit son meilleur sourire dans l'espoir de le mettre à l'aise. Il prit, sur le dessus d'une pile, une feuille lignée détachable, couverte d'une écriture cursive un peu brouillonne et qui sentait l'application.

Ton devoir…, dit Chevalier. Il sourit. Je crois pas qu'il y ait de lynx dans les bois de Jacques-Cartier, alors j'ai une question : d'où tu viens, Richard ?

De Villebois.

Villebois. Tiens tiens. Tu viens de nous faire un oxymore, mon gars. C'est où ?

Abitibi.

Chevalier connaissait l'histoire. Les lots découpés sur la carte et donnés aux chômeurs du sud, le sol spongieux gorgé d'une eau noire où ne vivaient que des sarracénies et de pâles sphaignes imputrescibles. Une image traversa son esprit : l'abbé Félix-Antoine Savard, l'auteur de *Menaud*, foulant la terre promise à la tête de ses futurs paroissiens, son rêve biblique sous le bras au milieu des tourbillons de mouches noires et de taons.

Il faudra que tu me racontes tout ça, un jour, dit Chevalier au garçon.

Il approcha la copie de ses yeux.

Tu fais pas de fautes…

Ma mère était la maîtresse d'école. Elle me traînait avec elle, elle m'installait en dessous du tableau noir dans mon berceau. Elle dit que mes premiers mots, c'étaient pas des mots, c'étaient des lettres : A, B, C, D, E, F…

Ça explique.

Chevalier agita légèrement la feuille entre ses doigts.

Est-ce que c'est vrai que pour tuer une loutre, il faut lui donner un bon coup de bûche entre les omoplates ?

C'est le trappeur qui disait ça.

*Pour chaque bête,* lut Chevalier, *il existe une manière de la rachever…*

Il leva les yeux de la feuille. Godefroid hocha la tête.

*Le renard, il faut lui prendre les pattes d'en arrière et les remonter vers le ventre et peser jusqu'à ce que le cœur arrête de battre. Hum… Un lièvre, c'est comme un bébé qui vient au monde. Ça pleure pareil. Tu le tiens par les pieds, pis tu lui crisses un grand coup de karaté derrière la tête.*

Les yeux de Chevalier se promenaient entre la feuille et l'élève debout près du bureau.

Je t'ai enlevé un point pour *pis*, et un autre pour *crisses*. Essaie d'éviter le niveau de la langue parlée, autant que possible. J'ai une dernière question : t'as vraiment vu un homme étrangler un lynx à mains nues ?

Pas à mains nues. Il a mis des gants…

Il a mis des gants, répéta rêveusement Chevalier. Bon. C'est pas pire. C'est une bonne histoire. Il te manque juste un titre…

Le garçon haussa les épaules.

Un texte sans titre, dit Chevalier, c'est comme une majorette sans bâton. Le bâton ne fait pas la majorette, mais il l'annonce. Qu'est-ce que tu dirais de *Ecce lynz* ?

Qu'est-ce que ça veut dire ?

Ça veut dire *Voici le lynx*. C'est du latin, se dépêcha-t-il d'ajouter.

Je sais c'est quoi, du latin. J'ai été servant de messe. Ma mère dit que c'est une langue morte.

Elle a bien raison.

Ça sert à quoi ?

Chevalier le contempla d'un air pensif.

Ton lynx, lui, il n'est pas mort, peut-être ?

Gode ouvrait de grands yeux. Il ne répondit rien.

Tu peux aller rejoindre les autres, maintenant.

Mais au moment de passer la porte :

M'sieur ?

Oui, Richard ?

C'est quoi, un oxymore ?


En 1960, François s'inscrivit à l'Externat des Franciscains, dont la mission était en principe de favoriser les vocations reli-gieuses, mais vers lequel certains éducateurs ratoureux diri-geaient les jeunes esprits prometteurs des milieux défavorisés pour les pousser vers l'université. Nul besoin d'être tombé dans la marmite d'eau bénite quand on était petit, il suffisait de « ne pas s'opposer à l'idée de subir l'influence du Saint-Esprit » pour voir se dénouer comme par magie les cordons de la bourse de l'Œuvre des Vocations et s'ouvrir les portes du cours classique. Autrement dit, jouer la comédie ne pouvait pas nuire.

Aux yeux de François, le progrès le plus notable de l'Externat, par rapport à la petite école, résidait dans le fait que désormais, au lieu de l'interroger sur ses pratiques nocturnes, les frères s'intéressaient à ses lectures, en particulier à ces livres dits « interdits » dus à la plume d'auteurs comme Flaubert et Balzac qui, au Québec, circulaient encore plus ou moins sous le capot de poil. Un des libres penseurs à la source de ce trafic était le bon prof Chevalier, dont la réputation de mécréant commençait à chatouiller sérieusement les ensoutanés de service. Gode, lui, suivit un cours technique, décrocha sa carte d'électricien et s'en alla travailler au CN. Ça prend combien de personnes pour changer une ampoule au CN ? Neuf. Un travailleur canadien-français et huit patrons anglophones pour lui dire quoi faire. Mais Gode se fatigua de devoir remplir des formulaires en trois exemplaires pour péter de travers. Il remit sa démission et se fit couque dans un stand à patates frites aménagé dans un vieil autobus de l'ancien Coteau-Rouge, à Jacques-Cartier : *Aux estimés hot-dogs*. Aux élections fédérales de 1962, Chevalier se présenta sous la bannière d'un minuscule parti démocratique d'un genre plutôt socialiste et la prêtraille sauta sur l'occasion pour le sacquer.

Gode et François prirent l'habitude de traîner au local des Éditions de la Haute Marche que venait de fonder un Chevalier pratiquement réduit à la misère et dont le bureau était situé dans le « Placard » : une pièce du cinq et demi qu'il partageait avec madame et la progéniture (deux petits branlequéquette et une petite branlecon), au-dessus d'une quincaillerie du chemin de Chambly.

Avec du cirage à chaussures, Gode déguisait son coupe-vent de cuirette beigeasse en blouson de cuir et se créait un personnage de James Dean du pauvre au nouveau centre commercial. Il lisait les poètes : Giguère, Chamberland. Au même moment, François passait à travers *La Nausée, Les Illusions perdues, La Condition humaine, La Peste* et *À l'ombre des jeunes filles en fleurs*. Dans le Placard, Chevalier leur filait des cigarettes et leur parlait comme à des hommes.

Il y a un paradoxe chez les héros de Malraux, leur disait-il. Malgré leur pessimisme métaphysique, c'est au nom de l'espoir qu'ils s'engagent dans la révolution. Peut-être que les révolutionnaires sont malheureux parce qu'ils croient au bonheur plus que leurs semblables...

François ne jurait que par Sartre. Puis il opposa Camus à Sartre. Puis il opposa Hemingway, qu'il venait de découvrir, à Sartre et à Camus, puis Steinbeck et Hemingway à Sartre et à Camus plus Malraux. Faulkner lui demeura opaque.

Sartre a écrit que chez Hemingway, l'esthétique relève d'une éthique et non d'une métaphysique, leur exposa Langlais pour montrer à son mentor qu'il savait lui aussi se servir du mot « métaphysique ». Ensuite il se tut, comme si tout était dit.

Je crois que Malraux et Hemingway se valaient, avança Chevalier. Un fabuleux talent pour la réclame personnelle. Mais quand on a affaire à des littérateurs plutôt qu'à des marques de savon, il faut parler de mythes. Est-ce qu'on ne croise pas Malraux vers la fin de *Pour qui sonne le glas* ?

Non, le corrigea François. Il y a un Français qui se bat du côté républicain et qui s'appelle André Marty dans le roman, mais il a vraiment existé. J'ai vérifié...

En fait, c'est André Malraux qui n'a pas existé, nota Chevalier en soufflant un nuage de fumée.

Peut-être bien qu'il existe, mais il n'a plus le temps de libérer les peuples. Il est bien trop occupé à promener la Joconde à Washington au bras de Jackie Kennedy...

Ça vaut bien ton Hemingway en libérateur de Paris. On en sait maintenant un peu plus sur ses objectifs militaires : les caves du Ritz et Marlene Dietrich. Et puis, tout le monde n'a pas la chance d'embrasser un platane en pleine gloire, concéda Chevalier d'un air ennuyé.

Et il décocha à Godefroid, complètement largué, un clin d'œil qui voulait dire :

Il est redoutable, non ?

Chevalier vivait à la manière d'un réfugié, chez lui, dans le Placard. Lare impitoyable, Éléonore régnait sur les quatre autres pièces et demie. Elle eût fait une merveilleuse gardienne de prison, mais les hasards de la vie avaient voulu qu'elle devienne plutôt infirmière-chef dans un hôpital flambant neuf construit sans soumission avec le concours de la mafia et d'une poignée de députés fédéraux. C'est par elle que l'argent rentrait maintenant dans le ménage et ça s'entendait. Elle avait surnommé son pelleteur de nuages d'époux le Branleux, sobriquet dont il ne manquerait pas de se souvenir au moment de se choisir un nom de plume. Les enfants, Martial, Pacifique et Vénus, passaient d'un territoire à l'autre selon leurs besoins : l'ordre, les exigences de l'hygiène et de l'estomac dominaient le monde de chaudrons, de cahiers Canada, de débarbouillettes et de brosses à dents qui s'ouvrait au-delà du Placard. Dans ce dernier les attendaient le jeu et l'imagination, la liberté et la beauté qui parfois se rencontraient parmi l'incroyable fouillis au milieu duquel le paternel, silhouette nimbée d'un brouillard nicotiné, stylo rouge en main, lunettes sur le bout du nez, les pieds sur le bureau entièrement tapissé de paperasse tachée de cendre, de café et de confiture d'amélanchier, officiait. Il leur permettait alors de déplacer leurs petites autos et de faire soliloquer leurs poupées à l'ombre des gratte-ciel et des chaînes de montagnes figurés par les piles de livres et de manuscrits. Perché à la cime d'une des piles, un cendrier débordant de mégots fumait avec la majesté d'un Etna domestique.

C'est dans ce Placard enfumé que Gode et François entendirent parler pour la première fois de l'indépendance du Québec. L'idée était née à droite, mais le socialisme s'en était emparé et la répandait chez les esprits progressistes. Les nations opprimées étaient un baril de poudre, l'idéologie de la décolonisation, une mèche allumée. Chevalier voulait connaître leur opinion sur le

Congo. Sur les Algériens noyés dans la Seine. Partout sur la terre, des peuples secouaient le joug des vieilles dominations impériales et embrassaient la cause de la liberté.

Ils s'inscrivirent au RIN, le Rassemblement pour l'indépendance nationale. Donnèrent de leur temps. Le local de la permanence de Montréal était situé à côté d'une boîte à chansons, le Patriote. Sur la Rive-Sud, l'âme du mouvement indépendantiste s'incarnait dans la personne de Marcel Duquet, l'homme à la moustache de comptable et aux complets à carreaux. On le disait de droite, mais ça n'avait pas vraiment d'importance. Dans le RIN, Gode et François retrouvèrent un grand garçon dans la jeune vingtaine, bâti comme un ours : Jean-Paul Lafleur, et par lui, ils connurent son frère René. D'autres patriotes de tous poils et révolutionnaires de tous plumages croisaient leur chemin. Jacques Cardinal, l'ex-policier devenu agitateur politique, était un génie de la fraude dont la suprême ambition était de « fourrer le système ». Les mauvais garçons comme lui étaient légion, à gauche et à droite, grouillant, grenouillant et scribouillant entre le fleuve Saint-Laurent et la frontière américaine.

Entre deux bouffées brûlantes crachées par la friteuse, j'ai vu changer le quartier où j'avais grandi. La verrue ouvrière plantée sous le nez de la grande ville, la banlieue far west, se normalisait à toute vitesse. On pouvait maintenant s'y rendre en métro. Il y avait encore des champs, mais on n'y rencontrait plus le chasseur de chiens errants engagé par la municipalité, qui allait encaisser sa prime avec des guirlandes d'oreilles de cabots entrecroisées comme des cartouchières autour de sa poitrine. On disait qu'il en avait tué 3 000 une année. Et la compagnie Weston avait arrêté de distribuer des pains tranchés gratuits au coin des rues comme si on était en Afrique. Ça se développait pas mal autour du boulevard Taschereau. La seule chose qui n'avait pas changé, c'est que les jours d'élections, la rue appartenait aux bras. Oui, il y avait des égouts, mais il faut croire qu'ils ne se rendaient pas encore jusqu'aux bureaux du maire et du député.

Un soir, je suis allé cogner chez les Chevalier. Il est venu répondre en robe de chambre, sa petite fille accrochée à son cou. Il m'a fait monter.

Pour me faire patienter pendant qu'il finissait de corriger un chapitre, il a sorti une plaquette d'une caisse posée par terre et me l'a tendue. Ça pouvait avoir soixante pages. J'ai lu le titre. *Damnéricain*. C'était le dernier recueil de Pepe Bourguignon, la nouvelle coqueluche de la poésie engagée. Le livre était tout neuf. Il sentait différent.

Pepe m'a fait confiance, a dit Chevalier sans lever les yeux. On tire à 1 000, tu te rends compte?

Je l'ai regardé corriger avec la petite. Il l'avait assise sur ses genoux et c'est elle qui tenait le stylo. Trois ans. Chevalier lui indiquait le mot ou les mots ou les lignes à raturer et elle y allait sans se gêner, screech screech screech. D'où j'étais, je pouvais voir les grandes zébrures rouges. La page avait l'air d'un dos fouetté.

Vénus est plus sévère que moi, m'a fait remarquer Chevalier d'un air satisfait.

Et ça, c'est de qui?

Je lui montrais un manuscrit sur le bureau. Un gros tas de feuilles de peut-être un pied d'épaisseur. Il n'a pas répondu tout de suite.

De moi...

Vous avez écrit tout ça?

Il m'a regardé.

C'est facile. Je réécris notre Histoire, tout simplement.

Il est allé coucher la petite. Quand il est revenu, j'avais trouvé le courage de sortir le paquet de feuillets plié en trois et glissé dans mon blouson. Il l'a pris sans un mot, s'est assis, m'a offert un whisky, a jeté un coup d'œil à la page titre.

*Poèmes chauds et chiens.* Hmmm.

Il l'a lu devant moi. Pour passer le temps, je fumais des cigarettes à la chaîne et me resservais du whisky. Puis, j'ai commencé à examiner les manuscrits empilés sur des chaises et à même le plancher autour de moi. J'en ai pris un, l'ai posé sur mes genoux et :

# Les Taupins
*roman*
par François Langlais

J'étais estomaqué. J'ai compté les pages : 377 !

Il a trouvé son titre dans *Le Survenant*, a dit Chevalier en levant à peine les yeux de mon manuscrit. Guèvremont l'emploie dans le sens d'homme fort… C'est un québécisme, comme « boulé », qui veut dire à peu près la même chose. Tu veux savoir si c'est bon ?

Qu'est-ce que je pouvais lui répondre ? Que si ce n'était pas complètement raté, à chier, j'allais en crever ?

Bof.

Ton ami François est un garçon très intelligent, mais ça ne fait pas de lui un écrivain. Il a écrit une espèce de roman policier où les durs tiennent le haut du pavé. Il y a un Sherlock Holmes local, un clone d'Arsène Lupin qui joue à changer d'identité… C'est aussi un roman un peu proustien sur les bords : à la fin, on découvre que tous les personnages sont… non, pas homosexuels, mais des espions. C'est brillant, très échevelé. À refaire de fond en comble, comme de bien entendu. Et maintenant, si on parlait de tes poèmes ?

Il m'a versé un coup de whisky dans un verre à eau couvert d'empreintes digitales, puis s'est allumé une cigarette, m'en a offert une.

Il y a quelque chose qu'il faut que tu saches, Richard, et le plus tôt sera le mieux. *Beaucoup d'appelés, peu d'élus*… Tu me remercieras plus tard.

Touché, Chevalier. Ma première brosse au whisky.

L'an 1968 est arrivé. C'était le printemps. Langlais m'a dit : C'est à Paris que ça se passe… On a réuni nos économies, pris nos passeports, nos billets, et on est partis. L'agitation étudiante commencée à Nanterre avait gagné le Quartier latin, et le pouvoir avait réagi en fermant la Sorbonne. Boulevard Saint-Michel, 2 000 étudiants avaient affronté les CRS.

En mettant le pied à Paris, place de l'Odéon, on s'est mis à brailler comme des Madeleine et ça n'avait rien à voir avec l'émotion provoquée par toutes ces vieilles pierres grises imprégnées de littérature et le fait de fouler les mêmes pavés que Marcel Proust. C'est juste que les étudiants avaient été gazés et que le boulevard Saint-Germain était recouvert d'une nappe de brouillard lacrymogène qui dérivait de notre côté. On marchait dans la vitre cassée et les débris de toutes sortes. Une Peugeot était renversée comme un hanneton en haut d'un grand tas de pavés descellés. Plus loin, des hommes s'affairaient à démanteler une barricade : pavés, madriers, sacs de ciment, fils de fer, grilles métalliques, troncs d'arbres, deux-chevaux virées sur le capot. Des drapeaux rouge et noir flottaient là-dessus.

Des ambulances stationnaient devant la Sorbonne. Une file d'autos retournées et calcinées s'étirait le long de la rue Gay-Lussac. Les manifestants avaient abattu des arbres et élevé une soixantaine de barricades autour du Quartier latin et affronté les forces de l'ordre jusqu'à six heures du matin. Ils avaient lancé des briques aux CRS et les CRS les avaient chargés et bastonnés à tour de bras, le sang coulait dans les rues. Paraît que la police avait même utilisé des grenades offensives de type *cricket* qui libéraient une substance innervante. Mais le gouvernement n'avait pas donné l'ordre de tirer. Et les étudiants, épaulés par des jeunes chômeurs et des casseurs débarqués de la banlieue, avaient riposté à coups de cocktails Molotov et de jets de sable concentrés tirés avec des compresseurs volés sur des chantiers de ravalement de façade.

Juste avant le départ, quelqu'un nous avait donné l'adresse d'un Français prêt à nous louer une chambre de bonne pour une bouchée de croissant. Ça se trouvait sur Saint-Germain, entre le café Mabillon et le café de Cluny. Un seul lit. Une commode. Un réchaud. Eau froide et toilettes turques au bout du couloir. C'est là qu'on s'est installés, aux premières loges pour voir arriver la révolution.

Le matin, François me laissait dormir et allait s'asseoir au Flore et grignotait un croissant en buvant un café servi dans un dé à coudre. Je le retrouvais plongé dans *L'Éducation sentimentale* et je me tirais une chaise et lui posais la question rituelle :

Toujours pas de Jean-Paul Sartre ?

Il ne relevait même pas l'ironie.

Ça fait longtemps qu'il vient plus ici…

On avait appris en lisant les journaux que Sartre s'était adressé aux étudiants de la Sorbonne occupée. La rumeur disait que l'auteur de *La Nausée,* en prenant place à la tribune, avait trouvé un message griffonné à son intention sur un bout de papier : *Sartre, sois bref!* D'après un de nos espions, le petit père avait aussi parlé de démocratie sauvage et d'une *liaison du socialisme et de la liberté.*

Te rends-tu compte, m'a dit François en brandissant *L'Éducation sentimentale,* que les événements qui se déroulent sous nos yeux vont marquer l'Histoire et trouver une place dans les livres exactement comme ceux de 1848 ?

Qu'est-ce qui s'est passé, en 1848 ?

La révolution de Juillet, c't'affaire !

Je croyais que c'était en 1789…

Ça, c'était seulement la première. Après, ça n'a jamais vraiment arrêté. Ils en font deux par siècle en moyenne.

François lisait *L'Humanité.* Qui appelait, ces jours-là, à la GGI, la grève générale illimitée. Pompidou a rouvert l'université, mais les syndicats et les associations étudiantes se sont mis en grève et un immense cortège s'est étiré de la place de la République à la place Denfert-Rochereau. Cette fois, on comptait presque autant de travailleurs que d'étudiants au coude à coude sous les bannières. Et le dérapage a commencé : les occupations d'usines, la contagion des grèves et de l'agitation dans le reste du pays.

Le drapeau rouge et noir flottait de nouveau sur la Sorbonne. Les amphithéâtres étaient pleins à craquer de jeunes mecs et de nanas occupés à défaire l'ordre ancien, à prendre la parole, à passer la parole à quelqu'un d'autre, à fabriquer des pancartes, des tracts, des banderoles, des brassards, à former des chaînes humaines, fumer des gitanes sans filtre, élire des comités, des représentants, des délégués, nommer des responsables, voter à main levée des programmes, des résolutions, à draguer à l'extrême gauche et à droite et à embouteiller Paris avec des si... On se prenait les pieds dans des sacs de couchage où des couples faisaient l'amour ou bien discutaient à voix basse de l'importance de situer la question des relations sexuelles dans une perspective dialectique.

Moi, j'ai rencontré une fille du Front de libération de la Bretagne, mais ça n'a pas marché. Je manquais de culot. Je n'avais pas encore compris que le truc, c'était d'en beurrer une couche de plus. Il se trouve que j'étais plus du genre à laisser mes toasts brûler, la baguette en berne. On voyait partout des types avec des mèches qui leur tombaient devant les yeux et qui tenaient leur cigarette comme les personnages des films de Truffaut.

*Plus je fais la révolution, plus j'ai envie de faire l'amour,* disait un graffiti. Et un autre, en lettres rouge sang de deux pieds de haut : *Jouissez sans entraves!* Facile à dire.

Une journée, je suis allé voir Notre-Dame, le Louvre, la place de la Madeleine et la tour Eiffel. Puis, en début de soirée, j'ai retrouvé François au Old Navy. Il avait presque terminé *L'Éducation sentimentale*. La veille, le Général s'était adressé à la nation. Toute la France écoutait. Et le constat était unanime : il avait « mis à côté de la plaque ». Pathétique.

C'est quand même bizarre, tu trouves pas? m'a demandé François.

Quoi?

Il n'y a même pas un an, il nous annonçait notre libération du haut du balcon de l'hôtel de ville. Et maintenant, il est devenu l'incarnation du pouvoir le plus réactionnaire. Qu'est-ce que tu penses de ça?

Que Malraux devrait peut-être démissionner.

T'oublies la théorie de Chevalier : Malraux n'existe pas.

*I'll drink to that,* et j'ai commandé deux autres demis.

Un de ses amis est arrivé, un type qu'il avait rencontré. Assez intéressant à regarder. L'impression d'avoir sous les yeux le chaînon manquant entre le zazou d'après-guerre et le hippie. Mick Jagger avec 50 % de testostérone en moins. Un androgyne, un vrai. Luc Goupil était français d'origine, québécois d'adoption, et il vivait maintenant à Londres. Il avait fait partie de la première vague du FLQ. Arrêté en 1963, accusé d'avoir lancé un cocktail Molotov sur une caserne. Mis en prison. Il n'avait pas encore vingt ans. À sa sortie, il avait mis les voiles et la vapeur.

Alors, vous croyez que les communistes vont prendre le pouvoir ? qu'il nous a demandé.

La guerre civile. Tout est possible, a répondu François. C'est la phrase qu'on entend le plus souvent ces jours-ci : *Tout est possible...*

*I like that,* a dit Goupil d'une voix traînante.

Les Américains ne les laisseraient pas faire, j'ai dit.

Goupil s'est penché au-dessus de la table et m'a examiné avec intérêt.

Les Américains ? Mais ils sont ravis, les Américains... Le vieux Général voulait avoir sa propre bombe atomique, et regardez ce qui arrive : il l'a dans le cul !

Il rit.

J'entends dire que Pompidou se plaint parce que ses services de renseignement n'ont rien vu venir, pauvre chou, ces types de la piscine, ils ne le tiennent au courant de rien, vous savez... Que voulez-vous, ils sont tellement difficiles à surveiller, ces étudiants, tellement difficiles à infiltrer, pas vrai ?

Je commençais à comprendre la fascination de François. La conversation de Goupil semblait toujours se dérouler sur au moins deux plans simultanés.

Tu veux dire quoi ? Que les services secrets français...

Les services secrets travaillent pour les services secrets, et si leurs intérêts se trouvent à correspondre avec ceux de leur gouvernement, tant mieux. Les communistes n'ont aucune chance de prendre le pouvoir et, en attendant, le Vieux Chameau a une belle petite révolution dans les pattes. Rien de trop grave. Mais la prochaine fois, il y pensera à deux fois avant de se retirer de l'OTAN, conclut Goupil avec un gracieux sourire, puis il commanda à boire. Et encore à boire.

Bien après l'aube, j'ai réussi à me traîner vers la sortie.

Reste avec nous, Gode, a dit Goupil. On va aller déjeuner de crêpes fourrées arrosées de calva.

Ça me lève le cœur juste d'y penser. Je vais me coucher...

Il restait le coup de l'étrier. On a trinqué à notre chambre de bonne de Saint-Germain-des-Prés, et à la santé des bonnes en général, à leur disparition dans la société sans classes du futur et aussi à la santé de Karl Marx, qui les aimait bien.

Dans l'après-midi du 29 mai, des centaines de milliers de personnes ont défilé entre la place de la Bastille et la gare Saint-Lazare. Paraît que Godard se trouvait parmi les manifestants, et Aragon et Elsa aussi, bien entendu. Depuis que les dirigeants syndicaux et communistes avaient signé les accords de Grenelle avec le gouvernement et que leur base les avait reniés au vote à main levée dans les usines, le pays se tenait en équilibre sur un fil. De Gaulle était fini. Le pouvoir semblait être à prendre, au bout du fusil, idéalement avec une fleur dans le canon. À en croire la rue, des groupes de citoyens s'armaient et s'organisaient en milices qui n'attendaient plus qu'un ordre pour passer à l'offensive et libérer la Sorbonne et l'Odéon. Mais De Gaulle n'avait pas dit son dernier mot. Les Français étaient des veaux et le Vieux Chameau leur réservait un chien de sa chienne. Dans le plus grand secret, il s'était fait héliporter jusqu'au quartier général des forces d'occupation françaises, en Allemagne, pour s'entretenir avec le général Massu. Plus tard, on a su qu'il envisageait déjà une reconquête à partir de l'Alsace, au cas où le fruit mûr du pouvoir tomberait aux mains des communistes. Il aurait même songé à emprunter des hélicoptères de combat aux Américains.

Le lendemain, j'ai pris le métro jusqu'à l'Étoile pour ne pas être obligé de raconter plus tard que j'étais reparti de Paris sans avoir vu l'Arc de triomphe. Oui, parce que j'en avais ma claque, par-dessus la tête, je reprenais l'avion. Appelons ça le mal du pays. Je voulais rentrer, chez moi. Pour l'instant, je revenais à pied par les Champs-Élysées. Et à mesure que j'avançais, j'entendais grandir une rumeur, devant moi, au loin.

La circulation était interrompue. Des motos passaient, avec des gendarmes dessus, il y avait dans l'air une nervosité, un vent chargé d'électricité soufflait sur la plus belle avenue du monde, et j'ai continué de marcher vers la Concorde, au milieu de la chaussée, parce que les autos avaient disparu. Beau fou. J'étais à l'envers de la parade! Au même moment, s'écoulant de la place de la Concorde et barrant toute la largeur de l'avenue, la débordant de tous bords tous côtés, un million de Français allant de l'ancien combattant en fauteuil roulant à la midinette en minijupe formaient une masse compacte et longue de plusieurs kilomètres qui se déplaçait vers l'Arc de triomphe. Et moi, j'étais placé entre les deux. J'ai figé. Cette foule roulait vers moi, un raz de marée. J'ai attendu qu'elle soit à une centaine de pas pour m'ôter du chemin, et c'est à ce moment que je l'ai aperçu, parmi les ténors gaullistes qui ouvraient la marche, qui se donnaient la main, s'époumonaient, enfants de la patrie... Malraux.

# Moscou, 1ᵉʳ mai 1946, sur la place Rouge

Quatre immenses portraits représentant Marx, Engels, Lénine et Staline dominaient la place entièrement pavoisée où continuaient de déferler les T-34 du maréchal Koniev, le héros de la défense de Moscou. Dans un grondement de basse et un pesant cliquetis de chenilles défilaient les chars qui avaient percé le blindage des panzers à Stalingrad et à Koursk. Sur l'estrade, le Petit Père des peuples, l'air vieilli et tassé sur lui-même, encore capable d'anéantir dix millions d'humains d'un claquement de doigts, affichait, au milieu d'une débauche de bannières et d'emblèmes, de mots d'ordre et de slogans officiels, cette impassibilité proche de la rigidité cadavérique qui est le propre des dignitaires soviétiques.

Plus impressionné qu'il n'était disposé à l'admettre, le jeune attaché militaire canadien se tourna vers le général Guillaume, qui occupait les mêmes fonctions que lui à l'ambassade de France.

Sûr que je voudrais pas avoir à donner l'ordre à mes gars de s'enterrer devant ces bestiaux-là…

Le Français sourit. À trente-deux ans, le général Bédard conservait intacte toute l'impétuosité de la jeunesse.

Mais tu sais quoi? ajouta le Canadien. Le haut commandement allié a fait une erreur. Une très grosse erreur…

Il était lancé.

Il y a trois ans, poursuivit Bédard, l'Europe pouvait encore être sauvée. La stratégie des Alliés aurait dû être de stabiliser le front italien et de lancer le gros des troupes à travers les Balkans.

Avec l'aide des Turcs, nous aurions alors marché sur Vienne et empêché les communistes de s'emparer du cœur de l'Europe. Maintenant, c'est trop tard…

Le général Guillaume continuait de sourire. Ah, ces Canadiens…

Mon cher Jean-B., vous, les Anglo-Américains, croyez savoir ce qui est bon pour l'Europe. Mais la vérité, c'est que vos morts et les nôtres ne font pas le poids devant les vingt-cinq millions que peut aligner l'Union soviétique. Les rouges ont payé le prix fort pour les dépouilles de Yalta.

Derrière les dépouilles de Yalta, comme tu dis, c'est l'ombre d'une nouvelle terreur qui s'avance vers notre chère vieille civilisation, et plus rien ne pourra l'arrêter. L'armée rouge occupe la moitié du continent. La tyrannie marxiste menace l'Acropole. Et en passant, je ne suis pas anglo-américain, mais canadien-français.

Pardon, mon cher. Mais je te trouve bien pessimiste…

Il reste une seule chose entre Paris et les hordes mongoles : les troupes américaines. Si j'étais vous autres, je prierais pour qu'elles ne rembarquent pas trop vite !

Tu oublies la bombe atomique…

Staline va vouloir avoir la sienne.

Jean-B., mon ami, tu les as mal regardés. Leurs maréchaux ont beau ressembler à des musées ambulants avec leurs poitrines tapissées de métal et de rubans, sous l'uniforme, ce sont encore des paysans.

Peut-être, mais ils n'ont pas rapporté que des toiles de maîtres et des chaudes-pisses de Berlin, mon vieux. Quelques scientifiques allemands, aussi. Ils ont déjà leur propre programme de production d'eau lourde, tu le savais ?

On verra bien. Mais en attendant, quel défilé !

Oui, ils ont l'air de sortir de la chaîne de montage. Le jour où ils vont recevoir l'ordre de rouler jusqu'à l'Atlantique, vous allez encore vous retrouver pognés avec les Anglais !

Le général Guillaume éclata d'un rire franc et amical.

Et toi, sans vouloir te vexer, tu me fais un peu penser aux collabos de chez nous, avec leur fameux rempart chrétien contre le bolchevisme…

Le général Bédard en eut le bec cloué. Le général Guillaume avait reporté son attention sur le défilé.

Regarde ! Les fameuses *Katiouchas*, dit-il en désignant l'esplanade. Les orgues de Staline…

En silence, ils regardèrent approcher, tirés par des camions, les célèbres lance-roquettes à bouches multiples, terreur des fantassins allemands, roumains et italiens, et sans le savoir, ils disaient adieu à ce folklore de la Seconde Guerre mondiale.

# La Saint-Jean, 1968

Il tourna la tête et vit, massés entre les rues Sherbrooke, Amherst et Cherrier, les manifestants, au nombre de quelques dizaines. Arborant des fleurdelisés et scandant : *Le Québec aux Québécois!* et *Tru-deau au poteau!* En face d'eux, un cordon de policiers casqués s'étirait du côté nord de la rue Sherbrooke, le long du parcours que devait emprunter le défilé. D'autres manifestants occupaient les pelouses du parc La Fontaine. Il arrivait sans cesse de nouveaux policiers.

L'attention de Jean-Paul revint se fixer, devant lui, sur l'estrade d'honneur dressée au pied de l'auguste péristyle de la bibliothèque. Il se trouvait du côté nord de la rue, près de la tribune réservée aux journalistes. Le trottoir, autour de lui, et derrière lui le talus au sommet duquel s'élevait l'École normale étaient couverts de spectateurs venus pour la parade. Il plissa les yeux et distingua nettement, sur l'estrade, le premier ministre du Canada, saluant de la main, tout sourire, entouré de gardes du corps et de personnages officiels.

Un mouvement se produisit dans la foule, comme une brève commotion, et Lafleur aperçut Bourgault, le front haut, hissé sur une mer d'épaules où flottaient comme des noix de coco à la dérive les casques blancs des policiers qui tentaient de contenir la cohue. Autour de lui, des militants distribuaient des tracts aux gens massés devant l'estrade. Le président du RIN ne manquait pas de panache. Il avait commencé par prévenir les journaux que la présence du dirigeant canadien à ce défilé de la Saint-Jean, fête nationale des Québécois, à la veille d'élections fédérales, serait considérée par les indépendantistes comme une provocation. Trudeau ayant ignoré l'avertissement, Bourgault était donc venu aussi, et c'était maintenant comme si les deux hommes, le libéral extravagant, jouqué sur son estrade officielle, et l'éloquent agitateur hissé sur son pavois humain, aussi flamboyants l'un que l'autre, s'étaient défiés de part et d'autre de la rue Sherbrooke.

À peine ces réflexions avaient-elles traversé l'esprit de Jean-Paul qu'un remous creusa la foule et se propagea en ondes nerveuses autour de lui. Du côté des manifestants qui continuaient de crier des slogans, on vit un costaud aux épaules engoncées dans un t-shirt rouge bousculer et injurier un jeune gars passablement chevelu qui restait sans réaction. D'autres hommes en civil s'attaquèrent à des protestataires qu'ils poussèrent vers les agents en uniforme, lesquels, matraque tournoyante, entrèrent en action. On vit alors deux policiers arracher le fleurdelisé des mains des démonstrateurs et le déchirer, mettant définitivement le feu aux poudres.

Sans prévenir, les quatre gaillards qui, depuis un moment déjà, portaient Bourgault en triomphe s'ébranlèrent soudain vers l'estrade et, débordant le cordon de policiers, débouchèrent brusquement sur la chaussée. Ils y furent accueillis par des policiers en uniforme qui se saisirent aussitôt du leader indépendantiste et l'emportèrent comme une poche de patates vers un panier à salade garé plus loin. On attendait toujours la tête du défilé. Des motos de police allaient et venaient entre l'estrade flanquée de sa colonnade gréco-romaine et les pelouses piétinées du parc La Fontaine. Encore stupéfait de la soudaineté avec laquelle Bourgault avait atterri directement dans les bras de la police, Jean-Paul sentit dans son dos une poussée et voulut résister. Là-bas, des agents chargeaient à travers le parc en matraquant tout ce qui bougeait. Les spectateurs paniqués renversèrent les barrières de protection, bousculèrent le cordon policier et refluèrent jusqu'au milieu de la rue Sherbrooke.

Jean-Paul se mit à courir. Autour de lui, les matraques montaient et s'abattaient. Hommes, femmes, enfants, les gardiens de l'ordre frappaient au hasard. Il s'arrêta face à l'estrade d'honneur, ébloui par les projecteurs et les colonnes corinthiennes, brandit le poing.

Le Québec aux…

Une douleur fulgurante lui scia l'épaule, son bras retomba, le même objet dur siffla dans l'air en traçant un arc de cercle à l'horizontale et vint s'abattre sur son bras inerte à la hauteur du coude. Comme si on lui avait trituré le nerf avec un tournevis.

Ayoye, câlice!

Il se remit à courir, un sprint en direction de l'est, fuyant devant la parade qui au loin descendait la côte, avec ses fanfares et ses chars allégoriques. Autour de Jean-Paul, des jeunes types étaient empoignés par des policiers qui les plaquaient au sol et les immobilisaient sous eux pendant que d'autres les bastonnaient à bras raccourcis comme des bébés phoques. Ils s'y mettaient ensuite à trois ou quatre pour les traîner vers les fourgons cellulaires sans cesser de jouer de la matraque. Un sifflement. La première bouteille de bière éclata comme une grenade à dix pas de Lafleur sur l'asphalte. Il en tombait d'autres. Le son clair avait quelque chose de surprenant, différent du choc sourd des matraques sur la chair. Une clameur monta de la rue que la force policière s'affairait à dégager devant l'estrade. Jean-Paul fit un bond de côté pour éviter le side-car d'une moto. Il se retourna, vit un type se donner quelques pas d'élan et lancer sa Molson vide vers le péristyle, puis se replier, aussitôt pris en chasse par des policiers casqués de blanc, la matraque haute.

Jean-Paul voyait des étoiles. La matraque en bois franc l'avait cueilli au-dessus de l'oreille, il avait vaguement perdu conscience et se réveillait, le visage écrasé sous l'aisselle d'un policier qui lui faisait une prise de tête et aurait eu besoin de renouveler son application de désodorisant.

Mon tabarnak de crotté, disait la tête de l'homme, près de la sienne.

Le flic possédait la taille réglementaire, Jean-Paul, lui, était bâti comme un bûcheron. Il fit trébucher son agresseur, parvint à le renverser. Il se défit de la clé de bras qui lui enserrait le crâne et fila sans demander son reste.

Il courait maintenant sur la pelouse de l'École normale, revenant vers la rue Cherrier. Le défilé arrivant par la rue Sherbrooke était bloqué par le chaos de motos, de formes humaines emmêlées et d'ambulances qui s'était formé devant. Les policiers pourchassaient des manifestants jusqu'entre les rangs d'une fanfare de province dont les musiciens se tenaient au garde-à-vous, serrant leurs instruments silencieux. On entendait la musique d'une autre fanfare mêlée aux cris, aux slogans, aux pétards, au rugissement nerveux des motos allant et venant sous l'estrade, au fracas de bouteilles et de pare-brise éclatés et au son des sirènes qui déchirait l'air. Jean-Paul ralentit le pas et reprit son souffle. Il voyait maintenant s'élever des feux dans le parc La Fontaine. Une odeur de brûlé flottait, un picotement de fumée. Cocktails Molotov, songea-t-il. Dans la rue Cherrier, une auto-patrouille laissée sans protection venait de se renverser sous la poussée des émeutiers. Puis une seconde, suivie d'une troisième, et ensuite de l'automobile d'un particulier. Jean-Paul allait dans cette direction quand le spectacle de trois policiers occupés à tabasser avec entrain un jeune homme au milieu d'un cercle de citoyens indignés qui se refermait lentement l'arrêta. Il se fraya un chemin entre les épaules. Le gars avait cessé de se défendre, les coups continuaient de pleuvoir, au visage, aux jambes, aux testicules. Une fontaine de sang pissait de sa tête abandonnée.

Jean-Paul s'avança.

Heye…

C'est un lanceur de bouteilles, expliqua un des policiers qui le tint à distance avec sa matraque dégoulinante de sang.

Mais les spectateurs se rapprochaient dangereusement et l'agent saisit le jeune gars par les bras et l'emmena en le traînant sur le sol derrière lui pendant que les deux autres continuaient de s'acharner dessus à coups de matraques et avec leurs pieds.

Il nous faut des armes…, se dit Jean-Paul, abasourdi.

Puis, il regarda autour de lui et le redit à voix haute, presque un cri :

Il faut s'armer !

Il restait planté là, incrédule, quand quelqu'un près de lui cria : Attention ! et dans le vent de panique qui souffla alors sur ce secteur du parc, Lafleur fit volte-face et les vit arriver. Ce n'était pas la charge des Cosaques dans *Le Docteur Jivago*, ni le régiment du jeune Winston Churchill lancé sabre au clair contre les Bédouins du Soudan. Mais la police montée de Montréal cavalant à travers le parc La Fontaine. Ils arrivaient six de front sur leurs canassons, équipés de bâtons en bois franc de quatre pieds de long et de casques blancs à courte visière qui leur donnaient une allure de joueurs de polo, à la rigueur d'une cavalerie coloniale pour rire. Ils chargèrent la foule, fondirent sur les femmes, les enfants et les vieux venus assister au défilé et cognèrent les épaules, les dos, éclatèrent les crânes sans distinction. Des trouées béantes apparurent, découvrant l'herbe piétinée et jonchée de ceux qui dans la bousculade générale avaient trébuché et tentaient à présent de se relever, un front ouvert, un nez brisé, une pommette fendue, une clavicule pétée, sous une avalanche de coups entre les montures cabrées, caracolant.

Un cavalier passa tout près, Jean-Paul se protégea le visage de son avant-bras, sentant sur sa joue la chaleur de la bête, une terreur animale, tandis que l'homme dessus criait, son bâton pointé devant lui comme une lance :

*Charge the French Canadian !*

Un officier, pensa-t-il.

Pendant ce temps, la foule compacte en essayant de s'échapper continuait de refluer comme un troupeau dans la rue Sherbrooke, paralysant de nouveau le défilé. Jean-Paul descendit le talus en zigzaguant pour éviter les chevaux lancés au trot dans la masse des manifestants, le tournoiement des matraques. Il se dirigeait de nouveau vers la tribune officielle, les dents serrées, la rage au cœur. Au moment de prendre pied dans la rue, il vit un jeune protestataire coincé entre un car de reportage et un cheval dont le cavalier lui abattait sur l'échine, rythmiquement et méthodiquement, son long gourdin tenu à deux mains. Soudain, la trique se cassa net et le policier continua de frapper sa victime entre les omoplates avec la moitié qu'il tenait encore, puis des pétards éclatèrent entre les sabots du cheval qui se cabra et se renversa en emprisonnant le matraqueur sous lui. On voyait maintenant des bras levés au ciel comme si Maurice Richard venait de scorer après une échappée.

Lafleur entendait encore siffler des bouteilles au-dessus de sa tête. Devant lui, des jeunes hommes et des jeunes femmes étaient arrêtés par la police et traînés sur la chaussée couverte de verre brisé dont les tessons scintillaient dans l'éclat des projecteurs. Une clameur s'éleva aux environs de l'estrade, maintenant visée par les jets de bouteilles, et Jean-Paul se hissa sur la pointe des pieds pour mieux voir la pagaille, la débandade du personnel diplomatique et des invités d'honneur sur la tribune bombardée, dans un désordre de chaises, puis le premier ministre qui congédiait sa garde rapprochée et se détachait sur fond de colonnade antique, seul face à l'ennemi, grand seigneur, un rictus fanfaron aux lèvres, son moment de gloire *from coast to coast*. Les caméras des grands réseaux nationaux ronronnaient. La majorité parlementaire était dans le sac.

Presque au même moment, Jean-Paul reçut un coup de matraque dans le ventre. Lorsqu'il fut de nouveau capable de respirer, il était entouré de cinq policiers qui se jetèrent sur lui et le traitèrent de *maudit séparatisse* et de chien pouilleux avant de l'escorter vers le fourgon cellulaire le plus proche sans cesser de lui varger dessus. Une fois rendus à l'abri des regards indiscrets, derrière le panier à salade, ils s'assurèrent que le client en avait eu pour son argent, fessant à tour de rôle sur Lafleur étendu par terre et qui ne sentait plus rien, comme des hommes préhistoriques occupés à rachever un phacochère. Puis ils le saisirent par les bras et les jambes et le balancèrent à l'intérieur du fourgon.

Ils étaient une vingtaine entassés dans le fourgon cellulaire, dans une chaleur de four et une ambiance qui n'était pas à la franche rigolade. Debout, assis, couchés. Estafilades, côtes enfoncées, une épaule luxée, un coude fracturé, quelques arcades sourcilières transformées en robinets et assez de bleus pour repeindre la moitié d'un des trois océans canadiens. Un des matraqués avait glissé dans l'inconscience. Un rapide examen fit craindre une fracture du crâne. Quelqu'un se dévoua pour frapper dans la porte à grands coups du plat de la main.

On a un blessé grave, ici!

Qu'il crève!

Le policier laissé en faction à l'extérieur du fourgon daigna ensuite préciser sa pensée par le trou d'aération :

Il peut crever comme un chien. Moi, ça me fait rien…

Jean-Paul se tourna vers le type assis à côté de lui, mince, le début de la vingtaine. Il avait une blessure au cuir chevelu, la tête pleine de sang coagulé, et du raisiné bien frais s'écoulait de son arcade sourcilière ouverte et s'étalait sur la moitié de sa figure.

Laisse-moi t'arranger ça, dit Jean-Paul, et il arracha sa propre manche de chemise et la plia en huit pour former un tampon qu'il lui appliqua sur la tempe en guise de pansement.

Tiens-le comme ça. Ça fait longtemps que t'es là?

Presque une heure, répondit l'autre.

À boire! implora quelqu'un.

Crève!

Lorsque le panier à salade finit par s'ébranler, le jeune homme tendit à Jean-Paul sa main barbouillée de sang. Il réussit à sourire.

Mes amis m'appellent Lancelot…

Tant que tu me demandes pas de t'appeler Sire, ça va. Jean-Paul serra la main, retira la sienne poissée de sang et dit : Jean-Paul.

Je croyais pas qu'ils étaient capables d'être aussi sauvages…

Ils filaient vers l'ouest par Cherrier, n'eurent pas la chance de voir, un peu plus bas, le char allégorique coincé au milieu des échauffourées, entre les rues Montcalm et Wolfe, avec son gigantesque Baptiste de papier mâché qui soudain fut décapité par une bouteille de bière adroitement décochée d'une distance de trente pas. Des policiers firent irruption sur le plateau du char au milieu d'une nuée de bergères en tenue légère qui dans l'affolement général s'égaillèrent avec des cris charmants. On ordonna l'évacuation.

Le fourgon avait suivi la rue Ontario jusqu'au poste 4 et venait de se ranger dans la cour. Les prisonniers retenaient leur souffle.

Puis la porte s'ouvrit avec fracas. Entre le panier à salade et le poste de police, une vingtaine d'agents formaient une haie d'honneur. Ils avaient tous leur matraque à la main. Certains en caressaient l'extrémité en ricanant sous cape, d'autres s'en donnaient des petits coups impatients dans la paume. Et déjà l'insulte aux lèvres.

Ils jouent à quoi, là…, demanda Lancelot.

Il eut soudain un haut-le-cœur, se pencha pour vomir, mais rien ne sortit.

Aux Indiens, répondit Jean-Paul. Il prit une profonde inspiration. Essaie de pas tomber, OK? Je vais passer devant. Tu t'accrocheras à moi…

De…

Fais-leur pas ce plaisir-là… Tombe pas, compris?

Ouais. Le sourire de Lancelot fendit les croûtes de sang autour de ses lèvres. Dix sur dix.

## Avec madame Corps

À votre avis, qu'est-ce que Godefroid et les frères Lafleur sont allés faire au Texas, une semaine avant de kidnapper Paul Lavoie?

Je n'en ai aucune idée, Samuel.

D'après une version, ils voulaient acheter des armes. Faire des contacts, selon une autre. Trouver du financement pour des futures opérations. Quelqu'un a même prétendu qu'ils allaient aux States pour éviter d'être mêlés aux enlèvements et se donner un alibi. Et leur pauvre vieille mère, elle, vous savez ce qu'elle a dit au coroner? Qu'ils avaient trop de créanciers au cul (elle l'a formulé autrement) et qu'ils s'en allaient refaire leur vie aux États…

Pour les créanciers, c'est vrai. Coco leur avait enseigné un truc ou deux. Cartes de crédit, chèques de voyage. Et les emprunts. Quand on n'a pas l'intention de rembourser, être dans le trou peut devenir un business payant. Ça faisait deux ans qu'ils s'endettaient au maximum.

Oui, et quand les vrais noms étaient brûlés, qui fournissait les faux papiers d'identité? Le gros Coco. Je suis au courant de tout ça, madame. Mais ce que j'aimerais savoir, c'est pourquoi Coco voulait faire passer les gars de la cellule Chevalier aux États-Unis en novembre 70.

Ça…

Au moins une autre personne, voyez-vous, a proposé à Gode et aux Lafleur de traverser la frontière, cet automne-là. Bernard Saint-Laurent. L'homme qui les a exfiltrés de Montréal et leur a déniché la cabane à sucre où ils se sont cachés. Un bien drôle de moineau. Un pur produit de la Compagnie des jeunes Canadiens, qui servait de couverture aux espions du gouvernement fédéral dans le mouvement communautaire québécois. Saint-Laurent, c'est la fameuse taupe qui a été expulsée d'un congrès du Parti québécois en 1971. Certains auteurs l'ont relié à l'organisation du colonel Bob Lapierre, l'éminence grise du Parti libéral...

Vous allez me perdre.

Dommage. Juste au moment où la piste devient intéressante. Savez-vous ce que Saint-Laurent a fait, après la crise d'Octobre? Il a ouvert un restaurant dans le Vieux-Montréal et il l'a appelé le Chat-Huant. C'est un mot qui n'est jamais utilisé au Québec. Mais en Vendée, il a donné le « Chouan », qui par ricochet est devenu, chez nous, le « Chouayen », qui est le Chouan canayen. C'est-à-dire : un contre-révolutionnaire...

Vous ne croyez pas que c'est pousser le bouchon un peu loin?

Peut-être. Mais quand on n'a pas de tire-bouchon, des fois, c'est la seule manière d'ouvrir la bouteille.

Vous voulez savoir si Coco connaissait Saint-Laurent, c'est ça?

On dirait que vous parlez de haute couture française.

Très drôle. Mais la vérité, c'est que je n'en sais vraiment rien. Que dalle.

Parlez-moi du bateau...

Pourquoi? Le bateau n'a rien à voir avec l'histoire qui vous intéresse.

Je peux quand même lancer ma ligne. On ne sait jamais à l'avance quel poisson va mordre. Si le bateau est trop petit, je vais le remettre à l'eau, promis.

Il voulait le construire de ses mains. Faire le tour du monde... Son rêve.

C'était vraiment un schooner?

Un deux-mâts. Oui. Avec une coque en ferrociment. Une technologie plutôt révolutionnaire pour l'époque. Il a acheté un terrain au bord de la rivière L'Acadie...

À l'île aux Fesses.

On l'appelait comme ça. Il y avait seulement quelques chalets d'été sur pilotis. Il s'est construit un hangar. En fait, juste un toit pour son chantier naval.

Godefroid et les Lafleur donnaient un coup de main ?

Peut-être bien. Pourquoi ?

Le 18 octobre 70, quelques heures seulement après la découverte du cadavre de Paul Lavoie, la police a déclenché une opération d'envergure, baptisée Opération Lapins, dans le secteur de l'île aux Fesses : hélicoptères de l'armée, ratissage, barrages routiers, fouille des chalets et des boisés environnants. Apparemment, ils sont revenus bredouilles.

Pendant les rafles déclenchées sous la Loi des mesures de guerre, Coco a été arrêté, vous le saviez ?

Oui. Qu'est-ce que le bateau est devenu ?

Aucune idée.

Et Coco. Il est mort de quoi exactement ?

D'une overdose.

Une overdose de quoi, madame Corps ?

Il a fini par se renifler lui-même.

Je vois.

Oui, et moi, j'étais la mère de ses enfants. La voie d'eau dans son beau grand bateau...

Votre amant, c'était la tête écrasée sous un tracteur. Et votre mari, une overdose. De plus en plus intéressant. Je n'étais pas au courant, pour l'overdose...

Vous n'allez quand même pas me dire que vous trouvez sa mort suspecte ?

Je vais rien vous dire du tout. Pourquoi vous n'avez pas témoigné aux procès ?

Parce que j'ai eu peur. Tout le monde me disait de me cacher... Mais quand le tour de Marcel est arrivé, j'ai quand même essayé. Je suis allée trouver les policiers au quartier général de Parthenais pour leur demander s'ils voulaient enregistrer ma déposition. Ils m'ont dit que je m'étais déplacée pour rien : ils n'en auraient même pas besoin. Après, quand la cause est allée en appel, j'ai rendu visite à son avocat, maître Brien, et je l'ai presque supplié de m'assigner pour la défense. Je pouvais témoigner d'une chose importante : Marcel n'était pas d'accord avec la mort de Lavoie. Il a accepté de cacher ces gars-là pour éviter un bain de sang en attendant de pouvoir les remettre sains et saufs à la Justice...

J'imagine que c'est une façon de voir les choses. Et maître Brien, il a fait quoi ?

Il a noté mes coordonnées. Et il ne m'a jamais rappelée...

# Gode, le procès, printemps 1971

Le mois de mai tout doux. Dans sa cellule du quatrième étage, à Parthenais, Gode avait droit à quelques rayons de soleil printanier faufilés entre les grilles de fer. C'était là qu'il mangeait et dormait, dormait et mangeait, maintenant.

Quand il regardait vers le nord, il pouvait voir le parc De Lorimier, des joueurs de baseball, des couples enlacés, une église. La taverne Lavigueur.

Ce jour-là, on lui annonça la visite de son avocat.

Maître Brien, au plus fort de la crise d'Octobre, avait agi comme négociateur des kidnappeurs auprès des autorités. Les accusations de sédition qui avaient ensuite été portées contre lui avaient été cassées en février. Libéré sous caution, il avait vu la Couronne interjeter appel et une charge d'entrave au travail des agents continuait de lui pendre au bout du nez. Entre-temps inapte à la pratique, c'est à titre de simple conseiller juridique qu'il était autorisé à voir son client.

En janvier, quelques semaines après le départ des soldats, le coroner avait tenu René Lafleur, Jean-Paul Lafleur, Richard Godefroid et Benoit Desrosiers pour criminellement responsables de la mort de Paul Lavoie. La pièce maîtresse de l'accusation était une confession non signée attribuée à Richard Godefroid et décrivant la tentative de fuite de Lavoie, les graves blessures que ce dernier s'était infligées et la manière dont les frères Lafleur et lui-même s'y étaient pris pour, le lendemain, étrangler leur otage de sang-froid à l'aide de la chaînette en argent qu'il portait autour du cou. En cour, les policiers qui avaient recueilli ces aveux étaient venus jurer la main sur la bible qu'ils avaient été consentis librement dans la nuit qui avait suivi l'arrestation des trois hommes, mais que Godefroid avait ensuite refusé de les signer.

Le mécanisme d'ouverture des portes. Les pas dans le couloir. Brien.

C'est quoi, cette histoire de confession là, saint-ciboire?

Sa superbe à peine entamée par son propre séjour derrière les barreaux, maître Brien, la mèche toujours aussi rebelle et toujours aussi courte, avait retrouvé à l'extérieur des murs ces petits condiments de la vie qui étaient le sel de son existence : moto, substances illicites, jolis cœurs en fleur. Il pétait le feu.

Je sais pas, répondit Gode. Je m'attendais à recevoir des tapes sur la gueule. Mais le tabarnak, il s'est mis à me parler! Et pendant qu'il me parlait, son chum m'a servi un café. Un bon café chaud. Je venais de passer trois jours à me les geler au fond d'un trou à rat. La première chose que j'ai sue, je lui racontais ma vie.

Toujours se la fermer. Toujours!

Ils m'ont demandé si j'avais un avocat. J'ai dit oui. C'est comme ça que j'ai appris que t'étais toi aussi en prison.

Tu parles. Quand j'ai conseillé ton chum Jean-Paul, ils n'avaient pas à me chercher bien loin. Ils venaient me prendre dans ma cellule et ils m'escortaient jusqu'à la sienne. C'était pratique.

Maître Brien, pas spécialement de bonne humeur, faisait les trois pas devant Gode, qui le regardait aller et venir, assis sur sa couchette.

Je l'ai même pas signée, leur confession. C'est juste une histoire que je leur ai racontée.

T'as pas signé, mais t'as ajouté des corrections à la main, par exemple! La Couronne y voit une forme d'admission. Veux-tu bien me dire ce qui t'a pris?

Il y avait des fautes !

L'homme de robe se massa doucement les tempes du bout des doigts.

Seigneur… Ils t'ont bien embobiné, mon ami. Veux-tu que je te trouve un bon avocat ?

Mon avocat, c'est toi. Je vais me défendre tout seul…

Son regard croisa celui du mousquetaire du barreau.

Mais je vais avoir besoin de livres.

Le premier à aller à l'abattoir avait été Jean-Paul, en janvier. Par mesure de sécurité, une salle du quartier général de la police avait été convertie en tribunal. Fait inusité, les prévenus étaient donc détenus et jugés dans le même édifice, rue Parthenais. Ça avait son côté pratique. Jean-Paul, assurant seul sa défense, avait complètement politisé son procès, lequel avait ensuite dégénéré en une guérilla judiciaire qui avait conduit à son expulsion rapide du tribunal et à cette grande première dans les annales judiciaires canadiennes : un accusé qui assure sa propre défense *in absentia*. *Il va falloir faire preuve d'imagination…*, avait alors lancé le juge avec un à-propos mémorable.

Le ministère public put bâtir sa preuve en paix, à l'aide d'un interminable défilé de flics tous assignés par la Couronne. À la mi-mars, au terme d'un procès entaché par de nombreuses irrégularités, Lafleur avait été reconnu coupable du meurtre de Paul Lavoie et condamné à la réclusion à perpétuité. Le réquisitoire du procureur de la poursuite avait duré dix minutes.

Depuis leur comparution devant le coroner au début de l'année, les felquistes se livraient une saine compétition dont les lauriers étaient les outrages à magistrat. Jusqu'en mai, le championnat avait été détenu par René, qui en avait récolté deux à l'enquête du coroner. Jean-Paul et Gode se partageaient le deuxième rang avec un chacun, le second menant cependant aux points, à cause de la culture politique dont il avait fait preuve pour obtenir le sien : quand il avait conseillé au coroner Bourdages de « manger un siau de marde », seuls les plus éveillés parmi les scribes avaient noté qu'il s'agissait là d'une habile paraphrase de la célèbre apostrophe du premier ministre du Canada aux chômeurs de Rouyn-Noranda.

À l'ouverture de son procès, au printemps, Richard Godefroid atomisa le record de son camarade avec un grand chelem dûment homologué : quatre outrages au tribunal en l'espace d'un peu moins de deux heures. Il avait maintenant les cheveux plus courts, la barbe rasée, une moustache qui semblait presque raisonnable. Maître Goulet, l'assistant de maître Brien, agissait comme conseiller pour la défense.

Gode avança d'abord d'un pas et donna l'impression de vouloir sortir du box des accusés.

Où est-ce que vous croyez aller comme ça ? lui demanda le juge Morel.

Je veux juste m'asseoir avec mon avocat-conseil, étant donné que j'assure ma propre défense, tout ça…

Il n'en est pas question.

Alors j'aimerais avoir une table pour écrire.

Permission refusée.

Ben, comment vous voulez que je prenne des notes ?

Vous écrirez sur vos genoux.

Peut-être que quand ils sont usés comme les vôtres, monsieur le juge, ça peut faire une table potable, mais c'est pas mon cas. Tu parles d'une hostie de belle justice, toi…

Monsieur, ce que vous venez de faire là, ça s'appelle un outrage au tribunal. Et je vous préviens que je n'ai pas l'intention de tolérer la moindre tentative de votre part de transformer cette cour de justice en tribune personnelle ou en arène politique. Finie la guéguerre judiciaire, vous m'avez compris ?

Dix sur dix, monsieur le juge. On va rester sur le terrain de la loi…

Gode n'avait pas chômé dans sa cellule. Il exhiba d'abord une impressionnante liasse de feuillets couverts d'une écriture d'écolier ronde et appliquée, au crayon de plomb. Puis il lut à voix haute sa requête demandant que le tribunal décline sa juridiction dans l'affaire en cours pour cause d'inconstitutionnalité. Il fit remonter sa démonstration à la bataille des plaines d'Abraham (1759) pour arriver à 1867 et à la Constitution imposée par des barons du rail en passant par la Proclamation royale de 1763, l'Acte de Québec de 1774, la guerre d'indépendance américaine, l'Acte constitutionnel de 1791, les Rébellions de 1837-1838 et l'Acte d'Union de 1840, finissant par conclure à l'illégalité de ladite Cour du Banc de la Reine, attendu qu'elle tirait sa légitimité des articles 99 à 101 du British North America Act, imposé au Québec par une puissance étrangère à la suite d'une conquête armée.

Le juge guettait le moment de l'interrompre. Lorsque Gode aborda aux lointains rivages du Labrador, il en profita.

Vous vous exprimez avec une étonnante facilité, monsieur, mais vous avez tendance à dériver… Au fait, s'il vous plaît!

Vous êtes la vieille catin d'un pouvoir répressif établi par la force des armes et c'est moi qui suis dans la légalité en combattant pour la libération de mon pays et contre ceux qui écrasent le peuple.

C'est un outrage au tribunal. Veuillez noter, greffier.

Gode parla ensuite de la Justice, notion toute relative dans une province qui détenait le championnat canadien du chômage et dont les habitants canadiens-français étaient les kings des taudis et de la sous-instruction, des maladies du cœur et de la malnutrition infantile au pays… Il était maintenant rendu en Gaspésie, où les pêcheurs se faisaient exploiter de père en fils par les Robin (prononcez *raw-binne*), cette race qui volait aux pauvres pour donner aux riches.

Vous dérivez, vous dérivez…

C'est mieux que de dérailler, comme les Pères de la Confédération.

Votre requête est rejetée, monsieur.

Tabarnak!

*Strike three!* cria le juge en fendant l'air de son maillet. Greffier…

Gode revint à la charge au début du processus de sélection des jurés. Cette fois, sa requête en annulation se fondait sur le motif que ledit processus violait son droit d'être jugé par des pairs, droit pourtant consacré dans la Magna Carta ou Grande Charte approuvée par le roi Jean, à Runnymede en 1215, et qui se trouve à engager son successeur, Élisabeth II. Bien loin d'être des pairs, les jurés au Québec, fit-il valoir, étaient choisis au sein d'un petit groupe de privilégiés représentant 20 % de la société, car les femmes (– 50 %) et les locataires et petits propriétaires de sexe masculin (– 30 %) en étaient exclus, ce qui revenait, dans les faits, à remettre son sort entre les mains d'un jury constitué d'hommes d'affaires. Or, selon la Déclaration canadienne des droits, il était discriminatoire d'établir des distinctions entre les citoyens sur la base de la race ou de la fortune, ce que faisait pourtant la Loi sur les jurés du Québec. Gode cita, pour étayer son argumentation, les arrêts Drybones et Curouk et l'article 538 du code pénal, y ajoutant, pour faire bonne mesure, les commentaires du juge Lagarde.

Le juge Morel avait la bouche ouverte.

Hem… Je vous félicite pour la qualité de votre présentation, mais je ne vois là aucun motif de récusation aux termes de l'article 538. La requête est rejetée.

Merci, futur sénateur Lemor.

Pourquoi vous dites ça?

Parce que vous faites la job.

Comment vous m'avez appelé?

Lemor. C'est un anagramme avec votre nom.

Je suis pas sûr de pouvoir vous donner un outrage au tribunal pour un… pour ça.

Pas grave, je vais vous aider. Je me retiens depuis tantôt : hostie!

Greffier, avez-vous entendu ça?

Gode, le menton dans la main, bayait aux corneilles en regardant défiler les témoins à la barre. Un nombre impressionnant de ceux-ci provenaient des rangs de la GRC. Des hommes dans la jeune trentaine, pour la plupart. Les autres, de la police de Montréal et de la SQ. À part le médecin légiste, interrogé pour la forme et qui donna curieusement l'impression de passer en coup de vent, les témoins, jusqu'à maintenant, étaient tous des policiers.

Debout à la barre, maîtres du terrain, ils identifiaient l'une après l'autre les pièces à conviction : les deux carabines M1 modifiées (canons raccourcis de cinq pouces, amputées de leurs fûts et munies de crosses extensibles, pour une longueur totale variant de vingt-deux à trente-deux pouces, détailla la voix morne de l'expert en balistique); les chargeurs, d'une capacité totale de trente balles chacun; munitions de marque Norma à pointe molle en plomb pour une arme; dans l'autre, des Hirtenberger à projectile entièrement chemisé; deux paires de menottes achetées dans un magasin de surplus de l'armée; les factures des menottes; une facture pour l'achat d'une pelle pliante de type militaire; deux rouleaux de ruban gommé; une chaîne du genre laisse pour chien; des perruques; une casquette kaki avec des trous percés pour les yeux; un faux nez en plastique avec des lunettes; les impers de marques Wellington et London Mist; le fusil, un Winchester modèle 840, calibre 12 à canon scié; les cartouches : de l'Imperial chargé avec du plomb numéro 5; le chandail taché de sang qui avait appartenu à Jean-Paul; la courtepointe de madame Lafleur.

Puis vinrent les photos d'objets sur lesquels les experts avaient relevé des empreintes pendant la perquisition et qui n'avaient pas été produits en cour : pot de confiture, pot de moutarde, de mayonnaise, un sac de pain tranché, une boîte de poulet Baby Barbecue.

Les déchets de papier et les fragments de communiqués retrouvés sur les lieux, avec leurs messages tronqués formant d'indéchiffrables charades aux yeux du public : Lima. D'écou. Cell. Rébel. Le communiqué numéro 1. Aucune concession. Dix heures limite.

Et les machines à écrire. La vieille Underwood. La Remington au clavier détruit.

Nom, âge, profession?

Rénald Massicotte, quarante-deux ans. Livreur de poulet chez Baby Barbecue.

Voulez-vous dire à la Cour, monsieur Massicotte, ce que vous faisiez le 10 octobre de l'automne dernier entre onze heures et demie et une heure de l'après-midi?

Ben, je livrais du poulet, pourquoi?

Et sous quelle forme était-il, ce poulet?

Des clubs... Trois clubs sandwichs.

C'est tout?

Non. Y avait aussi six Pepsi dans la commande.

Parlez-nous un peu de Baby Barbecue, monsieur Massicotte.

C'est le plus gros.

Le plus gros quoi?

Le plus gros vendeur de la Rive-Sud. La fin de semaine, un bon livreur va peut-être faire une cinquantaine de livraisons. Donc un bon dix quinze piastres de tip, mais ça peut aller jusqu'à vingt. Les jours de semaine, c'est pas mal moins. Peut-être une trentaine de commandes.

Bon. Et maintenant, décrivez-nous ce qui s'est passé quand vous êtes arrivé devant le 140, rue Collins, à Saint-Hubert.

Je me suis parqué devant la maison et j'ai même pas eu le temps d'ouvrir la porte de l'auto, parce que quelqu'un est sorti.

Et ensuite?

Il est venu chercher la commande au bord de la rue. Je suis resté assis dans l'auto et j'ai baissé ma vitre.

Et est-ce que ça arrive souvent? Que le client vienne à l'auto, comme ça?

Non. C'est rare.

Rare comment, monsieur Massicotte?

Je dirais que ça arrive une fois sur deux cents, pas plus.

Merci, monsieur Massicotte. Votre honneur, je n'ai plus d'autres questions!

Le juge Morel se tourna vers Gode, qui était la proie consentante d'une rêverie érotique dans le box des accusés.

Est-ce que la défense désire contre-interroger le témoin ?

À moitié somnolent, l'autre fit semblant de chasser une mouche de devant sa figure.

Pantoute, futur sénateur Lemor.

Depuis le rejet de sa dernière requête en cassation, il ne s'était pratiquement pas ouvert la trappe.

Près des portes ouvertes de la salle du tribunal, un policier en uniforme palpait sommairement un journaliste debout, bras et jambes légèrement écartés, le calepin de notes dans une main, son journal du matin dans l'autre. Un peu plus loin, un groupe de jeunes à cheveux longs et pattes d'éléphant discutaient et fumaient. À l'écart se tenait un homme à l'air doux, au front haut et pâle aussi luisant qu'une paroi de glace et au long visage pensif qui pouvait avoir quarante ans. Il était vêtu d'un costume et d'un paletot et portait une cravate. Ses mains humblement ramenées dans son giron serraient le bord d'un feutre démodé. Le capitaine Leclerc, dans ses vêtements civils, le salua de loin. Il se rapprocha mine de rien, manœuvrant comme si l'homme s'était trouvé sur son chemin, rendant leur rencontre inévitable. Il tendit la main.

Comment ça va, Chevalier ?

Bien, capitaine. Vous donc ?

Un peu débordé par les temps qui courent, mais ça peut aller…

Je présume que dans cette affaire, vous travaillez en étroite collaboration avec la Couronne, non ?

Comme dans presque toutes les affaires. Pourquoi cette question ?

Bien, un procès comme celui-là doit coûter cher, alors le minimum que la Couronne pourrait faire, il me semble, c'est de ne pas gaspiller ses témoins.

Dites-moi donc ce que vous avez derrière la tête, Chevalier.

Le livreur de poulet qui est venu à la barre, ce matin, personne ne s'est préoccupé de savoir s'il était capable d'identifier son client. On ne lui a même jamais posé la question ! Ça m'a un peu surpris…

Le procureur a dû le questionner avant et connaissait déjà la réponse… La poursuite a le droit de préparer ses témoins et c'est pareil pour la défense.

Je veux bien. Mais si j'étais un juré et qu'on me disait qu'un certain événement n'arrive qu'une fois sur deux cents, je serais porté à penser qu'un événement comme celui-là a des bonnes chances de laisser des traces dans la mémoire. Et je me poserais des questions…

Le capitaine plissa les yeux. Le front creusé par le sillon d'ombre d'une ride verticale, il regardait attentivement son interlocuteur.

Pour bâtir sa preuve, maître Grosleau avait seulement besoin de montrer que les occupants de la maison avaient un comportement suspect ce jour-là. Et le livreur n'était pas en mesure de décrire son client, sinon la Couronne aurait sauté là-dessus, vous pensez pas ?

Peut-être, mais je sais une chose : le 10 octobre à midi, les occupants du bungalow de la rue Collins ne détiennent encore aucun otage. Ils ne vont passer aux actes que six heures plus tard. Alors où est le risque ? Quelle différence ça peut faire de recevoir le livreur dans le portique ou bien d'aller chercher le poulet au chemin ? Juste à éviter de laisser traîner les mitraillettes sur la table du salon ou les menottes sur le comptoir de cuisine et le tour était joué. Si ça se trouve, c'était d'aller à la rencontre de l'homme au poulet dans sa petite auto rouge qui risquait d'attirer l'attention.

Le capitaine secoua lentement la tête d'un air rêveur, surpris et consterné.

Et vous voulez aller où, comme ça ?

Je le sais pas encore. Mais il y a quelque chose quelque part qui cloche.

Vous savez, moi, j'enquête sur la mort d'un homme. Je fais pas de politique.

Oui, répondit Chevalier, et il promena son regard autour de

lui, au sixième étage du vaste polygone de la rue Parthenais. Et ça doit être bien pratique d'avoir la salle du tribunal, les cellules de la prison et le quartier général de la police réunis dans une seule et même bâtisse, pas vrai, capitaine? Une sorte de tout-inclus, dans son genre...

Ce sont des mesures d'exception pour des temps exceptionnels, monsieur l'écrivain.

Monsieur Chevalier, au moment où Richard Godefroid s'est engagé à vos côtés dans la campagne électorale, il trempait déjà dans des activités criminelles. Ma question : étiez-vous au courant?

Chevalier Branlequeue venait de raconter à la Cour, à la demande de maître Grosleau, sa médiation du 27 décembre dans la Vallée des Patriotes, la nuit de la reddition. Il voyait très bien le piège que lui avait tendu, plus par malice qu'autre chose, le procureur de la Couronne.

Tout ce que je peux dire, c'est que j'avais du respect pour son idéal. Et encore maintenant. Mais à Saint-Marc, j'ai agi sans passion, selon la mission qui m'avait été confiée.

Qui représentiez-vous exactement?

Je n'ai jamais su qui je représentais. C'est peut-être une déformation professionnelle. Peut-être l'histoire de ma vie.

Avez-vous de la sympathie pour l'accusé?

Je viens de vous le dire : je respecte ses idéaux. Et il se trouve que ces idéaux ont été trahis. Ce sont les manigances électorales tordues des machines politiques qui l'ont amené à passer à l'acte. Quand le groupe a commencé à se radicaliser, l'été dernier, il a essayé de prendre ses distances à un moment donné. Mais ce qui se passait autour de lui le déprimait trop. C'est quelqu'un de sensible. Il voulait que la réalité le fasse rêver. Ce n'est ni un doux naïf ni un dangereux idéaliste...

Quand nous aurons besoin d'une évaluation psychologique, nous vous le dirons.

Vous m'avez posé une question. J'essayais d'y répondre.

Richard Godefroid a donné sa chance à la démocratie, mais c'est le parti de la pègre qui l'a emporté.

Surveillez votre langage, monsieur...

Mais je ne fais que ça, maître Grosleau.

Bien... Le procureur sourit. Pas d'autres questions, votre honneur.

Le juge Morel aurait eu besoin d'un bon café.

Ha heum. Maître Gode... S'cusez, je veux dire : monsieur Godefroid. Avez-vous prévu de contre-interroger le témoin ?

Au cours des journées précédentes, Gode avait regardé passer exactement 190 témoins, flics dans leur quasi-totalité, sans ouvrir une seule fois la bouche, excepté pour bâiller. Il avait été la vache de ce train dont la locomotive était le procureur de la Couronne, les wagons les policiers et les marchandises les pièces à conviction. Aussi, quand on le vit, en réponse à la question de pure routine du juge, hocher gravement la tête puis, les deux mains sur la barre des accusés, se lever lentement et se tourner encore plus lentement vers le box des témoins, un grand silence se fit.

Ouais, Votre Seigneurie. Je vais faire exactement ça... Contre-interroger le témoin.

Il est à vous.

Maintenant, il va me faire payer ma sévérité envers ses poèmes, songea Chevalier Branlequeue.

Gode aurait bien aimé s'avancer vers son ancien professeur et lui tourner autour, les mains derrière le dos, en lui jetant de temps à autre un regard en forme d'uppercut comme ça se passe au cinéma, mais le cumul des rôles ne lui permettait pas de quitter le box des accusés.

Est-ce que, monsieur Chevalier, vous avez pris connaissance de la « confession » non signée qui m'a été attribuée ?

J'ai lu les extraits parus dans les journaux.

Et vous en avez pensé quoi ?

Posez une question précise, intervint le juge.

Ah, vous, faites donc le mort..., rétorqua Godefroid.

Chevalier se tourna vers le juge, qui haussa les épaules.

Je peux vous donner, dit-il, mon point de vue d'éditeur : c'est du roman.

D'un froncement de sourcils jupitérien, le juge fit taire un commencement de brouhaha dans la partie de la salle réservée au public.

J'ai dit : des questions précises. Et les réponses itou !

Monsieur Chevalier, reprit Gode, vous souvenez-vous des paroles qui ont été échangées le matin du 28 décembre dans le salon de la maison de Saint-Marc ?

Oui.

Vous souvenez-vous d'une promesse que vous auriez faite à cette occasion ?

Oui.

Gode lui tourna le dos.

J'ai pas d'autres questions, votre honneur.

Après dix jours de procès et pas loin de 200 témoins, la Couronne avait peu à peu construit autour de Gode une preuve qui se refermait maintenant sur lui. Il se retrouvait enfermé dans une version de l'histoire qui avait la solidité d'une vision du monde. Son tour venu, pour contrer ce rouleau compresseur, il cita un seul témoin. Le nom de Marie-France Bellechasse tomba dans un silence perplexe et interloqué.

Elle avait déjà refusé de témoigner à l'enquête du coroner, arguant qu'elle ne pouvait, en son âme et conscience, participer à un processus judiciaire qui persistait, à l'encontre de toute logique humaine, à nier l'aptitude fondamentale de la femme à juger ses pairs de n'importe quel sexe en qualité de membre d'un jury légalement constitué. Le coroner avait admiré la justesse du raisonnement avant de lui coller un outrage à magistrat, assorti d'un mois de prison.

Lorsqu'elle s'avança vers la barre des témoins, une grande blonde bien faite, à la longue chevelure bouclée, vêtue d'un pantalon de toile pâle, d'une chemise de travailleur vert foncé, déboutonnée et avec les manches retroussées, enfilée sur un tricot vert, et puis chaussée de bottes de travail, tout ça, sur sa personne, parfaitement seyant et gracieux, un murmure respectueux parcourut la salle.

Gode se tourna vers le public avec des yeux qui voulaient dire : Bon, d'accord, un homme a été tué. Mais est-ce que vous voyez la même chose que moi ? Et du coup, il faillit se mettre à chantonner : *C'est dans le mois de mai que les filles sont belles...*

Le témoin est à vous, monsieur.

Gode se tourna vers le magistrat.

Si vous le dites, monsieur le juge.

Puis, il s'accrocha à la barre, des deux mains, et parut se concentrer.

Qu'est-ce que vous faites dans la vie, mademoiselle Bellechasse ?

Étudiante en droit. À l'Université de Montréal.

Elle s'exprimait avec aplomb, d'une voix qui hésitait entre le vulgaire et le mélodieux, un peu lasse.

Et j'habite plus chez mes parents, mais ça, je pense que vous le savez déjà...

Des rires gênés s'élevèrent du public. Gode se ressaisit.

Et vous voulez devenir quoi, avocate ?

C'est ça, oui.

En attendant, vous avez déjà été accusée en rapport avec les événements d'octobre et c'est moi qui fais l'avocat. La vie est drôle, des fois. Alors qu'est-ce que vous pensez de notre beau système de justice ?

Ça manque de femmes.

Tiens donc. Comme en prison...

Monsieur Godefroid, intervint le père Morel d'une voix lasse, vous n'allez nulle part avec vos questions.

Bon, OK. Alors le jour de la mort de Paul Lavoie, le 17 octobre, autour de six heures du soir, vous faisiez quoi ?

Des spaghettis.

Oh. Ceux avec... des boulettes de viande hachée, un oignon, des tomates bien mûres, de l'ail...

227

Un verre de vin blanc et une branche de thym. En plein ceux-là.

Ha. Et… si je peux me permettre, qu'est-ce qui leur donne ce petit goût de vous savez bien.

Pour l'assaisonnement, j'utilise du gros sel et j'ajoute une cuiller à soupe de paprika doux et une pointe de couteau de poivre de Cayenne.

C'est du spaghetti aux boulettes, ça? demanda le juge.

Oui, votre honneur. Le secret avec les spaghettis à la bolognaise, c'est de mélanger les viandes. Avec mon bœuf, je passe toujours au hachoir de l'escalope de veau, du gigot ou de l'épaule de mouton, et puis de l'échine de porc.

Ça a l'air bon en s'il vous plaît. Ma femme, elle, les fait juste avec du steak haché, carotte, céleri, de l'ail et un gros oignon blanc. Toujours une feuille de laurier. Elle rajoute une cuillerée de sucre pour enlever l'acidité.

Quand son ail est bien doré et que l'oignon a fondu, vous lui direz de déglacer avec un peu de vin blanc. Ça fait toute la différence.

Bien. Vous pouvez poursuivre…

Maintenant, Gode n'avait plus seulement la tête tournante à force de désir. Son ventre résonnait comme l'intérieur d'une cathédrale vide.

En prison, conclut-il, il y a aussi quelque chose de Bologne au menu, mais c'est pas des spaghettis… Donc, le 17 au soir. Un samedi. Six heures. Spaghettis. Est-ce que Jean-Paul Lafleur était là?

Oui.

On parle bien de l'appartement numéro 6 de l'immeuble situé au 3730, chemin Queen-Mary?

Oui.

Qui d'autre était là?

Ma copine Nicole Toutant, mon frère Guy. On partageait le loyer.

Et Jean-Paul Lafleur était là depuis quand?

Depuis la veille.

Et il a passé toute la journée du 17 à l'appartement?

Oui.

Donc, vous êtes en train de dire que Jean-Paul Lafleur n'a pas bougé de l'appartement du chemin Queen-Mary de toute la journée du 17, c'est bien ça?

J'étais là toute la journée et il a été là tout le temps. Oui.

Gode avait cessé de regarder Marie-France. Il faisait face aux douze hommes d'affaires qui, le lendemain, après une bonne nuit de repos et deux heures de délibération, se lèveraient pour le déclarer coupable de meurtre avec préméditation. Gode affronta posément les bonnes consciences affichées dans la figure de ces commerçants.

J'arrête là. J'ai prouvé ce que j'avais à prouver.

Dans son réquisitoire, maître Grosleau rappela aux jurés qu'aux termes de l'article 21 du Code criminel, ils n'étaient pas tenus d'identifier *de façon précise* la personne qui avait perpétré l'acte de mise à mort comme tel. Mais il ne réussit pas tout à fait à dissiper la fâcheuse impression que l'appareil judiciaire avait envoyé, en la personne de Jean-Paul Lafleur, un fauteur de troubles doté d'un alibi parfaitement valide passer vingt-cinq ans à l'ombre.

La stratégie de défense à première vue incompréhensible de Richard Godefroid avait créé un malaise. Il avait d'abord rappelé à Chevalier sa promesse de salon (« parler pour nous chaque fois que vous le pourrez, nous prêter votre voix… »), puis prouvé l'innocence de son meilleur ami. Ensuite, son procès cessa de nouveau complètement de l'intéresser.

À l'heure de livrer sa plaidoirie, Gode resta assis, bouche cousue. Plus tard, il poussa la complaisance jusqu'à applaudir au prononcé de la sentence : réclusion à perpétuité.

# Le fantôme du Kaganoma

Sam ouvrit les yeux. Pendant un court moment, il se demanda où il était. Mais oui. À l'étage de la grosse maison en forme de carène de galion espagnol, pleine de recoins et de craquements et plongée dans l'obscurité du cœur de la forêt à quatre heures du matin. Il écouta la respiration de Marie-Québec couchée près de lui. Au bout d'un moment, il comprit qu'elle aussi avait les yeux grands ouverts.

Tu dors pas?

Non. *(Une pause.)* J'ai entendu quelque chose, en bas...

Samuel tendit l'oreille.

J'entends rien.

Il y a quelqu'un, là, en bas...

Hum.

On venait de passer de *quelque chose* à *quelqu'un* et le changement n'avait pas échappé à Sam Nihilo.

Le scénario de ce vieux classique ne lui laissait pas vraiment le choix. Le fusil se trouvait dans la pièce voisine, où il avait aménagé son bureau. Appuyé contre le mur au fond de la penderie, première porte à droite. Avançant sur la pointe des pieds, il attrapa deux cartouches dans la boîte posée sur la tablette du haut et les introduisit dans le double canon. Du BB, assez gros pour chasser l'outarde. Il ne faisait aucun bruit à l'étage, à part le léger claquement que produisit le mécanisme à bascule de l'arme en se refermant. Il se déplaçait à pas de loup, nu comme Adam.

Et maintenant, il l'entendait aussi…

*Quelque chose* avait bougé dans la cuisine.

Immobile dans la pénombre de la cage d'escalier, le fusil armé et brandi à deux mains, il guetta le silence. La grisaille de l'aube à la fenêtre.

Il atteignit à pas comptés le bas de l'escalier, et en retenant son souffle, d'un seul mouvement pivota en pointant le fusil devant lui.

Il apercevait maintenant la chatte qui, sans lui prêter la moindre attention, faucha d'un coup de patte une musaraigne cendrée qui glissa sur le carrelage comme une pierre de curling. La queue de la chatte balayait rêveusement le sol carrelé dans l'aube silencieuse.

Noune projeta alors sa proie dans les airs, à la verticale, et parut jongler, le temps de quelques pas de danse, avec la musaraigne retombante qu'elle saisit ensuite entre ses mâchoires et alla déposer au centre de l'arène pour le début du round suivant.

Samuel avait posé le fusil contre le mur et se dirigeait maintenant vers la boîte à bois. Il sélectionna une bûche et assura sa prise dessus en revenant vers la cuisine. Il mit un genou en terre et son coup de massue abrégea les souffrances de la cendrée, quatre centimètres de long, le plus petit mammifère dans cette partie du continent, en excluant la microscopique musaraigne pygmée.

La chatte examina la bouillie rouge d'un œil dolent, allongea une patte, poussa la forme immobile, puis perdit tout intérêt pour le jeu.

Qu'est-ce que tu faisais ?

J'aidais Noune à venir à bout d'une souris. C'est ça, le bruit que t'as entendu.

Marie-Québec se taisait.

On dirait que t'as pas l'air convaincue.

Elle ne répondit rien.

Ils essayèrent de se rendormir, mais le jour allait se lever.

Ça se passait en 1999, l'été où, pendant quelques semaines, ils se laissèrent vivre sans effort, au rythme des vaguelettes de silence bleu sur leurs corps amoureux. L'été des Belles Journées. Il y avait une manière de prononcer ces deux mots, rendu au soir, qui faisait qu'on entendait les majuscules. Les verres de vin posés sur les galets au bord du lac. Marie-Québec, enroulée dans sa serviette de plage à motifs de toucans et d'aras rouges. Le soleil, en face d'eux, s'abîmait glorieusement dans un pourpre de carte postale derrière 250 kilomètres carrés de forêt inhabitée, encore sauvage, à peine touchée, épaisse comme une toison.

L'été où ils enfourchaient leurs vélos de montagne et filaient le long de l'ancien portage converti en piste de VTT, jusqu'à la rivière Kino qui s'écoulait large et paisible et teintée d'une nuance de brun-vert qui reflétait la forêt de trembles et d'épinettes blanches étendue sur cette partie du monde, avant de confluer plus au sud avec l'Outaouais. Ils pique-niquaient de sandwichs au thon, les pieds sur la planche qui servait de main courante à l'étroit perron du camp de chasse dressé dans les hautes herbes au-dessus de la berge glaiseuse. De bleuets cueillis aux environs. L'été des filets de dorés fraîchement pêchés, panés dans le Shake'n Bake et frits sur un feu de camp dans le crépuscule bleuté. Des hurlements timbrés des huarts dans la nuit tiède et de la violence illuminée des orages. Le lac vivait comme un grand animal à peau indigo. Ils avançaient dans sa chair transparente et obscure en se tortillant comme des vers de minuit. Au-dessus de leurs têtes, des météores se consumaient comme des allumettes soufrées dans la mer d'encre ensemencée de possibles. Et où ils faisaient l'amour en se roulant dans les parterres d'épervières et d'épilobes. L'été des Belles Journées.

Un peu avant le 48e parallèle, Nihilo, au volant d'un camion de location doté d'un espace de rangement d'environ seize mètres cubes contenant la plupart de ses meubles (une commode, un vieux matelas imprégné de sperme et une télé qui fonctionnait quand ça lui tentait), avait compris qu'il passait la frontière, l'officieuse et la vraie, quand il avait vu un panneau d'avertissement de passage de gros gibier sur lequel figurait la silhouette en ombre chinoise d'un caribou à la place des habituels chevreuils et orignaux.

Il avait loué, avec option d'achat, la bicoque ventrue au bord du Kaganoma. Tout autour, les filiformes épinettes noires aux racines superficiellement accrochées à l'humus se laissaient culbuter au premier coup de vent et les bouleaux dépérissaient sur pied, leur cime méthodiquement grignotée par les larves de l'agrile. Cisailles en main, Marie-Québec et lui s'étaient attaqués aux broussailles et aux longues herbes, aux arbustes et aux jeunes sapins, l'avant-garde de cette forêt boréale qui, autour d'eux, s'affairait tranquillement à reconquérir la bande de terrain concédée à la scie mécanique. L'enclos du poulailler, la vieille serre, le moignon de débarcadère échoué dans la végétation de la rive : tout était à rafistoler. Le lac miroitait plus bas à travers un écran ajouré d'épinettes et de bouleaux. Ils s'achetèrent des pondeuses et de la moulée, les volailles erraient librement à l'orée du bois. Le silence plein d'insectes et d'oiseaux s'étalait en couches profondes et concentriques jusqu'à l'horizon.

Les robes de coton légères de Marie-Québec lui dénudaient les cuisses. Dans ce pays où il n'est pas rare de découvrir une fine pellicule de glace sous les gouttières à la mi-juin, pour passer, la semaine d'après, au soleil féroce des intenses canicules abitibiennes, la saison chaude prenait l'allure d'une course contre la montre qui voyait tout ce qui vivait et était voué à se reproduire se mettre en mode rattrapage. Pendant que le corps nu et ferme de Marie-Québec semblait boire la lumière comme du miel de fleurs sauvages bouillant, Samuel posait des mains en coupe sur ses seins aux tétins parfaits, comme un musicien qui plaque un accord.

Je ne m'appelle pas Nihilo pour rien. D'une nature mécréante au possible, je n'ai rien non plus d'un champion de la rationalité. Je juge pensables, voire probables les ovnis, la transmission télépathique et une forme de survie posthume de la conscience à défaut de celle de l'ego. Je crois entre autres que de nombreux cas de revenants peuvent s'expliquer par la persistance au-delà du trépas d'une certaine dose d'énergie vitale (l'âme, pour ceux qui y tiennent absolument). Mais j'écarte les petits êtres reptiliens qui vivent au centre de la Terre et n'en sortent que pour kidnapper et violer les automobilistes. Quoi d'autre? Je préfère Nietzsche à Descartes. En face de tout nouvel objet de connaissance, je m'efforce d'allier le simple gros bon sens hérité de mes ancêtres paysans, et recyclé en scepticisme, à un esprit ouvert et critique. Si je ne vois dans la science nulle panacée, il faut bien reconnaître que cette dernière stimule la production des anticorps que mon cerveau commence à sécréter dès qu'il entend parler du Reiki et du Treillis cosmique, du Turiya, des mandalas, de la Conscience-énergie, de la kinésiologie de reprogrammation, des enseignements de Ramtha et de l'enveloppement au chocolat, de l'homéopathie fractal [sic], des flûtes suling et des formations de deux jours en réharmonisation de la vibration archangélique données par l'énigmatique madame Houannannah (Germaine Trudel, pour son mari, ses trois enfants et les voisins). Et si l'aura est à mes yeux un banal phénomène électromagnétique auquel la plaque photographique peut, pourquoi pas, se montrer sensible, je ne suis pas pour autant convaincu de la possibilité de la balancer comme si c'était quatre pneus d'hiver.

Marie-Québec était différente. Elle, c'était la croyante universelle. Son grand cœur ouvert vingt-quatre heures sur vingt-quatre était un havre dont les eaux accueillaient superstitions et théories. Non seulement l'existence d'une réalité paranormale avait valeur de dogme à ses yeux, mais sa pensée fonctionnait comme une chaîne de montage : les idées folles qui entraient en vrac à un bout étaient devenues, à la sortie, parole d'évangile.

Sa conviction grandissante que la maison du Kaganoma était hantée ne pouvait que nous opposer.

Le matin, il fallait la chercher du côté de la maison (ou de la cour) qui recevait le plus de lumière. Il n'était pas rare de la découvrir affalée dans une flaque de soleil, ronronnant comme un chaton. Elle était comme ces couleuvres qui, au printemps, avant que le soleil ait suffisamment réchauffé la terre et élevé la température de leur sang, se laissent attraper sans manifester la moindre réaction. La qualité de son sommeil tenait presque du coma. La nuit était un pan de néant auquel il lui fallait recommencer à s'arracher chaque fois qu'elle rouvrait les yeux dans la chambre.

Ce matin-là, je lui ai apporté son café au lait à l'extérieur et l'ai trouvée assise sur le tout nouveau perron de la cabane à poules : deux panneaux d'aggloméré superposés et soutenus par des parpaings. La nature autour de nous brillait comme un parquet de bois franc fraîchement ciré dans la lumière neuve. Quelques mètres plus loin, les oreilles couchées, ramassée sur elle-même comme si elle auditionnait pour le rôle du lion prêt à vendre chèrement sa peau dans une nouvelle de Hemingway, Noune se rapprochait centimètre par centimètre d'un lièvre occupé à prendre son petit-déjeuner de maïs jeté aux poules.

J'ai encore été réveillée…, m'a annoncé Marie-Québec.

C'est une grande maison. C'est normal que ça craque un peu…

Je me suis retourné pour jeter un coup d'œil à la maison : carrée comme le mufle d'un cachalot dont la queue aurait été formée par la terrasse surélevée qui dominait le Kaganoma parfaitement calme. Et j'ai dit :

La nuit prochaine, je veux que tu me réveilles… Quand *ça* arrivera.

Et la nuit suivante, il n'est rien arrivé, mais au matin, Marie-Québec avait toujours son air marabout. Et elle n'était pas la seule à avoir passé une mauvaise nuit. En allant quérir les œufs du déjeuner, j'ai trouvé les poules dans leur abri, l'allure chiffonnée, la plume en désordre, roulant des petits yeux noirs affolés dans l'ombre fraîche et odorante de la cabane. Elles semblaient terrifiées.

Ce jour-là, j'étais à ranger sans conviction des papiers dans la chaleur humide de mon bureau quand je me suis entendu appeler par la fenêtre ouverte. Marie-Québec, un livre à la main, debout à l'orée de la forêt dans une petite robe d'été pêche et sous un large chapeau de paille, me faisait signe de la rejoindre. L'après-midi était calme, le lac d'huile. J'ai dévalé l'escalier pour aller la retrouver.

Lorsque j'ai atteint l'endroit où elle se tenait, j'ai aperçu, vingt mètres plus loin, la bête qu'elle observait depuis un moment et qui maintenant s'enfuyait par le chemin d'accès. J'ai dépassé Marie-Québec et me suis mis à courir derrière l'animal qui se sauvait. Rendu à la bifurcation, j'ai regardé autour de moi, légèrement haletant, et je l'ai vu qui, un peu plus loin, paraissait m'attendre.

La tête était très étrange, avec ses favoris broussailleux. Il avait des pattes massives et musculeuses, presque aussi épaisses que son corps délié et doté d'épaules plus hautes et puissantes que l'arrière-train. Sa fourrure d'été était dégarnie, d'un jaune-beige tirant sur le gris. C'était la deuxième fois de ma vie que je voyais un lynx.

Le petit fauve se tenait là, immobile à la lisière du bois. Une impression d'antiquité émanait de lui. Il ne manifestait aucune crainte. Dans les yeux qui me dévoraient ne se lisait rien d'autre qu'une curiosité intense et tranquille à la fois. Et quelque chose qui ressemblait à une longue patience.

\* \* \*

Au début des années 80, à leur retour d'exil pour les uns, à leur sortie de prison pour les autres, les trajectoires des anciens kidnappeurs d'Octobre avaient considérablement divergé. Ceux qui n'avaient pas recherché et trouvé l'oubli s'étaient pour la plupart recyclés en parfaits représentants de la gauche citoyenne, prêts à réclamer leur part des bulles spéculatives des années Reagan, des gimmicks de Québec Inc. et des subsides gouvernementaux du socialisme à la canadienne, et à asseoir bien pépère, sur les ruines du rêve collectif, leur discours politiquement cool au sommet d'un plan de retraite décent. Certains avaient même entrepris de mener une vie pouvant être qualifiée, au moins en partie, de publique.

Loin des tourmentes idéologiques passées, un seul trait continuait de les relier l'un à l'autre après toutes ces années : le silence entourant la mort de Lavoie. Elle avait été revendiquée, mais jamais racontée. Incroyablement, le pacte de mutisme scellé au fond de la cache de Saint-Marc par trois hommes aux abois tenait toujours, trente ans plus tard.

Assis dans la chaleur écrasante de la pièce qui lui servait de bureau, Samuel, tandis qu'il compulsait le dossier patiemment assemblé au cours des mois précédents, avait l'impression de n'avoir encore entamé que la pointe de l'iceberg de cette histoire. Quelque part sous les milliards de tonnes de glace et de langage de cet iceberg se trouvait le corps d'un homme en parfait état de conservation : Paul Lavoie, victime d'une justice révolutionnaire improvisée et dont le cadavre s'obstinait à refuser de mourir. Quant à la douzaine d'hommes et de femmes qui avaient jadis composé l'avant-garde du mouvement révolutionnaire québécois, ils n'en finissaient plus de refaire leur vie.

Jean-Paul Lafleur était devenu journaliste, cinéaste, documentariste, etc. Il signait régulièrement une chronique dans les pages du *Bélier*, le journal des têtes dures de la gauche. Son frère René faisait dans la rénovation. Il avait eu la bonne idée de s'installer dans le bout de Lac-Carré et de se lancer dans le rafistolage de vieux chalets payés une bouchée de pain, et ce, juste avant que la compagnie Intrawest se pointe et, avec l'aide d'un bon petit fonds de démarrage puisé dans la poche des contribuables, transmute le mont Tremblant et la région environnante en une gigantesque maquette de village suisse en massepain.

Richard Godefroid planchait sur des scénarios jamais réalisés et avait fondé sa propre boîte de production : Vues de lynx, dont les films semblaient destinés, dans le meilleur des cas, aux cases horaires suicide de Télé-Québec. De toute évidence, il n'avait pas les moyens d'engager quelqu'un pour répondre au téléphone.

Ben Desrosiers, lui, élevait des chevaux ou bien cultivait des framboises bio quelque part en Gaspésie, allez savoir.

Lancelot enseignait la communication à l'UQAM, où la rumeur voulait qu'il s'enfilât ses étudiantes à la chaîne, et animait une émission de radio-poubelle à Québec. Il avait des enfants dans les deux villes.

Élise Francœur était maintenant une écrivaine engagée et féministe. Sam n'avait aucune idée de la manière dont elle gagnait sa vie. Son ex-mari, Justin, travaillait dans la pub et on lui devait la fameuse campagne du « Bon Génie », dans laquelle on voit Balzac aux abois, Hugo faisant bonne chère dans la Commune affamée et Chateaubriand en extase devant les chutes Niagara, tous exhibant, pour régler qui les créanciers, qui le gargotier ou le guide touristique, l'emblématique carte plastifiée de la Bonne Compagnie, à bas taux d'intérêt et marge extensible.

Le fameux Anglo du FLQ, Nick Mansell, avait fait fortune dans l'électronique et vivait dans une maison de 500 000 dollars au flanc du mont Royal.

Maurice Corbo, dit le Corbeau, avait réalisé son rêve : un hôtel au Costa Rica, voisin du parc national Manuel-Antonio.

Et François Langlais, d'après des informations non confirmées, travaillait comme préposé aux bénéficiaires dans un hôpital ou un centre d'accueil de la Rive-Sud. Selon d'autres sources, il possédait un centre de soins de longue durée du côté de Joliette.

Sam Nihilo avait déjà écrit à Jean-Paul Lafleur (aux soins du *Bélier*) et à Élise Francœur (recensée dans le bottin de l'UNEQ) sans recevoir ne serait-ce qu'un accusé de réception. Et le téléphone continuait de sonner dans le beurre aux productions Vues de lynx.

Puis, il parvint à retracer Justin Francœur par son agence de publicité. Deux jours plus tard, il l'avait au bout du fil.

Pas question de parler de ça au téléphone, l'avertit d'emblée ce dernier. C'était, expliqua-t-il, une simple précaution naturelle à tous points de vue chez quiconque a déjà eu sa ligne tapée. Si tu viens à Montréal, ajouta-t-il, on ira prendre une bière…

Le bec du plongeon qui dans son rêve lui dévorait le foie tandis que, enchaîné au fond d'un canot, il se débattait et ouvrait une bouche d'où ne sortait que du silence devint dans la réalité de l'aube le coude de Marie-Québec entre ses côtes. Il ouvrit les yeux. Un bruant à gorge blanche poussa sa note pure et solitaire, l'étrange nudité de son affirmation vitale dans la lumière grise.

Quelqu'un est passé par la fenêtre, dit Marie-Québec.

Qu'est-ce que tu racontes?

J'ai entendu un bruit de vitre cassée, en bas.

Hein, quoi?

Quelqu'un est entré…

Mais non. T'as encore rêvé.

Ça fait au moins une heure que je suis réveillée. Pourquoi tu veux jamais me croire?

Cette fois, le fusil resta au fond du placard.

Il fit le tour des fenêtres. Rien à signaler. Debout devant la baie panoramique de la salle de séjour, il guetta un moment les sapins baumiers et les bouleaux qui s'extrayaient lentement de l'ombre brune de la terre pour se détacher du lac à l'arrière-plan.

En retraversant la cuisine pour atteindre l'escalier, une vision l'arrêta. Il s'approcha de la fenêtre orientée au nord et examina la minuscule plumule de duvet soudée à la vitre par quelques molécules de sang. Il baissa les yeux, aperçut la forme sombre au pied du mur.

C'est une perdrix qui est venue se casser le cou dans la fenêtre de la cuisine, dit-il à sa blonde. Elle n'aurait pas mieux visé si elle avait voulu atterrir en piqué directement dans le chaudron.

Il faisait bon de regagner la chaleur du lit.

Et la vitre?

Il n'y a aucun problème avec la vitre. Elle a tenu le coup.

Mais moi, j'ai entendu de la vitre cassée…

Une autre fois, elle prétendit avoir entendu un homme pleurer dans la maison pendant la nuit.

Et pendant que Nihilo, ce soir-là, découpait la poitrine de

la gélinotte suicidaire pour la servir en aiguillettes sautées dans un peu de beurre et d'huile d'olive en entrée de ses penne *alla puttanesca*, elle lui raconta ce qui suit en buvant un verre de cahors :

Hier, quand t'étais parti en ville faire des commissions, je suis allée ramasser des bleuets.

Où ça ?

Ici, pas loin, le long du chemin… Je venais juste de dépasser la vieille serre, avant de prendre le bois, quand je me suis sentie… observée.

Et ?

Et je me suis retournée. Et…

Vas-y. Dis-le.

Il y avait quelqu'un… debout, à la fenêtre de ton bureau. Je pouvais très bien le voir. C'était un homme. Il me suivait des yeux.

Samuel regardait la carcasse entre ses mains. Il comptait en faire de la soupe.

La maison est hantée… C'est vraiment ce que tu crois ?

Oui. Pourquoi tu ris ?

Samuel songeait à leur maison, comme échouée là au bord de plusieurs centaines de kilomètres carrés de forêt sauvage. Et dedans, eux deux, leur huis clos obligé.

Je ris. Parce que sinon, j'aurais peur.

Sur le papier, c'était beau : le retour à la terre, la vie de pionniers, simple et volontaire, la philosophie néo-hippie. Le compostage. Les poules qui picossent à la grandeur du terrain. Aller se pêcher un souper. Sa blonde accroupie dans sa robe de paysanne au milieu du potager grand comme un carré de sable. Mais plus tard, on découvre que la seule chose que la nature est capable d'y faire pousser, c'est des carottes de deux centimètres de long et quelques laitues qu'il faut entourer de presque autant de grillage qu'une colonie de peuplement juive de Cisjordanie, inutilement d'ailleurs, puisqu'il se trouvera toujours un levraut fraîchement sevré pour parvenir à se glisser entre les mailles et tout brouter à ras le sol. Et que l'image idyllique de la blonde en chapeau de paille et robe paysanne doit être complétée par une moustiquaire faciale aussi sexy qu'un hidjab pour empêcher les mouches noires, moustiques et taons à chevreuil, à cheval et à tout ce qui bouge de la soulever de terre et de l'emporter au loin.

Pour leurs rares voisins — ce mélange de villégiateurs, de retraités ayant converti leur chalet en résidence secondaire et de banlieusards projetés aux extrêmes limites de Maldoror par la force centrifuge de l'étalement urbain —, Sam et Marie-Québec étaient des *artisses,* des gens à qui on préfère en général éviter de demander ce qu'ils font dans la vie, de peur de les vexer : un écrivain pigiste vivotant de contrats et attelé à un bouquin sérieux et sa compagne théâtreuse. Marie-Québec avait décidé de monter un Tchekhov au théâtre de l'Or en barre Loblaws et d'en assurer elle-même la mise en scène. Elle avait d'autres projets : elle se voyait racheter un vieux Westfalia et fonder le Théâtre de Quat'Roues, une troupe itinérante dont la mission serait d'amener Camus, Shakespeare, Lise Vaillancourt et Daniel Danis dans les villages encerclés par la forêt et les vilaines agglomérations mono-industrielles des confins du 49e parallèle pour faire découvrir à la jeunesse oisive du Nord d'autres activités estivales que les pactes de suicide.

Un jour, en allant faire des emplettes à Maldoror, Sam aperçut un goéland planté au beau milieu de la route découpée dans les sables roux entre deux rangées de pins gris semées de touffes de bouleaux. Même si le lac se trouvait à quelques centaines de mètres en contrebas, c'était une apparition plutôt inusitée à un tel endroit, où se rencontraient surtout des durbecs et des tétras lunatiques. Une des ailes du goéland pendait, à moitié arrachée. Sam avait levé le pied pour évaluer les dégâts, mais savait par expérience ne rien pouvoir pour la créature, hormis l'ultime petit coup de pouce qu'elle paraissait d'ailleurs implorer en lui offrant son meilleur profil à douze heures. Alors il appuya sur le champignon et lui passa dessus. Un fort TOC! monta de sous le pare-chocs. Le tas de plumes ébouriffé et vaguement aplati, ensuite, dans le rétroviseur, était le seul constat de décès dont Nihilo estimait avoir besoin.

À son retour, deux heures plus tard, la carcasse avait disparu. Il mit ce nettoyage sur le compte d'une bête sauvage trop contente de faire mentir le vieil adage selon lequel *there is no such thing as a free meal.* Marie-Québec avait pris un boulot de serveuse au Loup Blanc, un bar de Maldoror, pour faire bouillir la marmite. Son quart de travail, ce jour-là, se terminait à neuf heures. À dix heures du soir, Samuel était en train de cogner des clous devant la minuscule télé en noir et blanc qui avait suivi le reste de son butin à travers le parc de La Vérendrye lorsque, soudain, quelqu'un se mit à frapper à coups de pied dans la porte. Chez eux, ce n'était jamais fermé à clé, donc il se posait des questions en allant ouvrir.

À la lueur de la lampe du porche, la scène lui bondit au visage : Marie-Québec en mère Teresa de la dramaturgie forestière, serrant dans ses bras le goéland, comme un nourrisson qui fixait sur Samuel un œil noir, accusateur. La vue de ce revenant lui arracha un cri.

Aaaaaaaaahhhhhhhh.

L'oiseau était apparu à sa blonde dans la lueur des phares, toujours à la recherche du coup de grâce, apparemment. Tandis qu'elle le serrait sur sa poitrine, Sam se pencha pour scruter la blessure de plus près. Sous les plumes salies et collées par le sang et la poussière, l'aile ne tenait plus au torse de l'oiseau que par une fine torsade de tendons déchiquetés. Il secoua la tête, les dents serrées.

Qu'est-ce que t'as l'intention de faire ? demanda-t-il.

Le soigner… Le sauver, ajouta-t-elle au bout d'un moment, pour que les choses soient claires.

Écoute, son aile est complètement bousillée. Donc pas de migration à l'automne. Et il ne passera pas l'hiver, pas en Abitibi. Tu peux me croire, il est vraiment foutu.

Pas si on le confie au Refuge Pageau…

Le Refuge Pageau ? Ils acceptent les loups et les orignaux. Ça, c'est un rat de dompe avec des ailes rajoutées.

Tu devrais avoir honte de parler comme ça.

Nihilo reçut, du principal intéressé, un coup de bec approbateur qui fit remonter jusqu'à sa conscience des images du film de Hitchcock.

Bon, alors qu'est-ce que tu proposes ? lui demanda Marie-Québec.

Pour cette nuit, l'enclos des poules.

Et demain ?

Le traitement sans douleur. Du plomb numéro 4.

Cette nuit-là, ils firent chambre à part pour la première fois.

C'est comme ça que ça a commencé. Le lendemain, Jonathan avait disparu de la basse-cour où nous l'avions pensionné avant d'aller aux lits (le pluriel est voulu). Le grillage avait été fixé à la diable et il en avait profité. À l'heure qu'il était, il devait reposer dans l'estomac d'un renard ou d'un lynx, une fin heureuse pour un mangeur de Big Mac passé date comme lui.

Les jours suivants, les insomnies de Marie-Québec ont continué. Avec cette différence que maintenant, elles déroulaient leurs méandres vaseux dans un lit séparé. Je couchais dans mon bureau, sur un matelas posé par terre. Je potassais toujours l'affaire d'Octobre et je travaillais de plus en plus.

Mine de rien, j'ai demandé à Marie-Québec :

Sur quelle pièce de Tchekhov tu travailles, au juste ?

*La Mouette*, pourquoi ?

Pour rien, j'ai répondu, sauf qu'il se passait vraiment des drôles de choses dans cette maison.

Deux matins plus tard, je me suis pointé le nez dehors à l'aube. La veille, j'avais laissé traîner un sac-poubelle au coin de la maison en attendant l'occasion de le déposer dans un des bacs à ordures installés le long du chemin Kaganoma. Et qui j'ai surpris, croyez-vous, en train de becquer mes vidanges ? En plein lui. Avec son aile dans un sale état qui traînait derrière sur le sol au bout d'un tortillon de nerfs pendant qu'il s'écartait de mon chemin en se hâtant sur ses pieds palmés comme un clown tragique. Je suis remonté chercher le fusil sur le bout des orteils. Ai redescendu l'escalier en introduisant une paire de cartouches dans le double canon. Et j'ai passé la porte et me suis avancé, pieds nus dans l'herbe mouillée de rosée, le fusil épaulé.

# Percé, l'été 69

Autour du *Miloiseau*, l'eau se mit à bouillonner. Les oiseaux neigeaient de la falaise et venaient s'abattre au milieu du banc de capelans qui débordait du bleu sombre de la mer. Les fous traversaient l'air comme des coups d'épée, le cou droit, les ailes collées au corps. Sur les rochers couleur de brique où venaient exploser les vagues, un perroquet de mer tenait trois éperlans dans son bec bigarré. Plus haut, des petits pingouins s'entassaient le long d'une corniche. Il fallait hausser la voix pour communiquer à travers cette tempête de cris perçants et d'éclaboussements, de coups de bec, de piaillements, comme si une déflagration de plumes et de pattes secouait le ventre rouge de la falaise. Le visage de Griffin était de la même couleur et de la même consistance que le rocher. Godefroid et le Capitaine n'avaient pas besoin de mots pour se comprendre. À peine si les trajectoires de leurs regards venaient à se croiser de temps à autre. Les gestes mécaniques qu'ils accomplissaient et qu'ils tâchaient d'accorder au rythme brusque et balancé des mouvements de la mer étaient une forme d'intimité. Le coup de poignet qui fend l'air, retombe, fend l'air de nouveau, la remontée rapide et saccadée de la ligne à deux mains, le décrochage… Au milieu de la barque s'amoncelaient en tas les ventres blêmes luisants de mucus et les épaisses têtes moustachues. La prise du jour devait maintenant atteindre les trois quarts de tonne, selon les estimations du Capitaine. Depuis qu'ils avaient frappé le banc de morues lancé plus bas à la poursuite de ces mêmes capelans que les fous de Bassan refermant la tenaille har-ponnaient dans leur fuite éperdue vers la surface, ils décrochaient des poissons sans discontinuer.

Au milieu du réseau de profonds sillons qui creusaient le cuir brûlé de sa figure, les yeux de Wilfrid Griffin, avec leur reflet vert d'Irlande, venaient de se fixer sur un point situé derrière Gode. Ce dernier suivit le regard du Capitaine Will, seul maître à bord du *Miloiseau* — une de ces solides barges de pêche gaspésiennes, pontées et dotées d'une ligne élégante et d'une cabine à l'avant ; celle-ci avait douze mètres de long, des bordages en pruche et une coque en chêne gris de la Nouvelle-Écosse —, et il se retourna. Plissant les yeux dans le soleil, il aperçut la voile, un triangle immaculé en train de doubler la pointe orientale de l'île, penché sur les moutons de houle qui déferlaient du large et les chevau-chant, à belle allure.

Après avoir suivi un moment l'apparition, l'œil de Gode revint se poser sur Captain Willie. Pour toute réponse, celui-ci, d'un vigoureux coup de poignet, ferra une morue d'une dizaine de kilos à plusieurs brasses sous le bateau et la hissa à bord avec des gestes souples et alternés des deux bras. D'un simple tourne-main, il déplanta le triple hameçon enfoncé dans le ventre du poisson, qui d'un même mouvement alla atterrir sur le dessus du monceau vivant. Puis, visant le rond au centre duquel son *jig-ger* aussitôt relancé venait de toucher l'eau et de caler, le pêcheur côtier cracha dans la mer.

Le homardier vint se ranger le long du *Miloiseau*. Une chaîne de petites bouteilles de bière vides s'étirait dans son sillage pratiquement jusqu'à l'horizon. Les nouveaux venus avaient embarqué un réchaud au propane sur lequel était posée une marmite d'eau de mer bouillante, et l'abordage consista en une opération de troc typique, au cours de laquelle des homards fraîchement pêchés et cuits furent échangés contre des Labatt tiédies au soleil. Gode attrapa le homard dégoulinant, d'un rouge vif orangé, qu'on lui lançait, brisa la carapace de la grosse pince contre le bastingage et mastiqua la chair parfumée. Il avait fermé les yeux. Lorsqu'il les rouvrit, Wilfrid lui fila une autre bière. Il la déboucha en appuyant le bord de la capsule contre le bordage rainuré par l'incessant va-et-vient des lignes et en abattant son poing dessus, faisant jaillir la mousse. Tandis qu'il continuait de travailler son homard, un cri lui fit lever la tête. Le homardier s'était éloigné et dérivait maintenant à une vingtaine de mètres sous le vent. Les pêcheurs excités scrutaient l'étendue entre l'île et la côte. Gode suivit leurs regards. Le minuscule voilier venait droit sur eux. Il donnait l'impression de s'être détaché de la falaise rouge pour fondre comme un fou de Bassan sur les deux bateaux.

L'esquif, un Sunfish, faisait environ quatre mètres de long. Une trentaine de mètres séparaient maintenant le *Miloiseau* et le homardier dans leur dérive parallèle, et le Sunfish, sans jamais modifier son cap, passa juste entre les deux. Une grande blonde tenait la barre, naviguant en solitaire, le corps complètement basculé en arrière tandis que sa chevelure bouclée et claquant au vent rasait les eaux, l'air extatique dans son pantalon corsaire blanc et son t-shirt de matelot à rayures bleu marine. Les hommes la regardèrent filer, la mâchoire pendante. Peu importe où ce gréement-là irait finir sa course, ils savaient qu'ils tenaient leur sujet de conversation de taverne pour le prochain mois.

Gode eut le temps de lire le nom du dériveur inscrit en lettres rouges sur l'étrave : *Le Temps des fleurs*.

Le Capitaine cracha dans l'eau.

Je la piquerais drette au fond du bateau.


Ils nous appelaient les étranges, les bums, les crottés, les pouilleux, les hippies, les beatniks, les malpropres, les étudiants. D'après le chef de police local, le gros Tony Tousignant, il se déroulait chez nous des orgies, entre « personnes des deux sexes âgées de treize à trente ans », des propos qui ont fait la joie des journalistes quand les choses ont commencé à se gâter et que la presse s'est pointée. Le maire, lui (le gros Gill Fournier, assez bien greyé de bedaine lui aussi), ne se gênait pas pour dire que notre présence dans son petit port de pêche favorisait la consommation de drogues, les détournements de mineures, les viols et les meurtres. Tout le pâtelin était sur les dents depuis qu'une respectable propriétaire de motel avait été crapuleusement assassinée au début de l'été. Percé, c'était un centre d'art, des motels, des terrains de camping et quelques boutiques de souvenirs : cendriers en coquillage, colliers d'agates, camelote made in Japan. Un village de pêcheurs où les principaux poissons étaient devenus les touristes et où l'été durait deux semaines. Les commerçants du coin se remplissaient les poches pendant que la manne passait et ils trouvaient le trou bien à sa place, dans le fameux rocher que des millions de déclics de kodaks avaient fini par transformer en carte postale grandeur nature.

Après avoir passé presque un an à monter notre organisation, les frères Lafleur et moi, on avait seulement voulu prendre des vacances. La Cabane du Pêcheur était un *chafaud*, une remise à filets désaffectée qu'on a louée, à deux pas du quai, et transformée en café. Quelques tables, des filets de pêche pendus aux murs avec des carapaces de crabes et des étoiles de mer à moitié pourries entortillées dedans. Quelqu'un est arrivé avec un vieux juke-box et le party a pogné.

\* \* \*

La Pontiac du gros Gill dévalait la côte des Trois Sœurs, le triplet de petites montagnes qui ferme l'horizon dans la direction du nord. Vu de cet angle, le rocher n'avait plus rien d'impressionnant avec son trou pudiquement dissimulé par quelques millions de tonnes de calcaire. Comme si la vache à lait locale avait caché son pis aux yeux de ceux qui arrivaient de Gaspé, ce qui était le cas du gros Gill Fournier. Il venait de s'acheter un fusil au magasin de sport du chef-lieu régional et brûlait de l'essayer. Le beau 12 à pompe flambant neuf reposait sur la banquette arrière dans son étui.

En traversant le village, il remarqua, à l'approche du quai, la floraison de tentes de camping autour de la nouvelle Cabane du Pêcheur. Les propriétaires de motels, de terrains de camping et de restaurants des environs avaient déjà commencé à venir se plaindre au conseil municipal. Et c'est sans compter les commentaires que tout le monde, y compris lui, le gros Fournier, pouvait entendre autour d'une bière, à l'hôtel. Rien de bien compliqué à comprendre : les *zippies* ne chargeaient rien, zéro, gratis, pour planter une tente dans le champ de garnotte, de *pipiques* et de pissenlits qui entourait leur café. Ils vendaient la nourriture pour le prix des ingrédients. On pouvait même nommer un ou deux pêcheurs du cru qui les approvisionnaient en morue fraîche pour la seule raison que ça leur donnait une excuse pour s'approcher des belles zippies aux yeux bleus comme ceux des fous de Bassan. Et donc, si ce n'était pas une concurrence déloyale, on se demandait bien ce que c'était.

De la route 132, qui en traversant le village devenait la rue principale, on pouvait en voir quelques-uns traîner, pieds nus, les cheveux longs, assis à rien faire au soleil, le dos accoté sur la vieille clôture de lisses, ou le cul sur les marches de la cabane, ou à terre, comme des sauvages, aucune ambition.

Juste avant la montée vers la côte Surprise, le gros Gill stationna son auto et il sortit le fusil de son étui et partit faire un tour sur la plage. L'île aux Oiseaux se dressait en face. La plage de Percé, avec ses andains de varech échoués sous le soleil de juillet et grouillants de puces de mer, dégageait, de l'avis du maire, une odeur de pourri. Son vocabulaire était plutôt limité et, pour lui, *saumâtre, salin, humide, pourri,* c'était du pareil au même.

Il porta la main à sa poche et en sortit une cartouche chargée avec du plomb numéro 4, qu'il glissa dans la chambre du pompeux. Il calculait qu'il y avait autour de lui tout l'espace qu'il fallait pour essayer un fusil. Un mouvement capta son attention, il leva les yeux, aperçut le goéland qui venait de son côté, ses coups d'ailes confiants, amples et réguliers dans la faible brise de mer. Le palmipède suivait une trajectoire parallèle à la ligne du rivage, à peut-être vingt mètres de hauteur. Le gros Gill débloqua la sûreté, épaula, pointa rapidement l'oiseau en mouvement et lâcha sa gerbe. Le goéland tournoyant en piqué comme un avion de chasse abattu n'avait pas encore touché la surface des vaguelettes pailletées d'argent qu'il s'était déjà détourné.

Marie-France était longue et onduleuse, et sa croupe dodue créait des lignes harmonieuses dans le sillage de sa démarche chaloupée. La manière dont elle remplissait son jean Wrangler à pattes évasées était un sommet d'érotisme. Elle avait un sourire dévastateur, quelques taches de rousseur, dans la voix des accents tour à tour minaudiers et gutturaux, un rire facile, sorte de hennissement rauque qui ajoutait à sa personne une déstabilisante touche de vulgarité, nullement désagréable.

Gode avait vingt-deux ans et sa gaucherie rédhibitoire lui avait permis de traverser Expo 67 et Mai 68 pratiquement sans anicroche. Il était ressorti de ces deux grands laboratoires de l'amour libre à peu près intact et plus perplexe que jamais. Il restait incapable de voir manœuvrer autour de lui les filles aux rets tendus, tissés de signaux dans l'épaisseur codée des nuits de l'espèce. Puis vint Marie-France… Aucun séparatiste n'avait jamais eu une bombe pareille entre les mains.

Elle faisait le tour de la Gaspésie avec sa copine Nicole. L'auto était à Nicole, le dériveur, dans la remorque derrière, à Marie-France. Nicole, une petite brune, infirmière à Rivière-des-Prairies, ne faisait pas de voile. Elle était bien trop occupée à cruiser. Mais Marie-France était différente. Parmi toutes ces petites bonnes femmes en pattes d'éléphant qui semblaient contentes d'avoir troqué un code de séduction fondé sur l'attente et le rituel contre un autre qui tournait autour de la simple disponibilité sexuelle, elle tranchait par son caractère où tempérament et sens moral donnaient l'impression de pouvoir cohabiter. Elle suivait un cours de secrétariat juridique, mais se dépêchait d'ajouter que c'était seulement pour gagner des sous dans le but de faire son droit à l'université.

René se prit d'abord au filet de Nicole. Le cadet des Lafleur brisa la glace, Gode se jeta à l'eau. Ils étaient une vingtaine autour du feu de grève, un bûcher qui flambait haut, fait de billots de bois flotté entrecroisés au sommet comme les montants d'un tipi et sur lesquels avaient été enfilés quelques vieux pneus. Une épaisse fumée huileuse, d'un noir de suie, s'échappait dans le crépuscule du petit port de pêche converti en attrape-touristes. Un certain Latraverse, un grand efflanqué, grattait une guitare à la lueur des flammes et donnait l'impression de mâcher du papier sablé quand il chantait.

Gode se leva, sa petite O'Keefe dans la main gauche, et entreprit de contourner le brasier pour rejoindre Nicole, Marie-France et René, lequel n'avait pas perdu de temps et faisait déjà rire les filles aux éclats. Je vais sauter à travers les flammes s'il le faut, mais ce n'est pas vrai que je vais rester assis. Il fredonnait *Le Temps des fleurs* de Dalida.

Inaugurée le 26 juin, la remise devint un café, le café un restaurant, le restaurant une auberge, l'auberge une colonie. La fin de semaine, il pouvait arriver qu'une centaine de personnes se trouvât sur les lieux en même temps. Le soir du 20 juillet, c'était un dimanche, René disparut jusqu'à la taille dans les entrailles d'une vieille télé en noir et blanc qu'il tripota et répara juste à temps pour attraper l'ombre du mouvement du pied de Neil Armstrong en train de se poser sur la Lune. Le sens critique et les opinions politiques de certains ne résistèrent pas à l'ampleur historique de l'événement. D'autres, au contraire, virent dans cet énième avatar de la Manifest Destiny un aliment pour leur volonté de résistance : Vietnam, rivières à saumons et mer de la Tranquillité, même combat.

Le lendemain ressemblait à un vrai jour d'été gaspésien : gros vent et pluie frisquette mur à mur et aucune embellie en vue. Ils étaient peut-être une trentaine sur les lieux, bien encabanés, quand un agent de police se présenta à la porte vers les neuf heures. Le fil des événements retenus par l'histoire est le suivant :

- Agent constate que l'établissement appelé Cabane du Pêcheur est exploité sans permis et, qui plus est, à l'intérieur d'une zone résidentielle ;

- Jean-Paul Lafleur fait observer à Agent que l'établissement appelé Cabane du Pêcheur se trouve tout près d'une galerie d'art, d'un restaurant et d'une boutique d'artisanat, dans une zone qui, si elle n'est pas commerciale, on se demande bien ce qu'elle est ;

- Agent dit que pas de permis d'exploitation, pas d'exploitation et puis ça finit là ;

- Jean-Paul Lafleur rétorque que la Ville de Percé peut délivrer des permis pour exploiter le peuple et les pêcheurs de la Gaspésie, mais que les membres du collectif de la Cabane ne veulent rien avoir à faire avec ça ;

- Agent annonce qu'il va en référer en haut lieu ;

- Jean-Paul dit que haut ou pas, de toute manière, ça vole bas et bon débarras ;

- 21 h 30 : le chef d'Agent, le gros Tony Tousignant, se présente à son tour sur les lieux, accompagné de deux individus non identifiés ;

- Gros Tony Tousignant sent le fond de tonne ;

- Gros Tony Tousignant répète, en gros, le discours servi par Agent un peu plus tôt ;

• Jean-Paul ouvre la bouche et…

• Jean-Paul referme la bouche, ou plutôt, sa bouche se referme toute seule, rapport au fait que Gros Tony Tousignant vient de lui balancer son poing en travers des mandibules ;

• Jean-Paul tombe à la renverse et atterrit dans les bras de ses amis, blondes, etc. Il en profite pour les consulter ;

• Jean-Paul, tout en se massant la mâchoire, s'avance vers Gros Tony Tousignant et lui dit, à peu de chose près, ceci : On reste ici…

• Gros Tony Tousignant s'éloigne en fulminant, suivi de ses deux acolytes, direction la taverne de l'hôtel, et il promet que les choses n'en resteront pas là.

*Que je t'aimeuh*
*Alléluia, en pyjama*
*Tout écartillé*
*Mon bel amour d'été*
*Je sais ce que je veux*
*Qué-bécois, nous sommes qué-bécois…*

Ça, c'était le juke-box. Il y avait aussi un piano. Et assise au piano, ce soir-là, Marie-France qui jouait la *Sonate au clair de lune*. Gode était assis à côté d'elle sur le banc, la pluie tambourinait sur le toit, leurs cuisses, leurs hanches et leurs flancs se touchaient, mais leurs mains étaient loin, à des lieues, celles de Marie-France faisant de la musique et celles de Gode reposant sur ses genoux, où elles serraient bien fort les rotules pour lutter contre la brusque impulsion de s'envoler et d'aller se poser là-haut, sur l'épaule de Marie-France qui jouait la *Sonate*. Ou de lui enlacer la taille. Et Marie-France faisait semblant de se concentrer sur le génie de Beethov alors que la seule chose à laquelle elle pouvait penser, c'était qu'elle avait hâte que quelque chose arrive et que Gode commençait à ressembler à un cas désespéré.

*Une femme peut pardonner à un homme de brusquer une occasion, mais jamais de la manquer,* avait-elle lu quelque part. Ce devait être du Jean Cocteau, pêché dans un quelconque dictionnaire de citations. Elle décida que si rien ne s'était encore passé quand elle aborderait les dernières mesures de la sonate, elle ferait une croix sur ce gode froid (et ici, l'audace de son petit calembour lui arracha un sourire contrit).

Les dernières notes s'égrenaient, elle jeta un coup d'œil à Gode, mais il ne la regardait pas, s'intéressant plutôt à ce qui se passait du côté de l'entrée. Marie-France ouvrit la bouche pour dire quelque chose. Au même moment, un furieux jaillissement d'écume blanche la cueillit à la hauteur du ventre, lui coupant le souffle. Elle volait maintenant à travers la pièce, assise sur un geyser grondant qui brisait tout sur son passage, et sa main refermée sur une autre main serrait celle-ci et s'y accrochait de toutes ses forces. Gode, enfin.

Si j'avais cru que les nuées de fous de Bassan faisaient un vacarme pouvant être qualifié d'assourdissant sur les falaises rouges de l'île, c'était avant d'entendre Marie-France faire la sirène dans la cabine du *Miloiseau.* J'avais l'impression que tout Percé était à l'écoute et pouvait suivre nos moindres va-et-vient sur le sismographe municipal. Que son plaisir était océanique. L'impression qu'elle voulait crier à la terre entière que oui, elle avait joui en l'espace de sept secondes et que bon, ça ne voulait plus s'arrêter. J'étais assis dans la timonerie de la gaspésienne du Capitaine Will avec le pantalon aux chevilles et cette magnifique blonde empalée sur moi avec sa jupe retroussée au-dessus du nombril.

Après, on est restés debout sur le pont. Ça sentait le poisson. La mer nous berçait tranquillement. On ne pouvait pas retourner là-bas. Ils avaient tout démoli.

* * *

Le saccage de la Cabane du Pêcheur, perpétré par des éléments de la police locale avec l'assistance des pompiers, qui avaient fourni le camion et les lances à incendie, et d'une vingtaine de fiers-à-bras armés de barres à clous, marqua le début de ce qu'on appela l'affaire de la Cabane du Pêcheur.

Le lendemain de l'agression, les jeunes gens dispersés au cours de la nuit firent sauter le cadenas qu'ils trouvèrent sur la porte et réintégrèrent l'auberge avec, dans leurs rangs, huit blessés légers. À ce bilan venaient s'ajouter le choc nerveux subi par une des filles, les meubles détruits, le dégât d'eau et le piano endommagé.

Pendant quelques jours, la vie parut vouloir continuer. Gode travaillait au café, passait ses nuits avec Marie-France, puis se levait avant la barre du jour pour prendre la mer avec Griffin et fournir la Cabane du Pêcheur en morue fraîche. Au bout d'une semaine, il ressemblait à un cadavre.

Le samedi, le gros Gill Fournier fit voter par le conseil municipal, réuni en séance extraordinaire, une résolution dénonçant le scandale permanent occasionné par la présence d'agitateurs professionnels et de drogués parmi les hippies de Percé et ordonnant aux jeunes d'avoir vidé la place avant lundi, cinq heures. Et tout recommença.

Jean-Paul avait mis un Français aux fourneaux. C'était un magicien. On lui apportait des plies, il les transformait en soles de Douvres. Le lundi de l'échéance de l'ultimatum, au menu, il y avait des pattes de crabe des neiges, que les gens de la péninsule ne regardaient même pas comme de la nourriture. Pendant la soirée, le camion des pompiers revint se garer devant la Cabane et les boyaux d'incendie furent à nouveau déroulés. Plus tôt dans la journée, le gros Tousignant avait assermenté une vingtaine de citoyens, transformés dans le temps de le dire en agents de la paix bien sensibilisés au problème hippie. Certains en étaient même imbibés... Et c'est cette meute de fiers-à-bras fraîche émoulue de la taverne du coin et généreusement fournie en battes de baseball, barres de fer, manches de hache et chaînes de bicycle que le maire et son chef de police lancèrent sur la Cabane du Pêcheur à l'expiration de l'ultimatum.

La douche, cette fois, dura un bon quinze minutes, pendant lesquelles les jets d'eau fracassèrent les meubles et la vaisselle qui avaient survécu au premier assaut. Ensuite, les auxiliaires de la loi se ruèrent à l'intérieur en criant et en faisant tournoyer gourdins et fléaux d'armes improvisés.

On va vous laver, gang de crottés!

Gang de chiens sales, on va vous noyer!

On va vous tuer!

Dans la confusion qui suivit, on vit soudain Wilfrid Griffin se dresser devant le gros Tony Tousignant. Il lâcha la chaise qui lui servait de bouclier et attrapa puis immobilisa la tête du chef de police entre ses deux grosses mains calleuses et creusées par le va-et-vient des lignes. Il la maintint emprisonnée un moment, comme s'il s'apprêtait à y déposer un baiser humide. Ensuite, il enfonça l'angle du front de sa caboche d'Irlandais entre les deux yeux du beu et le gros Tony s'effondra avec le même bruit qu'un immeuble de trois étages.

Peu après, Jean-Paul, désireux d'éviter un massacre, s'avança en agitant une nappe blanche en guise de drapeau. Regroupés derrière lui, les jeunes sortirent, le poing levé, trempés des pieds à la tête, avec le mot « liberté » en travers de la gorge.

Ils n'avaient nulle part où aller. Venu de L'Anse-à-Beaufils, un grondement lointain fit soudain tourner quelques têtes. Quelques minutes plus tard, un roulement de tonnerre déboulait la côte Surprise et se répandait dans le village. Tout le monde, citoyens vertueux avec quelques bières en trop et jeunes rebelles cannabisés jusqu'aux yeux, regardait maintenant dans la même direction.

Et la première moto, puis deux, trois, dix, vingt, toute une horde sauvage de Harley surgit soudain de la nuit. En tête chevauchait la plus improbable apparition : sans casque, chevelure de mousquetaire au vent, le motard qui ouvrait cette pétarade arborait, au lieu de la veste de cuir frappée aux couleurs des Sun Downers portée par les autres, une toge d'avocat dont les pans flottaient autour de lui tels ceux d'une cape.

Maître Mario Brien semblait incapable de s'adresser à une fille sans lui donner du *ma chérie, ma belle, mon cœur, ma chère,* etc. Il ne se passerait pas une semaine avant que les premiers graffitis suggestifs à la gloire de l'avocat et de son célèbre barreau n'apparaissent sur les boiseries de l'entretoit de la Cabane. Si son implication dans la défense des poseurs de bombes des vagues précédentes du FLQ était déjà connue, son arrivée caracoleuse à la tête des Sun Downers se révéla être une simple coïncidence : deux membres du gang avaient été malmenés lors du premier assaut contre la Cabane, une semaine plus tôt. L'apprenant, les gars des Sun Downers avaient eu l'idée de se farcir le tour de la Gaspésie, juste pour voir. À Mont-Joli, ils avaient rattrapé, chemin faisant, maître Brien, ce bizarroïde justicier qui cavalait cape au vent du Saint-Laurent sur sa Harley et dont la distribution de bonbons sur l'aire de stationnement d'une halte routière (benzédrine, mescaline, hasch, coke, un peu d'herbe) avait été si appréciée que les motards lui avaient permis de rouler en leur compagnie.

Il y eut encore pas mal de houle sur le *Miloiseau* cette nuit-là. Et le lendemain, les jeunes gens refirent sauter le cadenas sur la porte et se réapproprièrent les lieux tandis que les autorités municipales réfléchissaient à de nouvelles manières d'en finir.

Lorsque Gode vit Marie-France aller se mettre au piano pour évaluer les dégâts, et maître Brien se lever, la suivre, et s'asseoir à califourchon au bout du banc de piano, aussi subtil qu'un chien dans un jeu de filles, il sut qu'il était dans le trouble. Contre un beau parleur, homme de loi de surcroît, auréolé d'une petite réputation, il savait n'avoir aucune chance.

Qu'est-ce que tu joues, ma jolie ?

La *Sonate au clair de lune*.

Ha ! Ça aussi, les Américains nous l'ont volé...

Marie-France lui jeta un rapide coup d'œil, puis plaqua un accord.

C'est vraiment con, ce que tu viens de dire là.

Comment ça, con ? Qui est con ? Moi ?

Comme la lune, dit Marie-France, et elle lui jeta un regard, le dernier.

La conversation s'arrêta là.

Plus tard dans l'été, ils occupèrent un club de pêche au saumon sur la rivière Bonaventure pour y dénoncer les droits exclusifs concédés là comme ailleurs aux Américains, et qui avaient pour effet d'acculer les gourmets locaux à la pêche de nuit au filet ou bien au fanal et à la fourche. L'Opération Bonaventure réussit à perturber les activités halieutiques d'un haut gradé des marines et héros du Vietnam, le général Gore, au moment où il s'apprêtait à piquer un grilse en fouettant les eaux smaragdines de la Bonaventure avec sa Black Bomber préférée : un hameçon numéro 1 garni de plumes de tétras des savanes et d'une touffe de poils de pékan.

Les protestataires prirent le chemin de la prison de Chandler, une morne petite ville dominée par une senteur d'œufs pourris et d'où maître Mario les fit sortir en criant ciseau et chaud lapin. Ils le tenaient bien occupé. Les chèques que signaient les membres du collectif avaient une fâcheuse tendance à rebondir. Une fille de la bande se fit prendre la main dans le panier, en train de vider les troncs à l'église. Activité de financement politique. Le reste de l'été se passa plus ou moins en va-et-vient entre la Cabane, le poste de police, la prison de Percé et le palais de justice.

Le harcèlement policier s'intensifiait. Les jeunes fauchés surpris à faire la manche étaient cueillis et reconduits à la sortie du village.

De passage à Percé, René Lévesque improvisa un point de

presse sur le quai. Autour de lui, des hommes enfoncés dans la morue jusqu'au ventre pelletaient les tas de poissons avec des fourches à fumier. Un chalutier débarquait du rouget. Une attachée politique tenait le parapluie sous lequel le petit homme maigre en imper fripé écartait les doigts, cigarette au bec. Il tombait des hallebardes.

Si vous voulez parler de la Cabane du Pêcheur, fit la voix pareille au frottement d'une lime sur de l'étain, de ceux qu'on appelle *(sourire contrit)* les « hippies », de cette histoire dont il est beaucoup question ici en ce moment, et pas juste ici, mais ailleurs aussi, je vous avoue que je regarde ce qui se passe, comme tout le monde, et je me pose des questions. Parce que quand on voit aller les jeunes qui s'occupent de ça, on a le droit de se demander qui se trouve derrière cette maudite affaire-là. Une poignée d'agitateurs professionnels qui débarquent ici pour faire la pluie et le beau temps *(moue)*, bon, pour le beau temps, ce serait peut-être mieux de repasser un autre jour *(sourire)*, mais moi, pour répondre à votre question, ça me semble impossible que ceux qu'on appelle « les hippies de Percé » ne soient pas appuyés, de près ou de loin, par quelqu'un qui a les moyens de financer leur saprée patente…

Ti-Poil attrapa une main lancée d'un bateau comme une amarre, puis s'approcha du *Miloiseau*.

La pêche est bonne ?

Pas diable. On a des problèmes avec les maudits dragueurs… J'espère que vous allez vous en occuper.

Avec les *quoi* ?

Les dragueurs. Quand ils viennent pour les pétoncles, ils revirent le fond de la mer à l'envers. Ça fait des gros ravages…

Mais c'est tellement bon, répondit Ti-Poil.

Gode et Griffin le regardèrent s'éloigner.

Pis ? demanda Gode.

Cette fois, Griffin ne cracha pas dans la mer.

En cherchant des agates, Gode et Marie-France tombèrent sur une carcasse d'oiseau de mer rejetée par la marée. Elle commençait déjà à sentir. Gode la poussa du bout du pied. On aurait dit un pingouin d'un pied et demi de long, avec un fort bec aplati latéralement et marqué d'une raie blanche.

*Alca torda,* leur dit un touriste qui passait par là, des jumelles autour du cou. Le petit pingouin. Dans le golfe du Saint-Laurent, on les appelle des godes…

Gode trouva Jean-Paul en train de parler avec une fille, une Anglaise, sur le perron de la Cabane. Jean-Paul avait essayé de refiler un chèque en bois à un commerçant des environs et venait juste de sortir de prison. En taule, il avait rencontré le futur ennemi public numéro un des Français, Mesrine, un costaud comme lui, soupçonné d'avoir étranglé une tenancière de motel au début de l'été. Mesrine se trouvait au début d'une carrière de trente assassinats revendiqués et allait recevoir, avant dix ans, dix-huit pruneaux bien comptés tirés d'un camion bâché dans le centre de Paris. Ils avaient sympathisé tous les deux. Mesrine prit Lafleur sous son aile et, histoire de lui enseigner un truc ou deux, massacra complètement un autre détenu devant lui, sans lui laisser aucune chance. Leçon numéro un : pas de pitié.

À la fin de l'été, Jean-Paul avait changé. Ils avaient tous changé. Mais Jean-Paul plus que les autres. Son œil brillait maintenant d'un éclat plus dur.

Ça commence à être pas mal trop hot, ici, confia-t-il à Gode.

Tu parles de la fille ?

Assis sur le perron de la Cabane, ils regardaient la jeune Anglaise s'éloigner sur la plage.

Jean-Paul secoua la tête. À peine s'il sourit.

Non. De la place. Ça commence à être trop connu, ici, trop surveillé. On voit passer toute sorte de monde…

Ouais, ben, c'est assez de chicane dans la cabane pour moi. Besoin d'un break.

Le regard de Jean-Paul vint se poser sur lui.

Où est-ce que tu vas ?

Camper dans l'île avec Marie-France.

Ouais, tu t'embêteras pas, mon salaud…
Il lui flanqua une bourrade affectueuse.
C'était qui, la fille ? demanda Gode.
Quelle fille ?
L'Anglaise.
Ah, elle. Une fille de bonne famille, dit Jean-Paul en haussant les épaules. Janet Travers. Son pôpa est diplomate, je pense…

*Le Temps des fleurs* filait sur la bonne vague avec Gode écrapouti au fond, terrifié par la force du vent et la hauteur des vagues moutonneuses, la brutale inclinaison du dériveur pendant que Marie-France, pendue à la barre avec un grand sourire tout en dents comme ceux des baleines dans les bandes dessinées, tirait une bordée en direction de l'île Bonaventure.

Ils abordèrent à un rivage désert de l'île, burent du muscadet à la bouteille et firent l'amour sur une couverture de laine qui faisait une grande tache rouge sur la plage de galets. Les couples de fous qui, plus tôt dans l'été, avaient recouvert le sommet de la falaise d'une nappe vivante avaient maintenant presque tous disparu, dispersés le long des côtes et dans l'estuaire, au large. Le sexe de Gode était encore enfoui bien au chaud sous la blonde toison quand il tomba endormi comme une roche.

À son réveil, Marie-France examinait à la jumelle un bateau d'excursion bondé de touristes qui s'apprêtait à doubler la pointe, en route pour les falaises de la rive opposée. *Fou de l'île,* lut-elle sur l'étrave.

La compagnie du gros Gill. Les affaires allaient bien. On n'avait jamais autant parlé de Percé. Les motels et les campings étaient pleins. Des vacanciers étaient obligés de coucher dans leurs voitures. Tôt le matin, ils arpentaient les plages près des feux éteints dans l'espoir de surprendre des tout-nus. Le maire lui-même était obligé d'en convenir : les hippies étaient devenus une attraction touristique.

# Nina

On est au début de l'automne, 1999. Après la fête du Travail et le départ des estivants, le retour à la profonde tranquillité des rives encerclées par les forêts du Kaganoma. Un concert de voix aigrelettes explosa dans la cour où les volailles picoraient en liberté. Le terrain d'un hectare formait un vague parallélogramme abouté au lac. Il n'était qu'en partie défriché et les épinettes noires culbutées à la tronçonneuse et laissées à pourrir par le précédent occupant des lieux se mêlaient à un maquis de jeunes sapins et de fougères, d'ifs, de buissons de bleuet et de thé du Labrador.

Nihilo se rua vers l'orée du bois, passa sous les poules réfugiées dans les branches des arbres et énervées comme des vieilles matantes. Un peu plus loin, il tomba face à face avec un matou d'environ vingt kilos qui avait le pourtour de la gueule tartiné de plumes rousses et le contemplait fixement. Le félin s'éloigna sans se presser à travers les rais de soleil qui striaient le sous-bois.

Il revint plus tard ce jour-là, lui ou un autre. Nihilo sortit, pointa le fusil vers la grosse tête ronde encadrée d'une broussaille de favoris, releva sa ligne de tir d'un bon mètre et lâcha une bordée. La bête disparut en quelques bonds.

À la rencontre suivante, Sam tira deux coups de fusil bien espacés par-dessus la tête du lynx tapi à la lisière des épinettes, à dix pas du poulailler. Allongé comme un sphinx sur le tapis d'aiguilles d'épicéa, son visiteur continua de le dévisager avec le même air d'insouciance suicidaire et de connaissance insondable. Cette fois, il n'avait même pas bronché.

À la bibliothèque municipale de Maldoror, en face de l'aréna, Sam retira des rayons tout ce qu'il pouvait trouver sur le lynx. Il s'assit à une des tables près des fenêtres pour trier la pile de livres. Il lut sur le programme espagnol de réintroduction du lynx et sur celui du Colorado, avec des spécimens capturés au Yukon et en Abitibi.

Le lynx du Canada dévorait en moyenne 200 lièvres par année. Les jeunes, généralement au nombre de deux, passaient le premier hiver avec leur mère.

Les vieux trappeurs l'appelaient « pichou », un mot dérivé de l'algonquin *pesheen*. À une certaine époque, le terme avait aussi servi à désigner les raquettes de babiche.

Dans un bouquin sur la symbolique animalière des cultures amérindiennes, le lynx était présenté comme le « détenteur des secrets ». Dans un autre ouvrage intitulé *Découvrir son animal-totem*, on affirmait que pour percer les secrets les plus opaques il suffisait de faire appel à la médecine du lynx. Aux yeux des adeptes de cette médecine, ajoutait-on, il était évident que le sphinx de l'Égypte antique n'était pas un lion comme on l'avait toujours cru, mais bien un lynx. « *Si le lynx frappe à votre porte, écoutez-le !* » concluaient les auteurs, avant d'y aller de cet ultime conseil : « *Devenez un lynx et affichez le sourire de Mona Lisa !* »

Samuel avait connu Phil Baron au Loup Blanc, où Marie-Québec assurait quatre ou cinq quarts par semaine, habituellement de quinze à vingt et une heures. Phil était un de leurs voisins au Kaganoma, un gars dans la cinquantaine avec un crâne dégarni et une queue de cheval d'une couleur argentée uniforme, qui avait tout lâché et craché 6 000 huarts pour se payer son rêve : un camp de chasse un peu crasse avec le numéro du bail de location du ministère des Ressources naturelles affiché à côté de la porte. Phil vivait avec Joey, une jeune marmotte qui l'accompagnait dans ses déplacements, tapie sous le capot de sa vieille Dodge Chrysler, jouquée dans le châssis. Phil se faisait un plaisir de soulever le capot et de vous montrer le tapon d'un brun tirant sur le roux pelotonné contre le bloc-moteur. Joey était entré dans la vie de Phil pendant une excursion de pêche printanière au cours de laquelle celui-ci, rendu à la moitié d'une caisse de bière, avait garé son bazou un peu n'importe comment au-dessus du terrier familial. Il avait mis du temps à comprendre pourquoi, au moment du départ, une grosse marmotte en maudit avait pris son auto en chasse, comme aussi à identifier le dernier bruit en date (un sifflement déchirant suivi d'un trémolo) produit par un moteur déjà réputé pour ses talents musicaux.

Maintenant, quand Phil se garait quelque part en ville, il recherchait les cours et les terrains vagues les mieux fournis en trèfles et en pissenlits.

En parlant avec les clients du Loup, Samuel avait appris que Richard Godefroid, l'ancien felquiste, avait déjà passé quelques étés dans la région au milieu des années 80. Un temps, il avait même loué un chalet au bord du lac voisin de celui de Sam, le Salaberry. Ses informateurs ajoutaient que Baron l'avait bien connu et serait peut-être disposé à parler.

Le camp de ce dernier se trouvait à environ un kilomètre plus au nord sur le Kaganoma. Il y avait toujours un feu — feuilles mortes, branches, sapinage, vieilles planches, bardeaux d'asphalte pourris — fumant plus ou moins dans un coin de l'épaisse forêt de « cyprès » (ou épinettes noires) pentue qui lui servait de terrain. Une caisse de vingt-quatre entamée posée à distance de marche. Une scie à chaîne qui aurait eu besoin d'un sérieux affûtage laissée en plan dans le sous-bois. La cour était une dompe. L'intérieur du camp un bric-à-brac. Le quai d'accostage un *work in progress*.

En l'aidant à faire un sort à un six-pack de Miller Lite, Samuel écouta Baron lui raconter que Gode, comme on l'appelait, était un natif du coin, de Villebois très précisément, un village de colons pour ainsi dire assis sur le 49$^e$ parallèle, là-bas, en haut de La Sarre. Pour se faire oublier après sa sortie de prison, Gode était monté en Abitibi et avait travaillé pendant quelques étés comme débroussailleur dans les concessions forestières du Nord-Ouest.

C'est comme ça que Phil l'avait connu. Ils avaient débroussaillé ensemble dans le bout de Joutel et c'est Phil qui lui avait refilé le tuyau pour le chalet du lac Salaberry. Ils chassaient ensemble, prenaient un coup. Lorsque Gode était reparti, ils s'étaient arrangés pour garder le contact, de loin en loin. S'il venait à passer à Maldoror, Gode se pointait au Loup Blanc vers quatre heures et pouvait être sûr de trouver son vieux pote dans un état variable de sénescence alcooloïde. Une fois, il était même venu présenter un film qu'il avait coproduit au Festival de l'engagement, mais son arrivée avait coïncidé avec le pic d'une période pendant laquelle Phil avait une fâcheuse tendance à se faire arrêter à huit heures du matin avec une haleine à détraquer l'alcootest à cinq pas de distance et à tenir deux heures plus tard des discours parfaitement étranges avec une traque de cocaïne de la largeur de l'esker Kaganoma dans les narines. Il n'avait conservé aucun souvenir de cette visite de Gode.

Pendant que Phil parlait, Samuel Nihilo songeait que, par deux fois déjà, leurs routes, à Godefroid et lui, avaient failli se croiser, *s'étaient* croisées, quelque part sur ces terres sableuses semées d'austères pins grichous et dans ces entrelacs du temps qui raccordaient le futur au passé. Comme si Gode et lui avaient possédé un même territoire, encore bien plus grand que celui des couguars, et qui les voyait cheminer l'un par rapport à l'autre, s'éloigner et se rapprocher, sans le savoir.

Tu veux que je t'en conte une bonne? éructa Baron en écrasant sa cannette de Miller vide entre ses doigts. Avec des amis, en 1969 ou 1970, me souviens plus, sur la brosse un soir, on a défoncé la caserne locale et on est repartis avec une demi-douzaine de FN et des walkies-talkies. Rien à voir avec le FLQ. Le stock s'est retrouvé entre les mains d'un réseau de braconnage et de revente de viande d'orignal, mais ça, c'est une autre histoire. Sauf que quand les mesures de guerre sont arrivées, ils sont venus me chercher dans ma chambre payée à la semaine en haut du bar de danseuses et je suis devenu le premier prisonnier politique de l'histoire de Maldoror. Des années après, quand le chef de police m'a payé une bière pour se faire pardonner, j'ai été le premier à en rire. Et il m'a raconté que deux jours après l'entrée en vigueur de la loi spéciale, il avait reçu un coup de fil du grand patron de la SQ. Le grand chef l'appelait pour l'avertir que, vu de Montréal, les gars avec la cerise sur l'auto se pognaient un peu trop le beigne à Maldoror. Trois arrestations pour toute l'Abitibi, ça faisait pas très sérieux. Il fallait plus de perquisitions. Et il a dit qu'il lui enverrait des hélicoptères. Essayez de créer de l'ambiance, qu'il lui a dit, le grand manitou, ensuite il a raccroché.

Il a vraiment dit ça ? De l'ambiance ?

Ouais. Avec des hélicoptères.

Est-ce que Gode t'a déjà parlé de la mort de Lavoie ?

Jamais.

Sam lut *La Mouette*. Puis la relut. Il réfléchissait. « Quand Trigorine, écrivit-il, voit Nina et la mouette qui vient d'être abattue, il perçoit instinctivement le symbole, imagine tout de suite l'histoire : Nina libre comme l'air au bord de son lac, séduite par désœuvrement, vouée à une mort dans l'âme aussi inutile que le coup de fusil de Treplev. Le schéma de la "nouvelle dans la pièce", qui se substitue ici à celui de la "pièce dans la pièce", veut que Trigorine, grâce à sa pulsion créatrice, anticipe à la fois sa liaison avec Nina et son dénouement. Mais la vision de Tchekhov est plus large : ce n'est pas de séduire Nina qui provoque la mort annoncée et symbolique de la jeune fille, mais plutôt le fait que l'écrivain conçoive d'emblée leur idylle sous la forme du récit, d'une histoire. De cette chose en rapport avec la vie, mais qui, à l'opposé des vraies grandes histoires d'amour, contient déjà sa propre fin enfermée dans le commencement. En fait, Trigorine ne séduit pas Nina par désœuvrement. C'est le contraire : il la séduit par *œuvrement*... »

Marie-Québec s'étiolait. Elle n'aimait pas son travail, les habitués du Loup Blanc confondaient les tabourets du bar avec un divan de psy et lui pompaient toute son énergie, sans compter que si elle avait encaissé un dollar chaque fois qu'elle entendait les mots « cul » et « totons », elle serait millionnaire. Mais c'était un travail, et une forme de reconnaissance sociale (médiocre, libidineuse, peu importe) y était associée. Alors que travailler sur un Tchekhov à Maldoror, ce n'était rien. De par leur précarité et leur éloignement, les troupes régionales se voyaient interdire à la fois le circuit des tournées de province et les scènes de Montréal, de sorte que tenir l'affiche quatre, cinq, six ou sept soirs maximum, au théâtre de l'Or en barre Loblaws, était ce qu'on pouvait en général espérer de mieux comme succès, avant de voir tout ce travail : la lente approche du texte, l'approfondissement de la lecture, la mémorisation, réplique après réplique, la mise en bouche, les italiennes, la gestuelle, l'incarnation de cette seconde peau de mots, l'apprivoisement du rôle, les répétitions, la générale, l'exaltation et la fatigue, le labeur et le trac, retourner au néant.

En ce début d'automne, elle semblait osciller sans cesse entre un début de fatigue chronique, ses insomnies, son SPM, les séquelles polymorphes d'une vieille mono et des idées noires pouvant s'apparenter à une dépression post-partum par défaut. Qu'est-ce qui te ronge, à la fin ? voulait-il crier. Il se retenait, comme s'il craignait de provoquer l'irréparable. De réveiller le chat qui dort. Et c'était comme si les personnages qu'elle habitait le temps d'une production ne la mettaient au monde que pour mieux la laisser mourir, ensuite, à petit feu de la rampe.

Il la trouva assise sur la terrasse. À mesure que l'automne avançait, sa douleur intérieure était devenue un masque qu'elle pouvait mettre sur son visage et retirer à volonté.

Samuel se tira une chaise, s'assit et posa ses coudes sur la table.

Il faut que j'aille à Montréal… J'ai affaire là-bas. Des gens à rencontrer. Des archives à consulter.

Quand ?

Demain. Je vais partir demain matin.

Et tu vas être à Montréal à trois heures de l'après-midi, pendant que moi, je vais écouter Phil Baron me faire des propositions qui seraient capables de faire rougir une star de films pornos…

Il fait ça?

Sont tous pareils. Tu devrais les entendre.

Pas sûr que j'aimerais ça autant que toi.

Ha!

Mais je veux pas que tu restes toute seule ici.

Et où tu voudrais que j'aille?

Pourquoi pas chez tes parents?

Pas question. Je vais rester ici, avec le fantôme du Kaganoma pour me tenir compagnie.

OK. Mais je vais faire une chose pour toi. Je vais te montrer comment te servir du fusil.

T'es tombé sur la tête ou quoi? Si tu te sens coupable de me laisser toute seule, c'est ton problème.

Peut-être, mais un 12 pointé vers la bedaine, c'est un langage universel.

Tu perds ton temps…

Si un ours essaie d'entrer, tu fais quoi?

Si tu penses que c'est si dangereux pour moi de rester ici, alors pourquoi tu t'en vas?

Pour mon travail.

Ha!

Sam se leva pour aller dans son bureau. Un fusil est un étrange outil qui fait naître la menace autant qu'il la conjure. Il revint sur la terrasse, le Baikal superposé, ouvert, pendait à son bras. Marie-Québec se détourna et contempla, au-delà du lac bleu et brillant en contrebas, la grande forêt qui courait jusqu'à Maldoror. Elle fit non de la tête.

# Corée, la colline 187, printemps 1953

Le général avait fait honneur à sa réputation de solide fourchette, mais il regrettait maintenant sa faiblesse momentanée devant le petit armagnac de derrière les fagots, *one for the road*, avait lancé un général Libby déjà passablement éméché par les trois bouteilles de Romanée-Conti de sa réserve personnelle, réquisitionnées à Dijon moins d'une dizaine d'années auparavant et qui l'avaient suivi à Séoul, un excellent pinot noir dû à la dipsomanie des moines de l'abbaye de Saint-Vivant, et d'autant plus précieux que l'épidémie de phylloxéra en avait interrompu la production à partir de 1946. Dans la jeep qui le ramenait en cahotant vers les lignes, Bédard, tout en s'efforçant de maîtriser les flots acides qui refluaient de son estomac, faisait de son mieux pour démêler les bribes d'information charriées par la radio de bord branchée sur la fréquence du QG du régiment. La mauvaise transmission, la fébrilité confuse des communications du front vers l'arrière et des rapports des postes avancés ne l'aidaient certes pas à se faire une image claire de la situation sur le terrain.

Comme prévu, les Chinois concentraient leur feu sur le secteur occupé par la compagnie C, sur le flanc droit du troisième bataillon. Là où se trouvait, comme le savait bien Bédard, le point le plus vulnérable de son dispositif : une arête avancée, faisant saillie, exposait à cet endroit la ligne d'un peu plus de quatre kilomètres tenue par la brigade canadienne. Au cours des derniers jours, les Chinois avaient multiplié les patrouilles dans cette direction et, pendant les pilonnages de routine, cette crête avait reçu plus d'attention que les secteurs voisins. Un autre détail fatiguait le général : il opérait avec deux bataillons en ligne et un autre en réserve. Or, ladite réserve, constituée d'un contingent du Royal 22e fraîchement débarqué, avait dû être placée en couverture derrière le bataillon déployé sur le flanc gauche, où une trouée menaçait son système défensif. Sa marge de manœuvre s'en trouvait d'autant réduite.

La nuit, les communistes faisaient comme si le no man's land leur appartenait. Les Canadiens déployés dans le secteur étaient des nouveaux et les Chinois le savaient sûrement. Les unités essuyaient constamment des tirs. Bédard avait fait expertiser des fragments d'obus récupérés dans cette zone depuis quelques jours. La plupart provenaient de canons susceptibles de servir en cas d'attaque contre ses positions. Autant de bonnes raisons de fausser compagnie au général Libby.

Bédard sauta de la jeep tandis qu'elle roulait encore et déboula dans le mess des officiers. Il y interrompit une petite fête organisée en l'honneur d'un lieutenant-colonel qui rentrait au pays. À sa vue, les hommes s'immobilisèrent, le verre à la main. Le sourd éclatement des obus martelant la terre illuminait la nuit asiatique à l'arrière-plan. Les lignes chinoises se trouvaient à 800 mètres en face.

Je veux voir tout le monde à son poste, dit, la voix un peu essoufflée, très calme, le général.

Les deux premières patrouilles envoyées en reconnaissance par le troisième bataillon, fortes d'une dizaine d'hommes chacune, furent accrochées en face de l'arête rocheuse et pratiquement anéanties. Peu avant minuit, le tir de barrage s'intensifia, visant toujours la compagnie C.

Et l'attaque vint. À minuit pile.

Les éclaireurs chinois avaient bien fait leur travail et les vagues d'assaut successives se faufilèrent entre les barbelés découpés par les sapeurs, envahirent le no man's land et se ruèrent vers la position avancée où elles furent aussitôt engagées par un peloton téméraire. Le général Bédard plaça immédiatement les canons de sa brigade sous les ordres du lieutenant-colonel Taylor, qui commandait le troisième bataillon, puis se précipita sur le radiotéléphone et réclama à grands cris l'intervention de l'artillerie du corps d'armée, déployée sur les hauteurs. À minuit et cinq très précisément, les obus des Nations Unies se mirent à pleuvoir sur les petites silhouettes pliées en deux qui galopaient à la rencontre de leur ennemi de classe dans la poudreuse obscurité du champ de bataille, et sur leurs arrières, pilonnant les lignes de ravitaillement de l'armée chinoise. Bédard écouta un rapport des services de renseignement américains chargés d'intercepter et de décrypter les communications des rouges : apparemment, les projectiles alliés leur faisaient manger de la terre là-bas et personne ne la trouvait drôle.

Bédard sortit évaluer la situation. Au moment où il gagnait son poste d'observation, des avions amis volant bas surgirent de l'horizon et lâchèrent des chapelets de fusées éclairantes qui descendirent lentement au-dessus du champ de bataille, illuminant la scène comme en plein jour. Le général cligna plusieurs fois des yeux dans la fumée piquante, puis les vit : vague après vague de petits soldats jaunes et grimaçants dans leur uniforme bleu de l'Armée du peuple, fanatisés et vengeurs, pareils à des jouets mécaniques, songea-t-il. Et regarde-les bien, ces colonnes de guerriers jaillis de la fourmilière au premier coup de pied. Leur force innombrable, prête à submerger le monde.

# Le premier hold-up

La police mettait un temps infini à arriver. Des kilomètres d'hiver gaspésien et de montagnes et de mauvaises routes isolaient Cloridorme, serré entre les flancs des Chic-Chocs et la mer. L'alarme avait été déclenchée depuis un bon cinq minutes lorsqu'ils émergèrent dans l'air glacé, des passe-montagnes enfilés sur la tête en guise de cagoules. Attirés par la stridence de la sonnerie, des gens, rassemblés sur le trottoir devant la caisse populaire, les examinaient comme des bêtes curieuses. Gêné, Ben n'osa pas pointer le fusil tronçonné dans leur direction. Les deux pieds de Gode patinèrent sur le verglas de l'allée au moment où il se mettait à courir et il s'envola, serrant contre sa poitrine le sac en papier brun rempli de billets. À genoux dans la neige, il enfournait les coupures petites et grosses dans le sac qui s'était déchiré, se releva, le sac plaqué sous le bras comme un ballon de football, il sacrait entre ses dents serrées et l'argent continuait de s'échapper du sac et de voltiger dans la neige derrière lui. L'auto bondit à leur rencontre. La dernière chose que vit Gode en jetant un coup d'œil par la lunette arrière au village qui s'éloignait à toute vitesse, c'est les gens, à genoux dans la neige, qui ramassaient l'argent.

# Pierre

Levant les yeux de sa draft à la taverne Berri-de-Montigny, Gode repéra François arrivant de la gare d'autobus, en imperméable londonien, les deux pieds dans la sloche, sa valise au bout du bras. Son meilleur ami était maintenant assis en face de lui devant un verre de bière et c'était comme s'ils reprenaient une discussion commencée presque deux ans plus tôt, au Flore ou au Mabillon, au Rostand. À cette différence près : ils parlaient maintenant moins de littérature et un peu plus de révolution. Les grands yeux doux et allumés derrière les fonds de bouteille. Langlais portait les cheveux plus longs et se faisait maintenant appeler Pierre Chevrier. Il avait séjourné à Paris et à Londres, avait voyagé : Suisse, Espagne, Maroc, Algérie. Luc Goupil, le bel androgyne du Old Navy, lui avait présenté d'autres felquistes en exil. Certains s'occupaient de mettre sur pied une délégation étrangère qui aurait pignon sur rue à Alger. D'autres se trouvaient à Cuba. Pierre, lui, se joignait à la bande de la Cabane du Pêcheur au moment précis où celle-ci, fuyant l'hiver gaspésien, se cherchait une base d'opération plus proche de Montréal. L'année 1970 commençait…

Appelle-moi Pierre, disait François chaque fois que Gode l'appelait François. Il était toujours aussi avare de mots et ressemblait plus que jamais à un chevreuil ébloui par les phares d'une auto. Petit Génie.

J'ai un livre pour toi, dit soudain Chevrier, et il se pencha et fouilla un moment parmi les sous-vêtements sales et les magazines entassés dans sa valise.

J'ai l'impression que ma valise a été fouillée à l'aéroport, dit-il.

Ah ouais ? Pourquoi ça ?

Ça a pris une éternité avant que je puisse la récupérer. Tu te sens jamais surveillé, toi ?

Gode haussa les épaules. Pierre écarta quelques chaussettes défraîchies, sortit de sa valise le *Petit manuel de guérilla urbaine* de Carlos Marighella et le posa sur la table.

Gode leva deux doigts à l'adresse du barman.

# Golan

Le consul d'Israël à Montréal se nommait Moshe (Moïse) Golan. Trois ans après la guerre des Six Jours, c'était un peu comme si un diplomate français s'était appelé Clovis Alsace-Lorraine. La camionnette de location de type Econoline était rangée le long du trottoir, rue Saint-Denis, en face du carré Saint-Louis. Derrière, le gyrophare de l'auto-patrouille barbouillait d'éclairs sanglants les bancs de parc sur lesquels avaient jadis déclamé les poètes.

Tu vas sortir et venir me débarrer la porte, dit, après avoir jeté un coup d'œil au permis en règle, le policier debout près de la portière du chauffeur.

Pourquoi? demanda Lancelot.

Parce que. Je veux jeter un coup d'œil...

Mais pourquoi vous m'avez arrêté?

Ton flasher du côté gauche est brûlé.

Vous êtes supposé me donner un quarante-huit heures.

Viens me débarrer la porte, j'ai dit.

C'est de l'abus de pouvoir, lança Lancelot pour gagner du temps. Ils savent ce qu'ils cherchent, réfléchit-il. Et ils me connaissent...

Ayant fini par obtempérer, il regarda l'agent s'enfourner le haut du corps dans l'espace de rangement de l'Econoline pendant que son collègue examinait certains des documents contenus dans la boîte à gants. Ce dernier exhiba bientôt une feuille de papier sur laquelle était crayonnée une série de numéros de téléphone et d'indicatifs de stations de radio. Des noms de journalistes connus figuraient entre parenthèses. Le mot « Golan » était écrit en gros en haut de la feuille.

Le premier agent venait, lui, d'apercevoir le panier d'osier de la taille d'un coffre, assez grand pour contenir un homme. Il savait reconnaître une arme illégale quand on essayait de lui en passer une sous le nez et porta en conséquent un intérêt marqué au fusil à pompe Remington de calibre 12 à canon scié. Commença par s'assurer que l'arme était déchargée.

Et ça, tu t'en sers pour la chasse au canard, peut-être ?

Comment vous avez fait pour deviner ?

Au canard en plein mois de février ?

Non, au lièvre…

Le fusil dans la main gauche tandis que sa dextre papillonnait au-dessus de l'étui à revolver, l'agent recula de deux pas et ordonna à Lancelot de placer ses deux mains bien à plat sur l'aile du véhicule, en pleine vue, et d'écarter les pieds. Son collègue arriva en agitant la feuille de papier.

L'impression qu'il doit être journaliste ou quelque chose du genre…

Les doigts crispés sur la tôle froide, Lancelot endura les mains de l'autre sur ses hanches.

Ça veut dire quoi, Golan ?

C'est un plateau, comme ici…

Où ça, un plateau ?

Sous vos pieds. Je parle du plateau Mont-Royal. Celui du Golan est en Syrie, mais depuis trois ans, l'État sioniste l'occupe illégalement.

De quessé qu'il raconte ?

Je sais pas, mais il va venir nous expliquer ça au poste.

# Mossad

Après une nuit en taule, Lancelot comparut et maître Brien, aussitôt accouru, obtint en un tournemain sa remise en liberté sous caution. L'avocat l'assura qu'il pourrait s'en tirer avec une inculpation de possession d'une arme interdite. Ils allèrent se soûler dans le Vieux-Montréal pour fêter ça.

La liste saisie dans la boîte à gants atterrit le lendemain sur le bureau du lieutenant-détective Gilbert Massicotte, de la CATS, qui l'examina avec intérêt. Il lui fallut une trentaine de minutes pour relier le Golan de l'en-tête au consulat d'Israël.

Bon Dieu, on dirait bien que nos p'tits gars mijotent un enlèvement, se dit-il.

Il ne regrettait certes pas d'avoir tuyauté les patrouilleurs du SPVM au sujet de ce Lancelot et de son Econoline de location.

Le temps d'émettre un mandat d'amener, l'animal avait eu tout le temps de disparaître dans la nature. Déjà connu de la police, le Lancelot avait toujours eu le don de se faire remarquer et son dossier à l'antiterroriste était bien épais. Arrêté dès 1963 pour une histoire de cocktails Molotov, photographié, depuis, dans toutes les manifs, il devint, à l'hiver 70, un révolutionnaire romantique en cavale, jouissant d'un statut quasi officiel. Le complot contre le consul israélien acheva de faire de ce Robin des Bois urbain le polichinelle des polices secrètes. En plus des équipes de filature déjà appelées à croiser ici et là son chemin, on vit bientôt apparaître, le long de sa route, quelques gars locaux du Mossad, LA référence dans la profession.

# Mars

C'est Coco Cardinal qui, ce printemps-là, leur dénicha le bunga-low de la rue Collins, à Saint-Hubert. Gode et les Lafleur l'avaient connu au RIN. Jean-Paul convainquit son amante du moment, la belle Lou Ballester, de jouer à monsieur et madame, et c'est sous l'identité d'un jeune professeur marié et sans histoire qu'un cer-tain Jean-Paul Hamel, accompagné de sa jolie épouse, signa le bail. Le décor : deux rues parallèles de pas tout à fait un kilomètre de long, posées, comme si elles tombaient du ciel, au milieu des champs plats entrecoupés de boisés de ferme, de lisières arborées et de dépotoirs sauvages.

On y trouvait une collection d'habitations allant du cottage bas de gamme au pavillon de banlieue typique en passant par la maison mobile. Le bungalow que loua Jean-Paul était situé au 140. On y accédait par un portique : le salon était à gauche, la cuisine à main droite, où une autre porte donnait au nord-ouest sur la maison du voisin. Un couloir menait à la salle de bain et aux deux chambres. Un garage était aménagé dans le prolongement du toit.

Avec l'aide de René et des autres membres de la bande, ils passèrent une fin de semaine à tout repeindre. Ensuite, ils ache-tèrent des meubles à crédit chez Woolco. Ils n'avaient aucune intention de rembourser. Depuis longtemps déjà, l'endettement systématique et sans retour était devenu le principal mode de financement de leurs activités.

À quelques centaines de mètres de là passait le chemin de la Savane, et un peu plus loin commençait l'aéroport. Il avait une vocation militaire. Le quartier général de la base, qui abritait le commandement de la Force mobile, se trouvait à moins d'un kilomètre vers le sud. Les aérodromes et les hangars d'aviation étaient visibles des chambres à coucher du bungalow.

Tandis que, pour chasser la grisaille d'un après-midi de mars, Lou et Jean-Paul faisaient l'amour sur un matelas posé à même le plancher d'une des chambres, des jeeps allaient et venaient plus loin comme des scarabées sur la neige sale.

# Milan, été 70

Malgré qu'il eût été fondé par des Écossais, le village portait le nom d'une ville italienne. La rue principale montait vers l'église dressée sur un des contreforts appalachiens qui ondulaient jusqu'aux montagnes blanches du New Hampshire. Après l'église, le chemin tournait vers le sud, passait devant l'école, traversait un bois et débouchait sur un paysage vallonné de champs pour la plupart en friche et de sombres forêts. Au bout du chemin se trouvait la ferme. La maison était en bois, recouverte de bardeaux de cèdre. Plus loin se dressait la grange, son vieux bois viré aussi brun qu'une fourrure de bête avec le temps. À l'ouest, par temps clair, on voyait poindre la fumée du moulin d'East Angus. Et au sud, le massif du mont Mégantic semblait à la fois proche et distant comme certaines îles.

Mai, les chants des oiseaux, le vent chaud dans les cheveux, les parterres de trilles et d'érythrones dans les sous-bois. Les nids. Marie-France n'avait jamais été aussi jolie, Gode jamais aussi fringant. Pour les gens du village, ils étaient un couple de hippies pratiquant la nudité, la consommation de drogues et les orgies sexuelles avec tout un tas d'amis du même genre.

Ils passaient leurs après-midi à retaper les bâtiments et à réparer les clôtures dont Brutal, leur bouc lubrique de race alpine, culbutait les piquets à mesure, et à parler de complots, de compost, de couples.

Et de la Prison du peuple.

Marie-France avait vu le plan dessiné sur une feuille qui traînait : un rectangle représentait la remorque de camion destinée à être enterrée au bout du champ pour servir de cellule.

René avait demandé à Nicole de sortir un flacon de chloroforme en douce de l'hôpital où elle travaillait, parce que, à moins d'avoir été endormi au préalable, un homme placé dans le coffre d'une auto pouvait se débattre et c'était un problème.

Officiellement, ils élevaient des chèvres.

# Raie

En avril 70, le Petit Albert, à trente-six ans, avec un coiffeur attaché en permanence à ses pas, avait pris le pouvoir à Québec. Toujours aussi échevelé, le surnommé Ti-Poil avait été battu dans son propre comté et avait dû se contenter d'une maigre députation de sept élus, même si sa formation indépendantiste avait récolté 23 % des suffrages. Chevalier Branlequeue, qui s'était présenté comme candidat indépendantiste indépendant dans Taillon, recueillit 3 000 voix. Richard Godefroid et les frères Lafleur, qui voulaient bien accorder une dernière chance à la démocratie, avaient collé des affiches et fait du porte-à-porte et des téléphones pour lui et transformé son comité électoral en une manière de cheval de Troie progressiste et d'ultime façade légale, en pure perte. Dans Boucher, Paul Lavoie, le rival malheureux de Vézina à la course à la chefferie, était passé comme une lame dans du beurre.

Dans le petit local qui sentait la vieille pizza, le stylo-feutre et la fumée de cigarette, Gode et Chevalier furent parmi les derniers à s'attarder devant le gros poste en noir et blanc sur l'écran neigeoteux duquel ils venaient de voir le Petit Albert, la raie impeccable, livrer son discours de la victoire d'une voix dont les maigres envolées évoquaient les bêlements d'une chèvre.

Les bras ont encore gagné, constata Gode lugubrement.

Fais pas cette tête-là, lui reprocha Chevalier.

Ils buvaient une petite Molson en savourant la douce amertume de la défaite.

Quelle tête?

Une tête d'enterrement…

Mais vous savez bien ce que je veux dire. Sur le terrain, les travailleurs d'élection du Parti libéral sont prêtés par la mafia de la construction et ils font leur pointage à coups de battes de base-ball et de barres à clous! Même le PQ, ici, a été obligé de marcher sur ses beaux principes et de s'allier à la pègre pour se paqueter des assemblées. Et si ce monde-là n'avait pas écœuré Bourgault au point de l'amener à se retirer, vous auriez pas eu besoin de vous présenter pour sauver l'honneur des forces indépendantistes, pas vrai?

Vingt-trois pour cent, Gode… On dirait que tu te rends pas compte! Il y a juste quatre ans, le RIN s'en allait tout croche à l'abattoir. Vingt-trois pour cent en 1970, c'est 34 % dans quatre ans, c'est 45 % dans huit ans. Ça veut dire le pouvoir…

Huit ans de coups de matraque, c'est trop long. Vous pouvez bien continuer de faire confiance au système si ça vous chante, mais dans huit ans, il restera même pas un morceau de pays assez grand pour planter votre drapeau du Kébek… La sainte Trilogie va s'être occupée du reste.

La sainte Trilogie?

La mafia, le Parti libéral et les Américains. Tsé veux dire?

Tu sais quoi, Gode? Travailler à libérer un pays, c'est comme pisser dans le feu, debout contre le vent. Le mieux qu'on puisse faire, c'est de pas éteindre la flamme…

Ouais ben, moi, Chevalier, je sais ce qui me reste à faire.

# Jean-Claude s'en va-t-à Québec
## (la suite)

Je sais pas qui vous êtes. Vraiment aucune idée. Je m'adresse à vous parce que, quand je suis tout seul dans mon auto, comme ça, ça ne manque jamais : je me mets à ressasser. Les événements de cet automne-là et certains détails en particulier reviennent me hanter, et aussitôt que tout recommence à s'embrouiller, là-dedans, je sors ma petite enregistreuse et je l'approche de ma bouche et c'est là que j'essaie de vous imaginer. Vous êtes là-bas quelque part dans le futur et toute cette histoire, en supposant même qu'elle puisse jamais vous intéresser, doit vous paraître épouvantablement compliquée. Voyons. On est un lundi, un peu avant six heures du matin, en 1973, au mois d'octobre. Quelque part sur la 20 entre Montréal et Québec et sur le point de franchir la rivière Richelieu sur, je vous le donne en mille, le pont Paul-Lavoie. Rebaptisé comme ça il y a deux ans. Une structure autoroutière bien ordinaire, du ciment qui fait son travail de mémoire en toute discrétion. Je dirais que c'est la principale différence entre la politique et le crime organisé : la Mafia coule des types dans le béton, le gouvernement, seulement les noms. Et maintenant, il faut encore que je vous explique une ou deux petites choses. Ce que j'aimerais… Attendez un peu. Ce que je voudrais bien vous faire comprendre, c'est pourquoi le Petit Albert, après seulement trois ans au pouvoir, va déclencher des élections anticipées, peut-être dès cet automne, et faire campagne sur le dos des séparatistes plutôt que contre la pègre. Et pourquoi il va les gagner.

Dans la course à la chefferie, souvenez-vous, Ti-Paul Lavoie s'est fait laminer par la machine électorale du colonel Lapierre. Tonton a attrapé Albert Vézina par le fond de culotte et l'a déposé sur le trône. Entre-temps, Lavoie, aplati comme une crêpe, était complètement lessivé. La caisse était vide. Il devait 175 000 piastres. Et Vézina n'avait aucune raison d'attendre qu'il se refasse une santé pécuniaire pour déclencher les élections. Elles arrivaient, en avril 70. Lavoie aurait pu baisser pavillon. Tout le monde aurait compris. Mais c'était un sapré bagarreur, alors il a décidé de s'accrocher et de poursuivre le combat à l'intérieur du parti. Oh, il s'est rallié au nouveau Cheuf, pas de doute. S'est dépêché de l'assurer publiquement de sa loyauté. À l'entendre, il mettrait désormais son expérience à la disposition du vainqueur, mon cher Albert, je serai ton bras droit… Ah ah ! Lavoie n'était pas pressé. Il avait les trois quarts des députés derrière lui et n'avait pas cinquante ans. L'outsider, c'était Vézina, empêtré dans ses diplômes, tiré à quatre épingles. Et encore tellement vert que ça valait le coup d'attendre un peu, pour voir si le roseau allait casser ou plier. *Bend over,* Albert…

Lavoie s'est représenté dans son comté, mais il savait maintenant à quoi s'en tenir. Il n'avait pas affaire à des enfants de chœur, non monsieur. La lutte au sommet avait laissé des traces qui confirmaient en gros ce que Lavoie avait compris depuis longtemps : pour tirer son poignard du jeu en politique, il faut être prêt à se salir les mains. C'était un homme qui avait toujours fait des dettes, la combinaison hasardeuse d'un tempérament dépensier et d'un pourvoyeur de famille élargie. Il aimait les montres tapageuses, les chaînettes en or ou en argent, ces petits signes d'aisance matérielle qu'on peut discrètement afficher en public. Une mentalité de parvenu, si vous voulez, mais dans les années 60, c'est tout le Québec qui l'était. Après avoir passé son barreau, Paul avait voulu voir de l'action, mais sa belle plume l'avait détourné de ses hautes visées et fait atterrir au *Devoir*. Où, tombé sous la coupe du frère Économe, il fut condamné à tirer le diable par la queue. Financièrement parlant, chroniqueur au *Devoir* vous situe quelque part entre le natif du Biafra et le petit fonctionnaire colonial.

Parachuté correspondant parlementaire dans la Vieille Capitale, notre ami s'y est découvert un certain génie pour arrondir ses fins de mois. D'un côté, il dénonçait les scandales les plus fétides (les *nauséabondieuseries*, néologisa-t-il alors fameusement) qui entouraient la pratique du pouvoir et cette merveilleuse machine à faire de l'argent qu'est n'importe quelle administration publique comme la fange entoure le cochon. De l'autre, il perfectionnait l'art de se constituer partie entremetteuse entre les politiciens côtoyés sur une base quotidienne dans les couloirs de l'Assemblée et autour des bonnes tables de la Grande-Allée et des hommes d'affaires de sa connaissance. Comprenez-moi bien : cette ristourne qu'il touchait pour ses bons offices, il en avait besoin ! Bouches à nourrir et tout le bataclan. Le Parti libéral n'existe, c'est bien connu, que pour conquérir le pouvoir et donner l'occasion au plus grand nombre possible d'amis du régime de se remplir les poches et la panse jusqu'aux yeux. Alors quand ces gens-là lui ont fait signe, mon Lavoie n'a pas hésité une seconde, il a renoncé à son nationalisme vaguement maurrassien et à son béret basque et sauté dans le train en marche de la Révolution tranquille. Celui du progrès et de la grosse argent, des idéaux élevés et des dessous de table. Et je vais être bien clair sur un point : si vous croyez que votre Albert Vézina, avec ses airs de premier de classe, était, de ce point de vue là, plus propre que son futur rival à la direction du parti, vous vous mettez le doigt dans l'œil jusqu'au lac à l'Épaule. Quand vous entrez au Parti libéral, vous devenez ce que le Parti libéral fait de vous, et aux dernières nouvelles, l'argent n'avait toujours pas d'odeur, même quand c'est un magnat de la viande avariée qui vous file une liasse de bruns pour tenter votre chance à la chefferie.

Et parlant du quotidien de la rue Saint-Sacrifice, j'ai bien envie de vous lire la une de ce matin. Oui, à vous qui dormez dans le futur, qui, peut-être, roulez sur la 20 un de ces matins et empruntez le pont Paul-Lavoie pour survoler, dans une bienheureuse amnésie historique, la rivière Richelieu et son chemin des Patriotes et aller, sous ce merveilleux ciel d'octobre, pur et froid, chasser la bécasserole dans un boisé de ferme de Saint-Glinglin. Voilà, je ralentis, je me range sur la voie de service, j'allume mes feux clignotants pour plus de prudence, je sors le bon vieux *Devoir* de mon porte-documents. Le type qui signe l'article est un fouteur de merde de toute première, comme on les aime — quand ce n'est pas sur le bout de nos souliers à nous que retombe la crotte, bien évidemment. Et si, éloignés dans le temps comme vous l'êtes, vous n'avez encore jamais entendu parler de la seconde affaire Lavoie, alors ouvrez-bien vos portes de grange, c'est un conseil d'ami.

## DES RAPPORTS DE LA GRC INCRIMINENT PAUL LAVOIE

C'était le titre de la une. Maintenant, je vais vous lire un extrait du rapport d'observation de la police cité in extenso dans un des quatre articles, pas moins, tous à la une, qui portent sur cette affaire : celui paru sous la plume du (il faut bien le dire) courageux Louis-Georges Laflèche :

Le 2 avril 1970, nous avons été informés qu'une rencontre devait avoir lieu le même jour à 18 h à l'appartement de Jean-Claude Marcel, le secrétaire de Paul Lavoie, entre celui-ci et Guiseppe Scarpino F.P.S. 354448 et Luigi Temperio F.P.S. 348015. Un dénommé Louis-Gilles Gauthier devait également prendre part à la réunion.

D'après les renseignements reçus, cet appartement était situé boulevard Saint-Joseph Est à Montréal dans un immeuble d'appartements. Il s'agit de l'appartement numéro 4.

Une vérification fut effectuée à l'immeuble du 5145, boulevard Saint-Joseph Est, et aucun nom n'apparaissait au tableau des appartements pour le numéro 4. Il fut alors établi que l'appartement dont il s'agissait était situé au dernier étage de l'immeuble.

Le même jour à 17 h 40, en présence du caporal Maurice Vachon matricule 3347, nous avons observé un v.a. Oldsmobile 1970 de couleur grise, plaque d'immatriculation 5P-2024 / Québec, enregistré au nom de Paul Lavoie, stationné en face du 5145, boulevard Saint-Joseph Est à Montréal. Le v.a. était conduit par un homme non identifié. M. Lavoie en descendit et se dirigea à l'intérieur de l'immeuble situé au 5145, boulevard Saint-Joseph Est.

À 18 h, nous avons observé Louis-Gilles Gauthier qui se dirigeait à l'intérieur de l'immeuble du 5145, boulevard Saint-Joseph Est. Photos du sujet furent prises.

À 18 h 10, nous avons observé un v.a. Cadillac de couleur bleu foncé, toit vinyle noir, plaque d'immatriculation 2M-9898 / Québec, enregistré au nom de Guiseppe Scarpino. Ce dernier accompagné de Luigi Temperio se dirigèrent [*sic*] à l'intérieur de l'immeuble situé au 5145, boulevard Saint-Joseph Est. Photos des sujets furent prises.

À 18 h 50, nous avons observé Paul Lavoie qui sortait de l'immeuble du 5145, boulevard Saint-Joseph Est et il était seul. Il embarqua dans la Oldsmobile et partit.

À 19 h surveillance terminée.

Fait à noter, il a été vérifié qu'un téléphone avait été installé le 30-03-70 dans l'appartement numéro 4 et que son usage se terminera le 30-04-70.


C'est ce qui arrive quand on est au pouvoir et qu'on tente de mettre des bâtons dans les roues d'enquêteurs de bonne foi (il y en a) : quelque part en ville, un journaliste se réveille avec une enveloppe anonyme en papier kraft glissée dans sa boîte à malle. Et moi, je vais remettre le contact et redémarrer, sinon ça va finir par paraître louche. Planté entre le fossé et l'aile, les deux pieds dans la gravelle, une portière ouverte en guise de porte de bécosse et la guédille à l'air, je présenterais au moins une apparence normale. Mais je ne fais jamais ça. Me sortir la quéquette sur l'accotement, je veux dire. Ma femme trouve que ça manque de classe. Voilà, je roule à nouveau, clignote à gauche, quitte la voie de service, Lavoie de service.

J'espère que vous savez que ce que vous venez, là-bas, un jour, d'entendre, cette une du *Devoir* lue au volant de ma voiture arrêtée, est une bombe. Oui, non? Mais peut-être que, à cette époque où vous m'écoutez, c'est devenu monnaie courante. Alors c'est bien tant mieux pour vous, mais là, on est en 1973, au Québec, pas en Sicile, bout de crisse! Un appartement qui se fait poser le téléphone un mois avant les élections et qui demande à être débranché le lendemain du scrutin, jusque-là, tout va bien. On est dans une opération électorale de collecte de fonds. Que deux gros noms du clan Scarpino et un candidat libéral et ex-candidat à la direction du parti s'y soient trouvés en même temps, comment dire? Ce n'est pas exactement le genre de nouvelle destinée à une diffusion dans le grand public. Scarpino contrôle tout le trafic nord-américain de l'héroïne et son organisation sert d'intermédiaire entre le clan corse de Marseille et les familles new-yorkaises. La seule erreur de Paul Lavoie, un bon libéral et ce n'est pas de sa faute, a été de faire affaire avec deux messieurs qui se trouvaient comme par hasard au centre du dispositif d'écoute et de filature ourdi par la GRC dans le cadre de l'Opération Plain, une vaste enquête portant sur un réseau international de trafic d'héro. Le contact entre nous et les Scarpino passait par Gauthier, un sympathique tavernier de Saint-Léonard et bon ami à moi qui agissait comme trésorier en chef de la campagne de Lavoie.

Le lendemain de ce triomphe de la psychologie du portefeuille qu'a été la victoire libérale, quand le Petit Albert s'est attaqué à la constitution de son futur cabinet, il a été mis au courant des fréquentations douteuses de son nouveau bras droit. Soit il a reçu la visite de hauts gradés en civil, soit il a été mis au parfum par son conseiller spécial, Tonton Bob en personne. Tonton qui connaît son monde, de la tête de l'État jusqu'aux bas-fonds du monde interlope. Tonton dont les mauvaises langues assurent qu'il a accès à la collection de bandes magnétiques des services d'écoute de la SQ et n'a qu'à claquer des doigts pour disposer de la quincaillerie de pointe du renseignement militaire. Papa Boss et Big Brother dans le même homme, imaginez-vous… Le résultat de tout ça? Paul Lavoie, que ses bailleurs de fonds occultes voyaient déjà à la Justice, s'est retrouvé Gros-Jean comme devant, avec le Travail en guise de prix de consolation. Plus important : Tonton le tenait maintenant par les gosses. Alors pourquoi ne pas simplement l'écarter du cabinet? Parce que Lavoie aurait entraîné la moitié du parti dans sa chute. Il conservait des appuis trop importants pour donner prise à une attaque de front. Le scandale aurait tout éclaboussé, la boue aurait revolé jusque dans la raie bien coiffée du PM.

Donc, en coulisses, l'affrontement se poursuivait. Je sais qu'à un moment donné Lavoie est allé trouver Vézina et lui a dit, en parlant du conseiller spécial : « C'est lui ou moi… » Tss. Vézina lui a servi le numéro de patinage de fantaisie habituel, et le temps que mon regretté patron parvienne à se frayer un chemin à travers ses figures de style, Tonton, personnage shakespearien caché derrière une tenture, avait encore consolidé son pouvoir.

Et maintenant que Paul Lavoie n'est plus là pour se défendre, les voici qui ouvrent les vannes et lui lancent toute cette boue qui remonte à la surface. Et nous, ses amis, restons là sans rien dire pendant qu'il se fait poignarder dans le dos une seconde fois, obligés d'assister à cette opération de salissage en silence, parce que sinon, c'est tout le bateau qui va par le fond. Un bouc émissaire avec la bouche pleine de terre, rien de plus pratique. Et juste entre vous et moi, ce n'est pas la mafia qui a fait le coup. C'est-à-dire, pas la mafia italienne. Rassurés? Moi, pas tellement. Au fond, cette histoire entre Lavoie et Tonton Lapierre se résume à une guerre de succession au royaume des patronneux. Et si, Québécoises, Québécois, du haut de cet avenir où vous êtes maintenant, vous me demandez de mes nouvelles, j'aurais tendance à vous répondre que Jici Marcel se débrouille pas trop pire, merci. J'ai été élu dans une complémentaire au début de l'automne. Je suis le nouveau député du comté de Vautrin à l'Assemblée nationale, et l'adjoint parlementaire du ministre du Revenu. Ce n'est pas encore la limousine, mais avec un peu de chance, ça viendra. Tout va bien. Je n'ai pas de regret. J'ai prêté allégeance à Tonton.

# Les quatre P

Tandis que le parc de La Vérendrye déployait autour de lui les ors mélancoliques de ses mélèzes et que l'automne basculait de l'autre côté du mois d'octobre, Sam, au volant, se souvenait de sa dernière rencontre avec Chevalier Branlequeue, l'année précédente, vers la fin.

Au milieu des années 90, alors qu'il glissait tranquillement vers l'âge de la retraite dans la peau d'un professeur de création littéraire à l'UQAM, Chevalier, tel Tolstoï désertant sur le tard le foyer conjugal, avait pris un minuscule appartement rue Saint-André, dans le Centre-Sud de Montréal, à deux minutes de marche de l'université et encore plus près du Village gai. Il confiait alors volontiers n'aspirer plus qu'à l'apostolat le plus humble ici-bas, comme préposé bénévole aux soins des sidéens en phase terminale. Forme inattendue, tardive et combien touchante d'un retour du refoulé de cette homosexualité jusque-là soigneusement maintenue sous le boisseau, en état de pure latence. Le désir qu'il n'avait jamais eu le courage d'assumer au grand jour, qu'il avait laissé se dessécher comme un squelette dans le placard aux livres, l'auteur des *Élucubrations* (prix Didace-Beauchemin 1970), désormais renié par femme et enfants et lorgné avec une suspicion grandissante, pour cause d'hérésie nationalo-historique et de crime conspirationniste, tant par la confrérie universitaire que par ses deux seules vraies familles, littéraire et politique, allait maintenant le sublimer en un crépusculaire hommage aux adeptes décimés de l'uranisme.

Les reins l'avaient lâché en premier. Nihilo, qui sous l'égide de Branlequeue avait commencé sa maîtrise en création littéraire, lui rendait parfois visite pendant ses dialyses, le voyait, pendant qu'ils causaient de livres quasiment comme si de rien n'était, se vider et se remplir de sang sous ses yeux comme un de ces ectoplasmes qu'interroge Ulysse dans la maison d'Hadès.

Ensuite, le cancer du poumon frappa. On lui en ôta un bon morceau. Les métastases s'étendirent au foie. Ce sont des organes qui, une fois transformés en tueurs, n'ont pas la réputation de s'étendre trop longtemps.

Tu serais venu hier, lui dit Chevalier avec un faible sourire dans sa chambre de l'unité des soins palliatifs de l'hôpital Notre-Dame, et t'aurais croisé, ici même, quelqu'un qui t'aurait intéressé…

Samuel, debout près du lit, venait de lui tendre l'édition de poche du *Survenant* achetée un peu plus tôt à L'Échange, rue Saint-Denis. La belle couverture de la Bibliothèque canadienne-française montre un homme qui a le dos tourné, debout sur une pointe de terre, une main glissée au fond de sa poche, le col relevé, un maigre sac jeté sur l'épaule. Devant lui passe un fleuve, plus loin se découpent une côte, une île, un bouquet d'arbres qui projette une ombre bleue sur l'eau verte. Chevalier avait passé un long moment à palper et retourner le livre entre ses mains, les yeux brillants.

Sa maigreur effarait doucement Samuel. Son teint de cendre jaune. Il s'était toujours exprimé, même en classe, sur un ton doux et comme lumineux. Maintenant, le son de sa propre voix affaiblie semblait le fatiguer. On entendait, venant de la rue Sherbrooke, les coups de klaxon décochés par des automobilistes voulant manifester leur appui au piquet d'infirmières disposé à l'entrée du vieil hôpital et dont les pancartes venimeuses se tendaient et s'agitaient à leur passage. Des fenêtres de l'hôpital, on pouvait apercevoir la forme irrégulière et phalloïde de l'obélisque élevé à la mémoire du général de Gaulle, le long du périmètre du parc La Fontaine, à l'endroit même où, trente ans plus tôt, la police montée avait chargé et matraqué la foule massée sur le parcours du défilé de la Saint-Jean.

Ah oui? Qui ça? demanda Sam.

Richard Godefroid… Veux-tu t'asseoir?

Il fit signe que non. Comme si accepter une chaise, c'était déjà se rapprocher un peu de la position qui était celle de l'occupant de ce lit. Il préférait rester debout.

Godefroid est venu ici?

Oui. Pourquoi, ça te surprend?

Vous l'avez traité publiquement de menteur. Je pensais qu'il serait plus rancunier.

Chevalier sourit.

Pour lui, je suis encore le vieux prof de vingt-cinq ans qui a lu son devoir devant la classe.

Et… De quoi vous avez parlé?

Les yeux de Chevalier continuaient de sourire.

De quoi tu penses qu'on a parlé?

Octobre? L'affaire Lavoie? Impossible…

Ce n'était pas le bon moment pour ça. Mais on n'était quand même pas pour parler de la pluie et du beau temps. Je me suis dit qu'il n'oserait pas continuer de mentir à son vieux mentor sur son lit de mort. Alors je lui ai posé une question, une seule: pourquoi le voyage à Dallas? Pourquoi le Texas, une semaine avant de kidnapper Lavoie? Et il m'a servi sa vieille scie comme quoi ils se finançaient en faisant semblant de perdre des chèques de voyage… À d'autres, que je lui ai dit. Et il s'est contenté de sourire et de hausser les épaules. Mais tu sais quoi? Avant de partir, il avait déjà le pied dans la porte, il s'est arrêté. Il gardait les yeux baissés. C'était le mot de la fin et nous le savions tous les deux. Et là, Gode m'a dit:

C'est vous qui étiez dans le vrai…

Moi, j'attendais qu'il continue. Et lui:

Pour mes poèmes… Ils étaient vraiment pourris.

294

C'est donc ainsi que ça finit, foi de Nihilo. Seul dans un lit qui n'est pas le vôtre, vêtu d'une jaquette découpée dans un tissu mince comme du papier, l'intérieur dévoré par vos propres cellules qui ne vous reconnaissent plus.

Et, dans le cas de Chevalier, abandonné de tous hormis la poignée de fidèles : étudiants, écrivains déclassés, poètes plus ou moins paumés, quelques profs d'université, tous vivants et pris par des activités de vivants, des horaires chargés, des vices exigeants, des rendez-vous amoureux, des parties de tennis, des fins de semaine dans le Nord, des congrès sur la génétique textuelle de l'œuvre de Joyce à l'Université d'Ithaca et des articles à écrire sur les séjours effectués par Hubert Aquin à la bibliothèque de Buffalo. Autant de défaites, de prétextes pour passer de moins en moins souvent à l'unité des soins palliatifs de l'hôpital Notre-Dame, le cœur ravagé de pitié et d'affection. Le chevet de Chevalier était notablement moins encombré que les tablettes idéologiques de la nation. La maladie fonçait à la vitesse d'un TGV et le début du tunnel arrivait beaucoup trop vite.

Presque jusqu'à la fin, il avait continué d'envoyer ses fameuses lettres aux journaux, de travailler au déboulonnage de nos statues, au dégommage de nos grands héros. Ses missives à tête folle chercheuse visaient autant les gros chars des ténors de la gauche-droite nationaliste que le jet privé d'un autre Kid-caïd de Québec Inc. Il n'avait jamais su l'art de se faire des amis, mais ces dernières années, Chevalier avait perfectionné, peut-être jusqu'au point de non-retour, celui de se mettre le monde à dos. Et quand on lui reprochait de scorer contre son propre camp, il répondait qu'il avait un but, mais pas de camp.

S'il s'était contenté de s'asseoir sur ses états de service d'embastillé d'Octobre, quitte à faire sa petite poussée d'urticaire patriotique une fois tous les quinze ans, les années de référendum sur la souveraineté, il serait peut-être demeuré fréquentable. Et même sans accepter la version épique (c'est-à-dire héroïque) de la crise d'Octobre, celle qui donnait l'impression de faire l'affaire aussi bien des terroristes recyclés en citoyens productifs et éclairés que des flics à la retraite et de leurs maîtres politiques, il eût pu, comme la plupart de ses collègues, se limiter à dénoncer la duplicité de l'État fédéral et la magouille des mesures de guerre au-dessus d'une pinte de bière locale ou d'un verre de chardonnay, avant de passer à un autre sujet. Mais Chevalier exigeait davantage. Il refusait de renoncer à comprendre ce qui s'était *vraiment passé*.

Il m'arrivait de me demander si la grosse Éléonore l'avait regardé comme Marie-Québec m'avait parfois dévisagé au Kaganoma ces derniers mois. Pas comme on regarde un fou, pas encore. Mais quelqu'un qui, d'une certaine manière, est en train de passer de l'autre côté. Vue de l'extérieur, la frontière était censée conserver un aspect relativement net et étanche, rassurant, comme celle qui sépare les mondes de la réalité et du roman. En fait, il s'agissait moins d'une frontière que d'une zone grise frontalière d'une profondeur et d'une étendue variables. Au-delà se situait un pays parallèle, un monde dans lequel on prenait et perdait pied simultanément et où les frères Kennedy, Martin Luther King, Elvis, Jimmy Hoffa, Hitler et le petit extraterrestre recueilli à Roswell en 1947 étaient tous vivants et fréquentaient la même usine de clonage aménagée dans le cratère du volcan éteint d'une île du Pacifique Sud.

Le problème de Chevalier était devenu le mien : nous vivions à une époque où l'idée même de conspiration avait été réduite, sous les espèces du complot et de la *conspirationnite*, à la permanente caricature d'elle-même, discréditant d'avance toute tentative de réflexion un peu soutenue sur le thème des manipulations politiques. L'incessant bombardement communicationnel de la Toile avait gommé les derniers repères permettant de distinguer entre les catégories du délire et du sérieux.

Chevalier allait mourir avant d'avoir atteint la terre promise, mais sa tribu s'était de toute manière dispersée d'elle-même et personne ne possédait la moindre assurance que la terre promise existait seulement.

As-tu des nouvelles de ton confrère Falardeau ? fit la voix nasillarde qui montait du lit.

Sam répondit qu'il ne l'avait pas vu depuis longtemps, mais qu'il avait appris que Fred vivait dans une banlieue-dortoir de la Rive-Sud et travaillait comme recherchiste pour la télé. Il avait vu son nom au générique de *L'Enquêteux*, la nouvelle locomotive de Télé-Québec. Sam se demandait ce qu'aurait été la réaction de Fred en voyant le Chevalier dans cet état, avec seulement la peau et les os sous la jaquette.

Chevalier lui sourit.

Vous étiez mes deux meilleurs…

Son ancien prof lui prit la main. Sam la lui abandonna, sans serrer, comme une chose hors de lui. Le malade tenait faiblement sa senestre en parlant. Nihilo, tout d'abord, trouva la situation ridicule. Ensuite, ce qu'il trouva ridicule fut sa sensibilité au ridicule devant cet homme qui allait mourir. Il raffermit sa prise et enferma solidement la main de Branlequeue dans la sienne.

Des fois, Sam, j'ai l'impression que la lumière des faits nous parvient de très loin, comme celle des étoiles mortes. Et que nous nageons en plein arbitraire quand nous essayons de relier les points pour obtenir une figure plausible… Peut-être que les explications que nous cherchons ne sont jamais que des approximations, des esquisses chargées de sens, comme les constellations : nous dessinons des chiens et des chaudrons là où règne la glace éternelle des soleils éteints.

Samuel serra plus fort sa main dans la sienne. Un silence, puis Chevalier enchaîna :

On sait, d'après l'enquête du coroner, que quelqu'un de l'entourage des Lafleur a téléphoné trois fois à une compagnie de Houston, la James Engineering, pendant l'été 70. Vérification faite, cette entreprise de génie a occupé des bureaux à Laval de février 70 au mois de mars de l'année suivante, sans jamais décrocher un seul contrat, apparemment. Mais la piste s'arrête là. Elle va se perdre dans les fumées de pétrole, quelque part du côté du golfe du Mexique. La CIA, Sam, c'est comme le Dieu du petit catéchisme. On y croit ou pas. Et quand on y croit, elle est partout… Mais le Texas, c'est trop loin, trop violent pour moi. Ce qui fait qu'on n'a pas vraiment le choix : faut revenir à la rue Collins.

Oui.

Chevalier prit, sur la table de chevet, une feuille de papier sur laquelle il avait griffonné des notes.

Qu'est-ce que c'est ?

La théorie des quatre P. Laisse-moi t'expliquer…

C'est quoi, les quatre P ?

*Poulet*

*Procès*

*Pierre*

*Perquisition*

lut Chevalier. Puis il leva les yeux.

Le gars des poulets est un drôle de moineau. Il y a quelque chose de pas clair dans cette livraison… J'ai suivi les procès de près. J'ai assisté à ceux de Jean-Paul et de son frère, et j'ai même témoigné à celui de Richard Godefroid. Est-ce que je t'ai parlé du capitaine Claude Leclerc ?

Non, je crois pas.

Il dirigeait l'escouade des homicides à la SQ. Pas très long-temps après la fin du procès de Godefroid, j'ai appris entre les branches qu'il avait remis sa démission. D'après ce que j'ai com-pris, il avait claqué la porte, mais sans faire de bruit. J'aurais bien aimé avoir une conversation avec lui, mais il n'a jamais retourné mes appels…

Ensuite, au procès de René, maître Brien a sauvé les fesses de son client, et sais-tu comment ? En enfonçant systématiquement dans le crâne des jurés que 1) la Couronne n'avait pas réussi à prouver hors de tout doute raisonnable que René Lafleur avait séjourné au 140, rue Collins pendant la semaine fatidique et que 2) François Langlais, alias Pierre Chevrier, était probablement allé à cette adresse pendant que Paul Lavoie y était retenu en otage...

Quoi?

Ce qui nous amène au troisième P : Pierre.

Sam ébaucha un sourire presque joyeux en voyant son vieux professeur brandir sa feuille en parlant, fouetter l'air. En garde, ennemis de la vérité! Il commençait tout juste à s'échauffer. Son dernier cours...

Écoute ça : un policier m'a raconté que la veille du départ de la cellule Rébellion pour Cuba, la police de Montréal avait relié l'immatriculation de l'auto des ravisseurs à un certain Pierre Chevrier, puis fait le lien avec le François Langlais du FLQ. Mais officiellement, c'est seulement une grosse semaine plus tard que les forces de l'ordre ont identifié le « mystérieux Pierre Chevrier ». Alias Pierre Guité. Alias Pierre Bousquet. L'homme à l'identité en forme de patate chaude. As-tu pu apprendre quelque chose de neuf sur son compte?

Rien que vous savez pas déjà, Chevalier. Vous m'aviez confié une mission. Désolé, je mérite un gros zéro...

C'est l'examen final qui compte, Sam.

Parlez-moi du quatrième P.

La perquisition... Dans sa fameuse entrevue à *Temps-Presse*, Gode a mentionné que pendant que les membres de sa cellule détenaient Paul Lavoie, la police avait fait une descente chez le voisin. Et Desrosiers a raconté la même chose devant le coroner, alors j'ai tendance à croire que c'est vrai. Mais quand la police a fini par localiser la planque, après leur départ, personne n'en a parlé, personne n'a dit : Zut alors, il y a cinq jours, on est passés à ça... C'est comme si la perquisition n'avait jamais eu lieu.

Ouais. D'après Gode, la police a trouvé des jeunes gens avec les cheveux longs dans la maison voisine.

C'est peut-être une piste?

Peut-être.

Une infirmière passa la porte sans prévenir. Dans le genre

mégère sympathique. Si elle regrettait de ne pas être en train de racoler les automobilistes à coups de slogans syndicaux avec les autres, elle le cachait bien.

Samuel lâcha aussitôt la main du patient et, de nouveau, se sentit ridicule.

Chevalier se mit à fredonner sa propre version d'une toune de Charlebois : *Si j'avais les services essentiels d'un ange / Je partirais pour Québec...*

Il va falloir qu'il repose..., annonça l'infirmière avec un fort accent anglais, tandis qu'elle arrangeait les oreillers dans le dos de Chevalier.

Qu'il *se* repose, la corrigea doucement Nihilo.

On peut continuer de parler, fit le malade en faisant le gros dos sous les paumes de l'infirmière. Georgina est muette comme un tombeau, ajouta-t-il avec une grimace.

Et lui, bavard comme un tombeux, lança la soignante.

Vous voulez dire un tombeur.

J'ai promis à Georgina de ne pas franchir leur piquet de grève... J'ai l'intention de prendre un autre chemin pour sortir d'ici, pas vrai, Georgina ?

Voulez-vous bien vous *taiser*...

La garde entreprit de renouveler le soluté qui s'écoulait dans son bras.

Donc, d'après vous, ce serait l'explication du pacte du silence, dit Samuel, qui avait maintenant hâte de conclure. Ils auraient couvert un camarade...

Peut-être bien. Mais il nous manquerait encore le plus intéressant : pour qui travaillait Pierre ?

Vous devriez lire le beau livre que votre ami vous a *importé*, le tança Georgina.

Je voudrais bien, garde, mais avec tout ce que vous me donnez comme médicaments, c'est beau si je viens à bout d'une phrase... Quand je pense que je me promettais de relire *À la recherche du temps perdu* avant de mourir : *Longtemps, je me suis bouché de bonne heure*, comme disait le constipé. Hé hé hé.

Chevalier fixait Samuel du fond cotonneux d'une bonne dose de morphine.

Oublie pas… Les quatre P.

Pain-pâtes-patates-pâtisseries, récita la garde-malade.

La gorge serrée, Sam sourit.

Prends la feuille, dit Chevalier. Prends-la…

Il obéit. Chevalier n'était plus qu'une voix, qu'un souffle.

Garde Georgina aida Branlequeue à s'allonger. À peu de chose près, elle avait le même physique que sa femme. Avec, pour bercer ses derniers moments, un accent anglais à couper au couteau.

Après Mont-Laurier, la Mazda, ou la Colt, ou la Corolla de Samuel Nihilo pénétra dans la chaîne archiusée des plus vieilles montagnes du monde. Une quinzaine auparavant, elles offraient encore un spectacle féerique. Mais maintenant, toutes les feuilles étaient tombées.

# Enquête

Aussitôt arrivé à Montréal, j'ai fait du Fameux mon point de chute, sans doute pour des raisons sentimentales. J'ai passé la nuit dans un petit hôtel de style européen à deux pas de là, toilettes dans le couloir. Ma fenêtre donnait sur la place Gérald-Godin. Le Fameux était un bon poste d'observation en plein été des Indiens. Je me retrouvais au cœur d'une formidable concentration de jeunes couples cool, de mères artistes attelées à des poussettes de bébé, de Français de passage, de Français incrustés, de personnages diversement décalés et autocaricaturés et de talents en tous genres, allant du bâtisseur de ponts en tiges de sucettes à la mégastar ponctuelle et semi-planétaire.

J'occupais la même banquette, située près de la fenêtre dans laquelle Marie-Québec m'était apparue l'hiver précédent. Le restaurant sortait tout droit de l'univers de Michel Tremblay avec ses serveuses quarantenaires qui vous donnaient du *chéri* comme on tire un numéro chanceux et sa faune mélangée d'anonymateurs culturels et de jeunes bums et bummettes de bonne famille, de clones de Shirley Théroux sortant de chez le taxidermiste et de madames Balcon à la dérive entre un pawnshop et un Dollarama.

Justin Francœur, l'ancien de la cellule Rébellion, venait de se lever, de me serrer la main et de sortir du restaurant en laissant un ménisque de café faiblard au fond de la tasse posée sur la soucoupe de faïence blanche. Je ne savais pas trop quoi penser de lui. Il avait rapidement fait son autocritique révolutionnaire après la déconfiture d'Octobre, traitant publiquement ses anciens complices de « ti-culs manipulés ». Et il s'incluait dans le lot. Quelque part entre Cuba et Paris, il s'était converti au maoïsme. Puis, il avait vu sa compagne de lutte et la mère de ses enfants, Élise, s'engager sur les sentiers éclairés par les soutiens-gorge en flammes du féminisme.

Francœur semblait constamment osciller entre un désir de confidences allant de troublantes à ahurissantes et une prudence rusée. Les systèmes d'écoute découverts dans son téléphone après son retour d'exil étaient plausibles. Mais où ranger les trois tentatives parisiennes d'assassinat contre sa personne ? Dans la petite fiole étiquetée Paranoïa ou bien le tiroir marqué Mégalomanie ? Voulait-il vraiment me faire croire que des professionnels avaient échoué à trois reprises dans leur mission de liquider ce charmant intellectuel à lunettes ? De toute évidence, pour les services secrets de n'importe quel pays, un Francœur était un éléphant dans un couloir.

Quand je lui avais parlé de la James Engineering, il m'avait spontanément lancé :

Tu veux parler de la compagnie de Houston qui vendait des armes et qui servait de façade à la CIA ?

Mettons que oui.

Je peux pas parler. J'en sais pas plus… Mais une des choses que j'ai jamais comprises, c'est que l'argent qui avait été saisi à Saint-Colomban, celui du hold-up de l'université, nous est revenu par la suite.

C'est quoi, cette histoire-là ?

J'aime autant rien rajouter. Mais tu sais, l'enlèvement de Travers, c'était une sorte de super coup de pub, finalement.

Un coup de pub. Vous me niaisez ?

C'est comme ça que je le vois. On laissait le financement aux gars de la Rive-Sud. La bande de Jean-Paul incarnait une direction plus… paramilitaire, je dirais. Si tu veux travailler là-dessus, je te conseille de faire des copies et de les mettre en lieu sûr, parce que ta maison pourrait passer au feu.

Je l'ai regardé avec intérêt.

Vraiment?

Ouais. Laisse-moi te raconter un truc. Pendant qu'on séquestrait Travers, dans le nord de la ville, il s'est passé une chose étrange. Un après-midi, je suis sorti pour aller prendre l'autobus. Et au coin de la rue, par hasard, je tombe sur mon frère. Je le croyais en France. Je lui ai demandé ce qu'il faisait là. Pas moyen de savoir. On est allés prendre une bière dans une espèce de bar de danseuses qui s'appelait, je m'en souviens encore : le Ouique. À un moment donné, je me suis levé pour aller pisser. Et après, j'ai commencé à me sentir drôle. Des années plus tard, j'ai appris qu'il travaillait pour les services secrets français. Le tabarnak, il avait mis quelque chose dans ma bière…

J'ai l'impression que vous vous moquez de moi.

Pourquoi tu dis ça?

Francœur termina son café. Peu après, il quittait le restaurant.

\* \* \*

Nihilo passa l'après-midi dans la section des périodiques des collections microfilmées des Archives nationales, quelques rues plus à l'ouest. Pendant quelques heures, dans le léger bruit de ferraille produit par ces antiques visionneuses-photocopieuses de l'ère ancienne, il se retrouva rue Collins, le matin de la découverte du repaire des assassins de Paul Lavoie, le 19 octobre 1970. Un détail ne tarda pas à attirer son attention.

Selon les premières conclusions des enquêteurs communiquées aux journalistes, le bungalow voisin du repaire des terroristes avait lui aussi abrité des individus connus de la police. D'après les témoignages recueillis auprès des voisins, il avait cependant été déserté par ses occupants un mois auparavant. Mais quelques heures avant la découverte macabre de la dépouille de Lavoie un demi-mille plus loin, les voisins avaient vu une voiture familiale se garer devant la maison et un homme y entasser du matériel, puis quitter les lieux.

Cette histoire était reprise dans la plupart des journaux, parfois sous la forme d'une dépêche repiquée de *La Presse canadienne*. Dans *La Petite Vie*, un hebdomadaire populaire et abondamment illustré, ne reculant devant aucune spéculation, on mettait même un nom sur le locataire de la maison voisine : Lancelot.

Bizarrement, dans les éditions des jours suivants, l'histoire de la seconde maison disparaissait, pffft ! donnait l'impression de se volatiliser. On n'en entendait jamais plus parler.

Puisqu'un terrain vague s'étendait sur deux lots du côté sud-est, cette maison voisine, située au 150, rue Collins, était forcément celle où avait eu lieu la fameuse perquisition au cours de laquelle les policiers étaient passés à vingt pieds des kidnappeurs de Lavoie. Restait à savoir s'ils avaient trouvé quelqu'un sur les lieux, et si oui, qui.

Samuel était rendu au mois de novembre 70, il suivait à la trace Pierre Chevrier, dit le Chevreuil, dans les comptes rendus de l'enquête du coroner. L'après-midi tirait à sa fin, il avait perdu la piste et allait renoncer lorsque, à la date du 24 novembre, il tomba sur cet encadré succinct et non signé dans le *Montréal-Matin*.

### Un membre du FLQ se pend à Londres

Si l'on en croit le *Standard Tribune* de Londres, un jeune Canadien français, Luc Goupil, décrit comme un sympathisant du Front de libération du Québec, s'est pendu en fin de semaine dans une cellule de la prison de Reading, en Angleterre.

Toujours d'après l'article de ce journal londonien, ce jeune homme de vingt-cinq ans se serait pendu aux barreaux de sa cellule à l'aide de sa chemise au moment même où la police de Scotland Yard s'apprêtait à l'interroger sur les récentes activités du FLQ, et en particulier sur celles de Jean

Lancelot, soupçonné d'être un des principaux responsables de l'enlèvement du diplomate britannique John Travers. [...]

Le nom de Luc Goupil lui disait vaguement quelque chose. Samuel introduisit une pièce de vingt-cinq sous dans la fente métallique de cet appareil préhistorique et déjà condamné et réalisa une photocopie de l'article, qu'il fourra dans son porte-documents. Puis il fila vers son second rendez-vous.

La police peut faire des erreurs, elle aussi. Mais ça, on dirait que ça vous traverse jamais l'esprit...

Nous y voici. Je l'avais assis devant moi, au-dessus d'une pinte de rousse, le fameux Lancelot. Il m'avait donné rendez-vous au Quai des Brumes. Je me suis demandé qui il incluait dans ce *vous*, avant de me rappeler qu'il avait bien sûr déjà eu maille à partir avec Chevalier Branlequeue. À ses yeux, Chevalier avait été au mieux un sujet délirant atteint de conspirationnite grave : la phase terminale. À la mort de Chevalier, dans son émission de radio-poubelle, *Lancelot debout*, l'ancien felquiste n'avait même pas attendu la fermeture du cercueil pour cracher sur l'écrivain. *Ton cheval est mort, bon vent, chair à saucisse!* avait-il lancé en ondes pour clore son édito.

L'homme que je dévisageais par-dessus ma mousse avait les traits d'un jouisseur de la Renaissance, un subtil mélange d'empâtement et de raffinement. À partir des sourcils en montant, le crâne dégarni et le cheveu gris étaient ceux de n'importe quel petit fonctionnaire, mais les lèvres pleines et les yeux reptiliens et doux racontaient une autre histoire. De gamin pauvre à vieux rebelle, idéaliste à dix-sept, sybarite à cinquante-cinq, il y avait une logique. À ce parcours en chicanes et virages à droite ne manquaient désormais plus qu'un siège de député et une limousine avec chauffeur et fanion fleurdelisé sur le capot. Si jamais Marie-Québec se cherchait un quinquagénaire pour incarner Casanova, je me promis, ce jour-là, malgré la relative exécration que le personnage m'inspirait, de lui suggérer Lancelot.

J'y ai pensé, ai-je répondu.

Aussitôt nos bières commandées, je l'avais questionné sur la maison voisine. Je savais que Lancelot avait passé une partie de l'été 70 à se planquer rue Collins. Sa réaction a été immédiate et catégorique :

C'étaient pas des gars et des filles du Front qui vivaient à côté. On ne savait pas qui habitait là. On ne connaissait pas nos voisins.

Bon, admettons. Questionnés par la police, les autres voisins ont confondu les occupants de la deuxième maison avec les photos des suspects qu'on leur montrait. Après, la police a constaté l'erreur et la piste a été abandonnée…

Ben oui. As-tu un problème avec ça ?

J'ai avalé une gorgée de bière et jeté un coup d'œil du côté du bar. D'excellents philosophes de taverne se tenaient là, des érudits aux allures de docteurs fous comme A. A. Painchaud, pusher de livres rares et de cassettes usagées. Et de très bons musiciens aussi, méconnus, déprimés, sans contrat, parfois les trois en même temps. Lancelot, déjà membre de la nomenklatura locale grâce à son passé de kidnappeur impénitent, connaissait en ce moment une seconde vie comme *rebuteur* (il opposait ce néologisme à « débatteur » et l'assumait) radiophonique. Le dernier scandale à son actif, déclenché quand il avait traité la gouverneure générale de « Reine du fourrage », ne l'avait pas seulement ramené à l'avant-plan de l'actualité, il l'avait aussi fait découvrir des jeunes générations blogueuses, surfeuses et incultes nées après la crise d'Octobre. Au Quai des Brumes, personne ne lui accordait la moindre attention. Si Jean-Paul II était venu s'asseoir au bar et avait commandé une grosse Black et un shooter de Jack Daniel's, c'est tout juste s'il aurait eu droit à une moue en coin de la part des habitués. J'ai repris :

Mettons que la police s'était trompée. Le détail qui m'achale, c'est qu'au moins un élément de l'histoire de la maison voisine, de cette supposée fausse piste, correspond à la réalité.

Lancelot avait froncé les sourcils. Il attendait que je poursuive. Et j'ai poursuivi :

La maison abandonnée depuis un mois. Oui, parce que rue Collins, un mois avant la troisième semaine d'octobre, il s'est passé quoi? Il s'est passé que Richard Godefroid et les frères Lafleur sont partis en voyage aux États-Unis. Et donc, les jeunes gens qui vivaient à côté auraient vidé les lieux exactement en même temps? Simple coïncidence?

Il m'a regardé. Je le voyais réfléchir.

En tout cas, c'est pas quelqu'un de la gang qui a loué cette maison-là. Moi, j'y ai jamais mis les pieds. J'étais dans le nord de la ville. Et laisse-moi te dire une chose, monsieur l'amateur de mystères : tu vas être déçu. Les gars de la cellule Chevalier se sont sentis bousculés, notre action les avait pris de court. Ils ont improvisé un enlèvement et l'affaire leur a pété dans les mains. C'est ça, l'histoire.

J'ai eu vingt ans, moi aussi, Lancelot. J'ai défilé avec des ML le 1$^{er}$ mai, j'ai participé à une manif anti-Reagan devant le parlement d'Ottawa et regardé les exilés salvadoriens essayer de soutirer une flamme à un Bic pour foutre le feu à la bannière étoilée. Mais le Bic était à court de butane et les caméramans du téléjournal ont eu le temps de s'écœurer avant que le drapeau commence à prendre. J'ai une question : comment on peut partir à vingt ans et décider d'enlever quelqu'un?

As-tu déjà reçu un coup de matraque?

Non.

C'est ça, la réponse. En 1968, à la Saint-Jean, la police montée avait des gourdins de quatre pieds de long, en bois franc. Deux ou trois coups de ça et puis après, kidnapper une espèce de consul british de mon cul devient vite du domaine du pensable. Aujourd'hui, dans vos démonstrations, il y a à peu près cinq flics pour un manifestant. Un geste révolutionnaire, pour les petits altermondos, c'est garrocher une boule de billard dans une vitre. Avant, on permettait aux étrangers de balayer nos rues, maintenant ils prennent le balai et nous l'enfoncent dans le rectum de la rectitude politique et pendant qu'on s'exclame, il y en a un qui prend une carabine et s'en va tirer quatorze de nos femmes sans que ça lève le petit doigt! Sans rien qui lève! Ben moi, j'ai pas honte d'appartenir à une génération qui a voulu changer le monde et qui a bien failli y arriver…

Pas obligé de me parler comme si j'étais un auditeur de CHIÉ-FM…

C'est vrai, j'oubliais que j'étais sur l'île, pardon, sur l'*elle* de Montréal! Gang de moumounes!

François Langlais… Où est-ce que je peux le trouver?

J'ai entendu dire qu'il avait ouvert un centre d'accueil quelque part dans le bout de Saint-Alphonse-Rodriguez.

Accueil de quoi?

Aucune idée. Un drôle de gars, lui. On n'entendait jamais un mot, et tout à coup, il l'ouvrait et te sortait une énormité.

C'est bizarre, d'autres le décrivent comme intelligent et très articulé. Alors qui est le vrai Langlais?

Lancelot a haussé les épaules comme un gars qui a déjà le pied dans la porte. Puis, il m'a donné son opinion sur Justin Francœur :

Un fils de haut fonctionnaire, le ti-gars à son papa bourgeois de merde, tombé dans la politique de gauche comme dans une marmite de soupe aux nouilles. Je l'ai pris avec nous autres pour faire plaisir à ma tite sœur. C'étaient les mitraillettes qui le faisaient bander, pas le salut de la classe ouvrière. Sur ce, mon cher ami…

Il avait bondi sur ses pieds et enfilé d'un même mouvement sa veste de suède à 600 dollars.

Salut!

Luc Goupil, j'ai dit, sans le regarder.

Quoi?

Il s'était arrêté à mi-chemin de la porte et attendait. Il ne bougeait plus du tout.

T'as connu Luc Goupil, j'ai continué. Quand t'étais sérieux à dix-sept ans et que tu lançais des cocktails Molotov sur les murs des casernes. Vous avez été arrêtés en même temps. Vous avez comparu ensemble. Et des années plus tard, pendant que tu gardais un gentleman anglais en otage à Montréal, lui, dans des circonstances un peu nébuleuses, faisait des nœuds dans sa chemise et réussissait à se pendre dans une prison britannique. Tu parles d'un hasard…

Lancelot ne disait rien. Puis il a tourné la tête et m'a regardé.

J'ai un bon conseil à te donner, mais tu le connais déjà…

Pas grave. J'aimerais l'entendre. Venant de toi…

Arrête là. Touche pas à ça. C'est pas pour toi.

Il a esquissé un geste vague de la main. Puis il a effectué une sortie un rien nonchalante et m'a filé entre les doigts.

# Le bateau (2)

Coco Cardinal avait rêvé son schooner dans les parages de l'île Miscou, en Acadie, au cours de sa tardive lune de miel avec Ginette Dufour. Celle-ci avait mis les voiles et il le construisait maintenant sur les bords de L'Acadie, la rivière, sur son terrain de l'île aux Fesses, à une vingtaine de kilomètres au sud de Montréal. Le *Patriote* serait une goélette, vingt mètres de long, coque en ferrociment. Il déplacerait la bagatelle de trente-cinq tonnes, aurait un tirant d'eau de huit pieds, un pont en teck, quatre cabines doubles, deux salles de bain, un carré pouvant accueillir dix personnes. Et le pont serait assez vaste pour embarquer deux annexes : l'une gonflable, l'autre en fibre de verre.

En plus de toute la toile qui sied à ce type de deux-mâts, Coco comptait installer un hunier dans la misaine. Cette méthode de construction navale en ferrociment, dans laquelle une armature de câbles d'acier supporte un revêtement en béton, se trouve à la portée du premier venu, en même temps qu'elle peut donner une bonne idée de la somme de travail nécessaire à l'édification des grands monuments pharaoniques. Pour l'amateur qui voulait construire de ses propres mains un bateau de plus de vingt-cinq pieds, c'était la technique la plus facile, la moins coûteuse, en un mot : la plus abordable. Elle ne requérait l'usage d'aucun outil spécialisé.

Au printemps de 70, Cardinal était devenu une sorte de coach pour l'organisation que Jean-Paul et ses amis travaillaient à mettre sur pied. Il était l'homme tout désigné pour vous dénicher un revolver d'occasion. C'est lui qui leur montra la manière de scier non seulement le canon, mais aussi la crosse d'un fusil M1 pour le rendre aussi maniable qu'un pistolet. Encore lui qui leur apprit que le M1, une arme d'assaut automatique de calibre .30 vendue dans tout bon magasin de sport, pouvait être converti en mitraillette par l'enlèvement d'un simple ressort.

Sous le patronage de Coco, le système de financement frauduleux du réseau Lafleur-Lancelot passa à la vitesse supérieure. La préparation de la révolution était, avaient-ils découvert, une entreprise ploutophage. Les hold-up n'y suffisaient pas. Coco faisait affaire avec un faussaire de génie qui avait pignon sous le manteau dans l'est de Montréal. Cartes de crédit clonées, permis de conduire traficotés, passeports artistement retouchés, faux certificats de naissance : travail impeccable, discrétion assurée. La Grosse Police était une relation d'affaires utile à tous points de vue. Mais Coco avait le nez dans la poudre jusqu'à la pie-mère et son foutu bateau en ciment auquel tout le monde donnait un coup de main pour faire lever la pâte n'était pas de la tarte.

Au mois de mai, des militants de l'entourage de Lancelot commencèrent à trouver que Jean-Paul tergiversait. Le temps de frapper un grand coup, disaient-ils, était venu. Une vingtaine de membres du réseau tinrent une réunion de planification stratégique dans une aire de repos de l'autoroute 40, entre Montréal et Trois-Rivières. L'avantage d'un tel endroit, en surplomb des battures du lac Saint-Pierre et des champs inondés, était la facilité d'y surveiller les environs et de repérer les éventuels *suiveux*. Gode fit un tour d'horizon à la jumelle : pas de flic en vue. Rien que des pilets, des sarcelles, des souchets, des noirs et de grandes troupes cacardantes d'outardes.

Une première cellule fut formée ce jour-là et repartit de la halte routière avec le mandat d'enlever le consul des États-Unis. Quelques jours plus tard, ses membres louèrent un chalet à Saint-Colomban, dans les Basses-Laurentides.

Coco, assis sur une caisse de Labatt 50 à l'île aux Fesses, buvait au goulot en regardant passer les canards sur la rivière. À côté de lui, Jean-Paul sirotait un petit Kik bien froid. La structure ajourée du schooner qui se reflétait dans l'eau brune à leurs pieds présentait des similitudes frappantes avec le squelette d'un diplodocus exposé dans un musée d'histoire naturelle.

Hier, dit Coco en ricanant, j'ai vu un cochon descendre le courant avec juste le ventre et les pattes qui dépassaient…

Jean-Paul était venu lui montrer la Chevrolet verte avec un toit en vinyle achetée ce jour-là. Le permis de conduire était un faux et Pierre avait forgé la signature du certificat d'enregistrement. Cardinal avait promené son regard blasé sur le véhicule garé sous les arbres en haut du terrain. Après une brève inspection, il avait éclaté de rire.

J'ai mon voyage…

Il se tapait sur les cuisses.

Ils vous ont refilé un taxi. Si le compteur indiquait le vrai millage, il aurait à peu près quinze fois Montréal-Vancouver de plus dans le châssis, ton cancer. Tu t'en es fait passer un, mon Jipi.

Coco se fit une reniflette à même le capot de la Chevrolet.

Ils étaient de nouveau assis au bord de la rivière, Coco sur sa caisse de bière, Lafleur dans l'herbe.

Ce qu'il te faut, Jean-Paul, c'est des armes…

Ouais.

Assez pour équiper une milice…

Appelle ça comme tu voudras. Mais une organisation sérieuse, avec une structure solide, des camps de base, capable d'encaisser des coups.

Je pense que j'ai trouvé quelqu'un qui pourrait t'aider.

Ah ouais? Où ça?

Houston… Mais ils ont des bureaux à Laval.

Et ils font quoi, ce monde-là, dans la vie?

Tu veux pas le savoir.

Jean-Paul se déboucha un autre Kik Cola.

M'en fous. De toute manière, j'ai pas besoin de mononcle Sam...

Au bout d'un moment, Coco pêcha un portefeuille aplati comme une crêpe de sarrasin dans sa poche de fesse et en sortit une carte qu'il lui tendit.

### ROBERT NILE
### JAMES ENGINEERING

Suivaient une adresse située sur le boulevard Saint-Elzéar à Laval et un numéro de téléphone.

Il est ingénieur de quoi, ton gars?

Électronique. C'est pas écrit sur la carte?

Non.

Une cane noire passait lentement devant eux, suivie de quatre canetons nouveau-nés pédalant avec entrain. Une moufette ou un raton avaient dû dévorer le reste de la couvée dans l'œuf.

Eh, Coco?

Ouais.

C'est quoi, ton lien avec les Américains? CIA?

Coco grimaça un sourire.

Tu veux pas le savoir. Toi, tu veux juste les armes...

Ouais, c'est ça. Ils nous fournissent les armes et puis on s'en sert pour kidnapper leur consul. Ils vont-tu assez nous aimer, tu penses?

S'en contrecrissent. Et je vais te dire pourquoi. C'est vrai qu'ils aiment pas trop les communistes, mais ils ont du respect pour les peuples qui se battent pour leur liberté. Ils comprennent ça. Sont passés par là...

Je suis sûr qu'ils aimeraient savoir ça, au Guatemala.

Lâche-moi avec ta maudite géopolitique. Les guns, c'est une business...

Cardinal s'interrompit, le temps de caler sa bière. Puis, le bras droit levé haut et ramené en arrière, il visa. La bouteille vide alla atterrir au milieu de la couvée de noirs, où elle provoqua une indescriptible pagaille.

Ça va pas, non?!

Quoi?

Des fois, j'ai vraiment l'impression qu'il te manque un bardeau, Coco…

Je leur ai pas fait mal. C'est juste des canards.

La mère continuait de s'égosiller. Les petits frappant frénétiquement l'eau de leurs moignons étaient rendus loin.

Jean-Paul, il te faut des armes. T'as pas les moyens de te payer des AK-47 au prix du marché. Moi, je peux te faire rencontrer les bonnes personnes.

Pourquoi Houston?

Parce que la plaque tournante est quelque part par là. Ils approvisionnent les groupes anticastristes… Du monde de même.

Ouais, je comprends. Les armes viennent d'où?

De nos casernes, qu'est-ce que tu crois? dit Coco, et il se mit à rigoler tout doucement. L'arsenal et le matériel électronique volés à nos bons petits soldats depuis sept ans, ils se sont retrouvés où, tu penses? Regarde-moi pas comme ça. Tu sais ce que je veux dire : les casernes vidées en plein jour, du travail de professionnels. Pas comme si nos petits gars du FLQ avaient pu faire le coup…

T'es en train de me dire que je suis naïf, c'est ça?

Il t'en reste encore à apprendre.

OK. Je vais m'acheter un bazooka et je vais aller blaster quelques canots de pêcheurs de saumon sur la Cascapédia, es-tu content?

Tu peux tuer autant de Kennedy que tu veux, mais épargne autant que possible les hauts gradés de l'armée, parce que tu vas avoir des problèmes.

J'aimerais savoir une chose : c'est quoi, le deal…

Parle avec Bob. Vois ça avec lui.

Allo, Houston? M'entendez-vous?

Hostie de comique.

J'ai pas besoin d'eux autres. C'est-tu clair, ça?

Ce qu'il faut, c'est être assez baveux pour se servir d'eux autres. Faut pas avoir peur d'aller jouer dans la cour de ces gars-là. Parce que, de toute manière, ils sont là. On est pris avec.

Coco but une gorgée de 50 et rota. Jean-Paul réfléchissait. Puis il haussa les épaules.

J'aimerais juste savoir à quoi il joue, ton ingénieur. Bob et compagnie.

Appelle-le, tu verras bien.

Ils virent passer un grand héron qui rasait les flots, l'estomac lesté d'un ouaouaron aux cuisses dodues et d'une épinoche à cinq pointes qui passait de travers.

Ah, Jean-Paul…

Quoi, Coco?

T'as jamais pensé que les Américains demanderaient peut-être pas mieux?

Pas mieux que quoi, Coco?

Que de faire chier la tapette socialiste qui mène à Ottawa.

# Finances

Le 28 mai de l'an 1970, aux alentours de dix heures du matin, monsieur Ron Lamoureux, vétéran de la Seconde Guerre mondiale de cinquante ans bien sonnés, souffrant de ce qu'on n'appelait pas encore syndrome posttraumatique (les bombardements l'avaient rendu un peu maboul, c'est tout), debout près d'une fenêtre de l'hôpital pour anciens combattants Queen-Mary, le dos tourné à la rue, repensait à l'adaptation cochonne de *Madame Bovary* qu'il avait vue la veille au cinéma Jean-Talon lorsque la vitre derrière lui fut soufflée, en même temps qu'une assourdissante détonation ébranlait la structure de l'édifice autour et jusqu'à l'air qu'il respirait. L'instant d'après, il était étendu de tout son long sur le ventre et se croyait de retour sur les plages du débarquement, à Courseulles-sur-Mer, plus précisément. Avant même d'esquisser le moindre geste pour secouer les éclats de verre et les menus plâtras qui le recouvraient, il comprit que ses sphincters l'avaient lâché. Môman, prononça-t-il distinctement.

À deux kilomètres de là, dans le parking d'un immeuble appartenant à une des filiales canadiennes de la General Electric (le géant industriel américain), et exactement un quart d'heure plus tard, une charge explosive de forte puissance transforma en amas de ferraille la bien-aimée Camaro modifiée de Ti-Guy Porlier, un Gaspésien exilé à Verdun. Ti-Guy, son char, c'était sa vie. Il faisait de la course les fins de semaine. Le bruit qui sortait du pot d'échappement trafiqué le faisait jouir. Celui d'une formule 1, lit-téralement défaillir. Lorsque, sorti avec les autres employés pour constater les dégâts, il aperçut le tas fumant dans le terrain de stationnement, il dit simplement : Non...

Au même moment, trois cagoulards armés de mitraillettes faisaient irruption dans la Caisse populaire de l'Association générale des étudiants de l'Université de Montréal (AGEUM), située sur la montagne, boulevard Édouard-Montpetit, où ils firent s'allonger employés et clients, la face tournée vers le plancher, les mains derrière la tête. Ils fourrèrent 58 000 dollars dans un sac de toile et prirent la poudre d'escampette.

Peu après, trois *gunmen* cagoulés se présentèrent à la succursale de la Banque Canadienne Impériale située près du croisement du boulevard Saint-Laurent et de la rue Saint-Viateur. Ils en repartirent avec 51 000 beaux bidous.

Presque au même moment, la Caisse d'économie franco-canadienne de Montréal-Nord était visitée par, eh oui, trois bandits cagoulés, arborant, pour être plus exact, des bas de nylon enfilés sur la figure. À ce dernier endroit, le sergent-détective Miles Martinek, prévenu par un informateur la veille, avait tendu une embuscade aux malfaiteurs. Au milieu de la fusillade nourrie qui en résulta, les cagoulards tentèrent une sortie, poussant devant eux une caissière de vingt-neuf ans, blonde, jolie. Nullement impressionné, Martinek, surgissant soudain de derrière une voiture garée un peu plus loin, coucha un des voleurs avec la mitraillette Thompson dont il se servait pour les grandes occasions. Il avait fait main basse sur ce joujou au cours d'une saisie chez des gangsters. Les deux autres lâchèrent tout : armes, otage et, s'écartant instinctivement de leur collègue troué qui pissait le sang, levèrent les mains. Martinek posa ensuite pour le photographe d'*Hebdo-Police* qui, alerté par son coup de fil obligeant, accompagnait ce jour-là ses confrères branchés sur les fréquences de la police. Sur la photo, on voit Miles Martinek, un genou en terre, crâne chauve luisant telle une lune, appuyé sur son arme comme un *safariman* qui vient d'abattre un buffle. De sa main libre, il récupère des liasses de billets de banque trempés de sang au milieu d'une grande flaque d'hémoglobine.

Seuls le vol de l'université et les deux bombes utilisées pour faire diversion purent finalement être reliés au FLQ. La simultanéité des deux autres braquages était une simple coïncidence, juste une autre journée au bureau dans la capitale des hold-up en Amérique.

Sur la montagne, pendant ce temps, les braqueurs s'étaient évaporés dans les boisés qui entourent l'université. Le magot qu'ils venaient de rafler compromettait sérieusement la saison de golf de monsieur Tim Burroughs, le consul des USA à Montréal. Le cimetière voisin résonnait du chant des petits oiseaux.

# Visite

Sous les latitudes tempérées du nord de l'Amérique, la campagne n'est jamais aussi verte qu'à l'approche du solstice d'été. Les champs sont verts. Les forêts sont vertes. Les sous-bois sont tapissés de vert. La lumière est verte. Les montagnes sont vertes. Les lacs sont verts à force de refléter du vert.

C'est avec cet infini nuancier de verdure en toile de fond que, rompant la trêve des préparatifs de la Saint-Jean, se pointèrent une, deux, trois, quatre voitures de police dans le rang des Écossais, à Milan. L'auto banalisée qui venait en tête transportait le sergent-détective Miles « Machine Gun » Martinek, armé de son inséparable Thompson et arrivé de Montréal spécialement pour prendre la tête du détachement de la Sûreté du Québec basé à Lac-Mégantic.

Les voitures qui freinent en soulevant un nuage de poussière, les flics qui en jaillissent au pas de charge, Martinek qui s'avance à grandes enjambées, mitraillette à la hanche, avec ce coco majestueux en forme d'ogive thermonucléaire. Deux jours avant la fête nationale, il approchait cette fermette comme si c'était un immeuble en ruine bourré de guerriers fanatisés prêts à mourir pour la cause.

À l'étage, Jean-Paul Lafleur, son frère René, Lancelot et Lou Ballester, loin d'avoir l'intention de mourir pour la cause dans l'immédiat, couraient aux abris et disparaissaient dans le grenier. Richard Godefroid, flanqué de Marie-France et de Momo Corbo, un chauffeur de taxi communiste, accueillit les visiteurs à la porte. La femme de Lancelot, Sylvie, se tenait un peu en retrait, un enfant roulé dans ses jupes.

Vous venez fêter la Saint-Jean, messieurs ? Ça tombe bien, on a de la bière en masse et du monde qui sait chanter.

Ôte-toi de mon chemin, mon gars, sinon je t'arrache un bras et je te bats avec le bout qui saigne…

Les policiers avaient beau arborer des airs féroces, ils étaient venus pour une simple visite de courtoisie. Ils parurent gober comme du jujube les noms d'emprunt que leur fournirent les occupants de la cuisine et évitèrent de pousser les vérifications plus loin. Puis, montés à l'étage, ils passèrent à un poil de Lancelot, accroupi dans le grenier et officiellement en cavale, et redescendirent sans rien casser. Déjà, ils repartaient.

Savez-vous pourquoi on est ici ? demanda l'un. C'est parce que vos petits copains se sont fait pincer à Saint-Colomban. Et Martinek, il finit toujours par trouver une façon de les faire parler, les récalcitrants…

On va se revoir, prédit Martinek d'un ton sinistre.

Avant de partir, les policiers décidèrent d'aller jeter un coup d'œil à la grange et aux bâtiments.

Vous couperez votre gazon ! cria l'un d'eux sans tourner la tête et, shootant du pied droit, il décapita habilement une marguerite sauvage.

C'est alors que Gode, debout en haut de la galerie, aperçut Brutal embusqué au bord du fossé. Il s'assura que Corbeau avait vu la même chose que lui. Ce dernier leva lentement un doigt et l'approcha de ses lèvres, précaution inutile, car les deux hommes s'étaient parfaitement compris. Gode dirigea de nouveau son regard vers le fossé herbeux. Derrière le bouc, il voyait maintenant revoler des mottes de boue séchée, arrachées à la Terre mère par la virile caresse d'un sabot fourchu.

Le bouc jaillit en fulminant des touffes d'asclépiades qui masquaient le fossé et chargea ventre à terre. Dans l'instant qui suivit, on vit le sergent Martinek lâcher sa mitraillette et prendre ses jambes à son cou. Installés aux premières loges, Gode et Corbeau le virent passer devant la maison, courant, courant, tel Francis Macomber poursuivi par le lion. Puis, semant la terreur, déboula le bouc puant lancé à ses trousses. Une portière claqua, on entendit un BOOOOÏNG! qui dut résonner jusqu'au sommet du mont Mégantic. Brutal eut le temps de charger deux autres voitures avant que la débandade fût complète. Cet hiver-là, le voyage en Floride de Lionel Arcan, le débosseleur de Lac-Mégantic, fut une gracieuseté de la Sûreté du Québec.

# Petit tour

Les monts Chic-Chocs se dressaient au-dessus de la mer étincelante. La Chevrolet en arrachait dans les côtes avec Justin au volant. Jean-Paul occupait la place du mort et Ti-Ben Desrosiers, cueilli fin soûl dans le Vieux-Montréal à l'heure du départ, ronflait comme un bon sur la banquette arrière.

À cet âge-là, dit Jean-Paul en levant une main pour se protéger du soleil, ça pense juste à fourrer, manger pis dormir.

T'oublies quelque chose d'important : faire chier, rajouta Justin Francœur avec un sourire mi-figue mi-raisin.

Le mince sourire qu'il arracha à Jean-Paul était une petite victoire pour lui. Il n'avait pas la chance d'avoir un père ouvrier comme son passager. Le sien était outremontois et haut fonctionnaire dans le gouvernement de Pierre Trudeau. Francœur était le beau-frère de Lancelot et un nouveau venu dans le réseau, un authentique fils à papa révolté, qui rêvait à la révolution et devait pour le moment se contenter de servir de chauffeur à l'aîné des Lafleur. Un Lafleur plutôt préoccupé depuis que, avec leur raid de Saint-Colomban, puis la découverte de la ferme de Milan, les Combatteurs, en l'espace d'à peine deux jours, avaient pratiquement réussi à démanteler son organisation politique.

Ils déposèrent Ben à Gaspé, entrèrent pour un café, puis filèrent jusqu'à Percé et au pic de l'Aurore, où ils s'arrêtèrent sur le terrain gravillonné de la halte routière, délimité par des garde-fous de bois peints en blanc. Ils se garèrent un peu à l'écart du kiosque. Des tables de pique-nique étaient alignées au grand air. Il n'y avait pas un chat.

Francœur avait conduit toute la nuit. Il coupa le contact et laissa sa nuque reposer un moment contre l'appui-tête. Le gros Jean-Paul, qui avait cogné des clous, ouvrit les yeux à côté de lui. Il grimaça, une main levée devant son visage pour se protéger du soleil qui, encore bas sur la mer, se déversait dans la Chevrolet.

Wow…

De là-haut, on voyait seulement le dessus du rocher émerger d'un banc de brume épais et onctueux comme de la crème fouettée. Plus loin, l'île Bonaventure faisait une bosse dans la couette de brouillard entre la terre et l'horizon.

Il est quelle heure?

Presque six heures, répondit Justin.

Jean-Paul se rencogna contre la portière pour un dernier petit roupillon.

Les paupières de Justin se firent plus pesantes. Il vit s'approcher une forme humaine de son côté de la voiture, baissa sa vitre, un vendeur itinérant se pencha vers lui. C'est le marchand de sable, songea Justin, puis il baissa les yeux sur la main ouverte du vendeur qui ne contenait rien d'autre qu'une poignée de sable doré avec, planté dedans, un minuscule écriteau disant : MADE IN JAPAN. La pétarade de la Harley, quand elle creva le silence qui s'était refermé autour de la Chevrolet immobile sur son promontoire, les réveilla tous deux en sursaut.

Maître Brien sur son engin perché fit peu après son entrée dans le parking panoramique, sans casque, cheveux longs retenus par un bandeau noué en serre-tête à la mode des Apaches, en veste de daim, franges au vent, emmenant une splendide hippie en croupe.

Attends-moi ici, dit Jean-Paul.

Justin les vit discuter pendant peut-être un quart d'heure, plantés au bord de la falaise, sans s'occuper de la fille restée à serrer la selle de la Harley entre ses longues cuisses près du garde-fou, ni de lui, assis au volant de l'auto arrêtée. Il reluquait la fille à travers le pare-brise. Une brune tout en jambes, la poitrine libre et plantureuse sous la chemise d'indienne. Elle lui manifestait une souveraine indifférence, tournée vers la mer enveloppée de brouillard, ne bougeant que pour écarter de temps à autre une mèche rebelle de son champ de vision, avec une patience, une passivité d'ange tentateur. Une grande fille assise sur des réserves de danger et qui jouissait complètement de la situation. Elle lui donnait envie de pleurer tellement il l'aurait sautée.

Pendant la discussion, l'avocat alla s'installer à une des tables de pique-nique et sans cesser de parler il sortit un miroir de poche, une lame de rasoir et se poudra le nez. Puis il remit à Jean-Paul une grosse enveloppe brune matelassée. Ils se séparèrent peu après. Maître Brien retourna enfourcher sa moto et Jean-Paul regagna la Chevrolet avec l'enveloppe. Les deux hommes regardèrent l'avoué flanquer une claque gaillarde sur la cuisse de sa passagère et ensuite démarrer la Harley d'un coup de talon.

Je pensais qu'il serait en crisse contre moi, pouffa Jean-Paul.

Ah ouais? Pourquoi?

Pour l'avoir fait lever aux aurores. C'est pas trop le style. Mais je voulais qu'on soit tranquilles.

Et puis?

Justin contemplait la moto qui s'éloignait, la fille de dos, ses bras passés autour de la taille de maître Mario, ses longs cheveux étendus dans le vent comme une traîne.

Et puis je m'en faisais pour rien. Jean-Paul marqua une pause. Il était pas couché...

Ah.

D'après moi, ça doit être ça qu'ils s'en vont faire, là.

Ahan. Et nous autres, on fait quoi?

Jean-Paul cherchait une position confortable pour dormir dans l'auto.

On s'en retourne à Montréal.

Jean-Paul dormit jusqu'à Newport, où il ouvrit les yeux. L'auto avait ralenti, roulait au pas. La Chevrolet se rangea. Lafleur se redressa tout à fait et aperçut les gamins au bord de la route, brandissant leurs petits voiliers de bois et courant pour rattraper l'auto.

Les p'tits vendeurs de bateaux! Ça veut dire qu'on doit être à Newport, murmura Jean-Paul.

Il baissa sa vitre, prit un des bateaux, y jeta un coup d'œil, et le tendit à Justin. Environ cinquante centimètres de long, entièrement façonné à la main et tout en bois. Les voiles étaient en écorce de bouleau.

Combien il veut? demanda Francœur.

Des piaillements fusèrent de la petite bande agglutinée sur l'accotement.

Je comprends rien…

Ils parlent paspaya. C'est pour ça.

Jean-Paul échangea quelques mots avec les gamins.

Trop cher. Sors un cinq, tu pars avec.

Je peux pas faire ça.

Pourquoi?

As-tu vu le travail qu'il y a là-dedans?

Je sais bien, mais ils demandent toujours trop cher juste au cas où on serait des touristes américains…

La plaque de la Belle Province, ils l'ont pas vue, tu penses?

T'as raison. C'est des crisses de p'tits voleurs… Cinq piastres, c'est de la grosse argent pour eux autres.

Mais c'est pas du made in Japan, tu peux être sûr. La somme de travail qu'il y a dans un de ces bateaux-là. Combien d'heures, d'après toi?

La *somme de travail*… Ça sonne comme de la rhétorique marxiste à marde.

Justin avait sorti deux billets de vingt qu'il tenait entre ses doigts. Jean-Paul n'en prit qu'un et le tendit à travers la portière. La coupure s'envola comme une miette de pain happée par des oisillons affamés.

Francœur démarra, le modèle réduit posé sur la banquette arrière.

T'as vu comment ils sont habillés? Nu-pieds dans la gravelle… J'ai l'impression d'être dans le tiers-monde.

Je pourrais te montrer des villages dans la montagne en arrière d'ici et ce serait plus juste une impression que t'aurais. Parce que c'est à peu près ça. On est dans le fief des Robin. Les seigneurs de la morue.

Ils se turent un moment. La baie des Chaleurs attirait la route, on voyait danser des éclairs de soleil dans les échancrures des anses.

Tu vois, Jean-Paul, tu peux pas dénoncer l'usine de transformation qui les vole et la compagnie forestière qui les oblige à dormir dans des vieux autobus scolaires et la minière qui les envoie crever au fond de la terre et refuser après ça de payer le travail des enfants à sa vraie valeur. On appelle ça une contradiction.

Tu commences à me faire chier avec tes phrases trouvées dans des livres.

Il y a quoi, dans l'enveloppe? Ça a l'air pesant…

T'as pas besoin de savoir ça.

Ça va, j'ai compris. Je me tape l'aller-retour Montréal-Percé d'une traite et je ferme ma gueule.

Je te connais pas encore assez.

Ils redevinrent silencieux et, peu après, Jean-Paul se rendormit. Plus tard, Justin faillit le rejoindre, il donna un coup de volant à temps et ramena le museau de la Chevrolet dans l'axe de la route au milieu du pont qui enjambait la Cascapédia. Réveillé, Jean-Paul regarda autour de lui d'un air perdu. Ils prirent une chambre dans le premier motel qui se présenta, chez Guité, à Maria. Jean-Paul paya cash pendant que Justin se dégourdissait les jambes sur la grève.

La marée était basse, le bruit des vagues était doux, l'air sentait le varech. La ligne sombre des fondations de pierre d'un débarcadère détruit émergeait à l'est telle l'épine dorsale d'un grand saurien fossilisé. Des grappes de moules fixées à des couettes de goémon et des carapaces de crabes retournées et nettoyées par les goélands jonchaient ici et là la plage de galets.

Il trouva Jean-Paul allongé tout habillé sur un des lits. La télé était allumée, une émission locale d'un insondable ennui, ensuite, le cinéma Kraft, qui passa un Leone, *Pour une poignée de dollars,* saucissonné pour faire de la place aux pubs de mayonnaise et de substances qui passaient pour être du fromage.

Justin roula le long du front de mer pour acheter des clubs sandwichs et des frites pour emporter dans un restaurant appelé le Barli-Coco.

Tu sais quoi? Le gars du restaurant dit que les plus gros saumons du monde viennent d'ici. De la Cascapédia, juste à côté… Jackie Kennedy pêche là. Ça appartient aux Américains. C'est quelqu'un comme ça qu'il faudrait enlever.

Jean-Paul ne répondit rien. Il avait la bouche pleine. Mais Justin se sentait inspiré et poursuivit sur sa lancée.

Nos camarades se sont fait prendre à Saint-Colomban et la ferme de Milan est connue de la police, donc perdue. Plus de Prison du peuple! Le réseau est complètement à terre. Il nous reste juste la maison de la rue Collins. Ça va prendre beaucoup d'argent pour rebâtir une organisation solide. T'es tellement mal pris, mon Jean-Paul, que t'es obligé de faire appel à moi… Maintenant, imagine Jackie prisonnière dans un camp de chasse, en haut d'une montagne, quelque part entre New Richmond et Sainte-Anne-des-Monts. Combien on pourrait réclamer au père Onassis, tu penses? Dix millions? Vingt millions?

Je pense qu'ils sont même plus ensemble.

Ah…

Ça serait mieux de vérifier avant, en tout cas.

Justin Francœur avait à peine avalé la dernière bouchée de son club qu'il dormait. Lorsqu'il rouvrit les yeux, Lafleur ronflait dans le lit d'à côté. Le rythme y était et la puissance aussi.

Francœur voulut revoir la mer et se dirigeait vers la porte sur la pointe des pieds quand ses yeux tombèrent sur l'enveloppe brune posée sur la table de chevet. Il n'hésita pas longtemps.

S'approcha, la prit, soupesa, palpa. Puis il défit sans faire de bruit le fermoir de métal qui la scellait. Tandis que, du coin de l'œil, il guettait la masse du dormeur lentement soulevée par les amples oscillations du sommeil profond, il tâta le contenu de l'enveloppe avant d'en sortir une liasse de billets de vingt. Il y en avait d'autres à l'intérieur. Pour des milliers de dollars…

Bien assez pour financer deux ou trois projets d'enlèvement.

# Opération Délivrance

René Lafleur et Maurice Corbo, dit le Corbeau, prenaient le frais, dissimulés par un boqueteau de sapins sur le terrain de golf de L'Île-des-Sœurs. Corbeau, à trente-sept ans, était le doyen de la nouvelle mouture du FLQ. Surpris à distribuer des tracts marxistes sur la base de Valcartier, il avait été expulsé des rangs de l'armée à dix-huit ans pour troubles de comportement et passait, aux yeux des autres, pour un communiste « articulé ». Momo braquait en ce moment ses jumelles sur le *foursome* qui s'amenait dans leur direction à bord de deux voiturettes.

V'là les commandos du désert, plaisanta Corbeau.

René, assis en indien un peu plus loin, leva les yeux des pages de son calepin.

Est-ce que tu vois un gros, dans la gang ?

Ils sont tous obèses.

Un qui est à moitié chauve ?

Ils sont tous à moitié chauves. Mais ils ont des chapeaux.

Et je te gage qu'ils sont tous dans la mi-cinquantaine…

Bingo.

La seule chose qui les différencie, c'est le nombre de coups dont ils ont besoin pour mettre la petite balle dans le trou.

René n'avait pas encore terminé sa phrase que le sifflement d'une Spalding flambant neuve fendit l'air et que la balle vint percuter la pelouse littéralement sous leur nez, avant de rebondir une seule fois et de rouler plus loin pour s'immobiliser à l'orée du bois. Corbeau avait instinctivement rentré la tête, vieux réflexe de fantassin. Avant que René et lui aient pu échanger un seul mot, un goéland à bec cerclé qui venait de décoller de l'étang voisin arriva en vol plané et, après avoir effectué un passage à basse altitude, se posa un peu plus loin, s'approcha en sautillant, considéra l'objet sous divers angles et finit par décider que cet œuf tombé loin du nid méritait d'être couvé.

Il dut s'y prendre à plusieurs fois pour le faire tenir dans son bec. Puis il l'emporta dans les airs et disparut.

Une autre balle alla directement dans l'étang. Puis les voiturettes apparurent. L'une d'elles se dirigeait à quinze milles à l'heure vers le bosquet de sapins.

Restons pas ici ! lança Corbeau.


Ramener mes origines familiales dans le portrait comme ça, c'est des plans pour ressusciter la vieille notion d'ennemi de classe et moi, j'aime autant te prévenir que j'ai pas l'intention d'endurer des tendances léninisantes dans ma Renault, non madame !

Pardon. *Notre* Renault…

Au moment où Justin ouvrait la bouche pour répliquer à sa femme, ils virent une longue voiture noire leur passer sous le nez et disparaître au tournant. Ensuite, le calme plat retomba comme une chape de verdure sur la rue Redpath Crescent qui traçait une boucle parmi les riches demeures serties dans le flanc de la montagne.

C'était qui, ça ?

Comment tu veux que je le sache ? T'arrêtais pas de me parler…

On l'a pas vu sortir de la maison. Ça pourrait aussi bien être Hite que Travers…

T'étais supposé t'occuper de la maison de Travers et moi de celle de Hite.

Oui, mais là, qu'est-ce qu'on fait ?

Va chier.

Lancelot pointa sur L'Île-des-Sœurs l'extrémité d'un manche à balai cassé en deux et transformé en baguette magistrale. Il se trouvait dans un appartement de Saint-Henri vide de tout meuble et situé en face de l'Hôtel des encans. Sur le mur devant lui était punaisé un tableau tracé au feutre noir sur un carton blanc de un mètre sur deux. En ordonnée apparaissaient des noms d'hommes, en abscisse des heures de départ et d'arrivée, des indications de lieu, des habitudes. Une carte de la ville abîmée de soixante centimètres sur cinquante était punaisée à côté.

Juste sur L'Île-des-Sœurs, ils sont une quarantaine. On est en train de faire un relevé de ceux qui jouent au golf et je peux déjà vous dire que ça représente un bon paquet. Notre idée d'en harponner quatre d'un seul coup sur le terrain de golf de l'île et de les fourrer dans un camion de laitier à six heures du matin était plutôt géniale. Ça nous laissait en masse de temps avant que l'alerte soit donnée. Mais depuis que la Prison du peuple est brûlée, le problème, c'est qu'on n'a plus d'endroit où les garder. La question de l'espace nous limite à un otage, maximum deux.

En tout cas, il faut prendre un Américain, dit tranquillement Jean-Paul. L'autre chose, c'est qu'il faut oublier L'Île-des-Sœurs. Les accès sont trop faciles à bloquer. En cas de pépin, le piège se referme.

Lancelot se tourna vers Pierre Chevrier, qui réfléchissait.

Ben moi, je prendrais l'Anglais, dit ce dernier. Et vous savez pourquoi?

Il sauta sur ses pieds, prit la baguette des mains de Lancelot et pointa le tableau.

Regardez. Il est réglé comme du papier à musique. Travers, c'est un vrai. Joue au bridge. Ponctuel comme un Anglais de roman policier. *L'attaché commercial John Travers sortit à cinq heures.* Je suis sûr qu'il mange des petits sablés avec son thé. Impossible de se tromper, avec lui.

Oui, mais nous autres, c'est pas un roman qu'on écrit, c'est un enlèvement.

Ça enlève de la portée au message, réfléchit Jean-Paul à voix haute.

Parce que le Québec est pas dans une situation coloniale, peut-être?

Ouais, mais... qu'est-ce que tu fais de la domination économique?

Qu'est-ce que tu proposes, Jipi?

D'y aller pour les deux. On prend un Américain *et* un Anglais. Comme ça, on se trouve à couvrir tout le terrain de notre aliénation.

Crisse que tu parles ben.

Larry Hite, lança Pierre en tapotant une colonne du tableau avec sa moitié de manche à balai. Il vit sur le même croissant de rue que Travers. C'est le voisin d'en face.

Richard Godefroid marchait vers l'est du côté nord de la rue Ontario. Il s'arrêta pour examiner des caps de roues bichonnés avec amour dans la vitrine du Père d'la scrap, tourna la tête et repéra son bonhomme à quarante mètres. L'autre type s'arrêta aussi et, de même, feignit de s'intéresser à une devanture. À l'idée de l'avoir repéré, une fierté puérile envahit Gode. Il préférait attribuer son succès à la stupidité de son bonhomme, à sa nonchalance et à son absence de précaution, plutôt que d'y voir une manœuvre calculée. Il se détourna de la boutique du Père et repartit à grandes enjambées, bien décidé à lui donner une *ride*.

Rendu au soir, il marchait toujours. Son type avait tombé la veste depuis longtemps. Pendant la journée, Gode s'était parfois amusé à réduire la vitesse, ou même à faire carrément demi-tour pour varier la distance qui le séparait de son ombre. Ils en profitaient alors pour s'étudier. À certains moments, leurs déplacements semblaient chorégraphiés comme un duel de pistoleros de Leone. Gode évalua que son poursuivant traînait dans ses pompes une dizaine d'années de plus que lui. Ils fumaient tous les deux, donc égalité de ce côté. Il l'aurait à la régulière.

Il venait de traverser Pie-IX et le soleil était bas dans son dos quand il décolla à l'endroit exact où s'élèverait six ans plus tard le Stade olympique. Et il fila le long de la pente, presque un faux-plat, qui menait à la rue Sherbrooke, en jetant coup d'œil après coup d'œil par-dessus son épaule comme le coureur cycliste qui vient de « poser une mine » et qui regarde ses rivaux les plus dangereux s'abîmer dans un col de première catégorie. Gode vit, avec la plus vive satisfaction, le flic en civil essayer de s'accrocher, puis rester scotché au béton. Ensuite, il longea le Jardin botanique par l'ouest et atteignit les étendues boisées du parc Maisonneuve, presque la forêt. Il courait, libre.

# Peace

Marie-France l'attendait à l'entrée du cimetière de la Côte-des-Neiges, sur Decelles. En juillet, elle avait emménagé dans le coin, un appartement situé entre le Café Campus et l'Oratoire, chemin Queen-Mary, en face du musée de cire.

Elle était belle, radieuse dans sa légère robe d'été. Il remarqua qu'elle avait tendu la joue au lieu de lui offrir ses lèvres, et qu'elle se comportait comme si elle attendait une explication. Elle commençait son droit en septembre.

Ils avançaient au milieu des pierres tombales et des épitaphes, des noms et des chiffres sous lesquels reposaient les Ryan, Gursky, Burnside, Handke, Thatcher, Tavarone, Yanacopoulos, Szabo, Morf, Egli, Apostolska… avec ici et là, dans le lot, quelques patronymes canadiens-français, toutes racines confondues désormais.

J'ai quelque chose à te dire, annonça Godefroid. J'ai lâché la gang.

Elle s'y attendait si peu qu'elle le regarda attentivement, arrêtée au milieu de l'allée.

Lâché?

L'Opération Délivrance. Fini pour moi.

J'ai de la misère à le croire.

Peut-être, mais c'est la vérité. Toute la vérité. Rien que la vérité.

Si Marie-France avait été cruelle, elle aurait pris le temps de savourer un peu l'humiliation de son amoureux. Mais elle ne l'était pas foncièrement.

Ça me touche beaucoup, Gode.

Heu…

Qu'est-ce que tu vas faire ?

J'avais pensé… peut-être retourner en Gaspésie sur le pouce. En camping. Mais pas à Percé ! Je veux me reposer de tout ça…

Elle ne vint pas à son secours. Elle le regardait s'enferrer avec une délectation presque inconsciente et, dans l'intérêt sincère que cachait son bon sourire, une très fine trace de commisération.

Toi ? finit-il par lui demander.

Moi ? La Floride… J'embarque sur un 48 pieds à Key West la semaine prochaine. Pour tout le mois d'août.

À…

Un couple sympathique, dans la cinquantaine. Des gens que je connais pas. Et un ami à eux. J'ai répondu à une annonce dans un magazine de voile. On va faire les Caraïbes, bien relax. Je vais apprendre mes nœuds.

La Floride, dit Gode.

Oui. La Fleuride. Toi et les autres, ce serait plutôt le Texas, si j'ai bien compris.

Pourquoi tu dis ça ?

Nicole m'a dit que Jean-Paul Lafleur avait passé plusieurs coups de téléphone à Houston dernièrement. Il charge les longues distances à l'hôpital où elle travaille. Elle peut rien refuser à René, la pauvre tite.

Qu'est-ce que tu veux que je te dise ?

Je sais pas. Mais pourquoi là-bas ? C'est pas beau. La mer est pleine de pétrole…

Jean-Paul est un grand garçon. Inquiète-toi pas. Il sait ce qu'il fait.

J'ai pas demandé : Et nous deux ? Parce que la première nouvelle que j'ai eue, elle était en train de me dire qu'elle avait compris que l'amour ne serait jamais une priorité dans ma vie, jamais la chose la plus importante, pour moi, comme ce l'était pour elle, parce que je croyais pouvoir changer la vie, alors que pour elle, si l'amour n'était pas la chose la plus importante, s'il ne faisait pas la différence, n'était pas ce qui changeait la vie, alors elle pouvait très bien s'en passer. Et qu'on pourrait rester amis.

J'avais à peu près autant envie de rester son bon copain que de recevoir un grand coup de morue fraîchement pêchée dans la figure. Tandis que j'avançais ma joue pour qu'elle puisse la tamponner de sa bouche en cul d'albatros, je regardais la pierre tombale derrière elle.

D'une certaine manière, j'avais voulu donner au monde une dernière chance de me donner une chance. Mais le cimetière n'était qu'une station et non le terminus de mes illusions. À Côte-des-Neiges, la viande conservait une certaine dignité. La pourriture y avait sa place. Et je ne suis pas allé en Gaspésie finalement. Je suis allé au bout de tout, au boutte, dans un champ, près de Manseau.

Ce devait être le Woodstock québécois. Trois orgiaques journées de *sex, drugs and rock and roll*. Jethro Tull, Jimi Hendrix faisaient partie des noms balancés aux journalistes par des organisateurs dont la première qualité n'était pas d'inspirer une très grande confiance. Gode se retrouva le pouce en l'air au bord de la 20 un vendredi matin, avec pour tout bagage un petit havresac de toile verte et une couverture de laine sur laquelle il se promettait bien d'allonger la première jolie hippie qui se laisserait piéger par sa barbe de trois jours et ses états de service de sauveur de l'humanité. Il avait le cœur en compote et un grand vent de liberté entre les deux oreilles.

La première chose qu'il vit sur le rang où un champ complet, derrière la ferme Napoléon, avait été converti en lieu de spectacle, terrain de camping, foire aux drogues et baisodrome expérimental, fut un type qui, monté à cheval, se dirigeait vers le site avec une fille en croupe. La fille était à poil.

Aux abords du site, Gode aperçut des protestataires qui

manifestaient contre le prix trop élevé des billets : quinze dollars. À peine la démonstration commencée, l'un d'eux roula dans le fossé, complètement tétanisé. Un bad trip. Des chevelus se chargèrent du mauvais voyageur et le portèrent vers la barrière de l'enceinte clôturée, de l'autre côté de laquelle était stationnée une unité médicale. Un costaud leur barra le chemin.

C'est quinze dollars pour entrer…

Ces paroles furent ponctuées d'un coup de tonnerre suivi d'un sourd roulement de canonnade, puis les nuages noirs accumulés dans le ciel de Manseau crevèrent d'un seul coup, libérant un déluge. Le site bucolique sur lequel se dressaient la scène et ses tours d'amplis pareilles à de sombres mégalithes se mua instantanément en un bourbier de dimension apocalyptique.

Les employés chargés de clôturer tout le secteur avaient déguerpi la veille sans avoir vu la couleur d'un salaire et Gode n'eut aucune peine à se faufiler sur le site. Il regarda quatre jeunes gars patauger dans la vase en tenue d'Adam pour ériger un barrage de fortune en travers d'un ruisseau boueux.

« Grass, hasch, meth, dex », murmura une jeune fille douce en le frôlant au passage.

Il continuait de tomber des cordes et quelques milliers de corps encombraient cet espace uniformément couvert de gadoue. On pouvait reluquer tous les seins nus qu'on voulait, la plupart moches, lourds et pendouillants. Mais même jeunes et fermes, leur vue, dans ce contexte qui, en plus de les libérer, les collectivisait, avait quelque chose de déprimant. Un peu après dix-neuf heures, une soudaine accalmie entre les cataractes fut mise à profit pour pousser un premier groupe totalement inconnu, The Entreprise [*sic*], sur la haute et abrupte scène dressée telle la pierre sacrificielle d'une religion sanguinaire au-dessus de cette mer de boue. Les premières notes déclenchèrent l'incrédulité générale, puis un immense rire qui enterra (c'est-à-dire, *emboua*) même les huées. On n'avait jamais rien entendu d'aussi mauvais. Gode se mit en quête d'une faille dans la clôture. Il n'en pouvait déjà plus.

Je t'aime, lui dit un gars assis en indien, les yeux levés au ciel.

Là-bas, sur la scène, The Entreprise fut remplacé par les gars de Révolution française et on entendit bientôt s'élever les accents nasillards de leur célèbre tube : *Québécois / Nous sommes québécois...*

Revenu près du ruisseau, Gode regardait barboter les quatre mêmes tout-nus qui continuaient d'aller et venir dans la bouette jusqu'aux genoux avec des brassées de bouts de bois et de planches pourries et tous les débris qu'ils pouvaient charrier pour consolider leur ouvrage de retenue, lequel s'élevait maintenant à la tête d'un minable trou d'eau sale. Les lèvres de Gode bougeaient malgré lui, suivaient la musique... *Le Québec saura faire / S'il ne se laisse pas faire...*

La rumeur disait que les groupes de musiciens invités n'avaient pas encore été payés ni même pris en charge, que certains, restés coincés dans des chambres d'hôtel montréalaises, attendaient toujours le début de l'ombre d'une avance, pour ne rien dire d'un moyen de transport adéquat, et enfin que parmi les gros noms qui ne s'étaient pas déjà désistés, plusieurs n'avaient même jamais été contactés.

Dans la nuit du vendredi au samedi, désespérant d'arriver un jour à se faire payer, le personnel de sécurité déserta à son tour le site du festival.

J'ai rouvert les yeux à la barre du jour, enroulé dans ma couverture au bord du fossé. Le peu d'herbe verte que j'avais réussi à trouver était trempé de rosée, comme ma carcasse jusqu'aux os à travers la couverture. Pas loin d'où je me trouvais il y avait une maisonnette de campagne : des murs en bardeaux de cèdre, un toit en pignon. En la regardant, je comprenais que c'était ce que j'avais toujours voulu. Je ne savais plus ce que je faisais là. J'étais couché en chien de fusil au bord d'un champ piétiné et j'aurais donné n'importe quoi pour être dans la cuisine d'une maison d'habitant en train de m'envoyer un deux-œufs-bacon avec des bines et du café bien fort.

J'ai fait quelques pas, les épaules enveloppées de ma couverture, suis tombé, plus loin, sur une étrange procession. Ils devaient bien être une trentaine de hippies. Mêlés au cortège, il y avait un gros flic casqué et botté sur sa moto, un organisateur du festival avec son badge épinglé sur la poitrine et une équipe de la télé en plein tournage. Les quatre jeunes qui marchaient devant portaient un gars aussi raide qu'un cadavre à − 40 °C, la bouche ouverte, les yeux révulsés, saisi dans une convulsion de terreur ou d'extase ou bien les deux. La position de ses mains était bizarre, les doigts écartés et crispés, comme pour repousser quelque chose et s'y agripper en même temps. Je connaissais cette scène-là. Les poils de son torse nu formaient comme une croix au milieu de la poitrine. Il avait des longs favoris, des cheveux noirs et drus plantés bas sur le front, une barbe. C'était comme une image religieuse. Mais ce n'était pas en terre qu'on portait le pauvre diable. Probablement chez les dingues. Où avais-je déjà vu ce gars-là ?

Et puis, je me suis souvenu. La photo de Che Guevara diffusée après son exécution en Bolivie. Le Che mort. Sur les traits du jeune gars, c'était la même expression, un peu simiesque, foudroyée par la grâce.

J'ai continué mon chemin. Plus loin, j'ai croisé un gars qui marchait en tenant sa pancarte devant lui : ACIDE 1,50 $

À l'endroit où avait coulé le ruisseau boueux se trouvait maintenant un étang boueux. Et ce qui se passait dans le champ alentour ressemblait à un concours de lutte dans le jello organisé à la Superplage Idéale du camping de Saint-Profond. J'avais l'impression de regarder des porcelets roses vautrés dans une vaste souille *peace and love*. Malgré les supplications des organisateurs, la SQ, qui avait 300 agents stationnés dans le village d'à côté, avait refusé, disait-on, d'assurer la sécurité sur le site après la défection du service d'ordre. Drogue en vente libre, nudité publique. Peut-être que, en haut lieu, on avait pensé que laisser toute cette belle jeunesse lâcher son fou ne pouvait pas faire de tort, quitte à l'avoir à l'œil, oui, à se le rincer comme il faut ! Au moins, pendant ce temps-là, elle ne fabriquait pas de bombes ! Et ça a plutôt bien marché. En trois jours, ils n'ont eu à déplorer qu'une tentative de meurtre au couteau et le viol d'une fille de quinze ans par un nombre de mâles à peu près égal à la somme de ses printemps.

On a dit aussi que le ministre de la Santé était venu survoler le terrain en hélicoptère pour se rendre compte en personne de l'importance du « phénomène de la drogue chez les jeunes », et aussi reluquer, c'est bien certain, un peu de chair fraîche sans risquer de se faire alpaguer dans un bar de danseuses. Parce que la grosse affaire, c'était la peau. À croire que le Québec n'avait jamais vu un téton avant, une paire de fesses, un poil de couille !

Le samedi, vers midi, le soleil est sorti. La musique était bonne. Je sirotais ma bière en cannette et souriais à tout le monde et à personne en regardant autour de moi. *Ouiiiiiii, Québec sait faire...* À la barrière, les chialeux avaient fini par avoir gain de cause. Les contrôles avaient sauté, l'entrée était devenue gratuite, alors tout le monde s'est rué. Le mot se passait. On a vu arriver les touristes. Le tour d'auto du samedi après-midi : pôpa, môman, les zenfants, mais surtout beaucoup de mononcles et de matantes. Tout le monde en short pour voir les tout-nus... Ça avait pensé à la glacière et aux chaises pliantes et ça en profitait pour s'en déboucher une pendant que, juste à côté, un pouilleux s'injectait une seringue de méthédrine pour le photographe de *La Presse*. Vers deux heures de l'après-midi, quand j'ai vu une fille à poil et complètement défoncée se réfugier dans l'étang, pourchassée par une centaine de personnes qui ne voulaient rien manquer, comme si elle n'avait pas été cette fille un peu perdue dans le plus simple appareil, mais quelque chose comme la guenon du gorille du Zoo de Granby, j'ai décidé que j'en avais assez.

Je suis reparti. Avec ma couverture de cow-boy solitaire à l'épaule, le pouce levé au bord de la 20, j'avais encore *Québécois, Québécois...* qui me trottait dans la tête et ça faisait mal.

Le conducteur qui m'a ramassé voulait que je lui raconte, mais je n'avais pas tellement envie d'en parler. Il avait entendu dire à la radio que la pègre était derrière cette histoire de festival pop depuis le début. J'ai haussé les épaules.

Rien ne doit jamais changer au pays de Québec…

Pourquoi tu dis ça?

Bah. Pour rien.

Je lui ai demandé de me laisser près de la sortie 95, à la hauteur du boulevard De Montarville. J'ai appelé un taxi, dans un restaurant pas loin de là.

J'étais assis dans le taxi et je ne disais rien. Le chauffeur attendait, un œil sur le rétroviseur.

On s'en va où, comme ça?

Rue Collins.

# Baby

Au début de 1971, sans tambour ni trompette, par simple décret des autorités municipales de Saint-Hubert, la petite rue Collins avait été rebaptisée Braffort. Le prétexte invoqué avait, semblait-il, quelque chose à voir avec l'afflux de curieux qui profitaient de leur tour de machine du dimanche après-midi pour venir inspecter la maison où le vice-premier ministre du Québec avait été assassiné. Apparemment, Braffort était le nom d'un cultivateur des environs. Par une coïncidence absolument stupéfiante, c'était aussi celui d'un membre du FLQ qui, quelques semaines à peine après cet ajustement toponymique, serait abattu de trois balles de calibre .22 dans la tête en banlieue de Paris.

L'affaire Lavoie, réfléchissait maintenant Samuel — il avait laissé le fleuve derrière lui, quitté la 10 pour ce terrifiant délire urbanistique appelé boulevard Taschereau, et ensuite la 112 vers l'est, le chemin de la Savane, les pistes de l'aéroport, les hangars, les champs, la rue Nelson, la rue Braffort... L'affaire Lavoie, se disait-il, s'enracinait désormais, comme l'affaire JFK, dans une de ces couches profondes de la pensée conspirationniste d'où toute coïncidence semble d'emblée exclue, où la force de gravité du complot est telle que son mystère sans cesse épaissi jusqu'à l'ultime transparence annexe faits, liens, relations de cause à effet, hasards petits et grands, et les pétrit en une même pâte sombre et brillante dont le levain est une virtuosité intellectuelle cultivée jusqu'à l'omniscience paranoïde.

En apparence, le changement de nom avait atteint son but : l'ancienne rue Collins n'était certainement devenue le site d'aucune attraction touristique. Parallèles et isolées au milieu des champs, les rues Nelson et Braffort formaient un moignon de banlieue de seconde zone où les cottages d'été convertis en bungalows et les pavillons bas de gamme côtoyaient des maisons mobiles fatiguées. Partie des terrains voisins de l'aéroport, Braffort achoppait au nord-ouest sur un tas de gravillons et une paire de blocs de béton au-delà desquels, réduite à deux ornières, elle se dissolvait peu à peu dans un bois de trembles entouré de champs cultivés.

Mais si le changement de nom de rue avait eu pour but de décourager les curieux de venir y fourrer leur nez, avec Sam Nihilo et son ami Fred Falardeau, les édiles municipaux avaient de toute évidence raté leur coup.

Samuel était à l'heure au rendez-vous. Il n'était pas là depuis cinq minutes qu'il aperçut la berline de Fred arriver par le chemin de la Savane. L'instant d'après, Falardeau, son vieux pote du temps de l'université, le rejoignait à l'endroit précis où la Chevrolet contenant le corps de Paul Lavoie avait été retrouvée près d'une trentaine d'années plus tôt. Ils ne s'étaient pas revus depuis des années. Ils se serrèrent la main sur le terrain de l'ancienne Wander Aviation, à l'ombre du hangar numéro 12.

Peu après, Fred, une fesse posée sur l'aile avant de son auto, se mit à gesticuler, le ton involontairement magistral, l'index pointé vers la scène ancienne ensevelie au fond des mémoires. Un pâle soleil d'octobre brillait sur leurs têtes.

Deux choses, Sam. Dans sa célèbre entrevue à *Temps-Presse*, Richard Godefroid prétend avoir placé le cadavre dans le coffre et s'être débarrassé de l'auto au bout de la rue Collins. Comme tu peux le voir, c'est faux : rendus à l'extrémité de la rue, ils ont tourné à droite et roulé un bon 200 mètres *vers* la base militaire. Pourquoi ne pas aller dans la direction opposée ? À l'autre bout de la rue Collins, ils auraient eu devant eux des champs et des bois à perte de vue, l'endroit idéal pour abandonner un bazou avec un colis encombrant. Venir de ce côté, avec le risque de croiser une patrouille militaire, ça n'avait aucun sens.

Frédéric ponctua ces mots d'une claque assenée sur le capot de sa voiture.

Secundo. Pour justifier cette « promenade » de 200 mètres, Godefroid, en entrevue, va inventer un mensonge absurde : il dit qu'ils ont mis l'auto sur le *drive* et l'ont laissée rouler toute seule jusque sur les terrains de la base. Le problème, c'est que ça n'explique pas comment elle s'est retrouvée à l'intérieur d'un parking clôturé, ni pourquoi les clés de l'auto s'étaient volatilisées quand le premier journaliste s'est pointé sur les lieux... Tu me suis ?

Mon Fred, non seulement je te suis, mais ton esprit de synthèse m'impressionne toujours autant !

Fred se tâta l'estomac.

J'ai un petit creux. Tu sais ce qu'on devrait faire ?

Non, quoi ?

Aller manger du poulet.

Et où d'autre que chez Baby Barbecue, sur le boulevard Taschereau, à Longueuil ? Avec des frites mal décongelées, de la sauce brune un peu clairette et l'inévitable salade de chou noyée dans la vinaigrette crémeuse, le tout arrosé d'un bon Pepsi.

Ce que Fred devenait ? Il écrivait, bien sûr. Comment un type comme lui n'écrirait-il pas ? Mais avec déjà une bouche à nourrir d'engendrée et une autre petite falle de Falardeau dans les plans du couple, il fallait bien faire bouillir la marmite. Quelques mois auparavant, Fred avait commencé à fouiller l'affaire Braffort pour *L'Enquêteux*, l'émission-vedette des ondes de Télé-Québec. Le meurtre jamais résolu, à Paris, quelques mois après la crise d'Octobre, de Francis Braffort, penseur du mouvement terroriste et grande gueule s'il en fut, était généralement attribué à un règlement de compte à l'intérieur du FLQ. Et c'est ainsi que, de manière inattendue, le parcours de Fred avait de nouveau croisé celui des deux zigotos d'Alger, Zadig et Madwar.

Tu te souviens de l'article du *Montreal Sun* ?

Bien évidemment. C'était la pierre de Rosette de l'octobier-risme, rien de moins…

Chevalier nous avait confié chacun une mission : il voulait que tu suives la piste Chevrier pendant que moi, je creuserais l'affaire des deux fedayins.

Oui. Et on ne pouvait pas le savoir, mais c'était la dernière réunion des Octos !

As-tu du neuf sur le fameux Pierre ? Parle-moi un peu de lui…

Samuel, en fronçant les sourcils, considéra son ami. Physiquement, Fred était toujours le sosie quasi parfait de James Joyce, ce qui signifiait que l'ouverture totale et sans défense d'un sourire dépourvu d'arrière-pensées était sur sa figure aussi impensable que la probité et l'absence d'appétit de lucre chez un maire de banlieue. Sam n'avait pas pensé que leur vieille rivalité inavouée retrouverait si vite ses droits. Fred, le bon vieux Fred dissimulait derrière sa cuisse de poulet quelques millimètres d'un sourire un peu trop angélique à son goût.

Sam lui rendit son sourire.

Toi le premier. Parle-moi de Zadig et Madwar…

D'une moue de connaisseur, Fred salua cette prudence pleine de ruse.

Ah, vieux Sam. Regarde-nous un peu. On dirait deux espions dans un roman de gare. Au fond, c'est la même règle du jeu : se servir du peu qu'on sait comme appât pour aller chercher un plus gros morceau du casse-tête. Bon, allez. Je te donne Madwar et Zadig. Tu me donnes Pierre. T'as droit à du deux-pour-un, mon salaud.

Avoue qu'on est loin de Joyce. On est loin d'Hubert Aquin.

Pas d'accord. On est dans l'invention et la fabrication, l'intrigue et l'histoire. Des gens très créatifs, là aussi, lancent leurs petites fictions dans le monde. La différence, c'est que quand ça fonctionne, on n'appelle pas ça un best-seller. On appelle ça l'Histoire…

Mais de quoi tu parles, là ?

De la désinformation comme un des beaux-arts. À une certaine profondeur, ce qu'on trouve, ce n'est plus des gens qui se tirent dessus, plutôt une guerre entre des textes. Je te parle de la dépêche qui part des bureaux du service de renseignement à l'étranger et qui passe par le télex du correspondant de l'agence de presse pour se retrouver dans ton journal du matin et faire tranquillement son chemin jusqu'à la version officielle. Dans l'affaire Braffort, le règlement de compte intra-FLQ, c'est le *cover story*. Je connais presque autant de gens qui croient qu'il a été éliminé par les services secrets que de personnes convaincues qu'un commando du FLQ lui a réglé son compte. C'est le genre de match nul qui fait très bien l'affaire de la communauté du renseignement. Du moment que la piste est brouillée…

Et qu'est-ce qui est arrivé à Francis Braffort ?

### La Courneuve, banlieue de Paris, mars 1971

La femme était grande et blonde. Elle avait la bouche sèche et le cœur lui débattait. Elle regardait fixement l'homme qui, en face d'elle, venait de s'interrompre pour pencher la tête sur son assiette et hisser vers sa bouche un petit monticule de couscous posé en équilibre sur sa fourchette. Ce dernier ne vit apparaître qu'au tout dernier moment, dans le coin gauche de son champ de vision, la forme sombre et froide, n'eut pas le temps d'analyser la brusquerie du mouvement exécuté par l'invité qui venait de retirer sa main droite de la poche de son paletot et de lever le bras, et qui était son voisin de table, ni celui de tourner la tête. La première balle de faible calibre ricocha sur son os frontal et alla s'encastrer dans le plâtre du plafond, dont quelques écailles aux allures de flocons très fins vinrent se déposer sur son couscous. Le sang parut se retirer du visage du mangeur et, tandis que son front s'ornait d'une lézarde vermeille, il bascula vers l'avant et vomit dans son assiette. Son voisin de table approcha alors de son oreille gauche le canon du pistolet de calibre .22 équipé d'un silencieux et pressa la détente. L'homme tomba lourdement sur le côté droit et renversa sa chaise dans sa chute. Des convulsions s'emparèrent de lui et ses mains tentèrent de saisir l'insaisissable. L'autre bondit brusquement sur ses pieds et, se penchant vers lui, lui tira une troisième balle à bout portant dans le sinciput.

La femme s'était levée et se retenait au bord de la table. Le tueur leva les yeux et l'aperçut.

On décrisse… Vite!

Il courait déjà.

Pendant qu'il écoutait Fred, Sam se revoyait aux funérailles de Chevalier à la Pérade. Si le fils Branlequeue ne lui avait pas alors demandé de s'occuper personnellement de la pagaille archivistique du bureau universitaire du défunt, l'histoire du livreur de poulet n'aurait jamais refait surface et il ne se serait pas retrouvé là, chez Baby Barbecue, à écouter Falardeau, ce littéraire égaré, comme lui, dans les souterrains de l'histoire secrète. Pour Fred, le chemin de traverse qui l'avait ramené dans les traces de Chevalier était une émission de télé.

Eh, Fred! You hou! Toi et moi, on a une maîtrise en littérature. On devrait être en train d'écrire les grands chefs-d'œuvre traduits en vingt-huit langues et les juteuses histoires d'amour sur lesquelles se jettent les lecteurs qui sont, c'est écrit dans le ciel de lit, des lectrices…

Je le sais bien.

Bon. Alors qui a tué Francis Braffort?

Madwar, alias Daniel Prince. Infiltré dans le FLQ en 1968 avec son pote Brossard, le futur Zadig, par le Service de sécurité de la GRC. Deux taupes. Leur mission était de créer une cellule qui puisse servir de cheval de Troie à la police secrète. Rien de plus facile. N'importe qui pouvait s'y mettre, participer… Juste à se procurer un peu de dynamite. Et quand le réseau qu'ils avaient réussi à pénétrer a été, grâce à eux, démantelé par la police un an plus tard, le Service de sécurité, qui avait des projets pour nos deux bonshommes, les a exfiltrés par New York vers Cuba et ensuite l'Algérie. Avec des allers-retours toutes dépenses payées à Londres, Paris, Zurich… éventuellement la Jordanie. À un moment donné, Zadig est même allé faire un tour derrière le Rideau de fer, en Hongrie…

T'as trouvé tout ça dans les archives déclassifiées?

Bien sûr que non. Mais le besoin de raconter est un puissant moteur. J'ai développé quelques bons contacts du côté de la GRC. La vieille garde, les retraités. Ceux qui s'ennuient du bon vieux temps comme n'importe qui. J'ai découvert que ces gars-là, quand on leur en donne l'occasion, ne sont pas complètement immunisés contre l'envie de se vanter un peu. Parce que leur sale petite guerre, ils l'ont gagnée, après tout. Mais on ne pouvait pas aller en ondes avec des entrevues confidentielles. Mes sources refusaient même d'être filmées avec le visage brouillé et la voix déformée. À un moment donné, le projet d'émission a sauté. Sauf que moi, je me sentais comme un chien de chasse sur la piste. J'ai continué à mon compte…

Donc, il y a un rapport entre les affaires Braffort et Lavoie? Francis Braffort serait…

Le véritable assassin de Lavoie? Mes informateurs de la GRC ne m'ont jamais encouragé à aller de ce côté-là. Remarque, ils sont pas obligés de tout me dire. Ni moi de gober tout ce qui sort de leur petite boîte noire. À mon avis, Braffort en savait un peu trop sur la DéFLQ et les petites magouilles d'Alger…

Encore Alger. Est-ce que je suis surpris?

J'espère bien que non.

La DéFLQ, c'est la Délégation étrangère?

Ouais. Rien d'autre qu'une créature des services secrets occidentaux pour infiltrer les mouvements terroristes du Moyen-Orient.

Je pense que je vais avoir besoin d'une bière, dit Samuel en regardant autour de lui.

Une bière froide? Après le repas?

Qu'est-ce que deux ex-Octobierristes qui se rencontrent pourraient bien boire d'autre?

C'est contre mes principes, mais t'as raison. Allons-y pour une frette.

En souvenir de tous ces hectolitres de blonde, d'ambrée, de rousse…

C'était le bon temps, dit Fred après la première gorgée.

On buvait comme des trous.

Ça…

Est-ce que c'était ça, notre raison ? Un prétexte pour prendre un coup, et rien d'autre ?

Tu veux savoir si on était des Octobierristes convaincus ? Mettons un cercle d'amis, bien ronds la plupart du temps…

Un *think tank* conspirationniste, quand même. Je t'ai pas vu aux funérailles de Chevalier…

Ma blonde était sur le point d'accoucher et… Tu sais ce que c'est. Les Octobierristes et les bonnes femmes…

Mais est-ce qu'il t'arrive de penser que Chevalier était peut-être dans le champ ? Depuis le début ?

Et que je perds mon temps en venant à Saint-Hubert calculer la distance qui sépare le garage du bungalow du parking du hangar numéro 12 ? C'est ce que ma blonde pense.

Écoute, la clé, c'est Pierre Chevrier, le Chevreuil… Dans l'article du *Sun*, les informateurs anonymes reliaient le *liaison man* aux fedayins du FLQ, tu te souviens ?

Oui. Et je vois deux explications possibles à ça. Soit la relation avec les kidnappeurs d'Octobre est une invention concoctée pour grossir la légende de Zadig et Madwar et faciliter leur pénétration dans la résistance palestinienne ; soit le lien existe et le Chevreuil était en rapport avec ces gars-là.

J'ai encore soif… Qu'est-ce que tu veux dire par « la légende » de Zadig et Madwar ?

Je l'emploie dans le sens que les services secrets lui donnent. *Legere*, « lire ». La couverture d'un agent secret, c'est 90 % de mots. Sartre disait que l'existentialisme est un humanisme. Et moi j'ajouterais que l'octobierrisme est une herméneutique. Et maintenant, parle-moi de Pierre…

J'ai recensé toutes les contradictions des policiers à son sujet. Les flics donnent l'impression de marcher sur des œufs avec leurs gros sabots quand il est question de lui. Comme au procès pour enlèvement de René Lafleur, par exemple…

## *Palais de justice de Montréal, septembre 1972*

L'agent Rossignol se tenait debout à la barre. Un huissier s'approcha, tenant un cliché en noir et blanc qu'il lui tendit. Il le prit entre le pouce et l'index, l'examina rapidement, reconnut tout de suite la Chrysler grise mitraillée au téléobjectif d'un toit voisin, à sa sortie du garage.

Reconnaissez-vous l'homme qui est au volant? demanda le procureur.

Ouais. C'est Maurice Corbo.

Et à côté de lui?

Rossignol marqua une hésitation.

Si vous voulez parler de Langlais, je le connais pas.

Un ange passa dans la salle. Le procureur de la Couronne et le juge échangèrent un regard, le temps d'un battement de cils.

Ben là, si vous le connaissez pas…, reprit, d'un ton d'amicale gronderie, le procureur.

Le policier lui coupa la parole :

Si c'est Langlais, je le connais pas. Je connais pas l'individu qui est sur la photo.

Voilà qui a le mérite d'être clair, sourit le procureur, puis il haussa les épaules.

Question suivante, proposa le juge.

Le cerveau policier est un organe encore fort mal connu, remarqua Fred.

D'accord avec toi. Qu'est-ce que tu fais?

Le porte-documents de Fred était en réalité un sac d'ordinateur, dont il venait d'extirper son portable. Il repoussa à l'autre bout de la table les assiettes jonchées d'os, de cartilage et de lambeaux de peau jaunasse et gélatineuse figés dans la graisse fondue et la sauce Baby, s'essuya les doigts, puis ouvrit son ordi.

Juste voir ce que j'ai sur Pierre Chevrier. Pas grand-chose, si ma mémoire est bonne.

Fred tapa quelques touches et attendit. Son moteur de recherche fonça à travers le buissonnement de ses notes et alla pointer un maigre paragraphe tel un épagneul arrêtant des perdrix. Fred lut le passage, releva la tête et regarda Samuel.

Il a voyagé en Afrique du Nord…

Un moment, ils restèrent sans rien dire.

Alger…

Oui, mais ça prouve absolument rien.

Non. Ça pourrait être une simple coïncidence. Une de plus. Mais si j'apprends qu'il était sur le *payroll* de la GRC, mon vieux, ça va chier des globules. Qu'est-ce que t'as d'autre sur le Chevreuil?

Luc Goupil rencontrait un Pierre, à Londres…, dit Fred au bout d'un moment.

Goupil? Attends…

Fred éteignit son portable. Il parla rapidement.

En faisant des recherches sur Braffort, en France, je suis tombé sur l'histoire de Luc Goupil, le gars qui s'est pendu dans…

Je sais qui c'est. Mais quel rapport avec…?

Fred rabattit le couvercle du portable et éclusa sa bière.

Ce serait trop long à t'expliquer maintenant.

Mais moi, j'ai rien de pressé, Fred. T'as le temps pour une autre bière?

Non merci, je conduis. Et puis, Sam, l'époque des joyeux soûlons, c'était le bon temps, et le bon temps, par définition, c'est pas un peu fini? Regarde devant toi. Qu'est-ce que tu vois?

À première vue, un père de famille. En y regardant mieux, quelqu'un qui essaie d'en passer une vite à son vieux pote.

J'ai presque rien sur Goupil, Sam. C'est juste un autre lièvre que j'ai levé…

Alors on est deux à courir deux lièvres à la fois. Pas de problème. Moi, je vais garder l'affaire de la maison voisine pour moi.

Quelle affaire de la maison voisine ?

Nihilo sourit. Le regard perçant que lui avait lancé Fred valait au moins cent piastres.

La clé de l'affaire Lavoie. Trop long à t'expliquer. Allez. Moi aussi, faut que j'y aille.

Ils cherchaient comment prendre congé au milieu du parking. Comme s'ils devinaient que, passé cette trêve, ils seraient avalés : la petite famille de Fred, la grande forêt de Sam.

Autour d'eux se déployait un morceau d'Amérique qui donnait une idée de ce à quoi ressemblerait l'âme humaine une fois asphaltée et bétonnée d'un bord à l'autre, puis placardée d'affiches couvertes de chiffres électrisés et de formes féminines. Ils auraient pu être à Blainville, ou Dallas, ou Fort Lauderdale, à la périphérie suffoquée et clignotante de n'importe quel enfer communément admis. Et ce qui effrayait vraiment Nihilo dans le boulevard Taschereau, c'était l'atmosphère d'agressive normalité que ce cauchemar architectural et commerçant tendait à conférer à la tristesse dévastatrice de la laideur spatiale absolue.

Fred, j'ai besoin que tu me dises… Sur Zadig et Madwar, c'est solide ?

Béton, Sam. Là-dessus, mes *human* sont catégoriques.

C'est quoi, ça ?

Des *human*. Des sources humaines.

Est-ce que ça commence comme ça ? se demanda Samuel. Tu parles comme eux, et après ? Tu deviens comme eux ?

À une prochaine bière, mon Fred ?

Je dis pas non, Buddy. J'essaierai de m'exfiltrer du foyer conjugal… Eh, Sam ? À partir de maintenant, je me concentre sur Travers et toi, tu t'occupes de Lavoie. Tu dis quoi ?

Tope là.

Ils se serrèrent la main. Bye-bye, Baby.

Sur le pont Champlain, Sam se surprit à jeter de fréquents coups d'œil dans le rétroviseur, mais personne ne le suivait.

Sur le pont Champlain, foi de Nihilo, à un moment donné, j'ai fait le saut. Le gros Big Guy Dumont, l'homme fort des Éditions [...], me regardait venir du haut de l'immense panneau publicitaire qu'il s'était payé, flambant nu, allongé sur un lit queen recouvert de velours noir dans une pose sardanapalesque. Un sourire de chat qui a bouffé la souris. J'ai eu une pensée pour les banlieusards obligés de se farcir cette vision d'horreur cinq matins par semaine.

V'là votre BLT, mon chéri...

Merci, là, merci !

Après avoir mangé, je suis retourné glisser un caribou dans la fente du téléphone public mural du Fameux. J'essayais en vain d'appeler Marie-Québec depuis deux jours. J'avais l'impression que le fantôme du Kaganoma en personne allait finir par décrocher. Après quatre sonneries, surprise ! un nouveau message.

*... je me sens poussé vers ma table, et j'ai hâte d'écrire et d'écrire encore. Et c'est toujours, toujours ainsi, et je me prive moi-même de repos, et je sens que je dévore ma propre vie, que pour ce miel que je donne Dieu sait à qui, dans le vide, j'enlève le miel de mes plus belles fleurs, j'arrache jusqu'aux fleurs et j'en piétine les racines. Laissez un message, s'il vous plaît.*

J'ai raccroché. Trigorine.

De retour à ma table, le long de la baie vitrée, j'ai griffonné quelques notes dans un carnet. Depuis le lunch chez Baby Barbecue, j'avais le cerveau qui chauffait. Cette fois, je me suis contenté d'une ou deux réflexions sur le rôle joué par l'espace dans la jalousie qui me dévorait. Car je soupçonnais qu'il occupait, dans ma vie amoureuse, la même place que le temps dans mes recherches. Il me séparait de l'objet de mon désir. Le moteur était le même : une quête de l'inconnaissable qui, en se butant à l'impossibilité de savoir, se transformait en souffrance inapaisable. Ma blonde était peut-être en train de se farcir une équipe de hockey au complet ou un band de rock et ça se passait à 650 kilomètres à vol d'oiseau pendant que, coin Saint-Denis et Mont-Royal, je posais en vitrine, occupé à dévider mes phrases de chien savant en vue d'un essai qui ne serait jamais écrit. Alors j'ai fait comme dans la chanson, j'ai sauté dans mon char.

Dans le nord du parc de La Vérendrye, j'ai vu une grande chouette lapone se poser sur un chicot près de la route. J'ai freiné, mis pied à terre. Des tourbières, des épinettes centenaires de deux mètres de haut, l'or tendre des mélèzes. Aucune voiture ne passait, le silence paraissait s'étendre sur des milliers de kilomètres pendant que, à travers les bourrasques de neige qui pointillaient maintenant le ciel gris, j'observais l'apparition spectrale dans mes jumelles. À quoi ressemblait une journée de cet oiseau ? Le temps donnait l'impression de s'enrouler dans les larges disques faciaux au fond desquels les yeux jaunes enregistraient les flocons tournoyants, la portion de route, l'observateur et ses longues-vues, le poids lourd qui vint à passer, le bruit du vent, égalisant chaque image et chaque son en lui opposant son équivalent de silence. Devant l'Histoire, ses cris et ses bombes, l'indifférence du rapace était entière et opaque.

Deux cents kilomètres plus loin, bien avant Maldoror invisible à l'horizon et sa plume de fumée effacée par le blizzard, je me suis engagé sur le chemin du Kaganoma. La neige couvrait déjà le sol. Avant même de sortir de l'auto, j'ai su que la maison était vide. La neige qui tombait en rafales serrées la calfeutrait lentement. Une unique lumière était restée allumée, dans mon bureau, à l'étage. Comme si le fantôme m'avait attendu. Je n'étais pas sûr d'avoir envie d'y retourner. Je suis resté un moment debout sous la neige, sans bouger. Des flocons humides comme des baisers se déposaient sur mes paupières. Et je les ai vues.

Les grosses empreintes rondes d'un lynx, bien marquées dans la neige fraîche. J'ai souri. Elles se dirigeaient vers la maison.

# Base de Saint-Hubert, été 1966

La contribution du Canada au type d'opérations militaires que nécessitent les zones de conflit à haute intensité, scanda le général en marquant le rythme sur la carte d'état-major avec sa baguette, devrait se limiter au déploiement de la 4ᵉ brigade mécanisée, actuellement en Allemagne, avec un soutien aérien suffisant. Tout le reste de notre armée va devoir être rapidement réorganisé et acquérir la flexibilité nécessaire pour intervenir sur l'ensemble du spectre des conflits. Ce qui veut dire que les forces armées devront, entre autres, se concentrer sur les problèmes d'agitation révolutionnaire, de terrorisme et de guérilla urbaine et se préparer à soutenir une guerre anti-insurrectionnelle prolongée…

Lors de la période de questions qui suivit, un député du Québec, qui avait prêté une oreille attentive à l'exposé du général Bédard, demanda d'un air perplexe, pour ne pas dire légèrement dérouté :

Mon général, si je vous ai bien compris, vous proposez d'augmenter l'efficacité de la composante militaire dans les conflits de basse intensité…

C'est exact, approuva le général.

Sauf que votre modèle, à ce qu'il me semble, prévoit justement le contraire : que l'importance de la composante militaire doit diminuer, et celle de la partie civile augmenter, à mesure que l'intensité du conflit décroît… non ?

Oui. Et c'est pourquoi je suis le premier à reconnaître que les forces armées ne peuvent pas opérer de leur propre chef en situation de conflit de basse intensité. Entendons-nous : les groupes les mieux placés pour solutionner pacifiquement la plupart de ces conflits sont des organisations civiles — gouvernements, polices, etc., qui peuvent ou non avoir besoin d'une assistance militaire. J'insiste sur ce point : dans la moitié inférieure de notre spectre d'application de la force, le rôle des troupes est de supporter les organismes impliqués dans la recherche d'une solution. Ceci m'apparaît absolument essentiel. Et c'est pourquoi il faut développer une structure dotée de la capacité de coordonner les actions policières, civiles et militaires sur une large échelle. La base de cette structure existe déjà au Canada : vous aurez compris que je parle de nos trois paliers de gouvernement. Autrement dit, la loi peut être modifiée de manière à ce que les militaires agissent à titre d'agents de la paix ayant pour mission d'assister les autorités légalement constituées. Je suis content que vous ayez soulevé cette question.

L'honorable J. D. Sheppard, député progressiste-conservateur du comté de Fort Qu'Appelle, en Saskatchewan, retira de son oreille gauche l'auriculaire qui y disparaissait jusqu'au tiers et, interrompant l'opération de curetage en cours, leva la main.

Vous parlez des paliers de gouvernement... La semaine dernière, j'ai lu dans le journal que la police avait mis le grappin sur deux voyous séparatistes qui s'apprêtaient à commettre un vol d'armes dans une caserne de Montréal. Maintenant, est-ce que je suis complètement dans le champ de patates ou bien si, quand vous parlez d'agitation sociale, et de recycler l'armée canadienne en force antiguérilla, vous avez...

Le général avança une mâchoire carrée, dotée d'un maxillaire en béton.

Le Québec dans notre mire ? C'est bien ça que vous voulez dire, huh ?

Huh... huh.

Le général sourit. Tout le monde souriait, sauf le père Sheppard. Non, mais quel bouseux.

Trois heures plus tard à Regina, soupira, le menton dans la main, l'honorable Jay Vaugirard, de la circonscription de Joliette. Vivement les petits fours, se disait-il.

Monsieur le député, lança sans cesse de sourire le général Bédard, je vais demander à notre service de documentation de vous procurer les derniers numéros de *La Masse*. C'est un petit journal clandestin qui, sauf erreur de ma part, n'est pas distribué à Saskatoon. Vous risquez d'avoir des surprises : au moment où l'on se parle, il y a à Montréal une organisation de type paramilitaire dont le but est de renverser nos gouvernements démocratiques pour les remplacer par un État socialiste aligné sur Cuba et Moscou.

Le général consulta sa montre. On allait bientôt passer à table. Il s'éclaircit la voix.

En résumé, messieurs : sur ce théâtre d'opérations intérieur, nous devrons nous assurer d'appliquer la force disponible avec un maximum d'effet. Rappelez-vous que l'ennemi opère dans la partie inférieure de notre échelle d'intensité des conflits, là où ses efforts ne rencontrent habituellement qu'une faible opposition et profitent d'une publicité disproportionnée. Et donc, pendant que les armes atomiques de nos alliés continuent de prévenir l'éclatement de la guerre totale entre l'Occident et la puissance soviétique, nous allons, ici même, par l'imposition d'une force largement supérieure en nombre, en équipement et en logistique, empêcher ces grèves, ces manifestations, ces désordres, ces émeutes, ces bombes artisanales et ces cocktails Molotov de dégénérer en actes de violence plus sérieux. Permettez-moi, en terminant, de vous exposer ma *théorie du voyou*. La meilleure façon de venir à bout d'un voyou, voyez-vous, ce n'est pas de sortir un couteau et de l'affronter à armes égales. C'est de le coincer au fond d'une ruelle, de braquer une douzaine de mitraillettes dans sa direction et de lui dire de lâcher son couteau. Et c'est exactement ce que nous allons faire avec ces jeunes gens, messieurs. Le moment venu, nous saurons bien provoquer l'occasion. Nous allons les emmener exactement là où nous les voulons, et ensuite les défier et les regarder sortir leurs couteaux pendant que nous déploierons nos escadrons. Et alors, alors seulement, nous les mettrons en joue…

Le ministre de la Défense fut l'un de ceux qui vinrent trouver le général Bédard pendant que les parlementaires, munis de leur transcription de l'allocution du commandant de la Force mobile, étaient escortés vers le réfectoire.

Un discours tout simplement remarquable, mon cher…

Bah. Disons que je fais de mon mieux pour attirer l'attention de nos hommes politiques sur certaines réalités.

Tout simplement remarquable, répéta l'honorable Pete Dryden.

Ce n'est pas à moi qu'il faut le dire, répliqua le commandant de la Force mobile avec un haussement d'épaules.

Trois semaines plus tard, le général Jean-B. Bédard obtenait sa quatrième étoile, en même temps qu'il se voyait promu chef d'état-major général, le premier Canadien français à accéder au grade le plus élevé de la hiérarchie militaire. Il avait désormais l'armée canadienne à sa main.

# Rue Collins

La discussion s'était déplacée dans le salon et, avec elle, le nuage d'Export "A" qui semblait avaler les arguments d'un côté comme de l'autre à mesure.

Les frères Lafleur y étaient, et Lancelot, Gode, Élise, Justin, Ben, Corbeau, Pierre. Et Sylvie, la femme de Lancelot, tout en longues jambes sorties d'une minijupe aussi serrée que la capsule sur une bouteille de bière. Son gamin de pas encore tout à fait deux ans se promenait dans les jambes de tout le monde avec une mitraillette-jouet en plastique. Quelqu'un avait préparé une sauce à spaghetti. Il y avait de la bière au frigo, mais la broue était loin de couler à flots et Corbeau était le seul à s'en déboucher une avec régularité.

Depuis qu'ils avaient été obligés d'abandonner la ferme de Milan et la future Prison du peuple, ils s'étaient repliés sur le bungalow de la rue Collins, dont ils avaient fait, en cette fin d'été 70, une sorte de quartier général. Ce soir-là, il avait été question des deux cibles dans les discussions : Hite, l'Américain, et le Britannique, Travers. Un doublé ne semblait pas impossible, mais ça compliquait sérieusement l'opération. D'autant plus que Jean-Paul jugeait ce passage aux actes prématuré. Lui proposait plutôt de poursuivre la réorganisation du réseau et de se consacrer aux préparatifs à long terme : planques, véhicules, appuis, argent, armes. Élise, qui avait un petit frère parmi les trois arrêtés à Saint-Colomban, lança la première salve.

On voit bien que c'est pas toi qui as un frère en prison…

Mais ça va prendre plus qu'un otage pour faire plier le gouvernement. Et pour le moment, on n'a plus d'endroit où les garder… Ici, c'est devenu trop hot.

Ouais, même que des fois, ça sent le brûlé, ricana Corbeau.

Il était bien placé pour le savoir, ayant eu plusieurs fois à déjouer des filatures en se rendant rue Collins.

On n'est pas assez fous pour emmener un otage dans une maison connue de la police, lança Lancelot. On va louer un appartement.

Un appartement? Tu veux dire avec des voisins? Et si l'otage se met à crier, tu fais quoi?

Je le fais taire, c'est pas compliqué.

Faut être plus solides pour se lancer là-dedans. Ça va prendre encore plus d'argent, des cachettes sécuritaires, d'autres véhicules. Ceux qu'on a sont brûlés. Ça va prendre des mitraillettes. J'ai un contact avec les États, pour les guns…

Lancelot allait et venait nerveusement à travers la pièce. Il s'arrêta devant Jean-Paul, qui le regardait faire les cent pas, assis sur une fesse au bord du divan. Lancelot sourit avec mépris.

Nelson…

Quoi, Nelson?

Robert Nelson en 1838. Il a traversé la frontière du Vermont et il a proclamé la république. Les Américains lui avaient promis des armes pour équiper ses Frères chasseurs. Les caisses de fusils sont jamais arrivées et il a repassé la frontière avec la queue entre les jambes. Tu me fais penser à lui…

Lancelot s'adressait maintenant à tous ceux qui étaient présents et Jean-Paul, agacé, le regardait prendre tranquillement les choses en main.

Les Tupamaros viennent de réussir quatre enlèvements et leur manifeste a été lu à l'Assemblée nationale!

Mais ils ont été obligés de tuer un de leurs otages. Et ils n'ont pas réussi à obtenir la libération des prisonniers politiques.

Lancelot toisa Jean-Paul.

Ils ont tué l'agent de la CIA. Quatre balles dans la peau, c'est tout ce qu'il méritait. Mais regarde au Brésil. Là-bas, les autorités ont négocié : quarante prisonniers politiques contre un ambassadeur. Et une dizaine en Bolivie... Pourquoi ça marcherait pas ici ?

La discussion dura toute la nuit. Avec Élise qui essayait de placer son mot dans le combat des coqs et Justin qui s'efforçait de jouer les médiateurs et qui obtenait le même genre de succès décoratif qu'un Casque bleu au Congo et René qui disait exactement comme son grand frère et Corbeau qui commençait à être fin soûl et n'ouvrait la bouche que pour roter et Ben qui s'était découvert un petit creux et qui mastiquait des spaghettis froids dans la cuisine et Chevrier qui ne disait pas un mot et qui derrière ses fonds de bouteille ressemblait plus que jamais à un chevreuil ébloui par les phares d'une auto.

De temps en temps, Gode se levait et allait jeter un coup d'œil à la fenêtre. Le secteur était bien tranquille. Les champs. Les petites maisons. On ne voyait pas grouiller un chat.

Puis, Lancelot sortit le Manifeste. Il le brandissait bien haut, on aurait dit Jefferson avec sa bon Dieu de Constitution.

On l'a écrit ensemble. On l'a corrigé ensemble. Maintenant, le monde entier va en entendre parler. Qui embarque dans l'Opération Délivrance avec moi ?

On va passer ça au vote, proposa Jean-Paul, imperturbable, comme s'il ne venait pas de remarquer que Lancelot lui avait coupé l'herbe sous le pied.

Lancelot balaya la pièce du regard.

Qui est pour ?

Élise, sa sœur, leva résolument la main. Le beau-frère suivit. Puis Corbeau, après une hésitation, comme s'il n'avait pas vraiment le choix. Sylvie et l'enfant s'abstinrent, pour raisons humanitaires.

Un, deux, trois, quatre..., compta Jean-Paul avec satisfaction. Bon. Les contre, maintenant.

Comme prévu, les anciens de la Cabane du Pêcheur firent

bloc : René. Gode. Ben. Jean-Paul leva sa grosse paluche en dernier.

Deux, trois, quatre… Il en manque un.

Tout le monde chercha Pierre des yeux. Parti pisser.

Pour Jean-Paul, c'était dans la poche. Il respirait déjà un peu mieux. Pierre, alias François Langlais, était un gars de la Rive-Sud, comme eux. Homme de peu de mots, et ça tombait bien : on lui en demandait un, pas plus. Un seul mot à dire pour empêcher toute cette histoire de déraper. Ils allaient maintenant pouvoir se concentrer tous ensemble sur les préparatifs à long terme, prendre un ou deux ans pour rebâtir l'organisation, consolider le réseau clandestin, développer les liens avec des régions comme la Gaspésie et s'implanter dans d'autres. Créer une structure nationale.

Ils entendirent la chasse d'eau à travers l'épaisseur du mur. Le Chevreuil était maintenant debout à l'entrée du salon.

Pour les enlèvements ou contre les enlèvements ? Qu'est-ce que tu dis, frère chasseur ?

Moi ? Faut que ça pète…

# Zopilote

# Vingt-deux

Le Cessna 172 s'immobilisa au début de la piste.

Bédard régla la radio sur la fréquence demandée et il contacta la tour.

Tour de Saint-Hubert, Uniform-Jules-Onondaga à l'écart 06 droite pour une sortie nord.

Uniform-Jules-Onondaga, autorisé au décollage 06 droite, montez à 1 000 pieds dans l'axe.

Le général mit les gaz au fond, le monomoteur leva 1 500 pieds plus loin et entama sa montée. La perspective s'agrandit aussitôt : les pistes, les hangars, les routes, les champs, les boisés flamboyants, les bâtiments de la base, les terres plates et fertiles filant vers le sud, jusqu'aux États-Unis. À 1 000 pieds, la voix du contrôleur :

Uniform-Jules-Onondaga, pas plus haut que 1 600 pieds. Faites un virage par la gauche pour une sortie de zone à Boucherville.

Uniform-Jules-Onondaga, pas plus haut que 1 600 pieds, répondit le général.

L'archipel se déploya sous le nez de l'appareil. Il arrivait déjà à la verticale des îles de Boucherville.

Uniform-Jules-Onondaga, vous êtes en sortie de zone Saint-Hubert. Service radar terminé.

L'ancien chef d'état-major des forces armées canadiennes était, en ce début du mois d'octobre 70, un retraité de fraîche date qui pouvait désormais jouir en paix des honneurs dont l'avait couvert une carrière rien de moins qu'exceptionnelle. Sa passion de l'aviation civile et son *Vingt-deux* (le nom peint sur le fuselage…), basé à Saint-Hubert, lui permettaient de conserver un lien étroit à la fois avec son *alma mater* (bon vieux 22$^e$) et son propre bébé : le quartier général de la Force mobile. L'occasion faisant le larron, il ne se faisait pas faute de se pointer au mess des officiers pour un verre ou deux au retour d'une de ses escapades dans le ciel du Québec. Il avait volé jusqu'à trois ou quatre fois par semaine cet été-là et se sentait toujours, du moment qu'il mettait le pied sur la base, accueilli comme la vivante légende qu'il était.

Il traversait maintenant le fleuve. Survolait l'île Charron.

Tour de Montréal, Cessna un-sept-deux Golf-Uniform-Jules-Onondaga avec vous, bonjour ! lança-t-il dans l'émetteur.

Golf-Uniform-Jules-Onondaga, attendez…

Le contrôleur donna l'autorisation d'atterrir à un vol d'Air Canada avant de lui revenir.

Uniform-Jules-Onondaga, affichez identité. Quelles sont vos intentions ?

Bédard appuya sur le transpondeur. Sur l'écran radar de la tour de Montréal, l'écho du *Vingt-deux* se précisa en surbrillance.

Uniform-Jules-Onondaga en entrée de zone Pont-Tunnel pour un circuit Ville-Marie à 1 500 pieds si disponible.

Uniform-Jules-Onondaga, 1 500 pieds approuvé. Vous faites combien de circuits, monsieur ?

Juste un. Et j'aimerais faire une sortie à Victoria, destination lac Champlain…

Très bien. Contactez par le travers de Victoria, conclut la voix dans l'écouteur.

Le Jardin botanique, Rosemont… La grande île semblait se coucher sous l'avion. Et lui, il aimait avoir cette vue d'ensemble du théâtre où allait se jouer la partie. Et c'était pour bientôt, s'il fallait en croire les derniers rapports du renseignement...

Tout retraité qu'il fût, Bédard, depuis son départ, avait des conversations quotidiennes avec son ami le général Turcotte, lui aussi un ancien du 22e et de la campagne d'Italie, et son successeur à la tête de la Force mobile. L'ascension irrésistible de Turcotte dans la hiérarchie devait beaucoup au général Bédard, et l'actuel commandant de la Force mobile était comme qui dirait son obligé. Au début des années 60, quand Bédard dirigeait la Division de la préparation opérationnelle, Turcotte lui avait même « prêté » son neveu, simple troufion du 22e régiment, que le général Jean-B. Bédard avait pris sous son aile et initié à l'art du renseignement, pour ensuite l'infiltrer chez les révolutionnaires et en faire son espion personnel à l'intérieur du FLQ. Un de ces petits gars qui poussent la machine et chauffent les réunions et sont toujours rendus un peu plus loin que leurs chefs, et les autres suivent... Pour finir par se faire pincer au volant d'une auto bourrée de dynamite. Depuis ses années d'espionnage (ça ne s'appelait pas comme ça) à Moscou, Bédard essayait toujours de voir venir les coups bien à l'avance et cette fois son bon Turcotte était formel : l'action allait commencer sous peu... Les voyous s'apprêtaient à sortir leurs couteaux, avait précisé Turcotte, avec un sourire entendu. On était déjà le 4 octobre. Une semaine plus tôt, avec l'approbation de son mentor, le chef du Mobile Command avait placé ses forces sur un pied d'alerte à Saint-Hubert. La CATS était elle aussi sur les dents. Il restait maintenant à se montrer patient pendant que la politique faisait son œuvre.

La montagne glissait sous l'aile gauche. Outremont. L'université. L'Oratoire.

Le dispositif était déployé, le filet bien solide. Grâce à l'armée de réserve, le commandement pouvait entre autres compter sur la loyauté de plusieurs civils qui étaient dans les faits des militaires déguisés. Des journalistes, des officiers de police œuvraient en secret pour les forces de défense du pays au sein de la population. Le secrétaire général du gouvernement, le plus haut fonctionnaire québécois, était un colonel de réserve, de même que le conseiller spécial du premier ministre (même si, il faut bien le dire, Bob Lapierre était un cas à part. Pour qui travaillait Tonton? Bonne question, ça…).

Bédard vira dans l'axe de l'autoroute Décarie, laissa Westmount sur sa gauche et bientôt eut le pont Victoria en vue. Il avait envie d'aller faire ce petit tour du côté de Plattsburgh. De folâtrer un peu au-dessus de la frontière et de jeter un œil, de loin, en passant, à la base de là-bas. On ne sait jamais ce qu'on va apprendre, à Plattsburgh comme à Moscou. Et le général ignorait, c'est vrai, au service de qui Tonton était vraiment, mais chose certaine, ce dernier aimait beaucoup les Étasuniens. Et même lui, Bédard, dont la loyauté ne faisait pourtant aucun doute, éprouvait le petit velours d'un sentiment de sécurité, et presque de reconnaissance, à l'idée que si ça tournait vraiment mal, ici, au nord de la frontière, les blindés du voisin recevraient l'ordre de rouler jusqu'à la voie maritime.

Uniform-Jules-Onondaga par le travers du pont Victoria, demande une sortie vers le lac Champlain.

Uniform-Jules-Onondaga, sortie sud approuvée. Quelle altitude, monsieur?

Uniform-Jules-Onondaga, j'aimerais 3 500 pieds.

À 3 500 pieds, les écouteurs grésillèrent et il entendit:

Uniform-Jules-Onondaga, Terminal Montréal. Vous êtes en sortie de zone Terminal. Service radar terminé. Désirez-vous un suivi de vol?

Non merci. Ça sera pas nécessaire…

## Le 5 octobre 1970, 8 h 20

Le taxi de couleur noire vint s'arrêter devant la luxueuse demeure juchée, dans l'éclatement orange et pourpre des cimes d'érables et des feuilles tombées craquantes comme du papier de verre colorié, au flanc de la montagne. Un ciel bleu, bleu. À l'étage, l'attaché commercial de Sa Majesté, John Travers, se préparait à entrer dans l'histoire en chemise, sous-vêtements et chaussettes. Émergeant frais rasé de la salle de bain, il était aussi ridicule qu'on peut l'être, et sauvé de ce même ridicule par un quart de siècle d'intimité conjugale. Le voici qui, pantalon en main, va et vient à cloche-pied au pied du lit devant sa bonne femme. Laquelle, encore couchée, jette un premier coup d'œil à la livraison matinale du *Montreal Sun*. À ses côtés, Fiodor, le dalmatien du couple, est vautré dans le creux encore chaud laissé par le corps consulaire. De quoi parlent-ils ? De bridge, voyons. Mais Travers tendit l'oreille, il avait entendu sonner : la porte d'entrée. Ça se passait loin, là-bas, en bas. La bonne alla répondre. Portugaise, la bonne.

Travers ressortit de la chambre sans avoir passé son pantalon ni cessé de parler à sa femme et trouva devant lui un jeune homme qui tenait une paire de menottes et pointait vers son visage un pistolet de calibre .22 Long Rifle, muni d'un chargeur de huit balles.

*Get down on the floor or you'll be fucking dead !* s'écria le jeune homme, et dans l'instant, ses paroles devinrent de l'histoire.

# Forest Park, Saint Louis (Missouri), l'après-midi du 5 octobre

À cheval sur un banc de table de pique-nique, Gode leva les yeux vers le Gateway Arch dont la ligne nette et élégante et l'ample courbe dominant les arbres du parc s'élevaient au-dessus des rives du Mississippi.

Ce que vous voyez là, dit-il, c'est la Porte de l'Ouest. Tout ce qui s'étend de l'autre côté s'appelait la Louisiane, avant, et ça allait jusqu'au Pacifique. Napoléon, tu parles d'un beau tarla, leur a vendu le morceau au complet pour une bouchée de pain. Mais ce qu'ils disent jamais, c'est qu'il y a cent ans, Saint Louis était aussi français que toi pis moi. C'est les Métis français qui leur ont fait traverser les Rocheuses, à Clark et Lewis…

Assis en face de lui, René Lafleur essayait d'extraire des sons d'un petit transistor à piles. Ce qui en sortait : gospel, savon à lessive, coca-cola, poulet frit, la Bible. Pas mal de friture. Les résultats des matchs de baseball. Chant criard de l'Amérique.

Comment ça se fait que tu sais ça ? demanda Jean-Paul en regardant le sandwich au jambon dans lequel il s'apprêtait à mordre.

Mon père a fait faire son arbre généalogique à un moment donné. Il y a des Godefroid qui ont épousé des femmes chippewas et qui ont fait la traite des fourrures dans le Wisconsin. Ça m'est revenu tantôt, quand la Highway 66 est devenue la rue Chippewa…

Jean-Paul leva les yeux de son sandwich et regarda sa mère, la matriarche qui, un peu plus loin, marchait au bord de l'étang avec la petite sœur des Lafleur. Elles dépassèrent un homme d'âge mûr qui égrenait un beignet fourré à la crème au bénéfice des malards résidents. La mère et la fille les avaient suivis dans leur virée jusqu'au Texas. Ça ne semblait pas raisonnable. Mais quand ils avaient subi un contrôle routier de la *state police* en Pennsylvanie, la présence de la dame et de la fillette sur la banquette arrière avait paru imposer un peu de respect aux patrouilleurs. La vie familiale était sans doute une bonne couverture, finalement.

Deux tables de pique-nique plus loin, un homme en veston à carreaux lisait son journal en grillant une cigarette. Jean-Paul mordit dans son sandwich au jambon. Il songeait au contenu de la glacière. Jambon en boîte. Œufs durs. Cornichons. Mayonnaise. Une tomate. Fromage Kraft. Kik Cola. Pain tranché. *Go Weston, young man…* Une vraie mère québécoise qu'ils avaient, nourricière bec et ongles.

Au moment où sa mère et sa sœur les rejoignaient, René, penché sur le transistor crachotant, parvint à capter un bulletin de nouvelles. Il leva une main, tourna de l'autre le bouton du volume. Le silence se fit autour de la table.


*… kidnapped by four gunmen this morning in Montreal. The kidnapping has since been claimed by the Front of Liberation of Québec, a group promoting terrorism and armed struggle in their fight for the creation of an independent French-speaking state in eastern Canada.*


Ils parlent encore d'un seul enlèvement. L'Anglais…

Ils ont juste pris Travers.

Ça passe pas le bon message…, dit Jean-Paul, absorbé dans ses réflexions.

Il leva les yeux, vit sa mère qui ramassait les ustensiles en plastique et les assiettes en carton, qui revissait le couvercle du pot de mayonnaise, rangeait les œufs dans le vinaigre, les tranches Kraft, la tomate entamée. Comme si elle avait déjà tout compris.

On peut pas les laisser se lancer là-dedans tout seul, gronda Jean-Paul. Ils vont se péter la gueule…

Il promena son regard autour de lui. Gode et René attendaient la suite.

Bon, on y va, dit-il.

Lorsque la voiture, avec René au volant, s'éloigna en faisant revoler quelques grains de gravier, le fumeur, deux tables plus loin, lança son mégot dans l'herbe, plia son journal et se dirigea vers sa propre auto garée sous les arbres. Il ouvrit la portière du côté passager et rejoignit le bienfaiteur des canards qui, assis au volant, parlait dans un émetteur radio.

# Saint-Lambert, le 10 octobre, 18 h 18

La ville de Toronto, en Ontario, est située à quelque chose comme 500 kilomètres au sud-ouest de Montréal. En réalité, pour un Québécois, la localisation géographique précise de la Ville reine se trouve quelque part entre la Kirghizie et le Tadjikistan. Paul Lavoie n'y avait pour sa part jamais mis les pieds. À titre de numéro deux du gouvernement, ce libéral sorti du moule se retrouvait, à quarante-neuf ans bien sonnés, aux commandes de l'État québécois en l'absence du Petit Albert, parti brader nos rivières, terres et forêts à la Bechtel de San Francisco et à la fricaille de Wall Street. Lavoie allait devoir se contenter de Toronto, au mois de novembre suivant. Il avait des billets pour la finale de la Coupe Grey et devait y emmener son neveu.

Il venait d'écouter, à la télé, son collègue de la Justice adresser aux ravisseurs de John Travers la fin de non-recevoir du gouvernement. Un gros NON! Parfait. Il avait réservé une table au restaurant et attendait sa femme : toujours plus de temps passé dans la salle de bain pour se rajeunir toujours moins. Paul Lavoie, lui, se dirigeait vers son rendez-vous imprévu avec l'Histoire sur son trente-six : pantalon vert olive à rayures jaunes, souliers en croco verni, chaussettes assorties. Mais pour être franc, ni la chemise (sport) ni le veston (à carreaux) n'étaient bien terribles. Pas de cravate.

Il était sorti prendre le frais sur le porche et reçut presque aussitôt un ballon de cuir ovale entre les mains. Go, Alouettes, go!

375

cria son neveu, dont Lavoie s'occupait depuis la mort de son frère et qui vivait dans le bungalow voisin, avec sa mère. D'une preste détente du bras, il retourna le ballon au jeune, puis descendit les marches et s'élança. Il suivit un court tracé en crochet dans ses savates en croco, la passe décochée par le kid le devança et l'atteignit à la hauteur de la poitrine, avec une précision presque parfaite. OUAIS!!! Il ne voulait plus la Justice, ne voulait plus devenir premier ministre à la place du premier ministre, il était Peter Dalla Riva, l'ailier des Alouettes, le receveur étoile.

Puis, tandis que ses doigts cherchaient la meilleure prise le long des coutures du ballon, qu'il reculait à petits pas de crabe, il devint Sam Etcheverry, l'ancien franc-tireur et actuel coach, Sam the Rifle, regard d'aigle cherchant l'ailier éloigné démarqué dans la zone des buts, regardez, Lavoie a tombé la veste comme le gros travailleur qu'il n'a jamais été, il n'est plus ce politicard ayant toujours préféré les contacts à la discipline, les combines aux heures supplémentaires, les enveloppes subreptices et les emprunts douteux aux dividendes de la patience et du temps, regardez, ce n'est pas de la main de l'ancien journaliste, du nationaliste maurrassien à béret, de l'homme de plume, non, que s'envole ce ballon ovale animé d'un mouvement de rotation sur lui-même et dont la trajectoire dessine une jolie ellipse dans le bleu sombre du ciel alors que le soleil s'apprête à basculer de l'autre bord de l'Ontario.

Attrape-le, mon Moses! Il veut parler de Moses Denson, bien sûr. Il veut parler de Junior Ah You et du grand Sonny Wade, de Terry Evanshen et de vingt ans de misère, vingt ans d'Edmonton, d'Hamilton, de Winnipeg, vingt ans de Russ Jackson – sauf que cette année Ottawa ne l'emportera pas en paradis, non, car Lavoie court pour la bombe, son neveu ramassé sur lui-même et le bras ramené loin en arrière garroche le ballon, Lavoie pivote légèrement sans cesser de courir, un missile dans le ciel d'un bleu si parfait, intense, les bras tendus loin devant lui, octobre, il ouvre les mains, écarte les doigts, anticipant le claquement du cuir sur la peau, mais quand le ballon arrive, c'est un canard avec du plomb dans l'aile qui passe hors de sa portée, va atterrir sur le trottoir, rebondit tout croche, dans la rue, roule plus loin. Presque sous les roues de la Chevrolet qui a paru bondir de la rue voisine et vient s'arrêter tous pneus hurlants au bord du trottoir. Les portières s'ouvrent tels les élytres d'un scarabée tombé du ciel. Et…

Je suis SSSSSSSS am, dit la bouche muette de Paul Lavoie. The Rifle.

Il voit alors des mitraillettes et, derrière les mitraillettes, deux types vêtus de longs imperméables et bizarrement coiffés. Il a le réflexe de lever les mains. Un des types lui crie. Quelque chose.

Lavoie hésite, tourne la tête et regarde vers la maison. Il aperçoit sa femme, debout avec son sac à main, dans l'entrée. Enfin prête.

# Téléphone

Débouchant à vive allure d'une rue latérale, la Chevrolet freina pile dans un grand crissement de pneus. En même temps que le pied de René enfonçait la pédale de frein, le genou de Gode, assis derrière lui et déporté vers l'avant, s'enfonça dans une masse d'une consistance connue et pourtant complexe, ni molle ni dure, mais qui cédait d'abord, puis résistait en exhalant une sorte de soupir ou de plainte tandis qu'il la sentait bouger sous lui.

Ta gueule!

*Let's go!*

Il ouvrit la portière, dégagea son genou et bondit dans la rue. Claqua la portière en pivotant à demi, attrapant, du coin de l'œil, l'image du tas sombre formé par l'imperméable entre les banquettes, puis la portière se rabattit brutalement. La voiture avait déjà tourné à droite et filait vers le sud le long du boulevard Taschereau.

Un instant désorienté, Gode demeura immobile, à chercher ses repères. La boule orange du soleil bas sur l'horizon, et dans la lumière du crépuscule s'avançant sur le fleuve, le vert à peine réel, phosphorescent, du pont Jacques-Cartier. Encore troublé par l'étrange intimité du contact de son genou avec le dos de l'homme allongé au fond de l'auto, il se mit en quête d'un taxi.

Marie-France et Nicole regardaient les nouvelles de l'enlèvement du ministre du Travail à la télé (journalistes attroupés sur la pelouse et dans l'allée, devant une grande maison de style bungalow, avec un toit en pente prononcée, d'un quartier résidentiel de la Rive-Sud, et les voisins, les curieux, les caméras, micros, appareils photo, flashs, fils électriques, les policiers qui gardent l'entrée, qui entrent, sortent, escortent les proches, les amis politiques à la rescousse, les membres du clan, le médecin de famille avec ses pilules pour les nerfs, on voit passer la vieille mère de Paul Lavoie, effarée et défaite, l'air d'une effraie tirée au fusil, les agents en uniforme chargés de tenir en respect les seineux, les inspecteurs en imper qui vont et viennent et ça n'arrête pas d'arriver, samedi soir, la folie).

Gros plan sur la plaque en métal vissée à côté de la porte :

### PAUL LAVOIE, AVOCAT

Le téléphone se mit à sonner. C'était Gode. Aux dernières nouvelles, il était aux États.

Je passais dans le coin…

Tu peux passer si tu veux, répondit Marie-France.

Les filles habitaient le 3730, chemin Queen-Mary, sur la montagne, appartement numéro 6. Marie-France lui déverrouilla la porte à distance. Ses pas dans l'escalier. Elle s'effaça devant lui, le vit passer sans relever la tête ni croiser son regard et se diriger vers le salon. Devant la télé, il s'est assis.

Est-ce que ç'a été revendiqué ?

Non. Mais toi, tu dois bien savoir c'est qui, non ?

Moi ? Non…, et il hocha lentement la tête, sans cesser de fixer l'écran.

Nicole voulait savoir où était passé René.

Sais pas. Si je le vois, je lui dirai de t'appeler.

Plus tard, Gode sortit passer un coup de fil.

Pourquoi t'appelles pas d'ici ?

Haussement d'épaules.

J'ai besoin de prendre l'air.

Puis, après s'être tâté :

Plus de cigarettes… Je reviens dans deux minutes.

# Vegas

Lorsque le téléphone sonna, Chevalier Branlequeue regardait maître Brien chauffer la foule du centre Paul-Sauvé, dans l'est de Montréal, sur l'écran de sa télé. Les masses en l'air. Ses effets de toge devant 3 000 sympathisants de la mouvance indépendantiste survoltés. Nous vaincrons.

On était le 15, cinq jours après l'enlèvement de Lavoie. Les Chevalier vivaient maintenant dans une petite maison du chemin de Chambly, à côté d'un pet shop, en face d'une boucherie. Éléonore occupait un poste administratif important à l'hôpital et l'argent commençait à rentrer. Le plus vieux avait sa chambre à lui, un meuble de rangement pour accueillir sa collection de timbres. Branlequeue avait déménagé son Placard dans une pièce qui ressemblait à un vrai bureau. La télé couleur avait fait son entrée au salon meublé à crédit chez Bélanger. Le même matelas de camping était rangé le long du mur dans le local des Éditions de la Haute Marche, parmi les piles de livres et de manuscrits, et Chevalier Branlequeue y passait de plus en plus souvent ses nuits, la tête pleine de mots et de phrases, la vue usée, les bronches emboucanées, l'estomac irrité par le whisky-somnifère.

Avant deux ans, la petite famille aurait emménagé dans le Domaine des Salicaires, près du fleuve. Avant quatre, l'aîné, Martial, aurait pris ses cliques et ses claques et serait allé faire sa vie, libérant une pièce. Et encore une année s'écoulerait avant que cette chambre voie se poser le père, en vertu d'un pacte non écrit officialisant la séparation physique. Le nouveau régime de cohabitation donna à Chevalier l'impression paisible et rébarbative de voir sa vie amoureuse se dérouler devant lui, sur le neutre jusqu'à la mort. Il était dispensé de corvée conjugale depuis trois ans, en avait quarante-quatre. N'osa jamais draguer ses étudiants. Zéro trempette de pinceau. La cadette, Vénus, était rangée, majeure, studieuse. En attendant de découvrir ses penchants saphiques, elle suivait des cours de piano. Et le jeune Pacifique laissait la politique aux irrécupérables croulants de plus de vingt-cinq ans, buvait de la Black Label et fumait du pot et du hasch afghan en écoutant du Led Zep. Et Lonore, Lonore, tel un marbre épannelé sous le marteau du sculpteur, était devenue cette vieille femme acariâtre que la pierre brute des trente ans renfermait déjà.

Mais pour le moment, la crise inaugurée par le premier enlèvement, dix jours plus tôt, continuait de s'envenimer, et maître Brien faisait ses sparages aux nouvelles de dix heures. *FLQ! FLQ! FLQ!* scandait, poing levé, la foule du centre Paul-Sauvé. Et puis, le téléphone.

Chevalier Branlequeue?

C'est moi.

Bonnard Raoul à l'appareil.

Il avait reconnu la voix. L'organe impossible à confondre avec aucun autre, avec ses épaisseurs de résidu nocturne, scotch, cigares, et le ricanement silencieux et grinçant du crooner imprimé en creux. Ils s'étaient parfois croisés, forcément. Entre une existence de poète-éditeur et la vie nocturne des cabarets existaient des points d'intersection. Le rôle de barde national qu'il avait été obligé d'assumer après la parution des *Élucubrations* le rattachait à la grande famille des artistes. Mais à part ces rencontres adventices et les quelques mots échangés, chacun s'en était tenu à l'image publique de l'autre.

Qu'est-ce que je peux faire pour vous, Raoul?

Vous regardez les nouvelles?

Chevalier se tourna de manière à faire entrer l'écran dans son champ de vision. La foule glissait lentement dans le cadre de l'image, hommes, femmes, profs, étudiants, militants, penseurs nationaleux, philosophes de taverne, rimailleurs et histrions, poings brandis, chemises à carreaux, petites lunettes, cheveux longs. FLQ. Nous vaincrons.

Oui, dit-il au bout d'un moment.

Et ça vous dit quoi?

Ce qu'en pensait Chevalier, c'était que maître Brien jouait un petit jeu dangereux. Deux jours plus tôt, accusé d'entrave à la justice, il croupissait encore dans une cellule de la prison Parthenais. Le lendemain du rapt de Paul Lavoie, après la timide ouverture manifestée par le gouvernement Vézina, la cellule Rébellion avait désigné, par communiqué, l'avocat pour être son négociateur auprès des autorités. Les négos étaient maintenant au point mort, le Petit Albert venait de lancer un ultimatum accordant six heures aux terroristes pour accepter un sauf-conduit vers le pays de leur choix, et que faisait maître Brien? Il sautait sur le micro dans un aréna plein et s'employait à chauffer les esprits, debout à la tribune avec, à ses pieds, une foule en proie à un véritable bouillonnement de ferveur révolutionnaire. Chevalier n'aimait pas trop ce qu'il voyait.

Il ouvrit la bouche pour répondre, hésita.

Je serais curieux de savoir en quoi ça peut vous intéresser, Raoul…

Je vais vous dire, Chevalier. J'ai peut-être seulement une sixième année, mais j'ai fait pas mal de rattrapage à l'école de la vie. Et ce que je voulais vous proposer, c'est d'aller discuter de tout ça dans un coin tranquille. Une conversation sérieuse, entre hommes. Je dirais même plus : civilisée.

Juste vous et moi, Raoul?

Non.

Les deux hommes laissèrent passer un moment au cours duquel ils parurent se guetter de part et d'autre d'un long chapelet de poteaux de téléphone, alors qu'en fait ils guettaient le silence qui traversait leur conversation comme une bête sur la route et qui emplissait soudain la nuit d'automne entre eux comme une chose vivante, fugitive, grosse de sens et obscure.

J'ai un ami qui aimerait vous rencontrer, Chevalier...

Quelle sorte d'ami, Raoul?

Quelqu'un du monde des cabarets.

Je suis pas sûr de bien vous suivre, là, Raoul... Vous voulez quoi, au juste?

Qu'est-ce que vous diriez si je passais vous prendre dans dix minutes?

Et pour aller où?

Au Vegas, ça vous dirait?

Le Vegas Sport Palace, boulevard Taschereau?

Celui-là.

Et vous voulez m'emmener faire quoi là-bas passé onze heures du soir? Jouer à la barbotte?

Non. Juste vous faire rencontrer quelqu'un. Ça va peut-être vous donner des idées pour votre prochain livre, on sait jamais.

Dites-moi seulement une chose, Raoul. Est-ce que ça risque de brasser?

Je réponds de votre sécurité, Chevalier. Vous avez ma parole d'honneur.

On dit ça...

Eh oui. Mais là où on va, c'est sacré.


Il était à enfiler son grand paletot dans l'entrée quand Éléonore émergea de la chambre conjugale, en jaquette, la moppe ébouriffée sur la tête, spectrale. Halloween bientôt, songea le mari.

Veux-tu bien me dire où tu t'en vas, pour l'amour?

Une affaire urgente à régler au Vegas. Rien de bien grave.

Où ça, tu dis?

Au Palace, ma chère vieille. Juste un petit poker pour me refaire. Maison, femme, enfants. Tout va être sur la table.

Mon doux.

Bonnard le cueillit à la porte, panama vissé sur le crâne, en complet bleu poudre, dans une Buick Riviera jaune de l'année dont les quatre carburateurs à eux seuls auraient pu justifier l'érection d'un de ces derricks solitaires qu'on voit hocher leurs têtes d'oiseaux noirs picosseurs le long des autoroutes du Kansas et de l'Oklahoma. Ils suivirent le chemin de Chambly vers le nord, tournèrent à gauche en face du vieux centre commercial, sur l'ancien chemin du Coteau-Rouge, devenu le respectable boulevard Sainte-Foy. Là où naguère les chiens errants et les taupins avaient fait la loi s'étendait maintenant un quadrillage de longues rues bordées de maisons unifamiliales confortables. Adieu toilettes extérieures, égouts à ciel ouvert et cahutes en donnacona! Adieu les porteurs d'eau puisée aux bornes-fontaines des quartiers mieux nantis et vendue cinq cents le seau. La grande banlieue américaine avait ouvert les bras et les chiens errants avaient été remplacés par des policiers dont les sirènes hurlaient elles aussi à la pleine lune, mais moins souvent. Enfin, l'année précédente, Longueuil la Bourgeoise avait légalement parachevé son entreprise de javellisation sociale en votant l'annexion de sa turbulente voisine, qu'on n'en parle plus.

Viens-tu de par icitte? demanda Bonnard.

À la minute où la Riviera jaune avait fendu la nuit, ils étaient passés au tutoiement, comme si l'intimité de l'habitacle, cette escapade nocturne dans le désert de verre et de béton des Amériques les rapprochaient naturellement, faisaient d'eux des complices.

Non. J'avais décroché un poste de professeur à Saint-Ernest. Les loyers étaient pas mal moins chers sur la Rive-Sud. Après, je me suis mêlé de politique et les Frères m'ont sacré dehors. Je suis resté.

Bonnard s'alluma un cigare.

Moi, j'ai grandi dans le coin. La première église était dans un poulailler. Je me souviens de l'autobus des bottes que le monde prenait avec leurs souliers dans un sac à cause de la bouette et ils enlevaient leurs bottes de robeur et mettaient leurs souliers avant d'arriver à Montréal. En première année, ma classe était installée dans une salle de billard. Ça explique peut-être certaines choses. Pendant la guerre, mon père vivait à Montréal avec ma mère et il travaillait dans une usine qui faisait des avions pour les Alliés. Après le travail, il prenait l'autobus de la Montreal Southern et se faisait débarquer en plein champ. Là, avec d'autres comme lui, il marchait à peu près un mille en transportant le bois et les autres matériaux sur son dos pour venir travailler sur sa maison. Vers onze heures ou minuit, il remarchait un mille dans l'autre sens, l'hiver dans le gros frette et la poudreuse jusqu'aux genoux et il reprenait l'autobus et ensuite le tramway pour aller se coucher avant deux heures du matin s'il était chanceux et dormir jusqu'à cinq heures et ensuite se relever et tout recommencer. C'est à se demander quand ils ont trouvé le temps de faire un petit Raoul. Regarde-moi comme il faut. Je suis le fils de cet homme-là. Je passe en *prime time* au canal 10.

Teuh euh…

C'est mon cigare qui te dérange?

C'est correct. Je vais survivre…

Qu'est-ce que t'as pensé de l'épître qu'ils ont lue en pleine tévé l'autre jour à Rédio-Canada?

Le Manifeste du FLQ? J'en ai ri un coup. Je m'attendais à une tartine beurrée d'idéologie, à un texte politique. Et tout à coup, j'étais en pleine littérature, avec madame Chose dans sa cuisine et le Bonhomme à la taverne du coin. C'est un document joual, leur Manifeste. L'autre chose, c'est que le Québec doit être la première société moderne dans laquelle le premier ministre du pays se fait traiter de tapette sur les ondes de la télévision nationale. Un grand moment.

C'est à cause de toutes les rumeurs qui courent… Quelqu'un qui est le moindrement sur le party, comme moi, il en entend des vertes et des salées. Es-tu capable de me dire, toi, pourquoi il y a autant de fifis, chez nous?

L'auteur des *Élucubrations* demeura silencieux.

En tout cas, je voudrais pas être dans les culottes du Petit

Albert, ajouta Bonnard. En passant, Chevalier, la pizza, ç'a été inventé comment?

Aucune idée.

C'est un wops qui sortait les poubelles et le fond a lâché.

Luigi Temperio était un petit homme au front quelque peu dégarni et aux longs favoris broussailleux, aux yeux profondément enfoncés, au nez épaté, à la bouche tragique. Son masque de sombre bouffon avait quelque chose de celui d'un Louis de Funès, en beaucoup moins comique. Temperio était l'homme des Scarpino sur la Rive-Sud, un fidèle lieutenant et le gérant du Vegas Sport Palace. Chevalier chercha un moment dans quelle pièce de Molière le caser. Bonnard s'était occupé des présentations.

Monsieur Temperio, c'est Chevalier Branlequeue. Qu'est-ce que vous voulez que je vous dise, il s'appelle comme ça. Chevalier... monsieur Luigi Temperio.

Z'êtes dans showbiz aussi? demanda Temperio en avançant la main. Comme écrivain, veux dire...

Chevalier se força à sourire, puis saisit la main tendue.

Moi? Je me tiens bien loin de la scène, mon cher monsieur. Mais le moyen d'y échapper complètement? Quand j'ai commencé à écrire, c'étaient des saynètes, des petites choses en alexandrins. Ce n'était pas bon le diable. Et puis, un livre...

C'est un grand poète, affirma Raoul Bonnard sur le ton de quelqu'un qui annonce qu'il va pleuvoir.

Monsieur Chevalier, j'offre de quoi pour vous à boire?

Allons-y pour un scotch, décida le Dante de la Rive-Sud, résolu à jouer le jeu.

Vu de l'extérieur, le Vegas ne détonnait nullement dans l'agressive artificialité et l'architecture commerciale américanoïde du boulevard Taschereau. Ce qu'il avait de plus notable et typique était son immense parking asphalté. L'intérieur, maintenant: des tables, des chaises, un bar, un miroir, des photos encadrées (dont certaines dédicacées) de vedettes sportives et du music-hall, une scène pouvant accueillir un orchestre. Pas grand-chose d'autre à signaler. Pour en savoir plus, il fallait sésamer son chemin jusque dans l'arrière-boutique.

L'année précédente, le gouvernement avait légalisé les jeux de hasard et confié la gestion de sa première loterie à une société d'État. On racontait dans certains milieux que le crime organisé s'attendait à recevoir sa part du gâteau. Vaste et peu achalandé, le Vegas semblait vivre dans l'attente du claquement de doigts qui le transformerait en casino. Il faisait le boulevard comme une femme de petite vertu bien décidée à ne pas laisser passer la première occasion de sanctifier son cul devant un autel de passe.

C'est pas bien bien correct ce qui arrive à cet homme-là, dit Temperio, qui ouvrit la main, puis la referma, en un geste rapide, presque un battement.

Ils étaient assis à une table, dans un coin. Il n'y avait personne d'autre dans l'établissement, à part un gros type morose qui roupillait plus ou moins, juché sur un tabouret, le front appuyé sur ses avant-bras, à l'autre bout du bar. Chevalier avait pris une cigarette dans l'étui en argent que Temperio lui tendait. Le briquet plaqué or s'était matérialisé dans la grosse patte aux doigts bagués de Bonnard.

Un homme marié, poursuivit Temperio, qui a une famille, un homme avec une mère, des sœurs, la femme, les enfants, un frère qui est mort et il s'occupe la belle-sœur et le ti-neveu comme si c'est la famille à lui…

Chevalier eut un geste, comme pour dire : Ce n'est rien de bien drôle, je vous l'accorde.

Et ce qui arrive là est pas bon pour business non plus. C'est trop la police partout. Les descentes. Regarde autour de toi, tu vois-tu du monde icitte ? C'est comme ça depuis que les FLQ ont pris l'Anglais. Et puis après, notre député, un bon homme comme lui. Un homme de famille… Non, le business, c'est pas bon, comme ça. C'est pas fort comme que ça marche là. C'est mort pas mal.

Si ça peut vous consoler, les militants politiques ne l'ont pas facile non plus.

Oui, mais l'organisation que j'appartiens, moi, on fait pas la politique…

Chevalier haussa un sourcil.

Quand vous avez volé l'élection au PQ, dans Taillon, c'était pas de la politique, peut-être ?

Bonnard, pris d'une discrète quinte de toux, mit un poing devant sa bouche. Temperio parut sincèrement surpris. Chevalier porta son verre à ses lèvres et ne le lâcha plus.

Quelle élection tu parles ?

La dernière. Celle où la pègre a noyauté les assemblées du PQ.

Oui, mais moi, je suis pas la pègre, OK ? Ce que tu dis, c'est comme si moi je contrôle tous les bras sur la Rive-Sud. Mais c'est pas ça, la manière que les choses se font…

Temperio hochait la tête d'un air compréhensif, préoccupé.

Est-ce que le FLQ cherche le trouble ?

Le FLQ ?

Chevalier jeta un coup d'œil à Bonnard, impassible derrière un gros cigare havanais. Il commençait tout juste à comprendre ce qu'il faisait là.

Monsieur Temperio, j'ai aucun rapport avec les gars qui ont fait ça.

L'Italien haussa sèchement les épaules.

Si t'es capable dire ça, c'est parce que tu sais qui. Tu les connais…

Non !

Temperio se tourna vers Raoul. Comprenant que son assistance était requise, ce dernier prit le temps de penser à son affaire tout en tétant son cigare.

Monsieur Temperio, fit la célèbre voix comme passée au moulin à viande, il veut juste que les choses reviennent à la normale, tu comprends. Il veut aider. Toi, t'es un éditeur, t'as publié des séparatistes, t'as des contacts avec ce monde-là.

Bonnard lui décocha, entre deux bouffées, un regard appuyé, rapide.

Monsieur Temperio, il a pas tellement aimé l'allusion aux « faiseux d'élections de la mafia » dans le texte qui a été lu à la télévision, l'autre soir. Et il pense que, avec toi, le message pourrait se rendre aux bonnes personnes.

Chevalier réfléchissait.

Je crois que je commence à comprendre où vous voulez en venir, finit-il par dire. À cause de mon nom, vous vous êtes dit que c'était moi qui devais être derrière la cellule de financement Chevalier. Les policiers pensent la même chose. Ils sont venus perquisitionner deux fois chez nous depuis une semaine et ils n'ont pas trouvé Paul Lavoie dans ma garde-robe. Pensez-vous que si j'étais vraiment le grand chef du FLQ, les gars auraient été assez bêtes pour donner mon nom à une de leurs cellules secrètes ? Je sais pas qui ils sont, mais je constate qu'ils ont des références. Leur Chevalier, c'est le notaire de 1838, le De Lorimier pendu au Pied-du-Courant.

Bonnard et Temperio se regardèrent.

Je sais pas trop, dit, au bout d'un moment, l'homme des Scarpino. T'es le chef de quelque chose ou t'es pas le chef de rien, c'est pas grave. Mais peut-être tu connais quelqu'un, peut-être tu connais le chef de Chevalier ou des autres qui gardent l'Anglais et que tu peux leur dire de quoi, tu sais, comme quoi ils devraient peut-être faire attention.

Don Luigi, vous m'écoutez pas…

Juste ça que j'ai dit. Peut-être il y a les gardeurs d'otages et les autres qui écrivent les textes. Et que peut-être vous, monsieur éditeur, vous connaissez les écriveurs de textes et vous passez le message que j'ai dit.

Je connais pas les auteurs du Manifeste, monsieur Temperio. Mais c'est vrai que je le verrais assez bien édité en plaquette.

OK, j'ai une question pour le monsieur éditeur, d'abord. Le papier qu'ils ont lu à la télévision, il pense quoi ?

Vous voulez vraiment le savoir ?

Si.

Deux cents ans sur les genoux, ça use la langue.

Temperio parut méditer la formule, avant de l'écarter du revers de la main.

Ah, donne-moi donc pas la bullshit pour les chats, là…

On dit de la bouillie pour les chats.

Bonnard se pencha en avant, fit tomber la cendre de son cigare à petits coups d'index dans le cendrier en forme de jeu de roulette, prit la bouteille sur la table et, dans un silence total, remplit les trois verres.

C'est pas bon, toucher à la Famille de même, reprit Temperio d'un ton posé. Le FLQ, ils devraient penser qu'ils ont du monde en prison que nous autres, là, on est capables s'occuper. Ce serait bon, si c'est possible, juste le dire à la bonne personne.

Quelle personne, monsieur Temperio ?

Celle qui écrit les choses.


Quand ils passèrent près du bar en se dirigeant vers la porte, l'homme qui reposait effondré sur le zinc releva la tête. C'était Jacques Cardinal, le bon vieux Coco. Le Vegas, rendez-vous des truands de la Rive-Sud, était quelque chose comme son bureau politique.

Tiens tiens, dit Chevalier. Un bum.

Tiens tiens, répondit Coco. Un intellectuel.

On fait ce qu'on peut.

Le gros Coco était fin soûl. Pendant qu'il se bougeait le corps, le revêtement en imitation de peau de pénis de baleine du tabouret couina sous son gros cul.

Chevalier jeta un coup d'œil derrière lui. Monsieur Temperio n'avait pas bougé de sa chaise, à la table du fond.

T'sais c'est quoi, la différence entre toi pis moi, Chevalier ?

Coco avait sorti son attirail de sniffeux et se préparait une ligne sur le comptoir du bar. Branlequeue observait, fasciné. Bonnard attendait un peu plus loin, les mains dans les poches.

Non. Vas-y, Coco, dis-moi…

La différence, c'est que moi, je suis un vrai patriote, tandis que toi, ben, t'es un communiste.

Il renifla la coke, expira, sourit. Un tic déformait la commissure de sa lippe. Sa carcasse avachie au-dessus du comptoir était secouée d'un inaudible ricanement.

Chevalier lança un coup d'œil à Bonnard, qui haussa les épaules et fourra plus profondément ses mains dans ses poches.

Oui, un vrai patriote, dit Branlequeue, prenant la balle au bond. Donc un homme de droite. T'as peut-être raison, au fond, Coco. Peut-être que le nationalisme, c'est seulement un masque que la gauche a emprunté pour faire la révolution…

Ah, commence pas avec tes grands mots.

Chevalier approcha sa bouche de l'oreille du gros et dit, en détachant bien les syllabes :

L'i-dé-o-lo-gie de la dé-co-lo-ni-sa-ti-on ! Ça te dit quelque chose ?

Arrête, j'te dis !

Dans n'importe quel pays du monde, poursuivit Chevalier, un homme de droite qui veut faire une révolution ouvrière, tu sais comment on appelle ça, mon Coco ? Un agent provocateur…

Cardinal avait bondi de son tabouret, il battait l'air de ses bras. Chevalier s'était écarté, il reculait, les mains levées à la hauteur de son visage pour tenter de se protéger.

La Grosse Police chargea tête baissée, en balançant ses poings devant lui comme pour essayer d'écarter des branches de son chemin. Sur son passage, le truand rencontra Bonnard, qui ne parvint à l'intercepter qu'en partie. Il poursuivit sa course, remorquant le crooner dans son complet bleu poudre à la manière d'un demi à l'attaque qui continue de foncer en zone ennemie avec un ailier défensif sur le dos. Chevalier se hissa sur le bout des orteils et esquiva avec toute la grâce d'un toréador. Il ne lui manquait que la cape.

Puis Cardinal se débarrassa de Bonnard et s'empara d'une chaise qu'il lança en tournant sur lui-même comme un discobole dans la direction approximative de l'endroit où se trouvait Branlequeue, avant de s'emparer d'une autre chaise, de la brandir au-dessus de sa tête et de s'avancer, mauvais…

Ce n'était pas une bonne idée de s'en prendre au mobilier de monsieur Temperio.

Au milieu des horreurs architecturales et paysagères du boulevard Taschereau, la Riviera glissait lentement, sans une secousse, majestueusement, comme à la parade. Raoul se contentait de donner des petits coups de roue comme si ses paumes avaient reposé sur les hanches d'une femme en train de danser le cha-cha-cha.

Pauvre Coco…

Bah. C'est pas comme s'il n'avait pas couru après.

Tu sais quoi, Raoul? Tes petits copains, là, je suis bien content que le gouvernement ne les ait pas encore sortis au grand jour, comme un cinquième as de sa manche, pour les lancer dans la mêlée.

Qu'est-ce que tu veux dire?

Les irréguliers pour faire la sale job, mettre les politiques au pas. Après, la police et l'armée pour ramener l'ordre. Dans certains pays, ça se passe comme ça. Faut bien que l'extrême droite serve à quelque chose…

T'as plus d'imagination que moi.

Ils se turent un moment. Bonnard jetait des coups d'œil dans le rétroviseur.

Ils sont là depuis le Palace, dit-il tranquillement.

Chevalier se retourna. Deux gros yeux jaunes. Raoul avait levé le pied, mais l'écart, derrière, restait confortable.

Tu crois vraiment que…

Quand on fréquente les Scarpino, on en prend l'habitude. Mais ça pourrait tout aussi bien être pour toi. Ou bien c'est les affaires courantes de nos amis siciliens qui les intéressent, ou bien c'est la politique. *Your guess is as good as mine.* Comment tu dirais ça, en français, Chevalier?

Tu me prends au dépourvu, Raoul.

Tu fais quoi? Je te ramène chez vous?

T'es drôle, toi. Où d'autre?

De toute façon, t'as rien à leur dire, pas vrai?

Rien de rien. Toi?

Bonnard resta de marbre.

Rendu sur le chemin de Chambly, la voiture fantôme leur filait toujours le train. Bonnard passa devant chez Branlequeue sans s'arrêter et alla le déposer un coin de rue plus loin. Le poète-éditeur s'éloignait le long du trottoir lorsqu'il s'entendit interpeller. Il se retourna, vit que Bonnard avait baissé sa vitre.

Eh, Chevalier! Est-ce que tu sais pourquoi les wops ont des souliers avec des bouts pointus?

Oui. Bonne nuit, là, Raoul.

# Lustukru

Dans son rêve, le Grand Lustukru partait avec ses trois enfants. Il était comme sur les vieilles gravures, avec un grand chapeau pointu, une face triste et sérieuse et un menton en forme de pic à glace. Il défonçait la porte et la nuit entrait avec lui, il ouvrait sa besace déjà bien remplie, étouffait les cris des petits en leur contant une histoire toujours différente, puis les y enfournait et la jetait sur son dos avant de poursuivre sa ronde. Dans le rêve, Chevalier était impuissant, les pieds vissés dans le plancher. Ses jambes pesaient une tonne tandis qu'il regardait le Grand Lustukru repasser la porte, emportant dans sa besace tous les petits gars qui ne dorment pas, lalala, lalala. Lalalalalalala, lala.

Emporte-moi à la place ! s'entendit-il crier. Le Grand Lustukru s'arrêta pour l'écouter. Prends-moi plutôt ! le défiait Chevalier Branlequeue du fond de son rêve. Le Grand Lustukru fit demi-tour et se dirigea vers lui. Il avait les traits de Jean-Étier Blet, le critique littéraire. Lustukru défit le cordon qui fermait sa besace et Chevalier vit s'agrandir l'ouverture noire comme une caverne au fond de laquelle dormaient toutes ses peurs depuis le premier jour. Le Grand Lustukru, rabattant sa besace comme si c'était un filet à papillons, la lui passa autour de la tête, des épaules, de la taille… Chevalier Branlequeue se battait avec les draps quand il rouvrit les yeux.

Éléonore, dans le grand creux à côté de lui, était réveillée. Quelqu'un était en train de défoncer la porte d'entrée.

Un grand bruit de bottes, la vitre fracassée d'un coup de crosse. Le panneau de la porte, fendu de haut en bas par le milieu, bâillait sur ses gonds. Hommes en armes partout, policiers, en uniforme et en civil, allant et venant. Ils étaient bien une douzaine. Chevalier émergea de la chambre conjugale dans son pyjama de flanellette et se dirigea en quasi-aveugle vers l'endroit où il se rappelait avoir laissé ses lunettes, la veille, à côté du manuscrit irrévérencieux d'un jeune poète indépendantiste qui se tapait la muse de Lorca. *Nonosse de sang,* son titre.

Sa progression fut interrompue par la sensation de froid causée par un objet dur qui lui poinçonnait le sternum entre deux boutons de la veste de pyjama. Il baissa les yeux et distingua une mitraillette et, derrière la mitraillette, un constable qui poussait doucement sur la crosse pour lui enfoncer le canon entre les côtes et le repousser vers le mur.

Qu'est-ce que vous…

On vient vous arrêter. Mains sur la tête, s'il vous plaît.

Les bras de Branlequeue s'immobilisèrent à mi-hauteur.

Avez-vous un mandat?

On n'en a pas besoin. Plus maintenant. J'ai dit de mettre tes mains sur ta tête.

Il obéit. Tout au fond de lui-même, il accueillait cet ordre sans réelle surprise, avec une sourde reconnaissance pleine de défi : enfin tombait le masque. Éléonore parut à la porte de leur chambre et eut droit à une mitraillette braquée dans sa direction.

Seigneur de la vie.

Dans la cuisine, les limiers fouillaient, du bout du pied, le contenu du panier à ordures renversé sur le plancher. L'un d'eux, examinant l'intérieur d'un pot de farine trouvé dans la dépense, le vida par terre et fut enveloppé d'un nuage qui le fit éternuer, puis renifler, mais pour la coco colombienne de première qualité, il faudrait repasser. Un autre avait sorti la brique de crème glacée à l'érable du frigo et l'inspectait soigneusement. À la fin, il larda la substance de coups de couteau à beurre pour s'assurer qu'elle ne recelait aucun bâton de dynamite.

Ils sont fous, décida Éléonore, effarée, d'une voix presque calme.

Collés au mur dans leurs vêtements de nuit, sous la surveillance d'une arme automatique, Lonore et son époux virent descendre, par l'escalier, leurs trois enfants menés à la mitraillette, à la queue leu leu, les yeux rapetissés par le sommeil. Pacifique serrait contre lui son Winnie l'ourson en peluche. L'horloge marquait cinq heures moins dix du matin.

Les enfants furent alignés contre le mur. La famille enfin réunie. L'aîné, Martial, mit son poing devant sa bouche et bâilla, prodigieusement intéressé.

Pa, qu'est-ce qu'ils font?

Je sais pas, ti-gars. Je vais leur demander.

Se tournant vers leur gardien :

Monsieur l'agent, moi, j'en ai vu d'autres, vous pensez bien, mais je crois que vous devez des explications à mon fils, ici présent.

C'était un tout jeune homme, au teint rose, avec une moustache, que le fait de tenir une fillette de douze ans en joue avec un fusil-mitrailleur mettait visiblement dans ses petits souliers. Il combattait ce début de mollesse en se raidissant comme un piquet et en évitant systématiquement de croiser le regard de ses prisonniers. Lorsque Chevalier le questionna, il rougit comme une pivoine.

Monsieur l'agent? insista Chevalier sur le même ton de parfait civisme. Mon plus vieux aimerait que vous répondiez à sa question.

Le jeune flic rajusta son képi, les yeux fixés sur le mur devant lui. Il réussit à garder son clapet fermé.

Un tintamarre considérable leur parvenait du Placard, le bureau d'éditeur de Chevalier Branlequeue. C'est par pleins sacs-poubelles que les limiers transportaient le matériel saisi dans ce lieu. Tout y passait : machine à écrire, paperasse, revues, livres, manuscrits, affiches, gravures, tableautins, carnets d'adresses. Un des pillards s'arrêta devant la table de téléphone et ramassa le bottin, puis l'enfourna dans son sac vert et repartit, besace à l'épaule. Chevalier le suivait des yeux.

Es-tu payé au poids?

Ah, ta yeule!

Mais une idée venait de transpercer la conscience de Chevalier. C'est elle qui lui donna la force de fusiller du regard le freluquet en uniforme qui braquait sa famille et qui, sans un mot, s'écarta de son chemin.

Avançant comme un automate, Branlequeue traversa le brouillard de sa myopie et arriva devant la porte de son bureau, où l'attendait la scène qu'il venait très précisément d'imaginer : deux policiers fourrageant d'un air vaguement dégoûté dans une pile de feuillets haute de près d'un mètre, puis l'enfournant par grandes brassées dans un sac en plastique noir. L'un était un officier de l'escouade antiterroriste, le lieutenant-détective Gilbert Massicotte, de la police de Montréal. Il releva la tête, l'aperçut.

Ka ka fait là là? s'exclama-t-il en une imitation très réussie de Ti-Zoune Guimond, mimique comprise.

Chevalier avala sa salive.

Hé! C'est le manuscrit de la seconde partie des *Élucubrations* que vous êtes en train de... Il s'arrêta, incapable de continuer.

Massicotte baissa les yeux sur le tas de papier. Il faisait la tête du type qui entend prononcer pour la première fois le nom scientifique de la mauvaise herbe qu'il s'apprête à déraciner.

Le livre est presque achevé, ajouta Chevalier d'une voix blanche.

Je sais qui vous êtes, lui lança le lieutenant Massicotte. Vous avez gagné une espèce de prix. J'écris moi aussi, vous savez. Mais j'aime pas le diable la littérature québécoise. Jean-Étier Blet a raison : il se fait rien ici qui peut accoter les *Méditations* de Martine...

Lamartine, oui, approuva Chevalier, qui s'efforçait de garder son calme et se disait que les policiers n'étaient pas toujours aussi bêtes qu'ils le paraissaient, mais quand même assez souvent. Et Hugo, enchaîna-t-il, Hugo a eu ses *Contemplations,* Rimbaud ses

*Illuminations*... et moi, tout ce que je vous demande, messieurs, c'est de suspendre votre vol et de laisser mes *Élucubrations* tranquilles, OK?

Vous, vous faites votre métier, laissez-nous faire le nôtre, trancha philosophiquement le lieutenant-détective.

Un agent survint qui doucement et fermement tira l'écrivain par la manche et l'escorta dans le couloir. Où l'attention de Chevalier fut aussitôt attirée par un policier qui, les bras pleins, redescendait l'escalier menant à l'étage et aux chambres des enfants. Le père des *Élucubrations* ignora l'arme qui le menaçait et alla se planter en bas des marches.

Qu'est-ce que vous trimballez, vous?

Des pièces à conviction, marmonna l'exécutant, les yeux baissés sur l'amoncellement instable de cahiers et de cartables dont il maintenait l'équilibre à l'aide de son menton.

Attendez un peu... C'est la collection de timbres de mon garçon, ça.

Ça, c'est les expertises qui vont le dire, monsieur. Ça s'en va directement au labo. S'cusez pardon. Je pourrais-tu passer?

Chevalier s'écarta, véritablement dépassé par les événements, cette fois.

Un inspecteur corpulent, portant imperméable et casquette, se dressa soudain devant lui.

Vous là. On vous emmène.

Non monsieur. Pas de mandat, moi, je bouge pas d'ici...

Le policier lui sortit son plus beau sourire. Il avait les dents bien brossées, mais nicotinées et il puait de la gueule.

On n'a pas besoin de mandat. C'est fini, ça, les mandats. Il y a une loi spéciale qui vient d'être votée à Ottawa.


*Province de Québec (Canada), le 16 octobre 1970*

Une semaine plus tôt, les forces militaires du pays avaient été placées sur un pied d'alerte. Sous le couvert d'exercices de routine, des troupes avaient été déplacées vers le Camp Bouchard, au nord de Montréal. Le 12 octobre, des unités de la 2$^e$ division de combat, stationnée à Petawawa, firent route vers Ottawa, apparemment pour y assurer la protection des édifices publics. Le 15, deux Hercules (des transporteurs de troupes) se tenaient prêts à décoller de la base de Namao, près d'Edmonton. D'abord prévue pour le 14, puis reportée de vingt-quatre heures en attendant que le ministre de la Justice du Québec se range aux raisons des officiers et de leurs alliés politiques, l'invasion allait pouvoir commencer.

Le solliciteur général du Québec, qui avait déjà plus ou moins craqué après l'enlèvement de son collègue du Travail, signa à midi la fameuse lettre officielle qui conférait sa légalité à l'opération militaire. Le successeur du général Bédard à la tête de la Force mobile fut prévenu par un coup de téléphone à son quartier général de Saint-Hubert. Lecture de la demande d'intervention lui fut alors faite, ainsi que l'exigeait la loi. Puis, un avion décolla de Québec avec la missive et prit la direction d'Ottawa. Réagissant au quart de tour, le nouveau chef des forces armées déclencha l'Opération Touchdown cinq minutes plus tard.

Quatre Hercules décollèrent en l'espace d'une demi-heure de l'aéroport de L'Ancienne-Lorette, près de Québec, emportant chacun 300 troupiers en tenue de combat. D'autres, partis de Namao, faisaient route vers Montréal. Des hélicoptères quittèrent la base de Saint-Hubert pour se diriger vers le Camp Bouchard, où ils cueillirent des fantassins appartenant au 2$^e$ bataillon du 22$^e$ régiment, puis revinrent survoler la ville à basse altitude.

Au même moment, un convoi militaire fort de 400 véhicules, parti de la base de Valcartier, au nord de la capitale, essaimait vers les principales villes. À Montréal, des soldats apparurent devant l'hôtel de ville et le palais de justice. Dans les quartiers où vivaient les gens comme il faut, d'autres montèrent bientôt la garde devant les résidences des hommes politiques et des citoyens les plus en vue.

Près de 6 000 troufions équipés de leur matériel de campagne furent bientôt déployés dans les rues de la métropole du Canada français. Rue Parthenais, le quartier général de la Sûreté du Québec était maintenant ceinturé de militaires sur le pied de guerre, l'arme en bandoulière. Derrière le cordon qu'ils formaient bourdonnait, au-dessus du parking converti *de facto* en aérodrome militaire, un va-et-vient continu d'hélicoptères.

Vue de la rue, la prison Parthenais, comme on l'appelait alors, formait un vertigineux rectangle d'un noir charbonneux qui semblait écraser le quartier ouvrier environnant. La Division des situations d'urgence civile du Commandement de la Force mobile de l'armée canadienne, créée l'année précédente, y avait, depuis quelques jours, établi ses quartiers pour assurer la logistique de Touchdown. Soumises en théorie à l'autorité civile, les forces canadiennes, le 16 au matin, avaient la situation bien en main.

Il n'y avait pas deux heures que le gouverneur général du Canada avait apposé son seing à une vieille loi qui, prévoyant la suspension immédiate des droits et libertés civils, venait d'être ressuscitée par la clique du premier ministre et votée en pleine nuit. La proclamation du GG disait :

> *Sachez donc maintenant que, sur et avec l'avis de notre Conseil privé pour le Canada, Nous proclamons et déclarons en vertu de Notre présente proclamation qu'un état d'insurrection appréhendée existe et a existé depuis le 15 octobre.*

L'encre de l'approbation royale n'était pas encore sèche que les trois principaux corps policiers du Québec entraient en action.

\* \* \*

Des jeunes, des vieux, assis le long du mur, épaule contre épaule, se passaient des cigarettes. Juché sur une des deux cuvettes simplement vissées dans le sol et exposées à la vue, l'un d'eux, le pantalon aux genoux, fermait les yeux. Il n'avait pas choisi son matin pour choper la chiasse.

Par ici, Chevalier!

C'est qu'il connaissait du monde, là-dedans.

Sa famille politique. Des syndicalistes, des médecins, des professeurs, des journaliers, des militants, des membres de groupes populaires, des poètes, des journalistes, des chauffeurs de taxi, des candidats aux élections municipales, des ados, des frères défroqués.

Des tonnes de documents avaient été saisis.

Ils sont partis avec mes Félix Leclerc, lança, amusé, le docteur Charron en serrant chaleureusement la main que lui tendait Chevalier.

Et moi, dit un autre, ils m'ont pris un livre sur la peinture cubiste! Cubiste = Cuba. Avouez qu'il fallait y penser[1]...

Le tableau de chasse des policiers comprenait aussi des œuvres de Sartre et de Fanon, quelques livres dans le titre desquels figurait le mot « Chine », des posters du Che, des drapeaux du Québec, des sabres décoratifs et des fusils de chasse.

On se poussa pour faire une place à Chevalier. On lui fit conter son histoire. Au cours des heures précédentes, la plupart de ces hommes avaient connu un parcours identique au sien : escorté par deux agents à travers le garage de l'édifice Parthenais ; mené devant une grande table derrière laquelle étaient assis quatre civils ; dirigé vers le septième étage ; forcé de vider ses poches, dont le contenu avait ensuite été glissé dans une enveloppe sur laquelle on avait inscrit son nom ; fouillé de la tête aux pieds ; amené dans une grande salle fermée par des barreaux et contenant six prisonniers et aucune chaise, deux cuvettes nues,

---

1. Cette anecdote a été racontée si souvent, et par des gens si différents, tous propriétaires, à les en croire, de l'ouvrage spécialisé en question, qu'on est obligé de la considérer comme apocryphe.

un lavabo; conduit à la pesée; mesuré; contraint de tremper ses doigts dans une encre épaisse et d'en imprimer le dessin doigt après doigt sur le papier de quatre feuilles différentes; photographié de face et de profil; escorté le long d'un corridor, puis à travers un sas constitué de deux portes grillagées, actionnées successivement par un garde officiant à l'abri d'une cage de verre; guidé le long d'une allée bordée de deux rangées de cellules dont celles de gauche n'étaient percées que d'une lucarne, tandis que celles de droite étaient grillagées; conduit devant une porte marquée S26, au bout du couloir, à droite; invité à franchir le seuil de cette porte par le policier qui l'accompagnait; enfermé dans une grande salle où se trouvait déjà une quarantaine de personnes, couchées à même le sol ou assises par terre, le dos au mur, les yeux levés vers le nouvel arrivant.

Personne n'avait déjeuné. Un des gars, un jeune comédien, produisit soudain une pomme McIntosh qui avait traversé les fouilles sans encombre et la regarda un moment, là, dans sa main, comme si c'était trop beau, et qu'il allait se mettre à lui parler, Hamlet au verger, avant de croquer dedans. Tout le monde s'était tu. Seuls criaient quelques estomacs ici et là. On entendit clairement, dans le silence, ses dents percer et écraser la pulpe, faire gicler le jus acide d'octobre. Au moment de prendre une deuxième bouchée, le jeune comédien releva la tête et, sans dire un mot, donna le fruit au type assis à côté de lui. Qui croqua dedans et le passa à son voisin. Il en restait pas loin de la moitié quand la pomme arriva à Chevalier. Il n'avait pas faim. Mais rien au monde n'aurait pu l'empêcher de croquer dans cette pomme.

Au milieu de l'après-midi, on les fit mettre debout le long du mur et chacun se vit octroyer deux sandwichs au baloney, un liquide chaud qui pouvait être du thé ou du café, et trois biscuits.

Appelé dans le corridor avec deux ou trois autres. Confié à un policier. Conduit à un ascenseur divisé par une grille fermant à clé. Encagé là-dedans. Conduit à une salle d'attente équipée de barreaux. À une autre salle d'attente. Appelé. Repesé. Remesuré. Refouillé. Questionné. Père, mère. Lieu de naissance. Affiliations politiques.

Indépendant.

Vous voulez dire indépendantiste…

Non. Indépendant.

Sommé de se déshabiller complètement et de déposer ses vêtements sur une table. Forcé d'attendre debout à poil pendant qu'on examine son linge et l'intérieur de ses souliers. Autorisé à se rhabiller. Conduit dans une autre salle équipée de bancs d'aluminium. Rejoint là par d'autres détenus. Reconduit à l'ascenseur. Emmené au douzième. Tenu de se munir d'ustensiles en plastique et d'une couverture pliée contenant deux draps, une taie d'oreiller et une serviette. Dirigé vers la cellule AGM25. AGM pour : aile gauche, mezzanine.

La fermeture bruyante de la porte métallique derrière lui. Son nouveau logis mesurait six pieds sur huit et sept de haut. L'espace de trois pas. Il contenait un lit de fer recouvert d'une paillasse, une armoire de métal, une tablette fixée au mur, un banc, une autre tablette faisant office de table de cuisine, une cuvette de porcelaine sans siège, un lavabo. Et le miroir fait d'un alliage métallique, pour des raisons de sécurité évidentes.

Les cellules des prévenus étaient situées aux étages supérieurs de l'édifice Parthenais. Chevalier, contrairement aux occupants des cellules du dessous, pouvait, de sa mezzanine, regarder à travers trois rangées de barreaux, une épaisse couche de crasse et de crotte de pigeon et une fenêtre renforcée à l'extérieur par des plaques en métal. Son point de vue lui donnait accès à une mince tranche du Faubourg à m'lasse, l'ancien quartier des ouvriers du port. Les immeubles à deux étages avec les linteaux en bois, le parc De Lorimier où Jackie Robinson avait joué à la balle pour le club-école des Dodgers de Los Angeles. Une église. Une taverne. Petit monde.

Six heures du matin, lumières brusquement rallumées, dans un grand cliquetis d'ustensiles, la popote se mit en branle. Chevalier se rappela alors où il était. À chaque bout du couloir, les haut-parleurs s'étaient remis à déverser les torrents d'imbécillités de deux stations de radio populaires concurrentes qu'on faisait jouer en même temps, et qui rivalisaient de niaiserie à se cogner la tête contre les murs. Le volume était assourdissant. Dehors, encore la nuit.

La veille, ils avaient eu droit à un souper de sandwichs au baloney accompagnés d'un café clair et des trois mêmes biscuits.

Juste avant le bulletin de nouvelles de sept heures, le son fut coupé. Pas question de leur donner accès à la moindre information, à une seule miette de sens. Les droits communs, eux, avaient la télé.


Les détenus communiquaient en se criant d'une cellule à l'autre à tue-tête pour dominer les hurlements de la radio. Ce matin-là, Chevalier Branlequeue, le poète Michel Garneau, qui occupait la cellule voisine, et quelques autres eurent droit à une conférence improvisée et plus ou moins rugie de l'historien Louis Villeneuve.

Après avoir réfléchi à la situation, Villeneuve avait, le premier, émis l'hypothèse d'une proclamation de la Loi sur les mesures de guerre par le gouvernement fédéral. Il s'exprimait d'un ton docte, élégant, et ce, même s'il devait hurler pour être entendu. Je ne vois pas, dit-il, de quoi d'autre il pourrait s'agir. Cette loi a déjà servi deux fois au cours du XX$^e$ siècle, et chaque fois au Québec, pour mater les troubles provoqués par la conscription, en 1917 et en 1944. Il faut bien dire que le manque d'enthousiasme des jeunes Canadiens français devant la perspective d'aller se faire étriper pour le roi d'Angleterre représentait une source de déception pour la bonne conscience loyaliste. On avait affaire à des lâches qui, visiblement, ne comprenaient rien aux impératifs stratégiques de la défense de l'Empire. De Victoria B.C. aux bastions orangistes du sud de l'Ontario en passant par notre Rhodésie locale enclavée à

Westmount et à Town of Mount Royal, on s'accordait pour trouver le *frog* mauvais coucheur au champ d'honneur…

Cette Loi sur les mesures de guerre, comprenez-moi bien, signifie la suspension des libertés civiles reconnues dans la Constitution. En principe, nous pourrions être gardés dans ce lieu incommunicado sans même avoir le droit de savoir de quoi on nous accuse. Et ce, aussi longtemps que les autorités le jugeront nécessaire. Pas d'avocat. Pas de visites. Pas de coup de téléphone. Pas de courrier. Aucun droit. Rien.

L'ouverture des portes déclenchée à distance.

Le couloir.

L'ascenseur avec son gardien protégé par une grille.

Une pièce fermée aux dimensions d'une petite cabine.

Deux policiers en civil derrière une table.

Encore un formulaire.

Nom. Prénom. Occupation.

Poète.

Juste poète?

Oui. J'étais éditeur, mais vous m'avez tout pris. Poète, c'est quelque chose que vous ne pouvez pas me prendre.

Poète, inscrivit le policier.

Nom du père. Nom de jeune fille de la mère. Lieu de naissance.

Sainte-Anne-de-la-Pérade.

Celui qui faisait l'inventaire de la grande enveloppe contenant les effets personnels releva la tête.

La Pérade… La pêche aux petits poissons?

La pêche aux petits poissons, confirma Chevalier. Comme ici.

Vous êtes pas mal comique. Savez-vous où se trouve John Travers?

Non.

Et Paul Lavoie?

Non, monsieur l'officier.

Parlez-nous un peu de la cellule de financement Chevalier.

Je les connais pas.

Pourquoi ils ont choisi ce nom-là, vous pensez?

À cause de Chevalier de Lorimier, le chef rebelle pendu au Pied-du-Courant en 1839. Avec Hamelin, Hindelang, et quelques autres...

Bon.

J'ai fait un rêve, cette nuit, leur dit Branlequeue. Un rêve de prof classique : je marchais dans un corridor et je cherchais le local où j'étais supposé donner mon cours, mais j'étais perdu. Le cours allait commencer, mes élèves m'attendaient, je courais presque et j'ai fini par arriver devant une porte. Je suis entré dans la classe et aux fenêtres j'ai vu des barreaux...

Les deux policiers se regardèrent.

Heu. On va passer à la question de vos affiliations politiques, si ça vous dérange pas trop.

Rien à cacher. J'ai été au PSD, au RIN et au PQ. Maintenant, je fais Chevalier seul...

Êtes-vous pour la violence?

Non. Parce que c'est votre cause qu'elle sert et vous le savez aussi bien que moi.

Et vos camarades de la mezzanine, ils en pensent quoi?

...

Le terrorisme, ils sont pour?

C'est pas bien beau, ce que vous me demandez de faire là. Vous deux, vous avez au moins l'excuse de faire votre métier.

Si vous voulez qu'on procède autrement, alors dites-nous comment.

Vous allez commencer par me signer un papier dans lequel vous reconnaissez avoir saisi mon manuscrit. J'aimerais revoir la couleur de la seconde partie de mes *Élucubrations*. Et puis, la collection de timbres de mon...

Des timbres, maintenant.

Oui. Quelqu'un est parti avec la collection de timbres de mon gars. Si je pense trop à ça, je vais avoir envie de casser la gueule à quelqu'un.

Si on vous rend vos papiers et vos timbres, vous allez nous dire qui prend pour le FLQ, dans votre aile?

Non.

Vous sortiriez plus vite…

J'imagine que oui.

Savez-vous pourquoi vous avez été arrêté?

Parce que j'ai des idées socialistes et que je suis pour l'indépendance du Québec.

C'est tout?

J'ai des opinions. Même que des fois, je les exprime…

Ah. Vous voyez bien. Et c'est quoi, votre opinion sur le FLQ?

Le gouvernement s'énerve pour pas grand-chose, si vous voulez mon avis.

Connaissez-vous des membres du FLQ?

Non.

Êtes-vous le chef du FLQ?

Non.

Parlez-nous donc un peu de la cellule Chevalier…

Jamais entendu parler. Avant le 10 octobre, je veux dire.

D'après des informations qu'on a eues, vous seriez un des chefs…

Je veux voir un avocat.

Un de ceux qui tirent les ficelles…

Non.

Un genre d'autorité morale.

Non.

Un leader d'opinion, vous l'avez dit vous-même.

Non!

Vous êtes le philosophe du mouvement. L'idéologue…

Pas vrai.

Le père spirituel de la cellule Chevalier. Le penseur qui se cache en arrière…

Non. Il doit y avoir un sycophante quelque part qui vous a menés en bateau.

Un quoi?!

Un informateur.

C'est quoi, le mot que vous avez dit ?

Délateur.

Non, le mot, là. Psycho…

Va chier.

Bon. C'est de valeur que vous le preniez de même, mais nous autres, on n'est pas pressés.

Vers la fin de l'après-midi, on les laissa faire une promenade dans le couloir long d'une trentaine de mètres et large de quatre qui séparait les cellules du bas et où des tables de pique-nique étaient disposées. Trente minutes de récré. L'occasion de mettre des visages sur toutes ces voix obligées de crier. On les fit sortir par paquets de douze.

Des détenus parlaient de commencer une grève de la faim le lendemain. Parmi eux se trouvaient trois Vietnamiens, et un Grec.

C'est quoi votre problème ? leur lança Chevalier. Vous aimez pas le baloney ?

Ils le dévisagèrent sans comprendre.

Je plaisantais. Sérieusement, je cherche le lien entre la guerre du Vietnam et la libération du Québec…

Le Vietnamien qui lui répondit possédait une licence de lettres.

Peut-être que ça a plus rapport que vous le pensez, monsieur. Nous sommes des patriotes, opposés à l'intervention américaine dans notre pays.

Je veux bien vous croire, mais ici, c'est pas les États-Unis…

Le Vietnamien se contenta de sourire.

On se sent chez nous, remarqua le Grec.

Trois ans plus tôt, il avait fui le régime des Colonels et embrassé la cause des indépendantistes québécois. Il travaillait comme journaliste et quelque part dans les trois poches de documents saisis chez lui par la police se trouvaient les lettres de son père enraciné parmi les oliviers du Péloponnèse. L'usage de l'alphabet cyrillique avait alarmé les limiers qui, soupçonnant quelque code, avaient tout raflé.

Un peu plus loin, un attroupement s'était formé devant la cellule où pérorait nul autre que maître Brien, avec sa tête bouclée de D'Artagnan du prétoire. Quarante-huit heures plus tôt, il agissait encore comme négociateur accrédité et combien flamboyant du camp des ravisseurs devant les caméras de la télé nationale. Jeté lui aussi en taule, comme un malpropre.

Incapable de se passer d'un public, il était en train de raconter à cet auditoire captif que selon certaines informations confidentielles en sa possession les forces policières avaient repéré et encerclé les deux repaires où étaient gardés les otages et coordonnaient maintenant leurs efforts en vue de donner l'assaut final, qui n'était plus qu'une simple question de temps.

En êtes-vous bien certain, maître?

Absolument positif, mon cher ami. Je le tiens d'un honnête homme d'affaires qui a ses entrées au cabinet. Tiens, Chevalier! Ça va?

Le décorum des barreaux aidant, leur poignée de main s'avéra plus cérémonieuse que prévu. Les autres firent demi-cercle autour d'eux.

Maître Brien, vous allez m'expliquer une chose… Vous savez qui sont les ravisseurs, non, oui?

Mon cher, vous pouvez considérer que mes lèvres sont cousues par-dessus l'enclos de mes dents qui, lui, est cadenassé à double tour.

D'accord, mais vous pouvez pas négocier au nom de quelqu'un que vous n'avez jamais rencontré. Donc, vous connaissez les coupables. Et les policiers pensent forcément la même chose que moi. Ma question : pourquoi ne sont-ils pas en train de vous cuisiner?

Ah, Chevalier. Ils me connaissent… Ils savent bien que je vais pas trahir mon secret professionnel comme ça. Même pas la peine d'essayer.

Vous voulez dire qu'ils peuvent respecter votre pratique et quand même vous jeter en prison?

C'est cela, oui.

Donc, votre secret est plus solide que nos droits civiques. Ce n'est pas nécessairement une bonne nouvelle…

Mortifié, le plaideur haussa les épaules, puis se détourna et reprit le fil de sa narration. En le regardant fendre l'air de sa cigarette, on en arrivait presque à oublier qu'il se trouvait derrière les barreaux, en train de s'adresser à des codétenus, et non dans une salle de presse enfumée, à donner un show pour la caméra et toujours la même meute hérissée de micros, de flashs et de calepins.

Écoutez, je m'en fais pas pour Travers. C'est un maudit Anglais ! Il va en ressortir même pas dépeigné, vous allez voir. Non, moi, c'est Lavoie qui m'inquiète…

Branlequeue se détourna et poursuivit sa promenade. Plus loin, il tomba en arrêt devant les chairs débordantes du gros Coco trônant en pacha sur la cuvette sans siège d'une cellule, le pantalon autour des chevilles.

Saint-Poulamon, murmura Chevalier.

La figure de Coco, déjà ornée de deux yeux au beurre noir, d'une lèvre fendue jusqu'au menton, de trois dents cassées ou manquantes et d'un œuf de pigeon sur la tempe gauche, se fissura en un large sourire de gros dégueulasse. Chevalier frissonna de dégoût, comme s'il contemplait les yeux d'un requin ou la bouche d'une raie. La froide horreur qui remonte du fond.

Il avait dans l'idée de s'éloigner sur la pointe des pieds, mais s'entendit héler.

Heye, le poète !

Chevalier revint sur ses pas et regarda ailleurs pendant que la Grosse Police, apparemment imperméable à toute notion de pudeur, torchait son gros cul avec une délectation mauvaise.

Ils y sont pas allés avec le dos de la barre à clous, les portiers du Vegas, hein ? observa Chevalier une fois que Coco eut terminé.

En sortant d'ici, je vais y retourner avec un bidon de gazoline, annonça Cardinal qui, tout en se reculottant, s'avançait vers les barreaux.

Chevalier résista à l'envie de prendre ses jambes à son cou.

Une chose que je comprends toujours pas, Coco, c'est comment tu gagnes ta vie depuis que t'es plus dans la police.

Je fourre. Le système.

Les cartes de crédit ?

Ouais, entre autres.

Et c'est ça qui paie le voilier de l'île aux Fesses ?

Les yeux entourés de larges cernes noirs comme ceux d'un raton laveur se rétrécirent et restèrent fixés sur Chevalier tandis que Coco continuait de sourire.

Mais c'est pas pour ça qu'ils t'ont mis ici, pas vrai, Coco ? Les cartes de crédit n'ont rien à voir là-dedans...

Non. Je suis ici parce que je suis un patriote, un vrai... Pas comme toi.

Chevalier commit alors l'erreur de détourner la tête pendant une fraction de seconde. Lorsqu'il sentit le danger, il était trop tard. Coco avait passé un bras entre les barreaux pour le saisir au collet et l'attirer contre la grille, puis l'y maintenir tandis que, de son autre main, il le frappait méthodiquement au visage.

Oh, la belle poque ! dit le cantinier.

Il poussait son petit chariot entre les rangées de cellules. Chevalier avait rempli son bon de commande dans l'après-midi : une plume, du papier, de la gomme à mâcher, du tabac.

Il sourit douloureusement.

Heureusement que vous avez aussi mis en taule une couple de médecins du peuple. En attendant, je prendrais bien de l'aspirine si vous en avez.

Le cantinier, scrupuleux, examina le bon de commande.

La question, c'est pas de savoir si j'en ai. C'est de savoir si vous en avez commandé.

Ah, neveurmagne ! Du papier, un stylo-bille, des cigarettes. J'ai besoin de rien d'autre...

Chevalier commençait à croire qu'il ne rentrerait jamais en possession de la seconde partie des *Élucubrations*. Il ne pouvait savoir que cet iceberg de mots, avec ses morts et ses métaphores-mammouths, serait un jour considéré comme la partie immergée et mythique de ses écrits. Pendant toutes ces années où il avait travaillé au grand œuvre, sans cesse rattrapé par le devoir de subsistance et la réalité d'une famille à faire vivre et obligé de voler toujours plus de temps à ses autres obligations et apostolats, il avait connu des extrémistes, dont certains étaient éventuellement passés à l'action, avaient été arrêtés et écroués. Il pensait parfois à la vie de prisonnier comme à un havre situé hors du temps, une oasis de paix forcée au milieu du harcèlement normal des existences ordinaires. La privation de liberté lui apparaissait alors comme un moindre mal, une concession minime en regard de la formidable déresponsabilisation sociale nécessaire au travail du génie. Pourquoi plus de chefs-d'œuvre de la littérature universelle ne sont-ils pas écrits en prison ? se demandait-il. Être nourri, logé, blanchi, et avoir ce temps élastique à perte de vue devant soi pour écrire et éviter de devenir fou… Et surtout, surtout, n'avoir absolument rien d'autre à faire. N'était-ce pas là la situation idéale ? La planque rêvée de tout créateur ambitieux ?

Le bloc de papier posé devant lui, sur la tablette métallique qui lui servait de table, le stylo coincé entre le pouce, l'index et le majeur, tandis que, avec une intensité rêveuse et légèrement ébahie, il fixait le vide de la page blanche reflétant celui, insensé, de la vie en cellule, maintenant, il savait. Rien, absolument rien ne sortait.

Le lendemain, AGM25 se réveilla au son d'une musique funèbre qui passait à la radio. Il sut tout de suite.

Par-dessus la lente trame sereine du *Largo* de Haendel, il entendait les voix égosillées de deux joueurs d'échecs séparés par une distance de trois cellules.

Petit Albert en G4 mange police montée en F3 !

Les rires fusèrent, agrémentés d'une ou deux grasses plaisanteries. Les fous s'appelaient Vézina, parce que, comme le premier ministre du Québec, ils se déplaçaient de biais. Un Petit Albert

était un pion. Un Ottawa, une tour. Le roi et la reine se nom-
maient Pet et Bette.

Chevalier Branlequeue alla s'asseoir dans un coin, le dos aux
barreaux.

Eh, Garneau…

Oui, Chevalier?

Lavoie est mort.

Qu'est-ce que tu me chantes là?

Ils l'ont tué. Sinon, pourquoi tu crois qu'on aurait droit à du
Haendel?

Dans l'après-midi, Chevalier s'essaya de nouveau à écrire.
Toujours rien. Et c'était comme s'ils avaient gagné.

# Spectres

C'est l'histoire du gars qui est moi et qui se réveille à l'étage d'une grande maison pleine de recoins et plongée dans l'obscurité au cœur de la forêt boréale à quatre heures du matin. Lac Kaganoma. C'est l'hiver, il fait – 40 °C et Marie-Québec est bel et bien partie. Sa place vide dans le lit froid mutile mon flanc, m'arrache la côte d'Adam. Et comme si ce n'était pas assez, *il* est de retour. Je l'entends qui bardasse, en bas, dans la cuisine.

Nu comme un ver solitaire, drapé dans l'invisible suaire tissé par l'air glacé de la chambre à coucher, je suis allé prendre le fusil dans la garde-robe du bureau. Ai glissé dans l'âme du canon deux cartouches Imperial chargées à balle (des slogues, ou Poly-Kor à longue portée spéciale). Puis, à pas de lynx, je suis descendu.

Je l'ai trouvé assis à ma table. Avec ses blessures aux mains bandées à la diable et le sillon d'étranglement bien visible autour de son cou. La figure bleuâtre, les coulisses d'hémoglobine séchée sous les narines et dans les oreilles. Je reconnais sur lui le chandail de laine que madame Lafleur a identifié devant le coroner, tricoté de ses mains pour son plus vieux, et que les ravisseurs ont enfilé à leur otage blessé après lui avoir ôté sa belle chemise trempée de sang frais. Il respirait avec bruit. J'ai soupiré, j'ai dit :

Au fond, j'ai toujours su que c'était vous, le fantôme du Kaganoma…

Paul Lavoie a hoché faiblement la tête. Affalé sur sa chaise, il semblait m'offrir ses blessures.

Emmenez-moi à l'hôpital…

J'ai fait non de la tête.

J'en ai pas le pouvoir. Ni celui de vous rachever, d'ailleurs.

J'ai posé le fusil contre le mur et me suis tiré une chaise. Il m'était venu une subite envie de causer. Mais avant, je suis allé ranimer les bûches mourantes dans le poêle à combustion lente, puis j'ai enfilé le vieux Mackinaw à carreaux rouges et noirs pendu à un crochet près de l'entrée.

Je sais pourquoi vous êtes ici, Lavoie, ai-je dit au spectre en me rasseyant. Vous êtes coincé au purgatoire. Celui de l'Histoire ne fonctionne pas tout à fait comme celui du bon Dieu. Ce sont les noms qui y séjournent, pas les âmes. Et en attendant de pouvoir rejoindre les héros et les martyrs du panthéon local, ou bien de vous retrouver à la cave, parmi les traîtres à la patrie et les sales pourris damnés pour l'éternité, vous êtes forcé d'utiliser les bonnes vieilles méthodes pour vous rappeler aux vivants. Vous m'envoyez votre apparence terrestre en visite et moi, je me retrouve dans ma cuisine en train de parler à un ectoplasme aux aurores, rien d'autre qu'une manière d'hologramme artisanal finalement. On dirait que je représente votre dernier espoir…

Il a gravement approuvé.

Je me suis levé et j'ai attrapé la bouteille de calvados du pays d'Auge qui traînait sur le comptoir. Je nous en ai versé trois doigts chacun dans des verres ornés de motifs de cartes à jouer, lui ai tendu le sien. Valet de pique.

Prenez ça. Ça va vous redonner des couleurs…

De sa main bandée, il a accepté le verre que je lui tendais et fait cul sec, et je l'ai imité. Le calvados goûtait le vieux verger, le bois de foudre et les pommes tombées parmi les herbes jaunies et les feuilles mortes et picorées par les perdrix. Octobre.

J'ai de nouveau rempli les verres.

En ce moment, j'essaie de cerner l'insaisissable Chevreuil, le fameux Pierre. Une seule certitude à son sujet et je serai sauvé. Et vous pouvez peut-être m'aider, Lavoie…

Un gémissement sourd.

Emmène-moi à l'hôpital…

J'ai rempli les verres à ras bord et j'ai levé le mien bien haut :
À votre santé, monsieur le ministre.

Pour toute réponse, il a soupiré puissamment, puis s'est
envoyé son coup de calva comme s'il sifflait de la camomille tiède.

Voyez-vous, j'ai besoin de savoir si Pierre Chevrier, alias le
Chevreuil, est allé au 140, rue Collins pendant votre séquestration. Je sais bien que vous pouvez pas me le dire. Que je suis censé
trouver la vérité par mes propres moyens. Et vous, vous êtes là
pour me rappeler à mes devoirs devant l'Histoire et m'empêcher
de me suicider. Mais laissez-moi vous dire une chose : ceux qui se
sont arrangés pour vous effacer du domaine des vivants et qui ont
si bien brouillé les pistes, après, n'étaient pas exactement des deux
de pique. Vous avez été sacrifié, Lavoie, mais par qui ? Ce qui est
sûr, c'est que Québec vous a abandonné. Que votre propre famille
politique vous a laissé tomber et que le Canada a fait une croix sur
vous. Et si c'est vrai que vous avez été, comme certains le disent,
sacrifié aux intérêts stratégiques de l'Alliance atlantique, alors
l'Occident vous a lui aussi passé à la trappe. Et puis, plutôt que de
lever le petit doigt et d'envoyer une poignée de tueurs à gages vous
secourir, vos amis de la famille Scarpino ont dit : pouce. De votre
sort, tout le monde s'est lavé les mains.

J'ai eu besoin de bien viser, cette fois, pour remplir les verres.
Le goulot de la bouteille avait tendance à se promener de gauche
à droite. Ma voix était devenue brumeuse, mon ton pâteux, plein
d'amertume. Le spectre, lui, semblait ignorer l'ivresse et ses bienfaits. Incapable de noyer sa tristesse au fond du puits de la
mémoire, il vidait son verre à mesure que je le remplissais, comme
si son désespoir n'était qu'une forme de politesse.

Vous avez été le parfait bouc émissaire, lui ai-je dit. Conscrit à
votre corps défendant, un martyr de l'unité *Canadian* fabriqué
sur mesure…

J'avais empoigné la bouteille aux trois quarts vide par le goulot et m'étais mis à arpenter la cuisine. L'aube se frayait un chemin
par la fenêtre.

La fausse alerte, Lavoie… Vous vous rappelez?

Il secouait la tête, les yeux mi-clos, le regard bien mort, d'un blanc laiteux infusé de galaxies de capillaires éclatés. Son menton reposait sur sa poitrine exsangue.

Souvenez-vous… Le mercredi 14 octobre 1970. Ça fait quatre jours qu'ils vous gardent dans cette chambre, enchaîné à votre lit et menotté. Au début, vous avez cru que les autorités négocieraient, mais les signaux positifs semblent déjà loin et il ne se passe toujours rien. La veille, un de vos ravisseurs a été pris en filature par la police et il n'est pas revenu. Et là, il y a une voiture suspecte qui n'arrête pas de passer et de repasser devant la maison. Et qui ralentit chaque fois, et les occupants de l'auto en profitent pour regarder avec insistance du côté du bungalow qui vous sert de prison. Et ce qui s'est passé ensuite, comment l'oublier?

Tandis que je parlais, la respiration de Lavoie avait fait place à un pitoyable geignement qui se mua ensuite en un râle à peine audible. Mais j'ai continué :

Alors l'alerte est donnée, c'est le branle-bas de combat dans le bungalow. Vos kidnappeurs décident de vendre chèrement leur peau et, en attendant, de se servir de la vôtre comme d'un bouclier. Ils tronçonnent un vieux manche de moppe et se fabriquent des faux bâtons de dynamite en recouvrant les morceaux de bois de papier brun qu'ils enduisent de beurre pour imiter le fini de la vraie dynamite. Ils ajoutent un réveille-matin comme semblant de détonateur et assez de fils électriques qui dépassent pour donner le change, ensuite ils fourrent les bâtons dans une sacoche qu'ils vous ceinturent solidement autour de la poitrine. Après, ils vous traînent en face de la porte, coincé entre le gars qui tient le détonateur et un autre qui vous colle le canon de sa M1 sur la tête, et vous restez là à attendre le premier coup de botte ou de crosse dans la porte, la ruée…

Aaaaugh, fit le spectre.

J'ai souvent pensé à vous, à ce moment-là, le plus long de votre vie. Vous étiez comme le jeune Dostoïevski devant le peloton d'exécution. Le temps s'étire interminablement, comme si chaque seconde devenait un précipité épileptique d'éternité. À quoi vous pensiez? En un sens, vous avez été privilégié. Tous les trépassés n'ont pas droit à une répétition générale…

Sans trop m'en rendre compte, j'avais posé la bouteille vide et m'étais emparé du fusil tout en parlant. Il était chargé, je le pointais devant moi dans la direction approximative de la porte d'entrée.

Attention, monsieur le ministre! Dans une seconde, la fusillade va commencer, ça va péter… La claque sèche des détonations, le parcours des balles à travers vos viscères! Vos ravisseurs ont une tremblote de tous les diables et le doigt sur la détente. Le cœur vous débat, vous faites vos prières, votre vie est devenue une simple monnaie d'échange. Et…

Nooooooooon!

Et rien. Rien n'arrive. Un des gars finit par aller jeter un coup d'œil à la fenêtre et qu'est-ce qu'il voit? Une descente de police est bel et bien en cours, mais ça se passe chez le voisin! Qui vivait là? Des jeunes avec les cheveux longs, d'après Richard Godefroid. Étrangement, on n'entendra plus jamais parler d'eux. Même que cinq jours plus tard, les voisins vont raconter à la police que la maison voisine était abandonnée depuis un mois. Comment vous expliquez ça, hein? Heye!…

L'ectoplasme avait bondi sur ses pieds et se ruait sur moi, un râle aux lèvres. Sans réfléchir, j'ai pivoté d'un quart de tour et tiré de la hanche. Assourdissante, la détonation. L'impression que la maison s'écroulait sur moi. Le spectre m'a frôlé au passage, j'ai senti son souffle venu de la noirceur glaciale des grands espaces du néant me passer sur le visage et j'ai fait feu à nouveau, à bout portant. Je l'ai vu filer vers la fenêtre, s'élancer, franchir la vitre sans encombre et s'éloigner d'une longue foulée planante dans le clair-obscur du matin, comme Big Chief à la fin de *Vol au-dessus d'un nid de coucou.*

Au Kaganoma, entendre tirer du fusil était chose courante. En saison, l'épaisse trame du silence absorbait les salves de 12 et de .30-06 et se refermait comme si la blessure n'avait jamais existé. Brûler de la poudre entre quatre murs était déjà un peu plus délicat. Mais mener une vie d'écrivain et d'ermite en train de virer sur le capot au fond des bois pouvait expliquer bien des choses, sinon servir d'excuse.

La première balle avait survolé la table de cuisine et était allée fracasser un rond de vitre grand comme le poing dans la fenêtre orientée au nord. La deuxième slogue s'était enfoncée sans autre dommage dans le mur d'échiffre, où un trou bien rond et net, tout noir, marquait le point d'entrée du projectile dans le gyproc. Après avoir cligné des yeux dans le courant d'air glacé et contemplé d'un air stupide et douloureux la bouteille de calvados vide, Samuel découpa un carré dans le rabat d'un carton de livres et le scotcha dans la vitre. Le thermomètre extérieur indiquait –38 °C.

Est-ce que je pourrais parler à monsieur Guy Dumont, s'il vous plaît?

À quel sujet?

Au sujet d'un contrat. N'importe lequel.

Ouais?

Big, c'est Sam. T'aurais pas une histoire de jeune chanteuse abusée par son père et ses oncles et son gérant à me faire écrire, par hasard?

Vieux Sam, toujours dans ta cambrousse? T'as une voix épouvantable, qu'est-ce qui t'arrive?

Rien de complètement ingérable encore, rassure-toi. Mon Big Guy, pour un petit chèque de disons 5 000 bidous, je pourrais faire à peu près n'importe quoi à part cirer tes bottes. Corriger les virgules d'un traité de 600 pages sur l'histoire des relations fédérales-provinciales. J'ai envie de souffrance et de rédemption.

Et moi, j'aime pas que l'entreprise que j'ai fondée soit confondue avec une succursale du BS, mais j'ai vu passer un manuscrit qui pourrait peut-être t'intéresser. Je pense que c'est dans tes cordes, en plus…

Je suis dans les câbles financièrement et tu me proposes un travail dans mes cordes. Sans blague, Big, je suis ému. Est-ce qu'il y a un titre ?

Attends un peu… Ah. *La Traversée.*

C'est tout ?

Non. Y a aussi un sous-titre… *John Travers : récit de captivité.*

Isolé devant mon ordinateur au cœur de la forêt, j'étais hyperrelié, mon cerveau devenait un nanoplot qui s'allumait sous une sphère céleste sillonnée d'infinies ramifications numériques. L'espace au-dessus de ma tête et dedans était bombardé d'une mitraille de fréquences, d'ondes satellitaires et de parcelles d'information dont chacune traînait en remorque le fragment de monde où elle plongeait, comme une racine sa motte de terre. Je lançais mes lignes, regardais disparaître dans la noire immensité le mot tapé sur le moteur de recherche, comme un pêcheur côtier de l'ère pré-sonar penché sur le sombre océan. Des coups de sonde dans un vide saturé.

François Langlais :

*François Langlais, alias Pierre Chevrier. Né en 1947. Membre d'un groupe terroriste québécois appelé le Front de libération du Québec (FLQ), responsable de plusieurs attentats à la bombe et d'enlèvements commis au cours des années 60 et 70.*

*Arrêté pour port d'arme illégal en France à la fin des années 60, condamné à deux années de prison. C'est à ce moment qu'il se serait familiarisé avec les techniques de fabrication de bombes et de kidnapping qui allaient plus tard lui servir au Québec.*

*À l'été 70, Langlais accompagne d'autres terroristes québécois en Jordanie pour y recevoir un entraînement de commandos dans un camp du Front démocratique populaire pour la libération de la*

*Palestine (FDPLP). Au même moment, le FLQ annonce qu'il s'apprête à lancer une campagne d'assassinats sélectifs au Québec.*

*Langlais est un des membres de la cellule Rébellion qui, au mois d'octobre suivant, enlève et séquestre l'attaché commercial britannique John Travers, ce qui déclenche une crise politique sans précédent dans l'histoire du pays. Le 10 octobre, la cellule Chevalier entre à son tour en action et kidnappe puis assassine le numéro deux du gouvernement du Québec, Paul Lavoie. Le soulèvement espéré ne s'étant pas produit, Langlais et les autres membres de la cellule Rébellion négocient alors la vie de leur otage en échange d'un sauf-conduit pour Cuba.*

*Après un exil de douze ans à Cuba et en France, François Langlais rentre au Québec et est aussitôt arrêté, traduit en justice et condamné à deux ans de prison moins un jour pour sa participation à l'enlèvement de John Travers. Il sera libéré sur parole moins d'un an plus tard.*

Deux ou trois éléments clochaient à première vue dans cette entrée wikipédienne. D'abord, l'histoire de l'arrestation pour port d'arme illégal était du nouveau en ce qui me concernait. Y avait-il invention et, si oui, d'où venait-elle ? Ma demande de renseignements adressée à Monsieur le Préfet de police de la Préfecture de Paris s'était de toute évidence assez vite retrouvée au fond d'une de ces oubliettes qui font tout le charme de la labyrinthocratie hexagonale.

Le profil wikipédien du Chevreuil recoupait le fameux article du *Sun* du 25 novembre sur la question d'un possible lien entre le Pierre du FLQ et les internationalistes Zadig et Madwar, laissant même entendre qu'ils auraient pu fréquenter le même camp d'entraînement en Jordanie. D'ailleurs, était-ce vraiment un hasard si le premier complot de kidnapping, tué dans l'œuf au mois de février, visait le consul d'Israël à Montréal ?

Dans ma tête, ce genre de question pouvait continuer de tourner pendant des jours et des jours. Un éventuel visiteur aurait pu me suivre à la trace en relevant les taches brunes et humides laissées sur le plancher par le trop-plein de ma moque de café toujours débordante. Je cessais de me raser pendant des semaines, la glace me renvoyait mes yeux fous fixés sur une lointaine lueur en veilleuse sous mon crâne tandis que ma tignasse polarisée lançait des éclairs de statique dans la mauvaise lumière. Le téléphone ne sonnait plus. Le monde se retirait paisiblement hors de ma portée. Je savais que je tenais une piste, mais c'était tout ce que je savais.

J'avais suivi avec intérêt le débat sur la fiabilité de l'encyclopédie en ligne. Un projet fascinant jusque dans sa faille principale : l'autorégulation du système. Une façon de traiter le problème était de se rappeler qu'il ne pouvait y avoir de fumée sans une forme ou l'autre de combustion. Pas d'effet sans cause. Que dans notre univers thermodynamique, la gratuité absolue est une chimère. Une chaîne causale, une radicelle de sens rattachaient le plus abracadabrant canular à la réalité. Conclusion : le mensonge pur était une impossibilité. *Arrêté pour port d'arme illégal en France à la fin des années 60, condamné à deux années de prison. C'est à ce moment qu'il se serait familiarisé avec les techniques de fabrication de bombes et de kidnapping qui allaient plus tard lui servir au Québec.* Vérité occultée par le chaos des récits ou simple racontar, ces phrases avaient été tapées sur le clavier d'un contributeur anonyme, lequel ne pouvait pas ne pas avoir une raison de le faire, et c'est celle-ci qui m'intéressait. Où commençait la légende, où finissait la vérité ?

Noune, en sautant sur le bureau pour venir se frôler sur mon épaule ou ma joue, enfonçait parfois des touches du clavier de mon ordinateur en y posant les pattes et peut-être qu'elle produisait autant de sens que moi. Pendant que je rajoutais une bûche de merisier dans le poêle, les clous enfouis dans les murs se contractaient avec un bruit d'éclatement dans la nuit glaciale et j'avais l'impression d'entendre la musique de mon cerveau.

La nuit était bien avancée, je retournais m'asseoir dans mon bureau avec une énième tasse de vernis à cercueil pour relire pour la douzième fois peut-être l'article de Wikipédia, lorsque soudain quelque chose m'a sauté aux yeux.

Les signets qui apparaissaient en haut de la page Web se lisaient comme suit : *article, discussion, modifier, historique.* J'ai appuyé sur *historique.*

J'ai alors découvert que l'encyclopédie en ligne me donnait accès à la succession temporelle des ébauches, ajouts, biffures, réécritures et interventions textuelles diverses normalement éliminés par le travail d'édition. À l'histoire, bref, non seulement du sujet, mais du texte lui-même.

Fasciné, j'ai remonté la chaîne, sauté d'une version à l'autre, en suivant à rebours le fil d'une série de modifications le plus souvent mineures, mais liées par une progression logique et fatale. Comme si, sous mes yeux, le texte se repliait toujours davantage sur son noyau secret, une sorte d'os sémantique enterré, peu à peu mis au jour et qui, à la fin, demeura seul visible. J'ai alors lu la curieuse notice suivante :

*François Langlais a appris l'art du terrorisme dans un camp de commandos palestiniens. Il a ensuite participé à de nombreuses opérations secrètes dans le Québec des années 70. La famille Langlais a plus tard déménagé en Alberta, province canadienne pétrolifère, où elle a poursuivi son combat pour l'indépendance du Québec. Aujourd'hui, une nouvelle génération de Langlais (qui comprend, entre autres, Dan Langlais et Ray Langlais) émerge dans l'ouest du pays. Elle y supporte activement le FLQ et d'autres groupes radicaux reliés par les services secrets canadiens et américains à la mouvance islamo-terroriste (Jihad).*

Cette fois, le canular semblait évident : la lutte pour l'indépendance du Québec qui continue en Alberta, au troisième millénaire, avec Al-Qaïda dans le paysage. N'importe quoi !

On aurait dit un clin d'œil, une bonne blague entre copains.

J'ai relu la notice, encore et encore. C'était franchement hilarant. Le soleil allait se lever sur un autre jour, moi, me coucher sur une autre nuit. Puis, j'ai sursauté.

Je me suis emparé d'un stylo et du premier bout de papier qui me tombait sous la main et j'ai tracé les mots suivants :

Dan Langlais = Daniel
Ray Langlais = Raymond

= Raymond Brossard et Daniel Prince = Zadig et Madwar

Je me suis retrouvé debout dans la neige, les yeux levés vers le ciel et ses milliards d'étoiles. Je m'amusais à les relier entre elles, à dessiner des constellations, certaines connues, d'autres non, pures inventions de ma part. Et dans le silence glacé, toutes les combinaisons possibles. À l'orient, la bande de sombre bleu s'élargissait derrière les silhouettes contrastées des résineux. On n'entendait pas un seul bruit, juste l'espèce de vibration profonde qui semble émaner des choses elles-mêmes, de la vie sourde d'une nuit d'hiver sauvage au bord d'un lac du Nord.

On ne m'y reprendrait plus à tirer du 12 en pleine maison, non monsieur, je n'étais pas fou. Je n'allais pas leur donner raison. Avant d'aller m'écrouler sur mon lit, j'ai décidé que si quelqu'un, dans ce vaste univers, voulait se payer ma tête de cochon, il allait devoir y mettre le prix.

# René Lafleur contre la Reine

… la vérité, toute la vérité, rien que la vérité. Dites : je le jure.

Ouais…

Ouais quoi ?

Je le jure.

Maître Grosleau, le témoin est à vous.

Monsieur Massicotte… Si j'ai bien compris, votre profession actuelle, c'est…

Heu. Animateur social.

Et…

Livreur de poulet à la retraite. J'ai été deux ans chez Baby Barbecue.

D'accord. Vous avez quel âge ?

Heu.

Vous êtes né en quelle année ?

Je suis-tu obligé de le dire ?

Assis au prétoire dans la dernière rangée, Chevalier leva les yeux de son calepin ouvert.

Ce n'est pas, dit doucement le procureur, comme si c'était la première fois qu'on vous voyait en cour. Monsieur Massicotte, ces renseignements sur vous, la Justice les possède déjà. Je vous demande seulement de les confirmer. Pour casser la glace, si ça ne vous dérange pas trop…

J'ai trente-six ans.

Combien ?

Trente-six.

Dans la section du tribunal réservée à la presse, les reporters demeuraient impassibles. Seul, tout au fond de la salle d'audience, le citoyen Branlequeue, son haut front creusé de fronces bien visibles au bout de la rangée, griffonnait dans un carnet.

Dans le box des accusés, René Lafleur, les yeux mi-clos, se revoyait expédier une cuiller Mepps, une Black Fury numéro 3, le long d'un lit de nénuphars qui bordait le chenal des îles de Boucherville où se balançait son canot. Autour de lui, les jeux de lumière et les reflets sur l'eau étaient du pur Monet, mais René, en homme pratique, se contentait de ressentir la chaleur enveloppante du soleil sur sa peau, le bercement paisible des vaguelettes qui irradiaient dans le chenal comme un écho étouffé du fleuve à travers le mur de la végétation. Une brusque résistance, la canne pliée, la sensation de poids en mouvement au bout, la ligne emperlée et tendue, vibrante... l'achigan à grande bouche d'un kilo qui, aussitôt ferré, se cabre et bondit hors de l'eau.

René se souvenait de ces choses, du crissement des raquettes de babiche sur l'épaisse neige fine et sèche de janvier, du gloussement des perdrix l'automne sous les buissons de pimbina et d'aubépine, de l'odeur résineuse charriée par la brise de juin sur un lac à truites et de la fraîcheur de la poussière d'eau irisée suspendue au-dessus des escaliers de pierre chaotiques des torrents du Nord. En prison, elles l'avaient aidé à tenir le coup.

On était en 1973 et les choses avaient changé depuis que son frère aîné, reconnu coupable de meurtre au premier degré au terme d'un procès expéditif, avait été envoyé, deux ans plus tôt, dans une prison fédérale à sécurité maximale. Jean-Paul s'était défendu, Gode non. Au bout du compte, ça n'avait fait aucune différence : on leur avait mis la mort de Lavoie sur le dos et ils en assumaient le fardeau. Quant à Ben Desrosiers, qui n'avait pu être relié directement à l'assassinat, il avait pris vingt ans pour sa participation à l'enlèvement.

En 1973, les choses se passaient différemment, avant tout

parce que le flamboyant maître Brien, sorti de prison, acquitté d'une accusation de conspiration séditieuse, rétabli dans sa pratique, était de retour à la barre. Il avait triomphé du harcèlement des autorités judiciaires, traversé le désert des tracasseries administratives infligées par le barreau et affichait une forme féroce. Autre différence notable par rapport à 1971 : René était jugé au palais de justice de Montréal et non dans une salle du quartier général de la Sûreté. Les tribunaux d'exception de la rue Parthenais étaient passés à la trappe de l'histoire.

Maître Brien avait expliqué à son client que la preuve montée contre lui était mince. Une voisine affirmait l'avoir aperçu au volant d'une Chevy blanche, rue Collins, au cours de la semaine fatidique. Et les experts avaient relevé ses empreintes sur une boîte de poulet. Je vais les bouffer tout crus, promit l'avocat.

*Pièce à conviction P-21*
Facture n° 10079
Rôtisserie Baby Barbecue
Adresse : 3056, boul. Taschereau, Longueuil
Date : 10/10/70

La commande : trois clubs sandwichs (3 x 1,60 = 4,80 $)
+ six Pepsi (6 x 0,15 = 0,90 $)
+ taxes (0,46 $)
= 6,16 $

Reconnaissez-vous l'exhibit ? demanda le procureur.

Rénald accorda un bref coup d'œil à la pièce à conviction que lui tendait l'huissier.

Ouais.

Vous la reconnaissez à quoi ?

Il hésita un moment.

J'aime pas votre question.

Vous... Je vous demande pardon ?

J'aime pas votre question.

Spectateur prodigieusement intéressé, Chevalier nota cette réponse dans son calepin, puis il releva la tête et croisa le regard de maître Brien qui, de loin, le toisait. L'avocat, qui l'avait reconnu, se fendit d'un mince sourire, suivi d'un clin d'œil.

Chevalier observait maintenant avec attention le témoin qui, là-bas, se balançait, les mains dans les poches. Il lui trouvait une certaine ressemblance avec Gaston Lagaffe : ce pull vert à col roulé, le toupet qui lui retombait sur les yeux. Mais le sien grisonnait. Un Lagaffe poivre et sel, écrivit-il.

Racontez-nous comment s'est passée la livraison…

Je me suis parqué devant la maison. Et là, j'ai vu sortir quelqu'un qui… est venu chercher la commande au chemin.

Et ce quelqu'un vous a parlé ?

Je pense pas, non.

Et de quelle maison venait cette personne ?

De là. 140, Collins. De l'adresse qu'il y a d'écrit sur la facture. J'y suis retourné après et c'était là : 140, Collins.

Vous dites que vous êtes retourné sur les lieux… après ?

Ahan. Vous avez rien contre ça, j'espère ?

Mais vous y êtes retourné quand exactement ?

C'est personnel.

Pardon ?

C'est ma vie privée. Ça n'a aucun rapport avec le procès.

Maître Brien s'était levé.

Si vous permettez, votre honneur, bien respectueusement… Je crois que ce que le témoin essaie de dire à la Cour, c'est qu'il est retourné voir la fameuse maison plus tard, en simple touriste, comme beaucoup de Québécois l'ont fait, à l'époque. Vous savez, un petit tour de machine, la fin de semaine, c'est tellement plaisant…

Le juge Dionne réfléchit un moment. Puis, se détournant du défenseur, il revint au livreur de poulet.

La vie privée, c'était quand, au juste ? Dans les jours qui ont suivi ?

Ben là. Je suis-tu obligé de répondre ?

Vous êtes sous serment, le gronda maître Grosleau.

Ouais, mais je vois pas pantoute ce que ça vient faire.

Vous dites que vous y êtes retourné après la livraison du 10 octobre. Quand? La semaine d'après?

Non. Plus tard que ça...

C'est beau! On arrête là, conclut le procureur de la Couronne.

Chevalier continuait de scribouiller, puis il reporta son attention sur la Cour et constata que tout le monde regardait dans la même direction : vers le box des jurés, et, dans le box, vers le juré numéro 10. Un frisé avec une coupe afro, assez de poils entre la poitrine et la pomme d'Adam pour rembourrer un lazy-boy, et une chemise de soie magenta ouverte sur un médaillon de la grosseur d'un frisbee.

Et qui levait la main.

Juré numéro 10 : Excusez-moi de demander pardon mais... est-ce que quelqu'un pourrait lui demander s'il serait capable de reconnaître le gars qui est sorti de la maison pour prendre la commande?

Enfin quelqu'un qui fait son travail, soupira Chevalier.

Le juge se tourna vers le témoin.

Pouvez-vous répondre à la question?

Bof.

Comment ça, bof?

Comme ça. Bof comme dans bof. Je pourrais toujours dire quelque chose... C'est entre moi et ma conscience que ça se passe.

Vous êtes sous serment.

Peut-être bien. Mais je suis le seul à savoir si je dis la vérité. Et ce que ma conscience me dit, c'est que je me souviens pas de la personne qui est venue prendre la commande.

Est-ce que votre conscience a quelque chose à ajouter?

Oui. J'ai peur du FLQ et j'ai peur de la pègre, mais j'ai pas peur de la police.

Excusez-moi. Pourriez-vous répéter ça, s'il vous plaît?

J'ai peur du FLQ et j'ai peur de la pègre, mais j'ai pas peur de la police.

Le Domaine des Salicaires était un lotissement d'apparence modeste, destiné à une classe pauvre en ascension, dite aussi moyenne inférieure, la même qui, pour échapper aux taudis de l'Est, avait déversé sur la rive sud du fleuve, depuis la fin de la guerre, ses flots humains traînés sur l'autel de la perpétuation de l'espèce et leur laborieuse aptitude au bonheur sublimée dans une progéniture.

Un entrepreneur véreux, ou simplement pressé, ou les deux, avait profité de la conscience élastique de ses contacts à l'hôtel de ville pour se bricoler un permis de construction, puis il avait déversé quelques voyages de garnotte dans un marécage qui jusque-là avait surtout accueilli des quenouilles, des grenouilles et des carouges, et ensuite tracé des rues, délimité les terrains. Même quand il ne pleuvait pas, les Branlequeue avaient de l'eau dans leur sous-sol, et la première fois qu'Éléonore avait vu passer un rat au bout du rectangle de pelouse conquis sur le marais derrière leur bungalow bon marché, Chevalier avait fait le gros dos et laissé passer la crise, puis pris ses informations auprès des voisins.

C'est du rat de Norvège qu'on a par ici?

Non, c'est du rat d'eau. Vous devriez faire comme moi : je les pogne au piège à patte et avant la fin du printemps j'avais le manteau de ma femme. Et puis, en ragoût, on dirait du lièvre…

C'est pas du vulgaire rat d'égout, Lonore, c'est de l'ondatra ! annonça triomphalement Chevalier à son épouse, en utilisant le mot sauvage pour rat musqué. Mais Lonore n'était pas du genre qu'on peut amadouer avec le classique manteau de fourrure, encore moins si ce dernier court toujours.

Il faut tendre le piège d'une certaine manière pour que ton rat se noie quand il est pris, avait précisé l'aimable voisin. Sinon, tu sais quoi? Il se coupe la patte…

Je ferais la même chose, avait répondu Chevalier Branlequeue.

Dans ces avant-postes isolés de la grande banlieue où maisonnettes, cours clôturées, carrés de sable, piscines et cabanons de jardin grugent et digèrent impunément bois, champs et étangs, l'arrivée d'une Harley-Davidson un samedi matin est de nature à causer encore plus de commotion que le passage d'un ondatra au bout du terrain.

Mon doux Seigneur, les motards, maintenant…, geignit Éléonore.

Un respectable avoué, tu veux dire, rétorqua Chevalier, le nez à la fenêtre.

Chevalier Branlequeue avait quarante ans. Martial et Pacifique, maintenant de grands gars, délaissèrent le squelette du vieux scooter qu'ils étaient à autopsier dans la cour pour entourer le coursier tout feu tout chrome de maître Brien. La fourche de chopper bricolée par l'avocat juste après la sortie en salle d'*Easy Rider* les intéressa tout particulièrement.

Maître Mario, tout de cuir vêtu en ce frisquet jour de printemps — le soleil avait des timidités de puceau et un air frigide soufflait du marigot —, fut accueilli sur le seuil par Chevalier.

Vous avez bien de la chance, Chevalier : des grands gars pour assurer la suite du nom, déjà pratiquement élevés…

Oh, je sais ce que vous pensez, lui répondit Chevalier en s'activant autour de la cafetière. Pour vous, je suis rien qu'un pauvre bougre attelé au char à bœufs de la reproduction de la race. Quand vous voyez traîner les bicyclettes d'enfants dans l'allée, vous vous autorisez un bref moment d'attendrissement, mais rien pour vous faire regretter les jeunes hippies interchangeables que vous promenez autour de la Gaspésie sur votre machine. Avec les gaz d'échappement pour enterrer les odeurs de morue séchée, c'est parfait.

Je dirais pas ça, Chevalier. Pour le monde, avant d'être un père de famille, vous êtes l'immortel auteur des *Élucubrations,* l'orgueil de notre littérature nationale !

C'est ça. L'auteur d'un unique bouquin un peu bancal sur les bords et trop célèbre pour ne pas être un peu suspect…

Brien haussa les épaules et regarda les journaux du samedi étalés sur la table de cuisine. La maîtresse de céans faisait la poussière et du bruit dans la pièce voisine. J'ai lu votre brûlot dans le courrier des lecteurs, dit-il. Pas besoin de rien dire, fit aimablement le poète-éditeur, et il sourit. J'attendais votre visite. Allons dans mon bureau.

Maître Brien sortit une flasque de la poche de son blouson et baptisa énergiquement son café.

Une goutte de brandy, Chevalier ? Et en passant, on peut-tu se dire *tu* ?

Branlequeue acquiesça aux deux propositions.

La maison de plain-pied comptait six pièces, dont une chambre pour Vénus et une autre partagée par les deux gars, même si Martial avait déjà un pied dans la porte. Le père, lui, passait désormais le plus clair de ses nuits sur le matelas installé dans son bureau. Quand on regardait vers le bout de la rue, on pouvait voir, au loin, passer les bateaux sur le fleuve.

D'une autre poche de sa veste de cuir, l'avocat sortit une coupure de journal datée du jour même : la contribution de Chevalier Branlequeue occupait les trois quarts de la page consacrée aux libres opinions. Maître Brien l'avait simplement déchirée, pliée en huit et fourrée dans sa poche.

*Une comédie soigneusement mise en scène,* lut-il. Saintchrême, Chevalier, depuis quand on te demande de faire le critique de théâtre ? On est dans le même camp, toi et moi. Et là, t'es en train de scorer dans ton but ! Parce que, en disant que le procès est arrangé, tu me fais passer pour quoi, moi ?

Le bouffon de la Couronne, dit Chevalier, qui cacha sa grimace amusée derrière sa tasse de café.

À la fenêtre, le vent creusait des remous dans les massifs de quenouilles et de salicaires au bout du terrain. Les carouges à épaulettes, perchés dans les ajoncs, flashaient leurs miroirs alaires d'un rouge écarlate comme des ados qui roulent les mécaniques. Dissonante et impérieuse, leur stridulation emplissait l'air.

Chevalier croisa les bras et se renversa sur sa chaise.

Massicotte, le livreur de poulet, est un témoin de la Couronne, alors à quoi ça rime de faire le cabotin comme ça, dis-moi?

Il est des nôtres, Chevalier. Un patriote. T'avais pas encore compris ça?

Un patriote coquet. Il y a deux ans, dans un autre procès, il s'est donné quarante-deux ans. Et là, il vient de baisser à trente-six. Est-ce que c'est normal qu'un livreur de poulet grillé mente sur son âge comme une cocotte? Ou bien, c'est la fameuse recette aux trente-trois épices de Baby qui serait la nouvelle fontaine de Jouvence?

C'est un drôle de gars, ça, je dis pas le contraire. Mais son témoignage m'a été des plus utiles jusqu'à présent.

Donc il serait en mesure d'identifier son client? Il s'est par-juré?

Le silence qui suivit était égratigné par les notes aiguës et désagréables des carouges et des quiscales, qui défendaient leur territoire, caquetants kamikazes noirs piquant vers les corneilles de passage.

Ça, c'est bizarre. Le gars témoigne pour la Couronne, mais il trompe la Cour… Alors, qui il a vu?

Brien se renversa à son tour sur sa chaise.

Désolé, mon vieux. Secret professionnel…

Tu parles du tien ou de celui du livreur?

Très drôle. Mais je viens d'avoir une idée, Chevalier. Si j'obtiens l'acquittement de René Lafleur, vas-tu arrêter de me traiter publiquement de marionnette du système?

Tu réussiras pas.

Combien on gage?

J'ai pas les moyens de gager. Mais c'est un cirque, pas un procès.

Maître Brien renversa la tête et but directement à la flasque. Puis il rebaptisa les cafés, vissa le bouchon, soupira d'aise et remit le contenant dans sa poche.

Tu verras bien. En attendant, arrête d'écœurer le peuple avec tes hosties de théories du complot dans le journal du samedi, OK?

Si maître Mario Brien, Maestro pour les intimes, avait été programmé pour vivre mille ans, il se serait sans doute encore trouvé quelqu'un en 2942 pour lui parler du procès de René Lafleur comme de sa plus belle heure. Mais il était destiné à s'éteindre paisiblement, si ce mot peut s'appliquer au phénomène, dans son sommeil à l'âge de soixante-six ans, retrouvé sans vie dans sa maisonnette du bord de mer de Gaspé, sur le divan du salon, où sa dernière blonde, une ex-danseuse de charme à dix piastres et championne de rodéo, l'avait envoyé méditer l'espace d'une nuit. Il avait exilé sa pratique dans ce chef-lieu de province des années auparavant et était parvenu à s'y faire à demi oublier, mais l'inexistence dans l'œil du public n'avait jamais été sa tasse de potion magique et il avait refait surface de loin en loin, en figure de rebelle vieillissant qui renfourche un beau matin sa rossinante de 750 cc avec toujours une confortable longueur d'avance sur les canons de mieux en mieux bichonnés de la rectitude politique. Les dernières années, faute de terroristes à défendre, il s'était fait le champion des bandes de motards blanchies sous le harnais des banquiers suisses.

Mourir sur le divan semblait approprié. Il avait couché avec 1 743 femmes, s'était envoyé 4 kilos de cocaïne dans le nez, 430 000 onces de bière le long de la pente du gorgoton, plus 72 hectolitres de gros gin, de cognac et de brandy et, depuis quelques années, un bon demi-mètre cube de pilules au fond de l'estomac. Embolie cérébrale.

Les contre-interrogatoires et les passes d'armes entre les plaideurs rivaux prirent parfois l'aspect d'un combat de ruelle. Au final, maître Brien déculotta proprement maître Grosleau et lui administra une vigoureuse fessée publique. Ce ne fut pas toujours joli. Lorsque Branlequeue verrait, aux nouvelles du sport, l'année suivante, le grand Mohamed Ali s'adosser aux câbles pour encaisser les coups de boutoir de son adversaire et l'accrocher systématiquement au corps avant de soudain lui secouer la margoulette d'une droite sortie de nulle part dans une arène de Kinshasa, Chevalier aurait une pensée pour le défenseur de René Lafleur. Comme Ali, maître Brien maîtrisait l'art du *trash talk*.

Au sujet des empreintes de René sur la boîte de poulet, le Maestro, en contre-interrogatoire, vola littéralement dans les plumes des experts. Il avait remarqué une légère différence entre l'aspect de la boîte de poulet déposée en preuve et celle des clichés judiciaires.

Où est passé le rabat? demanda-t-il au spécialiste venu à la barre.

Je sais pas. J'ai dû l'arracher. Il devait être sale…

Belle mentalité. Sauf que, sur l'autre photo que voici, il n'est pas sale pantoute, et l'ombre a disparu…

C'est parce que le rabat a été recouvert de poudre.

De poudre? murmura le défenseur dont la narine frémit malgré lui.

Ouais, la poudre utilisée pour le relevé des empreintes. Le carton souillé en a été saupoudré.

Lâchez-moi avec votre poudre de mes fesses, OK? Sur la photo, on voit les deux rabats de la boîte de Baby. Mais il en manque un dans l'exhibit, pourquoi?

Je vous trouve bien technique, dit maître Grosleau en coulant un regard torve vers le joujou notoirement actif de son rival par-dessus la stalle d'émail marquée American Standard d'une rangée d'urinoirs pendant la pause.

Là-dessus, je suis de la vieille école, convint Mario en remballant son engin. Une photo n'est pas la réalité. Paraître et ne pas être, *that is the question*, de nos jours, mon cher.

Mais on parle d'une seule et même bon Dieu de boîte de poulet et vous le savez très bien, se lamenta maître Grosleau.

Très bien. Alors prouvez-le, lança négligemment maître

Brien, et il lui présenta son postérieur, le temps de rajuster ses accroche-cœurs dans le miroir des lavabos.

Toute la stratégie de la défense, épilogua maître Raymond Grosleau en se tournant face au jury, a consisté à tenter de jeter un doute sur le fait que l'accusé se trouvait bien sur les lieux du crime, au 140, rue Collins, à Saint-Hubert, entre le 10 et le 17 octobre 1970. Mon honorable confrère de la défense a mis toute sa science à essayer de vous faire accroire qu'il existait une très sérieuse possibilité que quelqu'un d'autre que l'accusé (et que ses deux complices déjà condamnés pour le meurtre), comme par exemple un membre d'une autre cellule, appelé en renfort au dernier moment, peut-être, quand l'affaire a commencé à mal tourner, ait commis le geste fatidique à leur place. Mon éminent collègue a poussé ce genre d'insinuations tellement loin qu'il est allé jusqu'à demander à cette Cour d'envoyer une commission rogatoire à Cuba, pour, je le cite, *faire toute la lumière sur l'interpénétration* [sic] *des cellules Rébellion et Chevalier pendant la crise d'Octobre.*

Mais si c'est quelqu'un d'autre qui, passez-moi l'expression, a fait le coup… et si cette personne vit aujourd'hui à l'étranger, sous l'empire d'un système totalitaire, et qu'elle se trouve donc à l'abri de nos lois, hors de portée de la justice canadienne et sans aucun espoir de remettre un jour les pieds dans ce pays, alors pourquoi ne pas le dire ici ? Pourquoi refuser de dénoncer celui à qui une telle accusation ne peut plus faire de mal, puisqu'elle ne l'empêchera pas de continuer à se prélasser sur les plages cubaines de son paradis des travailleurs socialiste et sous la protection complaisante d'un parasol nucléaire soviétique, alors qu'une telle dénonciation pourrait contribuer de manière décisive, ici même, aujourd'hui, à laver l'homme qui est devant vous de toute accusation et lui éviter la prison jusqu'à perpétuité ?

Parce qu'on n'est pas des délateurs ! gronda René Lafleur dans sa barbe de trente jours.

Le juge le rappela à l'ordre, puis le procureur répéta que les empreintes digitales de René Lafleur avaient été relevées sur un pot de moutarde, une canne de petits pois Le Sieur numéro 3, une boîte de tabac et un sac de bonbons vraisemblablement acheté en prévision de l'Halloween. Il est vrai que ces objets s'étaient peut-être trouvés dans la maison avant le 10 octobre, et c'est pourquoi il insista, à la fin, sur le fait que les empreintes du jeune homme avaient aussi été prélevées sur une des boîtes de Baby Barbecue livrées à la susdite adresse au cours de la semaine fatidique.

La plaidoirie de maître Brien dura deux longs jours et si le duel qui l'opposait à maître Grosleau peut évoquer le Ali-Foreman de 1974 au Zaïre, alors il faut que ce morceau d'anthologie, impossible à reproduire ici, en soit le mythique cinquième round, celui au cours duquel l'aspirant, après avoir encaissé les pires coups de son adversaire, sortit soudain des câbles pour lui balancer une série de directs des deux mains qui achevèrent de conférer au faciès de Foreman l'aspect d'une demi-pastèque bouillie ballottée comme un bouchon à la surface d'une mer démontée.

Brien commença par écarter la boîte de poulet du revers de la main. Le ministère public, affirma-t-il, avait échoué à prouver que celle qui avait été produite devant la Cour provenait bien de la rue Collins. Les enquêteurs auraient pu, insinua-t-il, se la procurer auprès d'un livreur de poulet complaisant envers la Couronne…

Quant au jeune homme que la voisine avait vu au volant de la Chevy blanche, il portait les cheveux mi-longs. Or, un témoin était venu certifier devant la Cour que le cadet des Lafleur était *clean cut* en octobre 70. Et qui donc arborait une coupe *mod*, cet automne-là? Qui avait les cheveux qui lui cachaient complètement les oreilles sur les photos de la Chrysler roulant derrière une haie mouvante de motos de police le jour de la libération de Travers? François Langlais. Et qui avait signé les enregistrements de la Chevy blanche sous un nom d'emprunt? François Langlais. Chez quel felquiste retrouvait-on les deux éléments suivants : un lien avec la Chevy blanche, une coupe *mod*? François Langlais. Et qui, d'après ce qu'on savait, assurait la liaison entre les cellules Chevalier et Rébellion? François Langlais. Toujours lui! Vers la fin de sa plaidoirie, le Maestro insista longuement sur le droit au silence de l'inculpé. En droit canadien, rappela-t-il, aucun tribunal n'a le pouvoir de forcer un accusé à pratiquer la délation, sauf dans les cas de haute trahison. Mais René Lafleur n'est pas un traître. C'est un patriote. Mesdames et messieurs du jury, il y a deux jours, mon éminent confrère de la partie adverse a terminé sa plaidoirie en vous disant ceci : l'accusé n'a pas prouvé qu'il n'avait pas tué. Le moins qu'on puisse dire, c'est qu'il s'agit là d'une drôle de conception du fardeau de la preuve! Mais je vous laisse maintenant en juger par vous-mêmes…

René serrait sa mère dans ses bras. Tout le monde se pressait autour de lui. Chevalier vit une jeune hippie essayer de flirter avec le juge, qu'elle affirmait à qui voulait l'entendre trouver mignon sous sa perruque. À un moment donné, le regard de Branlequeue croisa celui de maître Brien, dans lequel se lisait encore la sombre intensité du combat. L'avocat du FLQ lui décocha un clin d'œil plein de défi et de satisfaction, l'air de dire :

Tu me dois une bière, mon minou.

# Chevreuil

Un gladiateur armé d'un filet et d'un trident, un rétiaire, fixait la pénombre silencieuse de son œil mort et fulgurant. Plus loin, des crânes faiblement éclairés par des reflets captifs ricanaient dans l'immobilité des choses. Encore plus loin, passé l'entrée des catacombes, on apercevait la croix des débuts plantée dans le vieux roc hérissé d'iris versicolores du cap de Gaspé et, à son pied, le Malouin en train d'enfirouaper le grand chef Donnacona. D'autres salles obscures abritaient la pompe coloniale de la petite cour de Frontenac, une théorie de sauvages de Cataracoui, le sieur de Maisonneuve et la bonne Jeanne Mance et tant d'autres qui avaient pris possession de cette terre et repoussé les méchants Iroquois et les maudits Anglais, perdu Québec, puis Montréal, et résisté aux avances de Benjamin Franklin et aux incursions des généraux bostonnais.

En face du musée de cire se dressaient trois immeubles d'appartements d'un style vieillot. La rue qui passait là était appelée indifféremment chemin de la Reine-Marie, Queen-Mary Road ou encore chemin Queen-Mary par les Montréalais. Dans le salon de l'appartement numéro 6 de l'immeuble situé au 3730, François Langlais, Richard Godefroid, Jean-Paul Lafleur, René Lafleur et Benoit Desrosiers se taisaient. L'aube était là, celle du 4 novembre 1970. Ils avaient parlé toute la nuit, à voix basse le plus souvent, parce que les oreillers ont des oreilles. Entre eux, les séparant et les réunissant dans le sang versé, il y avait désormais le ministre du Travail, Paul Lavoie, aussi raide et pâle devant l'Histoire qu'une des statues du misérable panthéon de bouts de chandelles qui avait pignon sur rue en face. Les autres occupants de l'appartement dormaient ou faisaient semblant.

Gode regardait Pierre Chevrier, le François de son enfance, le Petit Génie de la septième année, maintenant blafard et cerné lui aussi, comme eux tous. L'espace d'un instant, il le revit dans sa robe de servant de messe, d'enfant de chœur. Le curé Gamache avec son mohawk. Pas mal de mégawatts avaient coulé sous les ponts.

Amen, fit Jean-Paul. Lavoie a joué son va-tout et il a perdu. Son bluff s'est retourné contre lui. Et moi, je vais pas pleurer sur son sort. Ce qui m'intéresse, c'est ce qui se passe maintenant. On va avoir besoin de ton aide, mon Pierre. On se pile sur les pieds, ici...

Là-bas aussi, à Montréal-Nord, on se pile sur les pieds, répondit le Chevreuil.

Peut-être, mais là-bas, vous avez encore une monnaie d'échange.

Lancelot veut plus rien savoir de vous autres. Il dit que vous avez tout fait capoter.

Et qui a parti le bal, hein, mon Pierre ?

Pierre baissa les yeux, un gars de la Rive-Sud, comme eux. Il resta silencieux.

Toi, t'es pas recherché, personne te soupçonne. Tu peux te promener, t'es libre d'aller où tu veux. Demande à Lancelot s'il peut nous prendre.

Il voudra pas.

Alors arrange-toi pour nous trouver une autre planque. Et ça va nous prendre de l'argent, aussi. On est à sec. On peut pas rester ici.

Je vais voir ce que je peux faire...

En passant devant Gode, Pierre secoua la tête et dit sans le regarder :

Il vous a eus comme des enfants d'école…

Tu parles de Lavoie?

Parle pas trop fort, dit Jean-Paul. On reviendra pas là-dessus. C'est arrivé. Et maintenant, on peut plus rien y changer. L'important, c'est d'accorder nos flûtes et de dire la même chose… Écoutez-moi bien, vous autres : c'est le gouvernement qui l'a tué.

Ils le regardèrent.

Mais oui. C'est après avoir entendu Vézina planter les derniers clous dans son cercueil, le vendredi après-midi à la télévision, qu'il s'est tiré par la fenêtre et qu'il s'est écharogné comme ça. C'était un geste de désespoir. Tout ce qui est arrivé après, ça part de là. C'est ça, notre version. C'est le gouvernement qui l'a condamné à mort. Quelqu'un ici a un problème avec ça?

Son regard fit le tour. Aucune objection. Bonne affaire de réglée.

L'aube s'infiltrait entre les rideaux. La télé, tout ce temps, était restée allumée. La tête du grand chef de la fin des émissions cherchait des Indiens dans la neige.


Dans le wagon de métro, debout, la main gauche refermée sur le poteau métallique, Pierre, mine de rien, scrutait attentivement les visages, les attitudes autour de lui. La femme blondasse à la figure jaune et ridée, le frisé brun avec le sac Adidas. Serveuse de restaurant? Gardien de sécurité? Elle va commencer son quart? Il rentre se coucher? Que font les gens dans la vie? Qui a son métier écrit dans le front?

Il avait lu un jour une histoire à propos d'un renard qui, pour échapper aux chiens, fonçait au milieu d'un troupeau de moutons, sautait sur le dos de l'un d'eux, se cramponnait à la laine et parvenait ainsi à semer ses poursuivants. À sept heures du matin, un jour de semaine, à la station Berri-de-Montigny, les moutons de saint Jean-Baptiste ne manquaient pas, mais la similitude s'arrêtait là. Car le problème de Pierre, tandis qu'il regagnait le nord de la ville, c'était que certains chiens se comportaient parfois comme des renards, anglais ou pas, et se fondaient eux aussi dans le troupeau.

L'ouvrier en chemise à carreaux rouge, pantalon de toile verte et bottes de travail, qui lisait son *Montréal-Matin* (trop classique, le coup du journal). Le comptable à moustache et lunettes à double foyer, la trentaine avancée, le cheveu grisonnant peigné en arrière, l'attaché-case posé sur les genoux. (Peut-être.)

Sa tête, très lentement, pivota d'un quart de tour et il s'intéressa à un jeune homme en coupe-vent mauve et pantalon de serge noire, le cheveu brun coupé court, le teint un peu rouge, les mains enfoncées dans les poches de sa veste. Impossible de présenter un aspect plus ordinaire. Mais pas de sac ni de porte-documents, rien dans les mains et Dieu sait quoi dans les poches. Allant où comme ça, et pour faire quoi ? Leurs regards se croisèrent brièvement et Pierre eut l'impression que l'autre, en réaction à cette invasion visuelle, le confrontait franchement sans sourire ni baisser les yeux. Il détourna les siens, épia furtivement une jeune femme un peu serrée dans une veste en daim à franges ouverte sur une chemise indienne, des pattes d'éléphant en velours vermeil, des bottes rose bonbon à talons, une hippie, peut-être. (Oui, peut-être.)

Ils pouvaient porter la barbe, des bracelets, sentir mauvais, avoir des gros seins, une boîte à lunch. Ils pouvaient être vieux et décatis, avoir des pellicules, les cheveux longs, une queue de cheval, la moitié du visage dévorée par l'huile bouillante ou l'acide et aussi rouge qu'un steak cru. C'est à ça qu'on reconnaissait les professionnels : on ne les reconnaissait pas.

Et lui, l'ancien dévoreur de Sherlock Holmes et d'Arsène Lupin, évoluait aujourd'hui dans son propre roman. Le génial limier et le champion du changement d'identité. Celui qui se cache, celui qui cherche. Rarement les deux en même temps. Mais ce matin, dans ce wagon de métro bondé de travailleurs et d'étudiants, il avait sa nuit blanche dans le corps et l'impression d'avoir quarante ans, et les rôles cette fois étaient inversés. Il était celui qui cherche. Eux restaient cachés.

Allez, se disait-il. Essaie d'en repérer au moins un, avant Henri-Bourassa…

Les autres, Jean-Paul, Gode, Lancelot, commettaient tous la même erreur, ils cherchaient des flics qui ressemblaient à des flics. À des agents en civil, des inspecteurs en imper. Pas lui. Parce que le Chevreuil *savait*.

Dans l'escalier roulant de la station Henri-Bourassa, il remarqua que le jeune gars en coupe-vent lui avait emboîté le pas. Rien de plus normal, tout le monde descendait, terminus. En lançant un coup d'œil par-dessus son épaule, il croisa de nouveau son regard levé vers lui. Les mains toujours fourrées dans les poches de son coupe-vent, une demi-douzaine de marches plus bas, l'homme prit bien son temps pour détourner les yeux.

Pierre alla se mettre en ligne pour l'autobus, vérifia, du coin de l'œil, que l'homme au coupe-vent l'imitait. Planté là, les mains dans les poches, à trois personnes de distance, ne faisant aucun effort pour éviter de regarder dans sa direction. Depuis un moment, le cœur de Pierre battait plus fort. Il laissa s'avancer le bus, puis quitta brusquement la file d'attente et marcha à travers l'aire bétonnée vers la queue qui au même moment s'engouffrait dans l'autobus desservant la direction opposée. Cette fois, l'homme au coupe-vent mauve attendit cinq bonnes secondes, puis suivit le même chemin et vint tranquillement se placer derrière lui.

Le Chevreuil, qui maintenant savait. Son cerveau fonctionnait à toute vitesse.

Il tourna brusquement la tête et chercha les yeux de l'homme. Qui, sans chercher le moins du monde à se dérober, lui rendit son regard, en accompagnant cette réciproque d'un imperceptible hochement de tête. Puis, l'ombre d'un sourire passa sur son visage.

Pierre avait enfin compris : une filature ouverte.

Il sait que je sais. Ils veulent que je sache, pensa-t-il. Simple comme bonjour.

Il tourna vivement les talons, résista à l'envie de se mettre à courir et s'éloigna à grands pas, sauta dans le premier taxi, sans se retourner. Claqua la portière.

1345, rue de la Compagnie-de-Jésus…, lança-t-il au chauffeur.

# Double fond

Le samedi 17, j'avais promis à Marie-France qu'on irait danser au Café Campus, ou dans le Vieux. Au lieu de quoi, René et moi, on s'est pointés sur l'heure du souper avec nos têtes de gars qui n'avaient pas dormi depuis deux jours. Jean-Paul campait sur place depuis la veille. René avait du sang sur son pantalon et il a demandé au jeune frère et colocataire de Marie-France de lui en prêter un. Pour quoi faire? a demandé le beau-frère (ex-beau-frère, en fait). Parce que le mien est sale. L'autre a baissé les yeux, a vu les taches foncées et demandé à René, en blague, s'il avait égorgé un cochon, et René lui a dit non, qu'il revenait de la chasse et est-ce que Bellechasse pouvait lui prêter un pantalon? Parce qu'il avait salopé le sien.

Et c'était bien la peine, parce que, quand Nicole et René ont disparu juste après dans la chambre à coucher, je connais un pantalon qui, propre ou pas, a atterri en tas dans un coin et y est resté une secousse. Ça faisait au moins trois semaines que ces deux-là ne s'étaient pas revus et ça s'entendait, mes amis. Moi, de ce point de vue là, j'étais encore en pénitence. Jean-Paul était dans la cuisine, en train de rédiger un communiqué. Je suis allé m'allonger sur le divan du salon devant *La Soirée du hockey* et j'étais crevé comme un vieux rat mort. J'avais les yeux qui se fermaient tout seuls pendant que les cris d'amour de Nicole se mêlaient à la voix de René Lecavalier.

J'ai rouvert les yeux en sursaut et c'était là: la Chevrolet, le hangar numéro 12, la clôture, les chars de police, les flashs des kodaks. Comme un cauchemar qui recommence juste comme on se réveille.

Ils l'ont trouvé, a dit Marie-France. On n'entendait plus Nicole et René dans la chambre du fond. Juste la voix du reporter à la télé, en noir et blanc, dans le salon. Marie-France m'a regardé bizarrement et elle a ajouté que le meurtre avait été revendiqué par une nouvelle cellule du FLQ.

J'ai eu l'air surpris. Je l'étais. J'ai regardé Jean-Paul.

C'est la cellule Dieppe Royal 22$^e$ qui a fait le coup, qu'il a dit, sans quitter l'écran des yeux.

Dans les journaux du dimanche, il y avait la photo de Jean-Paul, recherché en rapport avec l'enlèvement et le meurtre de Paul Lavoie. Le soir, la télévision a montré le même avis de recherche qui lui faisait une gueule de tueur et de danger public.

Ce n'est pas une très bonne photo, a commenté le principal intéressé. Il tenait le journal à la hauteur de ses yeux comme si c'était un miroir de poche. Je suis plus beau que ça d'habitude, non ?

Le mardi d'avant, il s'était pratiquement défiguré en essayant d'échapper aux policiers qui l'avaient pris en filature, donc sa blague est passée un peu dans le beurre noir. Il avait raconté aux filles que les cochons l'avaient emmené au poste pour lui poser quelques questions et l'avaient passé à tabac. Toute la journée, j'ai senti le regard accusateur de Marie-France glisser sur moi comme de l'acide sulfurique sur le dos d'un canard.

Le lundi, Marie-France est retournée à ses cours à l'UdeM. Depuis la proclamation des mesures de guerre, fini les « journées d'étude », les AG spéciales. Les profs avaient recommencé à enseigner, les étudiants bayaient aux corneilles, aux hélicos de l'armée.

Elle est revenue au début de l'après-midi, a sonné le nombre de coups convenu, six, et on lui a déverrouillé la porte d'entrée. Elle venait de croiser son frère dans l'escalier.

Il m'a dit qu'il s'en allait acheter du bois… C'est quoi, cette histoire-là ?

René était en train de poser du tapis dans le couloir. Il a levé les yeux.

On se lance dans les rénovations.

Hé ! Ça sort d'où, ce vieux tapis-là ?

Il était dans la shed chez les parents de Nicole. Comme ça, on va moins déranger les voisins.

La couleur est dégueu.

Ti-cul Bellechasse. Le frère. Une espèce de jeune pouilleux maigre comme un pic, avec les cheveux qui lui descendaient devant les yeux et qui en voulait, lui, de l'action. N'importe quoi de nouveau, en fait. Il arrivait de Saint-Profond dans les Bois-Francs et était passé par la Cabane du Pêcheur et le festival de Manseau, et il avait toutes les bonnes drogues dans son CV. À peine capable de mettre un pied devant l'autre tout seul, mais prêt à tout essayer, alors pourquoi pas la révolution. Il allait déposer les communiqués que Jean-Paul continuait d'écrire, dans les cabines téléphoniques et les poubelles du centre-ville, en courant.

Le grand placard de l'entrée avait tout de suite intéressé René. Sa profondeur surtout l'inspirait. Il a pris ses mesures et nous est arrivé avec son projet. Ce soir-là, mon ex-beauf a rentré six grands panneaux dans l'appartement et des planches sciées de la bonne longueur selon les indications fournies par René.

Le Renévateur s'est mis au travail le lendemain. Il a construit un faux mur en panneaux au fond du placard, a plâtré les joints, puis recouvert le tout de papier peint. Le panneau du bas à gauche était amovible et servait de porte d'entrée. Avec les crochets vissés aux quatre coins, on pouvait le barrer de l'intérieur. Vu du couloir, et même de l'intérieur du placard, le double fond était impossible à détecter. De l'autre côté, René avait installé deux grandes tablettes superposées pour faire office de bancs et au besoin de couchettes.

La couleur du papier peint était dégueulasse, d'après Marie-France.

Qu'est-ce que t'as fait avec la confession de Lavoie? j'ai demandé à René.

Nicole est allée ouvrir un coffre de sûreté à la banque et c'est là qu'elle l'a mise : en sécurité.

On va pas l'envoyer aux journaux?

Pas tout de suite. De toute manière, ils publieront jamais ça. Vont dire que c'est un faux...

Mais il faut que ça sorte. Il doit bien y avoir un moyen.

En ce moment, ça servirait à rien. Jean-Paul dit qu'il faut attendre. Laisser retomber un peu la poussière.

À lire les journaux, la seule chose qu'on n'avait pas faite à Lavoie, c'était de lui couper la queue et de la lui faire avaler et encore. Jean-Paul m'a dit :

Tu devrais écrire un communiqué pour expliquer ce qui s'est passé...

Pourquoi moi?

Parce que t'étais là, avec René. Et celui des deux qui fait le moins de fautes, c'est toi, alors...

Donc j'ai écrit le communiqué numéro 7 pour expliquer que nous n'avions jamais torturé Lavoie et qu'il s'était infligé ses blessures lui-même en tentant de s'évader.

Le lendemain, nous avons regardé ses funérailles d'État à la télévision. Avec le superdispositif de sécurité, les cordons de soldats sur le parcours du corbillard, les hélicos qui tournaient autour du clocher de la cathédrale et les tireurs d'élite postés sur les toits. Le Petit Albert est sorti de sa limousine, l'air d'un premier de classe en pénitence.

Le lendemain, des amis de Nicole sont passés à l'appartement et on en a profité pour tester notre cachette. Pas le grand confort, mais on pouvait rester assis là-dedans, s'allonger un peu, boire de l'eau, pisser dans un pot, fumer des cigarettes. René avait même prévu une cheminée d'aération qui donnait un peu de lumière.

Pas de justice. Nicole et René continuaient de s'envoyer en l'air en moyenne quatre fois par jour et on n'entendait que ça. Moi, après le hockey du samedi, j'avais continué de dormir sur le divan du salon. Le frère de Marie-France dormait la plupart du temps chez sa blonde et Jean-Paul prenait sa chambre. Quand je pense que les journalistes allaient bientôt faire leurs choux gras des nombreuses scènes d'alcôve [*sic*] dont l'appartement aurait été le théâtre cet automne-là! Moi, c'est pas compliqué, j'avais fait un nœud dedans.

Cette nuit-là, j'ai croisé Marie-France dans la cuisine, autour de cinq heures du matin. Elle non plus n'arrivait pas à dormir. Elle se faisait chauffer du lait. Je me suis tiré une chaise. Elle était nue sous une veste à carreaux décrochée de la patère en passant. Des mèches folles lui descendaient sur le front et devant les yeux et lui caressaient les pommettes. Sous la table, j'étais bandé comme une baleine à bosse.

Je savais ce qu'elle allait me demander.

Gode… Vas-tu finir par me dire ce que vous avez à voir là-dedans?

Moins tu vas en savoir, mieux c'est.

Ses yeux sont allés de moi vers la chambre où Jean-Paul ronflait comme un chasseur à réaction.

Il me fait peur…

Jean-Paul? Voyons donc.

Je te dis que j'ai peur de lui. Demain, tu vas lui dire de partir, OK?

Je peux pas faire ça. Il est recherché par la police. S'il part, moi aussi.

Si vous embarquez mon frère dans vos histoires, je vais…

Tu vas quoi, Marie-France?

On s'est regardés tous les deux. On en était rendus là.

S'il tient sa langue, j'ai dit, il aura pas de problème. Et c'est pareil pour toi.

Là-bas, dans la chambre des filles, les deux tourtereaux ont remis ça comme si le lendemain n'existait pas et ils avaient sans doute raison. Marie-France est venue s'allonger avec moi sur le divan et m'a laissé la prendre dans mes bras, mais c'est tout. Rien d'autre à faire que d'écouter les deux bêtes d'amour gémir et soupirailler et les ressorts du matelas en arracher dans la pièce voisine.

Deux heures plus tard, Marie-France m'a réveillé en me balançant le journal du matin sous les yeux. Mon portrait et celui de René avaient rejoint la face de Jean-Paul sur l'avis de recherche à la une. Le montant de la récompense pour toute information pouvant mener à notre capture était fixé à 75 000 dollars. Les ravisseurs de Travers valaient un autre 75 000 dollars.

Où tu vas? j'ai demandé, mais je connaissais déjà la réponse.

J'ai loué une chambre, en ville… Ici, c'est plus vivable.

J'étais bien certain qu'elle n'allait pas nous dénoncer. N'empêche que quand elle a passé la porte, je savais que j'étais foutu.

# La partie d'échecs

Le matin où Pierre apprit l'arrestation de Ben, Travers lui tournait le dos, assis sur une chaise de bonne sœur, droite, en bois, devant une table à cartes sur laquelle s'étalaient le numéro de la veille du *Montreal Sun* et un jeu d'échecs. L'otage était vêtu d'une chemise blanche au col largement déboutonné et d'un gilet de laine charcoal. Sa cagoule était relevée de manière à lui permettre de lire. Le tissu sombre encadrait son visage et lui couvrait le cou et les épaules un peu comme l'eût fait un tchador. La télé dans le coin opposé de la chambre était allumée, mais silencieuse, juste une palpitation lumineuse et contrastée. L'unique fenêtre était bouchée à l'aide de panneaux cloués. Au centre de la pièce, un oreiller sans taie et une couverture de laine grise traînaient sur un matelas posé à même le sol. Un drap blanc punaisé sur un mur et des boulons vissés dans le plancher complétaient le décor. Le diplomate lisait un roman d'Agatha Christie en français : *Le Crime de l'Orient-Express,* dans une édition de poche. Assis derrière lui, par terre, le dos appuyé au mur près du téléviseur, Pierre tenait sa M1 par le canon. La crosse tronçonnée reposait sur le plancher. Il avait le visage découvert.

Qu'est-ce qui était si drôle, ce matin ? demanda l'otage dans son français cassé, en s'adressant à lui sans se retourner, comme le voulait la consigne.

L'accent british ajoutait à son français très passable une pointe de distinction. Il aimait discuter.

Les nouvelles, répondit Pierre. Les policiers ont trouvé l'appartement où se cachaient nos amis, sur la montagne. Mais ils ont seulement réussi à en pincer un. Les trois autres étaient dans une garde-robe avec un double fond secret et ils sont restés planqués là jusqu'au lendemain soir. Quand les flics qui gardaient l'appartement sont allés se chercher à souper, les gars sont tranquillement sortis de leur cachette, sont passés par la porte de derrière et ils ont arrêté un taxi! Arsène Lupin n'aurait pas fait mieux, conclut le Chevreuil en rigolant.

Il avait vécu en Angleterre et parlait lui-même un anglais plus que potable, mais on était à Montréal et il voulait marquer son territoire.

Les policiers n'ont pas été très brillants, fit observer Travers. Ils n'avaient… laissé personne pour surveiller les lieux?

Pierre prit le temps de réfléchir avant de répondre.

Non… pourquoi? Vous voulez insinuer quoi, là?

Rien. Je trouve qu'ils n'ont pas été *wise*, c'est tout.

On dirait que vous avez quelque chose derrière la tête, Travers.

L'otage sourit à part lui.

Moi, je crois que c'est vous qui avez quelque chose derrière la tête. Qu'est-ce qui est arrivé avec vos amis?

Quelqu'un s'est occupé d'eux. Ils sont dans une cabane à sucre, quelque part.

Une… *Sorry, I missed a word.* Une… *what?*

Une cabane à sucre. À sucre, comme dans *sucrew you,* lança Pierre, qui s'énervait sans raison.

Il s'amusa à viser la nuque encagoulée avec sa M1.

L'otage ne sourit pas, mais presque. Une lueur brille au fond de ses yeux profondément encavés. Il est assis sur une caisse de dynamite, c'est ce qui est écrit. Le torse bien silhouetté sur la blancheur du drap épinglé en toile de fond. La caisse sous lui est vide.

Je me sens comme si c'est le showbiz, dit Travers de son ton le plus pince-sans-rire.

C'en est, assure Lancelot, et il appuie sur le déclencheur de l'appareil photo.

Élise braque machinalement le fusil d'assaut vers le corps vieillissant visible à travers le ruissellement du rideau de douche. La porte de la salle de bain, derrière elle, est ouverte.

Ailleurs dans l'appartement, Corbeau regarde la télé, Lancelot tape un communiqué à la machine, Pierre, enfoncé dans la peluche défraîchie d'un vieux fauteuil râpeux, essaie de se concentrer sur le numéro de *L'Express* qui contient la fameuse entrevue où Jean-Paul Sartre parle du FLQ.

Parfois, Nick Mansell passe et repart avec le plus récent communiqué. Il se concentre sur la diffusion, s'arrange le plus souvent pour éviter l'appartement surpeuplé.

Soudain, le bruit d'eau cesse, et Élise ne se détourne pas assez vite du rideau brusquement écarté par l'otage, révélant sa nudité dégoulinante. Elle enregistre les poils grisonnants, les gouttes luisantes prisonnières du buisson pubien. Travers ne fait aucun effort pour lui dissimuler sa graine.

Elle lui lance sans regarder une serviette de ratine, les yeux fixés sur sa propre image rougissante qui s'estompe dans le miroir du lavabo envahi de buée. Elle a vingt-cinq ans. Elle aime dire qu'elle a déjà des rides. Elle veut avoir des enfants, plus tard, dirige, en attendant, presque à bout portant, le canon d'un fusil d'assaut M1 vers cet homme nu, mûr et désarmé.

Travers, la serviette plaquée sur le torse, continue d'exhiber sa virilité. Une bonne verge, semi-rigide. Maintenant, il remue lascivement les hanches.

Pourriez-vous couvrir vos parties? demande-t-elle sèchement.

*My what? Games?*

*Come on,* Travers! Essuie tes vieilles chairs flasques et rhabille-toi, qu'on en finisse!

L'otage se frotte l'entrejambe et le haut des cuisses avec application.

Comment on dit… en québécois? Tremper le pinceau. Ça fait six semaines que je n'ai pas trempé le pinceau. *Well, you know,* même à mon âge… Il se trémousse et lance d'une voix de jeunot en rut: *Come on, I'm so horny! I'm hot, baby…*

Bouge pas! crie Élise en agitant sa mitraillette comme pour essayer de dissiper la vapeur.

Travers ne se laisse pas démonter. Il est aussi cool et détendu qu'un animateur de talk-show.

Vous avez… quoi, un problème? Avec moi? Ou c'est le mari qui a un problème, non? Où est-il encore… comment on dit? Fourré.

Parti acheter les journaux.

Ça, c'est ce qu'il vous dit…

Habille-toi, vieux pervers! Espèce de vicieux!

Vous voulez être comme un homme, faire les mêmes choses qu'un homme pour votre révolution, mais si vous étiez un homme, Élise, vous n'auriez pas peur de me regarder, alors pourquoi…

Occupez-vous de vos affaires et je vais m'occuper des miennes, OK?

C'est quoi, ça, mademoiselle? La vaisselle?

Quand Lancelot se pointe enfin le nez dans la salle de bain, il voit sa sœur enfoncer d'un air menaçant le canon de son arme automatique dans le bas-ventre molasson du diplomate plié en deux et qui tente maladroitement de se protéger à l'aide de sa serviette.

Arrête! Tu vois pas qu'il s'amuse à te jouer dans la tête?

Pierre marche sur la Sainte-Catherine. Il s'arrête dans un dépanneur, achète des cigarettes. Les journaux. Il sort, regarde à gauche et à droite. Entre dans une taverne. Il commande une draft, une deuxième. Par-dessus son verre, il observe les clients à la dérobée. Scrute les piliers de taverne, à la recherche du détail oublié.

Les souliers un peu trop bien cirés, là-bas.

Il sait qu'ils sont là, tout autour. À jouer avec lui. Le représentant de commerce qui dîne d'une langue de porc, d'une Dow et d'un œuf dans le vinaigre. L'homme dont les lèvres baveuses bougent sans faire de bruit. Celui qui t'aborde pour t'offrir ses billets de baseball. Il sort. Personne ne le suit. Il prend le métro. La ligne orange. Direction Henri-Bourassa. Dans le wagon, il relâche peu à peu sa surveillance, ferme les yeux. Somnole presque.

Même dans les moments où sa lucidité semble frôler le délire de persécution, il n'a pas assez d'imagination pour décider que les neuf personnes qui partagent le wagon avec lui ce jour-là sont des policiers en civil et des membres du *watch team* du Service de sécurité de la GRC. Ce qui, pourtant, est le cas.

Lancelot lui balance le *Montréal-Matin* pratiquement dans la figure.

**Un membre du FLQ se pend à Londres**

Si l'on en croit le *Standard Tribune* de Londres, un jeune Canadien français, Luc Goupil, décrit comme un sympathisant du Front de libération du Québec, s'est pendu en fin de semaine dans une cellule de la prison de Reading, en Angleterre.

Toujours d'après l'article de ce journal londonien, ce jeune homme de vingt-cinq ans se serait pendu aux barreaux de sa cellule à l'aide de sa chemise au moment même où la police de Scotland Yard s'apprêtait à l'interroger sur les récentes activités du FLQ, et en particulier sur celles de Jean Lancelot, soupçonné d'être un des principaux responsables de l'enlèvement du diplomate britannique John Travers. […]

Pierre lève les yeux du journal.
*Oh, shit.*

Lancelot s'est approché une chaise et, assis en face de lui, l'examine attentivement.

Ils l'ont tué, dit Pierre. Il secoue lentement la tête.

Pas si sûr. Écoute, c'est pas comme si on parlait d'un modèle de stabilité mentale.

Ils l'ont tué, répète Pierre.

Il se lève. Se dirige vers la porte, en état de choc.

Où tu vas?

Faire un tour. J'ai besoin de prendre l'air. L'impression d'étouffer…

Cette nuit-là, il rêve qu'il monte à l'échafaud. La potence a été dressée en plein Hyde Park. Une foule nombreuse et indistincte s'y presse. Le bourreau qui lui enfile la cagoule est Karl Marx. Pendant qu'il lui passe la corde autour du cou, la soubrette qui l'assiste empoigne le sexe du condamné et l'actionne comme une manette, et comme si sa queue commandait l'ouverture de la trappe le sol se dérobe sous ses pieds et il plonge en hurlant et haletant se réveille.

Il regarde le plafond.

Le bruit de la trappe de son rêve est passé dans la réalité et il vient d'en haut et non plus de sous ses pieds, comme si quelqu'un poussait doucement un meuble un peu lourd sur le plancher de l'appartement du dessus.

À quatre heures du matin.

Puis, des pas, des lattes qui craquent. Ensuite, plus rien.

Pierre se rappelle les locataires du logement du haut croisés dans l'escalier, ce petit couple tout ce qu'il y avait de bien.

Puis il songe à l'enfant catholique qu'il a été, à ce chérubique servant de messe dans le Québec à genoux du cardinal Léger. Il ne veut pas penser à Goupil, à sa gueule d'ange, de Mick Jagger androgyne. Où sont donc passés ses anges gardiens? Protégez-moi. Y a-t-il jamais cru? Les monstres sous son lit, les terreurs de l'obscurité.

L'appartement du dessus est de nouveau plongé dans le

silence. Et Pierre n'est plus un enfant d'école et il essaie de comprendre ce qui a changé, et il le sait.

Maintenant, les anges gardiens et les démons travaillent ensemble.

John Travers, apparemment bien reposé, l'attendait devant l'échiquier. En face de lui, une chaise vide. Chevreuil y prit place. Il portait sa cagoule. Travers lui laissa les blancs. Au bout d'un moment, il avança un pion.

Je peux vous demander ce qui vous rendait si… *upset*? Je ne sais pas le bon mot. Hier…

Un de nos amis est mort, répondit Pierre.

Oh. Un… accident?

J'ai pas envie d'en parler, et Chevrier darda son regard brillant sur l'otage à travers les fentes de la cagoule.

Travers, silencieux, considéra un moment son adversaire, puis il s'étira le bras vers le roman policier qui traînait sur la table. Il l'avait terminé la nuit précédente.

Vous avez lu ça?

*Le Crime de l'Orient-Express,* lut Pierre sur la couverture. Je l'ai déjà lu, mais je me souviens plus de la fin.

Il haussa les épaules et lança son cavalier en avant.

La victime, vous vous rappelez, est morte dans le train, tuée par douze coups de couteau…

Maintenant que vous le dites.

À la fin, dit Travers en étudiant tour à tour l'échiquier et les yeux de son adversaire à travers les fentes de la cagoule, on apprend que la victime du meurtre était un kidnappeur… un homme qui avait enlevé une fillette et demandé une rançon, des années avant. Mais quand la rançon est payée, il ne tient pas la promesse et il tue la fillette, vous voyez…

Pierre acquiesça sans un mot.

Donc, après, il change d'identité et il disparaît, mais les proches et les amis des parents, vous comprenez… les amis, ils retrouvent sa trace plus tard et ils organisent la vengeance. Ils sont tous dans le train, ils voyagent sous des fausses identités et ils lui ont tendu un piège.

Pierre regardait Travers. C'était à lui de jouer.

Ils sont douze. Et ils se passent le couteau, c'est chacun son tour de le planter. Douze coups de couteau dans la peau… *It's a good book,* résuma sobrement Travers, et d'un air résolu, il avança son fou et l'exposa sans protection au feu des pions adverses.

*You know what a gambit is, right?*

Il essaie de m'entraîner sur son terrain, se disait Pierre. Il avait la bouche sèche, sans savoir pourquoi.

En français, Travers… Parle-moi français, OK?

Tu sais le *gambit,* c'est quoi?

Pierre ne répondit rien. Il scrutait la position de Travers sur l'échiquier.

Un sacrifice, expliqua Travers. On sacrifie une pièce pour améliorer la position…

Je vois ça, dit Pierre, et sous l'œil attentif du délégué commercial de Sa Majesté, il bouffa le fou offert, puis se leva brusquement.

Faut que j'aille aux toilettes…

Travers lui tendit tranquillement le dernier numéro du *Sun* et lui sourit d'un air entendu.

Besoin de lecture?

Devant l'air interloqué de son gardien, l'Anglais ajouta :

Beaucoup de monde dans le logement. Je peux comprendre ça… On attend le bon moment, tranquille, pour le gros besoin.

J'ai déjà toute la lecture qu'il me faut, rétorqua Pierre froidement.

*Here,* dit John Travers en soutenant son regard. *Have a look at the* Sun…

Pierre prit le journal et tourna les talons. Il fila sa M1 à Corbeau pour qu'il surveille l'otage en son absence.

Le pantalon sur les chevilles, Pierre parcourut rapidement la une. En page 3, il tomba sur le titre suivant :

Il lut l'article en entier, rapidement, puis le relut. Et encore une fois. Il concentra ensuite son attention sur le dernier paragraphe.

« *While both groups each kidnapped a hostage, one group is definitely against the death penalty — for anyone — for themselves as well as for their hostage* », the source added.

Alors au fond de ses boyaux, quelque chose se dénoua.

# Festival

Le petit campe ressemblait à un champ de bataille quand il ouvrit les yeux. Zéro mort, zéro blessé. Mais deux corps, et dans un drôle d'état. Il gratta ses poils pubiens pris dans une fine croûte de sperme et de mucus vaginal séchés. Les bougies disposées çà et là dans la cabane avaient totalement fondu : solides, liquéfiées, et de nouveau solides. Comme son sexe. Dans la première grisaille de l'aube, Samuel vit une souris sylvestre explorer les reliefs de leur riz aux légumes. Du linge mis à sécher pendait aux soliveaux du toit. Il souleva un bras, laissa sa main lentement retomber et se poser dans le délicat creux de la courbe formée par la hanche de Marie-Québec à travers le matériel isolant du sac de couchage.

Au cœur de février, dans la nuit infrapolaire de la grande forêt d'épinettes, il n'avait fallu que deux ou trois bûches de merisier, la veille, pour faire bondir le mercure d'une quarantaine de degrés à l'intérieur et transformer cette cabane en sauna. Le poêle qui montait la garde sur la plaque de tôle galvanisée clouée dans le plancher ne connaissait que deux températures : trop chaud et trop froid. Ils avaient écarté leurs assiettes, renversé leurs verres de vin et s'étaient débarrassés de leurs vêtements comme si ceux-ci étaient soudain devenus brûlants, mais pas autant que les peaux qui se cherchaient et se trouvaient dessous. Aux grands animaux les grands remèdes.

Qu'est-ce que tu fais ? demanda Marie-Québec.

Samuel, en caleçon de laine et t-shirt défraîchi, sirotait son premier café, l'œil à la fenêtre. À travers le carreau sale, il pouvait distinguer les pistes de gros chat qu'il avait repérées la veille, dans la neige épaisse à l'orée de la forêt, au bord de ce petit lac qui portait le nom de Laurendeau sur les cartes topos du territoire et qu'ils avaient atteint en remontant, chaussés de leurs raquettes, le ruisseau de tête du Kaganoma jusqu'à ce minuscule camp de chasse. Autour d'eux s'étendait le pays du lynx. Et le camp, conformément aux vieilles lois de l'hospitalité forestière, appartenait pour le moment à qui pouvait le chauffer.

Sam enfourna une autre bûche dans le poêle et revint se blottir contre le corps nu et chaud sous les sacs de couchage empilés.

Ma situation avait bien changé en un an. Je vivais maintenant dans l'appartement de Marie-Québec, à Maldoror, un petit trois et demi situé à un jet de roche cuprifère de la fonderie dont on entendait cliqueter les gigantesques rouages enveloppés de fumée blanche et de poussière d'arsenic et mugir les rougeoyants fourneaux dans la nuit. C'était bon d'avoir renoncé au grand œuvre et encore meilleur de s'abandonner dans les bras de l'amour retrouvé. La compagnie d'assurances ne m'avait pas cherché d'emmerdes, la réclamation avait passé comme une lettre à la poste. Les experts, c'est le cas de le dire, n'y avaient vu que du feu !

J'avais quelques sous en poche, assez pour inviter ma blonde au restaurant de temps en temps et lui payer quelques *cœurs saignants* au Loup Blanc, sans compter les inévitables enfilades de shooters de Goldschlager caractéristiques des petites heures de la nuit maldororienne. Le jour, je lisais et je révisais des manuscrits, quand je ne faisais pas carrément le nègre pour Big Dumont. Les grosses enveloppes matelassées m'étaient régulièrement expédiées par messagerie spéciale. C'est dans l'une d'elles que, l'année précédente, *La Traversée, John Travers : récit de captivité* (écrit en collaboration avec Friedrich Rougeau) avait abouti au lac Kaganoma.

461

C'était l'hiver 2000. Depuis le départ de Marie-Québec, j'avais résisté au Bogue, à une séquence de blizzards totalisant trois mètres de neige, à deux semaines complètes avec le mercure coincé à – 35 °C, incluant quelques pics à – 40, et j'avais encore devant moi trois solides saisons de quête octobierriste avant de péter mon petit plomb pour de bon.

Mon enquête se trouvait alors au point mort. Avec les quatre P de Chevalier, je n'étais arrivé à rien, je tournais en rond, faisais patate. Poulet : Rénald Massicotte, l'homme au barbecue, avait disparu de la circulation. Procès : j'avais passé une semaine à en éplucher les minutes dans les archives du palais de justice et en avais rapporté une belle collection d'irrégularités, mais rien de plus. Pierre : tant le personnage que son rôle exact dans cette histoire continuaient de m'échapper. Perquisition : la piste de la maison voisine avait tourné court lorsque j'avais échoué à retracer, à l'aide du registre foncier, les propriétaires de l'époque. Et après trente ans, tous les habitants du voisinage semblaient s'être évaporés.

J'étais donc en train de suer sur le manuscrit de *La Traversée* lorsque je suis tombé sur cette information plutôt ahurissante : le bon vieux Travers, avec ses airs de parfait Angliche adepte du bridge et du bouturage de poinsettias, avait, au fil de son parcours dans la carrière diplomatique, été amené à travailler (à son corps défendant, précisait-il) avec les services secrets britanniques. Un agent réticent…

Je connaissais vaguement le coauteur, Friedrich Rougeau. Juste avant ma période abitibienne, j'avais descendu quelques bières en sa compagnie dans un bar de Montréal. J'ai vérifié qu'il n'était pas inscrit au bottin de l'UNEQ et passé un coup de fil à l'éditeur. L'avenante secrétaire particulière de Super Big Dumont m'a refilé ses coordonnées et je n'ai fait ni une ni deux et l'ai appelé sur son portable.

Comme ça, Travers a admis, pendant vos conversations, avoir travaillé pour le MI6 ?

C'est-à-dire que non, fit, quelques centaines de kilomètres

plus au sud, la voix de mon vague collègue. Et c'était pas le MI6, c'était le MI5…

Il pêchait à la ligne sous le pont Jacques-Cartier, mais la transmission était parfaite. Comme si je l'avais devant moi en train de hausser le ton après la deuxième pinte. Il me raconta qu'il pêchait avec une imitation de Dardevle aussi lourde qu'un poêlon à frire et du fil de vingt livres de résistance, au cas où il ferrerait un esturgeon. Une fois, il avait remonté un caddie de supermarché.

Tout en relançant et ramenant sa grosse rouge et blanc dans la flotte plombée du Saint-Laurent, Rougeau me résuma l'affaire, en y incluant certains détails que, sur le coup, il n'avait pas jugé opportun de publier. Il se trouvait au Public Record Office, à Londres, entre deux entrevues avec Travers, pour consulter une boîte d'archives nouvellement lâchée dans le domaine public lorsqu'un télégramme égaré au milieu de la paperasse avait attiré son attention. Daté de novembre 70, il émanait de l'ambassade de Grande-Bretagne à Ottawa et était adressé au Foreign Office : *Dans le cadre de l'enquête de police visant à retrouver Travers, demandons à vérifier information confirmant qu'il aurait déjà travaillé pour les services secrets sous le nom de Frost.*

La réponse, sous la forme d'un second télégramme, était attachée à la requête par un trombone : *Impossible de confirmer.*

Lors de leur rencontre suivante, Friedrich lui avait demandé de but en blanc la raison pour laquelle il lui avait caché cette histoire. Et Travers de lui expliquer que le MI5 avait fait appel à ses services une seule fois, pour une mission consistant à piéger un diplomate soviétique soupçonné de tenter de recruter des agents doubles. La manœuvre avait échoué et la carrière jamesbondienne de Travers, à l'en croire, avait aussitôt pris fin. J'ai ricané.

Et la première fois qu'un mari volage est pris sur le fait, il dit quoi ?

Il dit que c'est la première fois…

Oui, la seule. Même si en réalité c'est la soixante-dix-neuvième fois.

Travers n'est pas un espion, Sam.

Bien sûr que non. Tu lui as posé la question, après tout.

Il a servi d'appât. Juste à regarder la liste de ses affectations outre-mer : Nouvelle-Zélande, Malaisie, Inde, Canada… Quand même pas des points chauds de la guerre froide !

Pauvre cloche, ai-je pensé. La naïveté de ce type me consternait, à croire qu'il le faisait exprès.

Ouais, t'as raison, Rougeau : des postes bien pépères dans les comptoirs commerciaux de l'Empire. Bon vieux Commonwealth. Veux-tu que je te mette en rapport avec lui ?

Travers ?

J'ai réfléchi deux secondes.

Ouais.

Il y a eu un silence à l'autre bout. Puis j'ai perçu un bruit strident.

Sam ? Je viens de ferrer quelque chose de gros…

Hein ! Quoi ? ! Friedrich ?…

Je pourrai pas continuer de te… Oh boy ! Tu devrais voir ma… liée en deux… kinongé… Je vais t'envoyer son…

Friedrich ?

… tronique…

La communication a ensuite été coupée.

J'ai envoyé un courriel à Travers. Je m'y présentais comme le réviseur de son bouquin écrit en collaboration avec Friedrich Rougeau. J'avais besoin d'éclaircir un ou deux points avec lui. J'espérais le ferrer. J'y allais tout doucement pour éviter de l'effrayer. Je lui ai courriellé quelques questions anodines, puis j'ai attendu.

Le printemps est arrivé. Sur mon terrain, les lièvres sont devenus de comiques patchworks de brun et de blanc. Début mai, il ne restait que quelques plaques de neige sous les rangs drus des résineux. Je travaillais, lisais, réfléchissais, écrivais parfois, regardais souvent dehors. Me promenais dans les bois. Une ou deux fois par semaine, je sortais de mon antre et me mettais en quête d'un abreuvoir digne de ce nom. Comme je n'étais amateur ni de musique country, ni de karaoké, ni de traques de coke reniflées à travers un billet brun gracieusement roulé par un petit mafiotard tout ce qu'il y a de local, je finissais invariablement par atterrir près de la fonderie, au Loup Blanc.

Les filles de Maldoror, pour draguer le célibataire que j'étais, n'y allaient pas par quatre chemins. Une grande venait à moi et m'ouvrait sous le nez le sac de café brésilien frais moulu qu'elle avait acheté *pour demain matin,* précisait-elle en souriant avec une insistance qui laissait croire que l'odeur offrait déjà un avant-goût de sa vulve saturée de phéromones, puis elle me passait tranquillement sa main dans les cheveux. La plupart du temps, je figeais comme un renard surpris pendant sa sieste. Le poulailler était plein, mais je restais planté au milieu du champ.

Marie-Québec avait conservé son emploi de serveuse au Loup Blanc, elle traînait des projets de théâtre, avait toujours une pièce en lecture, un rôle à préparer, un texte à apprendre, des idées de mise en scène, du financement à trouver. Et des décors de broche à balle au placement des annonces dans le programme de la soirée en passant par la conception de l'affiche et les problèmes de diction des comédiens, elle voyait toujours à tout.

Parfois, nous échangions quelques paroles de part et d'autre du bar. Parfois, je la voyais parler avec des hommes qui parfois la raccompagnaient. Parfois, le nez dans ma bière, je sentais la pointe de ses seins glisser sur mes omoplates à travers nos vêtements tandis qu'elle se faufilait entre les tables avec son plateau. Elle vivait quelque part dans ma peau.

L'été est passé au galop, dans un grand flamboiement d'épilobes et d'épervières. Un autre octobre s'est pointé le panache, la forêt s'est emplie de la tension électrique générée par les parcours entrecroisés des chasseurs et des proies.

Octobre était d'abord le mois de la grosse chasse, ensuite celui du Festival de l'engagement. Juste avant l'Halloween, les artistes engagés du Québec et de tous les coins de la planète convergeaient vers la Pépite du Nord-Ouest. Le dernier soir, le Gala des engagés était l'occasion de la remise des Armand d'or attribués aux gagnants des différentes catégories (cinéma, chanson à texte, religion, politique municipale, sport, littérature) au théâtre de l'Or en barre Loblaws. Le trophée consistait en un poing brandi tenant un minihaltère dont un des poids était un globe terrestre et l'autre un cœur vaillant. Il avait été nommé en l'honneur du pédagogue-sculpteur Armand Vaillancourt, qui s'en allait sur ses soixante-quinze ans et en faisait quarante de moins. L'automne précédent, Sting avait présidé le jury et s'était pointé en jet privé, accompagné du grand chef Raoni d'Amazonie. Au fil des ans, Rigoberta Menchú, Paul Piché, Jane Fonda, Desmond Tutu, Jean Béliveau, Jimmy Carter et le chanteur des Boomtown Rats avaient été vus à Maldoror. Un autre, dont je tairai le nom, avait, selon une rumeur, épuisé à lui seul les ressources de l'unique service d'escortes de la ville. Cette année, on annonçait Bono et ses lunettes roses. Convoqué dans le chalet aux allures de manoir seigneurial pour nouveau riche que le chanteur avait loué (avec le lac et quarante-huit kilomètres de rivage) à Sainte-Bénite, village de colons fusionné à Maldoror et distant d'une cinquantaine de kilomètres, le premier ministre du Canada avait fait répondre qu'il accourrait volontiers, en frétillant de la queue comme un petit chien. La ville ne se pouvait plus.

Dans la précoce obscurité d'un soir glacial de la fin octobre, je me tenais devant la palissade de bois qui entourait le chantier où s'élèverait bientôt le quatrième Tim Hortons de Maldoror (1 par 9 000 habitants), les mains dans les poches, en train d'examiner l'affiche suivante :

### PENSER AU QUÉBEC
#### (CINÉMA ENGAGÉ ET JOURNALISME INDÉPENDANT)

conférence présentée par
M. Jean-Paul Lafleur
*Le mardi 31 octobre 2000*
*heure : 19:00*

L'événement était organisé en marge du Festival de l'engagement et je savais qu'une poignée de militants de la gauche du cru s'y était donné rendez-vous. Le temps était à la neige. Un froid sec porté par un nordet un peu traître poussait les dernières feuilles mortes sur le trottoir devant moi tandis que, le cou rentré, je fonçais vers le cégep.

Physiquement, Lafleur, presque la soixantaine, était toujours aussi imposant. Une petite barbe grise bien taillée. Un gilet de laine sur une chemise blanche au col ouvert. Je suis arrivé au milieu de son exposé et me suis glissé dans la salle, dernière rangée. Jean-Paul parlait de Pierre Perrault, puis a enchaîné avec l'exemple de son propre documentaire, *La Mauvaise Carte*, sur le dépeuplement des régions-ressources et l'étalement urbain, deux phénomènes à son avis interdépendants. J'écoutais sa grosse voix d'ours militant sorti de sa ouache.

Une quarantaine de personnes se trouvaient dans la salle. J'ai attendu le début de la période de questions et j'ai levé la main. L'ai baissée. Relevée. Il répondait à une autre question. Puis il a tourné la tête, m'a vu.

Connaissez-vous une compagnie de Houston qui s'appelle la James Engineering ? j'ai demandé.

Le silence de Jean-Paul a duré exactement cinq secondes.

Non.

Puis, sa tête a pivoté, il a repéré une autre main levée et adressé un signe de tête encourageant à la personne qui se trouvait dessous.

J'ai insisté. L'ai interrompu. Il a repris le fil de son propos sans s'occuper de moi. Il a haussé le ton. J'ai élevé la voix. Des spectateurs s'en sont mêlés.

* * *

Après son expulsion *manu militari* du local A-5630, Nihilo aboutit tout naturellement au Loup Blanc, où Marie-Québec, ce soir-là, était de garde, comme elle aimait dire. Il la trouva en tête à tête avec le seul client de la place et eut tout de suite l'impression d'avoir déjà vu ce gars-là quelque part. C'était l'heure morte, entre le 5 à 8 et la ruée des premières heures de la nuit.

Sam commanda un *marteau* et entendit le type à côté de lui dire :

Une p'tite faucille avec ça ?

Samuel, dit son ex en se raidissant légèrement, je te présente Friedrich.

Correct. On se connaît déjà.

Ça s'est bien passé, avec Travers ? s'informa poliment Rougeau.

Ce type était incroyable. À l'invitation du Festival, il était venu présenter à Maldo son documentaire (ils tournaient tous des documentaires) intitulé *Poulet pas poulet, on y va!* sur l'élevage aviaire et l'industrie du poulet usiné. Friedrich, grand seigneur, annonça que le marteau de Sam était sur son bras et qu'il bissait les consommations. Nihilo fixa un moment son verre en silence, puis :

Ton Travers, il m'a jamais donné de nouvelles…

Pas vrai, Sam.

Pas vrai ? Comment ça, pas vrai ?

Je lui ai parlé pas plus tard que la semaine passée…

Et ?

Il m'a dit qu'il se souvenait très bien de ton courriel et qu'il avait répondu à toutes tes questions.

Il a vraiment dit ça ?

Oui. Bon vieux John. Il va faire sa marche avec sa Molly tous les jours, sur les falaises de Galway où il coule une retraite paisible et bien méritée, à mon avis, Sam.

Qui est Molly ?

Sa chienne-saucisse.

Bon, toi, écoute-moi bien : Travers n'a jamais répondu à mon courriel. Au bout d'une semaine, je l'ai relancé, sans résultat…

Sam, c'est impossible. Es-tu en train de me dire que je vis tellement loin que même les e-mails se perdent en chemin ?

Je crois comprendre que tu t'es un peu coupé du monde, dit Rougeau avec un battement de cils à l'intention de Marie-Québec.

Travers t'a menti. Il a des choses à cacher…

Oui, Sam, t'as raison. Ses liens avec le petit bonhomme vert de Roswell, probablement. Apporte-lui donc un autre marteau, chère…

Sam n'aima pas ce ton de commandement à peine subtil. Lorsque le verre atterrit devant lui, il posa ses deux mains bien à plat sur le vieux *bicifir* du bar et son regard alla de l'un à l'autre.

Vous pensez que je suis en train de devenir complètement marteau, c'est ça ?

Au coup d'œil que lui décocha alors Marie-Québec, Sam comprit que même elle, la totale irrationnelle fervente, se posait des questions sur son cas. Ce n'était pas une très bonne nouvelle.

Un peu après vingt et une heures, Marie-Québec fit sa caisse, puis vint s'asseoir au bar et laissa Friedrich Rougeau lui payer un double cœur saignant. *Poulet pas poulet, on y va !* était en compétition pour le meilleur documentaire engagé et on parlait à son propos d'un vent favorable. Samuel compara le vent en question à une brise campagnarde chargée d'effluves richement azotés et qualifia le film, qu'il n'avait pas vu, de raclure de couvoir n'importe-quoïste. Il avait décidé de s'incruster un peu, d'encombrer leur coin du bar et de continuer à boire.

Peu à peu, les gens arrivaient et envahissaient les lieux, et il se retrouva bientôt à la dérive dans la cohue, puis pressé contre Michel Chartrand du côté de la table de billard, un Chartrand encore vert dans sa chemise à carreaux rouges et noirs et qui puait le gros gin qu'il buvait pur dans un grand verre. Chartrand se mit à le haranguer au sujet de l'eau, disant que l'eau des eskers de l'Abitibi était la meilleure eau potable de l'univers et que l'esker du Kaganoma était la Napa Valley de l'eau potable, mais qu'une grande compagnie transnationale, un géant de l'agroalimentaire qui dans les faits était une vulgaire filiale de Pepsi-Cola Co., avait des vues sur ce formidable filtre naturel et projetait d'y construire une méga-usine d'embouteillage ultramoderne, en plein bois. Et Samuel, incapable d'en placer une, regardait la bouche de Chartrand s'ouvrir à six pouces de son nez et tous ces mots parfumés au gros gin s'en échapper et bientôt se réduire, dans son crâne écho, à quatre : *une si bonne eau, si bonne eau,* puis à deux : *bonne eau, bonne eau, bonne eau, Bono...*

La nouvelle se répandit comme une traînée de poux. *Bono va venir. Ses gardes du corps sont en train de sécuriser la place.*

Nihilo, à force de jouer du coude, réussit à atteindre la porte à temps pour voir Marie-Québec lui filer sous le nez avec Rougeau. Il courut derrière eux, dans la rue. Un vent polaire balayait la neige qui tombait maintenant à plein ciel, des bourrasques ululantes déferlaient du nord à travers les circonvolutions infernales de la Fonderie et réduisaient le halo des lampadaires à des lucioles mourantes.

Et c'était comme dans un rêve que Sam avait déjà fait : Marie-Québec qui s'éloigne sans se retourner, sans un regard dans sa direction, avec cette différence que le sable blanc était bien loin et que, au lieu de Branlequeue faisant l'échassier, Nihilo se buta à un Rougeau marabout qui lui disait :

Casse-toi, petit conspirationniste de merde !

Je me suis réveillé dans mon lit. Je me souvenais vaguement d'une avalanche évanescente déferlant sur le pare-brise, des panneaux de signalisation qui surgissaient dans la lumière des phares tels des spectres emmitouflés et hagards. Puis, j'ai pris conscience d'une présence dans la chambre et ouvert les yeux pour de bon.

Le spectre se tenait au pied du lit.

La maison passe au feu, il a dit.

Et juste comme il refermait la bouche, le détecteur de fumée de la cage d'escalier s'est déclenché.

Assis dans le lit, j'essayais de réfléchir. J'avais l'impression que quelqu'un sondait mon cerveau à froid avec une visseuse. Les vieux Indiens anishnabe que je rencontre autour d'ici, a dit Lavoie, tu sais ce qu'ils m'ont dit? Que «Kaganoma», dans leur langue, ça veut dire : «lieu de parole». Tu trouves pas ça comique? Bon. À ta place, moi, je m'amuserais pas trop…

Qu'est-ce que vous faites?

L'ectoplasme retirait l'oreiller de sous mon dos. Il m'a montré sa paume droite et son poignet gauche blessés et bandés à la diable.

Je te serre pas la main. J'espère que tu comprends…

Il s'est détourné, a levé l'oreiller et l'a tenu serré contre sa poitrine et son visage, puis il s'est lancé tête première dans la fenêtre et est passé au travers. Il a disparu de l'autre côté, dans la blancheur éblouissante de la neige fraîche qui recouvrait le paysage. Alors j'ai senti la fumée, et entendu, enfin, crépiter et gronder les flammes dans l'escalier. Le détecteur continuait de me vriller l'intérieur du crâne.

Non…

J'ai foncé dans le bureau et j'ai commencé à sortir les dossiers du classeur et à les balancer par la fenêtre. Comme du lest jeté par-dessus bord pour permettre à ma maison de partir en fumée, les chemises cartonnées y passaient une après l'autre, l'histoire en pièces détachées, le puzzle de tous ces mots et de tous ces noms qui avaient correspondu à des vies dont certaines se poursuivaient dans le vaste inconnu du réel : le général Bédard, Tonton Bob, madame Corps, Zadig et Madwar, Chevreuil, Gode, Lancelot, la Bellechasse, maître Brien, Corbeau, Machine Gun Martinek, le livreur de poulet, la Grosse Police…

Et même Chevalier Branlequeue. Adieu et bon vent!

Pour finir, j'ai saisi mon ordinateur portable et l'ai éjecté dans la neige cinq mètres plus bas.

Quand j'ai quitté le bureau, la cage d'escalier aspirait déjà le rugissement des flammes et le pompait à l'étage et la chaleur cuisait mon épaule droite. Je suis revenu dans la chambre, j'ai jeté une robe de chambre sur mes épaules et aperçu la chatte terrifiée que j'ai alors poursuivie jusque sous le lit et repêchée au milieu des chatons de poussière et ensuite balancée dehors avant de la suivre à travers la vitre fracassée. Pour aller atterrir dans une talle de jeunes sapins qui m'ont déposé à terre sur leurs ramures coussinées de neige fraîche.

Le long de mon chemin, plus haut, j'ai croisé des pompiers équipés de masques à gaz et de combinaisons ignifugées qui donnaient l'impression de s'en aller participer à la guerre chimique contre Saddam Hussein. Leurs trois énormes camions jaune fluo se frayaient difficilement un chemin entre les rangées d'épinettes. Quelqu'un m'a jeté une couverture sur les épaules et elle a glissé dans la neige sans que je lève le petit doigt pour la retenir. Une agente de police me parlait et ne semblait rien piger à mes explications. Pas compliqué, pourtant. Je cherchais mon chat, il était là, quelque part dans le banc de neige. Et Paul Lavoie, vous l'avez vu? Le ministre assassiné en 1970. Si ça se trouve, vous n'étiez même pas née.

Poursuivre mon chemin comme si j'avais affaire à une débile incapable de comprendre le bon sens était peut-être une erreur. Je ne me suis pas retourné quand elle a crié, quelque chose comme : *Freeze,* ce qui n'était pas bien difficile, avec ce que j'avais sur le dos. J'ai commencé à lui dire que peut-être elle regardait trop de shows de flics à la télévision et plus rien.

C'est ainsi que j'ai quitté le lac Kaganoma sanglé sur une civière, avec 50 000 volts dans le buffet.

\* .\* \*

Sam plongea le chaudron de camping tout noir dans l'épaisseur de la neige, puis tassa celle-ci dedans avec sa main nue en songeant qu'on ne s'habitue peut-être jamais à cette chose étrange, la neige. Et de nouveau le large geste comme pour cueillir un poisson d'un coup d'épuisette, et il rentra poser le chaudron sur le poêle.

Autour du petit lac de tête où les épinettes et les pins gris n'avaient jamais connu la scie, le paysage devait ressembler à celui que le premier trappeur blanc s'ouvrant un portage à la hache après avoir remonté l'Outaouais et la Kinojévis avait eu sous les yeux en débouchant du bois sur ses raquettes : une étendue d'un blanc intense, entourée d'un sombre cirque de résineux bardés de tas de neige sculptés et que survolait un soleil maladif. Rauque, rauque, un corbeau très noir passait dans le ciel bleu profond.

En attendant que la neige fonde, il s'était assis à la vieille table en formica rose et feuilletait le journal de bord du campe : un simple carnet à couverture rigide laissé à traîner à l'usage des visiteurs de passage.

*C'est beau, mais les arbres ne sont pas très grands. Et puis, aucune trace du grand élan des marais... Franchement, en fait de gros animaux, c'était bien mieux dans le cratère du Ngorongoro, où au moins il y avait des gnous (www.ngorongoro.com), ou encore dans les Rocheuses canadiennes avec tous ces ouatipis qui ont l'air de poser pour le photographe.*

*Les cousins sont une vraie plaie (on parle des insectes, évidemment, ah ah ah!)...*

Probablement des Français.

Quand il s'était retrouvé en observation à l'hôpital après avoir été électro-choqué au pistolet Taser (d'après la porte-parole du corps policier local, l'agente Kathy Drolet avait filé à Sam tous ces volts et lui avait secoué le squelette pour le protéger contre lui-même au moment où il risquait un sérieux refroidissement) et qu'on lui avait demandé s'il désirait que quelqu'un fût prévenu, le nom de Marie-Québec avait été le seul à se présenter sur le bout de sa langue. Elle était venue, toutes affaires cessantes. Et au lieu d'apporter des fleurs, elle s'était pointée avec *Les Trois Roses jaunes*, le recueil de Carver. Ce sont des choses qu'on n'oublie pas.

Après sa nuit en observation, Sam était allé s'installer chez elle, dans son trois et demi voisin de la fonderie, où ils passèrent trois jours au lit, à faire l'amour, manger de la pizza et regarder les nouvelles de dix heures et les films non charcutés à Télé-Québec.

À ce souvenir, Nihilo fut repris d'un début de bandaison à la table du petit campe. Il ôta t-shirt et caleçon et retourna se coller.

Mmmmh. Elle ouvrit les yeux. Pourquoi on reste pas ici?

Tu veux dire…

Demain. Après-après-demain et encore après ça.

Et de quoi on vivrait?

Porc-épic. Et de ragoût de castor essentiellement. Quand j'étais petite, je suivais mon père dans sa tournée de collets et c'est moi qui rachevais les blessés. Sam, dis oui.

Mais la cabane n'est pas à nous…

Non, mais c'est juste habité deux semaines par année, pendant la chasse. On l'aurait le reste du temps. Cinquante semaines par année. Et les deux autres semaines…

On irait au Mexique.

Marie-Québec le regarda. Bien réveillée, maintenant.

Tu parles sérieusement? Pour le Mexique, je veux dire.

Plus sérieux que ça, tu passes l'hiver là-bas.

Avec quel argent?

Big Dumont me doit un chèque.

L'eau dans le chaudron se mit à siffler tout doucement.

Pas de cafetière automatique, décréta Samuel.

Non. Ni de lampe de bureau, d'aspirateur, de Témoins de Jéhovah à la porte, d'imprimante au laser, de grille-pain.

De voisins qui écoutent de la musique d'usine. De voix de madame fatigante au téléphone. De problèmes avec la pomme de douche.

L'air autour d'eux sentait le chauffé, la transpiration, la laine mouillée, la fumée de bois, le sexe et le Nicaragua moulu de la veille.

Marie-Québec s'assit en indien, un œil sur l'érection de ce gars-là. Les tétins de ses petits seins durs pointaient dans l'air enfumé comme des mires de carabine.

Il la prit dans ses bras, l'arracha à la terre, elle l'introduisit en elle, au point de fusion des deux corps, il saisit ses fesses à pleines mains et elle ainsi empalée referma ses bras autour de son cou, puis il fit demi-tour et se dirigea vers la porte.

Sam, qu'est-ce que... Non !

Ce qui nous tue pas nous rend plus forts.

Arrête !

Quand il ouvrit la porte, la chaleur épaisse de la cabane vint s'arrêter net contre le mur du froid. Un petit – 20 °C dans lequel leurs corps imbriqués et tropicaux se mirent tout de suite à fumer. Tout ce blanc nu. Ils disparurent sous la lumière de la savane avec un cri silencieux de perdrix en piqué.

# L'Aigle Fin ou Jici à Québec, enfin

Je suis toujours ému, pas de farce, quand je vois poindre Québec à l'horizon, la Vieille Capitale jouquée sur son cap, au bord du grand fleuve dont les vraies rives sont les autoroutes 20 et 40. Traitez-moi de naïf si vous voulez, mais de savoir que la seule assemblée parlementaire en principe vouée à la défense des droits de la nation canadienne-française s'y trouve me fait comme un petit velours, pas vous ?

Je vous entends me demander, après ça, pourquoi je ne vote pas du bord des séparatistes, ou même pourquoi je ne me suis pas carrément présenté pour le PQ, à cette partielle, dans Vautrin. Je vais vous le dire, pourquoi : je n'aime pas René Lévesque. C'est un obsédé sexuel. Et je n'aime pas non plus Bourgault. Lui, c'est une tapette. Je suis en confiance, ici, tout seul avec mon enregistreuse, au volant de mon auto. Alors vous voyez : je vous parle franchement.

Le Parti québécois aurait pu être un honnête rejeton du Parti libéral, si une telle chose se peut. Je veux dire : quelqu'un de la famille, parti vivre sa vie à la suite d'une malheureuse dispute autour de l'héritage. Mais le RIN de Bourgault a été le cheval de Troie par lequel le désordre de la rue et le radicalisme se sont infiltrés jusqu'au cœur de ses structures démocratiques. Le PQ est un fils dissolu. L'appui des syndicats et des groupes populaires lui fait une belle jambe gauche gangrenée par l'idéologie égalitaire. Tandis que moi, au sein de ce bon vieux PLQ, j'ai au moins la possibilité de contribuer au changement de l'intérieur même de la machine du Pouvoir-Power. Yes sir.

Je ne vous décris pas Québec. Je ne suis pas venu en touriste. Là-bas, c'est le parlement où m'attend désormais un pupitre d'arrière-ban, du bord de la majorité, dernière rangée. Dans le Salon de la race. Et sous les roues de la Buick, c'est la Grande-Allée. L'Aigle Fin, vous connaissez? C'est le nom du restaurant où nous allons. Mais je suis en avance d'une bonne demi-heure, alors je vous propose ceci : je laisse mon auto pas loin de la porte Saint-Louis, et vous me suivez, d'accord? Et moi, pendant que mes pas nous entraînent le long du circuit habituel, la rue Sainte-Anne, la rue du Fort, la rue Saint-Louis, la terrasse Dufferin, les escaliers de bois accrochés à la falaise, les vieux canons pointés vers le sud et le grand frère ennemi, les plaines d'Abraham, le parcours classique, comme si j'étais une vieille jument avec une mini-enregistreuse à la place du sac de picotin et que je vous emmenais dans ma calèche, je vais vous raconter un souvenir.

C'était il y a trois ans, à l'Aigle Fin sur la Grande-Allée. Paul Lavoie m'y avait convoqué pour le lunch. J'étais son attaché politique. Le portefeuille de la Justice lui avait échappé, il se consolait avec ceux du Travail et de l'Immigration. Nationaliste de la vieille école, il se serait volontiers accommodé d'un régime un peu autoritaire, à condition d'occuper le fauteuil du caudillo. Ce jour-là, le 6 octobre 1970, en l'absence de notre PM parti vendre quelques grandes rivières du Nord aux requins de Wall Street, il était aux commandes, la cravate déjà desserrée à la table du fond, toujours la même, en train de jeter un coup d'œil aux manchettes des journaux quand je l'ai rejoint.

L'Aigle Fin ressemble à une version chic de ces cafés et boîtes à chansons dont le principal élément décoratif est un vieux filet de pêche lesté de flotteurs en balsa et d'étoiles de mer desséchées. À l'Aigle, toute la cloison qui isole la salle du fond du couloir des toilettes est constituée de cages à homard en excellent état, dans lesquelles des crustacés taxidermisés d'un beau vert sombre tirant sur le bleu d'encre jouent de la queue et des pinces en prenant des poses menaçantes. Malgré cette claire incitation, la faune de hauts fonctionnaires et de parlementaires qui fréquente cette table réputée de la capitale choisit, plus souvent qu'à son tour, d'y aller avec le gros T-bone steak, une livre de barbaque bien pesée autour d'un os assez costaud pour assommer une armée d'Habits rouges et servie avec des pétaques au four. C'est particulièrement vrai de la génération politique à laquelle appartenait mon patron, élevée au bouilli et dans la belle mentalité navet-viande-patates héritée de nos ancêtres bouffeurs de pemmican. Ce jour-là, à peine mon boss avait-il jeté un coup d'œil à la carte qu'il l'écartait et optait pour le fameux bœuf de Moose Jaw.

C'était un bon vivant, de type sanguin je dirais, le rouge aux joues. Le soir, chez lui, il buvait du lait en mangeant ses petits gâteaux Vachon, mais le midi, il faisait descendre son steak avec une ou deux bouteilles de bière comme un vrai gars du peuple.

Nous avons parlé de la grève des médecins spécialistes. L'enlèvement du délégué commercial de la Grande-Bretagne, la veille, n'était pas encore une bien grosse affaire. Travers était un diplomate et son sort relevait donc du gouvernement fédéral. Les Québécois avaient le sourire en coin. *C'est-tu de valeur, rien qu'un peu…*

Quand nous avons parlé du kidnapping, ce jour-là, Lavoie m'a dit :

Si les ti-gars du FLQ lui permettent d'écrire, il a peut-être une chance de s'en tirer…

Je lui ai demandé ce qu'il voulait dire par là. Il s'est penché vers moi. Sourire rusé :

Qu'est-ce que tu ferais, toi, à sa place ?

Le mort, j'ai répondu sans réfléchir. Je veux dire : je me tiendrais tranquille.

Ma réponse le décevait, je le voyais bien.

Essayons de nous mettre dans sa peau. Il est tombé entre les mains d'une bande de jeunes écervelés qui ont donné quarante-huit heures au gouvernement pour accepter leurs conditions, sinon ils vont lui régler son cas. Ils ont l'air sérieux. Un gars réfléchit et il comprend que sa seule chance d'être secouru rapidement, c'est d'aider la police à le retrouver. Et donc, de s'arranger pour faire parvenir des indices aux autorités...

Ouais, mais justement, une des conditions des kidnappeurs, c'est que les recherches policières cessent.

Voyons, Travers n'est quand même pas assez cave pour croire que la police va arrêter les recherches! Il n'est pas fou. Il sait bien que le gouvernement peut pas négocier...

Ah bon?

Il s'est reculé sur sa chaise, a baissé les yeux. Ses doigts, instinctivement, ont cherché son nœud de cravate.

Un gouvernement d'un pays civilisé et démocratique ne négocie pas avec des terroristes. La seule chance de Travers, c'est que la police découvre au plus vite le lieu où ils le gardent. Et donc, si j'étais lui et que mes ravisseurs me donnaient la possibilité d'écrire des lettres, je m'arrangerais pour passer des messages en code dedans. Il me semble que ça tombe sous le sens.

Je sais pas. S'ils vous prennent sur le fait, vous êtes pas mieux que mort!

Peut-être, mais un mort qui, au moins, se sera battu, et avec les seules armes qu'il lui restait : la langue qu'il écrit et une feuille de papier. Au lieu d'attendre qu'on vienne l'égorger comme un poulet.

Vous croyez qu'ils vont...

Il a tamponné ses lèvres avec sa serviette.

Non, Jean-Claude. C'est des petits gars de chez nous. Ils ne tueront pas...

Voilà, pour l'essentiel, notre conversation telle que je me la rappelle.

Le samedi suivant, j'étais dans le salon en train de boire mon gin-tonic assis devant la télé, en écoutant d'une oreille ma femme me crier de la cuisine pour me demander si je voulais manger du ragoût pour le souper — du *irish stew*, patates, carottes, cubes d'agneau, oignon et c'est à peu près ça, du bon gros manger d'automne encore meilleur réchauffé —, quand le téléphone a sonné. Je me suis levé pour aller répondre et j'ai appris que mon boss venait d'être enlevé par le FLQ devant sa porte. J'ai regardé ma montre. Il était six heures et demie. Et ensuite, par la fenêtre. Il commençait à faire brun. Ça ne faisait même pas une demi-heure que la conférence de presse télévisée du ministre de la Justice pour expliquer la position du gouvernement (zéro concession) était finie. C'était comme un coup de massue dans le front. J'ai raccroché et suis allé me mixer un autre gin-tonic.

Je vous dis pas l'horreur des heures suivantes. Des nuits à tourner dans le lit comme un chapon sur le gril et des journées vécues dans une brume. Ce n'est pas de mon histoire qu'il s'agit, ici.

Le lendemain (dimanche), après un coup de fil anonyme passé à une station de radio, un communiqué a été retrouvé dans une poubelle du centre-ville. Le coup fumant du samedi soir y était revendiqué par une nouvelle cellule terroriste, la cellule de financement Chevalier, nommée d'après François-Marie-Quelque-Chose Chevalier de Lorimier, le patriote pendu au Pied-du-Courant en 1839. Le groupe donnait au gouvernement jusqu'à dix heures du soir pour répondre aux exigences du Front de libération du Québec — les fameuses sept conditions, dont l'élargissement des prisonniers politiques et le versement d'une rançon de 500 000 dollars en lingots d'or. Faute de quoi l'otage, rebaptisé, pour la circonstance, ministre du Chômage et de l'Assimilation, serait exécuté à l'expiration du délai.

Un peu plus tard, un second communiqué a été retracé dans un abribus. Celui-là avait été gribouillé à la main. *La moindre hésitation des autorités en place*, y prévenaient les ravisseurs, *sera[it] fatale au ministre. Et : C'est déjà une très grande concession pour nous d'être obligés de le remettre en vie et en bonne condition. Il ne faut pas trop nous en demander.*

Jésus-Christ, j'ai pensé.

Jointe au communiqué, une lettre de Lavoie à sa femme fut

rendue publique. Il l'avait datée du 12 octobre 1970, 7 h a.m. (une légère erreur de sa part : on était le 11). *L'important, c'est que les autorités bougent,* confiait mon patron à son épouse.

Ce même magnifique dimanche du long congé de l'Action de grâce, en fin d'après-midi, nouvelle poubelle, nouveau communiqué. Celui-ci était dactylographié. On y réitérait l'ultimatum et son échéance, fixée à dix heures le même jour. *Finis le paternalisme, les peut-être et les promesses,* avertissait la cellule Chevalier. *On sait ce qu'on veut et où on va et on est déterminés à y aller.*

Une lettre manuscrite de Lavoie au premier ministre, Albert Vézina, accompagnait cet envoi, de même qu'une douzaine de cartes de crédit provenant du portefeuille de l'otage et destinées à prouver l'authenticité de la communication. Honnêtement, même moi, j'ai été étonné du nombre de cartes de crédit qu'il avait dans ses poches.

La lettre de Lavoie à son premier ministre constituait un clair appel à la négociation. *Nous sommes,* écrivait-il, *en présence d'une escalade bien organisée qui ne se terminera qu'avec la libération des prisonniers politiques. Après moi, ce sera un troisième, puis un quatrième et un douzième.*

*Mon bien cher Albert,* écrivait-il plus loin, *ce qui suit est très très important : il faut ordonner la cessation immédiate des recherches policières. Leur réussite serait un arrêt de mort pour moi. Au lieu que si la libération et le départ des prisonniers politiques sont menés à bonne fin, j'ai la certitude que ma sécurité personnelle sera absolu* [sic]. *Nous sommes tout près d'une solution, je le sens, car entre mes ravisseurs et moi, il n'y a pas de réelle animosité. Mon sort repose donc maintenant entre tes mains. Il ne tient qu'à toi que je sois bien vite de retour sur la collines* [re-sic] *parlementaire pour t'épauler, comme le fidèle bras droit que je t'ai promis d'être. Décide de ma vie ou de ma mort. Je compte sur toi et te remercie.*

*Amitiés.*
*Paul Lavoie*

Qualifiée de « pathétique » par la presse, cette apostrophe au PM causa une forte émotion tant dans les milieux politiques que parmi la population en général. Voilà que le bras droit du Petit Albert, jusque-là un farouche partisan de la position intransigeante du gouvernement fédéral, retournait sa veste et donnait l'impression de craquer après pas tout à fait un jour aux mains de ses ravisseurs ! Ça n'allait pas bien.

De la surprise, on est alors passés à la peur, de la peur à la panique, de la panique à la paranoïa. Les événements se bousculaient :

• le 11, le Petit Albert prend la bizarre décision d'enfermer tout son cabinet sous haute surveillance dans un hôtel du centre-ville de Montréal. Le gouvernement provincial se retrouve, *de facto*, en état de siège ;

• le dimanche soir, un peu avant vingt-deux heures, Vézina lit une déclaration télévisée solennelle contenant sa réponse dramatique aux demandes des ravisseurs. La moitié des auditeurs croit qu'il vient d'entrouvrir la porte à des négociations avec le FLQ, l'autre moitié se déclare tout aussi convaincue de l'avoir entendu opposer une fin de non-recevoir catégorique au chantage terroriste. Comme d'habitude, le Petit Albert s'est arrangé pour franchir le Rubicon sans se mouiller ;

• le 12, la cellule Chevalier désigne, dans un nouveau communiqué, maître Mario Brien comme son négociateur. Seul petit problème : le gars est en prison ;

• le 13, maître Brien sort de prison ;

• le 13 au soir, les négociations achoppent sur la question des garanties préalables, sont rompues, au point mort, etc. ;

- le 14, un groupe de partenaires de golf de Paul Lavoie se prononce publiquement pour l'accélération du processus de libération des otages ;

- le 14 au soir, rumeurs de casernes… ;

- le 15, les premiers mouvements de troupes sont signalés.

Résolu à tout tenter pour sauver mon ami et patron, je suis allé trouver maître Brien dans le Vieux-Montréal. C'était le soir, autour de neuf heures. Le Conseil des ministres venait d'émettre un communiqué dans lequel le gouvernement rejetait toutes les conditions du FLQ, sauf une : on offrait aux ravisseurs un avion pour le pays de leur choix, et ils avaient six heures pour se décider. Oui, vous avez bien lu : six heures.

J'ai trouvé maître Brien au rez-de-chaussée de l'hôtel Brown, dans le Vieux, où il donnait une conférence de presse particulièrement courue et enfumée. Au milieu d'une forêt de micros et de bouteilles de Labatt, on voyait dépasser les têtes de deux dangereux idéologues qui n'avaient même pas d'affaire en liberté : Vallières et Gagnon.

Pendant que j'attendais près de la porte, un journaliste anglophone éjecté *manu militari* m'a presque revolé dessus. Puis maître Brien m'est passé sous le nez et a enfourché sa moto. Je me suis mis dans le chemin.

Je suis Jean-Claude Marcel, l'attaché politique de Lavoie. Faut qu'on se parle…

Il m'a fait signe de monter. Comme si ça allait de soi !

J'ai pas de casque…

Moi non plus ! Envoye !

J'ai sauté en croupe sans réfléchir, il a éperonné son coursier métallique et nous avons bondi en avant dans la nuit. Quand nous avons tourné vers l'est sur Notre-Dame, il m'a montré le nom de la rue, Gosford, sur l'écriteau.

Si on gosse fort, on va l'avoir! Ah ah! l'ai-je entendu hurler par-dessus le vrombissement de sa machine.

Alors l'air froid d'une nuit d'automne a fondu sur nous, paf, en pleine figure. J'ai eu l'impression de m'envoler, puis nous avons foncé à la vitesse grand V, avec le fleuve parfois visible entre les bâtisses du Vieux-Port à notre droite, les anciens silos, l'eau, comme du goudron illuminé dans le noir.

Il grillait tous les feux rouges. Moi, j'étais gelé comme un rat et je frissonnais à gros grelots. Nous sommes passés sous le pont Jacques-Cartier, avons pris Pie-IX et filé vers le nord. À un moment donné, nous avons dépassé un convoi militaire, une demi-douzaine de camions bâchés roulant à la queue leu leu. Maître Brien a remonté la file en klaxonnant et en leur montrant son majeur, le bras en l'air, les gaz au fond.

Il s'est arrêté plus loin, devant une cabine téléphonique, m'a dit de l'attendre. Puis je l'ai vu qui me faisait signe de l'y rejoindre.

Je l'ai trouvé en train de faire disparaître un billon de poudre blanche dans une de ses narines préalablement transformée en Electrolux, à l'aide d'un billet de vingt roulé serré. Je savais que ça existait, mais c'était la première fois que je voyais une chose pareille. Il m'en a offert. J'ai secoué la tête et reculé d'un pas. J'avais le dos contre la paroi de la cabine. Il s'est remis à minauder dans le combiné du téléphone. J'essayais de ne pas trop penser au fait que j'étais là pour essayer de sauver mon patron, Paul Lavoie, l'otage du FLQ.

Je pense à ça, chérie, t'aurais pas une copine qui serait libre pour mon ami, ici… Je le vois qui me fait des grands signes que non, mais beau gosse comme il est, je suis sûr qu'il aime les femmes.

Je suis retourné l'attendre près de la Harley. Et comme dans une mauvaise série policière, une auto-patrouille a choisi ce moment pour venir se ranger le long du trottoir. J'ai vu descendre la vitre du côté passager et j'ai entendu :

Heye, ti-coune… Il est où, ton casque?

J'étais sans voix. Et le policier aussi, juste après. Parce

qu'il venait d'apercevoir, derrière moi, maître Brien qui rappliquait, les masses en l'air.

C'est l'adjoint de Paul Lavoie! Laissez passer! a glapi mon guide, puis il a sauté en selle et démarré sa monture sans plus s'occuper d'eux. Les deux patrouilleurs avaient les yeux ronds, la mâchoire qui pendait. Le négociateur désigné du FLQ était une vraie vedette, quelqu'un qui passait à la télé. Je n'ai eu que le temps de bondir en croupe et de m'accrocher, et c'était reparti.

Si je n'ai pas dormi de la nuit, ce n'est pas parce que j'ai suivi maître Brien. Non, car pendant qu'il bondissait de son bicycle et se ruait dans l'aréna Paul-Sauvé pour y chauffer une foule prérévolutionnaire survoltée, moi, je sautais dans un taxi et retournais me cloîtrer dans ce même hôtel du centre-ville où le gouvernement était séquestré depuis trois jours et dont le clan Lavoie (femme, enfants, parents, amis, alliés politiques et proches collaborateurs) occupait tout un étage. Et c'est du lit de ma suite d'hôtel, un verre de bon scotch à la main, que j'ai regardé El Maestro haranguer la chienlit.

En voyant tous ces jeunes gens massés à ses pieds lever le poing et scander *FLQ! FLQ!* je songeais à mon patron prisonnier de ces excités et aux camions bâchés sur le boulevard et n'arrivais pas à croire à ce destin effroyable qui prenait forme sous mes yeux. Alors non, impossible de dormir…

Et aucune idée de l'heure qu'il pouvait être lorsque, en proie à une soudaine impulsion, j'ai bondi hors du lit et me suis précipité sur ma photocopie de la première lettre de Lavoie au Petit Albert. Armé d'un stylo, j'ai posé la bouteille de pur malt sur la table basse, à portée de la main, et j'ai relu le texte attentivement. Puis encore. Et encore.

Je venais de me rappeler notre conversation du 6 octobre, à L'Aigle Fin. Dans le feu des événements, je n'avais guère eu l'occasion d'y repenser. Et maintenant, c'était comme si chaque mot écrit par Paul Lavoie me rentrait dedans.

*Mon bien cher Albert, ce qui suit est très très important : il faut ordonner la cessation immédiate des recherches policières. Leur réussite serait un arrêt de mort pour moi. Au lieu que si la libération et le départ des prisonniers politiques sont menés à bonne fin, j'ai la certitude que ma sécurité personnelle sera absolu. Nous sommes tout près d'une solution, je le sens, car entre mes ravisseurs et moi, il n'y a pas de réelle animosité. Mon sort repose donc maintenant entre tes mains. Il ne tient qu'à toi que je sois bien vite de retour sur la collines parlementaire pour t'épauler, comme le fidèle bras droit que je t'ai promis d'être. Décide de ma vie ou de ma mort. Je compte sur toi et te remercie.*

*Amitiés.*

*Paul Lavoie*

Mais oui. Seigneur du bon Dieu de la vie.

Paul ne faisait pas de fautes, dis-je. Permettez-moi d'insister là-dessus. Sa maîtrise de la langue française était parfaite.

J'avais maintenant devant moi, dans une autre suite de l'hôtel, un haut gradé de la SQ affublé d'une fine moustache et d'une tête de réparateur d'électroménagers. Il semblait déjà regretter d'avoir accepté de me rencontrer à une heure si matinale. Pendant que je lui faisais perdre son temps, ses petits copains, sous l'empire de la loi spéciale, étaient très occupés à jeter en prison tout ce qui grougrenouscribouillait à gauche.

J'ai poussé la feuille sous les yeux du gradé et pointé le mot avec mon stylo.

Une sécurité « absolu ». La « collines » parlementaire. Il essaie d'attirer notre attention sur ces deux mots. Il nous avait déjà alertés en redoublant l'adverbe avec ostentation (très très important) au début du paragraphe. Je me suis demandé si les deux erreurs pouvaient être reliées. Absolu pouvait désigner une église. Une église sur une colline?

L'officier de police me considérait d'un air ennuyé.

Mais j'avais l'impression de m'éloigner… Alors je suis revenu aux mots eux-mêmes. Il y a une lettre de trop à *collines* et la faute a des bonnes chances d'être intentionnelle. Le plus facile, c'est de croire que c'est le *s*. Mais c'est un *e* qui manque à *absolu*. Donc je prends celui de *collines* et je m'en sers pour accorder mon *absolue* au féminin. Et j'obtiens… *Collins*.

J'ai sorti une carte de Montréal et banlieues et l'ai dépliée sur la table basse de la suite.

Il y a une rue Collins à Côte-Saint-Luc. Elle existe depuis très peu de temps, nommée d'après un des astronautes de la mission Apollo 11. J'ai aussi tenu compte de la rumeur persistante qui dit que Lavoie serait détenu quelque part sur la Rive-Sud, entre autres parce que ses ravisseurs n'auraient jamais pris le risque de traverser un pont avec un otage dans leur auto. J'ai donc vérifié de ce côté-là et… j'ai trouvé une autre rue Collins, à Saint-Hubert, collée sur la base militaire.

C'est tout ce que vous avez? Un nom de rue?

J'ai regardé le gradé dans les yeux.

Non. Après, j'ai poursuivi mes recherches. Dans sa première lettre à sa femme, Lavoie s'est trompé de date, il a écrit *12 octobre*, au lieu de *11*. Comme par hasard, le nombre 12 revient dans sa lettre à Vézina : *Après moi, ce sera un troisième, puis un quatrième et un douzième.* Pourquoi douzième et pas cinquième, ou vingtième? Peut-être juste une coïncidence. Et l'erreur sur la date pourrait très bien être une faute d'inattention, mais supposons que non. Est-ce qu'il y a un 12, rue Collins? Vous pensez pas que ça vaudrait la peine de vérifier?

Il a paru réfléchir. Ensuite, il a avancé sa grosse main et l'a posée comme une pelle de grue mécanique sur ma photocopie de la lettre.

Est-ce que je peux la prendre avec moi?

J'ai dit oui. On s'est serré la main à la porte de la suite. Et je n'ai plus jamais entendu parler de lui.

Paul Lavoie est mort le lendemain. Son corps a été retrouvé dans le coffre d'une voiture garée près du hangar numéro 12 de l'aéroport militaire de Saint-Hubert, à quelques centaines de pieds de la rue Collins, où se trouvait la maison dans laquelle il a été séquestré, puis assassiné.

Moi, j'avais passé les journées du vendredi et du samedi à essayer, entre deux roupillons éclair, de reparler à mon gradé. Quand j'ai compris que ça ne servait à rien, j'ai tenté de dénicher le colonel Lapierre. Le conseiller spécial était peut-être le seul à pouvoir encore lever le petit doigt pour sauver mon patron. Mais la Loi sur les mesures de guerre tenait tout ce beau monde bien occupé. Et Tonton restait introuvable…

Trois ans plus tard, le moment est enfin arrivé.

À l'Aigle Fin, il y a, sur le mur du fond, un grand tableau qui représente un trois-mâts lancé à la poursuite d'une baleine dont on voit se dresser la queue au-dessus des flots tandis qu'elle plonge à environ une encablure devant le bateau. La baleine est blanche. Sous le tableau se trouve le foyer dans lequel, à partir d'octobre, flambe un bon feu d'érable. Et près du foyer se dresse la table préférée de Tonton Bob, celle derrière laquelle il m'attend peut-être déjà, l'œil sur la porte, assis le dos au mur (évidemment), notre Papa Boss à nous, l'homme qui a horreur des surprises, le bourreau de travail, le blessé de guerre. J'ai un peu l'impression d'aller rencontrer le Grand Inquisiteur en personne.

Je finis mon tour des plaines par l'avenue George-VI, reviens sur la Grande-Allée par l'avenue Wolfe-Montcalm. Je suis un peu en retard et me hâte. Avant d'entrer dans le restaurant, je vais glisser mon enregistreuse dans ma poche intérieure et la laisser tourner, juste pour voir ce que ça va donner.

*(Ce qui suit est une version nettoyée, retravaillée de notre conversation. Ont été éliminés les bruits parasites, tintements*

*de verres et sonnailles d'ustensiles, et les inévitables banalités.*
*On entend le Colonel...)*
Tu vois le tableau, là-bas ?
Celui-là ?
Oui. La Quebrada... Acapulco. T'es déjà allé là-bas ?
Non, jamais.
Tu devrais. Ah, la Quebrada... Tu sais, c'est cette falaise du haut de laquelle les plongeurs sautent dans la mer. Ils doivent attendre le bon moment, laisser venir la vague... Le timing est important. S'ils attendent trop, la vague va déjà s'être retirée quand eux, ils vont arriver en bas, et ils vont se péter la gueule. Ça ressemble pas mal à la politique, je trouve.

*(Ici, le Colonel sourit, un bref silence suit et je me dis qu'il ne va pas tourner longtemps autour du pot, ce n'est pas le genre de la maison, et que je ne vais pas tarder à connaître la raison pour laquelle il m'a convoqué.)*

Mon cher Jean-Claude, je vais être bien franc avec toi... D'abord, toutes mes félicitations. Vautrin, c'était loin d'être gagné au départ. Après coup, c'est facile de dire qu'un caribou peinturé en rouge pourrait se présenter et être élu. Mais le PQ est à surveiller, là-bas, dans le Nord. Une chance qu'il y a les gros chantiers. Sans les gars de la construction sur le terrain, je me demande où on serait. Faut dire les choses comme elles sont, mon Jici : t'as été parachuté avec un christophe de bon parachute.

Merci.

De rien. Jean-Claude, dernièrement, je me suis demandé d'où ça pouvait venir, toutes les histoires qui sortent dans les journaux de Toronto, les saloperies, tu sais, qui disent en gros que le gouvernement n'a pas fait tout ce qu'il pouvait en 1970 pour sauver Ti-Paul Lavoie.

*(Nous y voici...)*

Et qui laissent même entendre que Lavoie aurait pu être victime d'un règlement de compte à l'intérieur du Parti libéral. Vraiment fort de café, tu trouves pas ?

*(Qu'est-ce que je dis? Qu'est-ce que je fais?)*

On dirait qu'il y en a qui trouvent ça plus facile d'aller pleurnicher à Toronto quand ils savent bien que leurs racontars à coucher dehors vont être repris par les petits pissous d'ici...

Je vois vraiment pas qui ça peut être. Mais si vous me demandez ce que j'en pense...

Mettons que je te demande ce que t'en penses, Jean-Claude.

... j'ai l'impression que ça pourrait être une manière de réaction au garrochage de boue qui est en train de salir la réputation de Paul Lavoie dans les journaux.

Tu parles du gars du *Devoir* qui continue de fouiller dans les vidanges? Tu crois quand même pas que Vézina et son gouvernement ont quelque chose à voir avec ça?

Je constate seulement que Lavoie fait un bouc émissaire idéal, c'est tout. Il était au gouvernement et il avait des contacts avec la mafia. Lavoie est mort, donc le gouvernement n'a plus aucun contact avec la mafia. C'est ce qu'on appelle un...

Un sophisme?

Oui, c'est ça. Voyez-vous, je sais ce qui se passe, Colonel. Je vous regarde aller avec vos coupe-feu autour de la seconde affaire Lavoie. Au pire, maintenant que ses liens avec le clan Scarpino l'ont rachevé posthumement dans l'opinion publique, ce serait même pas si grave si on apprenait que vous l'avez commodément laissé mourir, à l'époque. Ce qui serait bien plus sérieux pour le gouvernement libéral, c'est que les révélations continuent, oui, que la tache aille en s'élargissant, comme des ronds dans l'eau, que ça n'arrête plus. Jusqu'à...

Toi. Et moi. On est dans le même bateau, Jean-Claude...

Je sais pas. Il y a trois ans, ça vous prenait un martyr de l'unité nationale. Maintenant, c'est d'un bouc émissaire libéral que vous avez besoin. Mais il y a des maudites limites à faire mourir un mort! Combien de temps ça va durer encore, Colonel?

*(Là, il y a un silence et moi, je ne peux pas croire que je viens de m'adresser au Tonton sur ce ton-là... Mais lui, il ne réagit pas, c'est comme si rien de vivant ne bougeait dans son visage, le froid dans*

*son regard pourrait venir de Resolute Bay ou de la galaxie d'Andro-*
*mède, j'en ai des frissons dans le dos, rien que d'y repenser.*)

Jusqu'aux prochaines élections.

Pardon?

Ça va durer jusqu'aux prochaines élections. Et les prochaines élections, mon cher, vont avoir lieu pas plus tard que cette année. Tu gardes ça pour toi, en passant. Le Parlement va être dissous demain. On repart en campagne…

Comment ça, des élections? Ça fait juste trois ans…

C'est le bon temps. La boue revole, comme tu dis. C'est une vague. Tout le monde va finir par être éclaboussé. Aussi bien sauter tout de suite. Écoute bien ce que je te dis : l'élection va se faire contre les maudits séparatistes et je vais aller vous chercher cent sièges, minimum. Dans six mois, plus personne va parler de la mafia.

Et la dissolution…

Demain. Ça te laisse en masse de temps pour décider si tu te représentes ou pas.

Si je…

Au fond, Jean-Claude, tu le sais aussi bien que moi qu'un caribou peinturé en rouge passerait dans Vautrin. Mais on va pas le faire exprès pour leur donner des armes, au PQ. On va pas leur servir les cochonneries dans lesquelles ils aiment se rouler sur un plateau d'argent…

Des cochonneries. Quel genre de cochonneries?

Disons, pour prendre un exemple, un attaché politique qui rencontre le lieutenant du parrain de la mafia montréalaise au Vegas Palace, un tripot de la Rive-Sud. Et pour empirer les choses, mettons que cette rencontre-là a eu lieu un samedi soir, au moment même où, pas très loin de là, le patron de l'attaché politique en question était liquidé par des voyous séparatistes. Mais c'est peut-être juste une coïncidence…

Vous savez que j'ai rencontré Temperio… Comment?

*(Tu parles d'une question stupide! Maudit moron!)*

J'ai la bande de la rencontre. Les murs du Vegas contiennent plus de micros que la salle des nouvelles de Radio-Canada. Temperio et les Scarpino sont pas capables de prononcer un mot de quatre lettres ou de péter de travers aux toilettes sans que ça se retrouve dans les archives de la SQ. Et puis, quand des papotages de bons libéraux font surface dans les dossiers d'écoute du crime organisé, les gars à Parthenais ont l'habitude de me prévenir. D'autres questions?

J'avais... découvert des indices. Dans les messages de Lavoie. Mais j'ai eu zéro collaboration de la SQ. Personne voulait m'écouter. Alors j'ai pris mon courage à deux mains et je suis allé cogner au Vegas...

*(Il me tient par les gosses. Ayoye...)*

Mais t'avais un problème : Scarpino voulait quelque chose en échange. Il voulait 300 000 piastres, ou bien, moins de flics autour de ses cabarets, ou qu'on lui permette d'ouvrir un casino. C'était donnant, donnant. Et toi, t'étais juste un petit attaché politique qui n'avait rien à lui offrir, un gros zéro. Autrement, il serait allé te le chercher, ton Lavoie. Il aurait envoyé trois ou quatre de ses hommes et on n'en aurait plus parlé, des trous de cul du FLQ. Bon, parlons sérieusement : le comté de Vautrin, tu le veux, oui ou non?

*(Ma réponse est une suite de propos plus ou moins intelligibles; ensuite, c'est Tonton qui paie le cognac, même que la bouteille de Rémy Martin atterrit sur la table; excusez-moi, mais c'est quand même quelqu'un.)*

Comment vont tes parents, Jean-Claude?

Ils ont toujours leur petite épicerie-dépanneur, dans l'Est.

Oui. Ils ont le permis d'alcool, je crois, non?

Oui, ils l'ont...

Bon. J'espère qu'ils savent que c'est une grande responsabilité, qui peut leur être retirée n'importe quand. La vente d'alcool aux mineurs, c'est un gros problème. On est obligés de faire des exemples, des fois. Salue-les bien de ma part. Et la loto?

Ils en vendent pas...

Tu devrais peut-être leur dire d'appliquer pour une concession de Loto-Québec. C'est payant que le diable.

Ouais, mais mon père, les jeux de hasard, il est contre ça, lui. Mais pas ta mère, je le sens. Tu leur diras que c'est l'avenir. Et que si ça peut aider, ça va me faire plaisir de dire un petit mot pour les chers vieux parents de mon homme de confiance dans Vautrin. Des problèmes avec le formulaire, avec un fonctionnaire… Dans ce temps-là, c'est mieux de parler avec le Tonton.

Je vais leur dire ça.

*(Qu'est-ce que vous auriez répondu, à ma place? Oui mon Colonel… Oui mon Colonel… Oui mon Colonel…)*

# Rue Collins, le 19 octobre 1970, de bon matin

Le sergent-détective Miles Martinek, énorme et dodu, les mains plongées dans les poches de son imper, s'entretenait avec un petit groupe de reporters devant la maison. La fenêtre du salon avait été soufflée par une explosion. Le camion de l'unité de désamorçage de l'armée canadienne était garé un peu plus loin. La rue était fermée. Un groupe de voisins et de curieux discutaient à quelque distance du bungalow perquisitionné. D'autres parlaient à des policiers qui recueillaient leurs dépositions dans des calepins.

Martinek était une figure populaire auprès des habitués du *beat*. Sa réputation de férocité et la totale absence de scrupules qu'il mettait dans l'accomplissement de ses fonctions au service du maintien de l'ordre et de la loi du plus fort l'entouraient d'une sorte d'aura de légende. D'après les premiers témoignages des voisins, déclara-t-il, il semblerait que la maison voisine, celle que vous voyez là, à côté, au 150, Collins, a été habitée elle aussi par des FLQ connus de la police. Mais ils ont disparu de la circulation il y a à peu près un mois. Sauf que, samedi soir vers six heures, pas longtemps après la mort du pauvre gars, les voisins ont vu une auto avec une remorque accrochée derrière (d'autres disent une familiale) venir se stationner devant la maison, et là, un homme a entassé du stock dans la remorque et il est reparti.

Le sergent Machine Gun Martinek coupa court aux questions qui fusaient.

On n'en sait pas plus pour le moment. Bon, vous allez m'excuser.

Il leur faussa compagnie pour se porter au-devant d'un homme d'environ cinquante ans, avec un nez en bec d'aigle, qui venait de faire son apparition, seul, en imper et casquette de tweed. S'écartant des autres, le nouveau venu remonta l'allée jusqu'à la porte du garage et s'arrêta pour l'attendre. Il se déplaçait avec raideur, sans perdre de temps.

Colonel Lapierre, murmura Miles.

Sergent Martinek... Je suis ici au nom du premier ministre.

Martinek hocha la tête sans rien dire. Sous-entendu : ça va de soi. Il se mit pratiquement au garde-à-vous. Les regards du Colonel contournaient Martinek pour contempler, derrière l'armoire à glace, le repaire perquisitionné.

Qui est entré là ?

Juste moi et les gars de l'armée...

Le Colonel cisailla le sergent d'un regard solitaire, impérieux. T'as touché à rien ?

Pas moi. Mais les charges qu'ils ont fait sauter (il tendit le bras vers le camion des artificiers tout en parlant) ont foutu un moyen bordel, par exemple...

Parfait. T'as vu des papiers, là-dedans ?

Plein. Des brouillons de communiqués, d'après ce que j'ai pu voir... Surtout ça.

Bon. Tu diras au docteur Vallée qu'il pourra les récupérer quand j'y aurai jeté un coup d'œil.

Le sergent opina d'un air entendu, et le colonel Lapierre eut un brusque mouvement de tête vers l'avant.

Tu me fais visiter ?

Le regard glacial, la calme assurance : Martinek se laissa impressionner. Sa propre étoile pâlissait en comparaison. Il se contenta de branler du chef.

Eux autres, je veux pas les voir, précisa Tonton Bob en désignant le peloton de journalistes qui faisaient le pied de grue devant la maison. Quelqu'un a pris des photos ?

De l'extérieur seulement, répondit calmement le détective. Faites-vous-en pas. Ils ont pas encore eu la permission d'entrer. Je vais leur organiser un petit tour, tantôt.

Bon. Alors allons-y…

Ils passèrent la porte d'entrée, s'arrêtèrent au seuil de la cuisine, légèrement ébahis. Un incroyable fouillis régnait dans cette pièce : boîtes de poulet oubliées ici et là, sacs de vidanges laissés à traîner, plancher souillé de papiers graisseux, d'emballages déchirés, de liquides répandus, armoires ouvertes.

Apparemment obsédés par les *booby traps*, les militaires avaient utilisé de faibles charges d'explosifs pour ouvrir toutes les portes.

Tonton leva les yeux au plafond. Il voyait dépasser des clous fraîchement dénudés par une crevasse apparue dans le plâtre, le long d'une poutre. Le Colonel trouvait que les petits gars n'y étaient pas allés de main morte.

Il traversa la cuisine en enjambant les cochonneries, Martinek sur les talons, et alla s'arrêter près de la table de téléphone. Un numéro de sept chiffres était gravé au crayon de plomb dans le gyproc du mur, suivi des lettres BB.

Qu'est-ce que c'est, Martinek ?

Un restaurant, je pense. Barbecue.

Le Colonel se pencha et ramassa, par terre, le téléphone en piteux état. L'appareil avait été ouvert, pour ainsi dire éviscéré. Des fils pendaient de la carcasse que Tonton exhibait d'un air songeur et plutôt amusé.

Ils ont vraiment rien laissé au hasard, hein, Martinek ?

Non… mon Colonel, s'entendit répondre Machine Gun.

# Mezcalico

Du côté du village, les coqs enroués donnaient de la voix depuis bien avant l'aube.

Marie-Québec leva les yeux de son livre. C'était le meilleur moment de la journée : les oranges fraîchement pressées, la joyeuse éjaculation du café dans la petite chose italienne posée sur le réchaud à gaz. Une fois levée, elle acceptait le verre de jus pulpeux, laissait traîner un sourire sur ses lèvres et allait lézarder sur le banc de pierre réchauffé par le soleil au bord du patio pendant qu'il refaisait du café, allumait le rond sous la casserole de *frijoles* de la veille et coupait l'oignon, le piment et les tomates pour préparer les œufs à la mexicaine. Les œufs, quand il les achetait en vrac à la *tienda*, à l'entrée du village, étaient encore tièdes du cul de la poule et il arrivait de voir une plumule de duvet soudée à la coquille par molécule de fiente. Du coin de l'œil, Sam voyait sa blonde se déplier et s'ouvrir comme un de ces petits machins japonais qu'on plonge dans un bol d'eau et qui s'y épanouissent dans l'instant. C'était Marie-Québec : une âme d'iguane dans un corps de princesse huronne. Au bout d'une heure, elle avait fait le plein de lumière et s'approchait pour manger.

Avant Zopilote, elle ne souriait jamais comme ça, au saut du lit.

Sur la plage en contrebas, les vagues s'étalaient avec un rugissement sourd d'immeubles effondrés.

Ils étaient passés presque directement — une semaine entre l'achat des billets sur Internet et le moment où la Caravelle d'Air Transat s'était arrachée d'une des pistes semi-désertiques de l'aéroport de Mirabel — de la cabane surchauffée du petit lac Laurendeau aux 32° dégoulinants d'humidité de ce ciel tropical poissé par les exhalaisons d'une diversité de formes de vie allant de l'algue uniflagellée au banquier asiatique. La chaleur montait comme une vapeur de bitume du tarmac de l'aéroport d'Acapulco.

Ils avaient sauté dans un car et filé vers le sud et Puerto Escondido. Où ils avaient passé une journée à regarder les *surf bums* attendre la bonne vague avant de poursuivre leur route vers le Yucatán. À Tulum, ils avaient loué une espèce de case en béton qui, pendant deux jours, leur donna l'impression de vivre dans un garage. Le flux de touristes pompé par Cancún débordait et le trop-plein se déversait le long de la côte orientale de la péninsule jusqu'à la frontière avec le Belize en vagues régulières de jeeps de location conduites par des Américains en short kaki, chapeau de ranger et t-shirt de la taille d'un grand foc. Ils regardaient les fours à tacos comme si ceux-ci allaient se transformer d'un moment à l'autre en bombes actionnées à distance et c'est tout juste s'ils n'enfilaient pas des gants en plastique pour manipuler la bidoche locale. On voyait passer des pétroliers sur la mer d'un turquoise sale.

Ils retraversèrent le Chiapas. À San Cristóbal, du toit de l'hôtel, on entendait les militaires s'exercer au tir au canon dans la montagne. Puis à nouveau les routes de fous, les virages et les précipices. Ils dévalèrent le versant opposé de la sierra jusqu'à la mer du golfe de Tehuantepec, le car roulait maintenant entre des dépotoirs à ciel ouvert qui fumaient au soleil et des haciendas perdues aux murs crépis couverts de slogans politiques. Des étendues de buissons pavoisés de sacs en plastique déchiquetés scintillaient dans la lumière crasseuse.

Parfois, de ce paysage blessé jaillissait une plage déserte : les déferlantes glauques et écumeuses, la brume dorée, l'écrin vert des montagnes, la chair nue du sable fuyant à l'infini.

Ils avaient abouti à Zopilote.

Leur maisonnette louée se trouvait sur une des collines qui s'élevaient au-dessus de la mer à côté du village. Une toiture de palmes séchées, des chambres de bois aux murs en bambou. Ils accédaient à la leur par une échelle et partageaient la cuisinette et la salle de bain avec Marco, un Italien et sympathisant zapatiste perpétuellement défoncé à la marie-jeanne et à la résine de cannabis et qui parlait quatre langues, mais n'avait pas prononcé trois mots depuis leur arrivée.

Sam pressait les oranges, faisait le café et s'installait à la table de la cuisine avec son dictionnaire de poche français-espagnol, une carte du Mexique et son numéro de *La Jornada* vieux de deux ou trois jours et il pratiquait la langue de Cervantès en suivant les progrès de la caravane zapatiste du sous-commandant Marcos à travers le pays. La crise d'Octobre, c'était derrière lui, bien loin.

Marie-Québec travaillait à la pièce qu'elle avait l'intention de monter à Maldoror l'automne suivant : *Les Beaux Fins*, qui racontait le vol de retour d'une bande de Québécois pompettes coiffés de leurs sombreros-souvenirs sur un charter d'Air Transat après une semaine à Acapulco. Après l'atterrissage, tous les passagers se mettaient à applaudir. Les spectateurs étaient censés les imiter. Rideau.

Après avoir petit-déjeuné, Marie-Québec partait avec ses livres et ses papiers, une bouteille d'eau, un fruit. Elle suivait le sentier tout en courbes qui longeait la falaise jusqu'à une plage isolée située entre Zopilote et le village suivant. Les Mexicains l'appelaient *Playa del Amor*. Dans la forêt sèche et épineuse, elle effrayait des geais qui avaient des huppes longues comme des crayons, des motmots à l'œil rouge et au bec épais, un couple de perruches vertes. Les lézards détalaient autour d'elle sur le sol déjà brûlant. Dans les arbres, des fruits dont elle ne connaissait pas le nom.

Une vieille paysanne indienne avait sa cabane près du débouché du sentier. Elle vivait là avec ses poules, un énorme dindon et un gros verrat blanc attaché au bout d'une corde. Marie-Québec saluait la vieille au passage, *hola*, retirait ses sandales, s'éloignait dans le sable et déroulait son tatami. Les vagues explosaient contre les rochers. Plus loin, des pélicans en vol plané rasaient la crête mousseuse des vagues à la file indienne. Très haut au-dessus de sa tête, les longs oiseaux noirs que Sam appelait frégates superbes se laissaient porter par les courants aériens. Des urubus venaient se percher sur les cactus cierges au bord de la falaise et étendaient leurs ailes dans la chaleur miroitante.

Un jeune Mexicain passait, tenant une orange. Elle souriait, il finissait par partir. Parfois, elle ne voyait personne pendant des heures. Puis, la vieille paysanne passait en haut de la plage, ployée sous un énorme fagot de bois. Penchée en avant pour équilibrer la charge, elle progressait dans le sable avec la grâce tordue d'une tortue marine pleine d'œufs.

Marie-Québec se demandait pourquoi elle n'allait pas l'aider. Mais le fait est qu'elle restait assise sur sa serviette à motifs de perroquets, au milieu de ses livres ouverts.

Quand il avait terminé sa leçon d'espagnol, ou qu'il était fatigué de ne rien faire, Sam descendait vers le village et flânait un peu sur la plage. À une de ses extrémités, celle-ci devenait le fief des pensionnaires du Shalâlah, où les anciens hippies recyclés en agents immobiliers avaient rendez-vous avec Dieu ou le délégué commercial d'une de ses filiales. Tous les matins, en faisant son jogging pieds nus dans le sable, il pouvait y admirer un magnifique spécimen de bonne femme de Californie assise face aux vagues en lotus et en tenue d'Ève et ridée par un demi-siècle d'insolation excessive, les yeux clos, les seins bas, paumes ouvertes, appelant à voix basse la princesse égyptienne d'une précédente incarnation, pendant que, dans la réalité, son caniche chaussé de pantoufles en laine de mérinos chiait dans le sable un peu à l'écart et que les gorets, plus haut, enfouissaient leur groin dans les immondices de la veille.

Un peu avant les rochers qui fermaient l'autre extrémité de la plage se trouvait le bar québécois. Ce qui lui rappelait une blague : Qu'est-ce que deux Québécois font quand ils se rencontrent à l'étranger ? Ils ouvrent un bar.

Le Mono Azul, ça s'appelait. La *palapa* qui abritait le bar donnait sur la plage de sable fin. Le propriétaire connaissait l'Abitibi, Maldoror, Cadillac, Val-d'Or, le Kaganoma. À une certaine époque, il avait travaillé comme débroussailleur dans le Nord-Ouest.

Le monde est petit. Et donc, il n'y avait aucune raison pour que Sam se montrât vraiment surpris le soir où Marie-Québec lui raconta avoir parlé avec un ancien felquiste appelé Richard au Mono cet après-midi-là. Mais il resta sans voix.

Elle n'avait pas compris tout d'abord à qui elle avait affaire. L'homme se montrait réticent même s'il aimait causer, et c'est peu à peu qu'elle lui avait tiré les vers du nez.

Richard qui?

Tout ce qu'elle savait, c'était qu'il s'appelait Richard.

Elle le revit le lendemain, par hasard, à la Playa del Amor.

Il passe l'hiver ici. Dans le village voisin, en fait, à Carranza. Il dit que Zopilote est un peu trop envahi à son goût et qu'il y a déjà trop de Québécois même à Carranza. Il fait de la plongée et ça lui coûte presque rien pour vivre. Il mange du poisson. Il se pêche son souper, au pistolet-harpon, je pense. Avant-hier, il a vu des dauphins.

Le maudit chanceux. Et dans la vie, il fait quoi?

Rien pour le moment, mais… il a une compagnie de cinéma.

C'est Richard Godefroid.

Oui. Il m'a dit son nom. J'avais oublié de te le dire…

Pas grave. T'es une bien meilleure chasseuse d'anciens felquistes que moi.

Lui et moi, on va peut-être travailler ensemble.

Tu peux pas faire ça, Marie. L'Octobierriste du couple, c'est moi. Enfin, c'était…

Il cherche quelqu'un pour adapter *Les Justes* au cinéma. En québécois. Ça se passerait dans les années 70, avec des gars du FLQ au lieu des nihilistes russes. Il veut que ça soit un gouverneur général qui saute sur une bombe.

Mignon comme tout. Et il t'a offert le rôle principal, comme de bien entendu.

Parce que tu peux imaginer quelqu'un d'autre en Dora, peut-être? Il nous invite à souper demain soir.

Quoi?!?

Il dit qu'il va demander à la vieille Indienne, sur la plage, de nous faire cuire des poissons. Il fournit les poissons. Des *huachinangos* ou bien des langoustes, ça va dépendre de ce qu'il va prendre. Je lui ai parlé de toi. Pourquoi tu fais cette tête-là?

Pour trouver, il m'avait fallu cesser de chercher. Gode refaisait surface dans ma vie comme un cadavre de noyé enseveli sous les courants de l'océan, puis recraché vers le rivage.

Le minibus pour La Cuenca (le chef-lieu, à l'intérieur des terres) était archiplein. Les sandales de cuir écru, les baskets et les souliers vernis se chevauchaient comme des crapauds libidineux. Voyageurs en short et ruraux de l'Oaxaca, tous communiant dans la transpiration du voisin, humains et animaux — une dinde et trois iguanes aux pattes entravées, destinés au marché — mêlés. Les bagages fixés par des courroies formaient un tas instable sur le toit. À un moment donné, le sac à dos d'un touriste s'est détaché et a revolé au milieu de la route. Alerté par les cris et les grandes claques sur les ailes du véhicule, le conducteur a freiné. Il ne venait personne derrière, un petit garçon a sauté à terre et est allé récupérer le bagage en courant. Il l'a ramassé, est revenu vers le *collectivo*, le sourire fendu jusqu'aux oreilles. On aurait dit qu'il venait d'inventer un nouveau jeu. J'ai regardé autour de moi. Tout le monde souriait, les bonnes femmes, les travailleurs, les ouvriers agricoles, les écolières en bas trois quarts et jupette d'uniforme, et les gringos aussi, comme si c'était une bonne blague, la meilleure de la journée. Le touriste a récupéré son havresac et l'a palpé dans la bonne humeur générale. Au Québec, on aurait créé une commission d'enquête pour trouver un coupable.

Comment fait-on parler un homme? Sans lui arracher les ongles, je veux dire. C'est ce que je me demandais en manipulant les bouteilles devant le rayon des alcools d'une épicerie de La Cuenca, les soupesant, étudiant les étiquettes. Un vin blanc aurait normalement été indiqué, mais de la glace à la Playa del Amor représentait, au mieux, une hypothèse risquée. Un frigo y relevait du pur délire. J'ai donc concentré mon attention sur les tequilas. Ensuite, j'ai joué à suivre les évolutions d'une larve rougeâtre au fond d'une bouteille de mezcal, cette lente dérive fœtale au gré des mouvements de la boisson. Autant boire du formol. J'ai finalement opté pour une Cuervo, le gros format. J'avais l'impression de me tenir devant le râtelier d'une armurerie et de comparer des calibres. Au dernier moment, je me suis ravisé et ai aussi pris le mezcal.

Entre La Cuenca et Zopilote, là où la route rejoint la côte, se trouve le petit port de pêche de Puerto Madre. Sous un parasol solitaire, j'ai siroté un Nescafé en regardant les pêcheurs aligner leurs prises sur les bancs et les plats-bords des barques, puis jouer du couteau, lancer les paquets d'entrailles en l'air à de froufroutantes compagnies d'oiseaux dont se détachait parfois une frégate plongeant en piqué pour happer un serpentin de tripes.

La vie pouvait être simple. J'en avais la preuve sous les yeux. La vie mordant dans la vie. La vie est la vie. Mon numéro de *La Jornada* déployé sur la table, mon dictionnaire français-espagnol, mon calepin rempli de mots nouveaux, de définitions, de temps de verbes, de déclinaisons, d'exceptions, mon café soluble noir et sucré, les deux oranges pressées dans le grand verre, les mouches à fruits, la lumière, le goût de la première bière à la fin de l'avant-midi, le vol des frégates superbes dans les courants ascendants du littoral. Lire la chronique de Carlos Monsiváis, suivre jour après jour l'avance triomphale du sous-commandant Marcos et de son Zapatour vers la cuvette de Mexico. Rêvasser devant les riches planches couleur de mon livre d'oiseaux.

La dernière chose à laquelle je m'étais attendu, c'était que

Marie-Québec me ramène à tout ce que j'avais pensé fuir en quittant le Québec.

J'étais le seul flâneur sur la petite plage de Puerto Madre encombrée de barques de pêche échouées. Tandis que le sable me coulait entre les orteils, j'ai repensé à mon vieux prof Branle-queue, à qui, même sur son lit de mort, Godefroid avait refusé de raconter les dernières heures de Paul Lavoie. Chevalier avait été tout le contraire d'un globe-trotter. Il avait scandalisé pas mal de ses connaissances en refusant des invitations en Italie et au Brésil, comme conférencier. Il n'avait même jamais vu Paris ! À ceux qui s'en étonnaient, il rétorquait doucement qu'il n'avait pas quitté le terroir bien bouseux de son enfance pour se retrouver coincé entre un hublot et une « personne pondéralement différente » comme une vache dans sa stalle. Je ne l'ai jamais entendu faire allusion à la moindre plage. Et soudain, ce fut plus fort que moi, je me le suis représenté envoyant promener ses gougounes, lançant son chapeau au vent et se mettant à courir comme un dératé dans le sable mouillé.

Sans doute, il n'avait pas été heureux. Ne pas être heureux, la belle affaire ! Mais emporter des regrets dans la tombe… Après Octobre 70, Chevalier n'avait vécu que pour dévoiler les sales combines de ceux qui l'avaient impunément privé de ses droits de citoyen et jeté en taule au nom de la démocratie de tartuffes dont ils avaient confisqué l'État. Un jour, clamait-il, on découvrirait que le Québec moderne avait alors été la cible d'un véritable coup d'État militaro-policier ! Et pour cette raison, il n'avait peut-être jamais goûté à une paix comme celle que je vivais en ce moment. Une paix à laquelle je pouvais, moi, goûter précisément parce que j'avais renoncé, et lui jamais.

Et puis, qui était Godefroid ? Un des deux hommes vivants à pouvoir raconter ce qui s'était réellement passé, rue Collins, le jour de la mort de Lavoie. Il passait l'hiver à Carranza, sur la côte du Pacifique, placé sur ma route par le plus grand des hasards. Toutes ces années, il avait été pour moi un nom. Et au moment où j'allais enfin avoir affaire à l'animal, je savais bien pourquoi je craignais tellement de le rencontrer. Il était celui qui ferait la lumière, sonnerait le réveil brutal, le désamorceur de notre bombe. Oui, la croyance croît à l'ombre et le doute était le terreau de notre foi dévoyée. Ce que je redoutais tant, ce n'était rien d'autre que l'éclat impitoyable de la vérité nue et la défaite définitive de notre vieille chimère octobierriste. Le plus terrible serait vraiment de ne trouver, tout au bout de nos veilles hantées, de nos conjectures hallucinées et de toutes nos « élucubrations », aucun complot. Conspiration zéro.

* * *

La première fois que j'ai abouti ici, au milieu des années 80, Zopilote, c'était rien d'autre que le paradis de la fumette. Une colonie de pouilleux sans le sou égrenée entre Puerto Madre et Carranza. Quand quelqu'un t'accostait, c'était pour te parler du pouvoir des cristaux et des pyramides, pas pour te déballer sa pharmacie. Mais maintenant, les narcos ont pris le contrôle du pays et on voit la différence, même ici.

Marie-Québec et Sam étaient arrivés avant Gode et avaient bu une bière tiède en l'attendant. La vieille paysanne s'activait pas loin, à des siècles de distance, entre la cuisson des tortillas et l'écorçage des avocats. Au bout d'un moment, ils avaient vu leur compatriote franchir à marée basse le cap qui fermait la plage à l'autre extrémité, et s'avancer. Sa façon de marcher en jetant des coups d'œil furtifs de côté, en homme sur ses gardes. Quelque chose d'ancien et d'animal dans la manière de bouger, de se déplacer, comme consciente d'une ombre attachée à ses traces, malgré la tenue relax, les lunettes de soleil, la chemisette ouverte sur la poitrine.

Il tenait à la main un sac en plastique dégoulinant avec, dedans, deux *huachinangos* et une langouste fraîchement pêchés.

Mais cette petite plage là, ici, poursuivit Gode, elle n'a pas pris un pli. On peut encore y être tout seul en plein jour, ou dans le pire des pires, la partager avec une fille aux seins nus, ajouta Gode avec un imperceptible clin d'œil vers Marie-Québec. Et la *señora* Cisneros n'a pas pris un pli, non plus. Elle les avait déjà tous il y a dix-sept ans.

Elle vit au paradis et ne le sait pas, dit Marie-Québec, puis elle lécha le sel sur le dos de sa main, se jeta une gorgée de tequila et la peau de son visage se froissa comme une feuille de papier lorsqu'elle mordit dans un quartier de limette.

S'imaginer que le bonheur est dans la pauvreté, c'est un luxe d'intellectuel, dit tranquillement Samuel. Il regarda Gode. Je t'avertis, Marie-Québec est du genre à vouloir sauver le monde…

Je respecte ça, dit Gode en dévisageant la jeune femme. Je suis passé par là.

Il prit une pincée de sel, attrapa un quartier de limette sur la petite soucoupe en plastique, leur leva son verre et s'envoya un coup de Cuervo.

Le dindon piétait près de là, puis il vint se planter devant eux et fit la roue, tripla de volume, en un déploiement de pourpre et de virilité outrée, grotesque.

Il danse à votre table, laissa tomber Gode en se resservant une tequila.

Un grand bol en terre cuite contenant le guacamole était posé entre eux, et un autre, de dimensions plus modestes, en faïence bleue, avec dedans la *salsa picante*. La *señora* Cisneros apporta d'autres quartiers de limette. Elle eut un geste de la main pour éloigner le dindon, accompagné d'un bruit d'air chassé entre ses lèvres, tss tss.

N'empêche que je l'ai pas aidée à charrier son tas de bois, dit Marie-Québec. Et que là, au lieu de me lever pour lui donner un coup de main avec le souper, je reste assise à parler d'elle avec vous deux.

Ça fait des milliers d'années qu'elle le trimballe, son tas de bois, lança Samuel. Et la dernière chose dont elle a besoin, c'est de se retrouver avec le fardeau supplémentaire d'avoir à soulager notre bonne conscience de gringos hypocrites.

Sel, tequila, limette.

Avec ce que je lui donne pour faire cuire les poissons, dit Gode, sa tête légèrement penchée tournée vers Marie-Québec, elle peut vivre un mois, facile.

Ils parlèrent de la révolution zapatiste. Gode se méfiait de cette révolte qui, passé les escarmouches inaugurales, avait troqué les armes contre les caméras, les sites Web et l'oreille d'intellectuels à la gomme hollywoodienne comme Oliver Stone. Les chefs zapatistes se déplaçaient maintenant à l'intérieur d'un bouclier humain formé de pacifistes italiens. Leurs troupes composées de journalistes, groupies et sympathisants de la société civile (travailleurs humanitaires, délégués syndicaux, représentants de groupes populaires et agents de liaison de divers partis socialo-progressistes nationaux et étrangers, sans compter tous les trippeux de service) se préparaient à investir la capitale en y débarquant tout bonnement en autobus, après avoir vu les villes tomber une à une le long du chemin, sans coup férir. L'internationalisation du mouvement chiapanèque semblait irrésistible.

Qu'est-ce que vous faites sur la *beach*, les gars? demanda Marie-Québec en se préparant une autre shot de tequila. Vous voyez pas que la révolution est en train de vous passer sous le nez?

Oui, la révolution des communicateurs, approuva Nihilo. Il se tourna vers Gode. On dirait qu'ils sont en train de réussir ce que vous avez voulu faire à l'époque. Un gros coup de pub, à défaut de prendre le pouvoir...

Gode refusa de mordre à l'hameçon.

Quand Marcos est arrivé à Cuautla, dans l'État du Morelos, dit-il, les autorités de la ville lui ont offert un tableau en signe de bienvenue. Vous savez c'était quoi, le tableau? Un portrait où on voyait Marcos entouré de Villa et de Zapata. Ils sont tous les trois accroupis et ils tiennent quelque chose dans leurs mains...

Gode s'arrêta, lessiva le sel sur son poignet. Un petit verre de tequila.

Et les trois, ils ont quoi, dans les mains ? Je vous le donne en mille... Des coqs de combat.

Et puis quoi ? demanda Marie-Québec.

Pour un coq de combat, dit Gode en se penchant vers elle, il y a seulement deux issues possibles : la victoire ou la mort. Les compromis, connaît pas. Et Zapata et Villa étaient des vrais et ils sont morts. Alors je voudrais pas être à la place de Marcos...

Méfiez-vous de ceux qui survivent..., dit Sam, et le verre levé il sourit.

Gode le fixa un moment en silence.

Les poissons étaient arrivés, cuits sur le feu de bois, et la langouste, qui était le morceau de choix réservé par le pêcheur à Marie-Québec. Elle avait le feu aux joues, parlait plus fort. Gode était déjà passablement ivre. Le soleil se couchait sur la mer.

Sam cita, de mémoire, une phrase de Chomsky qui dans sa bouche devint un peu confuse et qui parlait du *fer de lance antinéolibéral* et prédisait que la contagion zapatiste allait s'étendre au monde entier.

Je me câlice de Chomsky, dit Gode sans le regarder.

*Gracias, señora,* disait Marie-Québec. *Muchas gracias...*

Au bout de la pointe, là-bas, ajouta Gode, j'ai vu un épaulard, une fois. Je me sentais pas très gros avec mon petit fusil à harpon.

D'après Alain Touraine, murmura Samuel, les yeux dans les yeux de son poisson, le néozapatisme, c'est le grand changement de paradigme dont le troisième millénaire avait besoin.

On peut pas jouer avec ces vagues-là. Gode pencha davantage sa tête aux yeux légèrement vitreux vers sa voisine de table. J'ai vu des gringos se retrouver assommés sous des tonnes d'eau. D'autres qui se font emporter par le courant et quand ils sont chanceux, il y a un petit Mexicain qui met sa planche à l'eau et qui va les chercher.

Le soleil bascula derrière l'horizon et Gode se tourna vers Sam et dit :

Touraine aussi, on s'en câlice.

OK, fit Samuel.

Il pensait à sa bouteille de mezcal, embusquée dans la chambre en bambou, là-bas.

À Carranza, continuait Gode, je suis arrivé dans la cuisine un matin et c'était plein de fourmis. Des petites rouges. Il y en avait environ trois millions qui faisaient l'aller-retour entre le mur et les mangues et les bananes dans le panier à fruits. Chez nous, dans le Nord, on aurait bombardé la cuisine comme si c'était Bagdad. J'ai lâché un ouac à l'homme engagé, le paysan typique d'ici, avec une moustache et des muscles aussi secs que des pneus de bicycle et je lui ai montré l'invasion dans la cuisine. Il a jeté un coup d'œil et il m'a dit, sans s'énerver le moins du monde : *Se van a ir...* Vont s'en aller. Moi, j'en ai conclu qu'il n'avait pas envie de travailler ce jour-là et qu'il disait ça pour se débarrasser de moi. Mais je suis revenu une heure plus tard et y en avait plus une crisse. Et c'est ce que je pense de ton Marcos et de sa conquête de Mexico...

Il plongea une chip de maïs dans le guacamole et chercha la bouteille des yeux. Le niveau de la tequila baissait à vue d'œil. À l'ouest, les nuages ressemblaient maintenant à des tranches de papaye trop mûres.

Un peu plus tard, Samuel prit la bouteille, l'agita et l'examina. Ils étaient passés à travers. Il versa ce qui restait dans le verre de Marie-Québec, puis dans celui de Gode. Sel, feu, limette, pas de quartier.

Il y eut un silence prolongé, qui paraissait émaner de nulle part ailleurs que du puits de charbon du ciel incendié. On entendit un coq se désenrouer dans le lointain. Près des récifs, à l'endroit où des pélicans sabraient un banc de poissons, l'océan paraissait bouillir. La langouste et les rougets appartenaient maintenant à l'histoire. C'est alors que Samuel proposa aux deux autres d'aller se finir au mezcal.

Samuel avait une théorie sur Godefroid. Ces dernières semaines, au Mono Azul, Sam avait pris le temps d'étudier la faune migratrice locale, le mélange d'expatriés, d'hivernants et de

509

simples voyageurs de passage. Une petite colonie québécoise passait l'hiver à cet endroit, dans un rayon d'environ cent mètres du Mono. Beaucoup d'hommes seuls. La première fois qu'on leur parlait, ces gars-là pétaient le feu. On ne voyait presque jamais la blessure au premier coup d'œil. Mais elle finissait le plus souvent par remonter à la surface, à la faveur de quelques bières, d'un amour possible, d'une transaction de drogue ou seulement d'une oreille complaisante. Problèmes sentimentaux, insuccès professionnels, faillites personnelles. Un divorce des enfants décédés en bas âge le conjoint atteint d'une maladie dégénérative incurable. Un accident d'auto. Un cocufiage con. Abusé sexuellement par mononcle Ernest. Oublié au zoo à l'âge de trois ans. Sans parler de tous ces congédiements déguisés en décisions d'écrire le roman du siècle.

Gode, croyait Nihilo, était un de ces hommes blessés. Il avait tué, ou non, et payé sa dette à la société, là n'était pas le problème. Son problème, c'était le démon du récit qui le rongeait. C'était le pacte du silence et le cadavre dans le placard de l'histoire. Le trou noir autour de la mort de Lavoie. Ce qui n'a pas encore été raconté n'a pas été vécu. La logique de la confession le veut ainsi. Et pour Gode, ce lancinant silence durait depuis trente ans. Il avait accordé une longue entrevue à sa sortie de prison et livré un récit bourré d'invraisemblances et de contradictions, qui soulevait davantage de questions qu'il ne fournissait de réponses. La crise d'Octobre était restée, depuis ce temps, la face cachée de la lune québécoise. Un trou de mémoire collectif en forme de mise à mort.

Il passait l'hiver dans une case en parpaings crépis, recouverte d'un toit de palmes et juste assez grande pour contenir un lit, un hamac et une commode. *Mi cabana en México.* Et il voyait débarquer une belle fille du genre à tout comprendre et qui était au besoin de se confier ce que la mortaise est au tenon. Capable de tenir son bout sur Camus et les révolutionnaires russes.

Et tandis que Sam grimpait l'échelle, débarrait le cadenas et entrait récupérer la bouteille dans la chambre, il devait se battre contre une image apparue à la limite de la zone éclairée de sa conscience : elle au lit avec Gode. Confidences sur l'oreiller.

Assis dans la cuisine, Gode jetait un coup d'œil au *Field Guide to the Birds of Mexico and Central America*.

J'ai vu un motmot à tête rousse pas loin d'ici, lança Nihilo en brandissant la bouteille de mezcal.

Gode lui montra la planche couleur des perruches.

Des comme ça, j'en ai déjà vu… Et ceux-là aussi.

Des amazones à front blanc ! Des conures à front rouge ! Où ça ?

Du côté de Huatulco. J'étais avec un ami, un maniaque qui a débarqué ici avec son télescope et sa liste d'espèces à cocher. On ira, si ça vous…

L'élocution laborieuse, il s'interrompit pour regarder Marie-Québec émerger, un peu pâle, du cube de maçonnerie blanche qui abritait la salle de bain.

Si ça vous tente… de…

Les conures.

Ouais, c'est ça.

En Abitibi, lui expliqua Marie-Québec, Sam s'ostinait avec les chasseurs, parce que monsieur, lui, distinguait trois espèces de perdrix.

Gode jeta un coup d'œil à Nihilo.

Elle m'a dit que vous étiez au Kaganoma…

Ouais. C'est une des choses qu'on a en commun, toi et moi. L'autre, c'est Chevalier Branlequeue…

Gode referma le livre d'oiseaux.

Est-ce qu'on le boit, ce mezcal-là ?

Il faisait presque noir. Ils marchaient sur la plage, pieds nus dans le sable mouillé allumé d'algues unicellulaires, et se passaient la bouteille. Dans un coulis de lumière sanguine, la silhouette à contre-jour d'un pêcheur au filet figé tel un héron face aux déferlantes. Loin au-dessus de leurs têtes, la brise marine ramenait les oiseaux à terre.

Ils avançaient tous les trois sur la plage, presque sans parler et en se passant la bouteille.

Avant d'arriver au Mono, Sam se retourna vers la silhouette hiératique du pêcheur d'appâts, entré dans l'eau jusqu'au ventre, le filet brandi à deux mains. Il le vit lancer ses rets comme pour essayer d'attraper une vague au lasso, puis disparaître, enseveli sous une montagne d'écume. Il émergea de l'autre bord du rouleau et, luttant contre le ressac, revint à terre en remorquant le filet attaché à son poignet par une corde. Lorsqu'il prit pied et le souleva, il était plein de poissons.

Des langues orange et des houppes de fumée noire s'élevaient d'une pyramide de bois flotté d'un mètre de haut entre le Mono et la mer. Les amplis crachaient de la musique des années 70, le feu attirait du monde. Couchés dans le sable, des chiens fauves et puceux aux flancs pareils à de la planche à laver montraient les dents aux ombres. Quelqu'un vint engager la conversation avec Gode, la bouteille de mezcal, passant de main en main, finit par disparaître. Samuel se retrouva au bar en train de payer des tequilas à Gode et à Marie-Québec. Elle occupait un tabouret entre les deux hommes et se dandinait légèrement pour suivre le rythme de la musique.

Sam voulait parler des *Justes* avec Gode.

Pars-le pas là-dessus, dit Marie-Québec à l'ancien felquiste.

Pourquoi?

Il sera plus arrêtable.

Pas grave. La soirée est jeune.

Elle entendait ce qu'il disait. Son corps, lui, suivait la musique.

On a toute la nuit, dit-il encore. Mais je croyais que c'était toi, la spécialiste des *Justes*…

Moi, je suis la spécialiste de rien. Je suis la spécialiste du soleil. D'une goutte d'eau sur un pouce de peau. Combien de nombrils on peut remplir avec la mer? C'est ça, ma spécialité.

Samuel sauta sur ses pieds et annonça qu'il allait se baigner. Gode tourna légèrement la tête pour le regarder, mais tout ce qu'il voyait, c'était une petite robe imprimée suspendue à deux seins grands comme la main et fermes comme des mangues et qui oscillaient au rythme des Mamas and Papas au-dessus d'un tabouret.

Sam ne vacillait presque pas tandis qu'il s'éloignait. Il marqua une pause près du feu, puis sortit du halo et continua d'avancer vers la mer, dans le noir.

Gode avala une tequila suivie d'une gorgée de bière et s'essuya les lèvres d'un revers de main. Il se sentait merveilleusement bien. Marie-Québec leva son verre.

À nos projets.

Tu sais quel âge j'ai?

Passé cinquante ans. J'espère que tu voulais pas garder le secret. Tu peux pas, t'es un personnage historique.

Exactement. Passé cinquante ans. Trop vieux pour conter des menteries, même pour la bonne cause.

Et c'est quoi, la bonne cause?

Toi.

Bon. Et le mensonge, maintenant?

Je suis un producteur de cinéma. Il aurait fallu que j'ajoute : en faillite. Mais pour avoir l'attention d'une actrice, c'est pas fameux...

Donc, les productions Vues de lynx, c'est fini?

Fini, mort, kaput. Maintenant, tu peux arrêter de me parler...

Ils commandèrent d'autres tequilas. Les pesos s'envolaient.

Ton chum, je sais pas si tu le sais, mais je le vois venir.

Ah oui?

Oui. Des écrivains et des scénaristes, il y en a quatorze à la douzaine entre Carranza et Puerto Madre, et ils viennent tous me parler et ils veulent tous savoir devine quoi. Ils pensent m'amadouer avec leur quart d'once mélangé avec du Comet. C'est vraiment le trou du cul du grand serpent à plumes, ici.

Par-dessus son épaule, Marie-Québec voyait Sam remonter la plage dans son short noir et vert plaqué sur ses cuisses et dégoulinant. Il se séchait le visage et les cheveux avec son t-shirt. Gode suivit son regard.

Viens avec moi au Guatemala.

J'ai rien entendu.

Gode leva ses deux grosses pattes à la hauteur de ses yeux et il les regarda comme s'il les voyait pour la première fois.

J'ai déjà vu un trappeur étrangler un lynx de ses mains, dit-il en mimant le geste. Là-bas, dans le Nord... Sais-tu quoi? J'ai l'impression que toutes les femmes rêvent d'être caressées par un tueur.

Et c'est ce que t'es?

C'est ce que le juge a dit que j'étais.

Samuel passa près d'eux et vint s'accouder au bar derrière Marie-Québec.

À boire, réclama-t-il.

On le vit bientôt se battre avec la petite sacoche de cuir écru qui lui servait de portefeuille sur la plage.

Eh, Sam... La bouteille de mezcal est passée où?

Dans des bons foies tabarnacos, mon vieux.

Pas grave. On va en acheter...

Ça m'étonnerait que tu puisses acheter la bouteille au complet.

Je te parle pas du Mono, nono. Je te parle d'une bonne baboche, celle que les Indiens vendent au bidon dans les rues d'Oaxaca. Le *moonshine* local. On peut en acheter au robinet, dans une cahute, pas loin d'ici. Faut juste avoir le cerveau bien accroché, parce que, même avec le crystal meth et toute la merde en circulation, ça reste la drogue la plus dangereuse du coin.

Gode s'appuya des deux mains au bar et se remit debout. Il posa une main qui se voulait presque légère sur l'épaule de Marie-Québec, pour se stabiliser un peu, s'empêcher de trop chambranler. Puis il se raplomba, retira sa main. Sam et lui se faisaient face, maintenant.

Je sais que tu veux me faire rouler dans le sable, réussit à dire Gode, mais on verra bien qui tombe en premier.

T'entends ça, Marie?

Où est-ce que tu vas?

Acheter du mezcal avec Gode.

# Gode

Il donnerait tout ce qu'il a, plus que ça, le silence des arbres et le chant des oiseaux, le cri des bêtes qu'il rêve tant d'attraper, le bruit du vent dans les branches d'une forêt d'un million de kilomètres carrés, pour être dans le lit avec elle. Se réveiller dans la paix de son visage et de son souffle tiède et de sa chaleur de femme.

Au lieu de ça, le divan du salon et les yeux grands ouverts, à guetter l'aube.

Il finit par sauter dans son pantalon et sortir sur la pointe des pieds.

Le chemin Queen-Mary vers l'est, jusqu'à l'entrée du cimetière, fait encore noir. Il respire à fond le bon air froid d'octobre, l'orange brûlé des feuillages confondus dans l'obscurité, tourne à gauche sur Decelles, passe devant le Café Campus, remonte Decelles vers le nord. Les paroles d'une chanson idiote lui résonnent dans la tête.

Qu'est-ce qu'il fait
qu'est-ce qu'il a
qui c'est celui-là ?

Il a une drôle de tête
ce type-là

Il marche jusqu'au coin du chemin de la Côte-Sainte-Catherine, tourne à droite, avance, les mains dans les poches, un peu penché, le cou rentré dans le col de sa veste. Attrape plus loin l'autobus, direction est, un dimanche matin de longue fin de semaine, de grasse matinée d'Action de grâce. À bord, c'est tranquille à mort.

L'autobus dévale le flanc de la montagne et Gode descend au coin de Mont-Royal et se dirige vers l'est. Il croise quelques piétons, des fringants, des à moitié endormis sur le pilote automatique, mélange de maniaques insomnieux et d'homosexuels en feu, direction les fourrés de la montagne.

Et tandis qu'il traverse le champ des regards, une impression singulière l'habite, un vertige, une envie de crier. Il sent vibrer la ville nerveuse autour de lui, la même ville que la veille, mais comme neuve, dans sa vision, devenue cette gigantesque usine à questions : qui? comment? où?

Et lui, il *sait*.

Et le fait enivrant que personne n'est dans sa peau, ne peut voir dans son cerveau, le soulève au-dessus de lui-même et le fait soudain se sentir plus vivant.

On va pas se laicher faire les gars
Qu'est-ce qu'il fait
qu'est-ce qu'il a

Non mais cha va pas
mon p'tit gars
On va l'mettre en prison
ce type-là
s'il continue comme ça

Au coin de Saint-Denis, il entre au Fameux, salue le patron d'une brève inclinaison de la tête et va s'asseoir à une table d'où il peut surveiller le carrefour presque désert à cette heure. La radio est allumée, le patron joue avec le bouton du volume.

Avant même de lui demander ce qu'il veut, la serveuse permanentée d'une quarantaine d'années donne un rapide coup de torchon à la table et lui sert un café. Gode la remercie d'un hochement de tête.

Si ça a-tu de l'allure, dit la serveuse, puis : Tu vas manger, mon chou ?

Deux œufs tournés bacon. Est-ce qu'ils ont dit qui a fait le coup ?

Pas encore, mais…

Les maudits FLQ, lance un client trois tables plus loin, je te les alignerais toutte le long d'un mur de ciment, pis là…

Gode résiste à l'envie de se retourner. Ils sont sept ou huit clients disséminés entre les pots de poivrons rouges marinés exposés en vitrine et les tables du fond. Avec des têtes de travailleurs de nuit et de tristes fêtards solitaires pas couchés, de chambreurs avec un bardeau en moins. Gode voit un homme en chemise à carreaux bleue manipuler l'édition spéciale du *Journal de Montréal* consacrée à l'enlèvement. De nouveau cette étrange conscience de lui-même. Son scandaleux incognito au cœur de l'événement.

Il entend à la radio que le rapt n'a pas été revendiqué, ce qui veut dire que le coup de téléphone passé la veille n'a rien donné. Il dévore ses œufs tournés et ses toasts de pain blanc tranché et avale même la tranche de tomate à demi desséchée au fond de son assiette comme si c'était son dernier repas. Puis il se lève et paie et laisse un pourboire et salue le patron et sort.

Le trottoir. La rue. Le métro à deux pas. Il va être six heures du matin.

Pour la première fois depuis que, bien avant l'aube, il a ouvert les yeux, Gode pense à l'homme, là-bas, comme à une existence, une chose réelle, arrivée. Il se souvient du contact de son genou avec le dos de l'otage dans l'auto. C'est un être vivant. C'est vrai. C'est là que tu t'en vas.

# Lavoie

Il voudrait ouvrir les yeux, mais ne peut pas. Il entend la radio qui lui dit que c'est le matin. La veille, dans le garage, après l'avoir sorti de l'auto, ils lui ont bouché la vue avec plusieurs épaisseurs de kleenex entourées de bandes de ruban gommé. Puis, en le tenant aux épaules et en le poussant devant eux, ils l'ont fait passer directement dans la maison par une ouverture pratiquée dans le mur.

Il est dans une chambre, étendu sur un lit, les poignets menottés à une laisse de chien en métal dont l'autre extrémité est fixée au montant du lit à l'aide d'une seconde paire de menottes. Il a dormi par à-coups seulement, entend maintenant ses ravisseurs se déplacer dans les autres pièces. L'eau du café qui bout dans le canard électrique. L'otage tend l'oreille, localise le sifflement, c'est derrière lui, quelque part. Il y a un couloir, puis la cuisine. Il pense clairement, en homme bien réveillé.

Il bouge, roule sur lui-même jusqu'au bout de la laisse, le matelas grince sous lui. Il s'éclaircit la voix, une fois, deux fois.

Des pas. Une respiration, près du lit.

L'homme veut savoir si tout est « correct ». Et Lavoie :

Hier soir, quand vous m'avez emmené, j'attendais ma femme pour aller au restaurant…

C'est bien plate pour vous, mais c'est comme ça. Changement de programme. Avez-vous faim ?

Oui.

Prendriez-vous des œufs avec des toasts ?

Oui.

Comment vous voulez que je mange avec ça ?

Ils lui ont déjà ôté les menottes, l'ont aidé à s'asseoir en lui calant le dos avec des oreillers, et Lavoie aimerait maintenant voir ce qu'il mange.

Enlève-lui donc son bandeau, dit un des gardiens.

Ça lui fait mal, comme si on le scalpait. Il rouvre les yeux, voit le ruban gommé plein de cheveux, rien pour arranger un début de calvitie.

L'assiette posée dans son giron, il déjeune d'œufs brouillés et de pain Weston sous l'œil d'un cagoulard armé d'un fusil d'assaut. Et Lavoie ne peut pas en croire ses yeux : ils n'ont pas pensé à aveugler la fenêtre ! Il enregistre avidement le moindre détail sans en avoir l'air pendant qu'il avale sa nourriture. La vitre laisse pénétrer le jour naissant à la gauche du pied du lit. La moitié d'un bungalow, des terrains vagues, un bout de rue désert, des champs, quelques bâtiments. À peut-être un demi-mille, un grand hangar que, dans cette lumière incolore de l'aube, à sa seule silhouette il reconnaît aussitôt. Lavoie retient un moment sa respiration. Le politicien de terrain, le vieux renard serreur de mains, est dans son comté. Connaît le coin comme le fond de sa poche. Pendant la dernière campagne électorale, il utilisait les pistes d'atterrissage situées de l'autre côté du hangar. Celui avec le grand chiffre 12 peint sur le toit. La maison où il est retenu captif se trouve à deux pas de l'aéroport de Saint-Hubert.

L'otage baisse les yeux sur son assiette, découpe une bouchée d'œufs brouillés avec sa fourchette et la dépose sur un morceau de toast beurré qu'il amène ensuite à ses lèvres. Il mâche, avale, puis tourne la tête pour regarder le jeune homme masqué qui le surveille. Paul Lavoie sonde les fentes sombres des yeux, puis sourit faiblement à son gardien.

Merci, dit-il. C'est bon.

Pendant qu'il mangeait, celui de ses ravisseurs qui était descendu de voiture la veille est rentré. Il peut maintenant les entendre formuler à haute voix, dans la pièce voisine, les termes du communiqué que l'un d'eux tape ensuite à la machine.

Le ministre sera exécuté le dimanche soir 11 octobre à dix heures si, d'ici là, les autorités en place n'ont pas répondu favorablement à toutes les demandes émises à la suite de l'enlèvement de M. Travers.

Le dimanche 11, c'est-à-dire : aujourd'hui. Lavoie alors comprend qu'il doit se préparer à mourir.

Au moment où son gardien s'apprête à lui repasser les menottes, il dit :

Ils écrivent au gouvernement, à côté ? Je croyais que c'était déjà fait…

On a envoyé un premier communiqué, mais ils l'ont pas trouvé.

Est-ce que je pourrais écrire une lettre à ma femme ? Tant qu'à avoir les mains libres…

*12 octobre 1970, 7 h a.m.*
*Chérie,*

*Je vais bien, j'ai passé une bonne nuit, presque comme si nous avions été ensemble, la petite famille. Je pense constamment à vous trois. Cela m'aide à tenir le coup.*

*L'important, c'est que les autorités bougent ! Pour le reste, aidons-nous un peu, et peut-être que le Ciel nous aidera…*

*Mon amour à tout le monde.*

*Paul*

Le chemin de la Savane passe un peu plus haut. Il n'arrive pas à se souvenir des noms des deux rues minuscules isolées au milieu des champs. Il connaît le secteur, est déjà passé dans le coin, a cogné aux portes, il se fouille la cervelle, en vain. Au moment où il va commencer à désespérer, nouveau coup de pouce de ses ravisseurs : il entend l'un d'eux décrocher le téléphone, dans le couloir entre la chambre et la cuisine, et appeler un taxi comme si de rien n'était ! Immobile sur le lit, Lavoie se tend de tout son être vers les mots qui vont passer de la bouche inconnue dans le combiné. La table de téléphone, évalue-t-il, se trouve à quelques enjambées de la porte ouverte de sa chambre, près de la salle de bain.

Une voiture au 140, Collins, s'il vous plaît, fait la voix.

Merci.

Plus tard, il demande à son gardien s'il peut se dégourdir les jambes. Après avoir consulté ses camarades, celui-ci défait les menottes fixées au montant du lit, fait lever l'otage et le promène en laisse à travers la maison. Arrêt aux toilettes, puis on repart. Les odeurs, friture, pain grillé. La cuisine est ici. Réduit à ses oreilles et ses pieds, Lavoie est un corps-antenne qui se meut dans un espace obscur et qui frôle les murs en captant un maximum d'informations. Il s'efforce de reproduire la configuration des lieux dans le secret de son imagination. La télé et la machine à écrire se trouvent dans la chambre voisine de la sienne. Il a les yeux bandés et il pense à la mort.

Un communiqué est lu à la radio. *Le ministre sera exécuté le dimanche soir 11 octobre à dix heures si, d'ici là…* Les terroristes se congratulent dans une autre pièce qui doit être le salon.

Et Lavoie pense : Collins, la rue Collins. L'aéroport de Saint-Hubert. Le hangar numéro 12.

Ils lui servent un sandwich au beurre de pinottes autour de midi.

Désolé, mais c'est tout ce qu'on a… Il reste juste du pain.

C'est correct.

Prendriez-vous un bon thé avec ça ?

Oui. S'il vous plaît…

Un peu avant treize heures, nouveau bulletin spécial. Cette fois, le communiqué, rédigé à la main, a été retrouvé dans une cabine téléphonique, accompagné de la lettre de Lavoie à sa femme.

*Nous le répétons : si d'ici dix heures ce soir, les deux gouvernements n'ont pas répondu favorablement aux conditions du FLQ, le ministre Paul Lavoie sera exécuté. Si toutes les conditions sont remplies, l'Opération Délivrance se terminera et Lavoie sera relâché dans les vingt-quatre heures. La moindre hésitation des autorités en place sera FATALE au ministre. C'est déjà une très grande concession pour nous d'être obligés de le remettre en vie et en bonne condition. Il ne faut pas trop nous en demander.*
*Front de libération du Québec*
*Nous vaincrons…*

Un graphologue vient témoigner en ondes de l'authenticité de la lettre à l'épouse. Le lecteur de nouvelles la lit d'un ton solennel. Ensuite, pause publicitaire.

Plus que neuf heures à vivre, songe Lavoie.

L'autre type est de retour. Celui qui semble être le chef et se promène en taxi et qui trouve que c'est vraiment trop gentil de leur part, de laisser Lavoie en vie. Il les entend taper à la machine un troisième communiqué dans la chambre d'à côté.

Lavoie appelle. Un des ravisseurs se pointe.

Est-ce que je peux écrire une autre lettre ?

Encore ?

Oui. Je vais écrire à Vézina. Je veux écrire à mon premier ministre. Je suis capable de le convaincre. Laissez-moi faire, vous allez voir…

Mon cher Albert,

J'ai l'impression d'écrire la lettre la plus importante de ma vie. Pour l'instant, je suis bien traité, et même avec courtoisie. (…)

Nous sommes en présence d'une escalade bien organisée qui ne se terminera qu'avec la libération des prisonniers politiques. Après moi, ce sera un troisième, puis un quatrième et un douzième.

Mon bien cher Albert, ce qui suit est très très important : il faut ordonner la cessation immédiate des recherches policières. Leur réussite serait un arrêt de mort pour moi. Au lieu que si la libération et le départ des prisonniers politiques sont menés à bonne fin, j'ai la certitude que ma sécurité personnelle sera absolu. Nous sommes tout près d'une solution, je le sens, car entre mes ravisseurs et moi, il n'y a pas de réelle animosité. Mon sort repose donc maintenant entre tes mains. Il ne tient plus qu'à toi que je sois bien vite de retour sur la collines parlementaire pour t'épauler, comme le fidèle bras droit que je t'ai promis d'être. Décide de ma vie ou de ma mort. Je compte sur toi et te remercie.

Amitiés.

Paul Lavoie

L'otage regarde un des cagoulards glisser la lettre dans une enveloppe.

Qu'est-ce qu'il y a dans l'enveloppe pour qu'elle soit épaisse comme ça ?

Vos cartes de crédit. Et vous en avez un bon paquet, hein, mon cochon ?

Mais pourquoi ?

Identification.

Pourquoi les envoyer toutes ?

De toute manière, on peut pas s'en servir. Trop hot…

Vous auriez pu vous en garder pour les prochains communiqués.

Il n'y en aura pas d'autre, rétorque sèchement le cagoulard, puis il quitte la pièce.

Le soir, ils lui servent du spaghetti en boîte du Chef Boyardee avec une tranche de pain. Lavoie leur dit de prendre l'argent qui se trouve dans son portefeuille, environ soixante dollars, pour acheter quelque chose à manger.

Vous êtes bien aimable. Mais on n'a pas l'habitude de se gêner.


Se préparent-ils à le tuer ? Savent-ils déjà comment ils vont s'y prendre ?

Lavoie est allongé sur le dos. Il n'a rien à lire, a de nouveau un tas de kleenex fixé avec du ruban adhésif sur les yeux.

À 21 h 55, juste avant l'expiration de l'ultimatum, Vézina, dit le Petit Albert, le premier ministre du Québec, lit sa réponse aux exigences des terroristes sur les ondes de la radio et de la télévision d'État.

*Le gouvernement*, dit-il, *ne peut, ne doit, ne va pas demeurer passif lorsque le bien-être de l'individu est menacé jusque dans ses racines. En effet, la valeur de notre peuple, son exceptionnel esprit de travail et de sacrifice, son respect d'autrui, sa tolérance et son sens de la liberté ne sont-ils pas les meilleurs gages de la justice et de la paix ?* Blablabla.

Accouche, murmure Lavoie sous son bandeau.

Suivent encore trois ou quatre autres circonlocutions généreusement tartinées de bon cheddar canadien, puis le Petit Albert, donnant l'impression d'entrouvrir une porte, affirme que c'est parce que son gouvernement *tient véritablement à la vie de messieurs Travers et Lavoie* qu'il souhaite établir, comme préalable à l'ouverture de négociations directes avec le FLQ, des *mécanismes de nature à garantir que l'élargissement des prisonniers politiques aurait bien pour contrepartie et résultat immédiat la libération des deux otages. Il y a là un préalable que le simple bon sens nous fait un devoir d'exiger. C'est pourquoi nous demandons aux ravisseurs de ces deux hommes d'entrer en contact avec nous.*

Est-ce qu'il a bien dit ce qu'il vient de dire ? se demande d'abord Lavoie, qui connaît son Petit Albert.

Quelque chose dans son ventre décide que oui. Il lâche un cri. Dans le salon, ses ravisseurs, presque aussi soulagés que lui, se donnent l'accolade.

L'un d'eux se tient maintenant près du lit. Lavoie le reconnaît à sa voix. C'est l'homme au taxi.

Sauvé par la cloche, on dirait, constate ce dernier. Est-ce que Vézina est sérieux ? Est-ce qu'il veut vraiment négocier ? Vous qui devez bien le connaître, vous pourriez peut-être nous le dire…

Albert, c'est quelqu'un de solide. S'il dit qu'il veut négocier, c'est parce qu'il va négocier.

Ah oui ?

Puisque je vous le dis.

# La filature

En sortant de la station de métro Longueuil, Jean-Paul repéra les deux gugusses attachés à ses pas. Des gars en civil avec le mot de quatre lettres qui commence par un *f* écrit en travers de la face. On était le mardi 13 octobre et il était dix heures du matin.

La veille, il était allé en ville, avait dissimulé le communiqué numéro 5 entre les pages du bottin d'un téléphone public et était resté dormir chez une amie.

Il promena ses deux pots de colle une partie de la journée sur la Rive-Sud, en autobus et en taxi, puis se réfugia chez des militants indépendantistes de sa connaissance. Ses rémoras montaient la garde dans une Volkswagen stationnée au coin de la rue.

Est-ce qu'ils croient vraiment que je vais les emmener piquer une jasette avec Lavoie ? se demandait-il, incrédule.

Il s'enferma dans la salle de bain et s'installa devant le miroir avec un cintre métallique, une pince à broche et une brique enveloppée dans une serviette mouillée. Puis, à grands coups de brique dans le front et sur le mâche-patates, il se retoucha le portrait. Il ouvrit la pharmacie, trouva un flacon d'aspirines, versa une demi-douzaine de cachets au fond de sa paume et les fit passer avec un verre d'eau.

Ensuite, il découpa le cintre et plia deux morceaux qu'il se rentra dans la bouche, puis examina ses mâchoires reconfigurées dans le miroir. Il avait la figure comme un steak cru et les maxillaires de traviole. Du travail à la mitaine, mais meilleur marché que le bistouri du chirurgien.

Un parapluie converti en canne de p'tit vieux compléta sa métamorphose. Preuve de l'efficacité du stratagème, sa copine montréalaise ne le reconnut pas tout d'abord. Jean-Paul se dit que c'était sûrement pareil pour la police.

En tout cas, ses deux anges gardiens paraissaient s'être envolés.

# Stratégie

Pas Travers.

Pourquoi pas ?

Parce que c'est rien qu'un symbole, Travers. Sainte-canisse, c'est pas comme s'il avait du sang sur les mains !

Alors vous auriez dû choisir quelqu'un d'autre.

Justin Francœur tortilla nerveusement la pointe tombante de sa moustache. Venu aux nouvelles chez leur amie commune à la fin de l'après-midi, il avait eu la surprise de tomber sur l'aîné des Lafleur dans cet appartement qui servait de boîte à messages entre les deux cellules.

Notre position, annonça Justin au bout d'un moment, c'est qu'on va le garder aussi longtemps qu'il le faudra. Mais de le tuer, non, pas question.

Votre position, comme tu dis, c'est la même depuis le début : reculer jusqu'à la victoire finale ! Crois-tu qu'ils l'ont pas compris, que vous étiez pas prêts à aller jusqu'au bout, en lisant vos communiqués écrits comme des plans de cours de socio ?

Les vôtres ressemblent à des demandes de rançon torchées par des petits racketteurs de la pègre.

Lesquels vont être pris au sérieux, tu penses ?

La bouille partiellement désenflée de Jean-Paul, qui avait vite envoyé revoler la compresse humide apportée par leur hôtesse, présentait un aspect parfaitement sinistre.

Écoute bien ce qu'on va faire, reprit-il. Vous pouvez suspendre indéfiniment l'exécution de Travers si ça vous chante. De notre côté, si les autorités prononcent l'arrêt de mort de Paul Lavoie, on va pas s'y opposer…

Ça veut dire quoi, ça?

Ça veut dire ce que ça veut dire.

Vous allez déconcrisser toute la sympathie qu'on a réussi à aller chercher avec le Manifeste.

Si tu veux absolument être sympathique, ça te regarde. Sauf que là, on est devant un mur. On peut plus reculer sans perdre la face, conclut Jean-Paul en tâtant sa pommette écrabouillée.

Je pensais qu'ils négocieraient… J'étais convaincu de ça.

Si Brien n'est pas capable de relancer le processus, tout ce qui va nous rester à faire, c'est de leur faire payer le prix.

Tu te souviens de notre voyage à Percé?

Ouais.

Moi, j'ai jamais compris d'où venait l'argent.

L'argent…

Dans l'enveloppe que Mario Brien t'a refilée, là-bas, dans le parking de la halte routière.

C'était le magot du hold-up de l'université.

Mais je croyais qu'il avait été saisi à Saint-Colomban!

Maître Brien s'est arrangé. Il l'a récupéré pour nous autres…

Comment ça se fait?

Je sais pas. On a peut-être des amis dans la police. Aussi nationalistes que toi pis moi.

Es-tu en train de me dire que c'est l'escouade antiterroriste qui a financé les enlèvements?

Es-tu fou? Je connais pas les détails, mais dis-toi bien que maître Brien sait ce qu'il fait. C'est un homme intelligent…

Et avec les Américains, ça s'est passé comment?

Jean-Paul eut un petit geste de la main qui pouvait vouloir dire : ça va, ça vient.

C'est des contacts qui prennent du temps, fit sa grosse voix râpeuse un ton plus bas. Et du temps, vous m'en avez pas laissé beaucoup, hein ?

L'Opération Délivrance pouvait pas attendre.

Opération Délivrance mon cul.

# Perquisition

C'était la deuxième fois que la grosse Meteor mauve passait devant la maison. Entassés à l'intérieur, un quatuor de types (impers, cols relevés, verres teintés, un ou deux chapeaux) en profitaient pour décocher des coups d'œil appuyés à la façade du bungalow.

OK, dit René, sa voix un souffle, comme si soudain il se vidait de son air. Ils nous ont trouvés...

Il s'écarta de la fenêtre, s'empara des deux M1 posées sur la table à cartes du salon, s'assura que le chargeur était bien engagé dans la première, lança l'autre à Gode, qui réussit l'attrapé malgré ses genoux qui s'entrechoquaient. Les mains de Ben, déjà moites, serraient la crosse et le fût du pompeux tronçonné.

Une seconde voiture se joignit au manège. Noire, avec des hommes en manteau de cuir dedans. Les deux autos se suivaient à bonne distance, tournant lentement autour du repaire en empruntant les deux minuscules bouts de rue perpendiculaires qui les ramenaient sur Nelson et ensuite Collins, comme des oiseaux de proie.

Gode se tenait face à l'entrée, le fusil d'assaut braqué sur la porte.

On fait quoi, là?

La veille, Jean-Paul avait téléphoné pour leur dire qu'il avait été filé et avait réussi à semer ses poursuivants, mais que la prudence la plus élémentaire voulait qu'il demeure au large de la rue Collins pour le moment.

René émergea du placard, sa M1 dans une main, tenant de l'autre une vieille vadrouille munie d'un manche en bois franc, comme une lance de chevalier avec laquelle il frappa trois coups de théâtre sur le plancher.

Je pense que je viens d'avoir une idée…

Le dos au mur, l'arme pointée devant lui, Gode attendait l'assaut. À quelques mètres, René, le nez à la fenêtre, surveillait la rue. Il tenait par une bretelle un sac à dos bourré de papier journal dont dépassaient des bâtons de dynamite bricolés en un tourne-main avec les segments du manche de vadrouille scié qu'ils avaient enrobés de papier kraft et enduits de beurre pour leur conférer le fini approprié. Un fil électrique partait du sac et aboutissait à un bouton de sonnette dans son autre main.

Ils arrivent, dit-il.

Les mêmes autos banalisées foncèrent dans la rue, suivies cette fois de plusieurs auto-patrouilles qui freinèrent devant la maison tandis que des policiers jaillissaient des voitures, se répandaient dans la rue Collins et couraient partout.

Va chercher Lavoie!

Ben revint en poussant devant lui le misérable otage au bout de sa laisse de chien. Le ministre du Travail tremblait sans pouvoir se contrôler. Puis, il sentit le froid de la bouche du fusil sur sa nuque.

Rien de personnel, dit René tandis qu'il assujettissait les courroies du sac au torse de l'otage. Il s'exprimait du ton de quelqu'un qui se dirige très calmement vers la crise de nerfs. Rien de personnel, mais si jamais les choses se passent mal, vous allez être le premier à partir…

Non… arrêtez ça. Pitié!

Ils se tenaient en retrait de la fenêtre du salon, à cause des tireurs d'élite probablement déployés à l'heure qu'il était. Gode avait le doigt crispé sur la détente. René gardait le sien posé sur le bouton de sonnette maquillé en détonateur et brandissait sa M1 de l'autre main. Ben se tenait derrière Lavoie, prêt à lui exploser le crâne d'un coup de 12.

Des petits geignements nerveux de chiot apeuré s'échappaient de la poitrine de Lavoie, c'était physique, pitoyable.

Le cœur emballé, les jambes molles, ils attendaient et rien ne se passait.

Au bout d'un moment, Gode risqua un œil à la porte.

C'est pas vrai…

Quoi?

Il s'accroupit le long du mur, dans le portique.

C'est pas vrai…

Il était complètement vidé. Il essayait de parler, mais ses lèvres se tordaient et ne laissaient rien sortir. Il resta là, bouche ouverte, à secouer la tête.

René, sans lâcher le bouton de sonnette, s'avança sur la pointe des pieds pour jeter un coup d'œil.

C'est chez le voisin, dit-il d'une voix blanche. Hostie de crisse de tabarnak de saint-ciboire de câlice. C'est chez le voisin.

Se tournant à moitié, il appuya le canon de sa M1 sur l'oreille de Lavoie.

Tu cries, t'es mort.

# Opération Touchdown

La lente et sourde pulsation des rotors d'un hélico de l'armée tira Gode de sa somnolence du début de l'après-midi. Le jour : jeudi. Il trouva René à la fenêtre, les jumelles vissées aux yeux, regardant passer à basse altitude les gros birotors qui venaient de décoller de la base voisine. Peu après, des avions Hercules se pointèrent dans l'axe des pistes et vinrent déverser sur le tarmac et les terrains de l'aérodrome des colonnes de soldats en armes avec tout leur barda. René nota que plusieurs d'entre eux arboraient sur leurs casques des fioritures de tissu vertes censées imiter des feuillages. Des tenues de camouflage… Il laissa retomber les binoculaires sur sa poitrine, complètement abasourdi.

Ce soir-là, ils entendirent à la radio la réponse définitive du gouvernement du Québec à leurs demandes. Vézina, dans un communiqué, rejetait toute forme d'élargissement en bloc des prisonniers politiques, mais s'engageait à recommander la libération conditionnelle de cinq d'entre eux. Pour le reste, les autorités se contentaient de renouveler l'offre de sauf-conduit déjà sur la table : un avion attendait les ravisseurs, prêt à décoller pour le pays de leur choix. On leur laissait un gros six heures pour se décider.

Ça nous donne jusqu'à trois heures du matin, calcula René, dégoûté.

Gode sacra un coup de poing dans le mur et le gyproc céda sous la force de l'impact.

Un peu plus tard, pendant que Ben surveillait l'otage, ils empruntèrent tous deux le passage secret et se retrouvèrent assis dans la Chevrolet, René au volant, Gode à la place du mort. Entre l'aile avant de l'auto et la brèche pratiquée dans le mur se dressait, dans le garage faiblement éclairé, parmi des ombres démesurées, le réservoir de mazout de 400 gallons qui alimentait la fournaise. Devant la Chevrolet, il n'y avait rien d'autre qu'un mur.

Ils le fixèrent un moment en silence. Des images de route défilaient devant les yeux de Gode. Les grandes plaines du Kansas, avec les derricks de pétrole plantés dans le champ comme des oiseaux noirs. Les *rolling hills* du Kentucky. Un matin très tôt dans l'Oklahoma, ce faisan mâle sur le terre-plein de l'autoroute.

Il s'alluma une cigarette, en fila une à René.

Qu'est-ce que ton frère a dit ? Je veux dire : qu'est-ce que Jean-Paul t'a *vraiment* dit, au téléphone ?

Il a dit de commencer à penser aux mesures à prendre pour terminer l'opération.

Terminer l'opération…

C'est son expression.

Admettons qu'on le relâche. Qu'est-ce qui nous empêche de disparaître, après ? D'aller nous installer à Saint-Louis-du-Ha ! Ha !, en Gaspésie, et d'attendre qu'ils nous oublient ?

On peut pas le relâcher.

On peut pas ? Comment ça, on peut pas ?

Le relâcher, juste comme ça ? On ouvre la porte : excusez-nous, on s'est trompés. C'est pas possible.

OK, mais on peut pas le tuer…

Pourquoi ?

Parce que. Pas comme ça. Je veux même pas y penser…

Moi non plus.

On peut pas faire ça. Comment on va faire ?

Je sais pas. J'en ai aucune idée.

Ils s'allumèrent une autre cigarette, et encore une autre, et contemplèrent le mur à travers le pare-brise. Gode pensait aux gens qui se suicident en restant simplement assis dans leur voiture, à attendre que les gaz d'échappement fassent le travail. Ce serait trop beau et tellement simple d'ouvrir la porte du garage et de reculer, de s'en aller.

René essayait de réfléchir. Son pied appuyait nerveusement sur l'accélérateur, ou peut-être que c'était la pédale de frein, il ne savait pas trop.

Gode jeta son mégot allumé par la fenêtre et le vit rouler jusque sous le réservoir de mazout.

Je pense que j'ai peut-être une idée.

# La confession de Paul Lavoie

Votre Petit Albert, il nous a bien eus. Il a fait semblant de négocier et s'est acheté du temps et regardez ce qui arrive…

Gode et René étaient cagoulés, le premier debout au pied du lit, s'adressant à l'otage, le second tourné vers la fenêtre de la chambre, par laquelle il observait, dans ses jumelles, la longue colonne de camions bâchés et de véhicules militaires qui, arrivant par le nord-est, défilait sur le chemin de la Savane, à quelques centaines de mètres de la maison. Des hélicoptères continuaient de sillonner le ciel et de survoler la rue. Lavoie était assis sur le lit, les yeux recouverts de son bandeau. En écoutant la radio ce matin-là, il avait appris, en même temps que ses gardiens, la proclamation de la Loi sur les mesures de guerre par le gouvernement fédéral. Les rafles et les arrestations sans mandat se poursuivaient depuis l'aube.

Ils ont fait une croix sur vous. Ils vous abandonnent à votre sort.

J'ai rien à vous dire.

Non, mais moi, j'ai affaire à vous. Faut regarder les choses en face, monsieur Lavoie. Votre parti vous a sacrifié. Et moi, ce qui m'intéresse maintenant, c'est de trouver une manière de vous faire sortir d'ici…

Lavoie sourit tristement.

C'est pas compliqué. Juste à me détacher et à me laisser partir.

On peut pas faire ça. Vous êtes le ministre du Travail, vous devez connaître ça, les rapports de force? Essayez donc de vous mettre à notre place. Les seuls points qu'on a marqués depuis le début, c'est avec la lecture du Manifeste à Radio-Canada. Et même là, ils nous ont pas pris au sérieux. Non, ce qu'il nous faut, c'est un texte qui va fesser plus fort que ça. Assez pour faire tomber le gouvernement : *La Confession de Paul Lavoie*.

René laissa retomber les jumelles. Lavoie se taisait. Il attendait la suite. On aurait pu entendre une mouche voler. Gode reprit :

Parce qu'ils ont décidé que vous étiez pas mieux que mort, comme monnaie d'échange, vous valez plus rien. Mais vous pouvez encore leur rendre un chien de leur chienne, parce que vous savez ce qui se passe, vous la connaissez, la pourriture. La vieille politique, les élections sales, la grosse piastre et la petite pègre. Vézina, la marionnette d'Ottawa, la *muppet* des *big trusts* américains. Les enveloppes, les contrats, les clubs privés, les voyages de pêche tous frais payés, la mafia des amis du régime, Scarpino et compagnie. Vous-même, quand vous étiez au *Devoir*, vous avez regardé passer le train et peut-être dénoncé un scandale ou deux, mais ça, c'était avant de vous retrouver de l'autre côté de la clôture. Ensuite, Vézina est arrivé. À part le fait d'avoir un technocrate à la place d'un notable de village, rien n'avait changé : l'establishment place son homme et part avec la caisse. Écoutez-moi bien, monsieur le ministre : vous en savez assez pour le faire exploser, son hostie de gouvernement ! Et nous autres, on va vous aider… Ils pensent qu'avec leur armée dans les rues, ils vont réussir à monter le monde ordinaire contre le FLQ, mais on va aller les chercher un par un devant leur tévé. On va leur donner de la viande. Les noms, les dates. Édition spéciale : Affaire Travers-Lavoie, la Bombe.

Ils vont dire que vous m'avez forcé. Que c'est des inventions et rien d'autre.

Laissez-nous donc nous arranger avec ça, OK?

Si je fais ça, ils me laisseront jamais sortir vivant d'ici.

René se détourna de la fenêtre et il fit un pas vers le lit.

Peut-être, mais si vous le faites pas, c'est la cellule Chevalier qui vous laissera pas sortir vivant d'ici.

Gode surveillait l'otage, à qui ils avaient retiré son bandeau et ses menottes et qui écrivait, comme Proust et Françoise Sagan, assis à la tête du lit, un bloc de papier sur les genoux.

Lavoie leva les yeux de sa feuille et, l'espace d'un instant, crut voir bouger un rideau à une fenêtre du bungalow qui était visible de sa chambre, celui de la rue voisine. Parfaitement immobile, il laissa s'écouler plusieurs secondes, mais rien d'autre ne se produisit. Fausse alerte. Il se remit à l'ouvrage sans que son geôlier se fût rendu compte de rien.

Ce que vous me demandez, finalement, c'est de renier l'œuvre de toute une vie.

Juste de dire la vérité, ce serait déjà beaucoup.

Une femme et deux enfants à nourrir. C'est ça, la vérité.

Vous allez me faire pleurer. Composez-nous quelque chose de beau, en bon français, avec pas trop de fautes, c'est tout ce qu'on vous demande.

Ça irait plus vite en l'écrivant directement à la machine…

Gode le regarda en plissant les yeux.

Ça, c'est le brouillon, expliqua Lavoie. Je vais être obligé de le recopier de toute façon. J'ai été journaliste, vous savez… Je pourrais vous dactylographier un premier jet qui aurait bien de l'allure.

Moi, ça me dérange pas. Vous voulez que je vous apporte la dactylo?

Pas sur mes genoux, comme ça… Il faudrait une table.

Y a une table à cartes dans la chambre d'à côté. Mais ça manque un peu de place, ici, à moins de sortir le lit… On pourrait peut-être vous installer dans l'autre chambre.

Si vous voulez.

Le cliquetis enlevé et presque joyeux de la vieille Underwood montait de la chambre des communiqués. En un contrepoint frénétique aux nouvelles alarmantes d'arrestations et de détentions arbitraires qui se succédaient depuis le matin, il se répandait dans la maison. Le bilan de la loi d'urgence atteignait maintenant plusieurs centaines, les journalistes, quand ils n'étaient pas eux-mêmes écroués, se démenaient pour obtenir des confirmations tandis que la rumeur avançait des noms : Godin, Pauline Julien, Chevalier Branlequeue. Lavoie se trouvait dans la pièce par où il était arrivé, celle avec le passage secret au fond de la garde-robe. La table était placée près du mur qui séparait la chambre du garage. Sous la fenêtre, deux matelas étaient étendus sur le plancher et recouverts d'oreillers et de sacs de couchage. Paul Lavoie enfonçait les touches avec rythme et agilité, beau à voir aller. L'entrain lui venait, il retrouvait la main, la vieille fièvre de la rédaction à l'heure de tombée. Tant que crépitaient les touches du clavier, il n'était plus un otage, mais quelqu'un qui écrit.

Et c'était le même homme qui avait utilisé des mots à dix piastres comme « concussion » et « prévarication » pour dénoncer les magouilles du régime duplessiste dans les années 50, les votes achetés à coups de frigidaires et d'asphalte, les barons du fer et du cuivre et de l'amiante et du gaz naturel, les rivières à saumons sous contrôle américain, la république de bananes, oui, et qu'est-ce qui a changé, au fond ? Seulement ceci : c'était maintenant son propre gouvernement que Paul Lavoie dénonçait.

Mais surtout, il était bien conscient de s'attaquer à l'empire du colonel Lapierre.

Il s'arrêta.

Est-ce que je pourrais encore avoir du thé, s'il vous plaît ?

Mais certainement.

Gode lâcha un cri à Ben, qui se dirigea vers la cuisine.

Vous faites quoi quand vous kidnappez pas les gens ? demanda Lavoie.

Qu'est-ce que vous voulez dire ?

Avez-vous un loisir ?

La raquette l'hiver. L'été la pêche, quand je peux… La petite chasse.

Avez-vous déjà pêché le saumon ?

Êtes-vous malade ? C'est pour les big shots dans votre genre, ça.

Jamais été un pêcheur. Moi, mon sport, c'est le golf.

C'est stupide rare, le golf. Courir après une tite balle.

Après avoir enfilé sa cagoule, Desrosiers apporta une tasse de thé fumante, à motif de roses.

J'ai faim, dit Lavoie en prenant la tasse.

Ça tombe mal, parce qu'il reste pas grand-chose à manger.

Pourquoi vous allez pas faire l'épicerie ?

Parce que c'est pas le temps de sortir. Ils arrêtent tout le monde.

Mais il faut manger. Pourquoi vous faites pas livrer ?

Godefroid et Ben se regardèrent.

J'ai faim comme sept chiens, dit Ben.

Me semble que je mangerais du poulet, dit Lavoie.

Sûr qu'un club sandwich, ça se laisserait manger…

Il y avait trois billets de vingt dans mon portefeuille. Vous avez tout dépensé ?

Il reste un vingt, annonça Ben, et il regarda son complice. C'est moins dangereux comme ça, non ?

René les avait rejoints. Gode sentit soudain tout le poids de sa fatigue. De la tension accumulée, des trop rares heures de mauvais sommeil grappillées depuis des jours. L'armée était pratiquement déployée à leur porte et ils étaient tous les trois à bout.

Moi, lança René, j'irais pour une belle grosse poitrine…

Il cherchait déjà un stylo pour noter les commandes.

Un cartoon de cigarettes. Oublie pas les cigarettes, OK ?

Le repas du condamné, songea Gode. Il se tourna vers Lavoie.

On va aller prendre la commande au chemin, je dis ça au cas où vous vous feriez des idées.

Lavoie, d'une claque, ramena le chariot de l'Underwood en position.

J'ai pas fini.

La petite auto rouge de chez Baby n'eut même pas le temps de se ranger devant la maison que René jaillissait du portique et s'avançait vers la rue. Il paya, laissa un pourboire au livreur, qui le suivit des yeux tandis qu'il retraitait vers l'entrée avec un sac en papier brun contenant les boîtes de poulet.

Il passa la porte et, répandant les bonnes odeurs chaudes autour de lui, se dirigea vers la cuisine, Gode sur les talons. Deux poulets entiers, trois clubs sandwichs, un carton d'Export "A" : ils en avaient pour leur bill de vingt. Pour les fous et les fins. Au moment où René, après avoir sorti les boîtes du sac, soulevait les couvercles pour en inventorier le contenu, Ti-Ben se pointa dans la cuisine pour prendre la part de l'otage. Gode lui jeta un regard. Il devait dire quelque chose, mais d'abord le penser et il oubliait ce que c'était. Un instant. Juste un instant.

J'entends plus la…

Alors le bruit de vitre cassée, alors là, alors vite, alors dans la chambre, la vision d'horreur.

# Ben

Il a fait quoi?

Ben regarda Jean-Paul.

Il a sauté par la fenêtre. Il s'est tiré dans la vitre du haut, en se protégeant avec un oreiller. En bas, il pouvait pas, c'était une fenêtre double avec une moustiquaire. Mais il est resté pris…

Ah, câlice.

Il s'est coupé. Saignait comme un cochon. Gode est sorti en courant et il est allé chercher l'oreiller qui était retombé de l'autre côté, dans le gazon. J'ai déchiré un drap et je me suis mis à lui enrouler des bandelettes autour de ses blessures, il en avait une à la main et l'autre au poignet de l'autre main. Le sang continuait de pisser. Ça s'imbibait à mesure. Il nous demandait de l'emmener à l'hôpital. J'ai ramassé un bout de corde qui traînait et je lui ai fait un garrot. Et un autre de l'autre côté. Il me disait de serrer plus fort. Que ça lui faisait pas mal. Il était blanc comme un drap.

On l'a emmené dans le salon. Il saignait un peu moins. Je pense qu'il en avait perdu au moins une demi-pinte. J'ai lavé les plaies avec de l'eau pis du savon. Après, je lui ai refait ses pansements. Ça saignait encore un peu.

J'ai dit à Gode et René qu'il fallait le libérer ou bien trouver quelqu'un pour l'emmener à l'hôpital. Et ils m'ont dit de venir ici et de te raconter ce qui s'était passé. Que tu saurais quoi faire…

Commence donc par te calmer les nerfs.

Où tu vas?

Je vais aller téléphoner à mon frère.

Pourquoi t'appelles pas d'ici?

Des fois que la ligne serait tapée…

Ça faisait quatre jours que Jean-Paul s'était réfugié à l'appartement de Lison, son amie montréalaise, dans le Centre-Sud, et ses nerfs commençaient peut-être à lui jouer des tours, mais depuis un moment, il remarquait des mouvements inhabituels dans le quartier et il redoublait de prudence.

As-tu eu l'impression d'être suivi en venant ici?

L'impression… non, répondit Ben. Où tu vas?

Trouver une boîte téléphonique, je te l'ai dit.

Tu penses vraiment que la ligne de Lison pourrait être tapée?

On sait jamais.

Mais le téléphone de la rue Collins aussi, d'abord?

Jean-Paul s'arrêta, le pied dans la porte.

Arrête de dire des conneries, OK?

La nuit était claire et froide, côté ruelle. Une plainte s'éleva soudain de l'ombre près de lui et le fit sursauter. On aurait dit un bébé qui se lamentait. Le frisson.

Par ici, mon petit Moïse de ruelle, c'est peut-être toi que le destin a choisi pour faire sortir le peuple élu du Québec de son esclavage et lui faire traverser le désert américain. Jean-Paul s'approcha sur la pointe des pieds.

Près d'une poubelle renversée, deux matous se faisaient face. Jean-Paul observait, fasciné, le rituel d'intimidation, l'affrontement psychologique. Un des chats portait un collier. Il décrocha sans prévenir et tenta une sortie. L'autre lui tomba sur le poil par-derrière et les deux bêtes vinrent rouler aux pieds de Jean-Paul, masse tourbillonnante de poils sabrés de coups de griffes de salive sifflante dont le fuyard finit par s'échapper ventre à terre. Lafleur renversa la tête et le suivit des yeux tandis qu'il allait se réfugier tout en haut d'un poteau de téléphone.

T'as l'air fin, là…

Il n'aurait pas dû reculer, se dit-il, et il poursuivit son chemin.

# Ecce lynz

Gode s'avance dans la savane du Nord, devant lui courent en rangs épars les épinettes noires de douze pieds de haut jusqu'à l'infini. Ce pays, c'est celui où les chiens quand on les détache deviennent des loups. Et c'est un loup-cervier que Gode voit s'avancer vers lui dans le silence et la blancheur de la neige, sur ses grosses pattes coussinées, il ne va pas m'attaquer, ne peut pas me faire de mal, se dit-il, incapable de bouger, comme paralysé tandis que le félin rendu tout près vient se frôler à lui comme un chat, puis grimpe à un arbre voisin et lui bondit dessus, il lui entoure maintenant les épaules et le cou à la manière d'un lourd et ronronnant col de fourrure dont émane une chaleur vivante, suffocante. Le ronron devient plus fort, Gode se sent étouffer, il se débat, voudrait fuir. Il me dévore la cervelle, a-t-il le temps de penser, dans son rêve.

Quand il ouvre les yeux, Gode a la tête enfouie sous le sac de couchage et il respire avec difficulté. Il émerge du sleeping bag et aspire l'air froid d'une nuit d'octobre qui entre par la fenêtre brisée. Et pendant que le ronron du lynx devient le grondement haché d'un hélicoptère birotor de l'armée, tout lui revient. Il n'est pas dans la savane du Nord, mais dans un bungalow de la Rive-Sud près du chemin de la Savane, avec un otage qui s'est infligé des blessures sérieuses en tentant de s'échapper. C'est la réalité. C'est là que ça se passe et maintenant.

Il trouve René en train de lutter contre le sommeil sur le divan du salon. En face de lui, Paul Lavoie est assis sur une chaise, blanc comme un linge, les yeux fermés, le menton sur la poitrine, apparemment inconscient. Au bout de ses bras pendants, ses mains sont affublées de bandages sommaires encroûtés de sang mal coagulé. Il porte le chandail de laine que Ben lui a fait enfiler à la place de sa chemise maculée de sang.

Comment il va ?

Comme tu vois.

On peut pas le laisser comme ça…

Non. On va être obligés de prendre une décision.

La veille, ils ont entendu le Petit Albert justifier, à la télé, l'imposition de la loi martiale par la nécessité d'empêcher le FLQ de passer *à la quatrième étape de son plan : l'assassinat sélectif.*

L'assassinat sélectif ! Gode et René secouaient la tête, incrédules.

Puis, le PM a renouvelé son unique et ultime concession aux terroristes : un sauf-conduit pour le pays de leur choix.

Il faut le tuer, dit René au bout d'un moment.

Gode s'empare du 12 coupé appuyé contre le mur un peu plus loin et le lui tend.

Tu veux lui faire sauter la tête ? Vas-y, mon vieux…

Énerve-toi donc pas comme ça. René se frotte les yeux. On peut pas le tirer de même. Les voisins vont entendre…

On n'a plus de voisins ! Tu te souviens pas ? Ils ont été arrêtés par la police !

À côté. Mais celui d'en arrière…

Y a personne. T'avais pas remarqué ?

Faut le rachever, dit René en examinant l'otage prostré sur sa chaise. Mais pas avec un gun. Trop risqué. Aurait fallu se bricoler un silencieux…

As-tu une autre idée ?

Ouais. On l'embarque dans le char tandis qu'il fait encore noir, on va jusqu'au bout de la rue et on continue, on roule dans le champ, jusqu'aux arbres là-bas. Ensuite on arrête, on le fait sortir, on lui tire une balle de M1 dans le cœur et on le laisse là.

Moi, j'ai une autre idée. On le libère. On le laisse partir… Ou bien on le laisse ici et on déguedine au plus crisse.

Lavoie bouge soudain la tête et pousse un gémissement sourd, sans rouvrir les yeux. Tétanisés, ils restent un long moment sans bouger, à guetter ses réactions.

Penses-tu qu'il nous entend?

Je sais pas. Va te reposer. Je vais le surveiller.

René s'arrête au seuil de la chambre et dit, sans se retourner:

Il nous a vus sans nos cagoules. Il va être capable de nous identifier, maintenant.

Va te coucher. Repose-toi.

Samedi matin. La base militaire semble bien tranquille, au loin. Gode est assis devant la vieille Underwood posée sur la table à cartes. Une feuille de papier vierge est engagée dans le rouleau. Il a eu l'idée d'un nouveau communiqué adressé directement au peuple. Ils pourraient y joindre les premières pages de la confession de Lavoie. Mais il regarde le clavier et rien ne sort. Blocage total. Et c'est comme s'ils avaient gagné.

L'otage est immobile comme une statue de cire. Gode se tient devant la chaise sur laquelle il est affalé et il ouvre et referme ses mains, puis les lève à la hauteur de son visage et les regarde. Il faudrait des gants. Il repense à son rêve et retourne s'asseoir devant la machine à écrire. Il essaie de se souvenir du poème qu'il avait écrit en septième année. La fois où le prof (maintenant emprisonné, à ce qu'il paraît) avait lu son devoir devant la classe. Seuls les deux mots du titre lui reviennent et il tape, à deux doigts:

ECCE LYNZ

Combien vous voulez?

Il sursaute violemment. Lavoie a ouvert les yeux et le regarde.

Dites-moi combien vous voulez, insiste l'otage.

Je comprends pas de quoi vous parlez.

Je vais vous donner de l'argent si vous me laissez partir. Ça peut s'arranger facilement. Je pourrais même commencer à réunir la somme tout de suite, si vous me laissez téléphoner. Vous n'avez pas besoin d'avoir peur, je vous dénoncerai pas. Vous avez ma parole d'honneur.

L'honneur? Quel honneur? Celui des Scarpino?

Godefroid ricane. Il ne sait pas trop s'il doit trouver le spectacle écœurant, ou seulement triste. Un sourire méchant affleure à ses lèvres. L'otage, sous ses yeux, redevient enfin l'ennemi.

On sait d'où il vient, votre argent! Vous me faites honte, mon vieux. Après une semaine ici, vous n'avez encore rien compris. Comme si nous, on agissait par intérêt personnel!

Cent mille… Non. Je vais vous donner 150 000 piastres.

Arrêtez. Taisez-vous.

Je pourrais trouver 250 000. Peut-être même 500 000, mais ça va être plus long…

Vous êtes un cas désespéré. Vous me faites pitié.

Pitié, fait Lavoie comme en écho, comme s'il se raccrochait au mot. Pitié. Je vous en supplie, laissez-moi partir, OK?

Et il se met à pleurer. Gode se lève, dégoûté, le cœur complètement chaviré.

Je vais aller vous faire du thé. Un bon thé fort… Ça va vous faire du bien.

Lavoie fait oui de la tête. Il referme les yeux, sa tête retombe. Il donne de nouveau l'impression de sombrer dans une profonde apathie.

Gode le laisse là, écrasé sur sa chaise, et se dirige vers la cuisine. Pendant que l'eau froide coule du robinet dans la bouilloire, que le rond de la cuisinière rougeoie sombrement, il entend, dans le lointain, un bruit de sirène.

Tu parles d'un hostie de merdier. La bouilloire a commencé à siffler, mais j'entendais encore la sirène et ça se rapprochait de plus en plus et c'était comme si les deux sons n'en faisaient plus qu'un, le sifflement de la vapeur, la sirène de police, quelque part le long du chemin de la Savane et toujours plus proche et j'ai pensé mon fusil et laissé faire la bouilloire et entendu la porte de la chambre du fond s'ouvrir et les pas de quelqu'un qui courait dans le salon, avant de comprendre ce qui m'arrivait, je me suis précipité à l'extérieur de la cuisine à temps pour voir Lavoie foncer vers la porte d'entrée, la tête basse comme un demi offensif qui se faufile entre les lignes adverses et moi j'ai bondi comme un secondeur en maraude et l'ai plaqué à mi-corps quand il est passé devant moi, il s'est écroulé au sol et a commencé à crier, pendant qu'il s'étalait, je voyais René entrer dans mon champ de vision par la droite et basculer en même temps et venir tomber en pleine course par-dessus Lavoie et moi, qui le tenais plaqué au sol pas capable de bouger et moi non plus mais sans réussir à l'empêcher de crier et de crier comme s'il voulait enterrer la sirène de l'auto-patrouille rendue dans la rue, quelque part au-dessus de moi René l'a empoigné par le chandail et lui a tordu le collet et j'ai entendu la voix de Lavoie s'étrangler, se réduire à presque rien, un râle, René serrait, je serrais aussi, ta gueule, ta gueule, gémissait René et j'ai tenu bon pendant que Lavoie, son corps se débattait sous moi, sous nous ça a donné un bon coup à un moment donné, un tremblement de terre de taire qui nous a soulevés tous les trois comme si une vague lui traversait le sang à Lavoie, dans mes bras, je le tiens, la vie s'échappe mais pas lui, mais plus la voix, après sous ma poitrine écrasée ça bougeait encore, mais comme un poisson, un filet de vie à n'en plus finir, le corps continue, tu le sens partir, son eau salée, sa lancée, son air allé, erre de rien, à vouloir sans vouloir, c'est les nerfs, les nerfs, ta gueule, tu vas arrêter. Silence j'ai dit tu m'entends.

# Zopilote

Le soleil était déjà chaud lorsqu'il ouvrit les yeux. Il voyait se dresser les vagues devant l'horizon, entendait le crash écumant des déferlantes. Un contenant de vitre, du genre pot de confitures, reposait près de lui, vide, comme une épave charriée par les courants de la nuit. Il le prit, l'examina, le porta à sa narine. Mezcal.

Plus personne en vue. Marie-Québec avait dû se lasser d'attendre seule au Mono Azul.

Appuyé sur un coude, Nihilo réussit à se remettre debout. Se mit à poil, piqua une tête dans la mer. S'ébroua comme un chien. Retourna vers le village en suivant la ligne du rivage.

Richard Godefroid sirotait un café noir à une terrasse recouverte de feuilles de palmier. Sans avoir besoin de réfléchir, Sam venait d'obliquer dans cette direction. Rendu à quelques mètres de la *palapa,* il marqua à peine une hésitation. Gode, d'un simple geste de la main, sans tourner la tête, lui fit signe de le rejoindre. Il n'y eut aucun échange de salutations.

Au bout d'un moment, Gode dit :

Je peux pas croire que je t'ai vraiment raconté tout ça…

Ouais, mais y a encore une chose que je comprends pas. Pourquoi vous avez laissé l'auto sur le terrain d'aviation, à deux pas de la base militaire.

Godefroid s'alluma une Montana. Il avait mal aux cheveux, le teint gris. Vieilli de dix ans. Sam se commanda lui aussi un *café negro,* avec un jus d'orange, et puis, une bouteille d'eau. Gode trouva que le jus d'orange était une bonne idée.

Tu veux vraiment le savoir ?

Ben oui.

On voulait qu'ils le retrouvent facilement, le plus vite possible. On pensait qu'il n'était peut-être pas trop tard…

Quoi ?

T'en avais vu beaucoup, des cadavres, à vingt ans, toi ? Ben nous autres non plus. Quand on l'a relâché, il avait la face bleue, il saignait du nez… On comprenait pas ce qui venait de se passer. On n'avait pas tellement envie de commencer à le tâter, t'sais. Il avait le chandail de laine remonté jusqu'au menton et c'est seulement plus tard qu'on a compris que dans le feu de l'action René l'avait garrotté avec la chaînette qu'il portait autour du cou. Pauvre Lavoie. On peut pas dire que sa médaille du ti-Jésus l'a beaucoup protégé. Sur le coup, on a paniqué, on s'est dit, il est peut-être juste dans le coma. Et que si quelqu'un le trouvait assez vite, il était peut-être encore temps de le sauver.

Gode but une gorgée d'eau à la bouteille de Sam, puis s'alluma une autre cigarette.

Mais les militaires n'ont pas bougé. L'auto a passé une éternité sur le terrain du hangar. On avait même laissé la clé du char dans le contact, mais quelqu'un l'a fait disparaître à un moment donné. Ils ont préféré attendre qu'un journaliste le trouve, juste à temps pour les nouvelles de dix heures… Tu vois, c'était ça, l'idée de la cellule Dieppe Royal 22ᵉ. Le message, c'était que les gars de l'armée l'avaient laissé mourir.

Mais il était déjà mort quand vous l'avez mis là !

Peut-être. Mais ça, on pouvait pas encore le savoir… C'est juste quand le rapport d'autopsie a été rendu public qu'on a vraiment compris ce qui s'était passé.

Samuel pressa son visage entre ses mains. Du pouce et du majeur de la droite, il tritura ses globes oculaires comme s'il voulait, à travers eux, atteindre le nerf et remonter jusqu'au cerveau. Ils l'avaient tué, mais sur le coup avaient cru qu'il n'était pas mort.

Ils avaient tout de même décidé de revendiquer politiquement son exécution. Après, ils avaient compris qu'ils l'avaient peut-être bien tué après tout. Mais c'était un accident. Ils avaient eu l'intention de le liquider, puis ils avaient reculé, et Lavoie leur avait forcé la main. Un accident bien trop stupide pour avoir le moindre sens devant l'Histoire. Et c'est pourquoi, d'un commun accord, ils avaient choisi d'assumer le meurtre. C'était vraiment une histoire de fous.

Gode décida que la seule manière de survivre à cette journée était de boire une bière, là, maintenant. Il en offrit une à Samuel, qui accepta. Mais juste une. Après, il quitterait l'ancien felquiste et se mettrait en quête de Marie-Québec.

J'ai une dernière question : la confession de Lavoie. Qu'est-ce qu'elle est devenue ?

Aucune idée. On a quitté Queen-Mary en catastrophe. Après, l'histoire du coffret de sûreté est sortie à l'enquête du coroner, donc plus question d'essayer de la récupérer. J'imagine que les enquêteurs ont fini par mettre la main dessus.

Sam était maintenant prêt à laisser toute cette histoire derrière lui. Il avait, d'une certaine manière, solutionné l'énigme. Et pas de complot. Les thèses octobierristes allaient enfin pouvoir rejoindre les délires conspirationnistes dans les zones suspectes de l'intelligence. Il repensait maintenant aux premières rencontres, chez Lavigueur, rue Ontario. Aux funérailles pas-nationales-mais-presque de Chevalier Branlequeue. Et à sa maison hantée et partie en fumée des rives du Kaganoma. Un vide aussi grand que l'océan Pacifique menaçait d'engloutir sa gueule de bois. Il se sentait orphelin.

Ils commandèrent des petits pains sucrés pour apaiser leurs estomacs vides. Sam regarda les deux Dos Equis atterrir sur la table, prit une des bouteilles et examina l'étiquette. XX.

Il attrapa un pain dans la corbeille, pensa : *pan*.

Pain-pâtes-patates-pâtisseries, dit-il à haute voix.

C'est quoi, ça ?

Les quatre P.

Gode haussa les épaules. Sam pensait : *Poulet-Procès-Pierre-Perquisition.*

Il but une gorgée de lager, puis reposa lentement la bouteille.

On n'a pas encore parlé de la deuxième maison.

Quelle deuxième maison?

Celle du voisin. Où les policiers ont fait une descente, cette semaine-là. Tu te souviens du gros Martinek?

Si je m'en souviens. Juste de penser qu'on pouvait tomber entre ses mains, on faisait dans nos culottes.

Machine Gun Martinek. Dans sa déclaration aux journalistes, le matin de la découverte de votre repaire, il disait que la maison voisine avait elle aussi abrité des membres du FLQ. Mais que d'après les voisins elle était vide depuis un mois. Curieusement, après, il n'en a plus jamais été question…

Ça devait être une fausse piste.

C'est ce que je me suis dit, moi aussi. Mais c'est bizarre, dans sa déclaration, il y avait un détail qui « fittait » : le fait que les occupants aient quitté un mois avant. À peu près à l'époque où les frères Lafleur et toi partiez pour le Texas. C'est quand même un drôle de hasard. L'autre chose qui m'achale, c'est que si la police a fait une descente au 150, Collins pendant la captivité de Lavoie et qu'elle y a trouvé une bande de jeunes pouilleux, pourquoi prétend-elle après ça que la maison était abandonnée depuis un mois?

Ça devait être une autre maison…

Impossible. De l'autre côté, sur deux lots de large, c'est un terrain vague. D'après Martinek, les voisins ont aussi vu une familiale se stationner devant chez le voisin le soir de la mort de Lavoie, et embarquer du matériel. Encore une drôle de coïncidence, on va dire.

Mais où est-ce que tu veux aller, comme ça?

Au fait qu'il y avait un autre joueur, rue Collins, pendant la séquestration de Paul Lavoie. Ton ami François Langlais, alias Pierre Chevrier…

C'est de la foutaise. Pierre n'a pas mis les pieds dans la maison de la semaine.

Mettons que non. Il n'a pas mis les pieds au 140. Mais il était au 150, juste à côté…

Non! Pierre était dans le nord de la ville avec Lancelot et les autres! On n'avait aucun lien avec les locataires de la maison d'à côté. Ça n'a absolument pas rapport! On savait même pas qui c'était! Je comprends vraiment pas quel intérêt on peut avoir à fausser la vérité comme ça. Et d'abord, d'où ça vient, cette information-là? Pourquoi tu me regardes comme ça?

La police. L'information venait de la police. Et soudain, j'ai commencé à comprendre. J'ai vu tout le dispositif se déployer devant moi. Je l'avais eu sous le nez presque depuis le début. En décrochant le téléphone pour parler à Gilbert Massicotte, le retraité de la CATS, j'avais déjà mis dans le mille sans le savoir. Son cousin livreur de poulet, qui avait peaufiné son personnage de rebelle sympathique aux felquistes pendant les procès, était bien sûr un flic, il l'avait toujours été. La petite auto de chez Baby avait été interceptée quelque part entre la rôtisserie et la rue Collins et le type de l'équipe de surveillance avait pris la place du livreur. C'était la procédure normale quand les gars de la CATS installaient des postes de guet autour d'une maison suspecte, ça et puis mettre le téléphone sous écoute. Parce que bien entendu, la ligne était tapée. C'est ce qu'ils avaient fait à Saint-Colomban au mois de juin. Et Saint-Colomban les avait menés à la rue Collins. La cruciale réunion du début septembre avait donc été observée par les équipes de surveillance. Les flics antiterroristes avaient eu les kidnappeurs d'Octobre dans leur mire tout l'automne. J'ai regardé Gode et dit:

C'est là qu'ils étaient…

Où ça? Qui?

La police. Ils étaient dans la maison d'à côté.

Une intense stupéfaction s'était peinte sur ses traits, mais j'ai continué:

Et un coup partis, ils auraient été bien bêtes de ne pas installer une équipe chez le voisin d'en arrière, où ils pouvaient regarder directement dans la chambre où Lavoie était enfermé. Ils ont probablement profité de votre voyage au Texas pour exécuter des petits travaux dans le bungalow. En octobre, la place devait être truffée de micros… Ça explique le matériel chargé dans une remorque ou une fourgonnette le jour de la mort de Lavoie. La CATS avait sa quincaillerie électronique à trimballer.

À mesure que je parlais, le scénario prenait vie, les questions restées inexpliquées s'éclairaient une à une, les pièces du puzzle tombaient en place. Des détails d'abord écartés comme insignifiants s'allumaient maintenant au fil des mots prononcés, enfin reliés, formant un ensemble cohérent et logique.

Toute une histoire. Mais leur couverture narrative les avait trahis, la petite histoire concoctée exprès pour tromper les journalistes et leur fournir une réponse toute prête aux questions des voisins sur les mouvements suspects observés autour des maisons cette semaine-là. Leur fabrication était posée comme un couvercle sur la vraie histoire, si prodigieusement secrète que mes paroles, en lui donnant forme, me causaient un choc répété, car tandis qu'elles sortaient de ma bouche, je découvrais que les choses avaient réellement dû se passer ainsi.

Gode m'écoutait. Il ne disait rien. Il en oubliait sa bière et le paquet de Montana, sur la table. Il me restait à parler de la perquisition.

La maison voisine était un poste d'observation. Pourquoi une descente de police là? Pour jouer avec vos nerfs. Faire monter la pression. À un échelon ou l'autre de la hiérarchie, la décision de sacrifier Lavoie a été prise à un moment donné. Sont pas cons. Ils pouvaient très bien prévoir l'impact de sa mort sur l'opinion publique, l'écœurement du bon monde. Vous aviez publiquement menacé de le tuer, alors la suite était logique, la fin déjà écrite. Eux, ils se sont contentés de vous encadrer. La sale besogne, ils vous l'ont pratiquement sous-contractée. L'otage allait craquer, les ravisseurs capoter, ou les deux… Ça commence le mardi avec la filature ouverte sur Jean-Paul. Une filature ouverte, Gode, c'est deux flics qui restent plantés au coin de la rue et qui ne font aucun effort pour se cacher. Ou des autos fantômes pleines de zombies qui passent au ralenti devant ta porte. Tu penses vraiment qu'ils s'annoncent comme ça? C'était du spectacle, rien d'autre. Et la sirène qui a décidé Lavoie à tenter le tout pour le tout en faisait probablement partie…

Après, il y a eu un long silence. Gode attendait, comme pour s'assurer que j'avais bien fini. Puis, lentement, il s'est levé et, sans un mot, m'a tourné le dos et s'est éloigné sur la plage. Vieux et gris et ridé, comme fissuré de partout dans la dure lumière du soleil mexicain. Il se traînait, la tête basse, comme une grosse bête frappée dans les parties vitales et qui regagne les profondeurs d'où elle a surgi. Il s'est arrêté face à la mer. De la terrasse, je pouvais suivre le rythme de ses grandes respirations au mouvement des épaules.

Maintenant, il s'avançait dans l'eau, en short et t-shirt, pieds nus. Les vagues bouffaient tout l'horizon, et ensuite fonçaient vers lui, des murs, avec leurs ventres concaves et menaçants. Quand il a eu de l'eau à mi-cuisse, une lame l'a ramassé et retourné cul par-dessus tête.

Malgré moi, j'ai sauté sur mes pieds.

Gode!

Il avait disparu, enseveli sous une rugissante montagne d'écume écroulée. Au bout de deux ou trois secondes, j'ai vu un pied dépasser. Il ne serait pas le premier à être entraîné au large, assommé, ou simplement épuisé, prisonnier du courant. La première chose que j'ai sue, je traversais la plage à toutes jambes. Tiens bon, j'arrive!

Je suis entré dans l'eau en pataugeant dans l'écume boueuse tandis que des galets descellés par le ressac et gros comme des balles de baseball venaient cogner contre mes tibias. J'ai rejoint Gode au moment où il réussissait à reprendre pied. Il m'a vu, m'a balancé en pivotant un crochet du droit, ratant mon menton d'une confortable dizaine de centimètres. Un instant déséquilibré, au moment où une dune liquide de trois mètres s'effondrait sur nous, il a bondi, m'a saisi à la gorge et nous avons roulé le long de la mince couche d'eau qui glissait sous la déferlante comme un tapis qu'on enroule. Je sentais la pression de ses ongles et de ses pouces sur les cartilages de mon cou. Puis, une sorte de bruit vert et blanc. Nous avons été soulevés dans les airs, hommes à la mer, tourneboulés comme dans un manège de foire. Et moi, tout ce temps, je m'accrochais à la seule planche de surf disponible, ce quinquagénaire relevant de brosse et ballotté en tous sens, y compris un interminable instant tout en haut du rouleau, et qui refusait toujours de desserrer sa prise autour de mon cou.

Les dix ou douze secondes qui ont suivi avaient un air de parenté avec les cycles de lavage et d'essorage d'une machine à laver géante. Je me suis réveillé bien après l'atterrissage, avec un bras cassé, les yeux et la gorge brûlés par le sel et au bas mot un kilo de sable et de gravier dans ma culotte. Devant mon soleil, il y avait Marie-Québec.

Plus loin, Gode, à quatre pattes dans le sable, dégueulait un mélange d'eau salée, de haricots sautés et de bile parfumée au mezcal.

*　*　*

Un attroupement s'était formé sur la plage. Des locaux, quelques touristes, commentant l'état général des deux formes humaines recrachées par cette mer sauvage. Encore des gringos qui ne se sont pas méfiés. Un voyageur de Saint-Georges-de-Beauce était en train d'expliquer à son voisin, freak sans âge de Limoilou, que le village tirait justement son nom, Zopilote (« urubu » en espagnol, un oiseau charognard), de l'abondance de cadavres de noyés rejetés bon an, mal an sur ses rivages.

Il faut l'emmener à l'hôpital, disait Marie-Québec à qui voulait l'entendre. Puis elle baissa les yeux vers Sam, assis très pâle dans le sable à ses pieds et occupé à tenir son bras gauche.

Comment on dit : hôpital ? Comment on dit : bras ?

*Brazo*, répondit faiblement Samuel du fond de sa commotion cérébrale.

Marie-Québec montrait le membre inerte au flanc de son homme, *de su esposo, brazo, brazo,* et les badauds discouraient avec animation autour d'elle, mais personne ne bougeait.

*Hospital*, dit Nihilo.

*¿ Dónde está el hospital ?*

*Aquí no hay*, lui confia un jeune Mexicain très brun avec un large sourire.

*¡ Fuego !* cria quelqu'un derrière eux.

Tous les regards se tournèrent dans la direction indiquée par le bras tendu. Le village passait au feu.

L'incendie était né d'un banal brasero renversé dans une cuisine. Lorsque les flammes atteignirent l'extrémité pendante des longues palmes sèches composant la bordure du toit, il était déjà trop tard. Les sapeurs improvisés qui jetaient des pelletées de sable sur les flammes virent soudain celles-ci bondir en hauteur et se déployer au-dessus des *palapas,* avec un terrifiant rugissement. Le vent fit le reste.

*No hay bomberos tampoco,* fit le jeune Mexicain en hochant la tête et en souriant de plus belle.

Des explosions se succédèrent, sans doute causées par des bonbonnes de propane.

Les villageois transbahutaient maintenant leurs possessions sur la plage, y entassaient meubles, vaisselle, jouets d'enfants et souvenirs de famille, laissaient choir de pleines brassées de vêtements et de couvertures dans le sable et repartaient sauver ce qui pouvait encore l'être.

Samuel se déplaça jusqu'à une glacière déposée un peu plus loin, l'ouvrit de son bras valide et y pêcha un sac de glace à moitié fondue qu'il appliqua sur son avant-bras fracturé. Puis il se constitua un coussin à l'aide d'un hamac roulé et, se laissant aller en arrière, il s'adossa. En haut de la plage, le village était la proie des flammes qui sautaient d'un toit de palmes à l'autre au gré des bourrasques déchaînées, en dégageant des ouragans d'étincelles grésillantes et une épaisse fumée noire.

Devant Sam Nihilo, une chaîne humaine venait de se former. Tous les contenants qu'on avait pu trouver, de la bassinette en plastique au vieux seau domestique mangé par la rouille, y circulaient de main en main, de bras en bras. Tout au bout de la chaîne, il aperçut Marie-Québec, dans l'eau de mer jusqu'au ventre avec sa petite robe trempée relevée haut sur les cuisses, occupée à remplir les récipients vides que lui rapportaient des gamins excités, puis elle titubait dans le ressac pour les acheminer vers les bras qui se tendaient et qui ensuite les passaient à d'autres. C'était dérisoire. C'était magnifique.

Samuel la regarda arracher une chaudière débordante aux vagues et la balancer à bout de bras, puis il suivit des yeux le seau plein qui remontait la noria en clapotant. Un homme le saisit par l'anse à deux mains et, d'un ample mouvement du torse, le passa à celui qui se tenait plus haut. Il se tournait déjà pour attendre le récipient suivant quand il aperçut Nihilo, les yeux levés vers lui, à quinze pas. Une seconde, leurs regards restèrent rivés l'un dans l'autre.

Puis Sam hocha la tête, et Gode détourna les yeux.

# Madame Corps et les fleurs

Je peux vous poser une question, Samuel?

Oui, madame, allez-y…

Si sa mort n'était pas un accident, alors qui a tué Marcel Duquet?

C'est ce que j'espérais apprendre de vous.

Mais je croyais que c'était celle de Paul Lavoie qui vous intéressait…

Un meurtre en amène un autre. C'est un maillon de la chaîne. Pendant que je fouillais l'affaire Lavoie, je me suis intéressé à ces types dont le métier est de fabriquer des accidents de tracteur et à leur manière de les imposer par après. Quand ils ont bien travaillé, le résultat se lit comme un bon fait divers. Ce sont des artistes anonymes, les nègres de l'Histoire… Pour eux, tuer, c'est seulement le début.

Ça n'a rien à voir avec la vérité. Votre idée était faite bien avant de venir ici.

Peut-être. En fait, le seul mérite de mon interprétation, c'est d'être plus vraisemblable que la version officielle. Plus solide… Au fond, c'est ma fiction contre la leur.

J'aimerais entendre votre explication pour la mort de Marcel, et le prochain pastis est pour moi.

Si ça continue, je vais avoir le dessous des pieds rond et des lunettes en peau de saucisse.

Votre maîtrise de l'argot est assez remarquable.

Merci. Mon *Dictionnaire de l'argot des bistros* est un cadeau de mon ami Fred, qui aime faire son tour à Paris, lui aussi. Fred est convaincu que, pour les gens du renseignement (les espions, si vous préférez), tuer peut être un moyen de communication. Le cadavre est le message, vous comprenez?

Je le comprends, mais le croire, c'est autre chose. La vie n'est pas un roman d'espionnage, Samuel.

Peut-être pas, mais on peut avoir besoin de l'imagination romanesque pour saisir une partie de la réalité…

Racontez-moi…

La raison la plus évidente pour éliminer Marcel Duquet était qu'il avait une grande trappe et qu'il avait commencé à se l'ouvrir devant des journalistes. Il pouvait être au courant de certains liens avec ce qu'il faut bien appeler la filière américaine… À mon avis, c'est Coco qui était le principal contact entre la cellule Chevalier et les Étasuniens. Difficile de dire ce que Marcel savait exactement. En tout cas, son drôle d'accident de tracteur envoyait un message très clair à ceux qui étaient d'en dedans, qui faisaient leur temps. Le Texas était tabou. Motus et bouche cousue. Coco fournissait des faux papiers au FLQ, mais qui fournissait Coco? On sait maintenant que l'antenne montréalaise de la CIA était située sur l'avenue du Mont-Royal en 1970 et qu'un faussaire professionnel y avait son atelier. Manque juste la ligne qui irait de l'île aux Fesses jusqu'au Plateau. Une ligne de coke, probable. Pourquoi vous souriez?

À cause de l'île aux Fesses. Avez-vous une copine?

Plus maintenant. Elle est partie ça fait presque un an.

Ça se remplace.

C'est ce que je pensais aussi, au début.

Elle est partie pourquoi?

Le mois d'octobre devait prendre un peu trop de place dans ma vie.

Allez la chercher, Samuel…

Quoi?

Je vois quelque chose dans vos yeux. Je l'entends dans votre voix. Vous l'aimez?

Vous allez m'excuser, madame. Il est grand temps que j'aille cuver mon pastis dans un compartiment de train.

Samuel s'est levé. La plage ressemble à un plancher de marbre : un sable blanc et fin, compacté, lisse. Et madame Corps ne pourrait pas être plus française dans son tailleur crème et son coquet foulard de soie rose. Il lui tend la main.

Merci. Vous avez été bien généreuse de votre temps.

Elle prend la main tendue, la serre, refuse de la lâcher.

Laissez tomber cette enquête idiote et allez la retrouver, vous m'entendez ?

Madame…

C'est tout ce que j'ai à vous dire.

Bon. Alors merci pour tout.

Il faudra venir à la maison la prochaine fois…

Pourquoi pas. Ça pourrait être sympathique…

Quand vous serez sur Paris, vous venez, hein ? On ira vous chercher au train et mon mari vous préparera son lapin moutarde. Il vous plairait, Samuel. C'est un être cultivé, plein d'attentions, et la politique n'a aucun secret pour lui. Je me laisse gâter. Je m'étais mariée trop jeune, mais j'ai eu une deuxième chance et je n'ai jamais regardé en arrière. Le Québec ne me manque pas, je n'y pense jamais. Mon premier mariage, mon cher gros dégueulasse de mari et son entourage de flics, de bidasses et de mauvais garçons, tout ça est bien loin.

Samuel a déjà un pied à l'extérieur de la terrasse et il regarde madame Corps.

De bidasses ?

C'est l'argot pour « soldats ». Ne me dites pas que je vous l'apprends.

Non, mais… quel lien avec Coco ?

Oh, il avait des amis aussi de ce côté-là. C'est tricoté serré sur la Rive-Sud. Il y avait la base à Saint-Hubert, vous savez, le Mobile Command, tout ça… Même qu'une fois je suis allée à Ottawa avec Coco. Il m'a dit qu'il allait rencontrer le général Jean-B.

Bédard pour parler d'un projet qu'ils avaient ensemble, c'est tout ce que je me rappelle. Et des tulipes, aussi, parce que pendant qu'il assistait à sa réunion, moi, je me promenais au bord du canal, et j'invente peut-être les tulipes, mais c'était en 1968, je me souviens de l'année parce que *Le Temps des fleurs* de Dalida jouait tout le temps à la radio…

Et madame Corps de fermer les yeux et d'entonner, le feu aux joues, pompette :

C'était le temps des fleurs
On ignorait la peur
Les lendemains avaient un goût de miel
Ta main tenait mon bras
Ta voix suivait ma voix
On était jeunes et on croyait au ciel

Mais vous ne m'écoutez pas, Samuel… Samuel ?

# Le Parc aux Cerfs

Fred traverse une jolie campagne dans sa petite auto. Le vert tendre des feuilles fraîchement dépliées, des hêtres, quelques chênes, un paysage soulevé au-dessus de la plaine fluviale par les premiers plis du bouclier canadien. Quelques kilomètres avant Sainte-Béatrix, il tourne à gauche et s'engage dans le rang Saint-Paul. Des chevaux, trois, quatre, pattes puissantes, fesses musculeuses et larges encolures s'élançant du pâturage vers une lumière dorée. Passé les champs, il ralentit en apercevant l'enseigne, en bois franc, avec des lettres peintes en rouge et le dessin en silhouette d'une biche, à l'entrée du chemin d'accès dont la courbe épouse le flanc de colline au bord de la forêt.

## LE PARC AUX CERFS

Invisible de la route, une grande maison bâtie en longueur. Le chemin passe sous une arche ménagée dans une haute enceinte clôturée, puis débouche sur la cour. Des bâtiments : remise, cabanon, garage. Une flottille de véhicules : tracteur à gazon, VTT, fourgonnette, minibus. Un peu plus loin, un étang de bonne dimension où des canards jouent aux autos tamponneuses aux pieds d'un vieillard statuesque égrenant un quignon. Des bancs taillés dans des troncs d'arbres, des chaises longues, un kiosque de jardin vitré sont disposés autour de l'étang. Sur ces bancs, d'autres personnes âgées.

À peine sorti de l'auto, Fred voit le directeur passer la porte et venir au-devant de lui. Il le reconnaît à son nez.

Monsieur Falardeau? demande le directeur, et il tend la main.

Monsieur Langlais? demande Fred.

Il prend la main et la serre.

Dominant la clôture de grillage, le poste d'observation tient à la fois du belvédère et du mirador. On y accède par un escalier de bois traité. À une trentaine de mètres, au milieu d'une clairière dans le sous-bois, le poste d'alimentation est constitué de quelques tas de pommes et de carottes, d'un bloc de sel à bestiaux et d'un distributeur de maïs automatique. Le ruisseau de charge de l'étang fait chanter le lit de pierres qui rainure l'humus de la clairière, fournissant de l'eau (fait remarquer le directeur du Parc aux Cerfs) même en hiver.

Tu peux appeler ça de la zoothérapie, personnellement, j'ai aucun problème avec ça. Ce qui est sûr, c'est qu'on a remarqué un lien entre le plaisir esthétique que nos pensionnaires retirent de leur activité d'observation et les capacités cognitives mesurées par les exercices. Même que c'est particulièrement évident dans les résultats des tests de mémoire. Il y a une stimulation de la performance, c'est clair.

Fascinant. Quand je pense que je me demandais s'il y avait un rapport avec Louis XV…

Avec… L'étonnement du directeur est sincère. Louis XV?

Oui. Le Parc aux Cerfs, c'était l'endroit, à Versailles, où madame de Pompadour parquait les jouvencelles destinées à assouvir les bas instincts du roi.

Ah bon? Je savais pas… C'est une période que je connais pas tellement.

Vous devriez. Un personnage fascinant, Louis XV. Pour gouverner, il préférait s'appuyer sur ses espions et la diplomatie secrète que sur les ministres de son gouvernement. Le chevalier d'Éon, vous savez, le fameux travesti, le prince des taupes, travaillait pour lui. Vous en avez sûrement déjà entendu parler.

Les deux hommes se font face, sur le belvédère. Toujours aucun chevreuil en vue.

Allons dans mon bureau, propose le directeur.

Ils sont dans le bureau. On ne va pas le décrire ici, parce qu'on ne verrait jamais le bout de ce livre. Mais c'est le bureau du directeur d'un centre de soins de longue durée pour personnes souffrant de la maladie d'Alzheimer.

Parlez-moi un peu de votre père, dit François Langlais.

C'était un historien… David Falardeau. Ça vous dit peut-être quelque chose?

J'ai peur que non.

Son ouvrage le plus connu porte sur la bataille d'Eccles Hill (dans le bout de Frelighsburg), en 1870. Les indépendantistes irlandais réfugiés aux États-Unis ont essayé plusieurs fois d'envahir le Canada. Cette fois-là, ils étaient attendus de pied ferme, entre autres parce que l'homme qui s'occupait de leurs munitions, un docteur français du nom de Henri Le Caron, était en réalité un espion anglais nommé Beach. Après la défaite des Féniens, il a été capturé et emmené à Ottawa, où ceux qui connaissaient son vrai rôle l'ont accueilli en héros.

Et… votre père.

Un fana de la Seconde Guerre mondiale. Et un grand admirateur des services secrets britanniques. Avant de travailler sur l'affaire d'Eccles Hill, David a écrit sur une autre histoire en rapport avec les Féniens : le complot du jubilé de la reine Victoria. Officiellement, un projet d'attentat des nationalistes irlandais contre la monarchie, déjoué in extremis par les forces de l'ordre. En réalité, un coup monté des services secrets anglais pour pénétrer les réseaux terroristes et compromettre le mouvement indépendantiste légal…

Le directeur Langlais pose son stylo, se renverse dans son fauteuil ergonomique et, le menton enfermé dans une main, regarde attentivement Frédéric.

Bon, OK. T'es pas ici pour l'alzheimer de ton père…

Non. Je suis ici pour vous parler de Pierre.

Le directeur du Parc aux Cerfs esquisse déjà le geste de se lever.

Je connais personne qui s'appelle comme ça. Tu me fais perdre mon temps.

Oui, vous pouvez me demander de partir. C'était prévu…

Fred, de la poche de sa veste légère, sort une feuille de papier pliée en huit, la déplie lentement et la pousse vers Langlais. Qui ne peut s'empêcher de baisser les yeux sur le document.

La pierre de Rosette, dit Fred, répondant à sa question informulée.

Le directeur prend la feuille polycopiée et, tout en ajustant ses doubles foyers du bout de son index levé, l'approche de ses yeux.

### Un témoin clé est détenu
### Rencontre secrète du FLQ dans la nuit du 3 au 4 novembre

Il lève les yeux de l'article traduit par Chevalier pour, l'espace d'une ou deux secondes, dévisager Fred. Puis il y retourne et le lit au complet. Ses yeux ne trahissent rien, ses lèvres esquissent comme l'ombre d'une moue rêveuse à un moment donné.

Les deux cellules du FLQ qui ont revendiqué les enlèvements du diplomate britannique John Travers et du ministre du Travail Paul Lavoie ont fait leur jonction dans la nuit du 3 novembre et tenu une réunion qui s'est prolongée jusqu'aux petites heures du lendemain, ont indiqué séparément deux sources fiables au reporter du *Sun*.

L'exactitude des informations déjà fournies par ces deux sources ainsi que leur honnêteté professionnelle ne sauraient être mises en doute.

« L'homme qui a opéré la jonction se trouve encore en notre pouvoir », a révélé une des sources.

« Il a déjà témoigné et nous n'en avons pas tiré grand-chose, mais nous savons qu'il en a encore beaucoup à nous apprendre. Et lui ne sait pas que nous savons.

« Nous le gardons pour le moment isolé des nombreux autres individus qui sont aussi détenus comme témoins.

« Il est présentement convaincu que nous n'avons plus d'autres questions à lui poser. Et c'est exactement ce que nous voulons qu'il croie.

« Mais le temps venu, nous le ramènerons devant la Cour et il devra répondre à des questions beaucoup plus directes.

« Il ne s'y attendra pas. Nous allons le surprendre avec la garde baissée et il confirmera tout ce que nous savons déjà.

« Une telle corroboration de tous les faits déjà en notre possession sera pour nous des plus précieuses.

« Le seul problème est que nous devions attendre un peu avant de le ramener à la barre des témoins. Mais nous n'avons pas le choix. Nos raisons, quand elles seront connues, apparaîtront évidentes », a affirmé une des sources.
[…]

« Nous n'avons aucune assurance que M. Travers est encore vivant. Ce que nous savons, par contre, c'est qu'il y a eu des frictions importantes entre les deux cellules.

« Des deux groupes qui ont pris un otage, l'un s'oppose radicalement à la peine de mort, peu importe à qui elle s'applique : eux, ou leur otage », a ajouté la source.


Il pose la feuille.

C'est très étrange…

Monsieur Langlais, faites-vous de la raquette ? Avez-vous déjà vu des traces de renard dans la neige ?

Je saurais pas les reconnaître.

Moi, c'est mon ami Sam Nihilo qui m'a montré. Si la piste fait des zigzags, ça veut dire qu'il chasse. Si elle va tout droit, il rentre à son terrier. Des fois, on peut le suivre jusque-là. Mais avec les humains, c'est pas mal plus compliqué. Je peux en parler, parce que j'ai déjà passé trois mois à suivre un Goupil en France et en Angleterre…

T'es bien sûr que ton père a pas l'alzheimer ?

Sûr et certain. Maintenant, monsieur Langlais, vous avez une bonne raison de m'écouter. Vous voulez savoir jusqu'où j'ai remonté la piste…

Je sais pas de quoi tu parles.

Pas grave. C'est une fable. Ça s'appelle *Le Renard, le Chevreuil et le Pingouin.* Et il y a aussi des loups. À la fin, le renard est laissé pendu à une clôture, pour l'exemple.

Langlais se taisait.

Cet article du *Sun,* dit Fred en pointant la photocopie. Longtemps, je l'ai trouvé incompréhensible. La seule chose qu'il prouvait, c'était que la police antiterroriste, ou les services secrets, ou les deux, avaient assisté à la rencontre du 4 novembre sur le chemin Queen-Mary. Et ils avaient forcément filé le type qu'ils ont vu sortir de l'appartement, donc ils connaissaient aussi la planque de Montréal-Nord et savaient, un bon mois avant sa libération, où John Travers était détenu. Mais toute la partie sur votre rôle dans l'affaire restait plutôt obscure à mes yeux. Pourquoi les sources anonymes insistaient-elles autant sur le fait que le messager (vous !) se trouvait aux mains des autorités en novembre 70 ? Je comprenais pas…

Fred effleure la photocopie du bout des doigts.

Il manquait la clé. Elle se trouvait dans les journaux de la veille, sous la forme d'un encadré d'à peine quelques lignes, une dépêche non signée qui racontait qu'un jeune felquiste exilé à Londres, sur le point d'être questionné par la police, s'était pendu dans sa cellule, à Reading.

Fred s'interrompt. Par la fenêtre, il voit passer, derrière Langlais, une moufette qui traverse la cour du centre d'accueil, une couleuvre entre les dents.

*Prison de Reading, Grande-Bretagne,*
*le dimanche 22 novembre 1970*

Le prisonnier, plongé dans une profonde léthargie, respirait déjà avec difficulté lorsque l'homme vint s'agenouiller au-dessus de lui sur la couchette et plaça ses deux mains gantées autour de son cou. Il était sérieux, avait cessé ses plaisanteries sinistres (sur la bonne qualité de la drogue et la couleur de la chemise de l'éphèbe : rose). Brusquement, il se raidit, serra d'un seul coup et de toutes ses forces la gorge du garçon et lui fractura le larynx. Puis, s'accrochant malgré les violents soubresauts qui agitaient le corps râlant sur la couchette, il maintint la pression jusqu'à l'asphyxie complète.

*Fucking queer,* dit-il quand tout fut fini.

D'un pas mal assuré, il s'écarta de la couchette, se laissa tomber à genoux devant la cuvette, plus loin, et vomit.

Resté en retrait, son comparse s'avança et ramassa la chemise tombée par terre. Il se pencha, passa une manche autour du cou de la victime, en évitant de regarder le visage, et fit un nœud. Il n'avait pas réservé une longueur de manche suffisante pour doubler son nœud et dut recommencer. Il noua la manche avec soin, doubla le nœud et le serra bien comme il faut. La chemise était rose et taillée dans un tissu qui ressemblait à de la soie. Il vit l'autre s'essuyer les lèvres au-dessus de la cuvette.

*Are you OK ?*

Il fit signe que oui.

Le faiseur de nœuds souleva alors le corps dans ses bras et, en le tenant sous les aisselles, le porta vers la grille comme s'il était un videur de bar qui expulse un client dont les pieds ne touchent plus à terre. Le jeune androgyne entre ses bras sentait le sperme et la merde. Il l'appuya contre le mur et le maintint un moment dans cette position, à bout de bras, puis le hissa pour permettre à son complice, qui l'avait rejoint, de coincer l'autre manche de la chemise dans une fente au-dessus de la penture de la porte. Ils durent s'y prendre à plusieurs fois. Le faiseur de nœuds dit en plaisantant qu'il avait l'impression de danser un slow avec ce pauvre enculé. En refermant un peu la porte, l'étrangleur parvint à coincer solidement l'extrémité de la manche dans la craque et le pendu s'affaissa entre les bras du faiseur de nœuds, qui le lâcha progressivement et s'écarta pour le laisser pendouiller grotesquement au bout de sa chemise rose au tissu tendu. Ses pieds touchaient le sol.

Au moment où ils refermaient la porte de la cellule en faisant bien attention de ne pas déprendre la manche, le corps fut secoué d'un spasme. Un des bras bougea et, un instant, donna l'impression d'indiquer mollement la cuvette.

*Jesus Christ…*

Ils se regardèrent. Le tueur avait oublié de tirer la chasse.

En Europe, reprit Fred, j'ai retracé la famille de Goupil et j'ai eu accès au rapport du coroner. En plus des circonstances pas trop claires de son arrestation et de la manière bizarre dont la manche de chemise avait été coincée en haut de la porte, il y avait un détail troublant : en prison, Goupil était sous médication. Il recevait deux comprimés de Phénergan aux quatre heures. C'est un puissant sédatif, le chlorhydrate de prométhazine, qui était parfois administré aux femmes sur le point d'accoucher. Le Phénergan agit sur la respiration et peut provoquer des problèmes d'anoxie chez les nouveaux-nés. Ce que Goupil avalait toutes les quatre heures, 100 mg, c'est la dose quotidienne maximale. Autrement dit, il était complètement drogué…

Évident que c'est eux qui l'ont tué ! explose soudain Langlais, devenu livide. Le Special Branch du Yard… Tu penses que je le sais pas ? C'est la police antiterroriste de là-bas. Ils l'ont *suicidé*, c'est entendu. Pour eux autres, y a rien là. T'as pas idée de quoi ils sont capables…

Moi, non. Mais vous, oui…

Les deux hommes s'étudient un moment en silence. Puis Fred :

Pendant votre séjour en Angleterre, vous êtes devenu une

créature des services secrets britanniques. Entre l'agent et la source humaine, il y a toute une zone grise qui s'étend. Mon impression, c'est que vous avez été ce qu'aujourd'hui on appelle un agent-source. En fait, vous étiez peut-être déjà un agent français quand vous avez commencé à faire affaire avec les British. Ou bien c'était la GRC, à travers vos petits copains de la délégation d'Alger. On ne l'appelle pas la communauté du renseignement pour rien : les intérêts de ce monde-là convergent assez souvent et rien n'interdit de manger à plusieurs râteliers. Dans quelle mesure on peut être amené à collaborer volontairement, ou sous la contrainte, dans quelle mesure on est manipulé, ça reste à voir et seul votre contrôleur le sait. Bref, les Anglais. Vous leur parlez, mais ils ne vous contrôlent pas complètement…

Langlais sourit. Fred poursuit :

Un groupe terroriste prêt à passer à l'action, pour les services secrets, c'est un peu comme la bonne échappée dans une course cycliste : la meilleure manière d'éviter les mauvaises surprises, c'est d'y placer un homme. Dans la cellule Rébellion, vous pourriez très bien ne pas avoir été le seul. Lancelot a eu droit à sa part de soupçons et personne ne va tomber sur le cul si on apprend un jour que le fameux Mansell était l'homme de la CIA. De toute manière, il y avait au moins un autre agent cet automne-là dans l'appartement de la Compagnie-de-Jésus : l'otage. On sait maintenant que Travers avait fricoté avec le MI5. À l'époque, on tenait pour acquis que les ambassades soviétiques étaient bourrées d'agents du KGB, et on faisait semblant de croire que les démocraties fonctionnaient différemment. Maintenant, supposons que, après avoir déjoué un ou deux complots d'enlèvement, le boss des Combatteurs, à la CATS, en liaison avec les services de sécurité de la GRC et le renseignement militaire, ait dit : La prochaine fois, donnons-leur une chance de menacer un peu l'ordre établi. Bien sûr qu'on va les arrêter, mais seulement quand ça fera notre affaire. Mieux que ça : on va les aider. C'est nous qui allons fournir l'otage…

Oui, un piège, un beau, et depuis le début. Le kidnapping de

Travers a ressemblé à un pique-nique. L'enlèvement de Lavoie, au départ, n'avait peut-être pas été prévu, mais sa mort était un bonus inespéré, qui multipliait l'effet psychologique par mille. Mais qui a peut-être aussi inquiété un tout petit peu vos contacts londoniens. Un diplomate ordinaire, on aurait pu songer à le sacrifier, mais Travers était un *buddy*, et un *buddy*, c'est sacré. Des fois que ces énervés iraient nous l'abîmer, comme l'autre ? Trudeau avait peut-être ses raisons politiques pour laisser traîner la crise, mais ce n'était pas forcément du goût des Anglais. Tout à coup, ils se sentaient un peu moins sûrs de vous et de vos petits copains. Mais ils vous surveillaient d'assez près pour savoir que vous dévoriez les journaux, et ça tombait bien, parce qu'ils étaient plutôt bien branchés dans les médias…

Fred prend l'article du *Sun* et l'agite d'un air de défi.

En revenant de Londres, j'étais convaincu que Luc Goupil avait été brutalement assassiné en détention, mais j'ignorais pourquoi. C'est presque par hasard que j'ai relu l'article sur la rencontre du 4 novembre et que le déclic s'est fait. C'était comme si je lisais avec un autre cerveau. Tout ce qui était du chinois avant s'éclairait. Maintenant, je comprenais l'accent mis sur la détention et l'allusion bizarroïde à la peine de mort à la fin. Tout l'article était un avertissement codé, qui pointait vers un petit bonhomme pendu…

Frédéric s'arrête, un peu essoufflé. Il constate que toute sa jambe gauche tremble, de la cuisse au bout du pied. Il pose sa main à plat sur son genou et appuie dessus, puis il regarde Langlais dans le blanc des yeux.

Si le texte était si difficile à comprendre, c'est parce qu'il avait un seul destinataire. Quelqu'un qui savait de quoi ces gens-là, comme vous dites, *sont capables*. Parce qu'il était d'intelligence avec les tueurs…

La feuille tremble entre les doigts de Fred. Il la pose sur le bureau et plaque sa main dessus. Si ça continue, il n'aura bientôt plus assez de mains pour s'empêcher de trembler. Il respire un bon coup et ajoute :

Si on lit bien, sur cette feuille de papier, il y a la preuve qu'au moins un agent secret se trouvait parmi les ravisseurs de John Travers, et donc que son enlèvement était tout probablement un coup monté. Peut-être même le plus incroyable traquenard de toute l'histoire des provocations policières…

Langlais regarde fixement la main de Fred posée sur la photocopie.

Et c'est pour me raconter ça, finit par demander le directeur du Parc aux Cerfs, que tu t'es inventé un père alzheimer ?

Ouaip, répond Fred.

Et maintenant, tu vas faire quoi avec ?

Mon père ?

Non. L'histoire…

Ah. Pas grand-chose. Je suis pas historien, ni journaliste. Ce que je fais, ça s'apparente plutôt à de l'herméneutique : j'interprète des textes. D'un point de vue documentaire, pas sûr que ça tienne la route…

Oui, je comprends.

Ce qui serait bien, c'est d'en faire un roman. Mais bon, je suis rendu à deux enfants, une blonde, un chien, un chat. Alouette.

Bonne chance, dit Langlais en lui tendant la main.

Ils se tiennent sur le balcon-terrasse du centre d'accueil inondé de soleil printanier et de chants d'oiseaux. Sur une chaise longue, un peu plus loin, un vieux en robe de chambre se bat avec une grille de mots croisés. Frédéric serre la main tendue.

Si tout était vrai, vous me le diriez ?

Non, répond le directeur, et il sourit.


À l'orée du bois, au fond du champ en pente, là où pousse une herbe verte et neuve, Frédéric en voit finalement un.

Un chevreuil.

Il applique les freins, allume ses feux clignotants, recule sur quelques mètres et se range sur l'accotement. Il regarde de nouveau, l'animal est là qui l'observe, sur un fond de verts et de bruns, les oreilles en alerte, à l'affût du moindre son ou souffle de brise.

Au moment où Fred fait mine d'ouvrir sa portière, l'ongulé frappe trois coups de sabot en guise d'avertissement, puis bondit, et le voici qui file en ondulant vers le bois, l'élégance fugitive, queue blanche au vent, chevreuil au vol, regagnant la lisière, l'ombre, les fourrés. Le couvert.

# La mort de Coco

La fermette est en démanche, les champs en friche tout autour, les asters et les verges d'or poussent jusque sous les fenêtres. Le gros Coco ne sera pas plus cultivateur que navigateur autour du globe, finalement. C'est écrit dans le ciel et dans la grosse traque de colombienne qu'il pile et étend à même la table de la cuisine à l'aide d'une lame de rasoir Gillette. Des cartons de pizza souillés, des bouteilles de bière vides encombrent la cuisine de la maison d'habitant payée cash. Sur la table, entre une boîte de tabac Drum en métal et le gros sac de chips Humpty Dumpty ondulées, une enveloppe déchirée et, à côté, la lettre de convocation du commissaire Lavergne, l'enquêteur spécial appointé par le gouvernement du Parti québécois pour faire la lumière sur les événements d'Octobre. À environ huit centimètres de la marge inférieure de la convocation commence la ligne de coco qui file ensuite vers le bord de la table en mélamine vert dégueu sur une bonne dizaine de centimètres, que Cardinal renifle tout du long, avec une application morbide teintée d'un sombre frémissement de délectation résignée. Il a grossi, il grisonne. Les traits se sont épaissis, un t-shirt sale lui enveloppe la panse. Le cœur travaille fort, les yeux flottent dans la graisse de has been.

N'était cette barbe inculte, le double menton pourrait être celui d'un banquier du Vatican.

Il y a dans la cour un tracteur, un vieux Massey Ferguson qui n'a pas vu d'action depuis un moment. C'est là, à côté du tracteur, que vient se garer l'auto, le paquebot. Une Lincoln Continental Mark II en parfait état de marche, vraie pièce de collection, pareille à celle de ses jeunes années. Mais noire.

## Bernard Saint-Laurent

Le plus célèbre éboueur des médias écrits, L. G. Laflèche, regardait, intrigué, le jeune homme qui s'était présenté sous le nom de Bernard Saint-Laurent. Officiellement un militant du PQ, Saint-Laurent venait, devant lui, de décrocher le téléphone et d'avoir un entretien avec le colonel Bob Lapierre, l'homme fort du Parti libéral. Il avait été question d'une mission à lui confier et le Colonel avait promis de le rappeler.

Apparemment fier de son coup, Saint-Laurent, qui avait lui-même proposé de rencontrer Laflèche, avait raccroché avec un grand sourire. La salle de rédaction bruissait autour d'eux. Ce Saint-Laurent était donc un agent du Colonel? Laflèche se méfiait, il flairait une provocation.

Le journaliste se passa la main dans les cheveux.

Je comprends pas… À quoi vous jouez, donc?

# 140, rue Collins

C'étaient les gars de la GRC qui s'occupaient de la plomberie. C'étaient eux, les experts. Les autres, comme Bobby, étaient là pour ouvrir l'œil et leur éviter les mauvaises surprises. Ils avaient placé des hommes au bout de la rue, sur la rue voisine, sur le chemin de la Savane, au croisement avec Collins et plus loin, dans les deux directions. C'est tout juste s'il n'y avait pas un agent déguisé en vache dans le champ. Mais la petite rue était bien tranquille, ou comme le disait si bien Bobby : c'était mort, mort. Quand il cessait de parler pour rien dire dans son walkie-talkie et qu'il relevait la tête, il voyait, de l'autre côté de la rue, par la fenêtre du salon, la maison inhabitée qui, au début de septembre, avait servi de poste d'affût aux Combatteurs pour leur permettre de garder un œil sur les réunions des pouilleux. Et maintenant, ils étaient rendus dans la maison d'à côté, bien partis pour occuper tout le quartier si ça continuait.

Il leva la tête et regarda ce que l'autre faisait, jouqué sur la table de cuisine, la tête au plafond. Tout d'un coup qu'il apprendrait quelque chose, au lieu de rester là à se gratter le moineau. Il vit l'homme forer un trou dans le panneau du plafond, sa main disparaître dans l'ouverture pour y loger le micro. Ensuite, le gars descendit et se servit de l'escabeau pour faire un autre trou plus loin et fit passer le fil dans le plafond, et ensuite un autre trou dans le passage, et comme ça jusqu'à la salle de bain. Dans la salle de bain, le gars de la GRC perça un trou dans le mur du puits de lumière, et il ressortit le fil par là et le fit monter jusqu'en haut et c'est à cet endroit, devina Bobby, que serait placé l'émetteur. Ensuite, il allait sans doute faire passer l'antenne par l'espèce de fenêtre située tout en haut du puits de lumière, pour assurer la transmission vers la table d'écoute installée dans la maison voisine, mais Bobby ne pouvait pas en être certain, parce que son champ de vision, limité par la porte de la salle de bain, contenait seulement l'escabeau et deux pieds qui dépassaient. L'autre type dissimulait maintenant le fil avec du masking tape. Puis, il repassa par tous les trous qu'il avait faits et les reboucha et les replâtra de manière que plus rien n'y paraisse. Bobby le regardait faire depuis un bon moment et trouvait qu'il travaillait bien. *Ce qui mérite d'être fait*, pensa-t-il, *mérite d'être bien fait*. Il avait l'impression d'entendre son père.

# Le Texas

Après avoir déposé Jean-Paul à la sortie de la ville, près du motel où il devait rencontrer son contact, puis laissé madame Lafleur et la benjamine dans un centre commercial, Gode et René se rendirent à Dealey Plaza, là où on disait que le temps s'était arrêté un certain jour de novembre 1963. Ils laissèrent l'auto garée un peu plus loin et posèrent leur cul sur l'herbe du tertre le plus célèbre de l'univers pour griller une cigarette. Elm Street passait devant eux. Le Texas School Book Depository se trouvait un peu plus haut, la pergola dans leur dos, la palissade sur leur droite, le viaduc et les voies ferrées, plus bas.

Il était plus loin que je pensais, dit René en levant les yeux vers le sixième étage de l'entrepôt de livres.

Il pouvait le tirer de face, quand la limo arrivait par Houston Street et était pratiquement arrêtée, dans le tournant… Pourquoi il a attendu qu'elle lui passe sous le nez?

C'était un tireur d'élite.

C'était pas un tireur d'élite pas une crisse de minute.

Peut-être qu'il y avait d'autres tireurs, mais ça, on le saura jamais.

Non, mais la preuve du complot, c'est pas ici qu'elle est, sur Dealey Plaza. La preuve du complot, c'est Jack Ruby. C'est le gars qui essaie de faire disparaître le pigeon. La preuve est dans le *cover up*, tu comprends?

On dirait que t'as déjà pensé à ça…

Ça m'arrive. Est-ce qu'il y a une seule personne au monde qui a déjà cru que Ruby avait tiré Oswald pour les beaux yeux de la première dame ?

Je sais pas, mais tu me fais penser : tu te souviens de ce que Jean-Paul nous a dit à propos de Jackie ?

Non, quoi ?

Il a dit que cet été, Francœur a essayé de le convaincre d'enlever Jackie Kennedy pendant qu'elle pêchait le saumon sur la Cascapédia, en Gaspésie.

Ah ouais ?

# Piges?

Lorsque Miles Martinek, très diminué, les genoux en compote et obligé de s'appuyer sur deux béquilles, lui montra sa collection d'armes à feu, quelques pièces impressionnèrent tout particulièrement Nihilo : la .30-30 Win du Centenaire, avec son levier à incrustations plaqué argent. Le pistolet de calibre .410 à canons juxtaposés. Et surtout, surtout, la canne-carabine, qui paraissait sortir tout droit d'un film de James Bond.

C'est quel calibre ? lui demanda Samuel.

Oh, ça… C'est un calibre spécial. Cherches-en pas des comme ça, t'en trouveras pas. Ça vient des States. Du temps que je faisais des piges pour la CIA…

Des quoi, vous avez dit ?

# M<sup>e</sup> Mario Brien (1942-2008)

Sam s'était attendu à voir les vieux felquistes blanchis sous le harnais aux funérailles de l'avocat, mais certainement pas à aller prendre une bière, après, avec Gilbert Massicotte, l'ancien de l'escouade antiterroriste. Qu'est-ce qu'il faisait là ?

T'sais, en cour, on se croise. Parle parle. Jase jase.

Êtes-vous en train de me dire que Brien était une source de la CATS ?

Le sourire de Massicotte creusa les rides qu'avait accentuées son récent combat contre le cancer.

Parle parle, jase jase. C'est tout ce que j'ai dit...

OK. Mais quand on y pense bien, maître Brien, que le beau diable ait son âme, connaissait forcément le rôle pas clair joué par votre cousin Rénald, le supposé livreur de poulet. Dans les faits, il a couvert une mission d'infiltration. Pas pour rien que vous m'avez dit de l'appeler...

Rénald était un vrai livreur de poulet qui a été mêlé à cette histoire par hasard.

C'est ça. Ouais.

C'est comme ça.

Avez-vous déjà, demanda Samuel, entendu parler des chômeurs qui allument des feux de forêt dans les régions éloignées ?

Oui, non. Pourquoi ?

Parce que depuis longtemps, j'essaie de comprendre comment l'argent qui avait été saisi à Saint-Colomban, celui du hold-up de l'université, s'est retrouvé dans les poches des kidnappeurs à l'été 70. Comme si la police l'avait remis en circulation…

Et pourquoi on aurait fait ça?

Parce qu'il vous faut des criminels. Sans eux, vous n'êtes rien. Vous n'auriez jamais aucune occasion de vous faire valoir. Et quand vous les connaissez déjà, ça vous permet de savoir exactement qui arrêter. Donc, de votre point de vue, ces gars-là méritent d'être encouragés… non?

Sainte-Ciboulette, mais t'es malin comme un singe…

# Terrain

Roland Landry, trente-neuf ans, et le jeune Lessard, tous deux de la Gendarmerie royale du Canada, reculèrent d'un pas au moment où le couvercle du coffre se soulevait. L'instant d'avant, Landry avait retiré la clé de l'allumage de la Chevrolet, et il venait de s'en servir pour déverrouiller le coffre.

Ils examinèrent le contenu de celui-ci en silence.

Le pauvre gars, dit Roland.

Est-ce qu'il est…

Sûr et certain. C'est ton premier ?

Ouais…

Ils entendirent la même chose en même temps et se tournèrent pour regarder approcher la jeep militaire avec deux types à bord, venant de la base.

Qu'est-ce qu'on fait avec ça ? demanda Lessard, qui voulait parler du coffre.

On le refermera pas tout de suite. Ces gars-là vont vouloir y jeter un coup d'œil…

Landry glissa la clé de la Chevrolet dans sa poche et sortit son badge. Il avait l'intention de le montrer aux deux militaires avant de leur serrer la main.

## Les Belles Journées

Un souffle passa dans la moustiquaire vaporeuse. Samuel leva les yeux du roman de Fabio Martinez qu'il était en train de lire, assis sur le lit suspendu, hors de portée des *cucarachas,* des fourmis guerrières et des scorpions. À la fenêtre se tenait le spectre, comme une émanation de la bruine saline et irisée qui s'élevait de l'océan proche, sans fin. Lavoie arborait un petit chapeau de plage informe en coton bleu ciel, une chemise hawaïenne ouverte sur la poitrine. À son cou, un collier de fleurs avait remplacé le sillon sanguinolent de la chaînette religieuse dans ses chairs. Il portait son sac de golf à l'épaule.

Sam écarta la moustiquaire.

Voulez-vous bien me dire…

J'ai pensé arrêter dire salut en passant.

Et vous allez où, comme ça ?

Il paraît qu'il y a un pas pire 27 trous à Barra de Navidad, à côté de Manzanillo, dans le Colima. Je vais commencer par là. Après… Après, j'essaierai peut-être le Brésil. Il paraît que même l'Amazonie s'y met, maintenant. J'ai rencontré des golfeurs qui avaient été mordus par des serpents venimeux en cherchant leur balle dans le bois. Une mort horrible. Et les jaguars sont un problème, aussi.

Là, vous me charriez…

Comment ça va ? demanda Lavoie après un silence et montrant le bras écharpé.

À part le fait que je suis obligé de me servir de la même main pour tenir le livre et tourner les pages, pas pire. Vous, vos mains ?

Guéries, dit le spectre en lui montrant ses cicatrices. Il me reste juste à retrouver ma touche sur les verts.

Des pas retentirent sur les barreaux de l'échelle en bois par laquelle on accédait à la chambre, et le spectre tressaillit.

Bon, ben. Je te laisse… Tu sais ce qu'on devrait faire ? Se lancer le ballon de football, un de ces jours. Quand ton bras sera guéri, je veux dire.

Par ici, le monde est plus frisbee. Mais oui, ça serait cool…

En tout cas, merci, dit Lavoie.

Sam ouvrit la bouche, mais dans sa gorge, il y avait une espèce de chat sauvage.

Non, c'est… C'est moi.

Au moment où la porte s'ouvrait, Lavoie leva une main complice, pouce en l'air, avant de s'envoler, de s'élever à la verticale au-dessus des cocotiers, dans un léger cliquetis de bois numéros 1 et 3 et de fers entrechoqués. Le sac de golf donnait l'impression de peser moins qu'une plume.


Marie-Québec, dans sa petite robe de coton de la couleur que vous voudrez, arrivait avec un café, noir, très sucré, dans une petite tasse en faïence blanche. Dans son autre main, des morceaux de papaye disposés dans une assiette.

Marie… est-ce que je rêve ?

Pourquoi tu me demandes ça à moi ?

T'es levée avant moi. Et t'as même pas l'air d'être dans le coma !

Ça doit être le Mexique. Qu'est-ce que tu lis ?

Un Colombien… Marie ?

Quoi ?

Fais-moi Dora, s'il te plaît.

Arrête.

Dora Dora Dora.

Bon, OK d'abord.

# Dora

*Peut-être. C'est l'amour absolu, la joie pure et solitaire, c'est celui qui me brûle en effet. À certaines heures, pourtant, je me demande si l'amour n'est pas autre chose, s'il peut cesser d'être un monologue, et s'il n'y a pas une réponse, quelquefois. J'imagine cela, vois-tu : le soleil brille, les têtes se courbent doucement, le cœur quitte sa fierté, les bras s'ouvrent…*

En descendant le sentier vers la mer, elle croisa un jeune Mexicain, le visage brun, dents très blanches, qui tenait une orange. Et le visage levé vers elle souriait comme à une apparition.

*Hola,* dit-elle.

Il lui tendit l'orange sans rien dire, comme si ce geste était la seule chose qui lui venait à l'esprit, le seul possible. Elle prit le fruit, le remercia d'un signe de tête et poursuivit son chemin.

C'est ici que je voudrais vivre, se disait-elle. L'orange continuait de sourire dans sa main.

Elle venait de retirer ses sandales et s'avançait vers la mer quand, du coin de l'œil, elle aperçut la vieille Indienne à la lisière de la plage, ployée sous son fagot quotidien, les reins écrasés par l'énorme tas de bois de cuisson assujetti à son front.

Marie-Québec alla à sa rencontre, elle avait préparé sa phrase depuis longtemps.

*Con permiso, señora… Déjeme ayudarla.*

La vieille la regardait, et ce qu'elle vit, Dieu le sait. Marie-Québec laissa tomber son sac plein d'autres existences dans le sable à ses pieds. Pour atténuer la friction de la corde, la vieille ceignit le front de la jeune femme de son propre foulard imprégné d'une sueur grasse et intemporelle. Elle l'aida ensuite à se glisser sous la charge et à l'équilibrer sur son dos. Et comme Marie-Québec s'ébranlait, la vieille paysanne derrière elle se pencha et, une main posée à plat sur ses reins en compote, ramassa son sac en patchwork multicolore.

Et le poids, sur son dos, le poids du bois, le poids était bon, tandis que, penchée vers l'avant, Marie-Québec enfonçait dans le sable jusqu'aux chevilles, c'était comme s'il avait toujours été là. Comme le feu du soleil et la brise fraîche sur son visage, venue de la mer, pour frapper la falaise et monter, monter jusqu'à ces hauteurs où les frégates superbes tournoient lentement dans les courants ascendants, sans effort, sur d'invisibles autoroutes d'air chaud, et là-haut planent aussi les urubus, les charognards, légers comme tout. Une belle journée.

## Épilogue
### Île aux Fesses, le 24 juin 1974

Bonnard et Branlequeue, maintenant bons copains, arrivèrent juste à temps, dans la grosse Riviera du crooner, pour assister au baptême proprement dit. Coco, qui n'avait jamais été du genre rancunier, vint les accueillir à l'entrée du terrain. Il était surexcité et déjà dans un état second. Il donna la main à Chevalier.

Pis ? Toujours dans les écritures ?

Toujours. Et toi, d'après ce que j'entends, tu ferais dans *Le Petit Livre rouge* de Mao, maintenant ? Le Grand Timonier ?

Mange de la marde, répondit Coco avec un grand sourire.

Le *Patriote* avait déjà le nez dans le courant de la rivière. Chevalier, malgré lui, était impressionné : ce n'est pas tous les jours qu'on a la chance d'assister au lancement d'un schooner.

Et puisqu'on était entre vrais Québécois, une grosse bouteille de bière, plutôt que de champagne, fut fracassée sur la coque par un Coco enfoncé dans l'eau jusqu'à la bedaine. Puis, il adressa de grands signes au conducteur du camion attelé à la remorque, qui recula lentement tandis que le deux-mâts glissait peu à peu dans l'eau. Il y eut des applaudissements.

Le *Patriote* était maintenant à flot. Et presque aussitôt, il prit de la gîte et…

Coco, dans l'eau boueuse jusqu'au cou, pataugeait près de sa goélette, qui sombrait, corps et biens.

Noooon ! Non !

# Note de l'auteur

La Constellation du Lynx *est une œuvre de fiction. Un travail de reconstitution pour lequel l'imagination romanesque a servi avant tout d'instrument d'investigation historique. L'histoire officieuse a été le mortier du romancier devant la façade pleine de trous d'une version officielle ne tenant pas debout.*

*Une des libertés permises par l'écriture a consisté à avancer de quelques années la création de Wikipédia, l'encyclopédie en ligne. C'était plus facile, et portait moins à conséquence, que de déplacer la grande marche zapatiste du printemps 2001.*

*Il m'importe de saluer quelques ouvrages sans lesquels l'écriture de ma* Constellation *aurait été impossible. Sur le plan militaire, les* Mémoires *du général Jean-V. Allard et l'ouvrage intitulé* Not Much Glory: Quelling the FLQ, *de Dan Loomis, en font partie. Pour la crise d'Octobre, je me bornerai aux seules références vraiment incontournables:* l'Histoire d'un mouvement clandestin *de Louis Fournier, si utile et en même temps si insuffisante; et* Pour en finir avec Octobre *de Francis Simard, avec ses silences assourdissants.* L'Exécution de Pierre Laporte, *le classique de Pierre Vallières, vaut d'abord par les questions qu'il soulève et les photos inédites incluses à la fin.* FLQ 70: offensive d'automne, *de Jean-Claude Trait, contient l'intégrale des communiqués des ravisseurs.* Une amitié bien particulière, *tiré des lettres de Jacques Ferron à John Grube, et qui offre, en appendice,* Octobre en question *de l'historien George Langlois, s'est avéré une lecture indis-*

593

pensable. *Enfin*, Kidnappé par la police, *du D^r Serge Mongeau*, demeure le meilleur document disponible sur le déroulement des arrestations arbitraires d'Octobre 70.

Mais la documentation la plus consistante m'a été fournie par les archives : minutes de procès, articles de journaux, etc. Je pense en particulier à l'important dossier de presse monté et annoté par M. John Grube, de Toronto, et que m'a remis le cinéaste Jean-Daniel Lafond à une époque où ce dernier s'intéressait, paraît-il, aux « vérités officielles », manipulations politiques et autres dessous de l'histoire.

Je voudrais remercier les personnes suivantes pour l'aide qu'elles ont pu m'apporter au fil des ans : M^me Francine Bégin au Palais de justice de Montréal, Pierre Bastien dans les airs, Claude-Jean Devirieux, Benoit Perron, Éric Barrette (infatigable chasseur de colonels), Carl Leblanc, Paul Hamelin pour le cadastre, Michael Macloughlin, Jean-François Nadeau, Philippe Marquis, Solène Bernier, Denis Cloutier pour sa bibliothèque octobriste, Lorraine Déry, Laurent Hamelin sur le terrain, M. Bruno Cloutier à Percé, Gilles Prince et l'équipe du Sporobole pour le soutien technique, Luc Gauvreau, Pierre Cantin. Et aussi Claude et Carmen, et Hélène Girard.

Le Conseil des arts et des lettres du Québec a fourni un appui inestimable à plus d'une étape de la réalisation de ce projet qui s'est échelonné sur plusieurs années. Du fond du cœur, merci infiniment.

Quant aux témoins et aux acteurs des événements d'Octobre, ceux qui ont accepté de me parler ont droit à toute ma gratitude.

L. H.

# Table des matières

CRÉDITS ET REMERCIEMENTS

Les Éditions du Boréal reconnaissent l'aide financière du gouvernement du Canada par l'entremise du Fonds du livre du Canada (FLC) pour ses activités d'édition et remercient le Conseil des Arts du Canada pour son soutien financier.

Les Éditions du Boréal sont inscrites au programme d'aide aux entreprises du livre et de l'édition spécialisée de la SODEC et bénéficient du programme de crédit d'impôt pour l'édition de livres du gouvernement du Québec.

Ce livre a été imprimé sur du papier 100 % postconsommation,
traité sans chlore, certifié ÉcoLogo
et fabriqué dans une usine fonctionnant au biogaz.

MISE EN PAGES ET TYPOGRAPHIE :
LES ÉDITIONS DU BORÉAL

CE QUATRIÈME TIRAGE A ÉTÉ ACHEVÉ D'IMPRIMER EN FÉVRIER 2011
SUR LES PRESSES DE MARQUIS IMPRIMEUR
À CAP-SAINT-IGNACE (QUÉBEC).